BASTEI
LÜBBE

Von Hilary Norman ist bei Bastei Lübbe erschienen:

14447 ... und dann bist du tot
14668 Gefährliche Nähe

Hilary Norman

GRAUSAMES SPIEL

Aus dem Englischen von
Gabriele Gockel und Barbara Steckkhan,
Kollektiv Druckreif, München

BASTEI LÜBBE

BASTEI LÜBBE TASCHENBUCH
Band 14744

1. - 3. Auflage: Juli 2002

Bastei Lübbe Taschenbücher ist ein Imprint
der Verlagsgruppe Lübbe

Deutsche Erstveröffentlichung
Titel der englischen Originalausgabe: MIND GAMES

Umschlaggestaltung: Gisela Kullowatz
Titelbild: Ted Strehinsky/Corbis
Satz: Kremerdruck GmbH, Lindlar-Hartegasse
Druck und Verarbeitung: Elsnerdruck, Berlin
Printed in Germany
ISBN 3-404-14744-8

Sie finden uns im Internet unter
http://www.luebbe.de

Der Preis dieses Bandes versteht sich einschließlich
der gesetzlichen Mehrwertsteuer.

Für Angela Heard,
die Freundin, die ich so vermisse.
Die mich immer gedrängt hat,
Thriller zu schreiben.

Der hier ist für dich, Angie.

Mein Dank geht an (in alphabetischer Reihenfolge): Howard Barmad, Jennifer Bloch, Lynn Curtis, Sara Fisher, Gillian Green, Jonathan Kern, die mir in vielerlei Hinsicht geholfen haben; Rose Klayman vom *Miami Herald*, Kate Miller und die Detectives Paul Marcus und Paul Scrimshaw vom Polizeipräsidium in Miami Beach, die ihr Wissen mit mir geteilt und mich geduldig und freundlich in ihre Welt eingeführt haben, obwohl ich stets im ungünstigsten Moment auftauchte; Herta Norman, wie immer, für ihre unschätzbar wertvollen »Tagesberichte«; sowie Judy Piatkus und Helen Rose, Mitarbeiterinnen des Sheraton in Bal Harbor. Ein ganz besonderer Dank der »Tarlow Connection« – Alison R. Tarlow, M.S., Scott J. Sale, Sharon Tarlow und, wie stets, Dr. John Tarlow (diesmal ebenso für die Segel- wie für die medizinischen Begriffe).

Wie in allen meinen Romanen sind auch in diesem sämtliche Personen und Ereignisse Produkte der Fantasie. Gleiches gilt ausnahmsweise für das Wetter in Florida (wenn auch nicht für die Orte).

Datei-Info
Dateiname: Mein Tagebuch
Speicherplatz: C:\WPWin\Verschiedenes
Größe: 14912 Bytes
29. März 1998   23:08:43

Passwort geschützt
Datei: C:\WPWin\Verschiedenes\Tgb
Passwort: H-A-S-S
OK Abbrechen

Cathys Tagebuch
Dienstag, 31. März 1998

Ich sehe ihre Gesichter, sehe, wie sie über mich lachen. Wenn ich daran denke, was sie mir angetan haben, weiss ich, was sie wirklich von mir halten.

Ich hasse sie. Oh, wie ich sie hasse.

Ich glaube, ich ertrage es nicht mehr.

Wie jeden Morgen traf das Hausmädchen Anita del Fuego um halb sieben im Haus der Familie Robbins am Pine Tree Drive in dem exklusiven Wohnviertel von Miami Beach ein. Anita war ein Morgenmensch, und so summte sie eine Melodie, als sie die Tür des Seiteneingangs aufschloss. Sie hängte ihre Jacke aus bunt gemustertem Polyesterstoff an den Haken, band sich die frisch gewaschene und gebügelte weiße Schürze um – Señora Robbins bestand darauf –, und schlüpfte in ihre Gesundheitsschuhe mit den weichen Sohlen. Noch immer summend, machte sie sich auf den Weg in die Küche. Plötzlich hielt sie inne. Irgendetwas stimmte nicht.

Das Haus war dunkel, kein Laut drang an Anitas Ohr. Die Holzläden der Küchenfenster waren geschlossen, und anders als sonst, stieg ihr auch nicht der Duft frisch aufgegossenen Kaffees in die Nase. Meist kochte Señor Robbins die erste Kanne eine halbe Stunde, bevor Anita zur Arbeit kam. Manchmal saß er dann noch friedlich am Küchentisch, meistens jedoch war er im Obergeschoss und zog sich an oder war bereits unterwegs zur Arbeit. Aber immer hatte der Señor schon die Fensterläden geöffnet und die Vorhänge aufgezogen, wenn Anita kam.

Heute nicht.

Anita ging in den Flur und lauschte. Nichts. Die Stille war unheimlich.

Vielleicht hatte sie sich ja in der Zeit geirrt. Sie warf einen Blick auf ihre Armbanduhr, doch sie zeigte fünf nach halb sieben. Höchste Zeit, dass Cathy aufstand, duschte und sich für die Schule fertig machte.

Eine Gänsehaut kroch Anita über den Rücken. Sie hatte ein seltsames, ungutes Gefühl.

»*Ridículo*, Anita«, schalt sie sich leise. Wahrscheinlich hatten die Herrschaften einfach verschlafen, und wenn sie nach oben ging und an Cathys Tür klopfte, würde sie das Mädchen unter seiner Decke finden, auf der Seite liegend, zusammengerollt, so wie Cathy immer schlief.

Mit frischem Mut stieg Anita die Treppe hinauf. Kein Grund zur Sorge; da war nichts. Sie würde Cathy wecken, und dann konnte das Mädchen seinen Eltern Bescheid sagen. Vielleicht war Señor Robbins ja schon ganz früh zum Markt gefahren, um Lebensmittel für seine Restaurants zu kaufen, und hatte nicht mehr die Zeit gefunden, Kaffee zu kochen und die Fensterläden zu öffnen. Und die Señora hatte wohl vergessen, ihren Wecker zu stellen. Mehr war da nicht.

Aber warum hatte sie dann immer noch so ein seltsames Gefühl?

Cathys Bett war leer. Die Tür zum Badezimmer stand offen.

»Cathy?«, rief Anita leise.

Keine Antwort.

Sie ging zum Bad, spähte hinein. Der Duschvorhang war zur Seite geschoben und trocken, das blassrosa Badetuch hing zusammengefaltet am Ständer.

Anitas Handflächen wurden feucht. Warum sie Angst hatte, wusste sie nicht, aber ein ungutes Gefühl lastete auf ihr. Es wurde von Sekunde zu Sekunde stärker und weckte in ihr den Wunsch, die Beine in die Hand zu nehmen und davonzulaufen. Sie wollte noch einmal rufen, diesmal lauter, doch die Stille und das Unbehagen schnürten ihr die Kehle zu.

»*Cobarde*«, schalt sie sich. Feigling.

Sie wandte sich um und ging über den Flur zum Schlafzimmer des Señors und der Señora. Zögernd klopfte sie an. Nichts. Immer drückender lastete die Stille auf ihr. Sie klopfte noch einmal, umschloss den Türgriff, der kalt in ihrer Hand lag. Sie zögerte einen Moment, dann stieß sie die Tür auf. Im Zimmer war es dunkel. Die dicken Vorhänge waren zugezogen. Anita trat ins Zimmer und wartete, dass ihre Augen sich an das Dämmerlicht gewöhnten.

Langsam zeichnete sich das Bett vor ihr ab. Schemenhaft erkannte sie die Umrisse – Kurven und Hügel. Schwarze Wellenlinien. Reglos. Anita rührte sich nicht. Sie lauschte, ob sie irgendetwas hörte, das das Summen der Klimaanlage übertönte.

Ihr zitterten die Knie.

Dann bemerkte sie den Geruch.

Unverkennbar. Heiß. Tierhaft. Er erinnerte sie an ihre monatliche *regla,* aber auch an die üblen Ausdünstungen ihres Cousins Bobby, der in der Großschlachterei arbeitete.

Anita hielt sich die Hand vor den Mund, um das Würgen zu unterdrücken, das in ihr aufstieg. Sekunden verstrichen. Halb erstarrt vor Angst, wandte Anita den Blick zu den Fenstern. Um die Vorhänge aufzuziehen, musste sie das Zimmer durchqueren, vorbei an dem Bett mit den unheimlichen schwarzen Wölbungen unter der Decke.

Mach das Licht an!

Anita trat einen Schritt zurück zur Tür, tastete mit der Hand nach dem Schalter.

Das Licht flammte auf.

Das Schwarze auf dem Bett war nicht die Decke.

Sondern das, was Anita gerochen hatte.

Blut.

Blut, das sich über drei Gestalten ergossen hatte, über die weißen Kissen und Laken. Blut, das aufs Kopfteil, die Wand und die Schirme der Nachttischlampen neben dem Bett gespritzt war.

Anita riss den Mund auf, doch kein Laut kam hervor. Das dunkle, unheimliche Grauen überwältigte sie, schnürte ihr die Luft ab, sog sie auf wie der Windtunnel eines Tornados, der alles mit sich reißt. Es war, als würde ihr Körper umhergewirbelt, verschluckt in einer schwarzen, engen, bedrängenden Spirale. *Sie sind tot. Sie sind tot.* Andere Worte kamen ihr in diesem wirbelnden, Übelkeit erregenden Strudel nicht in den Sinn.

Die drei waren tot.

Die mittlere Gestalt bewegte sich, setzte sich auf.

Jetzt löste sich Anitas Schrei, und er wollte nicht enden. Aus ihrem tiefsten Inneren, aus jenem engen, wirbelnden Nest des Schreckens, bahnte er sich gewaltsam, erstickend seinen Weg in die tödliche Stille.

Cathy Robbins, die Augen leuchtend blau inmitten der blutverschmierten Stirn und Wangen, das goldblonde Haar feucht und dunkel, streckte Anita flehend die Arme entgegen.

Wie erstarrt blickte die Haushälterin auf den Mund des Mädchens. Auch der war blutrot.

Anita del Fuego wandte sich ab und rannte schreiend davon.

2.

Detective Samuel Becket ließ Martinez, Riley, den Pathologen, die Leute von der Spurensicherung, den stellvertretenden Staatsanwalt und die verstörte Mrs. del Fuego bei den Leichen zurück, um sich wieder den Lebenden zu widmen. Während der sechs Jahre, die Sam nun in der Abteilung Gewaltverbrechen bei der Polizei von Miami Beach Dienst tat, hatte er mehr als genug Mordopfer gesehen, doch das Grauen, das er dabei verspürte, war immer noch so übermächtig wie am ersten Tag. Gewiss hatte seine Entschlossenheit nicht nachgelassen, diese brutalen, an Unmenschlichkeit nicht zu überbietenden Verbrechen aufzuklären, dennoch nutzte er stets jede Gelegenheit, einen Tatort zu verlassen. Und da Sergeant Kovac ihm die Leitung der Ermittlungen übertragen hatte, konnte Sam Becket es diesmal guten Gewissens tun.

Einen grässlicheren Tod konnte man sich auch in Miami Beach kaum vorstellen. Arnold und Marie Robbins – ein wohlhabendes Ehepaar mittleren Alters, tätig in der Gastronomie – waren mit aufgeschlitzten Kehlen in ihrem luxuriösen Doppelbett aufgefunden worden. Und zwischen ihnen kauerte die vierzehnjährige Tochter – starrend vor Blut, aber lebend und unverletzt.

»Wie geht es ihr?«, fragte Sam Becket seinen Vater.

»Wie soll es ihr schon gehen?«

Dr. David Becket und sein Sohn blickten durch die Glasscheibe in das Einzelzimmer des Krankenhauses. Die Augen geschlossen, lag Cathy Robbins regungslos da. Ihr linker Arm, der auf der Bettdecke ruhte, zeigte eine gesunde Florida-Bräune, doch ihr Gesicht war so weiß, dass es fast schon durchscheinend wirkte.

Als Kriminalbeamter wusste Sam, dass eine Familienangehörige, die am Tatort eines Mordes aufgefunden wurde, zumindest theoretisch zu den Verdächtigen zählte. Und zweifellos zogen auch Sergeant Kovac und Al Martinez diese Möglichkeit in Betracht. Doch seit er in den Polizeidienst eingetreten war, war Sam gleichsam in zwei Hälften geteilt: Die eine gehörte dem Detective, die andere dem Menschen. Und im Augenblick betrachtete der Mensch Sam Becket dieses Mädchen, halb Kind, halb Frau, das soeben der Hölle auf Erden entronnen war. Als Sam sich vorstellte, was sie gesehen hatte, erfüllte ihn tiefstes Mitgefühl.

»Hat sie was gesagt?«, fragte er seinen Vater.

»Nicht viel«, antwortete David Becket. »Ein, zwei Worte, aber nichts, das dich weiterbringt.« Er verstummte. In seinem offenen, ausdrucksvollen Gesicht war deutlich abzulesen, was in ihm vorging. Der sechsundfünfzigjährige Kinderarzt, der neben seiner Praxis ehrenamtlich in einer Freien Klinik im Stadtzentrum von Miami Beach als Allgemeinmediziner arbeitete, hatte schon mehr Leid gesehen, als ihm lieb war, doch noch immer besaß er die Gabe, sich lebhaft in einen anderen Menschen einzufühlen. Wenn seine Patienten mit einer Krankheit rangen, gegen ihre Drogensucht kämpften, unter Gewalt oder Depressionen litten, spürte David ihren Schmerz. Es war genau das, wovor man ihn viele Jahre zuvor an der Universität gewarnt hatte. Überdies hatte es zur Folge, dass ihn Tag für Tag, Nacht für Nacht, mehr Patienten im Krankenhaus und in der gemeinsam mit Fred Delano und Joan Melnick betriebenen Freien Klinik aufsuchten, als er behandeln konnte. Und dies wiederum führte dazu, dass seine Frau Judy ihn nach all den Jahren noch immer in regelmäßigen Abständen bat, die Freie Klinik wegen der damit verbundenen Gefahren für Leib und Seele aufzugeben.

»Wo ist Mrs. Dean?«, fragte Sam. Anita del Fuego hatte ihnen gesagt, dass Cathys nächste Angehörige nun die Schwester ihrer Mutter sei, eine gewisse Frances Dean.

»Sie liegt in einem anderen Zimmer und ruht sich aus«,

erwiderte David. »Ich habe ihr ein Beruhigungsmittel gegeben. Sie hat lange Zeit bei ihrer Nichte gesessen. Als eine Schwester merkte, dass sie kurz vor dem Zusammenbruch stand, haben wir sie hinausgebracht.«

»Hat Cathy etwas zu ihr gesagt?«

»Nicht dass ich wüsste.«

»Wie lange wird es dauern, bis wir mit dem Mädchen sprechen können?«

»Schwer zu sagen«, meinte David. »Wer ist wir?«

Sam hörte das Misstrauen heraus. Und er konnte es verstehen. »Wenn ihre Tante einverstanden ist, vielleicht ich und eine Sozialarbeiterin vom Erziehungsheim.« Sein Vater rümpfte missbilligend die Nase. »Sie ist unsere einzige Zeugin, Dad. Du weißt, dass wir behutsam mit ihr umgehen.«

»Ihr untersucht den Mord an den Eltern dieses Mädchens«, wandte David bitter ein. »Da werdet ihr kaum viel Rücksicht nehmen können.«

Sam zuckte müde die Achseln. »Darf ich bei ihr bleiben? Nur am Bett sitzen, meine ich.«

»Von mir aus, solange du den Mund hältst.«

»Ehe Mrs. Dean nicht ihr Einverständnis gibt, kann ich ohnehin nichts tun.« Sam schwieg. »Ich weiß, wenn es nach dir ginge, müssten wir sie in Ruhe lassen. Aber das können wir nicht.«

»Das ist mir klar.«

»Ich lasse dir Zeit, solange es geht, Dad.«

»Dem Mädchen musst du Zeit lassen, nicht mir.«

Sam warf noch einen Blick durch die Glasscheibe. »Immerhin ist sie nicht katatonisch.«

»Immerhin«, entgegnete David trocken.

»Was soll ich der Sozialarbeiterin sagen, wie lange wir warten müssen?«

»Ich weiß nicht.« Jetzt zuckte David die Achseln. »Ich habe keine Ahnung, wie es ist, wenn man Mutter und Vater erstochen im Bett auffindet.«

Von Nahem wirkte das Mädchen noch blasser, noch verletzlicher. Das blonde Haar war an den Wurzeln feucht von der Dusche. Wie ein letztes Zeugnis, ein Mal des Schreckens, klebte auf ihrer rechten Ohrmuschel ein kleiner Fleck getrockneten Blutes. Sam zügelte seinen Impuls, ihn fortzuwischen, und betrachtete die linke Hand des Mädchens. Die Fingernägel waren sauber. Falls sie lackiert gewesen waren, hatten der Polizeiarzt oder das Krankenhauspersonal den Nagellack entfernt. Sam stellte sich vor, wie Cathy geduscht wurde, wie sie sich gefühlt haben musste, als man das Blut ihrer Eltern von ihrer Haut wusch, aus ihrem Haar. Dann aber schob er diese Bilder entschlossen fort. Sein Vater war nicht der Einzige in der Familie, der eine zu lebhafte Fantasie besaß; wäre Sam kein Adoptivsohn, hätte er angenommen, diese Eigenschaft sei ihm vererbt worden.

»Hallo.«

Sam fuhr zusammen. Cathy Robbins hatte die Augen aufgeschlagen und schaute ihn an. Die Pupillen in den blauen Augen waren verengt, vielleicht durch das Beruhigungsmittel, das man ihr kurz nach dem Auffinden der Leichen gegeben hatte.

»Hallo, Cathy.« Sam erkundigte sich nicht, wie es ihr ging; das wäre ebenso dumm und sinnlos wie grausam gewesen. »Ich bin Detective Sam Becket von der Polizei Miami Beach.«

»Noch ein Becket«, stellte Cathy leise fest.

Ihr Denkvermögen war demnach nicht beeinträchtigt. »Dr. Becket ist mein Vater«, erklärte Sam.

»Wie das?« Halbwegs neugierig.

Diese Frage hatte Sam öfter beantwortet, als er zählen konnte. Und sie war berechtigt, wenn man bedachte, dass Sam Afroamerikaner war und David ein weißer Jude. »Ich bin ein Adoptivkind«, sagte Sam.

»Ich auch«, erwiderte Cathy und ließ sich ins Bett zurücksinken.

Sie sprach erst wieder am späten Abend, als Sam schon lange aufgebrochen war. Eine Krankenschwester, die bei ihr im Zimmer war, stellte ihr gerade ein Glas frisches Wasser hin.

»Ist es wirklich passiert?«, fragte Cathy.

Die Schwester wusste, was sie meinte, doch man hatte das Krankenhauspersonal gewarnt, vorsichtig zu sein mit dem, was sie dem Mädchen sagten. Deshalb verharrte die Schwester ein paar Sekunden lang und schwieg.

»Verstehe«, meinte Cathy und schloss wieder die Augen.

Grace Lucca hatte sich an diesem Sonntag so gut erholt wie schon lange nicht mehr. Die meisten ihrer Nachbarn auf den Bay-Harbor-Islands, den zwei kleinen selbstständigen Gemeinden zwischen dem exklusiven Bal Harbor und North Miami, verbrachten das Wochenende im Kreis ihrer Familien. Die zumeist berufstätigen Paare mit Kindern im unterschiedlichsten Alter vergnügten sich in ihrer Freizeit mit so harmlosen Beschäftigungen wie Einkaufen, Grillen und Basketballspielen, oder sie tuckerten mit ihren Booten, die sie zum Teil direkt vor ihrem Gartengrundstück angepflockt hatten, übers Wasser.

Auch Grace besaß einen Anlegesteg vor dem Haus. Zwar hatte sie sich schon öfter überlegt, sich ein kleines Boot zu kaufen, doch bisher war es bei dem Vorsatz geblieben. Denn wahrscheinlich würde sie gerade mal Zeit finden, gelegentlich einen Blick auf das Boot zu werfen, mehr nicht. Zum einen hatte sie in ihrem Beruf als Kinder- und Jugendpsychologin die schlechte Angewohnheit entwickelt, keinen Patienten abzuweisen, der sie brauchte, sei es am Tag oder in der Nacht. Zum anderen war sie kaum in der Lage, ihre Arbeit einmal ruhen zu lassen.

Doch dieser Sonntag war anders verlaufen als sonst. Beide Termine, die Grace für den Nachmittag angesetzt hatte, waren abgesagt worden, und trotz des ausgesprochen schönen Wetters hatte sie sich beim Aufwachen so zerschlagen gefühlt wie selten zuvor. Also hatte sie sich mit einem Muffin, Saft und Kaffee wieder ins Bett verzogen und sich den *Herald* und die *New York Times* vorgenommen. In der Mitte des Reiseteils war sie eingeschlafen, und als sie aufwachte, lag Harry neben ihr unter den Laken. Grace war aufgestanden, hatte geduscht, die überfällige Wäsche gewaschen und sich ein Sandwich gemacht. Nun, kurz nach ein Uhr, begann der richtige Sonntag. Sie saß mit Harry auf dem Steg und ließ ihre langen Beine baumeln, sodass die Zehenspitzen gerade über die Wasseroberfläche strichen. Das tat gut. Wirklich gut. Einfach nichts zu tun, dazusitzen und auf das hübsche, beinahe schon kitschige Panorama von Bal Harbor auf der anderen Seite der Bucht zu blicken.

Harry, ein stattlicher, zehnjähriger West-Highland-Terrier, schmiegte seinen gedrungenen, weißbehaarten Körper enger an Grace' Hüfte und wedelte mit dem Stummelschwanz.

»Na, ist das nicht schön?«, fragte Grace ihn.

Das Telefon klingelte.

Grace seufzte.

Der Anrufbeantworter schaltete sich ein. Durch die Fliegentür hörte sie ihre eigene Stimme, die nach Namen, Telefonnummer und Anliegen des Anrufers fragte, dann das schrille Pfeifen und schließlich das Klicken des Aufzeichnungsgeräts. Eine Männerstimme, tief und fremd.

Grace blickte Harry an. »Soll ich es mir anhören, oder bleiben wir hier sitzen?« Der Hund rutschte noch näher an sie heran, soweit das überhaupt möglich war, und hielt den Blick unverwandt aufs Wasser gerichtet. Grace kraulte ihm den Kopf. »Ich weiß«, meinte sie, »aber vielleicht ist es wichtig.«

Harry knurrte, als sie aufstand und sich das Wasser von den Füßen schüttelte. Grace und Harry waren von Anfang an bestens miteinander ausgekommen. Nachdem sie sich zunächst in Miami eine Erdgeschosswohnung in Strandnähe geteilt und diese nach einer Krabbeninvasion fluchtartig geräumt hatten, waren sie nach Miami Beach in ein üppig ausgestattetes, protziges Reihenhaus gezogen, in dem Harry mehrere Male beinahe von der Terrasse ins Wasser gestürzt wäre. Schließlich hatte Grace dieses kleine Haus auf der Insel gefunden, das sich zwischen zwei etwas größere, aber nicht unbedingt hübschere Gebäude schmiegte. Und in diesem Haus aus schlichtem weißem Stein mit den Bogenfenstern, dem roten Ziegeldach im Mittelmeerstil, den eigenen zwei Palmen, dem stolzen australischen Flaschenbaum und – was am schönsten war – dem eigenen Anlegesteg fühlten Harry und Grace sich endlich zu Hause.

Zudem hatte Grace gleich gewusst, dass diese Umgebung sich ausgezeichnet für ihre Arbeit eignete. Die Eltern, die ihre Kinder zu ihr brachten und in ihrer Obhut ließen, wussten es in der Regel zu schätzen, dass die Umgebung sauber und sicher aussah. Grace wiederum legte großen Wert auf ein vertrauenerweckendes und zwangloses Umfeld, und bei schönem Wetter – im Südosten Floridas keine Seltenheit – und wenn der Patient nichts gegen einen Aufenthalt im Freien einzuwenden hatte, konnten sie sich auf dem Steg oder der abgeschirmten Veranda an die frische Luft setzen. Dass Harry dabei war, half den meisten Kindern, mit denen Grace sich beschäftigte, zutraulicher und unverkrampfter zu werden. Und eine entspannte Atmosphäre konnten die meisten von ihnen weiß Gott gebrauchen.

Die Nachricht des Polizeibeamten aus Miami Beach klang so dringlich, dass Grace sofort zurückrief. Sie wählte die Nummer des Mobiltelefons. Nach dem zweiten Klingeln meldete sich Detective Sam Becket.

»Hallo, hier spricht Grace Lucca. Ich habe gerade Ihren Anruf abgehört.«

»Wie schön, dass Sie sich so schnell melden, Dr. Lucca.« Seine Stimme klang voll und sanft und überhaupt nicht wie die eines Polizisten, fand Grace, obwohl der Gedanke ziemlich irrational war.

»Schon gut. Was kann ich für Sie tun?«

»Mein Vater hat mir von Ihren Erfolgen bei der Arbeit mit schwer traumatisierten Kindern erzählt.«

»Ihr Vater?« Grace durchstöberte ihr Gedächtnis.

»Dr. David Becket. Wie ich hörte, haben Sie schon zusammengearbeitet.«

»Stimmt!« Das zerfurchte Gesicht eines der sanftesten Kinderärzte, die sie kannte, tauchte vor Grace' innerem Auge auf, und sie musste lächeln.

»Wie nett, dass er mich so lobt.« Sie hielt kurz inne. »Worum geht es, Detective?«

Becket erzählte ihr von Cathy Robbins.

»Inzwischen ist das Mädchen aus dem Krankenhaus entlassen«, schloss er seinen Bericht. »Sie wohnt bei ihrer Tante, der Schwester ihrer Mutter. Doch über das, was geschehen ist, will sie nicht sprechen.«

»Kein Wunder, unter diesen Umständen.«

Sam Becket berichtete weiter, dass sich sein Vater, Cathys Tante Frances, zwei Sozialarbeiter vom Erziehungsheim und der Psychologe des Miami General Hospital um das Mädchen bemühten, jedoch noch keine Aussage von ihr bekommen hatten.

»Ist Ihnen klar, dass es mir vielleicht nicht anders ergeht?«, wandte Grace ein.

»Sicher. Aber mein Vater meint, dass Cathy Ihnen womöglich so weit vertraut, dass sie etwas erzählt.« Sam machte eine Pause. »Wir müssen herausfinden, was das Mädchen weiß.«

»Vielleicht ist das gar nicht viel.«

»Egal. Auch wenn es wenig ist, wir *müssen* es wissen.« Jetzt klang er schon eher wie ein Polizist.

Grace überlegte. Sie blickte auf Harry, der neben ihren Füßen auf dem Boden saß. Harry hielt sich gern ganz in ihrer Nähe auf. Grace schoss die Frage durch den Kopf, ob Cathy wohl Hunde mochte.

»Ist die Tante einverstanden?«, fragte sie den Detective.

»Sie sagt, ja.«

»Ich hätte heute Nachmittag Zeit. Ist das zu früh?«

»Je eher, desto besser.«

»Gibt es irgendwelche Vorschriften, wie ich mit den Informationen umzugehen habe, die das Mädchen mir anvertraut – falls sie überhaupt etwas sagt?«

Becket dachte nach. »Nein, keine. Es ist ein inoffizieller Auftrag, Dr. Lucca, und ich wende mich an Sie, weil sich bisher niemand sonst darum gekümmert hat.«

»Dann sollte Ihnen auch klar sein, dass meine Sorge allein Cathy gilt und nicht Ihren Ermittlungen.«

»Natürlich. Ich hoffe trotzdem, dass Sie etwas erfahren, das uns alle weiterbringt.«

»Demnach zählt Cathy nicht zu den Verdächtigen?«

»Nicht zum jetzigen Zeitpunkt«, erwiderte der Detective. Grace wusste, dass er seine Worte sorgfältig wählte. »Soweit es Sie betrifft, ist Cathy momentan lediglich das Opfer dieses Verbrechens.«

Grace nahm einen Stift aus ihrem Becher auf dem Schreibtisch.

»Dann brauche ich die Adresse.«

Becket nannte ihr die Anschrift, teilte ihr auch Frances Deans Telefonnummer mit und bedankte sich. Grace notierte sich ein paar Einzelheiten. Dann legte sie den Hörer auf und schaute aus dem Fenster. Zwar schien draußen noch die Sonne, doch das Gefühl der Leichtigkeit und die Wärme schienen sich verflüchtigt zu haben. Grace hatte bereits Opfer von Vergewaltigung, Misshandlung und allen möglichen anderen Formen der eingebildeten oder tatsächlichen Gewalt behandelt, aber dies war ihr erster Mord.

Harry drehte sich auf den Rücken und knurrte.

»Du hast ja Recht«, seufzte sie.

4.

Mary Robbins' verwitwete Schwester wohnte am Granada Boulevard im Zentrum von Coral Gables, der Stadt im spanischen Stil, die zu den ältesten Gemeinden von Dade County gehörte. Sie besaß ein einstöckiges, ansehnliches grauweißes Haus mit Läden vor den Fenstern und einem üppig bepflanzten Vorgarten mit Palmen, Feigen- und Maulbeerbäumen.

Frances Dean sah fast genau so aus, wie Grace sie sich vorgestellt hatte. Das silbergraue Haar, normalerweise wohl elegant frisiert, lag in Strähnen; was immer sie an Make-up aufgetragen hatte, war von Tränen verschmiert. In dem schwarzen Kleid, in dem Frances unter besseren Umständen vielleicht schlank und attraktiv ausgesehen hätte, wirkte die ungefähr Fünfzigjährige eingefallen und verhärmt. Die Frau war aufgewühlt, mit den Nerven am Ende. Grace fragte sich, wie Mrs. Dean wohl ihren Mann verloren hatte. Es schien unvorstellbar, dass eine Krankheit, ein plötzlicher Zusammenbruch oder ein Unfall sich ähnlich verheerend auf sie ausgewirkt haben konnten wie der schreckliche Tod von Schwester und Schwager.

»Cathy hat sich hingelegt«, sagte Frances Dean, nachdem sie Grace ins Haus gebeten und ihr einen Platz auf der weißen, weichen Couch im Wohnzimmer angeboten hatte. »Sie soll sich ausruhen.« Die Frau schüttelte den Kopf. »Oder es zumindest versuchen. Das arme Kind! Ich glaube nicht, dass sie viel geschlafen hat, seit es passiert ist.«

»Und wie steht es mit Ihnen?«, erkundigte Grace sich leise.

»Ich schlafe normalerweise schon nicht besonders gut.« Frances Dean erinnerte sich plötzlich an ihre Pflichten als

Gastgeberin. »Darf ich Ihnen eine Tasse Kaffee anbieten, Dr. Lucca?«

»Das wäre nett.« Eigentlich mochte Grace jetzt gar keinen Kaffee, aber für trauernde Hinterbliebene war selbst die einfachste Beschäftigung oft besser, als nur dazusitzen und vor sich hinzustarren. »Wenn es keine Umstände macht.«

»Überhaupt nicht.« Frances Dean stand auf und ging mit unsicheren Schritten zur hohen, großzügig bemessenen Tür, die in die Halle und wahrscheinlich in die dahinter liegende Küche und den Schlaftrakt des Bungalows führte. Kurz vor der Tür blieb Frances jedoch stehen.

»Möchten Sie, dass ich Cathy jetzt gleich hole? Oder wollen Sie zuerst mit mir sprechen?«

»Was Ihnen lieber ist«, erwiderte Grace, »und was Ihnen leichter fällt.« Obwohl für diese Frau im Augenblick nichts leicht war oder in nächster Zeit leicht sein würde.

»Ich bin hier, Tante Frances.« Da die Besitzerin der Stimme direkt hinter der Frau stand, konnte Grace sie von ihrem Platz aus nicht sehen. Sie klang jung, sanft, leise.

Mrs. Dean wandte sich um. »Cathy, Liebes!« Sie streckte die Hand aus, um ihrer Nichte über die Schulter zu streichen. Grace hatte zwar nicht den Eindruck, dass es sich um eine bewusste Zurückweisung handelte, doch das Mädchen – gekleidet in ein weißes T-Shirt und Blue Jeans – ließ die Arme hängen, wich ihrer Tante aus und trat ins Wohnzimmer.

Grace stand auf. Ihr Herz klopfte schneller, und sie merkte, dass sie nervös war, was ihr sonst nicht passierte.

»Hallo, Cathy«, sagte sie. »Ich bin Grace Lucca.«

Etwa einen Meter vor ihr blieb Cathy stehen. »Die Psychologin.«

»Genau.« Grace lächelte sie an.

»Man hat schon im Krankenhaus ständig Psychologen zu mir geschickt, die mit mir reden wollten. Aber dann sind sie wieder gegangen, weil ich nichts gesagt habe.«

»Cathy …« Offenbar peinlich berührt, war Frances Dean an der Tür stehen geblieben.

Cathy wandte sich um. »Ist schon gut, Tante Frances.« Sie

klang mitfühlend, als wäre die Ältere auf Zuwendung angewiesen und nicht das Mädchen. »Ich glaube, ich bin jetzt so weit.« Dann richtete sie ihren Blick wieder auf Grace. »Vielleicht lag es am Krankenhaus. Ich hab' dort einfach kein Wort herausgebracht.« Seltsam resigniert und ungeschickt zuckte sie die Achseln. »Ich habe es wirklich versucht, aber ich hatte das Gefühl, daran zu ersticken.«

»Und wie ist es jetzt?«, fragte Grace.

»Ich will es versuchen.«

Das war mehr, als Grace erwartet hatte. Sie wusste aber auch, dass sie sich nicht zu früh freuen durfte.

»Ich wollte gerade eine Tasse Kaffee für Dr. Lucca kochen«, warf Frances ein. »Möchtest du auch etwas, Cathy?«

Das Mädchen schüttelte den Kopf. »Nein, danke, Tante Frances.«

Frances Dean verließ das Zimmer. Offenbar war sie froh, die beiden allein lassen zu können.

»Sollen wir uns hier unterhalten?«, fragte Grace das Mädchen. »Oder möchtest du lieber nach draußen gehen?«

»Ich würde gern hier bleiben, wenn es möglich ist.«

»Natürlich.«

Grace nahm zuerst Platz, um Cathy die Entscheidung zu überlassen, in welchem Abstand sie ihr gegenübersitzen wollte. Viele ihrer Patienten, ob die ganz Kleinen oder die Halbwüchsigen, hielten anfangs gern räumliche Distanz. Cathy wählte das andere Ende der Couch, was Grace als Zeichen von Zurückhaltung, jedoch keineswegs von Unsicherheit deutete.

»Wie soll ich Sie anreden?«, fragte Cathy.

»Wie du magst. Mein Vorname ist Grace.«

»Ich soll nicht Dr. Lucca zu Ihnen sagen?«

»Nur wenn du unbedingt möchtest.«

»Gut.«

Cathy machte es sich bequem und zog die Beine auf die Couch. Grace gestattete sich eine erste Musterung. Das Mädchen war recht hübsch, von einer Art lieblicher Unschuld, wie sie nur Teenager oder sehr junge Frauen besitzen, und das auch nur für kurze Zeit. Sie war schlank, fast zart, hatte jedoch kräftige Arme, als würde sie Sport treiben, langes, glattes, goldblondes Haar und klare blaue Augen mit einem Melaninfleck in der linken Iris. So wohlgeformt ihr Gesicht auch war, so wirkte es doch irgendwie leer; unter normalen Umständen hätte man wohl vermutet, dass noch keine einschneidenden Lebenserfahrungen ihre Spuren darin hinterlassen hatten. Doch in Anbetracht der Ereignisse, die Cathy Robbins in den letzten achtundvierzig Stunden erlebt hatte, musste Grace annehmen, dass dieses Gesicht eine Wahrheit verbarg, wenn nicht sogar leugnete.

Unvorstellbar schreckliche Gewalttaten. Den Mord an ihren Eltern.

»Ich kann Ihnen nicht viel sagen, Dr. Lucca.«

Grace merkte, dass sie unwillkürlich die Luft angehalten hatte, und atmete aus. »Grace«, mahnte sie das Mädchen leise und freundlich.

»Entschuldigen Sie.«

»Du braucht dich nicht zu entschuldigen. Wie du mich anredest, spielt keine Rolle.« Grace schwieg. »Erzähl mir, was du erzählen kannst, Cathy.«

»Was passiert ist?«

»Wenn es geht. Oder darüber, wie du dich fühlst. Ganz gleich. Alles.«

Grace wartete. Die klaren blauen Augen des Mädchens betrachteten sie ein Weile, dann wandte Cathy sich ab und blickte ins Leere. Sie öffnete den Mund, schloss ihn wieder. Kein Laut kam über ihre Lippen. Cathy verlagerte ihr Gewicht und legte dabei den rechten Unterarm auf die Knie. Auf der Haut klebte ein Pflaster.

»Würde es dir helfen, wenn ich Fragen stelle?«

»Ich weiß nicht. Könnte sein.« Die Augen blieben wachsam.

Grace durchforstete ihr Gehirn nach einer ihrer vielen einstudierten, unverfänglichen Ausgangsfragen, doch es wollte ihr keine einfallen. Ein Anflug von Panik überkam sie. Offenbar hatte sie den Fehler gemacht und sich innerlich schon auf Erfolgskurs gewähnt, als Cathy sich einverstanden erklärte, mit ihr zu sprechen. Nun hatte sie Angst, das Mädchen zu enttäuschen.

»Ich habe geschlafen«, sprang Cathy ihr bei. »In meinem Zimmer.«

Grace fasste sich wieder.

»Irgendwas hat mich geweckt.« Cathy runzelte die Stirn. »Aber ich weiß nicht, was.«

»Ein Geräusch?«

»Schon möglich.« Ihr Blick verriet, wie sehr sie sich zu erinnern bemühte. »Aber ich weiß, wie spät es war. Kurz vor vier. Es war noch dunkel.«

Grace, die eine Bewegung wahrgenommen hatte, blickte auf. Im Hausflur stand Frances Dean, ein Kaffeetablett in den Händen. Einen Moment rührte sie sich nicht vom Fleck, unentschlossen, vielleicht auch hin und her gerissen zwischen dem Widerwillen, zu stören, und dem Wunsch, etwas von dem Gespräch mitzubekommen. Dann wandte sie sich ab und verschwand im Dunkel des Flurs. Bestimmt hatte ihre Nichte sie gesehen, doch das Mädchen ließ sich nichts anmerken.

»Ich bin eine Weile im Bett liegen geblieben. Wie lange, weiß ich nicht.« Cathy hielt kurz inne. »Ich hatte Angst.« Sie schaute Grace an. »Wollen Sie nicht fragen, wovor ich Angst hatte?«

»Weißt du es denn?«

»Nein.« Cathy schluckte. »In der Nacht jedenfalls nicht.« Wieder verstummte sie. »Aber ich glaube, jetzt weiß ich es.«

Cathy hatte gemeint, sie habe nicht viel zu sagen. Vom Standpunkt der Polizei mochte das wohl stimmen, vom Standpunkt einer Psychologin hingegen – und aus Cathys Sicht – erinnerte das Mädchen sich an mehr als genug. Sogar an viel zu viel.

Cathy wusste noch, dass sie ins Zimmer ihrer Eltern gegangen war, wo sie die beiden Ermordeten im Bett liegend fand. Beide waren schon tot, versicherte sie Grace mit stumpfer, beinahe ausdrucksloser Stimme. Grace war dies bei schwer traumatisierten Patienten schon des Öfteren aufgefallen; anscheinend glaubten sie, sämtliche Gefühle und Regungen unter Kontrolle halten zu können, indem sie diese unterdrückten und fest in ihrem Inneren verschlossen.

»Danach erinnere ich mich an nichts mehr«, fuhr Cathy fort, »bis Anita mich aufgeweckt und so furchtbar geschrien hat.« Sie blickte Grace in die Augen. »Wie konnte ich dort nur einschlafen?«, fragte sie. Zum ersten Mal zog ein Anflug von Entsetzen über das ansonsten leere Gesicht. »Warum bin ich in das Bett gestiegen? Wie konnte ich so etwas tun?«

Grace merkte, wie verzweifelt Cathy nach einer Antwort auf diese Fragen suchte. Zwar war dies nicht das erste Mal, dass Grace einem Patienten nicht die Hilfe geben konnte, die er brauchte, aber dadurch wurde diese Erfahrung nicht weniger schmerzlich und frustrierend.

»Ich weiß es nicht«, erwiderte sie.

5.

Grace war verblüfft, als sie Sam Becket sah. Sein Vater, der Kinderarzt, war ein stämmiger weißer Jude mittleren Alters, nicht mehr als ein Meter sechzig groß, der selbst in den besten Anzügen so aussah, als hätte er darin geschlafen. Der Detective hingegen maß bestimmt ein Meter neunzig, war Afroamerikaner und wirkte trotz des konservativen dunklen Anzugs kräftig. Doch so fasziniert Grace auch war, zurzeit standen Familiengeschichte und Herkunft weder für sie noch für Samuel Becket auf der Tagesordnung. Viel dringlicher waren die Probleme um das ermordete Ehepaar Robbins und deren Tochter Cathy.

»Natürlich ist es nur ein erster Eindruck«, versicherte ihm Grace, »aber ich glaube, Cathy weiß wirklich nichts, was Ihre Nachforschungen irgendwie weiterbringen könnte.«

Es war kurz nach neunzehn Uhr. Sie saß an dem mit Aktenstapeln beladenen Schreibtisch von Detective Becket in einer Ecke des weitläufigen Großraumbüros der Mordkommission. Die Etage des stattlichen, modernen weißen Gebäudes in der Washington Avenue, in dem sich das Polizeipräsidium von Miami Beach befand, wimmelte vor Geschäftigkeit. Der einzige Farbfleck, der ins Auge stach, war das Plakat einer Aufführung von *Aida* der Florida Grand Opera.

»Mir ist klar, dass Sie selbst noch einmal mit dem Mädchen sprechen müssen«, fuhr Grace fort, »und vielleicht erfahren Sie von ihr dann ja weitere Einzelheiten. Aber ob Cathy dazu beitragen kann, die Bestie zu finden, die das getan hat, wage ich zu bezweifeln.«

»Zumindest spricht das Mädchen wieder.«

»Soweit es ihr möglich ist«, schränkte Grace ein. »Sie befindet sich noch immer im Schockzustand.«

»Glauben Sie, sie blendet etwas aus?«

»Natürlich.« Grace betrachtete das schmale Gesicht des Detective und versuchte abzuschätzen, wen sie vor sich hatte und wie viel sie ihm würde enthüllen müssen. *Sie blendet aus, wie ihre Mutter mit durchgeschnittener Kehle aussah und wie sie selbst sich fühlte, als sie sich zwischen ihre abgeschlachteten Eltern legte und die beiden toten, blutigen Körper an ihrer Haut spürte …*

»Wie könnte es auch anders sein«, stellte Becket fest.

Seine Stimme klang sanft, seinen Augen schimmerten voller Wärme. Polizist oder nicht, offenbar war er doch seines Vaters Sohn. Grace fühlte sich ein wenig erleichtert.

»Wann wollen Sie das Mädchen vernehmen?«, fragte sie. In einer vollkommenen Welt müsste sich kein Opfer wie Cathy Robbins einer polizeilichen Befragung aussetzen, es sei denn, es wäre dazu bereit. Doch wie Chicago – Grace Luccas Heimatstadt – trennten auch Miami Beach Welten von Utopia. Sowenig es ihr gefiel: Ehe Cathy diese Erlebnisse geistig hinter sich lassen konnte, würde sie sich einer ganzen Reihe von Inquisitoren stellen müssen. Umso besser, dass Sam Becket, dieser Sohn eines sanften, liebevollen und klugen Mannes, dabei den Anfang machte.

»Ich werde das Mädchen morgen vernehmen«, antwortete Becket. »Länger kann ich es nicht hinauszögern.«

Obwohl es Sonntag war, befanden sie sich keineswegs allein im Büro. Drei andere Männer waren dabei; ständig kamen und gingen sie, manchmal sprachen sie miteinander, dann wieder wechselten sie ein paar Worte mit Sam Becket oder legten ihm einen Zettel auf den Schreibtisch. In seiner Funktion als Leiter der Ermittlungen im Fall Robbins, erklärte er Grace, müsse ihm alles, was seine Kollegen in Erfahrung brachten, umgehend vorgelegt werden. Obwohl seit dem Mord erst drei Tage vergangen waren, konnte man Sam die Anspannung an den Augen und an den Furchen auf der Stirn ablesen. Doch so beschäftigt er auch war, blieb ihm trotzdem Zeit, ihnen beiden einen Kaffee zu holen und

Grace alles über den Doppelmord zu berichten, was sie wissen wollte.

Die Mordwaffe, teilte er ihr streng vertraulich mit, sei zwar noch nicht gefunden worden, doch es stand fest, dass Marie und Arnold Robbins mit einem dünnen scharfen Messer erstochen worden waren. Der Polizeiarzt vermutete, dass es sich dabei um eine Art Skalpell handelte. Bei der Durchsuchung des Hauses am Pine Tree Drive sei man auf ein altes, handgenähtes Lederetui gestoßen, das eine Reihe gleichfalls alter und ziemlich kostbarer chirurgischer Instrumente aus echtem Silber enthielt, jedes in seinem dafür vorgesehenen Fach – und eines der Fächer war leer. Nach Angaben von Frances Dean gehörte das Etui Cathy; es war ein Familienerbstück, das ihr verstorbener Vater, Maries erster Mann, dem Mädchen hinterlassen hatte.

»War er Chirurg?«, fragte Grace.

»Stationsarzt«, antwortete Becket. »Aber sein Vater war Chirurg.«

»Wenn dieses Skalpell die Mordwaffe war«, überlegte Grace, »muss der Mörder von dem Etui gewusst haben.«

»Möglich. Das Haus ist nicht durchsucht worden. Wir haben den Eindruck, dass bei dem Mord nichts dem Zufall überlassen wurde.«

»Aber Sie haben doch gesagt, es gibt Spuren eines Einbruchs.« Zuvor am Telefon hatte Becket von einer eingeschlagenen Fensterscheibe an der Rückseite des Hauses gesprochen.

»Möglicherweise«, erwiderte er.

Fragend blickte Grace ihn an.

»Jedenfalls hat einiges darauf hingedeutet.«

»Und jetzt?«, fragte Grace. Er zögerte. »Dürfen Sie es mir nicht sagen?« Sie ließ ihm einen Augenblick Zeit. »Ich kann Sie ja verstehen, Detective. Aber halten Sie sich bitte vor Augen, dass Verschwiegenheit auch in meinem Beruf einen hohen Stellenwert hat.«

Er musterte sie einen Moment prüfend, ehe er zu einem Entschluss gelangte. »Die Leute von der Spurensicherung halten es für möglich, dass das Fenster von innen aufgebrochen wurde.«

Wieder wartete Grace. Offenbar wollte er nicht mehr preisgeben. Doch ihr war ohnehin schon klar, was das bedeutete.

»Also wollte jemand es nur so aussehen lassen, als wäre das Fenster von außen aufgebrochen worden.«

»Kann sein«, antwortete Sam. »Aber wenn, hat der Täter schlechte Arbeit geleistet.«

»Könnte die Scheibe nicht schon vorher zerschlagen worden sein?«, fragte Grace.

»Möglich. Oder es hat gar nichts mit dem Mord zu tun.«

»Was sagt denn die Haushälterin?«

»Mrs. del Fuego? Sie meint, vor dem Donnerstag sei ihr keine zerbrochene Fensterscheibe aufgefallen. Aber das hat nichts zu bedeuten, weil sie nicht jeden Tag in dieses Zimmer gegangen ist.«

Grace überlegte, wie Anita del Fuego wohl mit den grauenhaften Bildern fertig wurde, die sie gesehen hatte. »Wie geht es ihr eigentlich?«

»Sie kommt zurecht.«

»Das ist ein Satz, dem ich nicht traue«, wandte Grace ein. »So was höre ich viel zu oft.«

»Aber mehr bleibt den Leuten doch nicht übrig, oder?«, wandte der Detective ein. »Sie kommen zurecht. Sie arrangieren sich. Sie leben weiter.«

»Natürlich.« Grace zog eine Grimasse. »Sie schotten sich ab. Und haben dann gutes Material für ihre Albträume.«

»Und legen die Grundsteine für zukünftige Probleme.«

»Wenn man Cathy sieht, könnte man auch meinen, sie käme zurecht«, ergänzte Grace. »Doch wir wissen beide, dass es nicht stimmt. Sie kann gar nicht damit zurechtkommen. Das ist unmöglich.« Plötzlich fiel ihr auf, dass Becket sie aufmerksam musterte, und sie spürte Unwillen in sich aufsteigen. »Habe ich einen Flecken im Gesicht oder so was?«

»Tut mir Leid«, erwiderte Sam und schwieg einen Moment. »Es liegt wohl an der Ähnlichkeit.«

»Was soll das heißen?«

»Zwischen Ihnen und Cathy Robbins.« Er merkte, wie verdutzt Grace war. »Sie und das Mädchen sind sich äußerlich sehr ähnlich, Dr. Lucca.«

»Wirklich?«, fragte Grace kühl. »Ist mir nicht aufgefallen. Äußerlichkeiten waren für mich nicht so wichtig, als ich mit Cathy gesprochen habe.«

»Das kann ich mir vorstellen. Entschuldigen Sie bitte.«

Wie viele ihrer Berufskolleginnen hatte Grace nach bitteren Erfahrungen lernen müssen, Anspielungen auf ihr Aussehen seitens männlicher und weiblicher Kollegen zu übergehen. Dass sie blaue Augen und glattes blondes Haar hatte, spielte zurzeit gewiss keine Rolle. Dennoch standen ihr Cathys elfenhafte Erscheinung und ihre Zerbrechlichkeit noch deutlich vor Augen. Auch die überwältigende Jugendlichkeit und weibliche Unschuld sowie das Fehlen hervorstechender Gesichtszüge, die Grace bei der ersten Begegnung mit dem jungen Mädchen so irritiert hatten, waren ihr in Erinnerung geblieben. Von ihren eigenen Kinderfotos wusste sie, dass ihre Persönlichkeit sich schon frühzeitig deutlich in ihrem Gesicht abgezeichnet hatte, und es hatte sie Jahre harter Übung gekostet, Gefühle oder Regungen zu verbergen, die man besser für sich behielt. Cathy Robbins' Gesicht hingegen wirkte wie ein schlechtes Porträt, hübsch, aber leer. Vielleicht war es ein Ausdruck ihres desolaten psychischen Zustands, wie ein verwüstetes Land nach einem Bombenangriff. Doch das zu beurteilen, war es noch viel zu früh.

»Das Fenster«, sagte Grace zusammenhanglos, um sich wieder den Ergebnissen der Spurensicherung zuzuwenden. »Glauben Sie wirklich, es wurde von innen aufgebrochen?«

»Wir müssen es in Betracht ziehen.« Becket war wieder auf der Hut.

»Was ist mit der Haushälterin?«

»Sie war bei ihrer Mutter und ihrer Schwester, bis sie zur Arbeit ging. Wir überprüfen das noch.«

»Und wer hat sonst noch Schlüssel zu dem Haus?«

»Cathys Tante, Mrs. Dean.«

»Die Schwester von Marie Robbins kommt ja wohl nicht als Verdächtige in Frage«, meinte Grace.

»Sie wusste von dem Chirurgenbesteck«, gab Sam Becket zu bedenken.

Grace dachte an die verstörte Frau. »Ich glaube, wir können sie ausschließen.«

Becket zögerte. »Und was ist mit dem Mädchen?«, fragte er dann leise.

Grace fuhr auf. »Was soll mit ihr sein?«

»Wie war Ihr erster Eindruck? Ganz allgemein.«

Grace wunderte sich selbst über den Zorn, der in ihr aufstieg. »Auf keinen Fall!«, erwiderte sie. »Auf gar keinen Fall.«

»Aber es besteht die Möglichkeit«, wandte Becket ein, ohne sich aus der Ruhe bringen zu lassen. »Das Chirurgenbesteck gehört ihr.«

»Aber nur, weil es ihr vererbt wurde.« Grace rief sich ins Gedächtnis, dass Cathy zum Kreis der Verdächtigen gehörte und der Detective nur seine Arbeit tat. »Wenn ich mir ein Urteil erlauben darf«, erklärte sie mit ruhigerer Stimme, »für mich ist Cathy nichts weiter als ein Opfer.« Sie spürte einen Knoten im Magen. »Sie ist traumatisiert und trauert, Detective Becket. Sie ist keine Mörderin.«

»Wissen Sie, wie viele Morde – gerade mit Stichwaffen – in unserem Lande heutzutage von vierzehnjährigen Mädchen begangen werden?« Becket ging es nicht darum, einen Treffer zu landen; er stellte lediglich eine schlichte Tatsache fest. Man sah ihm an, wie er sich fühlte. Traurig und ausgelaugt.

Bei Grace trat plötzlich Misstrauen an die Stelle von Zorn und Entsetzen. »Wann haben Sie von dem Fenster erfahren?«, wollte sie wissen.

Sam Becket erkannte sofort, worauf sie hinauswollte. »Nachdem ich Sie gebeten habe, mit Cathy zu sprechen, Dr. Lucca.«

Grace blieb keine andere Wahl, als ihm zu glauben; sie fühlte sich aber gezwungen, das Mädchen weiterhin zu verteidigen. »Cathy ist sehr sensibel.«

»Gefühlsmäßig, meinen Sie.«

»Wieso?«

»Mir sind im Haus eine Reihe Sportauszeichnungen von ihrer Schule aufgefallen. Cathy hat sie in der Leichtathletik errungen. Im Laufen.« Sam Becket hielt kurz inne. »Nicht dass es bei diesen Morden in besonderem Maße auf Körperkraft angekommen wäre. Marie und Arnold Robbins hatten Schlaftabletten genommen, bevor sie sich am Donnerstagabend zu Bett legten – sie wären also gar nicht in der Lage gewesen, sich zu wehren.«

»Du meine Güte!« Grace versuchte, das Bild fortzuwischen, das sich ihr aufdrängte.

»Wenn es Sie irgendwie tröstet«, fuhr Becket fort, »ich denke ähnlich wie Sie.«

»Sie glauben also auch nicht, dass Cathy es getan hat.«

Becket zuckte die Achseln. »Es gehört zu meinen Problemen, dass ich einen jungen Menschen nicht verdächtigen will, besonders nicht ein so zerbrechliches Mädchen wie Cathy. Aber Sie haben ja wohl auch schon eine Reihe jugendlicher Gewalttäter kennen gelernt, Doktor, und wissen so gut wie ich, dass Halbwüchsige auch morden können.«

»Natürlich«, erwiderte Grace hitziger als ihr lieb war. »Auf der Straße, mit Messern, Schusswaffen, zerschlagenen Flaschen und gestohlenen Autos.« Sie rang um Fassung. »Aber mit einem Skalpell? Ist Ihnen schon mal ein vierzehnjähriges Mädchen begegnet, das seinen Eltern mit einem Skalpell die Kehlen aufgeschlitzt hat?« Sie musterte den Polizeibeamten, suchte im Gesicht dieses großen, wuchtigen, beeindruckenden Mannes nach Spuren, die den Einfluss des Vaters verrieten, des klugen und freundlichen Kinderarztes. »Was sagt eigentlich Ihr Vater dazu?«

»Seit Cathy aus dem Krankenhaus entlassen wurde, habe ich nicht mehr mit ihm gesprochen. Aber er wäre sicher voll und ganz Ihrer Meinung.« Becket ließ den Blick durch den Büroraum schweifen, in dem sich zurzeit außer ihnen beiden niemand befand. Er biss die Zähne zusammen, fuhr dann fort: »Aber mein Vater könnte sich wahrscheinlich auch nicht vorstellen, dass eine Kindfrau wie Cathy ihre Eltern umbringt.«

Sie schwiegen beide. An einem Schreibtisch klingelte ein Telefon, verstummte wieder.

»Und die Waffe, sagten Sie, wurde noch nicht gefunden?«, fragte Grace.

»Nein, noch nicht.«

»Hat man Cathy auf Spuren untersucht?«

»Natürlich. Aber angesichts der Umstände war nicht zu erwarten, dass wir irgendetwas finden, das sie belastet oder entlastet. Es handelte sich schließlich um Eltern und Tochter. Das heißt, wir haben an Cathys Körper und ihrer Kleidung, an den Leichen der Eltern und auch im Haus die gleichen Abdrücke, Fusseln, Haare, Hautspuren und Ähnliches entdeckt.«

»Und das Blut an Cathys Körper stammte von den Eltern«, mutmaßte Grace leise.

»Ja«, antwortete Becket.

Grace fuhr nach Hause, fütterte Harry, kochte sich einen Teller Pasta und setzte sich vor den Fernseher. Doch sie starrte auf den Bildschirm, ohne etwas wahrzunehmen.

Stattdessen tauchte vor ihrem inneren Auge immer wieder das gleiche Bild auf, eine störende Kleinigkeit, wie ein Schmutzfleck auf einer Sonnenbrille, der nur weichen will, wenn man das ganze Glas putzt.

Das Pflaster auf Cathy Robbins Arm.

Der Gedanke daran beschäftigte Grace nicht erst, seit sie nach Hause gekommen war; sie hatte schon während des Gesprächs mit Detective Becket immer wieder daran gedacht. Am liebsten hätte sie ihn gefragt, was sich unter dem Pflaster verbarg – um dann zu hören, dass es eine Wunde war, die unmöglich von einem Skalpell stammen konnte. Aber sie hatte sich nicht zu fragen getraut.

Und das war für sie der Hinweis, dass sie ihre innere Distanz verloren hatte. Ein schlechte, eine unprofessionelle Haltung. Schließlich war sie nicht einmal Cathys Psychologin.

Weder die Tante noch das Mädchen selbst hatten Grace mit der Behandlung beauftragt; sie war von dritter Seite und inoffiziell hinzugebeten worden.

Indem sie sich bei Detective Becket nicht nach dem Pflaster erkundigt hatte, behielt sie einen möglichen Verdachtsmoment für sich.

Und warum? Die Antwort war nicht schwer.

Weil sie für Cathy Robbins Zuneigung verspürte.

Das hieß für Grace, sie musste sich vorsehen. Sich ein bisschen mehr im Hintergrund halten.

Detective Becket hatte festgestellt, dass Cathy und sie äußerlich vom gleichen nordischen Typ waren. Grace fragte sich mittlerweile, ob ihr die Ähnlichkeit unbewusst vielleicht auch aufgefallen war. Womöglich rief diese oberflächliche Verbindung Erinnerungen an die eigene schlimme, sorgenvolle Kindheit in ihr wach, und Grace fragte sich, ob sie sich davon hatte beeinflussen lassen, ob es vielleicht sogar ihre Objektivität trübte.

Natürlich nicht. Hoffte sie zumindest.

Doch inzwischen wünschte Grace sich beinahe, Dr. Becket hätte nicht ihren Namen genannt, als sein Sohn einen psychologischen Experten suchte. Hätte sie doch nie von Cathy Robbins gehört!

Es war bereits nach Mitternacht, als Sam zu seiner Wohnung in South Beach zurückkehrte, nur wenige Querstraßen vom Polizeipräsidium entfernt. Zwar war der wundersame Deal, mit dem er damals an dieses Apartment gekommen war, von seinen Kollegen mit Stirnrunzeln quittiert worden, letztlich aber hatte nie jemand etwas gesagt. Offenbar betrachteten alle es als einen jener seltenen Glücksfälle, wie jeder ihn für sich selbst erhoffte.

Die Wohnung befand sich in einer Fremdenpension an der Collins Avenue zwischen der Neunten und Zehnten Straße, ein Gebäude im Art-Déco-Stil. Seit seinem Eintritt in den Polizeidienst war Sam unzählige Male daran vorbeigefahren, ohne es eines Blickes zu würdigen; er hatte es erst zur Kenntnis genommen, als ein Studienfreund aus New York sich dort einmietete. Als Sam ihn besuchte, war er mit dem Besitzer des Hauses ins Gespräch gekommen, einem Mann, der schon bessere Zeiten erlebt hatte. Das Dach und die oberste Etage waren in baulich schlechtem Zustand, und letztendlich lautete die Frage nur noch, was zuerst geschah: ob der Mann Konkurs machte oder die Gebäudeaufsicht die Pension schloss. Sam hatte sich in das Haus verliebt und mit dem Besitzer einen Handel abgeschlossen: Er erklärte sich bereit, die Renovierung zu übernehmen und dafür zu sorgen, dass bei der Inspektion keine Mängel beanstandet werden konnten. Dafür bekam er auf Dauer die gesamte oberste Etage mitsamt dem Dach zur persönlichen Nutzung zugesprochen.

Jetzt stieg Sam mit dem kalten Bier und dem noch heißen, mit Muscheln gefüllten *tamale* auf die Dachterrasse. Eigentlich war sie lediglich ein nacktes, mit dem Tank der Klimaanlage, der Satellitenschüssel und unzähligen Rohren bestücktes Betonquadrat, dennoch zog Sam sich an einem schönen Abend am liebsten hierher zurück, um sich zu entspannen. Unter den schimmernden Lichtern der Leuchtreklamen und der Sterne, in sicherem Abstand zu den Touristenschwärmen, die nachts das Gebiet um den Ocean Drive unsicher machten, konnte er außerdem so gut singen wie nirgendwo sonst. Sam liebte die Oper, und da er eine volltönende Baritonstimme besaß, übertrug man ihm regelmäßig große Partituren in den Aufführungen der South Beach Opera, einer Gruppe hoch begabter Enthusiasten. Jeden Tag konnte das Vorsingen für ihre Sommerinszenierung von *Il Trovatore* angesetzt werden, und Sam hätte für sein Leben gern die Rolle des Conte di Luna übernommen – vorausgesetzt, die anderen duldeten auch weiterhin, dass er immer wieder bei den Proben fehlte. Bisher hatte er es wohl seiner Stimme und seiner Begeisterungsfähigkeit zu verdanken gehabt, dass er als schwarzer Cop, der auch noch unpünktlich zu den Proben kam, die für Weiße geschriebenen Rollen singen durfte. Außerdem kannte er die meisten Baritonpartituren von Verdi, Puccini, Mozart, Wagner und sogar Gounod, was umso beachtlicher war, als Sam nur eine Fremdsprache beherrschte, nämlich Spanisch.

Er hatte gerade den ersten Bissen *tamale* genommen, als er durch die Falltür, die von der Feuertreppe aufs Dach führte, das Telefon klingeln hörte. Nach dem vierten Läuten schaltete der Anrufbeantworter sich ein. Jemand aus dem Präsidium konnte es nicht sein; der hätte sich auf dem Piepser gemeldet, der in Sams Tasche steckte. Eine Minute später klingelte das Telefon erneut, verstummte aber nach dem zweiten Läuten. Dann setzte es wieder ein.

Die Einzige, die so etwas tat, war Ma, die Sam – auch wenn er todmüde war oder auf der Dachterrasse oder unter der Dusche oder mit einer Frau im Bett (wann war das eigentlich zum letzten Mal gewesen?) – mit ihren kodierten Klingelzeichen ans Telefon bekam, so sicher wie das Amen in der Kirche.

Sam warf einen sehnsüchtigen Blick auf sein *tamale* und das Bier, dann wandte er den Blick nach oben, um den Nachthimmel von Miami zu betrachten, und beschloss, sich nicht stören zu lassen.

Aber warum, um Himmels willen, rief seine Mutter nach Mitternacht noch bei ihm an?

Im nächsten Augenblick war er auf den Beinen, rannte die Treppe hinunter, stürmte ins Wohnzimmer und spulte die Nachricht ab.

»Samuel Becket, wo treibst du dich nach Mitternacht noch herum?«

Ein vorwurfsvoller Tonfall, wie ihn nur Judy Becket zustande brachte. Da mochte ihr Adoptivsohn vierunddreißig Jahre zählen, ein Meter neunzig groß sein und als Polizist arbeiten – Mama wollte nach wie vor Bescheid wissen, wo er sich zur Geisterstunde aufhielt.

»Hier spricht deine Mutter!«

Sam grinste.

»Solltest du dich vor drei Uhr noch zu Hause einfinden, ruf mich an! Hab keine Angst, mich zu wecken, ich kann sowieso nicht schlafen. Und deinen Vater kannst du auch nicht stören, ich habe nämlich im Schlafzimmer das Telefon abgeschaltet.«

Dad mochte es gar nicht, wenn sie das tat, schließlich erfuhr er so nicht, wenn ein Patient ihn brauchte.

»Keine Sorge, ich mach' den Apparat wieder an, wenn ich mich schlafen lege.«

Eine bedeutungsschwere Pause.

»Was ich erst tue, wenn du mich angerufen hast.«

Ende der Nachricht. Beunruhigt wählte Sam die Nummer. Judy Becket nahm beim ersten Klingeln den Hörer ab.

»Was ist los, Ma?«

»Was soll los sein?« Kalt wie eine Hundeschnauze.

»Du hast mich doch gerade erst angerufen …«

»Also warst du doch zu Hause!«

»Ich bin gerade zurückgekommen«, verteidigte sich Sam.

»Das passt ja gut.«

»Ma, was ist los? Mir ist das Herz in die Hose gerutscht, als ich gehört habe, ich soll dich bis drei Uhr nachts zurückrufen.« Er hielt inne. »Ist was mit Dad?«

»Deinem Vater geht's gut. Um *mich* solltest du dir Sorgen machen.«

»Um dich? Was ist denn mit dir?«

»Du bringst mich um den Schlaf, und das jetzt schon die halbe Nacht.«

Sams Sorge schwand augenblicklich. »Was willst du von mir, Ma?«

»Ich will wissen, was mit Freitag ist.«

»Freitag?« Sam überlegte. Das kommende Wochenende war Passah, also bezog ihre Frage sich auf den Seder-Abend, doch da seine Mutter eine liberale Einstellung hatte, konnte sie schwerlich die Religion im Sinn haben. Zumal der jüdische Sabbat bei Sams Eltern in den fünfzehn Jahren, seit er zu Hause ausgezogen war, geheiratet hatte, Vater geworden war und sich hatte scheiden lassen, nie von besonderer Bedeutung gewesen war.

»Du hast es also vergessen.«

»Scheint so. Was ist Freitag?«

»Nur das Passah-Fest«, sagte Judy. »Nichts Wichtiges.«

Sam stutzte. »Der Seder.«

»Richtig«, meinte seine Mutter. »Volltreffer.«

»Ich weiß nicht, ob ich am Freitag Zeit habe.« Er wappnete sich gegen die zu erwartenden Vorwürfe.

»Komisch. Irgendwie wundert mich das gar nicht. Weshalb eigentlich nicht?« Jetzt wurde sie sarkastisch.

»Du weißt doch, wie es bei der Polizei zugeht, Ma.«

»Ja, mittlerweile ist mir das klar.« Kurze Pause. »Um dich würde ich ja auch nicht so viel Aufhebens machen. Nur ist es die letzte Möglichkeit, dass wir vor Sauls Bar Mizwa noch einmal zusammenkommen.«

»Sauls Bar Mizwa ist erst in knapp einem Monat, Ma.«

»Aber Freitagabend liest er die Vier Fragen.«

»Die Vier Fragen liest er regelmäßig.«

»Diesmal ist es was anderes«, beharrte Judy Becket. »Er möchte dich dabeihaben – als moralische Unterstützung.«

»Saul braucht keine moralische Unterstützung.«

»Du hast ihn lange nicht gesehen, Sam. Er ist nervös.«

»Jeder wird nervös, wenn seine Bar Mizwa bevorsteht, Ma. Das ist ganz normal.«

»Du warst nicht nervös.«

»Doch.«

»Also, kommst du am Freitag, oder kommst du nicht?«

So machte sie es immer. Sie gab ihm das Gefühl, sie habe das Thema gewechselt, nur um ihn dann urplötzlich festzunageln.

»Ich will es versuchen, Ma.«

»Du weißt, wie wichtig deinem Vater Passah ist.« Ein neuer Angriff.

»Natürlich weiß ich das.« Sam zwang sich, ruhig zu bleiben. »Aber ich leite zurzeit die Ermittlungen in einem Doppelmord. Dad kennt das Mädchen, das dabei Waise geworden ist, du brauchst ihn nur zu fragen. Wenn ich am Freitagabend überhaupt kommen kann, wird es spät.«

»Tja, dann ...« Ihre Resignation war nicht zu überhören.

»Gehst du jetzt ins Bett?«

»Ja. Aber erwarte nicht, dass ich schlafe.«

»Zumindest bekommst du ein bisschen Ruhe.« Da fiel ihm etwas ein. »Erzählst du Dad morgen Früh, dass ich mich mit Dr. Grace Lucca getroffen habe?«

»Ist das nicht die Kinderpsychologin?«, fragte Judy.

»Ja. Sag ihm, sie hat mir gefallen.« Er hielt kurz inne. »Und vergiss nicht, das Telefon im Schlafzimmer wieder einzuschalten, Ma.«

»Ich bin seit achtundzwanzig Jahren mit einem Arzt verheiratet, Samuel Lincoln Becket, und habe noch alle fünf Sinne beisammen. Danke!«

Sam grinste.

»Gute Nacht, Ma.«

Er kehrte auf die Dachterrasse zurück. Da die *tamale* inzwischen kalt geworden waren, begnügte er sich mit dem Rest Bier. Dann streckte er sich auf der Luftmatratze aus, die ihm in warmen Nächten als Bett diente. Er liebte das Halbdunkel, die lebendige, pulsierende Nacht, und fühlte sich hier oben längst nicht so einsam wie in seinem weitaus bequemeren, klimatisierten, aber schrecklich leeren Schlafzimmer.

Während er den Blick über den Sternenhimmel schweifen ließ, dachte er an Cathy Robbins und das Horrorszenario, in dem das Mädchen an jenem Morgen aufgewacht war. Dann wanderten seine Gedanken zu Grace Lucca, und er verspürte wieder jenen eigenartigen Stich wie damals, als sie das erste Mal ins Polizeipräsidium gekommen war. Diese skandinavische Selbstsicherheit und Kühle, gepaart mit etwas Warmem, das gut dosiert unter der Oberfläche schimmerte. Und eine innere Ruhe, selbst auf dem Gipfel ihres Zorns. Deshalb war sie wohl auch die gute Kinderpsychologin, als die Dad sie beschrieben hatte.

Allmählich verflüchtigten sich die Erinnerungen an den Tag, und Sams Gedanken kehrten zu der Frau zurück, die vor vielen Jahren Mutter für ihn geworden war – eine Frau, die sehr viele Seiten besaß. Dieser kleine Auftritt als klassische jüdische Übermutter gehörte zu ihrer theatralischen Seite, die auch dafür verantwortlich war, dass sie bei Sams Bar Mizwa und seiner Abschlussfeier am College unablässig geweint hatte. Doch das war nicht die wahre Judy Becket. Die nämlich hielt sich in der Regel bescheiden im Hintergrund und trat nur dann in Erscheinung, wenn Not an der Frau war. Sie wachte ohne Pause an seinem Bett im Krankenhaus, als er zum ersten Mal angeschossen worden war, und vergoss keine einzige Träne, bis er die Intensivstation verlassen konnte. Diese Frau hatte Sam noch mehr als David, sein geliebter Adoptivvater, nach Sampsons Tod beigestanden und ihn aufgerichtet, als Althea, Sams Exfrau, ihn für den Verlust ihres Jungen verantwortlich machte. Judy Becket war in vielerlei Hinsicht eine bemerkenswerte und starke Frau. Nur in sorgenfreien Zeiten hängte sie sich das Mäntelchen einer überfürsorglichen Mutter um, und obwohl sie manchmal eine Nervensäge sein konnte, liebte und achtete Sam sie.

Den Schmerz über seinen größten Verlust würde er wohl nie verwinden, selbst wenn er hundert Jahre alt würde, doch wenigstens litt er jetzt nicht mehr so häufig unter seiner Einsamkeit. Er packte die Tage voll bis an den Rand – meist mit Arbeit, aber auch mit Besuchen bei der Familie und, wenn Zeit übrig blieb, mit der Oper. Und nur manchmal, wenn Sam abends im Bett lag und nicht einschlafen konnte, fuhr ihm noch dieser nagende, quälende Schmerz in die Glieder. Er rührte nicht daher, dass keine Frau bei ihm war – Gott allein wusste, wie oft er sich einsam gefühlt hatte, wenn er schlaflos und steif neben Althea lag, ihr körperlich so nahe, im Geiste jedoch Meilen von ihr entfernt. Nein, es war Sampson, der ihm fehlte. Sein Kind. Sein Sohn. Dieser kleine, leichte Körper mit dem wachen Geist, der Sam das Herz erwärmte, selbst wenn er schlief.

Sehnsucht. Mit diesem Wort war nicht beschrieben, worunter Samuel Becket litt.

Ein solches Wort musste wohl erst noch erfunden werden.

7.

Grace war gerade von der kurzfristig anberaumten Sitzung mit dem achtjährigen Opfer eines Gewaltverbrechens zurückgekehrt, als Sam Becket sich bei ihr meldete.

»Ich war heute Morgen bei Frances Dean.«

»Und?« Grace spürte, wie die Spannung in ihr wuchs.

»Nichts.«

»Das wundert mich nicht.«

»Mich auch nicht.« Beckets Stimme klang müde.

»Was ist los?«, fragte Grace.

»Nichts. Es sei denn, es gefällt einem, wenn eine Frau sich verdächtigt fühlt, die um ihre Schwester trauert.«

»Wie ging es Cathy?«

»Schlecht.« Er hielt kurz inne. »Würden Sie sich noch einmal mit ihr treffen?«

»Möchte sie das denn?«

»Offenbar möchte es Cathys Tante.«

Grace brauchte nur einen kurzen Augenblick.

»Dann komme ich natürlich.«

Als Grace über den Mac Arthur Causeway in Richtung Coral Gables fuhr, machte sie sich Sorgen. Aber das war nichts Neues. Sie machte sich immer Sorgen, wenn sie mit der Behandlung eines traumatisierten Jugendlichen begann, und diese Sorge war durchaus rational und begründet. Auch wenn sie noch so behutsam vorging, konnte es passieren, dass sie bei dem jungen Patienten irgendetwas aufrührte und dadurch verborgene Ängste und Schmerzen vorzeitig an die Oberfläche holte. Andernfalls wurde das Aufgestaute mit der Zeit zwar fad und verblasste, war für den Patienten aber zumindest verdaulich. Und obwohl sie Detective Becket am

Tag zuvor wegen des Begriffs »zurechtkommen« angegriffen und ihn auf die Gefahr hingewiesen hatte, dass Gefühle blockiert wurden, gab es Umstände, wo ein Mensch besser durch eine Krise kam, wenn er seinen Schmerz bis zu einem gewissen Grad unterdrückte.

Das musste sie akzeptieren, zumal sie es selbst so gehalten hatte: Grace hatte Gefühle unterdrückt, blockiert, ausgeblendet, war »zurechtgekommen«. Sie hatte eine schlimme Krise bewältigt und zu einem erfüllten Leben gefunden.

In Frances Deans sauberem, elegantem Wohnzimmer hatte sich nichts verändert. Frances selbst jedoch sah um einiges schlechter aus als vierundzwanzig Stunden zuvor.

»Die Polizei lässt uns keine Ruhe«, erklärte sie Grace mit bebender Stimme, aber so leise, dass ihre Nichte es nicht hören konnte. »Sie waren den ganzen Morgen da und haben das Haus durchsucht. Mein Haus! Als ob ich etwas zu verbergen hätte. Um Himmels willen, Marie war meine Schwester!«

»Das ist Routine«, beschwichtigte Grace sie. »Es gehört zu den unangenehmen Begleiterscheinungen einer solchen Ermittlung, dass man keinen Privatbereich mehr hat, Mrs. Dean. Der Polizei bleibt nichts anderes übrig, ihr darf nicht die geringste Kleinigkeit entgehen.«

»Welche Kleinigkeit?«, empörte sich die Frau, während sie an dem spitzenbesetzten Taschentuch in ihren Händen zupfte. »Marie und Arnold wurden in ihrem Haus ermordet, nicht in meinem. In ihrem Bett ...« Ihre rechte Hand vollführte zitternd eine undeutliche Geste, die Grace als Kreuzzeichen deutete. »Die Polizei glaubt, dass ich sie ermordet habe. Ist es nicht so?« Wütend starrte sie Grace an. »So ist es doch, nicht wahr?«

»Nein, die Polizei verdächtigt Sie nicht«, widersprach Grace ihr entschlossen. »Ich habe mich mit Detective Becket unterhalten und weiß, dass er nichts dergleichen denkt. Die Durchsuchungen sind ein ganz normaler Vorgang. Cathy und Sie sind die engsten Angehörigen der Robbins, und Cathy war in dem Haus, als der Mord geschah. Die Polizei *muss* so vorgehen.«

»Aber für Cathy wird das alles allmählich zu viel«, erwiderte Frances Dean uneinsichtig. »Ich habe Angst, dass sie das nicht durchsteht.« Verzweifelt schüttelte sie den Kopf. »Es ist so ungerecht! Nach all dem Elend, das ihre Mutter und sie ...«

Sie hielt inne. Offenbar bedauerte sie ihre Worte. Grace wartete, doch Frances wollte anscheinend nicht weitersprechen. »Welches Elend?«, fragte Grace vorsichtig.

Frances schüttelte den Kopf. »Es wäre zu viel, würde ich das jetzt erzählen. Außerdem ist es nicht wichtig.« Sie hob den Kopf und blickte Grace in die Augen. »Letzte Nacht – ich habe wohl doch ein bisschen geschlafen –, da bin ich aufgewacht, und Cathy stand vor meinem Bett. Sie schaute mich an. Sie sagte nichts, sie weinte nicht, sie stand einfach nur da und starrte mich an. Aber ich hatte das Gefühl, als würde sie in mich hineinsehen, wenn Sie verstehen, was ich meine.«

Grace nickte.

»Das Kind ist völlig durcheinander«, fuhr Frances leise verzweifelt fort. »Und wenn diese Leute zurückkommen und sie dazu bringen, das Ganze wieder und wieder durchzugehen, dann weiß ich nicht, was ...«

Sie unterbrach sich und wandte den Kopf zur Tür. Auch Grace hatte Cathys leise Schritte gehört. Sanft strich sie Frances über die Hand. »Ich bin jederzeit für Sie da.«

Cathy trat ins Zimmer. Sie trug wieder Jeans, eine locker sitzende Baumwollbluse und Turnschuhe.

»Guten Tag, Dr. Lucca.« Sie hielt inne. »Grace.«

Grace lächelte. »Hallo, Cathy.«

Frances stand auf. »Ich lasse euch jetzt allein, dann könnt ihr reden.«

Cathy blieb an der Tür stehen. »Sollen wir ein bisschen spazieren gehen, Grace?«

»Ja, das wäre schön.«

Cathy schaute ihre Tante an. »Einverstanden, Tante Frances?«

Frances Dean brachte ein kleines Lächeln zustande. »Warum nicht? Die frische Luft tut dir sicher gut. Außerdem wollten wir beide am Morgen ohnehin ein paar Besorgungen machen«, erklärte sie, an Grace gewandt. »Aber dann kam ja die Polizei.«

Sie schlenderten gemächlich den Granada Boulevard entlang, vorbei an den großen, stattlichen Häusern mit ihren üppigen, exotisch bepflanzten Gärten, schwenkten links in den Coral Way und bogen dann auf den Weg ab, der am Grundstück des Coral Gables Country Club entlangführte. Die Luft war angenehm warm und mild. Vor ihnen strampelten sich Fahrradfahrer ab, und auf dem grau ausgelegten Tennisplatz schwangen zwei Paare lachend den Schläger. Selbst Grace erschien diese Normalität unerreichbar fern. Cathy ging unbeirrt geradeaus. Das Haar fiel ihr locker auf die Schultern, und ihr Gesicht zeigte keine Regung. Doch es war nicht schwer zu erraten, dass das Grauen sie bei jedem ihrer Schritte begleitete.

»Anscheinend gibt es für mich kein Entkommen«, sagte sie, ohne innezuhalten oder Grace anzuschauen. »Ich tue, was ich tun muss. Ich zwinge mir einen Bissen hinunter, wenn meine Tante mir etwas zu essen hinstellt, ich gehe auf die Toilette, ich lege mich ins Bett und schlafe ein bisschen, und dann stehe ich auf, und alles fängt wieder von vorn an. Aber es kommt mir so vor, als wäre es gar nicht ich, die all das tut.«

Grace hörte aufmerksam zu.

»Detective Becket hat mich gefragt, ob ich mich inzwischen an irgendetwas erinnern kann. Aber da ist nichts.« Cathy blieb stehen. »Ich habe ihm gesagt, dass ich mich gern erinnern würde, aber das war gelogen. Ich will es gar nicht.« Ihre Augen verengten sich, und mit einem Mal wirkten sie viel dunkler. »Ich sehe manchmal Blitze von dem, was geschehen ist.«

»Meinst du so etwas wie einen Film?«, fragte Grace.

»Nein, es geht viel schneller«, erwiderte das Mädchen.

»Man hat gerade erst gemerkt, dass die Bilder da sind, da sind sie auch schon wieder fort.« Cathy zuckte die Achseln. »Aber das habe ich nicht erst, seit meine Eltern ermordet wurden. Das habe ich schon länger.«

Grace fiel ein, was die Tante des Mädchens vorhin gesagt hatte – irgendetwas von Jahren des Elends für Cathy und ihre Mutter.

»Diese Blitze«, hakte sie vorsichtig nach, »wie sind die?«

Cathy schüttelte den Kopf. »Das ist nicht wichtig.«

Sie schwieg und ging schneller. Grace beschleunigte ebenfalls ihren Schritt, um mithalten zu können. Plötzlich wandte Cathy sich zur Seite und überquerte den Weg, ohne nach rechts und links zu schauen. Ein junger Mann auf Rollerblades konnte ihr gerade noch ausweichen. Er rief ihr wütend etwas zu, doch Cathy schien es nicht zu bemerken. Grace blieb stehen und schaute sich um, ehe sie Cathy folgte. Sie musste laufen, um das Mädchen einzuholen.

»Entschuldigung«, sagte Cathy, ohne langsamer zu werden.

»Macht nichts.«

»Es tut gut, draußen zu sein.« Cathy blieb stehen. »Ich würde gern ein bisschen Lauftraining machen, Grace. Geht das? Ich weiß, dass ich nicht fliehen kann. Aber ich habe das Gefühl, ich brauche das.« Ihre blauen Augen schimmerten klar, ihr Blick war eindringlich. »Darf ich?«

»Das ist eine gute Idee«, erwiderte Grace leichthin. »Soll ich mitkommen, oder möchtest du lieber allein bleiben?«

»Allein, wenn es geht.«

»Natürlich. Soll ich hier auf dich warten?« Grace wies mit einer Kopfbewegung auf den Zaun des Golfplatzes. »Ich kann mich solange hinsetzen.«

»Sie sind sehr nett«, sagte Cathy. »Und ich passe auch auf, dass niemand mich umfährt oder so«, fügte sie nach kurzem Nachdenken hinzu.

»Dann lauf los«, sagte Grace.

Sie sah dem Mädchen nach, wie es davonrannte, und als es ihren Blicken entschwunden war, setzte sie sich ins Gras und versuchte, ruhig zu werden. Sie spielte ein riskantes Spiel, denn es war keineswegs ausgeschlossen, dass Cathy davonlief und nicht zurückkam. Aber da das Mädchen unter schrecklichem Druck stand, brauchte sie das Gefühl der Freiheit, die Möglichkeit, sich auszutoben. Und weil sie nicht entkommen konnte, wie sie selbst ganz richtig gesagt hatte, und noch sehr lange mit dem Albtraum würde leben müssen, konnte es Cathy Robbins sicher nicht schaden, einen kurzen Moment der Freiheit zu genießen, statt bloß dazusitzen, zu grübeln und zu leiden.

Mit geröteten Wangen, außer Atem und zumindest körperlich frischer als zuvor kehrte sie zurück. »Das hat gut getan«, sagte sie, während sie ein paar Dehnübungen machte. »Vielen Dank.«

»Ich habe doch gar nichts getan«, wandte Grace ein.

»Sie haben mich ohne großes Theater gehen lassen. Ich hätte alles Mögliche anstellen können. Mich von einem Bus überfahren lassen, zum Beispiel.«

»Du hast mir doch versprochen, dass du wiederkommst.«

»Und Sie haben mir vertraut.«

In gemütlichem Schlenderschritt kehrten sie zum Haus der Tante zurück. Beide sprachen nicht viel. Grace wollte das Mädchen nicht drängen, Dinge preiszugeben, über die es nicht sprechen wollte, zumindest nicht zu diesem Zeitpunkt. Allerdings fragte sie Cathy beim Abschied, ob sie sich wieder mit ihr treffen wolle.

»Von mir aus«, erklärte Cathy.

»Bloß um zu reden«, warf Grace leichthin ein, »worüber du willst.«

»Also nicht über das, was passiert ist?«

»Nein, das müssen wir nicht. Du kannst auch zu mir kommen. Und wenn dir danach ist, sprechen wir über deine Mutter, über die schönen Dinge, die ihr erlebt habt.« Grace machte eine kurze Pause. »Oder über die Blitze.«

»Die sind nicht wichtig«, wiederholte Cathy. Doch ihre Augen schweiften dabei in die Ferne.

»Ich sehe sie auch manchmal«, meinte Grace, »jedenfalls so was Ähnliches, glaube ich. Ich nenne sie Schnappschüsse. Sie kommen und gehen so schnell, dass ich sie nicht deutlich sehen kann.«

Cathy schüttelte den Kopf. »Meine sind anders.«

Grace zuckte die Achseln. »Na, dann ist es wohl doch nicht das Gleiche.«

Nachdenklich schaute das Mädchen sie an. »Ich glaube, ich würde mich doch gern weiter mit Ihnen treffen. Ist Ihnen das recht?«

»Sonst hätte ich es nicht vorgeschlagen.«

»Wenn ich komme«, fragte Cathy vorsichtig nach, »brauche ich also über nichts zu reden, über das ich nicht reden will?«

»Nein, das habe ich dir versprochen.«

»Ich bin nämlich früher schon mal zu einer Therapeutin gegangen. Ich mochte sie nicht besonders.« Sie überlegte sich jedes Wort. »Ich habe ihr nicht getraut.«

»So was kommt vor«, erwiderte Grace.

»Sie hat ziemlich viel Einfühlungsvermögen«, erklärte Grace Sam Becket später am Telefon.

»Das ist mir auch schon aufgefallen.«

»Gibt es irgendwelche Fortschritte?«

»Nicht von der Art, wie Sie meinen, Dr. Lucca.«

»Schade.«

»Und wie steht's bei Ihnen?«

Grace glaubte beinahe zu hören, wie er seine Worte abwägte.

»Wir haben die Asche analysiert, die wir im Müllverbrennungsofen der Robbins' gefunden haben«, berichtete er schließlich. »Sie stammt offenbar von dem gleichen Stoff wie das Nachthemd, das Cathy anhatte, als wir sie bei ihren Eltern fanden.«

»Und was heißt das?« Grace bekam ein ungutes Gefühl.

»Meiner Meinung nach heißt das vorerst gar nichts, außer dass jemand, der im Haus wohnte, Seidenstoff verbrannt hat. Wir werden wohl herausfinden müssen, wer es war und warum er es getan hat.« Sam hielt inne. »Kollegen in meiner Abteilung glauben allerdings, dass Cathy ihre Eltern ermordet und das Nachthemd, das sie dabei trug, verbrannt hat, dann duschte, ein frisches Nachthemd anzog und sich schließlich zwischen ihre Eltern legte, um auf die Haushälterin zu warten.« Grace schwieg, und Sam spürte, wie eisiges Entsetzen in ihr aufstieg. »Ich persönlich halte diese Theorie für äußerst löchrig.«

»Freut mich.« Grace merkte selbst, wie steif das klang. »Mir kommt das alles höchst unwahrscheinlich vor.«

»Ich habe nichts anderes erwartet.«

Obwohl Grace nicht wusste, ob dies als bissige Bemerkung oder als Ermutigung gemeint war, fuhr sie fort. »Ich habe inzwischen mehr Zeit mit Cathy verbracht, und nach allem, was ich bis jetzt gesehen habe, halte ich sie für ein trauerndes, verstörtes und gehetztes Kind, das seine Mutter und seinen Stiefvater geliebt hat.«

»Stimmt, Arnold Robbins hatte Cathy adoptiert«, erwiderte Sam Becket. »Hat sie mit Ihnen über das Verhältnis zu ihren Eltern gesprochen?«

»Nein, bis jetzt nicht. Keine demonstrativen Erklärungen der Liebe und Zuwendung. Dafür ist das Erlebte noch zu frisch und zu real. Cathy ist noch nicht klar geworden, dass sie die Liebe zu ihren Eltern unter Beweis stellen muss.«

»Aber besteht nicht auch die Möglichkeit, dass sie eine gute Schauspielerin ist?«

Grace unterdrückte den Impuls, mit einer scharfen Antwort zu kontern. »Wenn mein Gefühl mich nicht täuscht«, erwiderte sie unbeirrt, »hat das Mädchen mir heute Nachmittag nichts vorgespielt.«

»Dann wollen wir hoffen, dass Sie sich auf Ihr Gefühl verlassen können«, antwortete Sam Becket leise.

Cathy traf bereits um Viertel vor drei bei Grace ein. Sie hatte mit Frances Dean vereinbart, dass das Mädchen mit dem Taxi kam; die Tante sollte Cathy dann um vier Uhr abholen.

»Tut mir Leid, das ich zu früh bin«, sagte Cathy beim Eintreten. Sie blieb ernst. Ihre Augen und die zuckenden Mundwinkel verrieten ihre Nervosität.

»Kein Problem.« Wegen des zwölfjährigen Jungen, der auf sie wartete, sprach Grace leise. Sie hatte ihn gemeinsam mit Harry auf dem Anlegesteg zurückgelassen, doch er war vorwitzig und konnte nicht still sitzen, sodass er bestimmt lauschte. »Hoffentlich macht es dir nichts aus zu warten. Ich beeile mich.«

Grace zog Cathy durch den Flur und in ihr Arbeitszimmer, einen gemütlichen Raum mit vielen Bücherregalen, Fotos und zumeist farbenfrohen und fröhlichen Zeichnungen früherer Patienten. »Es dauert höchstens eine Viertelstunde. Meinst du, du hältst es hier aus?«

Cathy stand bereits vor einem von Grace' Lieblingsbildern. Es zeigte einen leuchtend roten Ballon, der über den blassblauen Himmel schwebte, nur von einer weißen Taube begleitet.

»Keine Sorge«, antwortete Cathy, ohne den Blick von dem Bild zu nehmen.

Grace schloss leise die Tür und ließ sie allein.

Nachdem der Zwölfjährige von seiner Mutter abgeholt und seine Patientenakte verstaut war, holte Grace einen Teller mit Keksen aus der Speisekammer und einen Krug mit Saft aus dem Kühlschrank. Begleitet von Harry, dem Terrier, ging sie dann mit Cathy auf die Veranda, die durch ein Fliegengitter abgeschirmt war.

»Wir können uns auch auf den Steg setzen, wenn dir das lieber ist«, erklärte sie dem Mädchen, »aber hier haben wir es bequemer.«

»Mir gefällt es hier«, pflichtete Cathy ihr bei. »Außerdem gibt's hier keine Mücken.«

Sie setzten sich auf die zwei alten, abgenutzten Korbsessel, die durch die weiß-blauen Kissen frisch und einladend wirkten – das Rohr selbst war vom Gezappel der Kinder abgewetzt, was es aber nur umso gemütlicher machte. Nachdem Harry die Besucherin begutachtet hatte und pflichtschuldigst gestreichelt und getätschelt worden war, legte er sich wie immer zu Füßen seines Frauchens nieder.

»Harry ist super«, stellte Cathy fest.

»Ja, nicht wahr?«

»Ich hatte noch nie einen Hund.«

»Hättest du denn gern einen?«

»Weiß nicht«, sagte Cathy. »Ich glaub' schon.« Sie schwieg kurz. »Aber ich kann mir nicht vorstellen, dass Tante Frances einen Hund im Haus duldet.«

Grace lächelte. »Nein, bei ihr kann man vom Boden essen.«

Schweigend saßen sie eine Weile beisammen. Cathy trank einen Schluck Saft und knabberte an einem Keks. Neben ihrem Sessel fiel ein Krümel zu Boden. Harry stand auf, trabte zu ihr hinüber und leckte ihn auf. Cathy suchte bei Grace mit einem Blick nach Zustimmung, dann ließ sie den Rest des Kekses zu Boden fallen. Staubsauger-Harry machte kurzen Prozess damit, bevor er sich neben Cathy auf den Boden legte.

»Jetzt bist du seine Freundin«, erklärte Grace.

»Welche Rasse ist das?«, erkundigte sich Cathy.

»Ein West-Highland-Terrier.« Grace schaute das Mädchen an. »Nun, Cathy, gibt es etwas, worüber du sprechen möchtest?« Bei vielen Patienten war aller Anfang schwer, doch bei Kindern, die das erste Mal zu Grace kamen – oft nicht aus freiem Willen –, erwies es sich als besonders heikel, das Eis zu brechen.

»Nichts Besonderes«, erklärte Cathy.

»Wie geht's dir?«

Sie zuckte die Achseln. »Das wissen Sie doch.«

»Nicht genau.«

»Wie würde es Ihnen denn gehen?«

»Ich weiß nicht«, sagte Grace.

»Wenn Ihre Eltern ermordet worden wären und Sie hätten ihre Leichen gefunden«, fuhr Cathy mit einem Anflug von Feindseligkeit fort. »Wie würde es Ihnen da gehen?«

Auf Grace wirkte Cathys Verhalten durchaus normal. Sie hatte schon oft den Eindruck gehabt, dass ihre unsicheren Anfangsfragen, mit denen sie den Ball ins Rollen bringen wollte, sich wie bei einem Nachrichtenreporter anhörten, der jemandem nach einer schrecklichen Tragödie auf die Pelle rückt.

Grace entschloss sich zu einer ehrlichen Antwort. »Ich komme mit meinen Eltern nicht gut aus.«

»Oh.« Cathy dachte nach. »Würde es dadurch schlimmer oder leichter?«

Grace schüttelte den Kopf. »Schwer zu sagen. Ich hoffe, ich finde es nie heraus.«

»Das hoffe ich auch«, meinte Cathy.

Beide schwiegen.

»Ich bin mit Mom und Arnie gut ausgekommen.« Cathys Stimme klang sanft.

»Das freut mich.«

»Ja.«

Grace ließ ihr Zeit. Das Mädchen hielt den Kopf gesenkt, sodass man ihre Augen nicht sehen konnte, doch sie nagte an ihrer Unterlippe.

»Es will mir immer noch nicht in den Kopf, dass das alles geschehen ist«, sagte sie nach einem Augenblick. »Ich meine, ich war da ... ich habe sie gesehen.« Sie schluckte schwer. »Trotzdem warte ich ständig darauf, dass sie mich bei Tante Frances abholen. Mom und Arnie, meine ich. Wenn ich draußen ein Auto höre, renne ich zum Fenster und denke, jetzt kommt meine Mom mich holen.« Sie blickte auf. In ihren Augen schimmerten Tränen.

Grace schwieg. Sie nahm einen Stapel Papiertaschentücher aus der Packung und reichte sie dem Mädchen. Ohne eine Uhr und eine Schachtel Kleenex kommt ein Psychologe nicht aus, hatte ihr eine ihrer ersten Tutorinnen erklärt. Grace fiel es nicht leicht, sich in der Therapie nach der Uhr zu richten; sie fühlte sich dadurch eingeschränkt und überwacht. Dennoch achtete sie auf die Zeit, wenn ein Patient bei ihr war. Außerdem hatte die Zeitbegrenzung eine wichtige Funktion und sei es nur die, dass Grace der Sitzung und ihrer Anteilnahme an dem Patienten vorübergehend ein Ende machte, sobald sie die Aufzeichnungen angefertigt hatte. Doch so wichtig es für den eigenen Seelenhaushalt war, zeitliche Grenzen zu ziehen – und zweifellos auch vernünftig –, war es für Grace und ihre Kollegen oft nur Illusion.

»Möchtest du über deine Mutter sprechen, Cathy?«

Das Mädchen schüttelte den Kopf.

»Es könnte dir helfen.«

»Wirklich?« Sie klang skeptisch.

»Manchen Leuten hilft das Reden.«

»Ich werde Mom nicht vergessen«, erklärte Cathy.

»Das glaube ich dir.«

»Und Arnie auch nicht.«

»Er war dein Adoptivvater, nicht wahr?«

»Ja. Ich habe ihn Arnie gerufen, weil …«

Grace wartete einen Moment, ehe sie nachhakte. »Weil?«

Cathy befeuchtete sich die Lippen. »Weil ich ihn nicht Dad oder so nennen wollte. Wegen meinem ersten Vater.«

»Dein erster Vater ist auch tot, nicht wahr?«

Cathy nickte. »Aber das ist schon lange her.«

»Wie alt warst du damals?«

»Fünf.«

»Erinnerst du dich noch an ihn?«

»Nicht richtig.«

Grace wandte keinen Blick von ihr. »Du hast von diesen Blitzen gesprochen, Cathy.«

Das Mädchen rutschte unruhig auf dem Sessel hin und her.

»Ist es dir unangenehm, darüber zu reden?«

»Ja.«

»Wir müssen es nicht, wenn du nicht willst.«

»Gut.«

»Vielleicht ein andermal.«

»Vielleicht.«

Cathy griff nach ihrem Saftglas. Harry setzte sich auf, bereit, in Aktion zu treten, falls das Mädchen sich einen weiteren Keks nahm.

»Darf ich ihm noch was geben?«, fragte Cathy.

»Nur wenn du auch etwas isst.«

Grace schaute zu, wie Cathy einen Schokoladenkeks zerbrach, sich ein Stückchen davon in den Mund schob und den Rest in kleinen Brocken an Harry verfütterte. Sie war liebevoll und trieb keine bösen Späße mit ihm. Grace achtete stets ganz genau darauf, wie junge Menschen mit Tieren umgingen.

»Fällt es dir schwer zu essen?«, fragte sie nach einer Weile.

»Ein bisschen, glaube ich.«

»Das ist ganz normal unter den Umständen«, erklärte Grace, »obwohl es Leute gibt, die sich nicht mehr bremsen können, wenn sie traurig sind.«

»Tante Frances sagt mir immer wieder, ich werde noch magersüchtig.« Cathy verzog verärgert das Gesicht. »Aber sie isst auch nicht mehr als ich.«

»Ihr solltet euch beide an leichte Dinge halten. Ich selbst nehme lieber ein Sandwich als eine richtige Mahlzeit, wenn ich unter Druck stehe.«

Cathy setzte zu einer Erwiderung an, hielt dann aber inne.

»Was wolltest du sagen?«, fragte Grace.

»Gestern, als wir draußen waren, haben Sie gesagt, Sie würden auch diese Blitze sehen.« Cathy überlegte. »Und dass Sie sie Schnappschüsse nennen.«

»Weil sie für mich so aussehen.«

Unsicher tastete Cathy sich voran. »Ist Ihnen mal etwas Schlimmes passiert? Ist das der Grund, weshalb Sie diese Schnappschüsse sehen?«

Grace antwortete fest: »Ich hatte keine leichte Kindheit. Jetzt geht es mir wieder gut. Aber ich glaube, wir alle tragen auf die eine oder andere Weise böse Dinge mit uns herum, die wir früher erlebt haben.«

»Ich hasse sie«, brach es aus Cathy hervor. »Diese Blitze, meine ich.«

Gestern hatte Cathy gesagt, sie sähe die Blitze schon seit langer Zeit. Dies und das wenige, das Grace von Frances Dean über Cathys Vergangenheit erfahren hatte, weckte in ihr den Wunsch, mit dem Mädchen in dessen Kindheit zurückzukehren. Doch sie wusste, dass sie einen solchen Schritt behutsam angehen musste. Cathy Robbins wollte reden, da war Grace sicher, doch den Zeitpunkt würde sie selbst bestimmen.

»Die Polizei ist schon wieder zu uns gekommen«, sagte Cathy plötzlich.

Grace war verdutzt. »Wann?« Gestern Abend, als sie mit Sam Becket telefonierte, hatte er nicht erwähnt, dass er Frances Dean noch einmal aufsuchen wollte.

»Heute Morgen«, antwortete Cathy.

»Und was wollten die Polizisten?«

»Sie haben uns eine Menge Fragen gestellt.« Cathy schwieg. »Tante Frances hat sich furchtbar aufgeregt. Und mir gesagt, ich solle das Zimmer verlassen.«

»Deine Tante will dich schützen.«

»Ich weiß. Detective Becket hat gemeint, ich könne gehen. Und dann habe ich gehört, wie Tante Frances ihm Vorwürfe machte. Es sei ungeheuerlich, dass die Polizei mich wie eine Verdächtige behandelt, sagte Tante Frances.« Cathy schaute auf Harry, streichelte ihn. »Ich hätte wohl besser nicht lauschen sollen.«

»Ich kann das verstehen«, erwiderte Grace. »Ich mag es auch nicht, wenn die Leute hinter meinem Rücken über mich reden.«

Cathy blickte wieder zu ihr auf. »Sie glauben doch nicht, dass ich verdächtigt werde, oder, Grace?« So flach ihre Stimme klang, so deutlich war das Flehen in ihrem Blick. »Sie glauben doch nicht, dass man mir so was Schlimmes zutraut, oder?«

Grace entschloss sich, die Wahrheit zu sagen. »Ich kann es mir jedenfalls nicht vorstellen.«

»Ich habe gar nicht kapiert, warum Tante Frances sich so aufgeregt hat«, fuhr Cathy fort. »Ich fand Detective Becket immer ganz nett, aber sie ist richtig wütend geworden.«

»Ich kann deine Tante verstehen.«

Wieder schwiegen sie. Grace ließ eine Weile verstreichen. Innerlich zog sie einen Schlussstrich unter das Thema. Die Minuten vergingen. Trotz ihrer Abneigung, auf die Zeit zu achten, wusste Grace auch ohne einen Blick auf die Uhr stets ziemlich genau, wie viel Zeit ihr von einer Sitzung noch blieb. Es war noch genügend Zeit, obwohl sie die Absicht hatte, früher Schluss zu machen und mit Cathy und Harry noch für einen Augenblick auf den Steg zu gehen, um in der Sonne zu sitzen. Sie wollte Cathy nicht überfordern; das Mädchen sollte gern zu ihr kommen. Eine Sache allerdings gab es noch, die sie ansprechen wollte.

»Du hast mir gestern erzählt, dass du schon einmal bei einer Therapeutin warst.«

»Ja.«

»Und du hast gesagt, du hättest kein Vertrauen zu ihr gehabt.«

»Habe ich das?«

»Ja.«

Cathy zögerte. »Sie hat alles auf Tonband aufgenommen.«

»Und das hat dir nicht gefallen?«

»Nein.« Cathy schwieg für einen Augenblick. »Sie nehmen doch nicht auf, was ich sage, Grace?«

»Nein.«

Cathy blickte auf den Schreibblock, der auf Grace' Schoß lag. »Und Sie haben auch nichts aufgeschrieben.«

»Stimmt. Notizen mache ich auch nur manchmal. Nur

wenn ich will. Wenn es etwas Wichtiges gibt und ich Angst habe, ich könnte es vergessen. Aber eigentlich habe ich ein ziemlich gutes Gedächtnis. Ich mache mir ein paar Notizen, wenn du gegangen bist, und bei deinem nächsten Besuch – vorausgesetzt, du möchtest wieder kommen – werfe ich vielleicht einen Blick darauf, was ich mir beim letzten Mal notiert habe. Bist du damit einverstanden, Cathy?«

»Ich glaub' schon.«

Offenbar war sie mit Grace' Erklärung zufrieden. Aber die Leichtigkeit war verflogen. Grace spürte, dass Cathy neue Barrieren errichtete. Sie wusste, dass das Mädchen mit der früheren Therapeutin irgendein heikles Thema angesprochen hatte, und beschloss, auf sicheren Boden zurückzukehren, ehe sie die Sitzung beendete.

»Ich hoffe wirklich, du hast das Gefühl, mir vertrauen zu können, Cathy.«

»Das hoffe ich auch«, antwortete das Mädchen.

Fünf Minuten später, früher als verabredet, klingelte Frances Dean an der Tür. Sie wirkte hektisch und schien es nicht erwarten zu können, ihre Nichte mitzunehmen. Grace zweifelte nach einer Sitzung oft, ob ihr Patient – oder seine Eltern oder Betreuer – Vertrauen zu ihr hatte und ob er zu weiteren Sitzungen käme, wenn er selbst darüber entscheiden dürfte. Das war ihr sehr wichtig.

Doch wenn sie ehrlich war, musste sie zugeben, dass sie sich um ihre anderen Patienten nicht so viele Gedanken machte wie um Cathy Robbins.

Am frühen Nachmittag betraten Sam Becket und Detective Al Martinez den Garten des Hauses am Coconut Grove. Es war unangenehm schwül, und die Luft wimmelte von kleinen Insekten; trotzdem war Sam froh, dem Gestank des Blutes entronnen und für einen Augenblick an der frischen Luft zu sein. Er fragte sich, warum das Opfer Beatrice Flager, eine zweiundfünfzigjährige geschiedene Psychotherapeutin, kein Fliegengitter vor ihrer Veranda aufgezogen hatte. Allerdings hätte sie auch der beste Fliegendraht nicht vor der dünnen, scharfen Waffe geschützt, die ihre linke Schläfe durchbohrt hatte.

»Was hältst du von der Sache?«, fragte Sam seinen Partner.

»Du bist der Chef. Was glaubst du?« Martinez hatte ein freundliches rundes Gesicht, stechende dunkle Augen und lockiges Haar. Der nicht sehr kräftig gebaute Mann reichte Sam nur bis zur Schulter. Er hatte stets eine feste Meinung, war jedoch ruhig und still. Doch wenn ihm etwas gegen den Strich ging, verwandelte er sich in seiner Wut in einen bissigen Terrier.

»Ist noch zu früh, um was zu sagen.«

»Ich verwette meinen Arsch, hier war der gleiche Scheißtyp am Werk.« Martinez' Akzent war kaum noch wahrnehmbar, doch sein Vokabular rutschte rasch auf Gossenniveau ab.

»Ich wette nie«, erinnerte ihn Sam.

Der Anruf Elliot Sanders', des Gerichtsmediziners, der fünf Tage zuvor im Haus am Pine Tree Drive im Einsatz gewesen war, hatte Sam überrascht. Erstens war es purer Zufall, dass man den gleichen Arzt zu den beiden Mordfällen gerufen hatte. Zweitens erfuhren die ermittelnden Kriminalbeamten für gewöhnlich erst im Anschluss an die wöchentlichen Treffen der Pathologen von County Dade, wenn einem Arzt in zwei verschiedenen Kriminalbezirken Ähnlichkeiten zwischen zwei Mordfällen auffielen. Außerdem hätte Sam normalerweise darauf warten müssen, dass die andere Polizeibehörde – in diesem Fall die der Stadt Miami, zu deren Bereich der Coconut Grove gehörte – bereit war, Informationen von Bedeutung an die Polizei von Miami Beach weiterzuleiten. Dr. Sanders jedoch, ein großer, breitschultriger Mann, verließ sich lieber auf seinen gesunden Menschenverstand. Und da ihm die Ähnlichkeit zu den Morden an dem Ehepaar Robbins sofort ins Auge gefallen war, hatte er keinen Grund gesehen, warum er nicht den Mann darauf aufmerksam machen sollte, der die Ermittlungen im Miami-Beach-Fall leitete. Sanders hatte die zuständigen Kriminalbeamten gebeten, Becket und einen seiner Kollegen kommen zu lassen, damit sie einen Blick auf den Tatort werfen konnten.

Sam und Martinez waren von dieser Entwicklung so überrascht, dass sie keinen Augenblick zögerten, das Angebot anzunehmen. Und tatsächlich sah die Wunde der Ermordeten, wie Sanders bereits am Telefon gesagt hatte, so aus, als wäre sie ihr mit einem Skalpell zugefügt worden.

»Glauben Sie, es handelt sich um die gleiche Tatwaffe?«, fragte Sam den Pathologen, als dieser aus dem Haus trat und sich zu ihm und Martinez gesellte.

»Das lässt sich noch nicht sagen.« Sanders wischte sich die Stirn mit einem Taschentuch ab und zündete sich eine Zigarette an. Für einen Arzt setzte er sich über ziemlich viele Gesundheitsregeln hinweg; er rauchte bei jeder Gelegenheit, achtete nicht auf sein Körpergewicht und trank zu viel Whiskey. Doch seine Mitmenschen waren sich einig, dass dieser Mann, der einen Großteil seines Lebens in der Gesellschaft von Leichen verbrachte, ein ausgesprochen angenehmer Zeitgenosse war.

»Wann ist der Tod eingetreten?«, fragte Sam.

»Die Frau ist seit ungefähr acht Stunden tot.« Sanders

schaute auf die Uhr. »Also seit etwa vier Uhr heute Früh.« Er fächerte sich mit seinem Notizblock Luft zu. »Was haben wir heute für ein Waschküchenwetter! Und drinnen ist es auch nicht besser.«

»Die Klimaanlage ist kaputt.« Martinez hatte sich im Haus ein wenig umgesehen und versucht, irgendetwas herauszubekommen, ohne seine Kollegen zu verärgern. Das Opfer, so hatte er erfahren, war von einer Nachbarin aufgefunden worden, nachdem zum zweiten Mal ein Patient der Therapeutin bei ihr angeklopft und gefragt hatte, wo Dr. Flager sei. Der Patient, ein kubanischer Teenager, war vernommen und nach Hause geschickt worden, während die beinahe hysterische Nachbarin von der Streifenbeamtin, die als Erste am Haus eingetroffen war, in ihre Wohnung begleitet und mit einer Tasse Tee versorgt worden war.

»Ist Ihnen sonst noch etwas aufgefallen, Doc?«, fragte Sam den Pathologen.

»Kommen Sie, wir schauen sie uns noch einmal an, während ich es Ihnen erkläre.« Sanders grinste. Wie empfindlich Sam auf blutüberströmte Leichen reagierte, war nicht nur seinen Kollegen bekannt, sondern auch Sanders – obwohl in diesem Fall längst nicht so viel Blut geflossen war wie im Schlafzimmer der Robbins'. Es gab eine kurze, knapp einen Meter lange Blutspur von der Couch aus, auf der man die Therapeutin gefunden hatte. Womöglich war es von der Klinge getropft, ehe der Mörder sie hatte abwischen können. Von der Waffe selbst hingegen und dem Stoff, mit dem er das Blut abgewischt hatte, gab es immer noch keine Spur. Außerdem deutete nichts darauf hin, dass der Täter sich gewaltsam Zutritt zum Haus verschafft hatte – die Hintertür stand weit offen –, und bis auf einen zerschlagenen Computer gab es keine Sachschäden.

»War nur ein Scherz, Becket«, erklärte Sanders. »Wir können auch hier draußen bleiben.« Er starrte auf seinen Notizblock, obwohl er auch alles aus dem Gedächtnis hätte aufsagen können. »Ein einziger Schnitt, direkt durch die Temporalarterie.«

»Also ist jemand ihr sehr nahe gekommen«, stellte Martinez fest.

»Und es gab keine Anzeichen für einen Kampf«, fügte Sam hinzu.

»Sie liegt auf der Couch«, meinte Sanders. »Vielleicht hat sie geschlafen.«

»Aber der Fernseher war nicht eingeschaltet«, wandte Sam ein. »Die meisten Leute schlafen nur dann auf der Couch ein, wenn ihr Fernseher läuft.«

»Du nicht«, stellte Martinez richtig. »Du pennst, sobald du auf dein Dach kommst.«

»Da habe ich auch 'ne Luftmatratze und keine Couch«, erwiderte Sam. »Außerdem gehe ich aufs Dach, *um* zu schlafen.« Er überlegte. »Vielleicht war sie nicht allein auf der Couch.«

»Möglich«, sagte Sanders. »Vielleicht hatte sie sich an jemanden gekuschelt, der ein Skalpell in der Tasche hatte.«

»Sofern sie angezogen waren«, meinte Martinez.

»Sie hatte Kleider an«, gab Sam zu bedenken.

»Er hätte das Skalpell unter einem Kissen versteckt haben können«, meinte Martinez.

»Sind Sie sicher, dass es ein Skalpell war?«, fragte Sam Dr. Sanders.

»Soweit man es bis jetzt beurteilen kann, ja. Auf jeden Fall etwas Ähnliches wie ein Skalpell, genauso wie im Fall Robbins.«

»Also vielleicht die gleiche Tatwaffe«, resümierte Martinez. »Eine Waffe, die der kleinen Robbins gehört.«

Gegen drei Uhr nachmittags ließ die Betriebsamkeit am Tatort allmählich nach, und Sam hielt es für besser, dass Martinez und er aufbrachen. Schließlich wollten sie Sergeant Rodriguez, seinen Kollegen aus Miami, nicht verärgern. Die Spurensicherung hatte ihre Arbeit beendet, die notwendigen Fotos geschossen, und der Leichnam war sorgfältig auf jeden Hinweis untersucht worden, der auf dem Transport in die Pathologie womöglich hätte zerstört werden können. Die Kriminalbeamten aus Miami durchforsteten die Patientenkartei der Ermordeten und befragten die anderen Anwohner von Coconut Grove – obwohl es unwahrscheinlich war, dass jemand um vier Uhr nachts etwas gehört oder gesehen hatte, was die Ermittlungen hätte weiterbringen können. Da keine Schüsse gefallen waren und offenbar auch kein Kampf stattgefunden hatte, war die Hoffnung der Beamten, Zeugen zu finden, praktisch gleich null – schließlich machte ein Skalpell, das in die Schläfe einer vermutlich schlummernden Frau gestoßen wurde, kaum einen Laut. Und was die Geräusche beim Zertrümmern eines Computers betraf – auch da war nicht zwangsläufig damit zu rechnen, dass sie jemanden außerhalb des Hauses weckten.

Kurz nach halb vier trat Martinez in das Schlafzimmer von Mrs. Flager, wo er Sam antraf. »Glaubst du, dass die Klimaanlage absichtlich außer Betrieb gesetzt wurde?«

»Damit Dr. Flager die Fenster offen lassen musste?« Sam schüttelte den Kopf.

»Sie hätte eigentlich so schlau sein müssen, die Tür nicht zu öffnen«, meinte Martinez.

»Hat man auf der Klimaanlage Fingerabdrücke gefunden?«, fragte Sam.

»Keinen einzigen.« Martinez blickte Sam an. »Worin also besteht die Verbindung zum Fall Robbins?«

»Wir wissen noch nicht genau, ob in beiden Fällen die gleiche Tatwaffe benutzt wurde«, erinnerte Sam ihn.

»Zweimal in einer Woche ein Skalpell?« Martinez war skeptisch.

»Ja, ich weiß.« Auch Sam glaubte nicht an Zufall.

Während sich Sergeant Rodriguez und sein Team mit Leben und Tod von Beatrice Flager beschäftigten, fuhren Sam und Martinez nach Coral Gables. Die Frage war, wo Frances Dean und ihre Nichte sich in der vergangenen Nacht aufgehalten hatten.

Frances Deans Antwort fiel aus wie erwartet.

»Hier. Zu Hause. Wo hätten wir sonst sein sollen?«

Sie standen im Wohnzimmer. Frances Dean hatte den beiden Kriminalbeamten keinen Platz angeboten. Sam verstand das als deutlichen Hinweis, dass sie so schnell wie möglich wieder gehen sollten.

»Sind Sie sicher, dass Cathy die ganze Nacht hier war, Ma'am?«, fragte Martinez.

»Natürlich.« Die Frau wirkte konsterniert.

»Schlafen Sie denn mit Ihrer Nichte in einem Zimmer, Mrs. Dean?«

»Nein«, antwortete sie. »Aber ich habe diese Nacht wieder kein Auge zugetan. Deshalb weiß ich auch genau, dass Cathy die ganze Zeit in ihrem Schlafzimmer war.«

»Sie waren die ganze Nacht wach, Madam?«

Sam ließ Martinez weitermachen, obwohl er persönlich keinen Zweifel an ihrer Aussage hatte. Frances Dean sah aus wie der Tod.

»Detective, seit meine Schwester und ihr Mann ermordet wurden, habe ich nicht mehr als ein paar Stunden geschlafen«, erklärte sie Martinez. »Mein Arzt hat mir zwar Tabletten gegeben, aber sie machen mich immer ganz benommen, und das mag ich nicht.«

»Also hätten Sie es gemerkt, wenn Cathy ihr Zimmer oder gar das Haus verlassen hätte?«

»Ja, das hätte ich.« Frances Dean warf Sam einen Blick zu. »Was soll das Ganze?«

»Das sind Routinefragen«, erwiderte Sam. »Hätten Sie was dagegen, dass wir Ihrer Nichte auch ein paar Fragen stellen?«

»Ja, ich hätte etwas dagegen«, erklärte Frances aufbrausend. Dann aber senkte sie die Stimme und zischte beinahe verzweifelt: »Wollen Sie, dass das Mädchen zusammenklappt? Nur weil bei Ihnen alles nach Schema F laufen muss?«

»Nur eine Frage noch, Mrs. Dean«, lenkte Sam ein. »Kennen Sie eine Frau namens Beatrice Flager?«

»Nein, ich glaube nicht. Wer ist das?«

»Eine Psychotherapeutin«, erwiderte Sam.

»Aber ich kenne sie.«

Sam, Martinez und Frances Dean fuhren herum. Cathy

hatte das Zimmer betreten, barfuß, in einem blauen Sommerkleid. Unter ihren Augen waren dunkle Ringe, die Sam zuvor noch nicht bei ihr gesehen hatte. Ansonsten wirkte sie recht gefasst. Er fragte sich, wie lange sie schon an der Tür gestanden und ihnen zugehört hatte. Da sie keine Schuhe trug, war es kein Wunder, dass niemand sie bemerkt hatte. Trotzdem störte es Sam, dass Cathy sich leise, fast schon verstohlen hereingeschlichen hatte. Außerdem weckte es Zweifel an Frances Deans Behauptung, ihr wäre aufgefallen, wenn Cathy ihr Zimmer oder das Haus verlassen hätte.

Sam lächelte das Mädchen an. »Hallo, Cathy, möchtest du dich nicht setzen?«

»Nein, danke.«

Alle standen verlegen da. Einzig Martinez schien ungerührt. Er hielt Sam schon seit langem vor, für einen Cop ein viel zu weiches Herz zu haben.

»Die Polizisten wollen wissen, wo wir letzte Nacht gewesen sind.« Frances Dean, deren Stimme vor Zorn bebte, schien entschlossen, dem nächsten Schritt der Beamten zuvorzukommen. »Natürlich habe ich ihnen gesagt, dass wir im Bett waren.«

Sam und Martinez beobachteten Cathy schweigend.

»Warum wollen Sie das wissen?«, fragte sie Sam schließlich. »Und was hat das mit Mrs. Flager zu tun?«

»Sie wurde letzte Nacht ermordet«, erklärte Martinez.

»Wie?« Cathys Gesicht war ausdruckslos.

»Sie wurde erstochen.«

»Mein Gott.« Mit einem Mal wurde sie weiß. »Mein Gott, wie schrecklich!«

»Willst du dich nicht doch setzen, Cathy?«, fragte Sam.

Schweigend ließ das Mädchen sich aufs Sofa sinken. Rasch setzte Frances sich neben sie.

Da Sam und Martinez kein Platz angeboten worden war, blieben sie stehen.

»Warum ...« Frances hielt inne. Ihr Gesicht wirkte noch bleicher als zuvor, und mit aufgerissenen Augen starrte sie Sam an. »Was hat der Tod dieser Frau mit uns zu tun?«

»Wie wir schon sagten, Ma'am«, wiederholte Martinez, »alles nur Routine.«

»Ich glaube es nicht!« Frances Dean schüttelte den Kopf. »Ich kann es nicht fassen!«

»Schon gut, Tante Frances«, sagte Cathy.

»Du sagst, du hast Beatrice Flager gekannt?«, fragte Sam das Mädchen.

Sie nickte. »Aber nur kurz.« Sie sprach langsam und so leise, dass man sie kaum verstehen konnte. »Ich wusste, dass sie Therapeutin war.«

»Und woher?«, fragte Martinez.

»Ich war mal bei ihr in einer Sitzung.« Cathy schaute ihre Tante an, die mit zusammengepressten Lippen und angstgeweiteten Augen dasaß.

»Zu einer Therapiestunde?«, fragte Martinez, und Cathy nickte.

»Und kannst du uns sagen, warum?«, fragte Sam.

»Nein, das kann sie nicht!«, fuhr Frances Dean dazwischen.

»Doch, ist schon gut«, beschwichtigte Cathy sie erneut. Dann schaute sie Sam an. »Ich bin zu ihr gegangen, weil Arnie es so wollte. Mein Vater.«

»Und warum wollte er das?«

»Antworte nicht, Cathy!« Frances Dean stand auf. »Tut mir Leid! Ich finde, meine Nichte sollte jetzt keine weiteren Fragen mehr beantworten.«

»Aber ich habe doch nichts zu verbergen, Tante Frances!«

»Das weiß ich.« Frances Dean hielt ihren zornigen Blick unbeirrt auf Sam gerichtet, während sie Martinez ignorierte. »Braucht meine Nichte einen Anwalt, Detective Becket?« Sie schüttelte den Kopf. »Es ist unglaublich, dass ich diese Frage stellen muss. Aber sie erscheint mir jetzt angebracht.«

Sam erwiderte ihren Blick. Die Frau hatte anfangs so verletzlich gewirkt. Doch kaum hatte sie in voller Tragweite erfasst, warum die beiden Beamten sie erneut zu Hause aufgesucht hatten, schien sie Haltung und Kraft wiederzufinden. Plötzlich bewunderte er sie und hoffte, ihr keinen weiteren Schmerz zufügen zu müssen.

»Unsere Fragen sind reine Routine, Ma'am«, wiederholte Martinez.

Frances wandte sich zu ihm um. »Ist es wirklich Routine, einem Kind, das gerade seine Eltern verloren hat, so zuzusetzen, Detective? Einem Kind, das die Hölle auf Erden erlebt?«

Martinez bewahrte die Ruhe, wie immer, wenn es heikel wurde.

»Ja, Ma'am«, sagte er, »unter diesen Umständen ist das leider so.«

»Dann kann ich Ihre Methoden nur als barbarisch bezeichnen.«

»Da muss ich Ihnen Recht geben«, sagte Sam.

Datei-Info
Dateiname: Mein Tagebuch
Speicherplatz: C:\WPWin\Verschiedenes
Größe: 15305 Bytes
31. März 1998 23:52:16

Passwort geschützt
Datei: C:\WPWin\Verschiedenes\Tgb
Passwort: H-A-S-S
OK Abbrechen

Cathys Tagebuch
Donnerstag, 9. April 1998

Das hätte sie mir nicht antun dürfen!

Sie hätte sich um ihre eigenen Angelegenheiten kümmern sollen.

Aber sie war ja schon immer ein Miststück.

Gegen elf saß Grace in der Küche und leistete Teddy Lopez – dem jungen Mann, der mehrmals in der Woche bei ihr sauber machte und sich um Harry kümmerte, wenn sie keine Zeit hatte – während seiner Kaffeepause Gesellschaft, als Sam Becket anrief.

»Wir stehen vor einer neuen Entwicklung, und ich finde, Sie sollten darüber Bescheid wissen, Dr. Lucca«, erklärte er.

»Welche Entwicklung?« Grace nahm den Anruf an ihrem schnurlosen Telefon in der Küche entgegen. Teddy arbeitete schon seit drei Jahren bei der Psychologin und wusste, dass Geschäftliches immer auch Vertrauliches bedeutete. Und so nahm er seine Kaffeetasse und ging hinaus auf den Steg.

»Vielleicht steht beides gar nicht in Zusammenhang«, sagte Sam, »aber da ich bereits mit Cathy und ihrer Tante darüber sprechen musste, sollten Sie meiner Meinung nach ebenfalls informiert sein.«

Er berichtete ihr von dem Mord an der Psychotherapeutin, einer gewissen Beatrice Flager, die vorübergehend auch Cathy Robbins behandelt hatte. Grace war erschüttert. Und als ihr der Beamte – streng vertraulich – mitteilte, dass es sich bei der Tatwaffe erneut um eine skalpellähnliche Klinge gehandelt haben könnte, bekam sie eine Gänsehaut.

»Wussten Sie, dass Cathy früher schon einmal bei einer Therapeutin gewesen ist?«

»Sie hat es erwähnt.« Grace gab sich alle Mühe, ihr Entsetzen zu verbergen. »Den Namen hat sie mir allerdings nicht gesagt.«

»Aber es war Mrs. Flager«, sagte Sam. »Das hat Cathy selbst zugegeben. Wissen Sie, warum das Mädchen behandelt wurde?«

»Nein.«

»Und wenn doch, würden Sie es mir wahrscheinlich nicht sagen.«

»Wahrscheinlich nicht«, gab Grace zu.

»Egal«, fuhr Sam fort, »jedenfalls mussten wir Mrs. Dean und Cathy gestern einen Besuch abstatten und ihnen die üblichen Routinefragen stellen. Die gute Dame hat sich ziemlich aufgeregt ...«

»Was für Fragen?«, fiel Grace ihm ins Wort.

»Reine Routine.«

»Das haben Sie schon gesagt«, setzte Grace nach. »Hat Cathy sich auch aufgeregt?«

»Nur im ersten Augenblick«, erwiderte Sam. »Anschließend war sie ziemlich ruhig, zumindest an der Oberfläche. Jedenfalls ...«, fuhr er unbeirrt fort, als hätte Grace ihn nicht unterbrochen, » ... könnte es durchaus nützlich sein, wenn Sie sich noch einmal mit den beiden treffen.«

»Nützlich für wen?«

Sam entging Grace' Spitze nicht. »Ich will Sie nicht als Polizeispitzel benutzen, Dr. Lucca.« Er klang, als lächelte er.

»Sind Sie sicher?«

»Sie haben offenbar das Vertrauen von Cathy und ihrer Tante«, erklärte er unbeeindruckt. »Und obwohl Cathy äußerlich ruhig wirkte, habe ich das Gefühl, dass sie alle Hilfe brauchen kann.«

»Dann erwarten Sie also nicht, dass ich Ihnen Bericht erstatte?«, fragte Grace.

»Sind Sie immer so misstrauisch?«

»Meistens«, antwortete Grace.

»Vielleicht haben Sie auch allen Grund dazu.«

Grace' Wangen glühten, als sie den Hörer auflegte. Dass sie Detective Becket so angegriffen hatte, lag zum Teil an ihrem schlechten Gewissen, weil sie ihm etwas verschwieg.

Was hatte Cathy noch über die Therapeutin gesagt?

Ich hatte kein Vertrauen zu ihr. Sie hat alles auf Tonband mitgeschnitten, was ich gesagt habe.

Eigentlich hatte Grace Sam Becket die ganze Zeit fragen

wollen, ob die Unterlagen der Therapeutin in irgendeiner Weise zu Schaden gekommen waren. Ob man ihre Kassetten und Abschriften gestohlen oder zerstört hatte. Aber sie hatte kein Wort davon gesagt.

»Schließlich unterliege ich als Therapeutin der Schweigepflicht«, murmelte sie.

Objektiv gesehen stimmte das natürlich. Dennoch fühlte Grace sich von widersprüchlichen Empfindungen hin und her gerissen: von ihrer Loyalität gegenüber Cathy Robbins und der gegenüber dem Gesetz.

Und dieses Gefühl war keineswegs angenehm.

Grace kramte gerade auf ihrem Schreibtisch nach der Telefonnummer von Frances Dean, während Harry, zum Spielen aufgelegt, mit seinem roten Ball in der Schnauze durchs Arbeitszimmer lief, als das Telefon klingelte.

»Hallo, Grace, ich bin's!«

»Hallo, Schwesterherz!« Grace, die die Nummer inzwischen gefunden hatte, setzte sich. »Was gibt's?« Ihre Schwester Claudia Brownley, die mit ihrem Mann und den Kindern zwischen ihren beiden Wohnsitzen in Fort Lauderdale und Key Largo pendelte, rief nur äußerst selten zur Bürozeit bei ihr an. »Ist alles in Ordnung?«

»Ja und nein«, sagte Claudia. »Papa hat angerufen.«

»Frank hat dich angerufen?« Grace nannte ihren Vater nicht mehr Papa, seit Claudia und sie vor mehr als sechzehn Jahren aus ihrem Elternhaus in Chicago ausgezogen waren. Frank Lucca hatte noch nie selbst angerufen, weder Grace noch ihre Schwester.

»Mama hat Krebs«, erklärte Claudia. »Sie muss operiert werden.«

»Welche Art von Krebs?«

»Ich weiß es nicht. So eine Frauensache, hat Papa gesagt.« Claudia schwieg. »Er möchte, dass wir nach Hause kommen.«

Grace ließ sich auf den Stuhl fallen und schloss die Augen. Dann holte sie tief Luft. Ein leiser dumpfer Laut verkündete, dass Harry den Ball hatte fallen lassen. Grace schlug die Augen wieder auf. Der weiße Terrier saß vor ihr und blickte sie erwartungsvoll an.

»Wie fühlst du dich jetzt?«, fragte Grace leise.

»Ich weiß es nicht«, antwortete Claudia. »Und wie steht's mit dir?«

»Ich weiß es wohl auch nicht.«

Grace konnte wirklich nicht sagen, welche Gefühle die Erkrankung ihrer Mutter in ihr wachriefen. Seltsamerweise hatte ihre erste Frage gelautet: »Welche Art von Krebs?«, und nicht: »Wie schlimm ist es?« Andererseits hatten weder sie noch Claudia zu ihren Eltern ein Verhältnis, das in ihnen den Wunsch weckte, alles liegen und stehen zu lassen und die erste Maschine nach Chicago zu nehmen, wenn einer der beiden krank wurde. In Wahrheit hatten sie zu Frank und Ellen Lucca überhaupt kein Verhältnis mehr.

Vor vielen Jahren hatten sich Grace und Claudia vor der Kälte und Dunkelheit Chicagos nach Florida geflüchtet. Sie wollten zusammenbleiben, sich weiterhin nahe sein. Claudia war knapp ein Jahr älter als Grace, doch immer wieder war sie es gewesen, die bei Grace Trost gesucht und Kraft geschöpft hatte, wenn sie von ihrem Vater geschlagen oder, schlimmer noch, missbraucht worden war. Frank Lucca hatte sich als Zielscheibe seiner Wutausbrüche und Objekt seiner sexuellen Begierden stets Claudia erwählt, die sanftere und mitfühlendere der beiden Schwestern. Grace hingegen, die jüngere, stürmische, lerneifrige und weniger anpassungsbereite, war weitgehend von ihm verschont geblieben.

Dabei hatte Frank Lucca bei der Auswahl seines Opfers nur wenig Logik walten lassen. Nach außen hin hatte er den Eindruck vermittelt, er würde Ellen hassen, seine Frau. Dennoch lebte er einen Großteil seiner Sehnsüchte und perversen Sexualität an der kleinen Claudia aus, der Tochter, die äußerlich eher ihm ähnelte – während eigentlich zu erwarten gewesen wäre, dass die blauäugige und blonde Grace, der gleiche Typ wie die Mutter, seine widernatürliche Leidenschaft entfachte.

Jahre später stellte Grace es gern so dar, als wäre sie Claudia, der Anführerin, nach Miami gefolgt – doch das war alles andere als die Wahrheit. Die Idee stammte von Grace und war ihr gekommen, als sie in der Schule ihre Klassenkameradin Betsy von Onkel und Tante schwärmen hörte, die im warmen Sonnenschein Floridas lebten. Von diesem Augenblick an erging sich Grace in Fantasien, nach Florida zu ziehen, fort von dem Vater, der seine Tochter missbrauchte, und der Mutter, deren Verbrechen darin bestand, dass sie nie die Stimme hob oder die Hand rührte, um ihre Mädchen zu schützen.

Nach und nach setzte sie ihre Fantasien in die Wirklichkeit um. Grace vertraute sich Betsy an, gewann ihr Mitgefühl und überredete sie, ihre Verwandten zu fragen, wo zwei junge Mädchen billig, aber sicher wohnen konnten. Nachdem sie über die gewünschten Informationen verfügte, handelte sie mit ihren Eltern eine Abmachung aus.

Wenn Frank und Ellen sie gehen ließen, würden Claudia und Grace sie nicht anzeigen. Frank nannte es Erpressung, doch Grace bezeichnete es als Kompromiss. Es war das erste Mal, dass sie Psychologie einsetzte, um eine traumatische Situation zu beenden, auch wenn letztlich klar war, dass es nur funktionierte, weil den Eltern nichts an Claudia und ihr lag. Trotzdem war Grace stolz auf ihren Erfolg, besonders als sie sah, wie die sechzehnjährige Claudia zwischen Palmen und blauem Meer aufblühte, nachdem sie die Wüste aus Beton und Stahl, die eisigen Winde und Frank Lucca hinter sich gelassen hatten. Und die neue Claudia bestand darauf, dass Grace weiter zur Schule ging. Sie, Claudia, würde sich einen Job suchen und hart arbeiten, damit Grace, die immer schon klügere und ehrgeizigere, die High-School abschließen und aufs College gehen konnte.

Seit ihrer Flucht aus Chicago hatten sie Frank nicht wieder gesehen und Ellen nur einmal, als sie im Winter 1992 unangekündigt mit dem Greyhound-Bus eintraf, zerschlagen und erschöpft. Obwohl sie eine Pause von ihrem Mann dringend nötig hatte, war Ellen letztlich nur von einer Absicht getrieben: ihren Töchtern ein schlechtes Gewissen zu machen, weil sie die eigene Mutter im Stich gelassen hatten. Ellen schien ernsthaft überzeugt, dass sie keinerlei Schuld trug und dass es die Pflicht der Mädchen gewesen wäre, um ihrer Mutter willen zu Hause zu bleiben und den Schmerz und die Angst zu ertragen.

Das war bar aller Logik, wie Grace erkannte, und sie zog eine wichtige Lehre daraus, die ihr später als Psychologin sehr zugute kommen sollte: Wenn es um die geheimen Winkel der Seele ging, herrschten keine Logik mehr und nur wenig Gerechtigkeit, und letztlich waren alle Regeln außer Kraft gesetzt.

»Hat Frank gesagt, wie krank Ellen ist?«, fragte Grace jetzt.

»Nein«, antwortete Claudia. »Nichts Genaues. Ich habe ihn gefragt, ob ich mit Mama sprechen kann, aber sie war nicht in der Lage, ans Telefon zu kommen. Oder er wollte sie nicht mit mir reden lassen.« Sie klang zwar ruhig, doch in ihrer Stimme schwang eine Spur der alten Bitterkeit mit. »Als ich mich erkundigte, was für eine Operation gemacht werden soll, wollte er mir nicht antworten. Also fragte ich rundheraus, ob es sich um eine Hysterectomie handelt. Aber das war dann schon wieder zu viel.«

»Ist er wütend geworden?«

»Beinahe. Er war beleidigt und erklärte, er habe seine Pflicht und Schuldigkeit getan, indem er uns Bescheid gesagt hat. Jetzt sei es an uns. Er hielte es aber für unsere Pflicht zu kommen.« Claudia hielt kurz inne. »Ich glaube, er möchte im Grunde nur jemanden haben, der ihm die Last abnimmt und sich nach der Operation um Mama kümmert.«

»Aber dieser Jemand bist sicher nicht du«, warf Grace rasch ein, um jedes Schuldgefühl im Keim zu ersticken. »Du musst dich um Daniel und die Jungen kümmern. Du darfst nicht das Risiko eingehen, erneut von dieser Hölle verschlungen zu werden, nur weil Frank Lucca nach zehn Jahren einmal anruft.«

»Das weiß ich, Grace«, erklärte Claudia leise. »Ich habe auch nicht gesagt, dass ich fahren werde.«

»Gut.« Die Wut, die plötzlich in ihr aufbrandete, machte Grace beinahe schwindlig. Sie schloss die Augen und dachte an Ellen, stellte sich vor, wie sie krank und verängstigt im Krankenhaus lag und nach der Operation zu Hause niemand anders auf sie wartete als dieses Arschloch von einem Ehemann. »O Gott!«, stieß sie zornig hervor und schlug die Augen wieder auf.

»Alles in Ordnung, Grace?«

»Ja, ich glaube schon.« Sie wusste selbst, dass ihre Stimme sie Lügen strafte. »Mir ist nur gerade klar geworden, dass ich dich vor Schuldgefühlen wegen Ellen bewahren will, aber meine eigenen Gefühle nicht so einfach abschalten kann.«

»Du bist auch nur ein Mensch«, gab Claudia zu bedenken. »Also, was tun wir?«

»Ich finde, wir sollten noch abwarten«, sagte Grace. »Und da in ein paar Tagen Ostern ist, kriegen wir wahrscheinlich sowieso keinen Flug nach Chicago mehr, selbst wenn wir wollten. Außerdem haben wir andere Verpflichtungen, du und ich.« Cathy Robbins kam ihr in den Sinn, und sie merkte, dass sie noch immer den Zettel mit der Telefonnummer in der Hand hielt. »Ich zum Beispiel muss gleich jemanden anrufen.«

»Gut«, sagte Claudia. »Bleibt es bei diesem Wochenende?«

Bei dem Gedanken, zwei Tage mit ihrer Schwester, ihrem Schwager und ihren beiden Neffen in Islamorada zu verbringen, wurde es Grace warm ums Herz.

»Das lasse ich mir nicht entgehen!«, sagte sie.

Frances Dean reagierte am Telefon ausweichend, fast schon feindselig, was aber wohl daran lag, dass sie Grace mittlerweile mit Sam Becket und den anderen Polizeibeamten von Miami Beach in Verbindung brachte. Und da sich durch den Mord an Beatrice Flager der Verdacht gegen ihre Nichte erhärtet hatte, konnte Grace ihr das nicht einmal verübeln. Allerdings, gestand sie sich widerstrebend ein, konnte sie es Samuel Becket auch nicht verübeln, dass er tat, was der Steuerzahler von ihm erwartete.

Plötzlich fiel ihr wieder etwas ein. Sie dachte an das ungute Gefühl, das sie letzten Samstag beschlichen hatte, als sie das Pflaster auf Cathys Arm bemerkt und Sam Becket nicht danach gefragt hatte. Nun hatte ihr Frances Dean den idealen Vorwand geliefert, diesen Fall auf sich beruhen zu lassen. Sie konnte Cathy, Marie und Arnold Robbins getrost vergessen und guten Gewissens das Mädchen, das vielleicht – *vielleicht* – drei Menschen ermordet hatte, darunter die eigene Mutter, sich selbst überlassen.

Die Sache war nur die, dass Grace es nicht glaubte. Und selbst wenn, wäre es nicht ihre Aufgabe, Cathy Robbins' Schuld oder Unschuld zu beweisen. Doch wenn Grace sich nicht aus dieser unangenehmen Situation befreite, die wahrscheinlich noch unangenehmer werden würde, musste sie Cathy beistehen und dem Mädchen helfen, die Geschehnisse der Vergangenheit zu bewältigen.

Selbst wenn das hieß, dass Cathy gemordet hatte.

Um eine neue Sitzung mit Cathy zu vereinbaren, hatte Grace am nächsten Morgen zwei Hürden zu bewältigen. Erstens musste sie Frances Dean überzeugen, dass sie nach wie vor auf der Seite ihrer Nichte stand, wie immer sie die Art der polizeilichen Ermittlungen auch beurteilte. Zweitens musste sie von der Polizei die Erlaubnis einholen, ihr Gespräch mit dem Mädchen an jenem bestimmten Ort zu führen, den sie im Sinn hatte. Offiziell war das Haus der Familie Robbins am Pine Tree Drive als Tatort gesichert und versiegelt, doch Grace hatte das Gefühl, es würde sich lohnen, wenn sie dort mit Cathy spräche – vorausgesetzt, das Mädchen war einverstanden.

Sie war es, wie Grace vermutet hatte.

»Aber nur, wenn wir nicht in dieses Zimmer gehen«, schränkte Cathy ein.

»Bestimmt nicht«, versicherte Grace.

Sie wollte sich nicht mit Cathy in dem Haus treffen, um mit ihr an den Ort des Schreckens zurückzukehren. Vielmehr bestand ihrer Meinung nach eines der traumatischen Erlebnisse für das Mädchen darin, von einem Augenblick zum anderen aus seinem Zuhause gerissen worden zu sein. Als würde es noch nicht reichen, auf diese schreckliche Weise die Eltern zu verlieren, war Cathy auch noch eines weiteren wichtigen Halts in ihrem Leben beraubt worden. Ein Mensch brauchte sein Zuhause, um seine Wunden zu lecken und sich wieder zu erholen. Im Haus der Tante – so gut Frances Dean es auch meinte – konnte Cathy nicht sie selbst sein. Dort musste sie auf die trauernde Tante und den makellos gepflegten Haushalt Rücksicht nehmen. Zwar hatte sie ein Zimmer für sich, doch es war nicht ihr eigenes.

Natürlich zog Grace auch in Betracht, welche Belastung es für Cathy darstellte, in das Haus zurückzukehren, das für sie zweifellos zu einem Haus des Schreckens geworden war. Doch in diesen Mauern hatte sie viele Jahre lang gelebt, während jener Albtraum nur eine Nacht angedauert hatte. Vielleicht tat es ihr gut, wieder mit ihren Wurzeln, mit sich selbst in Kontakt zu kommen, und zwar in Begleitung von jemandem, der nicht mit alledem in Verbindung stand, der ihr die Möglichkeit gab, ihren Gefühlen freien Lauf zu lassen.

Auch Sam Becket hielt das für eine gute Idee. Er hatte bereits bei Frances Dean die Möglichkeit zur Sprache gebracht, mit Cathy in ihr Elternhaus zurückzukehren, weil er hoffte, dort würde sie sich an bestimmte Dinge erinnern, aber die Tante hatte entschieden abgelehnt. Deshalb war er froh, dass sie Grace nun ihr Einverständnis gab.

»Ich glaube, Sie werden von Frances Dean auch nicht als Feind der Familie betrachtet«, sagte Sam, nachdem er Grace die polizeiliche Genehmigung erteilt hatte, den Tatort zu besuchen.

»Wahrscheinlich weil sie nicht befürchten muss, dass ich Cathy dort überführe«, meinte Grace. »Obwohl ich nicht glaube, dass Sie das im Sinn hatten.«

»Und warum, glauben Sie, wollte ich das Mädchen dorthin bringen?«

»Um der Wahrheit ein Stück näher zu kommen.«

»Wollen Sie das nicht auch, Dr. Lucca?«

»In gewissem Sinne schon.«

Das Haus im Tudorstil war groß, aber nicht protzig, umgeben von einem weitläufigen, parkähnlich gestalteten Garten. Grace sah drei verschiedene Arten von Palmen, Bougainvilleen, Jasmin, Rosen und eine vorbildlich gepflegte Rasenfläche – der Inbegriff von Ruhe –, ehe sie vom teilweise zerrissenen Klebeband der polizeilichen Absperrung und den achtlos fortgeworfenen Getränkedosen und Kaffeebechern an die grausame Wirklichkeit erinnert wurde.

Sie betraten das Haus durch den Seiteneingang, durchquerten die Küche und gingen in den Flur. Grace brauchte Cathy nicht ins Gesicht zu schauen; die Spannung, die von dem Mädchen ausging, traf sie in spürbaren Wellen. Zum ersten Mal empfand Grace Selbstzweifel und Schuldgefühle.

»Wohin möchtest du gehen, Cathy? Wo fühlst du dich sicher?«

Das Mädchen überlegte nicht lange. »In den Garten hinter dem Haus.«

»Dann lass und dorthin gehen.«

Grace folgte ihr zurück durch den Seiteneingang, und sie umrundeten das Gebäude. Als sie den Garten betraten, verstand Grace das Mädchen sofort. Er war für einen Jugendlichen wie geschaffen – weiträumig, den Blicken anderer versperrt und eingefasst von Schatten spendenden Palmen und einem hübschen Jacarandabaum. Inmitten des weiten Rasens befand sich ein großer Swimming-Pool mit Sprungbrett, einem gemauerten Grillplatz, Tischen und Stühlen, mehreren Liegen und einer Hängematte. Am gegenüberliegenden Ende des Pools stand sogar ein Umkleidehaus mit einem zweiten Grillplatz, und Grace vermutete, dass Cathy hier mit ihren Freunden viel Zeit verbracht hatte. Falls sie überhaupt Freunde hatte. Plötzlich fiel Grace auf, dass bisher nie von Gleichaltrigen die Rede gewesen war, die Cathy bei ihrer Tante besuchten oder dort anriefen. Aber das hatte nicht viel zu bedeuten. Bei Todesfällen, gleich welcher Art, hielten viele sich gern auf Distanz.

»Der Garten eignet sich gut für Partys«, meinte Grace leise, während sie Cathy beobachtete, froh, dass zumindest hier die Erinnerungen glücklicher Natur zu sein schienen.

»Meine Eltern haben gelegentlich ein Fest gegeben«, antwortete das Mädchen, »wenn Arnie nicht in seinen Restaurants zu tun hatte. Er hatte gern Gäste.«

»Und was war mit deiner Mutter?«

»Sie was nicht so sehr fürs Feiern. Sie war eher der ruhige Typ, wissen Sie.« Sie schwieg. »Nein, das können Sie nicht wissen.«

»Aber ich würde gern etwas über deine Mutter hören, wenn du mir von ihr erzählen möchtest.«

»Darf ich meine Schuhe ausziehen und die Füße ins Wasser stecken?«

»Es ist dein Pool«, erwiderte Grace. »Du brauchst mich nicht um Erlaubnis zu bitten.«

»Inzwischen habe ich das Gefühl, ich muss bei allem um Erlaubnis bitten.«

»Nicht bei mir.«

Cathy streifte sich die Turnschuhe ab, ohne die Schnürsenkel zu öffnen. Nachdem Grace es ihr gleichgetan hatte, setzte sie sich an den Rand des Swimming-Pools. Cathy trug Shorts und ein ärmelloses Top. Grace bedauerte es mittlerweile, statt der hellen Leinenhose nicht auch Shorts angezogen zu haben. Das Wasser war angenehm, und Cathy seufzte behaglich. Es klang nach einer großen Erleichterung.

»Was ist?«, fragte Grace.

»Es fühlt sich an wie vorher«, antwortete sie.

»Es ist wie vorher.«

»Nein, nichts ist wie vorher«, entgegnete Cathy.

Dem konnte Grace nichts entgegenhalten.

Sie schwiegen eine Zeit lang.

»Ich würde gern mehr von deiner Mutter hören«, sagte Grace schließlich.

»Was wollen Sie denn wissen?«

»Alles.« Und dann genauer: »Seid ihr gut miteinander ausgekommen?«

»Eigentlich schon.« Cathy starrte auf das blaue Wasser. »Mom war nicht besonders fröhlich, wissen Sie. Obwohl sie es manchmal sein konnte, wenn sie nicht zu viel grübelte. Arnie, der war lustig. Mom war eher ein ruhiger Typ.« Sie hielt inne. »Aber das habe ich ja schon gesagt, nicht wahr?«

»Das spielt keine Rolle.«

»Sie hat sich viele Sorgen gemacht«, fuhr Cathy fort.

»Worüber?«

»Ich weiß nicht.«

»Hat sie dir das nicht erzählt?«

»Hat Ihre Mutter Ihnen was von sich erzählt?« Das Gleiche wie damals. Wieder so eine Gegenfrage wie zu Beginn ihrer vorherigen Sitzung, ehe Cathy ein wenig ruhiger wurde.

»Meine Mutter hat mir nur dann etwas von sich erzählt, wenn ihr danach war.« Nach wie vor hielt Grace Ehrlichkeit für die beste Methode, mit Cathy umzugehen. Eine ihrer Tutorinnen hatte ihr erklärt, sie dürfe einem Patienten gegenüber ruhig von ihren eigenen Erfahrungen sprechen, solange der Patient im Mittelpunkt stehe.

»Sind Sie deshalb Psychologin geworden?«

»Ja, vielleicht lag es auch daran.«

Grace hatte Sam Becket bereits gesagt, dass sie Cathy für äußerst einfühlsam hielt. Nicht wie vierzehn, sondern wie vierundzwanzig, dachte die Psychologin jetzt und fragte sich, ob dies dem Mädchen bei der Polizei von Miami Beach eher nutzte oder schadete.

»Ich glaube, meine Mom wollte mich beschützen«, sagte Cathy unvermittelt.

»Und wovor?«

»Vor schlimmen Dingen.«

Da war es wieder. *Jahre des Elends*, hatte die Tante mit rätselhaften Worten angedeutet. Und diese Blitze, über die Cathy nicht reden mochte. Oder glaubte, nicht reden zu dürfen.

Wieder schwiegen sie eine Weile. Cathy zog mit den großen Zehen Kreise ins Wasser. Grace genoss den warmen Sonnenschein und die sanfte Brise, und ein wenig fiel die Anspannung von ihr ab. Sie hatten Zeit.

»Sie haben doch sicher gehört, was mit der Therapeutin passiert ist, nicht wahr, Grace?«

Grace hatte beschlossen, von sich aus nicht über den Mord an Beatrice Flager zu reden. Aber sie hatte geahnt, dass Cathy das Thema ansprechen würde.

»War das die Therapeutin, von der du mir erzählt hast?«, fragte sie vorsichtig. »Die euer Gespräch mitgeschnitten hat?«

»Ja.« Cathy zögerte. »Ich habe sie nicht umgebracht.«

»Das habe ich auch nicht angenommen«, erklärte Grace in sachlichem Tonfall.

»Aber Detective Becket und der andere Beamte wollten wissen, ob ich Dienstagnacht bei Tante Frances zu Hause war.«

»Ich weiß«, sagte Grace.

»Haben Sie ihnen erzählt, was ich über Mrs. Flager gesagt habe?«

»Nein.«

»Warum nicht?«

»Zum einen, weil ich es für nicht wichtig hielt.«

Cathy schlug mit der Ferse auf die Wasserfläche, sodass die Tropfen hochspritzten.

»Ist es bei Ihnen das Gleiche, wie wenn ich etwas einem Priester erzähle?«, fragte Cathy. »Ich meine, Sie müssen es nicht weitersagen, wenn die Polizei Sie fragt?«

»Wie das Beichtgeheimnis? Ja, mehr oder weniger«, antwortete Grace. »Man nennt es die ärztliche Schweigepflicht. Ich darf über das, was du mir anvertraust, nicht berichten, es sei denn, du gibst mir die Erlaubnis.« *Oder wenn die Gefahr besteht, dass du dir selbst oder einem anderen Schaden zufügst,* fügte sie in Gedanken hinzu.

»Auch nicht, wenn Sie glauben, dass ich etwas wirklich Schlimmes getan habe?« Cathys Stimme klang hart, dennoch schwang unüberhörbar Angst darin mit. Unvermittelt stand sie auf. »Ich finde, wir sollten wieder ins Haus gehen.«

»Willst du das wirklich?« Auch Grace erhob sich.

»Nein.« Cathy zuckte die Achseln. »Aber jetzt weiß ich ja, dass ich notfalls hierher fliehen kann. Da will ich es riskieren.«

»Außerdem können wir jederzeit zurückfahren.«

Auf dem gleichen Weg wie zuvor gingen sie wieder in die Küche. Cathy wollte einen Blick in den Kühlschrank werfen, weil sie Durst auf etwas Kaltes hatte, doch Grace hatte eher den Eindruck, sie wollte sich vergewissern, dass alles noch an seinem Platz war. Eisfächer waren etwas höchst Persönliches, und jeder stellte seine Lieblingsspeise auf ganz bestimmte Weise ins Kühlfach. Allerdings wusste Grace nicht, was für das junge Mädchen schlimmer war: wenn es den Kühlschrank der Familie von Fremden geplündert vorfand oder wenn alles noch so war wie zuvor.

Er war gut bestückt, und Cathy erlebte sichtlich einen kleinen Schock. Offenbar hatten Marie oder die Haushälterin noch etliche Lebensmittel vom Markt dort verstaut, ehe der Mord geschah. Außerdem standen in einem Fach Plastikdosen mit Suppe und Nudelsoße, die die Aufschrift ARNIE'S trugen. Sie stammten wohl von dem einen oder anderen Restaurant des Hausherrn.

Einen Moment lang starrte Cathy regungslos auf die Fächer. Grace hätte gern gewusst, was das Mädchen vor sich sah. Ihre Mutter, wie sie Brot, Eier und Milch herausnahm, um Arme Ritter zu braten? Arnie, wie er eine der Flaschen Weißwein öffnete, die in der Tür des Kühlschranks standen? Die Familie am Küchentisch beim Frühstück? Vielleicht erinnerte sie sich an eine Auseinandersetzung, oder sie bedauerte, dass sie ihrer Mutter nie dabei hatte zuschauen können, wie sie das Frühstück oder eine andere Mahlzeit bereitete, weil die Mutter das Kochen der Haushälterin überließ oder weil Arnie ihnen nach Feierabend noch sein Können als Koch beweisen wollte? Doch irgendwie erschien es Grace im Augenblick nicht passend, das Mädchen zu fragen.

Leise schloss Cathy die Kühlschranktür. »Ich muss hier raus.«

»In Ordnung«, sagte Grace. »Aus der Küche oder aus dem Haus?«

»Ich möchte in mein Zimmer.«

»Allein oder mit mir?«

»Nicht allein.« Die Antwort kam rasch, beinahe ängstlich.

»Dann lass uns gehen.«

Leider kamen sie dabei am Schlafzimmer der Eltern vorbei. Grace brauchte keine Erklärung, um welchen Raum es sich handelte, Cathys Körpersprache verriet ihr genug. Sie hielt die Luft an und ging mit abgewandtem Gesicht an der hohen weißen Tür vorbei. Vielleicht würde sie den Raum in ihrem ganzen Leben nie mehr betreten wollen.

Ihr eigenes Zimmer lag am Ende des Flurs. Sie öffnete die Tür, trat rasch ein und ließ sich aufs Bett sinken.

»Soll die Tür offen bleiben?«, fragte Grace, die noch an der Schwelle stand.

»Bitte machen Sie zu.«

Grace schloss leise die Tür. »Wenn du ein bisschen allein sein willst, kann ich draußen warten.«

»Nein«, erwiderte Cathy. »Vielleicht beim nächsten Mal.«

Grace kam sich vor wie ein Eindringling. Seltsam, dachte sie, wo es doch in ihrem Berufsleben immer darum ging, in das Privatleben der Menschen einzudringen, sich in einem langsamen Prozess in die Seele eines Patienten zu schmuggeln. Doch wenn sie ehrlich war, musste sie sich eingestehen, dass sie trotz ihrer inzwischen ausgefeilten Gesprächstechniken am Ende eines Arbeitstages meist nichts anderes erreicht hatte, als eine zensierte Momentaufnahme zu sehen – also das, was der Patient ihr zeigen wollte. Cathy Robbins hatte sie zwar in ihr Zimmer gebeten, doch der Besuch in dem Haus beruhte auf Grace' Vorschlag, und sie war sich bewusst, dass sie jetzt ein höchst heikles, weil privates Gebiet betrat.

Es war das typische Zimmer einer Vierzehnjährigen. Erinnerungen an die Kindheit. Eine Raggedy-Ann-Puppe auf dem Kinderstuhl. Eine Sammlung von Kuscheltieren. Bücher von Laura Ingalls Wilder. Und dann die Zeichen der beginnenden Pubertät. Zwei Poster von Brad Pitt und ein anderes von Leonardo di Caprio in dem Film *Titanic*. Ein Stapel CDs, sowohl Ballettmusik als auch Rock und Pop. Und die Siegerurkunden für die Laufwettbewerbe, von denen Sam Becket gesprochen hatte. Dann noch Fotos von Marie und Arnold und Cathy selbst. Eins zeigte sie gemeinsam mit einem hübschen dunkelhaarigen Mädchen.

»Wer ist das?«, fragte Grace.

»Meine Freundin Jill.« Sie schwieg. »Am Sonntag hat sie mich besucht, nachdem Sie gegangen waren. Sie ist ungefähr eine halbe Stunde geblieben, und dann hat ihr Dad sie abgeholt.« Ihr Blick war verzweifelt. »Seit damals haben wir ein paarmal telefoniert. Aber ich glaube, ihre Eltern sehen es jetzt nicht mehr so gern, dass sie wieder zu mir kommt.«

»Das ist sehr schade.«

Cathy zuckte die Achseln.

Grace betrachtete die Fotos. »Hast du ein Bild von deinem ersten Vater?« Ihr war eingefallen, dass Cathy ihn so genannt hatte.

»Nein.« Das Mädchen ließ den Blick durchs Zimmer schweifen. »Sie haben mein Tagebuch mitgenommen.«

Grace hatte sich noch immer kaum von der Tür entfernt. Schlimm genug, dass sie überhaupt mit Cathy hier drinnen war und die ursprüngliche Atmosphäre veränderte; da wollte sie nicht noch mehr durcheinander bringen. Zumindest nicht heute.

»Was wollen Sie mit meinem Tagebuch, Grace?«

»Ich weiß es nicht.« Sie überlegte. »Hast du viel Persönliches hineingeschrieben?«

»Eigentlich nicht«, erwiderte Cathy. »Mein richtiges Tagebuch ist im Computer.«

»Ist er hier?« Grace konnte keinen PC im Zimmer entdecken.

Das Mädchen schüttelte den Kopf. »Ich habe ihn zu Tante Frances mitgenommen. Es ist ein Notebook.«

»Das mit dem Tagebuch tut mir Leid«, sagte Grace.

»Ist nicht schlimm.« Cathy stand auf, ging zum Fenster und schaute in den Garten. »Ich nehme an, hier werde ich nie mehr wohnen, oder?«

»Ich weiß nicht. Möchtest du das denn gern?«

»Vielleicht.«

»Kann deine Tante nicht hier bei dir einziehen?«

»Nein.« Cathy schaute immer noch aus dem Fenster. »Ich habe sie gefragt. Sie sagt, das würde sie nicht ertragen.«

»Tut mir Leid«, sagte Grace noch einmal.

»Vielleicht hat sie Recht. Womöglich würde ich es auch nicht ertragen.«

Grace studierte noch einmal die Fotos von Cathy und ihren Eltern. Sie machten einen glücklichen Eindruck. Gleichzeitig wunderte sie sich, dass ein Foto von Cathys leiblichem Vater fehlte, und beschloss, das Thema noch einmal anzusprechen.

»Du hast gesagt, dass du dich nicht mehr an deinen ersten Vater erinnerst.«

»Tu' ich auch nicht.«

»Hat deine Mutter oft mit dir über ihn gesprochen?«

»Nein, nie.« Cathy wandte sich um und blickte Grace an. »Er hat sie unglücklich gemacht, das weiß ich.«

»Und was ist mit dir? Hat er dich auch unglücklich gemacht?«

»Ich glaube nicht.« Cathy bückte sich und nahm die Puppe auf. »Tante Frances hat mir erzählt, dass es Mom damals sehr schlecht ging. Aber Mom selbst hat nie mit mir darüber gesprochen.«

»Hast du sie nicht gefragt?«

»Doch, sogar oft.« Sie zupfte an einer Strähne des roten Puppenhaars. »Mom hat gesagt, sie will das alles vergessen.«

»Was hat dir deine Tante sonst noch darüber erzählt?«

»Nicht viel.« Sie setzte die Puppe zurück auf den Stuhl, wo sie seitlich in sich zusammensank. »Ich würde jetzt gern gehen.«

»Aus dem Zimmer oder aus dem Haus?«

»Können wir nicht einfach gehen, Grace?« Ihr Blick war beinahe flehend.

»Natürlich.«

Plötzlich merkte Grace, dass sie die Tür versperrte und das Mädchen sich womöglich wie in einer Falle fühlte. Rasch trat sie zur Seite und öffnete. Cathy folgte ihr ein paar Schritte, blieb dann aber stehen und ging zurück zur Puppe. Liebevoll beugte sie sich über sie und richtete sie auf. Als sie an Grace vorbeiging, bereits für den Rückweg gewappnet, standen ihr die Tränen in den Augen.

Während sie das Haus verließen, in Grace' Mazda stiegen und losfuhren, fragte sich Grace, ob der Besuch Cathy geholfen oder sie zurückgeworfen hatte. Im Nachhinein stellte sie ihre eigenen Ideen und Entschlüsse oft infrage, besonders in den schwierigen Anfangswochen, wenn sie einen Patienten erst allmählich kennen lernte. Sie sprach heikle Themen an, drang in Tabubereiche vor, sah hilflos mit an, wie Mauern errichtet wurden, und erlebte alle Arten von Schmerz und oft auch schreckliche Schuldgefühle mit. Und jetzt musste sie sich eingestehen, dass es Cathy nach dem Besuch in ihrem Elternhaus nicht besser ging, sondern schlechter, wenn vielleicht auch nur vorübergehend. Andererseits war sie der festen Überzeugung, dass dies irgendwann einmal hatte geschehen müssen, auch wenn es womöglich erst der Anfang war. *Du hast keine Schuld, Lucca*, hörte sie ihre frühere Tutorin sagen. *Du hast das Unglück in Cathys Familie nicht heraufbeschworen. Du hast ihre Eltern nicht umgebracht.* Natürlich hatte Grace nichts dergleichen getan. Aber sie hatte sich für diesen Beruf entschieden. Und mit ihm dafür, sich in das Leben anderer Menschen einzumischen.

In letzter Zeit hatte sie nicht viel darüber nachgedacht, warum sie Psychologin geworden war. Immerhin konnte sie mit Sicherheit sagen, dass die Neugier, was das Schicksal ihrer Patienten betraf, nicht das Geringste mit Sensationslust zu tun hatte. Zweifellos aber war sie ein ausgesprochen neugieriger Mensch, der zutiefst von dem Wunsch beseelt war zu helfen.

Manchmal musste sie sich allerdings fragen, ob ihr das auch wirklich gelang.

12.

Grace hatte Sam Becket versprochen, ihn anzurufen, falls sich bei ihrem Besuch in Cathys Elternhaus etwas Wichtiges ergeben würde. Glücklicherweise konnte sie ihm jetzt ehrlich sagen, dass sie dort nichts entdeckt hatte, das der Polizei bei den Ermittlungen dienlich gewesen wäre.

»Hätten Sie etwas dagegen, wenn ich später noch bei Ihnen vorbeikomme?«, fragte Sam.

»Natürlich nicht. Und warum?«

»Ich habe ein paar Entdeckungen gemacht, die Ihnen vielleicht weiterhelfen.«

Abends um Viertel nach acht rief er wieder an und sagte, er sei wegen dringender Arbeit aufgehalten worden. »Ich glaube, wir verschieben es besser auf ein anderes Mal«, meinte er.

»Wie Sie wollen«, sagte Grace. »Aber ich bin ein Nachtmensch.«

»Und wo liegt da bei Ihnen die Grenze?«

»Gegen Mitternacht.«

»Ich hoffe, ich schaffe es früher«, meinte Sam.

Doch es war schon fast halb elf, als er schließlich an der Tür klingelte.

»Haben Sie Hunger, Detective?«, fragte Grace und musterte ihn. »Sie sehen hungrig aus.« Und erschöpft, fügte sie beim Anblick seiner hängenden Schultern, der müden Augen und der unrasierten Wangen in Gedanken hinzu.

»Ich bin hungrig wie ein Pferd«, gab er zu. »Zumal mir vor einer Stunde eingefallen ist, dass ich heute eigentlich bei meiner Familie zum Essen eingeladen war.« Er grinste trocken. »Meine Mutter wird ganz schön wütend auf mich sein.«

»Sie ist sicher an so was gewöhnt – mit einem Arzt als Mann und einem Polizisten als Sohn.« Grace hielt kurz inne. »Möchten Sie uns bei einem *cacciucco* Gesellschaft leisten?«

»Was ist ein *cacciucco* und wer ist ›uns‹?«

»Wir, das sind Harry und ich.« Wie aufs Stichwort trottete der West-Highland-Terrier in den Flur. »Darf ich vorstellen: Harry.«

»Hallo, Harry!« Sam beugte sich hinunter und streckte dem Hund die Hand entgegen. Der schnüffelte. »Habe ich die Prüfung bestanden?«

»Das tun die meisten«, erklärte Grace und führte Sam in die Küche. Wie ihre Lieblingsgerichte verriet auch die Küche unzweifelhaft ihr italienisches Erbe. Grace hatte ihren Vater zwar schon seit langem abgeschrieben, doch von ihren Ahnen war sie noch immer fasziniert.

»Setzen Sie sich, Detective. Dann zeige ich Ihnen, was ein *cacciucco* ist.« Sie wies auf den wuchtigen hölzernen Küchentisch mit den passenden handgeschnitzten Stühlen.

»Danke.« Sam ließ sich müde auf einen Stuhl sinken. Grace ging zum Herd, zündete das Gas an und setzte eine große Kupferkasserolle auf die Flamme. »Auch wenn Sie ein Nachtmensch sind, haben Sie doch sicher schon zu Abend gegessen«, sagte er.

»Das ist Stunden her«, entgegnete sie leichthin. »Haben Sie noch nie von einer Mitternachtsmahlzeit gehört?«

»Gehört? Ich habe sie erfunden.«

Grace lächelte. »Und wenn wir jetzt bei einer Mitternachtsmahlzeit einander Gesellschaft leisten, meinen Sie nicht, wir könnten uns beim Vornamen nennen?«

»Eine gute Idee.«

Er erwiderte ihr Lächeln. Grace lüftete den Deckel der Kasserolle und rührte vorsichtig den Inhalt um. In ihren leichten Denim-Jeans und dem blassblauen T-Shirt sah sie sexy aus, verführerisch. Bei ihrer früheren Begegnung waren Sam ihre zarten weiblichen Rundungen gar nicht aufgefallen. Allerdings hatte das Kostüm, das sie bei dem berufsbedingten Treffen trug, natürlich nicht alles verborgen – nicht das attraktive kluge Gesicht mit den ganz und gar nicht geschäftsmäßig wirkenden Augen, nicht die Nase, die an Cathérine Deneuve erinnerte, nicht die weichen Lippen und die langen Beine. Doch die beiden Themen, um die es in ihren Gesprächen bisher gegangen war, Gewaltverbrechen und Tod, hatten für solche Gedanken keinen Platz gelassen.

»Das riecht prima«, stellte Sam fest, um seine Aufmerksamkeit wieder auf das Essen zu lenken. »Ist das Fischsuppe?«

»Ja, ursprünglich war es die Fischsuppe der armen Leute. Aber ich finde, sie schmeckt ziemlich gut.« Sie grinste. »Du siehst also, wie bescheiden meine Kochkünste sind.«

»Wo jemand Recht hat, soll man nicht streiten«, entgegnete Sam. »Das ist ein Spruch meiner Mutter. Meistens hat sie Recht, und ich streite, jedenfalls ihrer Meinung nach.«

»Dann erzählst du ihr besser nicht, dass du heute bei mir zu Abend gegessen hast, anstatt bei ihr.«

»Da hast du Recht.«

Eine Viertelstunde später waren der Tisch gedeckt und die Gläser mit Chianti gefüllt. Nachdem Sam seinen schlimmsten Hunger mit Grace' Fischsuppe gestillt hatte, kehrten auch seine Lebensgeister wieder zurück.

»Wie italienisch bist du eigentlich?«, erkundigte er sich. »Ich meine, von deinen Eltern her.«

»Zur Hälfte. Der Vater. Die andere Hälfte ist amerikanisch. Und wie steht's mit dir?«

»An mir ist jedenfalls nichts Italienisches«, entgegnete Sam.

Grace stippte ein Stück Brot in die dicke aromatische Suppe. »Macht es dir was aus, wenn ich dir ein paar Fragen stelle? Dein Vater hat dich ein paarmal erwähnt, und ich wusste nur, dass du bei der Polizei bist. Mehr nicht.«

»Du meinst wohl, er hat nichts von meiner Hautfarbe gesagt?«, neckte Sam sie. »Ich glaube, sie fällt ihm auch gar nicht mehr auf. Für Dad war sie nach meiner Adoption schon bald die normalste Sache der Welt.«

»Wann war das?«

»1972. Ich war damals acht. Es war ungefähr ein Jahr nachdem meine Eltern und meine Schwester gestorben sind.« Er trank einen Schluck Wein und blickte Grace an. Als er das Mitleid in ihren klaren blauen Augen sah, hatte er das Gefühl, ihr mehr anvertrauen zu können. »Wir wohnten damals in Coconut Grove. Mein Vater war ebenfalls Polizist. Er hatte einen Freund in Opa-Locka. Als Dad einen freien Tag hatte, wollten wir diesen Freund besuchen. Es war am 24. März 1971, einen Tag nachdem in Opa-Locka ein Schwarzer von einem Polizisten erschossen worden war. Der Bursche hatte bei einem Raubüberfall Schmiere gestanden. An jenem Abend brach ein Aufstand los.«

Grace hatte bisher lediglich von den schweren Rassenunruhen in Miami im Jahre 1980 gehört, und nach allem, was sie erfahren hatte, konnte sie sich glücklich schätzen, dass Claudia und sie erst ein Jahr später nach Florida gezogen waren. »Seid ihr in die Unruhen hineingeraten?«

»So könnte man sagen«, erwiderte Sam. »Wir waren noch beim Freund meines Vaters, als es richtig losging. Es wurde verdammt ungemütlich. Dads Freund drängte uns zu bleiben, aber mein Vater wollte unbedingt nach Hause zurück. Um möglichen Ärger zu vermeiden, wollte er einen großen Umweg um das Zentrum des Aufstands machen, aber du weißt ja, wie es bei solchen Unruhen ist. Sie können sich ausbreiten wie ein Buschfeuer.« Sam zuckte die Achseln. »Jedenfalls steckten wir in einem der Vororte plötzlich mittendrin.«

Grace wartete, dass er weitersprach.

»Ich habe nicht gesehen, wie es passiert ist, weil ich auf dem Rücksitz geschlafen habe, wo ich mit meiner kleinen Schwester Angela saß. Eine Sekunde bevor es geschah, wachte ich auf.« Seine Augen wurden dunkler, seine Stimme heiser. »Ich habe die Leute brüllen hören, und dann hat mein Vater geflucht, und meine Mutter hat geschrien, und dann ist irgendwas auf der Windschutzscheibe aufgeschlagen. Später habe ich erfahren, dass es ein Stein war.« Er schwieg. »Mein

Vater hat wohl die Kontrolle über den Wagen verloren, und wir sind gegen einen Baum geprallt. Dad und Angela waren auf der Stelle tot. Meine Mutter ist ein paar Stunden später gestorben.«

Bei dem Gedanken an diesen entsetzlichen Schock, den Sam als Siebenjähriger erlebt hatte, fuhr Grace ein Stich durchs Herz. »Und was war mit dir?«

»Ich hatte ein paar gebrochene Rippen und ein zerschmettertes Bein, mehr nicht.« Er lächelte leise. »David Becket hatte gerade im dortigen Krankenhaus als Freiwilliger Dienst, als man mich einlieferte. Er hat mich behandelt. Ein paar Tage später kam seine Frau Judy, um mich zu besuchen. Als sie hörten, dass ich keine Angehörigen hatte, die sich um mich kümmern würden, haben sie mich gefragt, ob ich nicht bei ihnen leben wolle.«

»Einfach so?«

»Mehr oder weniger. David hat oft gesagt, dass es bei ihnen Liebe auf den ersten Blick war. Ich hab' ein Jahr lang als Pflegekind bei ihnen gewohnt, dann haben sie mich adoptiert. Ich bin der Nachkomme entlaufener Sklaven aus Georgia. Davids und Judys Eltern sind vor den Nazis aus Europa geflohen. Also hatten wir doch etwas gemeinsam.«

»War das nicht alles ziemlich schwierig für dich?«

»Doch, natürlich. Der Schulwechsel, die neuen Lebensumstände. Für ein Kind ist das nicht einfach.« Sams Blick war verschwommen, als er an diese Zeit zurückdachte. »In dem ersten Jahr, als ich noch ihr Pflegekind war, haben sie mit mir über die Schwierigkeiten gesprochen, die auf uns zukommen würden, wenn sie mich adoptierten. Judy sah es realistisch, David ist eher Idealist. Für ihn gab es keine Probleme, vor allem, wenn wir zusammenhielten.«

»David ist ein wunderbarer Mensch«, sagte Grace leise.

»Das gilt auch für Judy«, meinte Sam. »Kennst du meine Mutter?«

»Bisher nicht. Du hast noch einen Bruder, nicht wahr?«

Sam nickte grinsend. »Saul. Er ist dreizehn und steht kurz vor seiner Bar Mizwa.« Er spießte ein Stück Fisch auf. »Und ich kann gut nachvollziehen, wie sehr seine Geduld jetzt gerade auf die Probe gestellt wird.«

»Du hattest eine Bar Mizwa?« Als Grace sich das ausmalte, musste sie lächeln.

»Und das mit Begeisterung.« Er schüttelte den Kopf, als er an die Hebräischstunden dachte und daran, wie aufgeregt er war, als er in der Synagoge aufstehen musste, um sich zählen zu lassen. »Judy war eigentlich mehr daran gelegen als David. Trotzdem, die beiden haben sich viel Mühe gegeben, um herauszufinden, ob ich's auch wirklich wollte.«

»Und wolltest du?«

»Ich wollte ihr Sohn sein«, entgegnete Sam schlicht. »Was immer es kostete.«

»Bist du zum jüdischen Glauben übergetreten?«

»Nein. Judy und David meinten, ich solle nicht das Gefühl bekommen, mich von der Religion und Kultur meiner Eltern abzuwenden. Sie gehörten der episkopalischen Kirche an. Judy und David haben einen weltoffenen Rabbi ausfindig gemacht, der mich unterrichtet und später die Zeremonie in der Synagoge mit uns vollzogen hat. Nach jüdischem Recht war das allerdings nicht ganz koscher, glaube ich.« Er schmunzelte. »Aber wahrscheinlich war's koscher genug, dass ich jetzt der einzige schwarze Polizeibeamte in South Beach bin, der zwar der episkopalischen Kirche angehört, aber eine Bar Mizwa hatte und freitags abends die Kerze anzündet.«

»Tust du das wirklich?« Grace war fasziniert.

»Ehrlich gesagt, nur selten.« Er zog eine Grimasse. »Und da wir das Passah-Fest feiern und ich heute Abend unseren Seder versäumt habe, bin ich für meine Mutter jetzt wahrscheinlich eine persona non grata. Deshalb erzähle ich ihr auch lieber nichts von unserem Abendessen hier.« Sam warf Harry ein Stück Garnele zu, der daraufhin prompt zwischen ihren beiden Stühlen Posten bezog. »Wie war es bei dir, Grace?«, fragte Sam. »Hattest du Probleme wegen deiner Herkunft?«

»Jedenfalls nicht deshalb, weil mein Vater katholischer

Italo-Amerikaner der zweiten Generation ist und meine Mutter protestantische Schwedisch-Amerikanerin der dritten Generation.« Sie zuckte die Achseln. »Meine Probleme hatten mehr damit zu tun, wie meine Eltern sich als Menschen verhielten.«

Sam blickte sie fragend an. »Also keine leichte Kindheit?«

»Für meine Schwester war es schlimmer als für mich.« Grace hielt inne. »Meine Eltern sind unglückliche Menschen und passen nicht zusammen. Ihre größte Leistung bestand wohl darin, ihre Kinder in das eigene Elend hineinzuziehen.«

»Lebt deine Schwester hier in der Gegend?«

»Sie hat zwei Wohnsitze. Einen in Fort Lauderdale, den zweiten auf den Keys. Morgen fahre ich übers Wochenende zu ihr nach Islamorada.«

»Magst du die Keys?«, fragte Sam.

»Natürlich, obwohl ich nicht gern dort wohnen würde.«

»Ich auch nicht«, erwiderte Sam. »Ich brauche den Trubel der Großstadt.«

»Meiner Schwester und ihrer Familie gefällt die Mischung recht gut«, fuhr Grace fort. »Mein Schwager ist Architekt, und weil er gern angelt, ist ein Haus auf den Inseln für ihn natürlich genau das Richtige. Zumal seine Auftraggeber vorzugsweise aus dem Südosten Floridas stammen.« Sie dachte nach. »Ich glaube, Claudia fühlt sich in Islamorada am wohlsten. Vielleicht, weil es kaum einen Ort gibt, der weiter von Chicago entfernt ist.«

»Chicago?«, fragte Sam.

»Dort wohnen unsere Eltern.«

Grace wartete, bis Sam mit dem Essen fertig war und sie Kaffee kochte, ehe sie sich erkundigte, warum er sie hatte treffen wollen. Als sie Bedauern in seinen Augen aufflackern sah, erkannte sie, dass er sich während der Mahlzeit ebenso wohlgefühlt hatte wie sie selbst.

»Es geht da um eine Sache, die wir entdeckt haben«, begann Sam vorsichtig. »Und du als Cathys Psychologin solltest vielleicht davon wissen.«

Wie sich herausgestellt hatte, war Cathy vorübergehend bei Beatrice Flager in Behandlung gewesen – das hatte sie den Beamten ja auch selbst gesagt. Doch wenn die ermordete Psychologin eine Akte über das Mädchen angelegt hatte, waren die Unterlagen vor dem Eintreffen der Polizei entweder von Flager selbst vernichtet oder von Unbekannten gestohlen worden.

»Wie es heute üblich ist, hat auch die gute Mrs. Flager ihre gesamten Daten im Computer gespeichert. Das Gerät war zertrümmert, als wir ins Haus kamen. Doch unsere Experten meinen, der oder die Täter hätten sich sehr genau mit der Technik auskennen müssen, um die Informationen auf der Festplatte zu vernichten.«

Der Kaffee war durchgelaufen, und Grace fragte Sam, ob sie ihn nicht draußen auf dem Bootssteg trinken sollten. »Ich weiß auch nicht warum, aber heikle Themen bespreche ich am liebsten draußen«, sagte sie, als sie ihre Kaffeetassen zum Bootssteg balancierten. »Vielleicht habe ich unbewusst die Vorstellung, ich könnte meine Sorgen ins Meer werfen, damit sie davongespült werden.« Sie merkte, dass Sam sie musterte. »Vielleicht liegt es aber nur daran, dass es dort so schön ist.«

»Wahrscheinlich ein bisschen von beidem.«

»Ich ziehe mir hier immer die Schuhe aus und lasse die Füße ins Wasser baumeln.«

Als Grace ihre Worte in die Tat umsetzte, fiel ihr ein, dass Cathy und sie heute Nachmittag am Swimming-Pool der Robbins' das Gleiche getan hatten.

»Sieht verlockend aus.« Sam folgte ihrem Beispiel.

Für einen Mann seiner Größe waren Sams Füße erstaunlich klein. Jetzt kam auch Harry und setzte sich wieder zwischen die beiden. Eine ganze Weile sprachen sie kein Wort.

»Willst du mir nicht sagen, was ihr auf der Festplatte gefunden habt?«, fragte Grace schließlich. »Oder bist du zu müde? Es ist schon ziemlich spät.«

»Mir macht's nichts – wenn es auch dir nichts ausmacht.«

»Ich habe dir doch schon gesagt, dass ich ein Nachtmensch bin«, erwiderte sie. »Aber das Ganze ist eine scheußliche Angelegenheit. Willst du dich nicht lieber ein paar Stunden ausruhen?«

»Nein. Schließlich betrifft es mich nicht persönlich.« Er hielt den Blick auf die dunkle Wasseroberfläche gerichtet. »Und ich muss ja auch nicht leiden.«

Irgendetwas in seiner Stimme – nur ein leiser Beiklang – ließ Grace aufhorchen. Offenbar hatte auch Sam Becket seine Erfahrungen mit dem Leid gemacht, und das nicht nur als siebenjähriger Junge. Doch gleich darauf schob sie diesen Gedanken wieder beiseite.

»Also, was habt ihr herausgefunden?« Es hatte wohl keinen Sinn, es noch weiter hinauszuzögern.

»Wir haben die Datei gefunden. Sie war ziemlich kurz. Cathy ist nur ein einziges Mal bei Beatrice Flager gewesen, und das auch nur, weil Arnold Robbins sie dazu gedrängt hat. Er hatte sich Sorgen um Cathy gemacht.« Sam trank einen Schluck Kaffee.

»Und weshalb?«

»Wegen der typischen Pubertätsprobleme. Cathy hatte sich zurückgezogen, hing nur noch herum, ließ ihre Freundschaften schleifen. Insgesamt ein mangelndes Selbstwertgefühl. Ihr Stiefvater war einfach bloß unzufrieden mit ihr. Wie er Mrs. Flager sagte, war Cathy ein paar Jahre bevor sie und ihre Mutter nach Miami zogen, bei einer psychologischen Beratung gewesen …«

»Ich dachte, Cathy hätte schon immer hier gewohnt?«

»Den Unterlagen der Therapeutin zufolge nicht«, erklärte Sam. »Leider geht daraus nicht hervor, woher das Mädchen stammt.«

Grace überlegte, wie viel sie ihm mitteilen durfte, ohne ihre Schweigepflicht zu verletzen. »Du hast vielleicht gesehen, dass in Cathys Zimmer in ihrem Elternhaus zwar verschiedene Fotos stehen, jedoch keins von ihrem leiblichen Vater. Sie sagt, sie kann sich nicht an ihn erinnern.«

»Vielleicht stimmt das sogar«, meinte Sam. »Soweit ich weiß, ist er gestorben, als sie fünf war.« Er dachte nach. »Ich war zwei Jahre älter, als meine Eltern ums Leben kamen. Also kann ich das wohl nicht so recht beurteilen.«

»Wahrscheinlich nicht.« Grace betrachtete die Lichter von Bal Harbor an der gegenüberliegenden Küste. »Steht in Mrs. Flagers Akten, was passiert ist, als Cathy bei ihr war?«

»Nicht in Einzelheiten. Mrs. Flager hatte den Eindruck, dass Cathy nur ungern zu ihr kam, dass sie die ganze Sache ablehnte. In den Notizen steht weiter, Cathy sei nicht einverstanden gewesen, dass das Gespräch mitgeschnitten wurde. Ist das üblich, Grace? Nimmst du auch die Sitzungen mit deinen Patienten auf?«

»Normalerweise nicht. Obwohl das einige Psychologen tun und es manchmal vorgeschrieben ist.« Sie überlegte. »Cathy hat mir erzählt, dass sie bei einer anderen Therapeutin war, die ihr Gespräch auf Band mitgeschnitten hat, und dass sie Einwände hatte.« Grace musterte Sam aufmerksamer als zuvor. Es war ihr wichtig, dass er verstand, worauf sie hinauswollte. »Ich will damit sagen ... Cathy war in dieser Hinsicht ganz offen. Wir sind auf das Thema zu sprechen gekommen, als sie mich mit der anderen Psychologin verglichen hat.«

»Hat Cathy auch erzählt, was sie getan hat, als sie von der Sitzung mit Beatrice Flager nach Hause kam?«

»Nein.« Grace zögerte. »Ich dachte, sie war nur einmal dort?«

»Das stimmt«, bestätigte Sam. »Beatrice Flager hat ihren Aufzeichnungen allerdings noch etwas hinzugefügt, denn Arnold Robbins hat sie noch einmal angerufen, um sie über den neuesten Stand der Dinge zu unterrichten.« Er zögerte. »Robbins sagte, Cathy habe nach ihrer Rückkehr von der Sitzung einen Wutanfall bekommen – und sämtlichen Goldfischen in Maries Aquarium den Kopf abgeschnitten.«

»Was sagst du da?«, fragte Grace erschüttert. »So etwas soll *Cathy* getan haben?«

»In den Notizen steht, dass sie es abgestritten hat. Dann aber hatte sie einen zweiten Wutanfall und zerschlug in ihrem Zimmer Puppen und Spielzeug. Ihre Eltern waren so besorgt, dass sie mit dem Mädchen zu ihrem Hausarzt gingen. Der hat eine Blutuntersuchung angeordnet.« Sam hob den Kopf und schaute Grace an. »Die Tests ergaben, dass Cathy Haschisch im Blut hatte. Orale Einnahme, wie es in den Unterlagen heißt.«

»Und was hat Cathy dazu gesagt?«

»Sie hat es abgestritten. Nur hat ihr niemand mehr geglaubt.« Sam schüttelte den Kopf. »Wie denn auch, unter diesen Umständen.«

Nachdem Sam gegangen war, blieb Grace noch eine ganze Weile auf dem Steg sitzen. Beatrice Flagers Berichte über Cathys Pubertätsprobleme hatten sie zutiefst beunruhigt. So verständnisvoll Sam Becket sich gegenüber Cathy zeigte, nach diesem Fund würden seine Kollegen und womöglich auch die Staatsanwaltschaft die Glaubwürdigkeit des Mädchens anzweifeln.

Bisher war Cathy – jedenfalls für Grace und auch für Sam, wie sie zu spüren meinte – lediglich die unbeteiligte Überlebende eines Verbrechens gewesen.

Nun musste man Cathy plötzlich als einen Teenager betrachten, der sich abreagierte, indem er Goldfische köpfte.

Grace starrte ins Wasser und versuchte sich auszumalen, wie Cathy so etwas tat. Sie hatte sich schon vor Jahren angewöhnt, sich für einen kurzen Augenblick in ihre Patienten hineinzuversetzen. Natürlich war eine gewisse Distanz in ihrem Beruf als Psychologin unerlässlich, doch da Grace hauptsächlich mit Kindern arbeitete, war sie oft nicht in der Lage, eine gefühlsmäßige Objektivität aufrechtzuerhalten – wie, in Gottes Namen, konnte man objektiv bleiben, wenn man eine gequälte und gemarterte junge Seele vor sich hatte?

Rasch wies Grace die Vorstellung von sich, dass ein sensibles Mädchen wie Cathy, das mit Harry so sanft umging, lebende Wesen verstümmelte. Stattdessen wandte sie sich dem Gedanken zu, dass Cathy möglicherweise Haschisch nahm. Das schien weniger unwahrscheinlich. Außerdem gab es gute Gründe, die dazu geführt haben konnten: der

Wunsch, der Wirklichkeit zu entfliehen oder sich einfach nur besser zu fühlen.

Abgesehen davon – ein paar Puppen oder Schmuckfiguren zu zerschlagen oder einen Joint zu rauchen, war etwas völlig anderes, als seine Eltern und seine frühere Therapeutin zu ermorden.

Als Grace sich schlafen legte und Harry gerade Anstalten machte, wie üblich unter ihre Bettdecke zu kriechen, klingelte das Telefon.

»Grace, hier spricht Sam.«

»Was ist passiert?« Sie bekam Angst.

»Nichts. Es ist nichts passiert.« Er hielt kurz inne. »Mist, ich habe dich geweckt, nicht wahr? Ich hätte bis morgen Früh warten sollen.«

Grace schaute auf die Uhr. Es war fast drei.

»Der Morgen hat schon angefangen, Sam. Und du bist erst vor einer Stunde gegangen. Ich habe nicht geschlafen, sondern nachgedacht.«

»Ich auch. Über Cathy?«

»Natürlich.«

»Und glaubst du immer noch, dass sie es nicht getan hat?«

»Ja«, erwiderte Grace.

»Ich auch«, sagte Sam. »Obwohl es nicht gerade gut für sie steht.«

»Das ist mir klar.«

»Aber ich habe nicht angerufen, um über Cathy zu sprechen, sondern ich wollte mich bedanken. Für das *cacciucco* und deine Gastfreundschaft.«

»Das brauchst du nicht. Die Suppe war schon fertig, und es hat mich gefreut, sie nicht allein essen zu müssen.«

»Ich habe mich auch gefreut.«

Grace lächelte. »Danke, dass du angerufen hast.«

»Meine Mutter hat mich nun mal gut erzogen.«

»Ja, das ist sicher der Grund.«

»Gut, dann lasse ich dich jetzt schlafen«, sagte er.

»Und was ist mit dir?« Erst jetzt fiel Grace auf, dass er hellwach, fast schon überdreht klang. »Du kriegst wegen meinem Kaffee kein Auge zu, stimmt's? Er war zu stark.«

»Nein, er war ausgezeichnet. Aber ich bin jetzt wieder ziemlich munter, und da dachte ich, ich nutze die Ruhe und versuche herauszufinden, ob es in den Mordfällen Robbins und Flager nicht doch Zusammenhänge gibt.«

»Eine gute Idee«, meinte Grace.

»Bis zum Mord an der Therapeutin bestand die Möglichkeit, dass es bei den Robbins' um Geld ging, also vielleicht um krumme Geschäfte, die Arnold in seinen Restaurants laufen hatte.«

»Aber als dann Beatrice Flager ermordet wurde, war diese Theorie hinfällig.«

»Nein«, sagte Sam. »Ich gebe sie noch nicht ganz auf.«

Grace zögerte. Trotz der späten Stunde ging ihr eine Frage durch den Kopf. »Du hast gesagt, dass man im Haus der Robbins' verbrannten Stoff gefunden hat, der womöglich von Cathys Nachthemd stammte.« Sie legte sich ihre Worte sorgfältig zurecht. »Hat man sonst noch was entdeckt?«

»Zum Beispiel?«

»Ich weiß nicht. Irgendetwas, das der Polizeiarzt an Cathy feststellte.«

Wieder schwiegen beide.

»Du meinst das Pflaster auf Cathys Arm, nicht wahr?«

Dass er sofort wusste, worauf sie hinauswollte, passte Grace gar nicht. Sie wurde rot. »Ja, genau.« Sie war froh, dass Sam sie jetzt nicht sehen konnte.

»Cathy hat gesagt, dass sie einen Tag vor dem Mord gestolpert ist und sich beim Sturz an einem Baumstamm die Haut aufgeschürft hat.« Sam schwieg. »Wir haben es untersucht, Grace. Es war kein Schnitt von einem Skalpell. Es hatte auch nichts mit der zerbrochenen Fensterscheibe zu tun, wenn du das befürchtest.«

Auf die Idee war Grace noch gar nicht gekommen.

»Wenn es dich so beschäftigt hat, warum hast du mich nicht schon früher danach gefragt?«

»Keine Ahnung«, log sie.

Dabei wusste sie genau, dass Sam es ihr nicht abnahm. Er hatte erkannt, dass sie das Mädchen – wenn auch auf ungeschickte Weise – vor weiteren Schwierigkeiten bewahren oder sich nicht eingestehen wollte, dass möglicherweise ein neuerlicher Schlag gegen Cathy bevorstand.

Aber Grace wusste auch, dass der Mensch Sam – nicht der Polizist – sie verstand.

Das Osterwochenende in Islamorada war ungetrübt, bis Grace am Sonntagmorgen ihren Anrufbeantworter abhörte. Frances Dean teilte ihr mit, man habe Cathy zur Vernehmung aufs Polizeipräsidium gebracht. Und Sam Becket habe ihr mehr oder weniger deutlich zu verstehen gegeben, es sei an der Zeit, ihrer Nichte einen Anwalt zu besorgen. Grace wusste nicht, wann Frances Dean auf das Band gesprochen hatte, doch als sie Frances zurückrufen wollte, meldete sich niemand.

»Die Frau würde sich nicht mit mir in Verbindung setzen, wenn sie nicht völlig verzweifelt wäre«, erklärte Grace ihrer Schwester Claudia, die äußerlich so sehr ihrem Vater ähnelte – die gleiche blasse, olivfarbene Haut, die gleichen braunen Augen, das gleiche weiche, dunkle Haar, bei ihr jedoch zu einem Bob geschnitten, sodass es bei jeder Bewegung um ihr Gesicht schwang.

Sie saßen auf der Veranda und tranken Cola, während Claudias Mann Daniel Brownley auf dem Steg stand und sich um den Grill kümmerte. Die Jungen tollten im Wasser herum, und Sadie, der Kurzhaardackel, den die Brownleys sich vor drei Jahren zugelegt hatten, hatte sich einen Platz im Schatten gesucht, von dem aus er sowohl die beiden Jungen als auch den Grill im Blickwinkel hatte. Harry und Sadie kamen zwar bestens miteinander aus, doch da Grace am Montag zu einer Tagung nach Key Largo weiterfahren wollte und der Bankettsaal in einem Hotel voller Psychologen wohl kaum ein geeigneter Platz für Harry war, hatte sie ihn in der Obhut von Teddy Lopez gelassen – obwohl der Hund eigentlich gern verreiste und schmollte, wenn Grace eine Tasche packte und ohne ihn aufbrach.

»Willst du zurückfahren?«, fragte Claudia, ohne Robbie aus den Augen zu lassen, ihren jüngeren sechsjährigen Sohn, der dazu neigte, sich zu viel zuzutrauen, weil er ständig mit seinem zwei Jahre älteren Bruder Mike mithalten wollte.

»Das würde ich, wenn ich etwas ausrichten könnte«, sagte Grace. »Aber wenn Cathy zur weiteren Vernehmung in Polizeigewahrsam bleibt, lassen sie mich nicht zu ihr. Natürlich versuche ich weiterhin, ihre Tante zu erreichen. Obwohl die jetzt ganz bestimmt keine Psychologin braucht.«

»Was dann?«

»Eine Verbündete. Jemand, der beweisen kann, dass ihre Nichte unschuldig ist.« Grace seufzte bedauernd. »Aber ich kann keine Wunder wirken. Auch wenn ich mir das manchmal noch so sehr wünsche.«

Die beiden Schwestern hatten sich einen Ruck gegeben und in Chicago angerufen, um sich nach ihrer Mutter zu erkundigen. Doch niemand hatte den Hörer abgenommen. Daraufhin hatten sie still – zu still – beisammengesessen und sich von ihren Schuldgefühlen quälen lassen, bis Daniel dem ein Ende setzte, zumindest vorübergehend.

»Wollt ihr nach Chicago?«, fragte er ohne Umschweife.

Daniel Brownley, ein großer, breitschultriger Mann, der als Architekt im Laufe der Jahre unzählige Stunden über Pläne gebeugt verbracht und sich dabei eine leichte Kurzsichtigkeit und einen krummen Rücken eingehandelt hatte, bevorzugte in seinem Denken und Handeln ebenso viel Klarheit wie in seinen Zeichnungen. Nicht, dass er die Verstrickungen des Gefühls und des Herzens nicht verstanden hätte – er konnte sie sogar sehr gut nachempfinden –, doch um ein Problem zu lösen, wählte er zunächst immer den einfachsten, direkten Weg.

»Nein, eigentlich nicht«, erwiderte seine Frau.

»Auf keinen Fall«, meinte Grace.

»Seid ihr der Meinung, ihr müsstet eurem Vater zur Seite stehen?«

»Nein.« Diesmal antwortete Grace als Erste.

»Das sehe ich auch so«, pflichtete Claudia ihr bei.

»Gibt es etwas, das ihr für eure Mutter tun könnt?«

»Das wissen wir erst, wenn wir mit Papa gesprochen haben.« Jetzt war die Frage schon nicht mehr so leicht zu beantworten.

»Dann versucht es im Laufe des Tages noch einmal. Oder morgen.« Damit hatte Daniel, praktisch wie immer, ihren Grübeleien ein Ende gesetzt. »In der Zwischenzeit könnt ihr mir helfen, die Ostereier für die Jungs zu verstecken.«

»Wie wär's, wenn wir das zur Abwechslung mal im Haus tun?«, schlug Claudia vor.

»Lieber nicht«, wandte ihr Mann ein. »Nachher geht beim Suchen irgendwas zu Bruch, und dann schimpfen wir mit den Jungs und kriegen Schuldgefühle, und die Jungs sind sauer auf uns.«

»Aber sie kennen sämtliche Verstecke hier draußen doch schon«, gab Claudia zu bedenken. Das gleiche Ritual spulten sie ab, seit Mike drei Jahre alt war.

»Dann kommen sie sich eben wahnsinnig klug vor, wenn sie die Eier auf Anhieb finden«, erklärte Grace.

Als Grace sich am nächsten Morgen verabschiedete, hatten sie weder Cathys Tante noch ihren Vater erreicht. Aber sie traf so zeitig am Tagungsort ein, dem Westin Beach Resort in Key Largo, dass sie noch Sam Becket in Miami anrufen konnte.

Zu ihrer Überraschung hatte sie ihn gleich beim ersten Versuch am Apparat.

»Gut, dass du dich meldest«, sagte er.

»Wieso hast du Cathy festgenommen?« Grace kam gleich zur Sache. »Was ist seit Freitagabend passiert?«

»Nichts Besonderes«, antwortete Sam. »Nur dass meine Mitarbeiter und Vorgesetzten meinten, wir sollten Cathy ein paar Fragen stellen – nach dem, was wir über ihre Vergangenheit erfahren haben.«

»Ist das alles?« Grace machte keinen Hehl daraus, wie wütend sie war.

»Das war der Grund, ausführlicher mit Cathy zu reden.«

»Aber ihr habt nach wie vor keinen stichhaltigen Beweis gegen sie, oder?«

Sam seufzte. »Sie steht nicht unter Anklage, Grace.«

»Noch nicht«, erklärte sie unbeeindruckt. »Habt ihr sie inzwischen wenigstens freigelassen?«

»Wir hatten sie nicht festgenommen.« Er schwieg. »Sie liegt im Krankenhaus.«

»Mein Gott. Was ist passiert?« Grace umklammerte den Telefonhörer.

»Es geht ihr wieder gut«, erklärte Sam rasch. »Während der Vernehmung ist ihr übel geworden. Dann wurde sie ohnmächtig, und wir haben sie gleich ins Jackson Memorial Hospital gefahren. Ihre Tante hat einen Riesenaufstand gemacht und wollte sie in eine Klinik in Coral Gables überweisen lassen. Aber wir haben schließlich einen Kompromiss geschlossen und Cathy ein Privatzimmer im Miami General Hospital besorgt.«

»Hoffentlich war das nicht zu viel der Mühe«, erwiderte Grace frostig.

»Alle sind sehr nett zu ihr gewesen«, sagte Sam. »Mein Vater hat sie im Krankenhaus behandelt und meint, sie kann morgen wieder entlassen werden. Frag ihn, wenn du mir nicht glaubst.«

»Ich wollte damit nicht andeuten, dass du noch in den Windeln steckst, Sam!«

»Ich weiß«, entgegnete er. »Glaub mir, ich hatte wirklich die ganze Zeit ein mieses Gefühl bei dieser Vernehmung. So einen Fall mag niemand, zumindest niemand aus unserem Team.«

Grace glaubte ihm.

Da sie davon ausging, dass David Becket sich auch weiterhin um Cathy kümmerte und es somit keinen Grund für sie gab, überstürzt nach Miami zurückzukehren, ging sie zum Tagungsraum im Hochparterre. Der erste Vortrag widmete sich einer artifiziellen Störung, dem erweiterten Münchhausen-

Syndrom, einer äußerst komplexen Erkrankung, die nicht nur die Betroffenen und ihre Opfer unter großen psychischen Druck setzt, sondern auch die Psychiater und Psychologen, die mit den Erkrankten arbeiten. In ihrer fünfjährigen Praxis war Grace bisher nur zwei Kindern begegnet, die auf diese besondere Weise von ihren geistig kranken Müttern gequält und gefährdet worden waren.

»Eine scheußliche Sache«, sagte in der Pause eine Männerstimme hinter ihr, als sie nach der längst überfälligen Tasse Kaffee griff.

Grace wandte sich um. Ein großer schlanker Mann von etwa fünfundvierzig Jahren in einem zerknitterten beigefarbenen Leinenanzug schaute sie erwartungsvoll an. Auf seinem Namensschild las sie Dr. Peter Hayman.

»Wenn ich diese Geschichten höre«, meinte er, »kriege ich immer noch eine Gänsehaut.« Die Haut um seine braunen, von einer leicht getönten Brille geschützten Augen war von Fältchen durchzogen, die entweder von der Sonne, vom Lachen oder von Sorgen stammten. »Ich heiße Peter Hayman.«

Sie setzte ihre Tasse ab und schüttelte ihm die Hand.

»Grace Lucca.«

»Ich weiß.«

»Woher?« Grace hatte sich ihr Namensschild nicht angesteckt. Sie hielt nichts von Etikettierungen, solange es keine triftigen Gründe dafür gab.

»Sie behandeln das Mädchen in dem Mordfall Robbins, Dr. Lucca.« Als Hayman den Zorn in Grace aufsteigen sah, fügte er hinzu: »Ihr Name stand in der Zeitung.«

»In welcher?«

»Ich weiß es nicht mehr genau. Ich glaube, im *Herald*.«

»Das ist nicht wahr.«

»Dann war es wohl der *Sentinel*.«

»Wenn das stimmt, können die sich auf was gefasst machen«, meinte Grace.

»Sicher.« Hayman sprach sehr ruhig; seine Stimme war voller Verständnis. »Das arme Kind hat mehr als genug zu bewältigen. Da braucht es nicht auch noch diese Art von Einmischung.«

»Weiß Gott nicht.« Grace runzelte die Stirn. »Haben die auch ein Bild von mir gebracht?«

»Wer?«

»Die Zeitung. Weil Sie mich gleich erkannt haben.«

»Sie sind aber misstrauisch, Dr. Lucca!« Hayman grinste.

»Ja, wenn es um meine Privatsphäre geht.«

»Es gab kein Foto«, erklärte er. »Als ich mein Schild für die Tagung abholte, habe ich Ihren Namen auf der Teilnehmerliste gelesen. Dann habe ich mich erkundigt, wer Sie sind.«

»Und warum das Ganze?«

Peter Hayman schaute sich um. »Können wir uns nicht irgendwo unterhalten, wo es nicht ganz so voll ist?«

»Und was schwebt Ihnen da vor?«

Wenn Hayman sich durch Grace' unterkühlten Tonfall vor den Kopf gestoßen fühlte, zeigte er es nicht.

»Vielleicht ein kleiner Bummel draußen an der frischen Luft, ohne Zuhörer, wo wir in Ruhe miteinander reden können.«

»Und worüber möchten Sie mit mir sprechen, Dr. Hayman?«

Er überlegte kurz. »Über einen früheren Fall von mir.« Anscheinend suchte er nach den richtigen Worten. »Ein Fall, der offenbar einige Parallelen zu dem der kleinen Robbins aufweist und der Sie interessieren könnte.«

»Was für Parallelen?« Grace wusste nicht, was sie von alldem halten sollte.

»Vielleicht wäre es hilfreich«, sagte Hayman.

»Hilfreich für wen?«

»Für Cathy Robbins.«

Wie sich herausstellte, blieb bis zur Fortsetzung des Seminars nicht mehr ausreichend Zeit für eine längere Unterhaltung, und so kamen sie erst in der Mittagspause dazu, durch die schattigen Mangrovenhaine zur Promenade an der Florida Bay zu bummeln. Es war mild und sonnig, und eine leichte Brise strich über die glatte, leuchtend blaue Wasserfläche. Es war eine Umgebung, die mehr zum Träumen oder zu einem Nickerchen am Strand einlud als zu einem Gespräch über Mord.

Peter Hayman berichtete Grace, dass man ihn in seiner Funktion als Psychiater einige Jahre zuvor gebeten hatte, sich an der Westküste Floridas – irgendwo im Umkreis von St. Petersburg, wie er unbestimmt erklärte –, einen jungen Patienten anzusehen, der beschuldigt wurde, auf seine Eltern geschossen zu haben.

»Cathy Robbins wird keines Verbrechens beschuldigt«, wandte Grace brüsk ein.

»Noch nicht«, erwiderte Hayman ungerührt. »Doch nach allem, was man zwischen den Zeilen liest, kann es jederzeit dazu kommen.«

»Ich glaube, Sie haben da ein bisschen zu viel hineingelesen.«

»Vielleicht. Trotzdem kann es nicht schaden, wenn ich ein paar Einzelheiten berichte, die mir aufgefallen sind. Natürlich streng vertraulich«, fügte er hinzu.

Grace sagte nichts.

»Wollen Sie sich nicht lieber setzen?«, meinte Hayman.

»Ich bin ganz froh, wenn ich mal stehen kann«, antwortete sie. »Schließlich müssen wir noch den ganzen Nachmittag sitzen.«

»Ich habe mich schon immer gefragt, warum man eine Tagung wie diese nicht draußen am Strand abhält«, überlegte er. »Diese kalten klimatisierten Räume, in denen man sich unwohl fühlt, während draußen vor dem Fenster das Paradies auf Erden liegt.«

»Wir *sollen* uns nicht wohlfühlen. Die harten Stühle und die Kälte der Klimaanlage halten uns wach.«

»Nicht immer.« Hayman lächelte.

»Sie wollten mir von einem Ihrer Fälle erzählen.«

Hayman verschwendete keine Zeit mehr. Der junge Mann in seinem Fall sei in Verdacht geraten, weil er generell unter Verhaltensstörungen litt und bekannt war, dass er illegale

Drogen nahm, erklärte Hayman. Doch als er den jungen Mann kennen lernte, sei er zu dem Ergebnis gekommen, dass sich die ihm zur Last gelegten Gewalttaten, selbst wenn sie unter Einfluss von Drogen geschehen waren, nicht im Geringsten mit seinem Charakter vereinbaren ließen.

»Es gibt zwei wesentliche Unterschiede zum Fall Robbins, soweit ich ihn kenne«, fuhr Hayman fort. »Erstens haben die Eltern überlebt, und zweitens war der Vater wohlhabend und somit einflussreich genug, dass die Sache unter den Tisch gekehrt wurde.«

»Es wundert mich, dass Sie so viel über den Fall Robbins zu wissen glauben.« Erneut war Grace äußerst misstrauisch geworden. »Ich kann mir nicht vorstellen, dass die Zeitungen bisher über Einzelheiten berichtet haben.«

»Nein, das haben sie nicht«, gab Hayman ihr Recht. Wie abweisend Grace war, konnte ihm nicht entgangen sein. »Ich lege meine Karten wohl besser auf den Tisch.«

»Ja, wenn Sie unser Gespräch fortsetzen wollen.«

»Das würde ich gern.« Der Psychiater schwieg kurz. »Es ist ganz einfach. Als ich die Berichte über Ihren Fall und die betroffene junge Frau gelesen habe, wurde ich plötzlich hellhörig. Aus diesem Grund habe ich ein paar Anrufe in Miami gemacht und den richtigen Leuten die richtigen Fragen gestellt.«

»Welchen Leuten?«

»Das darf ich Ihnen nicht sagen.« Er zuckte die Achseln. »Aber ich muss gestehen, dass mein Interesse an Ihrem Fall nicht ganz uneigennützig ist, denn er berührt ein Thema, mit dem ich mich im Augenblick intensiv beschäftige. Ich hatte mir sogar schon überlegt, mich mit Ihnen in Verbindung zu setzen, Dr. Lucca. Aber dann hat es sich ergeben, dass ich Sie hier treffe.«

»Sprechen Sie weiter.« Nun war Grace doch neugierig geworden.

»Wie Sie gewiss verstehen, kann ich Ihnen keine genauen Einzelheiten verraten, was meine Arbeit angeht, insbesondere nicht darüber, was ich über den Mordversuch an der

Westküste in Erfahrung gebracht habe.« Hayman verstummte für einen Augenblick. »Doch so viel kann ich Ihnen sagen: Mir wurde klar, dass es sich um eine besondere Variante des erweiterten Münchhausen-Syndroms handelt.«

»Das verstehe ich nicht.«

»Eine Mutter, die bei ihrem Kind keine *körperlichen* Krankheiten hervorruft, die man mittels medizinischer Untersuchungen diagnostizieren und behandeln könnte, sondern die ihren Sohn absichtlich in eine *Psychose* treibt.« Grace war fasziniert und entsetzt zugleich. Hayman schien es zu spüren. »Ich habe auch eine Weile gebraucht, um es zu begreifen, das können Sie mir glauben, Dr. Lucca.«

»Aber was bedeutet das im Zusammenhang mit den Schüssen, die der Sohn abgegeben hat?«, fragte Grace ratlos. »Ist der Sohn von der Mutter dazu getrieben worden, seinen Vater und sie anzugreifen? Oder hat die Mutter selbst abgedrückt und es so aussehen lassen, als hätte der Sohn geschossen?«

»Das sind Fragen, die ich nicht beantworten darf«, erwiderte Hayman. »Ich kann nur so viel sagen: Die Symptome des erweiterten Münchhausen-Syndroms zeigten sich schon lange, bevor die Schüsse fielen.«

»Und die Mutter hat es so dargestellt, als sei ihr Sohn psychisch krank?«

»Ja, in diesem Fall war es so.« Hayman schüttelte den Kopf. »Ich kann natürlich nicht mit letzter Endgültigkeit sagen, dass es hier Parallelen zu Ihrem Fall gibt, nur heulten bei mir im Kopf ein paar Alarmsirenen.« Er hielt kurz inne. »Alle Familienangehörigen haben sehr gelitten. Ein junger Mensch, der die Hölle auf Erden erlebt hat. Da dachte ich, es könnte nicht schaden, wenn ich meine Erfahrungen mit der Psychologin teile, die Cathy Robbins betreut.«

»Außer dass in Cathys Fall die Eltern tot sind.«

»Dann erst recht«, sagte Hayman.

14.

»Deine Mutter ist böse auf dich«, sagte David Becket, als sein Sohn am Sonntagmorgen auf einen Kaffee vorbeikam.

»Das ist sie immer«, entgegnete Sam ungerührt.

»Dabei ist es dein Vater, der wirklich wütend auf dich ist«, meinte Judy.

»Was ist denn los, Dad?«, fragte Sam überrascht.

David schüttelte abwehrend den Kopf.

»Dad ist wegen dem Mädchen im Krankenhaus sauer auf dich«, erklärte Saul seinem großen Bruder. »Er hat Ma verboten, etwas darüber zu sagen. Aber du kennst ja Ma.«

Zwar spielte seine Mutter noch immer die Beleidigte, weil Sam am vergangenen Freitag nicht die Zeit gefunden hatte, zum Seder zu kommen, doch im Grunde wusste sie, dass ihn tatsächlich nur die fehlende Zeit daran gehindert hatte. Dass sein Vater seinen Unmut äußerte, geschah hingegen nur selten.

Kurz nach zehn saßen sie im Wohnzimmer des Hauses in Golden Beach, in dem die Beckets seit mehr als fünfundzwanzig Jahren lebten. Im Hintergrund lief mit verminderter Lautstärke der Fernseher, weil David die Nachrichten hören wollte, und Saul sollte eigentlich seine Hausaufgaben machen. Die Einrichtung wirkte ein wenig abgewohnt, worüber sich Judy – eine gepflegte kleine Frau mit braunem, von Silberfäden durchzogenem Lockenkopf und intelligenten haselnussfarbenen Augen – gelegentlich beschwerte. Doch im Grunde ihres Herzens liebte sie jeden Quadratzentimeter der behaglichen, wenn auch zerkratzten Möbel, die noch aus der Anfangszeit ihrer Ehe stammten. Jede angeschlagene Ecke, jeder Kratzer auf den Mahagonischränken und Regalen war ein Zeugnis dafür, dass ihre Söhne eine glückliche Kindheit erlebt hatten, eine Kindheit mit vielen Freiheiten, und dass sie im Haus nach Herzenslust hatten herumtollen dürfen. Schließlich war es eine Wohnung und kein Möbelschaufenster.

»Cathy Robbins geht es doch wieder besser, oder?«, fragte Sam seinen Vater.

»Besser als was?«, erwiderte David trocken.

»Ich weiß schon«, murmelte Sam.

»Ja, vielleicht, aber kannst du es auch verstehen?« Davids Stimme klang ruhig, dennoch schwang ein Vorwurf darin mit. »Ist dir klar, warum Cathy gestern auf dem Polizeipräsidium zusammengebrochen ist? Weil sie unter einer enormen Belastung steht. Sie kann keine weiteren Fragen mehr ertragen. Vor allem keine weiteren Anschuldigungen.«

»Niemand ...«

»Sag bloß nicht, dass ihr sie nicht beschuldigt«, fiel sein Vater ihm hitzig ins Wort. »Wir wissen beide, wie es ist.« Er schüttelte den Kopf. »Dein Bruder hat Recht. Ich bin wirklich wütend auf dich. Und traurig. Vor allem aber kann ich nicht mehr mit ansehen, was mit diesem Kind geschieht.«

»Wieso bist du so sicher, dass sie unschuldig ist?«, fragte Judy ihren Mann.

»Mein Gefühl.« Er zuckte die Achseln. »Meine Augen, meine Ohren. Und meine Erfahrung. Ich schaue sie an, ich höre ihr zu – und ich sehe und höre nur ein kleines Mädchen, das Mutter und Vater verloren hat. Das die Leichen der Eltern gefunden hat, um Himmels willen!« Er nahm die Brille ab und rieb sich müde, aber immer noch verärgert den Nasenrücken. »Und statt den Wahnsinnigen zu suchen, der diese Taten begangen hat, schikaniert die Polizei von Miami Beach dieses arme Kind, darunter mein eigener Sohn.«

Sam beugte sich vor. »Dad, glaub mir, ich kann dich verstehen. Ich denke genauso wie du.«

»Trotzdem hast du dich an dieser Vernehmung beteiligt.«

»Natürlich. Schließlich leite ich die Ermittlungen. Das ist mein Fall. Und wir mussten Cathy diese Fragen stellen.«

»Aber musste das unbedingt auf dem Polizeipräsidium

geschehen, in Anwesenheit deines Chefs und eines Rechtsanwalts?«, beharrte David. »Konntet ihr das nicht im Haus der Tante erledigen, wo jemand da gewesen wäre, der dem Mädchen beisteht?«

»Nein, das konnten wir nicht«, erwiderte Sam. »Dad, drei Menschen sind ermordet …«

»Ich weiß«, unterbrach David ihn erneut. »Und Cathy Robbins ist das verbindende Element zwischen den Opfern. Auch das weiß ich. Aber wenn du mitsamt deinem Chef und deinen Kollegen mal über den Tellerrand hinausschauen würdest, dann würdet ihr nach jemand anderem suchen, auf den das ebenfalls zutrifft. Ist dir denn noch gar nicht in den Sinn gekommen, dass es da draußen vielleicht jemanden gibt, der es darauf anlegt, dass Cathy verdächtigt wird?«

»Wer könnte denn so etwas Schreckliches tun?«, wandte Judy ein. »Wenn sie ein so süßes und unschuldiges Mädchen ist, wie du glaubst.«

»Keine Ahnung«, antwortete David. »Aber ich bin ja auch nur ein verkalkter jüdischer Arzt, weder Seelenklempner noch Kriminalbeamter.«

»Mit verkalkt hast du Recht«, meinte seine Frau. »Deinem Sohn das Leben so schwer zu machen, nur weil er seine Arbeit tut!«

»Ich mache ihm nicht das Leben schwer«, wandte David ein.

»Dann habe ich mich wohl getäuscht.«

»Dad macht uns allen im Polizeipräsidium das Leben schwer«, erklärte Sam seiner Mutter. »Und das werfe ich ihm nicht einmal vor. Wenn ich an seiner Stelle wäre und eine Vierzehnjährige behandeln müsste, die bei der Vernehmung zusammengebrochen ist, sodass man sie ins Krankenhaus bringen musste, würde ich das Gleiche tun.«

»Glaubst du, dass sie ihre Eltern umgebracht hat, Sam?« Saul, eine jüngere, dunklere Ausgabe seiner Mutter, hatte sie während des Gesprächs über den Rand seiner Schulbücher hinweg beobachtet. Jetzt klang er eher ängstlich als neugierig. In einer Stadt zu leben, in der viele Jugendliche Waffen trugen, war eine Sache. Etwas völlig anderes aber war es, wenn ein Mädchen aus einer sauberen, ordentlichen Familie, das zudem nur ein Jahr älter war als er selbst, all die schrecklichen Dinge getan hatte, die die Fernsehreporter am Tatort in Coconut Grove in allen Einzelheiten geschildert hatten.

»Ich weiß es nicht, Saul.« Die Angst in Sauls Stimme machte Sam Sorgen. »Ich weiß es wirklich nicht.«

»Und was hält Grace Lucca von der ganzen Sache?«, erkundigte sich ihr Vater.

»Da fragst du sie am besten selbst.«

»Du hast doch bestimmt mit ihr über Cathy gesprochen.«

»Natürlich.« Sam überlegte. »Grace meint, dass Cathy unschuldig ist. Doch im Grunde, glaube ich, geht es ihr ähnlich wie mir.«

»Was meinst du damit?«

»Ich wünsche mir genau wie Grace, dass Cathy unschuldig ist«, sagte Sam. »Ich hoffe es aus ganzem Herzen.«

»Aber sicher bist du dir nicht?«, fragte Saul.

»Nein, nicht so sicher, wie ich es gern wäre.«

Judy Becket richtete sich auf.

»Grace Lucca und du – ihr seid schon beim Du?«

Als Grace am Montagmorgen nach Miami zurückkehrte, fuhr sie als Erstes zum Miami General Hospital. Nachdem sie zehn Minuten mit David Becket gesprochen hatte, war sie beruhigt: Nach wie vor hatten sie beide die gleiche Einschätzung, was Cathy Robbins betraf.

»Ich halte sie für ein gutes Mädchen«, sagte der Arzt, als sie sich am Automaten in der Nähe des Schwesternzimmers auf Cathys Station einen Becher Kaffee holten. »Deshalb habe ich meinem Sohn auch mal gründlich die Meinung gesagt.«

»Ich glaube eigentlich nicht, dass Sam anders denkt«, wandte Grace ein.

Becket sah traurig aus. »Sam möchte nicht anders denken«, sagte er. »Und das ist nicht ganz das Gleiche.«

Cathy saß auf einem Stuhl am Fenster. Sie war blasser als bei ihrer letzten Begegnung, wirkte ansonsten aber nur wenig verändert.

»Wie geht es dir?«

»So einigermaßen.«

»Wie ich höre, wirst du heute noch entlassen.«

»Ja, das haben sie mir auch gesagt.« Cathy wandte sich ab und starrte mit leerem Blick aus dem Fenster.

»Möchtest du denn lieber noch hier bleiben?«

»Das hängt davon ab, wohin man mich bringt.«

»Zurück zu deiner Tante, nehme ich an«, sagte Grace.

»Oder wieder aufs Polizeipräsidium.«

Cathys Stimme klang gelangweilt, doch man brauchte keine Psychologin zu sein, um die Angst und Bitterkeit zu spüren, die in ihren Worten mitschwangen.

»Ist jemand hier gewesen, um mit dir zu reden?«, fragte Grace.

Cathy wandte sich um. »Die Polizisten, meinen Sie?« Sie schüttelte den Kopf. »Bis jetzt nicht. Aber ich glaube, das liegt nur daran, dass Dr. Becket sie nicht zu mir lassen würde.« Zum ersten Mal lächelte sie. »Er war ganz schön wütend auf sie. Der Typ ist in Ordnung.«

»Weißt du eigentlich, dass er der Vater des Polizisten ist?«

»Ja. Verrückt, nicht wahr?«

»Und was hältst du von Detective Becket, Cathy?« Die Frage war Grace herausgerutscht, noch bevor sie überlegen konnte.

»Keine Ahnung.« Cathy zuckte die Achseln. »Er ist ganz in Ordnung, nehme ich an.«

»Für einen Polizisten.«

»Ich glaub' schon.« Sie hielt kurz inne. »Sein Vater mag Sie sehr gern.«

»So?«

»Er hat mir gesagt, ich kann Ihnen vertrauen.«

»Wie nett von ihm.« Grace blickte Cathy in die Augen. »Und, tust du das?«

Das Mädchen antwortete nicht gleich.

»Ich glaub' schon«, sagte es schließlich.

Erst am Nachmittag fand Grace einen Augenblick Zeit, im Kriminalkommissariat anzurufen. Ein gewisser Detective Martinez erklärte ihr, Sam sei wahrscheinlich für den Rest des Tages unabkömmlich. Doch knapp eine Viertelstunde später meldete er sich bei ihr.

»Eigentlich habe ich keine Zeit, aber ich dachte, es ist vielleicht dringend.«

»Dringend nicht unbedingt«, meinte Grace. »Ich wollte dich nur um ein weiteres Treffen bitten, wenn du es möglich machen kannst.«

»Heute zum Abendessen?«, fragte er. »Ich weiß zwar nicht, wie lange ich bleiben kann, aber die Zeit, die ich habe, gehört dir.«

Grace brauchte nicht lange zu überlegen.
»Geht in Ordnung«, sagte sie.

Sie trafen sich in einem kleinen Fischrestaurant am nördlichen Stadtrand von South Beach, das Sam als Kenner der Szene vorgeschlagen hatte. Das Lokal war ruhig, wurde weder von der Schickeria noch von Touristen besucht, war aber dennoch so gut gefüllt, dass man ein vertrauliches Gespräch führen konnte, ohne dass jemand es hörte.

»Dir ist hoffentlich klar, dass ich über Cathy sprechen möchte«, sagte Grace, nachdem sie Platz genommen hatten. Sie wollte verhindern, dass Sam auf falsche Gedanken kam.

»Über was sonst?« In seinen Augen funkelte der Schalk.

Nachdem sie bestellt hatten – Langustenschwänze und Schwertfisch –, erzählte Grace ihm von Peter Haymans Theorie, die ihr nun schon mehr als vierundzwanzig Stunden im Kopf herumging.

Zwar hatte Sam schon vom Münchhausen-Syndrom in seiner normalen und erweiterten Form gehört, doch als Grace ihm jetzt von dem Mordversuch bei St. Petersburg berichtete, fiel seine Reaktion nicht anders aus als ihre.

»Ich beschäftige mich ja gern mit jeder Theorie, die du mir vorsetzt«, meinte er. »Aber in diesem Fall steht das wohl nicht zur Debatte. Schließlich ist Cathys Mutter nicht mehr am Leben.«

»Das habe ich anfangs auch gesagt. Aber dann kam ich ins Grübeln.« Grace hielt kurz inne. »Du musst bedenken, dass Hayman von einer außergewöhnlichen Variante des Münchhausen-Syndroms gesprochen hat, sodass wir es vielleicht mit Phänomenen zu tun haben, die völlig neu für uns sind.« Sie trank einen Schluck Wasser. Zwar hatte sie auch ein Glas Chardonnay vor sich stehen, doch sie wollte einen klaren Kopf behalten, bis sie alles losgeworden war, was ihr auf dem Herzen lag. »Bitte verstehe mich nicht falsch«, fuhr sie rasch fort. »Ich weiß, wie weit hergeholt das erscheint, aber ich habe lange über Dr. Haymans Theorie nachgedacht und finde, wir sollten sie uns genauer anschauen.«

»Ich höre«, sagte Sam.

»Nehmen wir mal an, eine Frau ist so krank, dass sie alles riskiert, um zu beweisen, dass ihre Tochter psychotisch ist – selbst ihr eigenes Leben.« Sie musterte Sam aufmerksam, um zu sehen, wie er ihre Worte aufnahm. »Und wenn man das weiterdenkt, ist es dann nicht auch möglich, dass diese Frau jemanden dafür bezahlt, dass er nach ihrem und Arnolds Tod die Verdachtsmomente gegen die Tochter konstruiert?«

»So ein Schwachsinn!«, sagte Sam.

»Ich weiß.« Grace geriet ein wenig aus dem Konzept. »Besonders weil alle Münchhausen-Patienten, ganz gleich unter welcher Form der Krankheit sie leiden, nach Aufmerksamkeit gieren. Und die bekommen sie eben dann, wenn sie selbst krank sind oder ein krankes Kind haben.«

»Also macht es wohl wenig Sinn, sich umbringen zu lassen.«

»Stimmt. Es sei denn …«

»Es sei denn, wir haben es nicht wirklich mit dem Münchhausen-Syndrom zu tun.«

»Genau.«

Sam überlegte. »Gibt es eine Theorie, die erklärt, wodurch dieses erweiterte Münchhausen-Syndrom verursacht wird? Ist es genetisch bedingt, oder wird es durch irgendwelche Umweltdinge ausgelöst?«

»Wir wissen nicht genau, wie die Krankheit entsteht. Klar ist lediglich, dass es sich um artifizielle Störungen handelt und dass der Patient, der darunter leidet, seine Symptome als real wahrnimmt. Das sind keine Simulanten, Sam. Sie wollen erreichen, dass man sie im Krankenhaus betreut.«

»Also eher ein Schrei nach Hilfe?«

»Höchstwahrscheinlich. Und nach Aufmerksamkeit. Sie haben ein unkontrollierbares Verlangen, medizinisch untersucht und behandelt und manchmal sogar operiert zu werden, ganz gleich, wie unangenehm oder schmerzvoll die Eingriffe auch sind.«

»Das klingt nach einer Art von Masochismus«, meinte Sam. »Und das erweiterte Münchhausen-Syndrom wäre demnach eine Variante des Sadismus, nicht wahr?«

»Ich glaube, es ist viel komplexer. Und außerdem viel schlimmer.«

Sam überlegte. »Mein Vater hat gestern eine Bemerkung gemacht, die zu dem passt, was du da andeutest. Du meinst, dass Marie Robbins möglicherweise jemanden bezahlt hat, der die Verdachtsmomente gegen Cathy konstruierte. Dad meint, wir sollten nach jemandem suchen, der es so aussehen lassen will, als wäre Cathy die Mörderin.«

»Also ein Netz, in dem sie gefangen ist, meinst du?«

»So etwas in der Art«, meinte Sam. »Aber ich kann mir wirklich nicht vorstellen, dass eine Mutter ihrem Kind so etwas Schreckliches antut. Da müsste sie schon ein wahres Ungeheuer sein.«

»Oder sehr krank«, wandte Grace ein.

»Wie die Mutter des jungen Mannes in Dr. Haymans Fall.«

»Vielleicht.«

»Sind es immer die Mütter, die am erweiterten Münchhausen-Syndrom leiden?«, fragte Sam nach kurzem Nachdenken.

»Meistens, obwohl auch Väter davon betroffen sind. Außerdem habe ich von Kindermädchen gelesen, bei denen man diese Störung diagnostiziert hat. Angeblich haben diese Frauen die ihnen anvertrauten Kinder manipuliert. Ich persönlich halte das jedoch für sehr unwahrscheinlich.«

»Zudem bringt es uns nicht weiter. Arnold Robbins lebt schließlich nicht mehr«, sagte Sam.

»Und Cathys leiblicher Vater ist schon vor Jahren gestorben.«

Sam schüttelte den Kopf. »Ehrlich gesagt, halte ich nicht viel von deiner Theorie, Grace. Und selbst wenn sie ein Körnchen Wahrheit enthielte, hätten wir immer noch das Problem, es zu beweisen.«

»Ich dachte, du könntest mir dabei helfen. Indem du deine Ermittlungen dahin gehend ausweitest, zum Beispiel.«

»Die Ermittlungen sind nach wie vor offen.« Sam blickte sich um und sprach leiser als zuvor. »Jedenfalls, wenn es nach mir geht. Ich muss allerdings zugeben, dass viele meiner Kollegen Cathy für schuldig halten und glauben, dass ihre Tante sie deckt.«

»Aber dafür habt ihr keine Beweise, oder?« So schnell wollte Grace nicht aufgeben.

»Keine handfesten. Sonst hätte man schon Anklage gegen Cathy erhoben.«

»Ihr würdet euch alle einen Gefallen tun, wenn ihr euch nicht von eurer vorgefertigten Meinung leiten ließet. Vielleicht sollte ich mal mit deinem Chef über meine Theorie sprechen.«

»Ich glaube, das wäre keine gute Idee«, wandte Sam ein.

»Weil sie so weit hergeholt ist?«

Sam grinste schief. »Das hast du gesagt.«

»Oder du redest mit ihm.«

»Vielleicht.«

»Eins kannst du aber ganz bestimmt für mich tun.«

»Und das wäre?« Sam klang immer noch sarkastisch.

»Maries erster Ehemann. Cathys Vater.«

»Was ist mit ihm?«

»Niemand spricht von dieser ersten Ehe. Ich möchte mehr darüber wissen, denn ich glaube, ich könnte Cathy dann besser helfen.«

»Du willst also, dass ich Erkundigungen darüber einziehe?«

Grace nickte. »Ich wäre dir sehr dankbar.«

»Dann will ich mal die Fühler ausstrecken«, sagte Sam.

Zum ersten Mal, seit sie sich an den Tisch gesetzt hatten, atmete Grace tief aus und trank einen Schluck Wein. Er schmeckte gut. Dann schaute sie sich im Restaurant um. Bei ihrem Eintreffen war es fast voll gewesen, doch im Laufe ihres Gesprächs war mehr als die Hälfte der Gäste aufgebrochen.

»Gut«, sagte sie.

»Gut«, meinte Sam.

»Können wir noch ein bisschen bleiben?« Grace fiel ein, dass er während ihres Telefongesprächs gesagt hatte, er habe nicht viel Zeit. »Oder musst du schon wieder gehen?«

»Ich kann noch bleiben«, sagte er. »Zumindest bis man mich ruft.«

»Hast du deinen Piepser dabei?«

»Wie immer.«

»Immer?«

Er grinste. »Ja, leider.« Die Augen halb geschlossen, lächelte er Grace an. Doch diesmal war sein Blick voller Wärme, weit entfernt von dem distanzierten, harten, prüfenden Ausdruck, den er die meiste Zeit zur Schau trug, wenn er im Dienst war.

Grace gefiel beides.

Eine ganze Weile stand nun nicht mehr Cathy Robbins im Vordergrund, vielmehr versuchten sie tastend, sich ein wenig näher kennen zu lernen – woran offenbar beiden gelegen war. Grace schilderte Sam ihre Kindheit in Chicago und die katastrophale Beziehung zu ihren Eltern, und Sam erzählte, dass er verheiratet gewesen war, die Ehe mit seiner Frau Althea jedoch in einer Scheidung geendet hatte.

»Und noch dazu in einer recht unerfreulichen«, schloss er leise.

»Hast du Kinder?«, fragte Grace.

Es dauerte eine Weile, ehe er antwortete.

»Wir hatten einen Sohn«, sagte er schließlich. »Er hieß Sampson.«

Hatten. Das Wort hing in der Luft.

»Er ist tot«, erklärte Sam. »Wurde von einem Laster überfahren.«

Als Grace sah, wie angespannt Sam plötzlich war, und den Schmerz in seinen Augen las, hätte sie am liebsten nach seiner Hand gegriffen. Doch sie unterdrückte den Impuls.

»Er war drei Jahre alt.« Sams Stimme zitterte nicht, aber er sprach sehr leise. »Meine Frau hat mir die Schuld gegeben.

Zwar war sie mit Sampson unterwegs, als es geschah, und nicht ich, aber sie hat mir die Schuld gegeben.« Er zuckte die Achseln. »Also *bin* ich schuld.«

»Warum denn, wenn du gar nicht dabei warst?«, fragte Grace behutsam.

»Eben deshalb«, antwortete Sam. »Denn wenn ich bei ihnen gewesen wäre, dann wäre es vielleicht nicht geschehen.« Er überlegte. »Nein. Höchstwahrscheinlich wäre es nicht geschehen. Ich hätte Sampsons Hand besser fest gehalten, sodass er sich nicht hätte losreißen können. Althea ist nicht besonders kräftig. Und sie war an jenem Tag sehr müde. Sie konnte oft nicht schlafen, weil sie sich ständig um mich sorgte.«

»Gibst du dir selbst auch die Schuld daran?«

»Natürlich.«

Ehe sie sich trennten, machten sie noch einen Bummel durch South Beach. Es war ein angenehmer Abend, nicht zu warm und auch nicht schwül. Langsam schlenderten sie nebeneinander her, und obwohl Sam mehr als einen Kopf größer war als Grace, hielten sie miteinander Schritt, als wäre es das Natürlichste von der Welt. Am Ocean Drive brodelte wie immer das Leben – junge und nicht mehr ganz so junge Menschen, auffällige, normale und beinahe schon abgerissen aussehende Typen fuhren auf Rollerblades oder gingen zu Fuß. Man plauderte lebhaft miteinander oder saß mit einer Zigarette und einem Drink vor dem Casablanca oder dem All Star Café, beobachtete das Treiben oder starrte auf das Haus von Versace. Sam und Grace sprachen nicht viel. Grace war in Gedanken wieder bei Cathy Robbins, die von Tag zu Tag verbitterter und verängstigter wurde. Doch es schoben sich auch Fantasiebilder von Sam Beckets Sohn davor, einem Jungen, der mittlerweile wohl halbwüchsig wäre und immer mehr seinem Vater ähneln würde: hoch gewachsen, schlank, breitschultrig und sanft.

Sam begleitete Grace zu ihrem Mazda, den sie vor dem Restaurant abgestellt hatte.

»Wirst du jetzt noch arbeiten?«, fragte sie, als sie die Fahrertür aufschloss.

»Heute Abend nicht mehr«, antwortete er. »Nur, wenn man mich ruft.«

Sie blickte ihn an. »Ich muss mich wohl noch mit Papierkram beschäftigen, fürchte ich.«

»Tust du das auch so gern wie ich?«

»Ich liebe es!« Sie lächelte.

»Ich gehe zu Fuß nach Hause«, erklärte Sam mit einem trägen Nicken. »Und dann setze ich mich auf die Dachterrasse. Dort kann ich mich am besten entspannen. Vielleicht singe ich auch noch ein paar Arien, damit meine Nachbarn etwas haben, worüber sie sich ärgern können.«

»Du singst?« Grace gab sich keine Mühe, ihre Überraschung zu verbergen.

»Ja.« Sam grinste. »Ich bin nicht gut, aber schlecht bin ich auch nicht. Selbst wenn ich der schlechteste Bariton Floridas wäre, könnte ich nicht damit aufhören. Es gibt für mich nichts Schöneres, als Opern zu hören und zu singen.«

»Mir gefallen Opern auch.«

»Gefallen?« Sam schüttelte den Kopf. »Dieses Wort gibt es nicht, wenn es um Opern geht. Man liebt sie, oder man hasst sie.«

»Vielleicht muss ich das erst noch lernen.«

»Vielleicht bringe ich's dir bei«, sagte Sam.

Den Dienstag und einen Großteil des Mittwochs war Grace so beschäftigt, dass sie kaum Zeit zum Durchatmen hatte, geschweige denn, sich über Cathy Robbins Gedanken zu machen. Neben den Patienten, um die sie sich kümmern musste, und den Schreibarbeiten, die sie zu erledigen hatte, musste sie auch noch mit einer kleinen Überschwemmung fertig werden. Wie Klempner Ramon erklärte, einer der vielen Freunde von Teddy Lopez, war die Wurzel des Übels eine Leitung, die zwischen Grace' Schlafzimmerfußboden und der Küchendecke verlief. Ein anfangs großer, glänzender feuchter Fleck hatte sich inzwischen zu einem wahren Ungeheuer aus Wasser und Verputzbrocken ausgewachsen.

»Wenn Sie mich das jetzt nicht reparieren lassen«, hatte Ramon mit düsterer Stimme verkündet, »kommt eines Tages die ganze Decke runter.«

Am Mittwochnachmittag konnte Grace nicht mehr sagen, welches die schlimmere Alternative war.

Sie hatte gerade frischen Kaffee für Ramon, Teddy und sich aufgebrüht und versuchte, aus ihrer Tasse einen großen Gipsbrocken herauszufischen, als das Telefon läutete.

»Wie steht's bei dir?«, fragte Sam.

»Frag mich lieber nicht.«

»Na gut.« Sam hielt kurz inne. »Ich habe die Information, um die du mich gebeten hast.«

Grace schaute sich nach einem sauberen Platz für ihre Tasse um, doch beim Anblick von Ramon, der auf der Leiter saß und Kaffee trank, und Teddy, der Gipsstückchen aus Harrys Fell pflückte, hielt sie es für besser, sich ins Wohnzimmer zurückzuziehen.

»In Ordnung«, sagte sie zu Sam. »Jetzt habe ich einen Stift.«

»Viel gibt es nicht«, sagte er, »aber an dem, was wir haben, können wir anknüpfen.«

Grace hatte eine böse Vorahnung. »Schieß los.«

»Der erste Mann von Marie Robbins war ein gewisser Dr. John Broderick. Arzt im Lafayette Hospital, oben in Tallahassee, wo Cathy geboren wurde. Die Brodericks lebten getrennt, als er 1989 starb, waren aber nicht geschieden.« Sam legte eine Pause ein. »Anscheinend steckte der gute Doktor damals in ziemlichen Schwierigkeiten. Er wurde vom ärztlichen Kontrollausschuss seines Krankenhauses verhört und nahm sich das Leben.«

»Selbstmord?« Grace dachte daran, dass Cathy damals fünf Jahre alt gewesen war. *Du lieber Gott.*

»Er hatte ein Segelboot an der Küste von Pensacola. In der Hurrikan-Saison wartete er, bis der nächste große Sturm kam, hinterließ Marie eine Notiz, fuhr mit seinem Boot hinaus und ertrank.«

Grace schwieg. Sie wusste nicht, was sie sagen sollte.

»Stimmt was nicht, Grace?«

»Nein, alles in Ordnung. Wie du am Montagabend gesagt hast – ich bin ja nicht diejenige, die zu leiden hat, nicht wahr?« Sie hielt kurz inne. »Ich denke, das erklärt vielleicht, warum Cathys Tante nicht über die Vergangenheit reden möchte.«

»Eine schwere Last für ein Kind«, meinte Sam.

Grace wusste, was Sam dachte. Diese Informationen waren für Cathy ein weiterer Minuspunkt. Ein schwer traumatisiertes Kind, das mit Gott weiß was für psychischen Verletzungen in die Pubertät ging, mit einer Mutter, die ihre eigene Last zu tragen hatte ... Das war Wasser auf die Mühlen des Staatsanwalts, wenn er beweisen wollte, dass sie in Cathy einen Amok laufenden, vielleicht sogar psychotischen Teenager vor sich hatten.

»Das spricht nicht gerade für sie, stimmt's?«, sagte Grace.

»Nein, soweit ich sehe nicht«, erwiderte Sam. Und dann, nach einer Weile: »Es tut mir Leid, Grace.«

»Ich weiß.«

Seit mehr als einer Woche hatte sie Frances Dean weder gesehen noch ein richtiges Gespräch mit ihr geführt – ganz abgesehen davon, dass Grace sich eigentlich nie viel mit ihr unterhalten hatte. Doch nach dem, was Sam ihr gerade mitgeteilt hatte, war sie entschlossen, das zu ändern.

Es erwies sich als nicht ganz einfach. Grace rief Frances noch am selben Nachmittag an und fragte sie, ob sie bei ihr vorbeikommen könne. Doch Frances behauptete, sie habe eine Verabredung und auch am nächsten Tag sehr viel zu tun. Möglicherweise, so dachte Grace später, hatte Frances nicht mit ihrer Hartnäckigkeit gerechnet, denn als Grace ihr vorschlug, am Freitagmorgen nach Coral Gables zu kommen, hatte sie keine Ausreden mehr parat.

»Cathy wird aber nicht da sein«, sagte Frances. »Sie geht wieder zur Schule.«

»Das freut mich«, erwiderte Grace. »Vielleicht hilft ihr das ein bisschen.«

»Vielleicht. Etwas anderes hat jedenfalls bisher nicht geholfen.«

Frances sieht jedes Mal schlechter aus, wenn ich sie treffe, ging es Grace durch den Kopf. Sie saßen wie zuvor im Wohnzimmer, Frances gerade aufgerichtet, mit blassem, verhärmtem Gesicht, die zittrigen Hände im Schoß. Grace bedauerte bereits, in einen Bereich vorzustoßen, den diese ausgesprochen in sich zurückgezogene Frau zweifellos als Tabu betrachtete, doch wenn sie Cathy wirklich helfen wollte, musste sie so viel wie möglich über die Probleme in ihrer Kindheit in Erfahrung bringen.

Frances Dean wollte nicht darüber sprechen. Sie erklärte rundheraus, Grace solle die Vergangenheit ihrer Schwester ruhen lassen. Denn genau das habe Marie gewollt, als sie von Tallahassee fortgegangen und mit Cathy nach Miami gezogen sei: ein neues Leben beginnen und das alte vergessen.

»Sie hat mich gebeten, mit niemandem darüber zu sprechen«, sagte Frances.

»Das verstehe ich, aber unter diesen Umständen ist es bestimmt …«

»Ich habe meiner Schwester ein Versprechen gegeben. Daran kann und wird nichts und niemand etwas ändern.« Sie sah Grace an, wie enttäuscht sie war. »Ich spreche von Schuldgefühlen, Dr. Lucca«, erklärte sie. »Wir sind katholisch, wie Sie wissen. Meine Schwester war noch viel frommer als ich, und sie hatte immer ein schlechtes Gewissen. Und was hat es ihr gebracht? Gott gebe ihrer armen Seele Ruhe.«

»Warum hat sie sich schuldig gefühlt?«, fragte Grace vorsichtig.

»Sie hatte sich nichts vorzuwerfen«, erwiderte Frances dunkel, »außer vielleicht, dass sie John Broderick geheiratet hat.« Sie schüttelte den Kopf. »Aber fromm wie sie war, bedeutete ihr ein Versprechen alles, und sie schrieb es sich zumindest teilweise selbst zu, dass ihre Ehe scheiterte.«

»Ich habe gehört, dass sie getrennt lebten, als ihr Mann starb.«

»Marie hätte sich niemals scheiden lassen«, erwiderte Frances. »Und als John starb, machte sie sich natürlich auch deswegen Vorwürfe.«

Grace sah, wie die Frau für einen Moment die Lippen zusammenpresste, sah die Wut in ihren Augen, spürte, wie sie gegen dieses Gefühl ankämpfte. Wenn sie es doch bloß herauslassen könnte!

»Ich werde Ihnen von einer einzigen Sache erzählen, aber nicht mehr«, fuhr Frances fort. »John Broderick war ein böser, grausamer Mann, der seine Macht dazu benutzte, Frau und Kind zu manipulieren und zu missbrauchen.«

Wieder verspürte Grace ein schreckliches, kaltes Entsetzen. »Er hat Cathy missbraucht?« Beinahe hätte ihr die Stimme den Dienst versagt.

»Nicht so, wie Sie denken«, sagte Frances, »obwohl das, was er getan hat, weiß Gott nicht besser war.«

»Es könnte mir helfen, wenn ich es wüsste.«

»Warum? Cathy weiß nichts davon. Sie war noch zu klein

und erinnert sich nicht mehr daran. Wenigstens das ist ein Segen.«

»Sie erinnert sich vielleicht nicht bewusst, aber ...«

»*Ich bitte Sie!*« Wütend schoss Frances aus dem Sessel hoch. Dann aber riss sie sich zusammen und ließ sich zurücksinken. »Es tut mir Leid, Dr. Lucca«, sagte sie, nun wieder in förmlichem Tonfall, »aber ich glaube einfach nicht an diese Theorien. Dass man Leute dazu zwingen soll, sich mit entsetzlichen Dingen auseinander zu setzen, die sie glücklicherweise längst begraben haben.«

»Da will ich Ihnen gar nicht widersprechen«, erwiderte Grace.

»Meine Schwester gehörte nicht zu den Frauen, die bei jeder Gelegenheit schlecht über den Vater ihrer Kinder sprechen. Sie war ein guter Mensch, freundlich, zurückhaltend und gottesfürchtig, Dr. Lucca ...«, offensichtlich brannte noch immer die Wut in Frances, doch sie hielt sie in Schach, »... und für mich gibt es jetzt nur noch zwei Dinge, die ich für Marie tun kann, und eins davon ist, mein Wort zu halten.«

»Wenn Sie mir noch ein bisschen mehr erzählen würden, Frances«, sagte Grace, »dann verspreche ich Ihnen, dass ich nicht weiter in Sie dringen werde.«

»Geben Sie sich keine Mühe. Marie wollte all das Elend hinter sich lassen und nie mehr daran erinnert werden.« Plötzlich traten Tränen in Frances' Augen. Sie zog ein Taschentuch hervor und schnäuzte sich.

»Und Sie glauben nicht, dass es Cathy helfen könnte, wenn ich besser über ihre Vergangenheit Bescheid wüsste?«

»Wie denn?« Wieder schwang Wut in ihrer Stimme mit. »Um herauszufinden, wer Marie und Arnold umgebracht hat, braucht man nicht in der Vergangenheit herumzustochern.« Frances holte Luft, sammelte sich. »Wenn es im Jenseits Gerechtigkeit gibt, schmort John Broderick jetzt in der Hölle, und Marie ist gewiss im Himmel. Es gibt nur eins, was dem Kind jetzt hilft. Dass die Polizei von Miami Beach ihre Arbeit tut und die Bestie schnappt, die diese guten Menschen umgebracht hat, damit Cathy das alles mit der Zeit hinter sich lassen kann.«

Grace glaubte zu wissen, wann sie sich geschlagen geben musste.

»Ich bin nicht hergekommen, um in Ihrem Privatleben herumzuschnüffeln, Mrs. Dean«, sagte sie. »Ich hoffe, Sie wissen das.«

»Was? Ich habe doch keine Ahnung, warum Sie hier sind, Dr. Lucca«, erwiderte Frances schroff.

»Ich bin als Cathys Psychologin hier ... und als ihre Freundin.«

»Nein, weil die Polizei Sie darum gebeten hat.«

»Das stimmt nicht. Ich bin in erster Linie deshalb gekommen, weil Dr. Becket meinte, ich könne Cathy vielleicht helfen.«

»Aber es geht um das, was mit ihren Eltern geschehen ist«, wandte Frances ein. »Nicht um das, was vor Jahren war.« Sie stand wieder auf, und diesmal meinte sie es offensichtlich endgültig. »Die Leichen meiner Schwester und meines Schwagers sind zur Bestattung freigegeben, Dr. Lucca. Die Beerdigung soll nächsten Mittwoch stattfinden. Das ist belastend genug für Cathy. Ich halte es nicht für sinnvoll, alles hervorzukramen, was einem Menschen jemals an Schlimmem widerfahren ist.«

»Ich auch nicht, Mrs. Dean.« Grace stand ebenfalls auf. Es gab keinen Zweifel, dass sie entlassen war. »Das habe ich nie geglaubt.«

»Dann hören Sie damit auf!«, rief Frances Dean. »Wenn Sie Cathy wirklich helfen wollen, dann hören Sie bitte damit auf. Sonst muss ich Ihnen als Cathys Vormund verbieten, sie weiterhin zu treffen.«

Als Grace nach Hause kam, stand Ramon auf dem Küchentisch und spachtelte das Loch in der Decke zu.

»Tag, Gracie.«

Sie fragte sich, woher er das hatte. Teddy nannte sie bestimmt nicht Gracie, obwohl sie eigentlich nicht wusste, wie man sie hinter ihrem Rücken nannte. Nicht dass es ihr etwas ausmachte. Wenn George Burns' Frau sich damit abfand, konnte sie das auch.

Sie flüchtete sich in ihr Büro und überlegte – Harry auf dem Schoß –, ob sie sich noch einmal mit Sam in Verbindung setzen sollte. Nur zu gern hätte sie erfahren, was John Broderick Cathy und ihrer Mutter angetan hatte, und Sam Becket konnte ihr offenbar dabei helfen. Aber mit ihrem Drängen und Bohren hatte sie bis jetzt nur der Polizei und dem Staatsanwalt weitere Gründe geliefert, Cathy zu verdächtigen.

Sie beschloss daher, lieber David Becket anzurufen. Grace erreichte ihn in der Praxis in der Innenstadt von Miami, die er sich mit zwei anderen Ärzten teilte. Er war gleich selbst am Apparat. Seine Stimme klang warm und freundlich.

»Wie geht's meiner Lieblingspsychologin?«

»Hat ziemliche Probleme.«

»Das höre ich aber gar nicht gern. Hat doch hoffentlich nichts mit meinem Sohn zu tun?«

Grace wusste nicht, was sie von dieser Frage halten sollte, aber sie musste lächeln. Wenn sie es recht bedachte, brachte David Becket sie fast immer zum Lächeln.

»Cathy Robbins«, sagte sie. »Ich brauche ein paar Informationen über ihre Vorgeschichte. Am liebsten unter der Hand.«

»Und Sie meinen, ich könnte Ihnen da weiterhelfen?«

»Haben Sie Kontakte zum Lafayette Hospital in Tallahassee, David?«

»Allerdings, die habe ich.«

»Handelt es sich dabei um Personen, die Zugang zu neun oder zehn Jahre alten Informationen über einen Arzt des Krankenhauses haben könnten?«

»Über wen sprechen wir hier?«

»Einen Dr. John Broderick«, erwiderte Grace. »Cathys leiblichen Vater.«

Schon nach einer Stunde meldete David sich wieder bei ihr.

»Auf Einzelheiten muss ich noch warten«, erklärte er, »aber Sie wollen bestimmt wissen, was ich jetzt schon herausgefunden habe.«

»Jede Kleinigkeit ist mir willkommen.« Grace nahm sich einen Stift.

»Was ich habe, ist allerdings sehr hässlich«, warnte er.

»Die Hälfte der Leute, mit denen ich zu tun habe, setzen mir hässliche Dinge vor«, rief Grace ihm ins Gedächtnis.

»Armes Kind«, meinte der Arzt.

Grace hatte die Nacht kaum ein Auge zugetan. Um kurz nach neun Uhr rief sie Sam an.

»Dieser John Broderick ...«, sagte sie.

»Was ist mit ihm?«

»Hat jemand seinen Selbstmord überprüft? Du vielleicht?« Sie machte eine Pause. »Es heißt, er sei ertrunken, Sam, aber ich habe gehört, dass es nur eine Vermutung ist.«

»Von wem hast du das gehört?«

David hatte Grace gebeten, seinem Sohn nichts von ihrem Gespräch zu erzählen. Sam sollte nicht den Eindruck gewinnen, sie würden sich in Polizeiangelegenheiten einmischen.

»Das ist unwichtig«, sagte sie, in der Hoffnung, er werde nicht weiter darauf eingehen. »Ich möchte nur wissen, ob man die Leiche gefunden hat.«

»Warum bezweifelst du das, Grace?«

»Ich weiß nicht genau. Ich würde es einfach gern wissen.«

Grace machte eine Stunde Mittag. Eigentlich hatte sie keine Zeit, aber sie musste nach draußen, einen klaren Kopf bekommen, unter Menschen sein, über deren Probleme sie sich keine Gedanken zu machen brauchte. Leute ohne Namen.

Zunächst überlegte sie, ob sie ins Auto steigen und in die geschäftige Aventura Mall fahren sollte. Weil dafür aber die Zeit nicht reichte, schlenderte sie über den Kane Concourse und ging zu den Bal Harbour Shops, mit denen sie eine Hassliebe verband. Wegen der hübschen, wenn auch unechten tropischen Kulissen fand sie es angenehm, zwischen den Geschäften zu bummeln, wenngleich der übertriebene Luxus und die größtenteils unerschwinglichen Angebote sie oft wütend machten. Doch Saks war immer noch Saks, Neiman Marcus lohnte stets einen Besuch, und die Auslagen von Chanel, Gucci, Hermès und Tiffany verlangten Grace kein allzu großes Opfer ab, das musste sie zugeben.

Es war genau das, was sie an diesem Tag brauchte, um auf andere Gedanken zu kommen. Einheimische und wohlhabende Touristen gingen ihrer Lieblingsbeschäftigung nach, dem Shoppen. Und alles sah, zumindest oberflächlich betrachtet, wunderbar unkompliziert aus. Natürlich wusste Grace es besser. Wenn sie wollte, brauchte sie sich nur in eines der Cafés oder Restaurants zu setzen, um sich psychische Probleme zuhauf darbieten zu lassen – Ehekonflikte, Sucht, Ersatzbefriedigung und Minderwertigkeitskomplexe. Aber heute wollte sie sich nur ein paar hübsch dekorierte Schaufenster ansehen, die verführerischen Auslagen betrachten, eine Tasse Kaffee trinken und abschalten.

Es hätte alles wunderbar funktioniert, wäre da nicht dieses seltsame Gefühl gewesen, dass jemand sie beobachtete.

Zum ersten Mal kam Grace der Gedanke, als sie bei Saks in der Wäscheabteilung umherschlenderte und plötzlich das intensive Gefühl hatte, dass ein Blick sich in ihren Nacken bohrte. Als sie sich an den Ständern mit den herrlichen, sündhaft teuren Négligés umdrehte, sah sie eine Hand voll Menschen, doch niemanden, der wirklich Notiz von ihr nahm. So zuckte sie die Achseln und wandte sich wieder den Nachthemden zu.

Eine Viertelstunde später, als Grace vor Coco's auf dem so genannten Bürgersteig saß und ein Sandwich und einen Espresso zu sich nahm, beschlich sie erneut das Gefühl, beobachtet zu werden. Diesmal drehte sie sich etwas schneller um und entdeckte – so glaubte sie jedenfalls – etwa fünf Meter entfernt eine Frau, die soeben auf die abwärts führende Rolltreppe trat. Eine junge Frau, wie Grace aus der schlanken Figur und den raschen Bewegungen schloss. Eine Frau mit langem blondem Haar. Und obwohl Grace sie nicht ganz deutlich gesehen hatte und es mehr als unwahrscheinlich war, hätte es durchaus Cathy Robbins sein können.

Sam rief am Nachmittag wieder an.

»Keine Leiche«, sagte er ohne jede Einleitung. »Aber ...«

»Keine Leiche?« Grace' Herzschlag beschleunigte sich.

»Immer mit der Ruhe. Es gibt jede Menge Aber.«

»Zum Beispiel?«

»Erstens: einen Abschiedsbrief. Er liegt noch in der Akte in Pensacola.« Sams Stimme klang sachlich, als würde er einzelne Punkte von einer Liste ablesen. »Zweitens: Drei unabhängige Zeugen haben gesehen, wie Broderick an dem Tag, als im Radio unablässig Sturmwarnungen gegeben wurden, sein Segelboot klarmachte. Drittens: Ihn selbst hat man zwar nicht gefunden, wohl aber sein Boot. Gekentert.«

»Aber keine Leiche«, entgegnete Grace leise.

»Worauf willst du hinaus, Grace?« Sam klang jetzt beunruhigt, beinahe ungeduldig. »Du weißt doch, wie es mit dem Meer ist. Es verschlingt bisweilen Menschen, besonders, wenn sie so verrückt sind, bei einem heftigen Sturm hinauszusegeln. Oder wenn sie den Tod suchen. Wenn sie sterben wollen.«

Und was ist, wenn sie den Anschein erwecken möchten, dass sie sterben wollen?

»Du hast Recht«, meinte Grace. Sie wusste, dass es keinen Zweck hatte, weiter zu drängen, zumindest nicht heute, wo er so unzugänglich war. »Und wie läuft es sonst, Sam?«, fragte sie.

»Bestens.«

»Irgendwelche Fortschritte bei den Ermittlungen?«

»Nichts Erwähnenswertes.«

Zeit, das Gespräch zu beenden.

»Dann überlasse ich dich wieder deiner Arbeit«, sagte sie.

Am Sonntagnachmittag war Sam in Sarasota.

Viele hielten Sarasota für die schönste Stadt Floridas, und bis vor neun Jahren hatte auch Sam sie gemocht, nicht zuletzt, weil es hier so viele gute Opern gab. Aber inzwischen fürchtete er Sarasota wie keinen anderen Ort auf der Welt. Es war die Stadt, in die Althea nach ihrer Scheidung gezogen war.

Außerdem hatten sie hier ihren gemeinsamen Sohn begraben.

Altheas Mutter und eine von ihren Schwestern wohnten in dieser Stadt. Vor der Scheidung hatte Sam sich immer wieder anhören müssen, wie sehr Althea darauf hoffe, er werde bald genug haben von den Verbrechen in Miami, sodass sie ebenfalls nach Sarasota ziehen könnten. (Wenn sie sich über ihn ärgerte, hatte sie immer so getan, als wäre er krankhaft süchtig nach seiner Arbeit – eine Marotte, die ihm wirklich auf die Nerven gegangen war.) Aber die kaltblütige Hast und Halsstarrigkeit, mit der Althea nach Sampsons Tod handelte, hatten Sam schockiert. Er wusste – Herrgott, *natürlich* wusste er es –, dass die eiskalten Stachel ihrer Grausamkeit auf unerträgliche Trauer und Verzweiflung zurückzuführen waren. Aber den eigenmächtigen Entschluss, ihren Sohn mehr als dreihundert Kilometer vom Vater entfernt zu beerdigen – einen Entschluss, von dem Sam seine Frau nur hätte abbringen können, wäre er bereit gewesen, ein bereits unerträgliches Elend zu verlängern –, würde er ihr nie verzeihen.

Am ersten und zweiten Jahrestag des Unfalls hatte Sam behutsam versucht, wieder Kontakt zu Althea aufzunehmen, und auch letztes Jahr, an dem Tag, der Sampsons elfter Geburtstag gewesen wäre, hatte er sich darum bemüht. Doch Althea hatte nichts davon wissen wollen. Wo Sam Becket sich Gedanken machte, wollte sie nur hassen. Und Sam vermutete allmählich, dass vor allem der Hass ihr Kraft zum Leben gab.

Deshalb war er erst am Nachmittag zum Grab seines Sohnes gegangen, spät am Tag und ganz allein. Weil er vermeiden wollte, seiner Exfrau und ihrer Familie zu begegnen. Heute, genau neun Jahre nachdem dieser Betrunkene all seine und Altheas Hoffnungen und Träume zunichte gemacht hatte, wollte er mit seinem Sohn allein sein.

Es bestand keine Gefahr. Sie waren schon hier gewesen und wieder gegangen, wie Sam an den Blumen erkannte. Weiße Rosen als Zeichen der Reinheit. Rittersporn und Kornblumen, weil Blau Sampsons Lieblingsfarbe gewesen war.

Sam brachte nie Blumen mit. Er bevorzugte Muscheln. Von Beginn seines kurzen Lebens an hatte Sampson das Wasser geliebt. Wenn Sam die Augen schloss, konnte er noch heute das Gefühl zurückholen, das er empfunden hatte, wenn er mit seinem kleinen Sohn am Strand saß, ganz nahe am Wasser, sodass Sampson ein paar Spritzer abbekam, wenn sie die sich kräuselnden Wellen beobachteten und der Stimme des Ozeans lauschten. Sampson hatte Muscheln gemocht, und so ging sein Vater von Zeit zu Zeit die Strände ab, hielt nach Muscheln von besonderer Schönheit und Farbe Ausschau und hob sie auf, um sie beim nächsten Besuch auf das Grab seines Sohnes zu legen.

»Schau mal, was ich dir heute mitgebracht habe, Sampson.« Er grub in seinen Taschen. »Zwei schöne Tulpenschnecken und eine Kronenschnecke.« Er hockte sich neben das Grab und legte die Muscheln hin.

Vor ein paar Jahren hatte Sam sich ein Buch gekauft, um die Muscheln für Sampson besser bestimmen zu können. Doch eine gewisse innere Leere, die nie ganz verschwand, machte ihm stets bewusst, dass er an diesen kleinen Opfergaben um seiner selbst und nicht um seines kleinen Jungen willen festhielt. Aber es schadete ja niemandem, und er empfand auf diese Weise wenigstens hin und wieder einen Hauch von Trost.

Er legte eine schimmernde, braun gesprenkelte Kaurimuschel auf das Grab, dazu eine kleine Mondmuschel. Dann griff er zum letzten Mal in die Tasche. »Und hier ist die, die mir am besten gefällt. Im Buch steht, dass es eine gewöhnliche Muschel ist, aber eine so schöne habe ich noch nie gefunden.« Er legte eine kleine, glatte, zart rosafarbene Muschel hin. »Sie hat sogar einen hübschen Namen, Sampson. Janthina – klingt das nicht schön?«

Sam wusste nicht, wie lange die Muscheln auf dem Grab liegen blieben. Aber immer wenn er kam, war keine Spur mehr davon zu sehen. Vielleicht wurde derjenige, der den Friedhof pflegte, durch die seltsamen Muscheln in seinen Empfindungen verletzt. Vielleicht aber entfernte sie auch Althea, weil sie wusste, dass die Muscheln von Sam stammten. Sam jedoch würde seinem schönen Jungen, der schon in so frühem Alter ein Auge für die Wunder der Natur gehabt hatte, immer solche Geschenke mitbringen.

Aber Sam tat noch etwas, wenn er zum Friedhof ging. Er sang.

Sampson hatte die Stimme seines Vaters gefallen.

Sam sang immer dasselbe. Ein paar Verse aus dem Musical *Carousel*, aus dem »Monolog«. Sie handelten von einem Vater, der von seinem ungeborenen Kind träumt. Sam setzte sich in das Gras neben den Grabstein und begann leise zu singen, doch er kam nie besonders weit, weil ihm die Stimme versagte. Aber das machte nichts, denn Sampson konnte seinen Dad ja sowieso nicht hören. Und es war in Ordnung, wenn es einem Vater am Grab seines Sohnes die Kehle zuschnürte.

Selbst wenn sie Sampson in Alaska begraben hätte – sie hätte Sam nicht hiervon abhalten können.

18.

Am Sonntagnachmittag war Grace zu Hause und dachte immer wieder darüber nach, was David Becket ihr am Freitag erzählt hatte. Zweifellos gab es genügend andere Fälle, die Grace beschäftigten, seit Sam ihr am Samstag eine Abfuhr erteilt hatte – eine dreizehnjährige Magersüchtige, einen hyperaktiven Drittklässler und einen jugendlichen angehenden Pyromanen, um nur drei zu nennen –, doch Cathy Robbins' Kindheit beherrschte immer noch ihre Gedanken.

Als um kurz nach zwei Uhr Peter Hayman anrief, erschien es Grace wie eine glückliche Fügung. Natürlich war es purer Zufall, dass der Arzt sich genau in dem Augenblick meldete, als sie zu platzen glaubte, wenn sie nicht bald Gelegenheit bekäme, mit jemandem über ihre Gedanken zu sprechen – aber zu diesem Zeitpunkt war ihr das nicht klar.

Hayman erkundigte sich, ob Grace Fortschritte gemacht hatte.

Und sie wollte es ihm erzählen.

»Möchten Sie herkommen?«, fragte er.

»Ich weiß nicht, wo Sie wohnen.«

»Keine zwei Kilometer von dem Ort, wo wir uns kennen gelernt haben«, erwiderte Hayman. »In Key Largo.«

Er wohnte an der Meerseite einer kleinen Wohnstraße, die entlang der zahllosen Buchten im Süden Key Largos verlief. Die meisten Nachbarn besaßen moderne, teuer aussehende Villen von makelloser, nichtssagender architektonischer Gestaltung; hinter vielen lagen hübsche Yachten vertäut. Haymans Haus aber war ein altes dreistöckiges Holzgebäude, das eine Atmosphäre ausstrahlte, die sich wunderbar für eine Filmkulisse geeignet hätte. Riesige alte Deckenventilatoren und an den Wänden Werke von Künstlern aus der Gegend; Rattanmöbel im Inneren und auf der durch Scheiben abgetrennten Veranda, die um das ganze Haus verlief; eine kleine, halb verwilderte Palme und ein Orchideengarten auf der hinteren Seite; regelmäßige Nachmittagsbesuche von einem Schwarm Reiher und Pelikanen, die auf der Meerseite um Almosen bettelten, wie Hayman erzählte.

»Wie lange wohnen Sie schon hier?«, fragte Grace, als sie auf der Veranda saßen und selbst gemachte Limonade tranken.

»Schon ein paar Jahre.« Hayman lehnte sich behaglich in seinem Rattansessel zurück. Das braune Haar wehte ihm um die Stirn, der Strohhut, den er bei Grace' Ankunft getragen hatte, lag auf seinem rechten Knie. »Gefällt es Ihnen?«

»Sehr.«

»Die Nachbarn wollten, dass es abgerissen wird, weil es nicht zu ihren Häusern passt, aber ich habe die Leute von der Stadtplanung überredet, dass ich Haus und Grundstück in Ordnung bringen durfte. Schließlich behält die Straße so ein bisschen von ihrem alten Flair. Ich glaube, allmählich gewöhnen die Nachbarn sich daran. Einige sprechen sogar ab und zu mit mir.«

»Schön zu hören«, meinte Grace und schaute sich um. »Ich finde, Sie haben Ihre Sache sehr gut gemacht.«

Hayman zuckte die Achseln. »Nachdem ich beschlossen hatte, nicht mehr täglich Patienten zu empfangen und mich mehr auf meine Forschungen zu konzentrieren und zu schreiben, gab es für mich keinen Grund mehr, nicht dorthin zu ziehen, wo ich wirklich leben wollte.« Er rückte seine Brille zurecht und lächelte. »Ich segle auch ab und zu. Zuerst hatte ich vor, ganz in den Süden nach Key West zu gehen, aber dann wurde mir klar, dass das nicht besonders praktisch ist, wenn ich gelegentlich noch Patienten behandeln und auf dem Festland in Buchhandlungen und Bibliotheken herumstöbern will.«

»Sie erinnern mich an den Mann meiner Schwester«, meinte Grace. »Die beiden leben teils in Fort Lauderdale, teils auf Islamorada. Daniel arbeitet als Architekt, aber seine große Leidenschaft ist das Angeln. Jetzt kann er dort, wo er sich wohlfühlt, seiner Lieblingsbeschäftigung nachgehen, solange es ihm gefällt.«

»Und Ihre Schwester, denkt sie ähnlich?«, fragte Hayman.

»Claudia gefällt es sehr. Und den Kindern auch. Meine Schwester und ihr Mann haben zwei Jungen.« Grace schaute sich erneut um. Sie spürte, dass sie sich in der stillen, friedlichen Atmosphäre, die sie einhüllte, bereits zu entspannen begann. Meist fand sie den Zauber der Keys ein wenig unheimlich, ein bisschen zu sehr von der Realität entfernt, sodass ihr die Rückkehr in das schrille, lärmende Miami fast so erfrischend vorkam wie eine kalte Dusche.

»Ihr Besuch ist eine angenehme Überraschung für mich, Dr. Lucca«, sagte Hayman.

»Dann macht es Ihnen also nichts aus, dass ich hier so hereingeplatzt bin?«

»Überhaupt nicht.« Er hielt kurz inne. »Aber sosehr es mich freut, Sie wiederzusehen, Sie sind doch gewiss nicht hierher gekommen, um über das Angeln und Segeln zu sprechen.«

Grace trank noch einen Schluck von der Limonade, dann stellte sie ihr Glas auf den Rattantisch. »Ich habe einiges über Cathy Robbins' Vergangenheit erfahren – erschreckende Dinge –, und das hat mich auf ein paar verrückte Gedanken gebracht.« Sie blickte Hayman ins Gesicht. »Zum Teil haben sie mit der Theorie zu tun, über die wir letzte Woche gesprochen haben.«

»Und da haben Sie gedacht, dass ein weiteres Gespräch zu mehr Klarheit führen könnte?«

»Oder etwas Neues bringt.« Grace zögerte. »Obwohl keine der Informationen aus meinen Gesprächen mit Cathy stammt, brauche ich Ihnen wohl nicht zu sagen, dass dies alles streng vertraulich bleiben muss.«

»Gewiss«, meinte der Psychiater, »das brauchen Sie mir nicht zu sagen.«

Grace erzählte ihm, was David Becket ihr über den verstorbenen John Broderick berichtet hatte. Dass Cathy die ersten paar Jahre ihres Lebens mit einem Vater verbracht hatte, der dem ärztlichen Kontrollausschuss des Lafayette Hospital zufolge seine Frau und sein Kind mit Sedativa und anderen rezeptpflichtigen Medikamenten manipuliert hatte.

»Er gab beiden Sedativa, um sie ruhig zu stellen«, berichtete Grace. »Seiner Frau Marie sagte er, sie bekäme monatlich B-12-Injektionen, aber in Wirklichkeit spritzte er ihr Progestogen. Und Cathy gab er Luminal mit Langzeitwirkung, um eine nicht vorhandene Erkrankung zu behandeln.«

»Warum?«

»Das weiß ich noch nicht«, erwiderte Grace, »ich habe nur die reinen Fakten. Marie wollte weitere Kinder, aber das Progestogen verhinderte dies. Außerdem brachte es ihren Monatszyklus durcheinander, führte zur Gewichtszunahme, Kopfschmerzen und Schwindelanfällen.«

»Und je nachdem wie hoch die Dosis war, wurde Cathy vom Luminal träge«, ergänzte Hayman. »Wenn nicht sogar Schlimmeres.«

»Genau.«

»Und niemand weiß, warum Broderick das getan hat?«

»Noch nicht.« Nach einer kurzen Pause fuhr Grace fort: »Wir wissen, dass Broderick seiner Frau nicht erlaubte, einen anderen Arzt zu konsultieren. Erst nachdem er sie verlassen hatte und Marie zu einer Generaluntersuchung ging, wurde bei einem Bluttest das Progestogen nachgewiesen.«

»Und danach untersuchte man auch Cathy?«

»Richtig.«

»Und Sie sehen nun einen Zusammenhang mit dem erweiterten Münchhausen-Syndrom.« Hayman hielt kurz inne. »Nicht nur im Hinblick auf die Medikamente, sondern auch auf die Morde.«

»Ich weiß, es ist unmöglich.«

»Wenn Broderick tot ist, ja.«

»Was aber, wenn er noch lebt?«, fragte Grace.

Sie unterhielten sich lange über das Münchhausen-Syndrom und andere artifizielle psychische Störungen und über die verschiedenen Zwangsneurosen und Störungen der Selbstkontrolle, die vielleicht – vielleicht aber auch nicht – Aufschlüsse in den Mordfällen Robbins und Flager und dem möglichen Selbstmord Brodericks liefern konnten. Während der Nachmittag in den Abend überging und Grace' Gastgeber für ein improvisiertes Abendessen ein paar Krebse und Langustenschwänze in einen Wok warf, den er auf den Grill stellte, erkannte Grace, dass Haymans reges Interesse an dem Fall sie beeindruckte. Sie beobachtete, wie sich der große, ein wenig zerknitterte Mann auf das Kochen konzentrierte, Gemüse und Gewürze untermischte und probierte. Für einen kurzen Augenblick schoss ihr der Gedanke durch den Kopf, dass sie sich zu Peter Hayman hingezogen fühlen würde, hätte sie sich nicht gerade erst eingestanden, dass sie sich für Sam Becket interessierte.

»Wissen Sie«, sagte Hayman plötzlich, »je mehr ich über Ihre Theorie nachdenke, desto weniger überzeugend finde ich sie.«

»Weil Sie glauben, dass Broderick tot ist?«

»Lassen wir dieses unbedeutende Detail einmal beiseite.« Hayman fuhr fort, die Zutaten in dem großen, vom Feuer geschwärzten Wok umzurühren. »Nein, ich meine, weil mir ein solches Verbrechen einfach unvorstellbar erscheint.«

»Ist es so viel unvorstellbarer als das, was diese Mutter an der Westküste mit ihrem Sohn getan hat?«, fragte Grace.

»Ich würde sagen, ja.« Er nahm einen der beiden Keramikteller, die zum Aufwärmen neben dem Grill standen, und schöpfte eine Portion von dem Pfannengericht darauf. »Erst einmal ist da der Zeitfaktor und die langfristige Planung, das heißt, dass bei Broderick sehr viel mehr Berechnung im Spiel war. Im Laufe der Jahre habe ich vieles gesehen, aber wenn man bedenkt, was Broderick seiner Frau und Cathy angetan hat ... ich kann mir immer noch nicht vorstellen, dass ein Vater so kaltherzig sein kann.«

»Oder so schlecht«, sagte Grace.

Hayman, der gerade Fisch und Gemüse auf den zweiten Teller schaufelte, blickte auf. »Halten Sie jemanden, der unter dem erweiterten Münchhausen-Syndrom leidet, für schlecht?« Er sprach ruhig und freundlich, und doch lag in seiner Frage etwas Zurechtweisendes.

»Ein, zwei Mal ist mir das schon passiert.« Grace wollte offen sein. »Ich weiß, dass ich mehr Toleranz an den Tag legen sollte, aber es fällt mir schwer – vor allem, wenn man bedenkt, dass die Opfer, die eigentlich Leidtragenden, hilflose Kinder sind.«

Hayman brachte die Teller zum Rattantisch hinüber, stellte sie ab und forderte Grace auf, sich zu setzen. »Ich würde sagen, es handelt sich um die alte Frage in ihrer hässlichsten Variante – verrückt oder schlecht? Krank oder böse?«

Ein appetitlicher Duft stieg von den Tellern auf und vermischte sich mit dem Rauch des Grills und dem Geruch der Orchideen im Garten.

»Wenn das Unwahrscheinliche zutrifft«, sagte Grace, »und John Broderick diese Morde mit all den schrecklichen Folgen für seine eigene Tochter zu verantworten hat, dann, so muss ich leider sagen, habe ich keinen Zweifel daran, zu welcher Kategorie er gehört.«

Sie beendeten ihr Gespräch über den Tod und das Böse und widmeten sich dem Essen. Hayman trank Wein, während Grace bei Mineralwasser blieb, weil sie noch mit dem Wagen nach Hause fahren musste. Kurz bevor sie aufbrach, rief sie Claudia an. An ihrer Stimme merkte sie sofort, dass etwas nicht stimmte.

»Papa hat angerufen«, sagte Claudia.

»Was ist passiert?« Grace hatte den Vater Mitte der Woche erreicht und erfahren, dass Ellen die Operation gut überstanden hatte und es ihr gut ging. Während des Gesprächs war sie ein wenig ins Wanken geraten und hatte ihm gesagt, dass sie und Claudia selbstverständlich nach Chicago fliegen würden, wenn Ellen es wollte – nicht wenn *er* es wollte, so viel hatte sich in Grace' Fühlen und Denken nicht geändert. Aber Frank war kalt und ekelhaft gewesen und hatte Grace (nicht ganz zu Unrecht) vorgehalten, wenn sie und Claudia *wirklich* kommen wollten, wären sie längst da. Und jetzt, in der halben Sekunde, in der sie auf die Antwort ihrer Schwester wartete, fragte sich Grace, wie sie sich fühlen würde, wenn Claudia ihr mitteilte, dass Ellen tot war.

»Nichts ist passiert«, lautete die befreiende Antwort, »außer dass Papa mir gesagt hat, Mama sei schwach wie ein junges Kätzchen. Als ich auflegte, hatte ich ein furchtbar schlechtes Gewissen, und genau das hat er gewollt.«

»Aber das zu wissen ändert nichts daran.«

Sie bedankte sich bei Peter Hayman für seine Gastfreundschaft, rief Teddy Lopez an, bat ihn, den armen, vernachlässigten Harry abzuholen, und fuhr dann auf der Route 1 in Richtung Südwest anstatt nach Nordosten. Kurz vor zehn Uhr hatte sie das Haus der Familie Brownley erreicht. Daniel würde die Nacht über in Fort Lauderdale bleiben, und die Jungen lagen schon im Bett. Claudia umarmte Grace so fest, wie sie es seit damals in Chicago nicht mehr getan hatte, als sie noch zwei ängstliche, verwirrte Kinder gewesen waren. Wie Claudia nun gestand, hatte Frank noch viel mehr zu ihr gesagt, als sie am Telefon angedeutet hatte. Er hatte Ellens Krebserkrankung benutzt, um erneut den Knüppel gegen seine älteste Tochter zu schwingen. Weil sie und ihre Schwester von zu Hause fortgegangen und ihre Mutter im Stich gelassen hätten, sei Ellen jahrelang unglücklich gewesen, und nur deshalb sei sie nun krank. Heutzutage wisse doch jeder, dass Stress Krebs verursache. Deshalb hoffe er, dass Claudia und Grace jetzt zufrieden mit sich wären.

Die beiden Schwestern blieben lange auf. Sie sprachen nicht viel, lauschten nur der leisen Musik von Phil Collins, die sie umhüllte und sich wohltuend mit den nächtlichen Stimmen der Florida Bay vermischte. Grace erzählte ein paar Einzelheiten von dem Nachmittag und Abend bei Peter Hayman, und Claudia fragte sie vorsichtig über ihre Gefühle für Sam Becket aus – es gab nicht viele Dinge im Leben ihrer

Schwester, die Claudias Aufmerksamkeit entgingen. Doch noch immer lasteten die dunklen Gefühle der Verwirrung und Schuld auf ihnen, die Frank Lucca in Claudia ausgelöst hatte. Grace hatte ihren Vater fast ihr Leben lang gehasst. Aber nie hatte sie ihn mehr verachtet als an diesem Abend.

19.

Sam saß nur gut einen Kilometer vom Friedhof entfernt in einer Bar.

Er war am Vormittag hergeflogen und hatte gleich nach dem Friedhofsbesuch zum Flughafen fahren und einen Pendelflug zurück nach Miami nehmen wollen. Aber er hatte länger am Grab verweilt als beabsichtigt, und als er sich aufrichtete, hatte er Schmerzen. Eine seiner beiden alten Schusswunden meldete sich wieder – der Schuss, der nur knapp seine linke Kniescheibe verfehlt hatte. Deshalb beschloss er, erst einmal eine Bar aufzusuchen und etwas zu trinken.

Es war ein angenehmes Lokal, dunkel und anonym, die richtige Bar für seine Stimmung. Im Fernseher lief ein Baseball-Spiel, an der Wand stand ein umfangreiches Sortiment von Spirituosen, das beruhigend wirkte, und der Barmann gehörte noch zu der alten Sorte. Er wusste, wann man jemanden in Ruhe lassen musste. Sam betrank sich nicht gerade gern; die Nachwirkungen fand er jedes Mal entsetzlich. Es war schon lange nicht mehr vorgekommen, aber nachdem er den ersten Whiskey hinuntergestürzt hatte, schien ihm dies das Passende für den heutigen Tag zu sein. So blieb er für das bisschen Zeit, das vom Sonntagnachmittag und den ersten Abendstunden noch übrig war, im zärtlichen Schoß der Bar, der keine Anforderungen stellte, trank Bier und spülte mit Whiskey nach. Und als Joe der Barmann wusste, dass sein Gast genug hatte, zog er die richtige Zahl von Geldscheinen aus Sams Brieftasche, stellte dabei fest, dass der friedliche Betrunkene ein Cop aus Miami Beach war, und bat einen Freund namens Hubie, Sam zum Turtle Motel zu fahren und ihm dort ein Zimmer zu besorgen.

So betrunken er auch war, erinnerte Sam sich jetzt im Motel noch genau, warum er in diesen Zustand geraten war, doch der Whiskey wirkte wie ein Betäubungsmittel und dämpfte den Schmerz, wenn er ihn auch nicht vollkommen abtötete. Und so wurden die bekannten Bilder von dem kleinen Jungen, der tödlich verletzt auf der Straße lag, zusammen mit anderen dunklen, trostlosen Dingen hochgespült … Ein Mann und eine Frau, mit durchgeschnittenen Kehlen im Bett … ein junges Mädchen mit unschuldigen blauen Augen und goldblondem Haar, das vielleicht ein Ungeheuer war … ein anderes Opfer, mit einem Loch in der Schläfe, tot auf dem Sofa.

Und schließlich Grace Lucca, ebenfalls mit goldblondem Haar, mit den schönen, intelligenten Augen und mit ihrer Ernsthaftigkeit, die Sams verwirrten Geist besänftigte. Ihr Bild wärmte ihn mehr als jeder Schluck Whiskey.

Sam war sich darüber im Klaren, dass er sie grob behandelt hatte, als sie das letzte Mal miteinander sprachen, und er wusste auch warum. So war er immer um die Zeit des Jahrestages; niemand blieb davon verschont. Aber Grace wusste es eben nicht, und Sam hatte gemerkt, dass sie sich zurückzog und kurz angebunden war. Jetzt, während er hier allein auf dem Motelbett lag und sich die Welt auf widerwärtige Weise um ihn drehte, tat es ihm Leid. Aber er konnte nicht das Geringste daran ändern. Nicht hier. Nicht heute Abend.

Er war einfach zu betrunken, um überhaupt etwas zu tun.

Es war halb fünf Uhr in der Frühe. David Becket schlief in seinem Büro in der West Flagler Street auf dem Sofa.

Er hatte den Abend und die ersten Morgenstunden im Miami General Hospital verbracht, um bei Margie Fitzsimmons zu wachen, bevor sie ihre letzte Reise antrat. Und als Margie dann kurz nach zwei Uhr starb, war David noch nicht bereit gewesen, das zu tun, wonach er sich in solchen Augenblicken am meisten sehnte – nach Hause zu gehen und zu Judy unter die Laken zu schlüpfen. In Stunden wie dieser war seine Frau immer noch der beste Trost, und in den fast dreißig Jahren, die David inzwischen praktizierte, hatte es wahrhaftig viele solcher Stunden gegeben. Doch wenn er diesmal nach Hause gegangen wäre und Judy (die immer aufwachte, wenn er spät nach Hause kam) erzählt hätte, dass Margie Fitzsimmons gestorben war, hätte er ihren Tod als unabänderliche Wirklichkeit anerkannt, und dazu war David noch nicht in der Lage. Vielleicht weil Margie eine alte Freundin war. Außerdem war sie die *einzige* Frau, mit der David geschlafen hatte, nachdem er Judy kennen gelernt hatte. Doch nur wenige Wochen später war er mit der Erkenntnis aufgewacht, dass er endlich den Menschen getroffen hatte, mit dem er sein Leben verbringen wollte. Vielleicht wollte er ihren Tod auch deshalb nicht wahrhaben, weil er, Margie und Judy über all die Jahre hinweg so gute Freunde geblieben waren und der Verlust zu groß schien. Vielleicht aber auch, so dachte David mit einem müden, halb verschämten, halb stolzen Grinsen, weil Margie, bevor sie endgültig das Bewusstsein verlor, zu ihm gesagt hatte, sie sei immer scharf auf ihn gewesen, wenn er in ihrer Nähe war – und vielleicht hatte Margie deshalb gewusst, dass es mit ihr zu Ende ging, weil sie zum ersten Mal nicht das Ziehen im Unterleib verspürt hatte, als sie David diesmal sah.

»Das ist es wahrscheinlich, du alter Gauner. Du willst einfach nicht zugeben, dass du dich geschmeichelt fühlst«, hatte er vor sich hin gemurmelt, als er um drei Uhr von seinem Schreibtisch aufstand, seine steifen Glieder reckte und sich unwiderstehlich vom Sofa angezogen fühlte. Er machte sich ein paar Notizen und rief Judy an, dass er noch eine Weile arbeiten müsse, damit sie sich nicht um ihn sorgte.

Zu diesem Zeitpunkt hatte er sich bereits die Schuhe ausgezogen, das Hemd aufgeknöpft und den Gürtel gelöst, um sich zu einem Nickerchen aufs Sofa zu legen.

Deshalb schlief David tief und fest, und im Büro war es stockfinster, als sich um vier Uhr fünfunddreißig die Tür öffnete.

Der leichte Luftzug weckte David. Der Luftzug, der entstand, als sich der Arm schnell und schwer auf seine Brust senkte.

David blieb nicht lange wach.

Sam hatte sich gerade aus dem Turtle Motel ausgecheckt und versuchte, in einem Lokal etwa achthundert Meter weiter seinen Kater mit einer Tasse schwarzem Kaffee zu verscheuchen, als ihm einfiel, in seiner Mailbox die Nachrichten abzuhören. So erfuhr er, was mit seinem Vater geschehen war. Auf dem Flug nach Miami sprach er nicht ein einziges Gebet, so sehr war sein Gehirn von Angst blockiert. Außerdem hatte er dem Kerl da oben noch nicht verziehen, dass er ihm Sampson gestohlen hatte. Und Sam machte sich auch nichts vor, was seinen Vater anging: Wäre er am gestrigen Abend nach Hause geflogen, statt in einer Bar bei Sarasota zu versacken, wäre Dad das Gleiche zugestoßen. Dennoch, dachte Sam bitter, würde er sich nie verzeihen, wenn sein Vater starb, bevor er zu Hause eintraf.

Als Sam das Miami General Hospital erreichte, erfuhr er, dass David noch lebte. Die Gesichter und Gesten seiner Mutter und seines Bruders, die vor dem OP auf weitere Nachrichten warteten, verhießen jedoch nichts Gutes. Saul weinte unverhohlen. Judy Beckets Gesicht war wie versteinert. Sam kannte diesen Ausdruck – er hatte sich selbst so im Spiegel gesehen, als Sampson auf der Intensivstation lag. Seine Mutter und Althea hatten neben ihm gesessen, bis David, noch in seinem grünen OP-Anzug, in den Warteraum kam und ihnen mitteilte, dass ihr Sohn unter seinen Händen gestorben war.

Sam ging zu seiner Mutter, setzte sich auf den Stuhl neben sie, nahm ihre Hände in die seinen und schaute sie an. »Es ist nicht wie damals, Ma.« Seine Stimme bebte vor Erregung. »Es wird nicht wieder geschehen.«

Judy sah an ihm vorbei. »Das wissen wir nicht, mein Sohn.«

»Doch, ich weiß es.« Er ließ ihre Hände los und wandte sich Saul zu. »Und wie steht's mit dir, mein Junge?«

»Mir geht es gut.« Sauls sanfte, haselnussbraune Augen sahen traurig aus – und voller Angst.

»Er wird es schaffen, bestimmt.«

»Und wenn nicht?«

»Er wird«, erwiderte Sam.

Er spürte eine leichte Berührung auf dem rechten Arm und drehte sich um. Es war seine Mutter.

»War es sehr schlimm für dich dort oben?« Judy wusste, wo er gewesen war. Vor ein paar Tagen hatte sie ihn gefragt, ob sie ihn begleiten solle, und als er ihr sagte, er wolle allein fahren, war sie kein bisschen beleidigt gewesen. Sie verstand etwas von solchen Dingen, und Sam war jetzt besonders dankbar dafür. Denn wenn sie mit ihm in Sarasota gewesen wäre und nicht sofort zum Krankenhaus hätte fahren können, um bei ihrem Mann zu sein, hätte Sam sich dafür gehasst.

»Es war in Ordnung«, erwiderte er.

»Nein, war es nicht«, widersprach Judy.

Sam streichelte ihren Nacken. »Nein«, gab er zu. »War es nicht.« Er schaute auf die Armbanduhr. »Wie lange ist er jetzt schon im OP?«

»Eine Ewigkeit«, sagte sie.

»Es wird alles gut, Ma.«

Judys Mund zuckte ein wenig.

»Dein Wort in Gottes Ohr«, meinte sie.

Sam lief Martinez und Beth Riley auf dem Gang nach. Sie sagten ihm, dass Mike Rodriguez, der Sergeant, der den Mord in Coconut Grove untersuchte, jetzt auch diesen Fall übernahm, denn die Waffe, mit der jemand David Becket angegriffen hatte, war anscheinend ebenfalls eine skalpellähnliche Klinge gewesen.

»Obwohl der Tathergang ein anderer ist«, berichtete Martinez. »Einer der Kollegen deines Vaters hat ausgesagt, dass der Instrumentenschrank geöffnet war und ein Skalpell fehlte, das für kleinere Operationen verwendet wird.«

»Die Zeit war aber ungefähr dieselbe«, meinte Detective Riley. »Die Rettungssanitäter, die von der Reinigungsfrau alarmiert wurden, sind der Meinung, dass dein Vater etwa eine Stunde lang Blut verloren hat. Das heißt, es ist gegen vier Uhr morgens passiert.«

»Wir müssen mit der kleinen Robbins sprechen«, sagte Martinez.

Sam mochte noch nicht recht glauben, dass es eine Verbindung zu den anderen Fällen gab. »Ich sollte zu ihr fahren.«

»Ich weiß. Wir haben auf dich gewartet.«

»Dann lasst uns aufbrechen«, drängte Riley vorsichtig.

»Ich kann noch nicht.« Sam schaute noch einmal auf die Uhr. Es war zehn nach zehn.

»Wir müssen in Erfahrung bringen, ob das Mädchen gestern Abend fortgegangen ist«, sagte Martinez. »Obwohl ich nicht annehme, dass sie oder ihre Tante es uns sagen.«

Sam brauchte eine Weile, um einen Entschluss zu fassen. »Ich werde erst von hier weggehen, wenn mein Vater die Operation überstanden hat. Fahrt ihr zwei nach Coral Gables, und seht zu, was ihr herausbekommt.« Er dachte daran, wie Cathy bei der Vernehmung vor knapp einer Woche zusammengebrochen war. »Und seid freundlich. Es ist nur eine Routineangelegenheit, ja?«

»Klar doch«, erwiderte Martinez.

»Ich meine es ernst, Al.« Sam blickte in sein skeptisches Gesicht. »Und gebt ihnen nur die Informationen, die unbedingt nötig sind.«

»Dass es das Mädchen sein könnte, widerspricht allen Regeln der Vernunft«, meinte Beth Riley.

»Ich weiß«, sagte Sam.

»Es braucht auch nicht der Vernunft zu entsprechen«, warf Martinez ein. »Nicht, wenn sie durchgeknallt ist.«

Riley berührte Sams Arm. »Wir drücken deinem Dad die Daumen, Sam«, sagte sie.

Um zehn Uhr achtundvierzig betrat Dr. Helen Brodsky, eine Unfallchirurgin und Freundin David Beckets, den Warteraum.

»Er hat es geschafft.« Sie hatte die Familie keine Sekunde zu lange warten lassen wollen. »Sein Zustand ist noch kritisch, aber er lebt.«

»Ist er bei Bewusstsein?« Judys Stimme klang rau.

»Noch nicht, aber seine Lebensfunktionen sind gut.« Dr. Brodsky nickte Sam zu. »Es stand auf Messers Schneide – er hat sehr viel Blut verloren.«

»Ich glaube, der Alte ist unverwüstlich«, sagte Sam leise.

Brodsky lächelte. »Wie ein Sherman-Panzer.«

Der Sherman-Panzer lag leichenblass auf der Intensivstation, angeschlossen an Schläuche und Drähte und eine Herz-Lungen-Maschine, die dafür sorgte, dass die Brust sich hob und senkte. Judy war im Waschraum, und Saul hatte sich auf die Suche nach einem Kaffee und einem Glas Wasser gemacht. Für ein paar Minuten war Sam allein mit seinem Vater, sah man von den Krankenschwestern ab, die zwischen den Patienten, den Geräten und den Monitoren hin und her eilten.

Sam versuchte, die Schläuche und all die anderen hässlichen, abschreckenden Vorrichtungen auszublenden, an die sein Vater angeschlossen war, und konzentrierte sich auf das Altvertraute: die mehr als einen Zentimeter große Narbe auf der Wange, Überbleibsel eines Kampfes mit einem gewalttätigen Patienten auf einer Intensivstation, als David noch ein junger Arzt gewesen war und sich besser verteidigen konnte. Die gebogene Nase und das eine Nasenloch, das größer war als das andere. Das graue Haar, das immer schütterer wurde. Dies war der Mensch, der mehr für Samuel Lincoln Becket getan hatte als jeder andere auf der Welt. Der einen gerade erst verwaisten, sieben Jahre alten schwarzen Jungen ins Herz geschlossen und in sein Heim und seine Welt geholt hatte, der ihm noch einmal die Chance gegeben hatte, eine Familie, Liebe, Sicherheit und eine Ausbildung zu bekommen. Eine Zukunft.

Die Monitoren am Bett piepsten einen Augenblick lang unregelmäßig, beruhigten sich dann aber wieder – so wie Sams Pulsschlag, der augenblicklich in die Höhe geschnellt war. Er betrachtete die Hände seines Vaters, schöne, geschickte Hände, die vielen Kindern wieder zur Gesundheit verholfen hatten. Es zerriss ihm das Herz. Sam beugte sich über seinen Vater, den Mund ganz nahe an seinem Ohr, und sprach leise, aber leidenschaftlich auf ihn ein: persönliche, intime Worte über Stärke und Genesung, darüber, dass er wieder zu ihnen nach Hause käme und man den Schweinehund finden werde, der ihm das angetan hatte.

Plötzlich strich ihm jemand leicht über die linke Schulter. Sam richtete sich auf und sah seine Mutter hinter sich. Ihr Gesicht war nicht mehr versteinert, doch in ihren Augen und in dem Zug um ihren Mund entdeckte er jetzt etwas anderes. Stählerne Härte. So hatte sie angeblich ausgesehen, als er, Sam, angeschossen worden war.

»Alles in Ordnung, Junge?«

»Ja, Ma.«

Ihr Blick, sonst weich wie der Sauls, war durchdringend und kalt. »Wirst du herausbekommen, wer das getan hat?«

»Das fällt nicht in meine Zuständigkeit, Ma.«

»Aber du wirst dich darum kümmern.«

»Ja.«

»Könnte es sein, dass David sich geirrt hat, was dieses Mädchen betrifft?«

»Ich weiß es nicht, Ma.«

Ihre Augen blieben unbarmherzig. »Du hoffst immer noch, dass sie es nicht ist, stimmt's?«

»Ja.«

»Aber es ist nicht unmöglich?«

Sam schüttelte den Kopf.

»Nichts ist unmöglich, Ma.«

21.

Al Martinez saß neben Beth Riley im Wagen vor dem Haus von Frances Dean und erstattete Sam Becket, der sich noch in der Klinik aufhielt, per Handy Bericht.

»Die gleiche Vorstellung, genau wie nach dem Flager-Mord. Beide im Nachthemd, ziemlich aufgelöst, und die Tante sagte, sie seien den ganzen Abend und die Nacht zu Hause gewesen. Sie habe nicht einschlafen können und sei deshalb ganz sicher ...«

»Sie sah müde aus«, mischte Beth Riley sich ein.

»Ja, stimmt.« Martinez nickte und wiederholte, was Riley gesagt hatte. »Und dann schimpfte sie, wie wir so gottlos sein könnten und auf den Gedanken kämen, dass Cathy einem Mann etwas zuleide tun wolle, der so nett zu ihr gewesen sei.«

Sam, der vor der Intensivstation übers Handy telefonierte, entging nicht der verächtliche Beiklang in der Stimme seines Kollegen. »Da hat sie Recht, Al. Cathy hat Grace Lucca erzählt, dass sie meinen Vater gern mag.«

»Ja, ich weiß.«

»Du glaubst anscheinend, sie hat gelogen«, meinte Sam. Im Laufe der Jahre hatte er Al Martinez' intuitive Urteile zu schätzen gelernt.

»Wie ich schon im Krankenhaus sagte«, antwortete Martinez. »Ich halte die Kleine für ein ausgemachtes Früchtchen, und ihre Tante lügt, um sie zu schützen.«

Frances Dean stand vor Cathys Schlafzimmer und versuchte, ihren ganzen Mut zusammenzunehmen.

»Warum kommst du nicht rein, Tante Frances?«

Als sie Cathys Stimme aus dem Zimmer hörte, zuckte Frances zusammen.

Dann öffnete sie die Tür. Cathy, die noch das weite rosafarbene T-Shirt trug, in dem sie geschlafen hatte, saß mit überkreuzten Beinen auf ihrem Bett, vor sich die aufgeschlagene Mai-Ausgabe der Zeitschrift *Cosmopolitan*.

»Ich habe dich atmen hören«, erklärte sie ihrer Tante.

Frances trat ins Zimmer. »Geht es dir gut?«

»Nicht besonders.«

»Stört es dich, wenn ich mich zu dir setze?«

»Natürlich nicht.« Cathy nahm die Zeitschrift und ließ sie neben dem Bett auf den Boden fallen. »Ich habe sowieso nicht gelesen, hab' nur auf die Seiten gestarrt.«

Frances setzte sich aufs Bett. »Ich weiß, was du meinst. Ich liege auch nachts wach, ein aufgeschlagenes Buch vor mir, aber ich glaube, ich habe kein Wort mehr gelesen, seit ...«

Cathy schwieg.

»Die Sache ist die ...« Wieder hielt Frances inne.

»Was?« Cathy blickte ihr ins Gesicht. Offenbar kämpfte ihre Tante mit sich.

»Die Sache ist die, dass ich den Polizeibeamten gesagt habe, ich sei die ganze Nacht wach gewesen.«

»Ja.«

»Das war gelogen«, sagte Frances. Plötzlich sprach sie sehr schnell. »Gestern Abend habe ich gleich nach dem Essen eine Schlaftablette genommen, weil ich es einfach nicht mehr ertragen konnte, wieder eine Nacht lang kein Auge zuzutun ... deshalb hat es so lange gedauert, bis ich sie heute Morgen an die Tür klopfen hörte.« Sie redete nicht weiter. Ihre Wangen waren gerötet, und sie wandte den Blick von ihrer Nichte ab.

»Was willst du damit sagen, Tante Frances?«

»Dass ich möchte ...« Wieder verstummte sie.

»Was möchtest du?«, fragte Cathy.

Frances schaute sie wieder an. »Du musst mir schwören, dass du nichts mit all diesen schrecklichen Dingen zu tun hast.«

Cathy starrte sie sprachlos an.

»Es tut mir Leid, Cathy. Es ist nur …«

»Nur, dass du mir nicht glaubst.« Cathy stieg aus dem Bett, ging zum Fenster, wandte sich um und blickte ihre Tante voller Entsetzen an. »Glaubst du wirklich, dass ich diese Menschen getötet habe?« Ihre Stimme klang schrill vor Schmerz. »Dass ich meine *Mom* getötet haben könnte? Und Arnie? Dass ich …«

»Nein!« Frances stand ebenfalls auf und ging auf sie zu.

»Bleib weg!«, stieß Cathy mit erstickter Stimme hervor. »Komm ja nicht in meine Nähe!«

»Das meine ich doch gar nicht!« Frances war außer sich. »Ich glaube nicht, dass du es getan hast …«

»Was dann?«

»Du brauchst es mir nur zu sagen, nur dieses eine Mal, dann stehe ich dir zur Seite, was auch geschieht.«

»Wie kannst du so etwas auch nur denken?«

»Ich weiß nicht, Liebling.« Frances schüttelte unglücklich den Kopf. »Ich bin so durcheinander. Es war alles so schrecklich, und dann kommt andauernd die Polizei. Ich verstehe nicht warum … Ich verstehe nicht, wie sie auf den Gedanken kommen, dass du irgendetwas mit den Morden zu tun hast, aber anscheinend ist die Polizei tatsächlich dieser Meinung, und …«

Cathy drehte sich zum Fenster um. »Lass mich allein, Tante Frances.«

»Cathy, Liebling, bitte.«

»Lass mich allein!« Sie hielt für einen Augenblick inne. »Wenn es irgendeinen Ort gäbe, wo ich hinkönnte, würde ich auf der Stelle gehen. Aber es gibt keinen, nicht wahr?« Ihre Stimme klang jetzt hart.

»Du musst nirgendwo hingehen. Du hast hier bei mir ein Zuhause. Immer. Du bist die kleine Tochter meiner Schwester, und ich liebe dich.«

»So sehr, dass du denkst, ich könnte meine Mutter umbringen.«

»Nein, das stimmt nicht!« Frances machte erneut einen Schritt auf sie zu, blieb dann aber stehen. Sie wusste, dass ihre Nichte sie nicht an sich heranlassen würde. »Es tut mir Leid, dass ich dich gefragt habe. Ich hätte es nicht tun sollen, das weiß ich jetzt. Diese Leute haben mich ganz durcheinander gebracht.«

»Geh.« Cathy wandte sich nicht um. »Bitte.«

»Cathy, bitte ...«

»Lass mich in Ruhe!«

Verzweifelt rang Frances die Hände und stürzte aus dem Zimmer.

22.

Grace kehrte am späten Nachmittag nach Hause zurück, öffnete ihre Post und hörte den Anrufbeantworter ab. Sie hatte fünf Nachrichten. Ihre Aufmerksamkeit galt aber vor allem den Anrufen von Sam Becket und Frances Dean.

Anschließend sagte Grace den einzigen Termin ab, den einzuhalten sie gehofft hatte – eines der regelmäßigen Treffen mit einer zehnjährigen Patientin, der es nach der Trennung ihrer Eltern besser ging als erwartet –, und machte sich sofort auf den Weg zum Miami General Hospital.

Sam kam gerade aus der Intensivstation. Er sah aus, wie Grace es erwartet hatte. Furchtbar.

»Danke, dass du gekommen bist.«

Sie umarmten sich. Es war das erste Mal, dass sie sich körperlich so nahe waren. Als Grace spürte, wie Sams Herz raste, hätte sie am liebsten geweint.

»Wie geht es ihm?«, fragte sie leise, als sie sich wieder voneinander gelöst hatten.

»Das lässt sich noch nicht sagen. Er ist immer noch nicht bei Bewusstsein.«

»Aber die Operation ist gut verlaufen?«

»Sagen die Ärzte jedenfalls. Es steht weiterhin auf der Kippe.«

»David ist stark, Sam«, meinte Grace, obwohl sie plötzlich daran zweifelte.

»Das muss er auch sein.« Sam blickte durch das Fenster der Intensivstation. Man konnte Davids Bett nur so eben sehen. Judy Becket saß neben ihm, den Rücken durchgebogen, die Hand auf der ihres Mannes.

»Und wie geht es deiner Mutter?«, fragte Grace.

»Sie ist auch sehr stark ... Und Saul läuft ständig herum,

holt Kaffee, spricht mit den Krankenschwestern und den Pflegern, die das Essen bringen. Es ist schwer für ihn, Dad in diesem Zustand zu sehen.«

»Weißt du schon, was passiert ist?«, fragte Grace schließlich.

»Viel haben wir noch nicht herausbekommen. Offenbar hat er auf dem Sofa in seinem Büro ein Nickerchen gehalten. Das tut er gelegentlich, wenn er bis spät in die Nacht arbeitet.«

»Und weiter? Ist jemand eingebrochen?«

»Hineingegangen. Wahrscheinlich hat Dad die Tür offen gelassen.«

»Ist das möglich?« Arztpraxen waren bei Einbrechern so beliebt, dass man sie nach Dienstschluss sicherte wie Fort Knox.

»Vielleicht. Er hatte die halbe Nacht bei einer sterbenden Patientin verbracht – einer alten Freundin.« Sam zögerte. »Jedenfalls muss der Betreffende ein Skalpell aus einem der Instrumentenschränke meines Vaters genommen haben. Einer seiner Partner, Fred Delano, hat heute Morgen gründlich nachgesehen und festgestellt, dass ein Instrument fehlt.«

»Ein Skalpell?« Grace erstarrte bis ins Mark. »Ist das sicher?«

»Leider ja.«

Sie musste sich zwingen, weiterzudenken. »Wurde sonst noch etwas gestohlen? Medikamente?«

Sam schüttelte den Kopf. »Alles noch eingeschlossen und unangetastet. Obwohl Delano meint, es könnten ein paar Rezeptblöcke fehlen.«

»Trotzdem könnte der Täter es auf Medikamente abgesehen haben.« Grace' Magen krampfte sich zusammen. Sie hielt sich an jedem Strohhalm fest. »Vielleicht hatte der Täter nicht damit gerechnet, deinen Vater um diese Zeit dort anzutreffen. Vielleicht hat er ihn niedergestochen und ist dann geflohen.«

»Die Tür war nicht verschlossen. Der Täter hätte damit rechnen müssen, dass jemand im Zimmer war.«

Schließlich sprach Grace es aus: »Du denkst an Cathy?«

Sam machte ein finsteres Gesicht. »An sie und alles mögliche andere.«

Durch das Fenster der Intensivstation sah Grace, wie Judy Becket aufstand, sich streckte und die Augen rieb. In diesem Moment kam eine Krankenschwester und überprüfte den Tropf für die künstliche Ernährung. Neben dem Bett stand eine Reihe von Monitoren, und darüber hing ein Beutel mit Blut.

Grace fand, dass es nicht der richtige Zeitpunkt war, Sam von ihrem Ausflug nach Key Largo zu Dr. Peter Hayman zu erzählen.

Sie rief Frances von einer öffentlichen Telefonzelle im Krankenhaus an. Cathy war am Apparat und sagte, ihre Tante nehme gerade ein Bad. Als Grace sich erkundigte, wie sie zurechtkäme, antwortete das Mädchen so unbeschwert und lebhaft, dass Grace irritiert war. Beinahe wäre es ihr lieber gewesen, Cathy hätte geweint oder wäre aufgebraust. Grace fragte, ob sie nach Coral Gables kommen dürfe.

»Klar«, meinte Cathy. »Warum nicht?«

Es war soeben sechs Uhr vorbei, als Grace in den Granada Boulevard einbog. Sie läutete und wartete. Cathy öffnete. Sie hatte sich zum Joggen fertig gemacht; die Haare waren zu einem Pferdeschwanz gebunden.

»Ich dachte, wir könnten wieder ein bisschen rausgehen«, meinte sie. »Wenn es Ihnen recht ist.«

»Ja, sehr.« Grace war froh, dass sie Trainingsanzug und Turnschuhe anhatte. »Wie wär's, wenn wir diesmal zusammen laufen?«

»Oh. Ja, gut.«

Sie stand immer noch in der Tür.

»Wie geht es deiner Tante?«, fragte Grace.

»Sie schläft.«

»Ich glaube, sie braucht ein wenig Ruhe.«

»Ja, das glaube ich auch.« Cathy wirkte angespannt, als sie ins Freie trat und die Tür hinter sich zuzog.

»Möchtest du zuerst laufen und dann reden?«, fragte Grace. »Wir können aber auch einfach nur zusammen laufen.«

»Sie sind der Boss«, erwiderte Cathy.

»Nein, bin ich nicht«, widersprach Grace entschieden. »Heute habe ich mich dir aufgedrängt, also bestimmst du die Spielregeln.«

Sich beim Laufen zu unterhalten, kam nicht in Frage, jedenfalls nicht für Grace, obwohl sie sich heimlich bei Harry und ihrem Fitness-Studio bedankte, als sie über die Anastasia Avenue Richtung Country Club joggten. Der Hund genoss es, wenn er Grace bei ihren ziemlich regelmäßigen Jogging-Ausflügen über die sandigen Wege von Miami Beach begleiten durfte. Grace war achtzehn Jahre älter als Cathy, aber recht gut in Form, und sie wusste besser als ihre Patientin, dass es darauf ankam, sich das Tempo gut einzuteilen. Aber natürlich war ihr klar, dass Cathy jeden Moment lossprinten und sie hinter sich lassen konnte. Doch aus Höflichkeit oder weil sie Gesellschaft brauchte, zog ihre Patientin es vor, an Grace' Seite zu bleiben.

»Geht's?«, fragte Cathy, nachdem sie ungefähr zehn Minuten gelaufen waren.

»Ja, prima«, erwiderte Grace.

»Geht's noch?«, fragte sie nach weiteren zehn Minuten erneut, und diesmal konnte Grace nur noch nicken und gequält lächeln. Ihr Herz pochte, Waden und Oberschenkel brannten. Sie war schweißnass und merkte erst jetzt, dass Cathy schon seit geraumer Zeit das Tempo gesteigert und sie gezwungen hatte, einen höheren Gang einzulegen, als sie gewohnt war.

Kaum zwei Minuten später blieb Cathy ohne Vorwarnung stehen, und wie manchmal bei der Gymnastik wäre Grace auch jetzt beinahe umgefallen. Sie wusste nicht, wie lange sie so stand, weit vornüber gebeugt und um Atem ringend. Nur mit Mühe gelang es ihr, ihre zitternden Beine unter Kontrolle zu bringen. Als sie sich schließlich aufrichtete, stellte sie fest, dass sie in einem kleinen Wäldchen standen und Cathy sie betrachtete.

»Möchten Sie sich ein wenig hinsetzen?«

Grace nickte. Sie konnte immer noch nicht sprechen.

Cathy blickte zu einem alten Baumstumpf, der schon ganz glatt und gerundet war. »Ich setze mich ins Gras – nehmen Sie den da.«

Grace stieß ein atemloses Danke hervor und sank auf den Baumstamm, während Cathy sich daneben auf den Boden hockte, die Knie anwinkelte und die Arme darum schlang. Grace' Muskeln pochten immer noch, aber ihr Herz schlug wieder halbwegs normal. Als sie zu Cathy hinüberschaute, hatte das Mädchen die Augen geschlossen. Ursprünglich hatte Grace ihr ein paar Fragen stellen wollen: ob sie letzten Samstag um die Mittagszeit in den Bal Harbour Shops gewesen sei, als Grace das merkwürdige Gefühl gehabt hatte, beobachtet zu werden. Vor allem aber hatte sie Cathy ein paar weitere Erinnerungen an ihren Vater entlocken wollen. Doch zum einen war Grace sich bewusst, dass die Eltern des Mädchens in zwei Tagen beerdigt werden sollten, und zum anderen hatte sie plötzlich das sichere Gefühl, dass Cathy heute irgendetwas auf dem Herzen hatte. Also beschloss sie, nichts zu sagen. Und sie musste nicht lange warten.

»Heute Morgen«, begann Cathy, die Augen immer noch geschlossen, »nachdem die Polizisten weg waren, hat Tante Frances mich gebeten zu schwören, dass ich nicht die Mörderin bin.«

Grace überkam eine Woge des Mitleids, aber sie schwieg.

Cathy öffnete die Augen. »Wenn mir nicht mal meine eigene Tante glaubt, wer dann?«

»Ich«, erwiderte Grace.

Cathy zuckte die Achseln. »Vielleicht.« Und nach einer Weile: »Das mit Doc Becket ist schrecklich.«

»Ja.«

»Wird er wieder gesund?«

»Das hoffe ich.«

»Aber Sie wissen es nicht genau?«

»Noch nicht. Die Operation hat er gut überstanden, und das zeigt, dass er sehr stark ist.« Grace wollte dem Mädchen nichts vormachen. »Es gibt allen Grund zur Hoffnung, Cathy, aber er ist immer noch bewusstlos.«

Beide schwiegen eine Weile. Das Gezwitscher der Vögel in den Bäumen ringsum klang wie Warnrufe, am Himmel zeigten sich dunkle Wolken, und eine Brise kündigte einen der kurzen, kräftigen Schauer an, wie sie in Südflorida häufig vorkommen.

»Wie kann jemand glauben, Grace, ich könnte Dr. Becket etwas antun?«

Grace hörte eine Verzweiflung aus Cathys Frage, die ohne jeden Zweifel echt war. »Ich weiß es nicht«, entgegnete sie. »Vielleicht, weil gewisse Leute glauben – die Polizei –, sie müssten diese Möglichkeit in Betracht ziehen. Vor allem aber wohl deshalb, weil sie keinen anderen Verdächtigen haben.«

»Das ist verrückt«, meinte Cathy.

Grace wartete einen Augenblick. »Findest du denn, es ist weniger verrückt, dass sie dich verdächtigen, deine Mutter und deinen Stiefvater umgebracht zu haben? Oder Beatrice Flager?«

»Irgendwie schon«, erwiderte Cathy.

Grace rührte sich nicht.

»Ich meine, bei meinen Eltern, da war ich doch da. Da war ich bei ihnen.« Ihre Stimme war belegt, ihr Blick schweifte in die Ferne. »Außerdem weiß niemand, was bei uns los war. Ich meine, in manchen Familien können sie sich doch gegenseitig nicht ausstehen, stimmt's?«

»Ja«, erwiderte Grace ruhig, »das stimmt.«

»Und bei Mrs. Flager glaubt die Polizei wahrscheinlich, ich hätte sie gehasst. Wo sie ohnehin schon meinen, dass ich meine Eltern getötet habe. Und denken, *ich* wäre verrückt.« Cathy hielt inne. »Vielleicht denken sie das – schließlich hat man mich zu einer Therapeutin geschickt.«

Grace wartete erneut.

»Was meinen Sie, Grace?«, fragte Cathy.

»Dass du sehr logisch denkst.«

Cathy stand auf. »Ich hatte viel Zeit zum Nachdenken. Darüber, wie die Polizei das alles einschätzt.« Sie machte ein paar Dehnübungen. »Leute, die mich nicht kennen.«

»Aber deine Tante kennt dich«, wandte Grace ein.

»Das dachte ich auch.« Cathy hörte mit ihren Dehnübungen auf. Mit einem Mal hatte sie nicht mehr den abwesenden Blick, sprach mit klarer Stimme, und plötzlich war auch von Logik nicht mehr viel zu spüren. Sie war wieder der verschreckte Teenager. »Ich konnte es einfach nicht fassen, als Tante Frances mich das fragte.« Sie ballte die Fäuste, und aus ihren Augen perlten Tränen. »Ich bin nicht verrückt, Grace. Wie konnte sie *das* von mir denken? Sie wusste doch, wie gut Mom und ich zueinander standen – und wie nett Arnie zu mir war. Wie konnte sie da denken, ich hätte den beiden etwas zuleide getan?«

Es begann zu regnen, große warme Tropfen, die sich jeden Augenblick in einen Wolkenbruch verwandeln konnten, doch Grace blieb auf dem Baumstumpf sitzen. »Ich glaube nicht, dass deine Tante wirklich dieser Meinung ist, Cathy.« Sie musste lauter sprechen, um den Regenschauer zu übertönen. »Sie ist einfach nur sehr verwirrt und durcheinander.«

»Das hat sie auch gesagt.«

»Dann stimmt es wahrscheinlich.«

Obwohl sie beide klatschnass waren, ließen sie sich auf dem Weg nach Hause Zeit. Frances war inzwischen wieder wach und wartete bereits auf sie. Nachdem sie Cathy losgeschickt hatte, sich abzutrocknen und umzuziehen, bot sie Grace Tee an. Es war fast so etwas wie ein freundschaftliches Entgegenkommen, die erste nette Geste, seit sie Grace am Freitag gedroht hatte, sie als Cathys Psychologin zu feuern. Grace nahm das Angebot gern an.

»Wie geht es Cathy? Was meinen Sie?« Frances schenkte Tee ein und reichte ihr eine Tasse. Sie sprach leise. Ganz offensichtlich wollte sie nicht, dass Cathy sie hörte.

»Sie ist ein wenig verstört«, erwiderte Grace.

»Hat sie Ihnen erzählt, dass ich sie heute Morgen verletzt habe?«

»Ja. Sie hätten sie gebeten zu schwören, dass sie nicht die Mörderin ist. Stimmt das?«

Erschöpft und mit abwesendem Blick lehnte Frances sich zurück. »Ja. Ich weiß, das hätte ich nicht tun dürfen. Aber ich …«

»Aber Sie hatten das Gefühl, sich versichern zu müssen«, unterbrach Grace sie.

Frances rührte den Tee um. »Cathy ist nämlich zum Haus der Robbins' gegangen, wissen Sie. Zweimal, allein. Sie hat mir erst hinterher davon erzählt.«

»Nachdem ich mit ihr dort war?« Grace war überrascht. »Hat die Polizei ihr das erlaubt?«

»Nein, ich glaube nicht.« Frances legte den Löffel beiseite, trank jedoch nicht. »Aber wenn die Beamten es wissen, haben sie Cathy nicht davon abgehalten.«

»Ich könnte mir vorstellen, dass sie es wissen.« Grace war sich zu hundert Prozent sicher, dass die Polizei Bescheid wusste. Bestimmt beobachteten sie das Mädchen auf Schritt und Tritt. Beim Joggen heute Nachmittag hatte Grace zwar niemanden bemerkt, aber was das Aufspüren von Beschattern anging, waren Psychologen nicht gerade Experten.

»Cathy sagt, sie würde nicht ins Haus gehen«, fuhr Frances fort. »Sie ist nur gern im Garten.«

»Als ich mit ihr dort war, hatte ich auch den Eindruck, dass sie sich im Garten am wohlsten fühlt.«

»Dann glauben Sie also nicht, dass das irgendein … Problem ist?«

»Glauben Sie denn, es wäre eins?«

»Ich habe das Gefühl, zurzeit ist alles ein Problem, Grace.« Sie beugte sich müde vor und nahm ihre Teetasse.

»Ich weiß, was Dr. Broderick getan hat. Dass er Marie und Cathy Medikamente gegeben hat«, sagte Grace leise. Sie hoffte, Frances würde ihr ein paar Fragen beantworten, bevor Cathy zurückkam.

Frances Dean wollte gerade die Tasse zum Mund führen,

doch jetzt zitterte ihre Hand so hefig, dass sie die Tasse wieder absetzen musste. »Wer hat Ihnen das erzählt?«

»David Becket.« Bei der Erwähnung des Namens riss Frances die Augen weit auf. »Er hat mit einer Kontaktperson im Lafayette Hospital in Tallahassee gesprochen. Broderick hat Marie und Cathy Sedativa gegeben – Progesteron und Luminal. Allerdings weiß ich noch nicht, aus welchem Grund.«

»Spielt das eine Rolle? Broderick ist tot.«

»Ich glaube schon.« Grace senkte die Stimme noch mehr. »Frances, ich weiß, dass am Mittwoch die Beerdigung stattfindet. Der Zeitpunkt könnte nicht schlechter gewählt sein. Aber Cathy steckt womöglich in schrecklichen Schwierigkeiten. Verstehen Sie denn nicht? Wenn ich ihr helfen soll, müssen Sie mir sagen, was Sie wissen. Was soll ich denn noch tun, um Sie davon zu überzeugen?«

»Es war Eifersucht«, platzte Frances plötzlich heraus. »John Broderick war furchtbar eifersüchtig auf Marie, schon lange bevor Cathy geboren wurde. Ständig warf er ihr vor, mit anderen Männern Liebesaffären zu haben. Aber es gab keine anderen Männer. Schon der Gedanke daran war für meine Schwester ein Gräuel. Marie hoffte, durch die Schwangerschaft würde die Situation sich bessern, aber es wurde alles nur noch schlimmer. Sie glauben es vielleicht nicht, aber John Broderick war sogar auf sein eigenes Kind eifersüchtig.«

»So etwas kommt vor«, sagte Grace ruhig, denn sie wollte, dass Frances weitersprach.

»John war Cathy nie ein guter Vater. Ich glaube, er war nicht ganz normal. Er war intelligent, sicher, sonst wäre er wohl nicht Arzt geworden, aber er war weder ein normaler Ehemann noch ein normaler Vater.«

»In den Unterlagen des Lafayette Hospital wird erwähnt, er habe den beiden Sedativa gegeben, um sie ruhig zu stellen.«

Frances nickte. »Das klingt ganz nach John.« Sie beugte sich vor, nahm wieder ihre Teetasse und trank einen Schluck, obwohl ihre Hände immer noch zitterten. »Er war derjenige, der Affären hatte, obwohl Marie ihn damals noch nicht in

Verdacht hatte. Aber als Cathy zwei Jahre alt war, rieb er ihr unter die Nase, dass er fremdging, und behauptete, es sei ihre Schuld.«

»Ich nehme an, Marie wollte weitere Kinder.«

»John hat solchen Hoffnungen ein Ende gemacht«, erwiderte Frances bitter.

»Mit den Progestogen-Spritzen.«

Sie nickte. »Auch eine Art, sie zu beherrschen, nicht wahr? Vielleicht sogar, sie zu bestrafen.«

»Und was war mit dem Luminal?«, drängte Grace, denn Frances würde sofort verstummen, wenn Cathy auftauchte.

»Eines Tages eröffnete John ihr – Cathy war damals vier, glaube ich –, das Kind habe einen Anfall gehabt. Deshalb müsse er es mit einem krampflösenden Mittel behandeln. Marie fragte ihn, ob das auch gefahrlos und unbedingt nötig sei, und John sagte ja.« Ohne Zweifel versuchte nun auch Frances, rasch zum Ende zu kommen. Da sie einmal angefangen hatte, wollte, ja musste sie alles erzählen. »Als sich Cathys Lehrer in der Vorschule besorgt über die mangelnde Konzentration des Kindes äußerten, fragte Marie ihren Mann, ob das etwas mit den Medikamenten zu tun haben könne. Aber er erklärte ihr, solche Symptome zeigten nur, wie dringend sie die Medikamente brauche.«

»Hat Marie denn nicht eine zweite Expertenmeinung eingeholt?«

»John sagte, wenn sie ihm als Arzt nicht vertraue, könne sie gehen. Marie wagte nicht, sich gegen ihn zu stellen. Sie hatte Angst, ihre Ehe zu zerstören.« Frances schüttelte den Kopf. »John hat sie trotzdem verlassen. Ich hielt es damals für das Beste, das er je getan hat. Natürlich konnte Marie mir da nicht zustimmen.«

»Auch nicht, als sie herausbekam, was er ihr und Cathy angetan hatte?«

»O ja«, meinte Frances. »Da stimmte sie mir zu. Sie hasste ihn. Und sie erwirkte eine richterliche Verfügung, dass John sich von dem Mädchen fern halten musste. John erhob Einspruch und setzte Cathy ständig unter Druck.« Sie hielt inne.

»Er schreckte vor nichts zurück, Grace. Nicht einmal vor Selbstmordversuchen.«

Grace horchte auf. »Sie meinen, er hatte vorher schon versucht, sich umzubringen?«

»O ja«, sagte Frances wieder. »Zweimal. Beim ersten Mal hat er sich die Pulsadern aufgeschnitten.« Sie zögerte.

»Und beim nächsten Mal?«

»Die Halsschlagader.«

Grace dachte an Marie und Arnold Robbins. Wenn sie überlegte, was Frances' Worte womöglich bedeuteten, wurde ihr übel.

In diesem Augenblick kam Cathy in die Küche. Sie hatte sich geduscht und trug jetzt ein weißes, ärmelloses Kleid. »Sprecht ihr über mich?«, fragte sie heiter. Ihr Unmut war jedoch nicht zu überhören.

»Nicht direkt«, erwiderte Frances nervös.

»Du hast mir gar nicht erzählt, dass du noch mal bei eurem Haus warst«, sagte Grace.

»Hätte ich das denn tun müssen?«

»Nein, Cathy.«

»Ihr habt über meinen ersten Vater gesprochen.« Cathys Stimme klang jetzt fahrig und angespannt. »Ich habe es gehört.«

»Ich habe deiner Tante nur ein paar Fragen über deine Kindheit gestellt.«

»Wir sollen doch nicht darüber sprechen«, warf Cathy Frances vor. »Du weißt, dass Mom das nicht wollte.«

»Ich dachte, du könntest dich an nichts erinnern und mir deshalb nichts erzählen«, warf Grace vorsichtig ein.

»Das stimmt auch«, erwiderte Cathy.

»Sollten wir jetzt nicht unseren Tee trinken?«, warf Frances ein, um vom Thema abzulenken.

»Nur weiter so! Brich das Versprechen, das du Mom gegeben hast.« Cathy war wütend, und ihr Stimme klang verbittert. »Erzähl Grace doch gleich alles. Vielleicht versteht sie dann, warum du glaubst, ich hätte Mom und Arnie umgebracht und Mrs. Flager ...«

»Aber das glaube ich doch gar nicht!«

»Doch, tust du. Du glaubst, ich bin verrückt oder so was. Du glaubst, ich bin wie er, wie mein Vater …«

»Cathy, so etwas würde ich niemals denken.« Frances war aufgesprungen. Noch nie hatte sie so jämmerlich geklungen. »Du bist nicht wie er. Du bist ein nettes, freundliches und ganz normales Mädchen …«

»Und warum muss ich dann dauernd zum Psychologen?«

»Weil du Schreckliches durchgemacht hast.« Es ist höchste Zeit, sagte sich Grace, die beiden zu beruhigen, bevor sie zu sehr die Beherrschung verlieren würden. Obwohl sie es nicht ungern sah, dass die zwanghafte, sterile Atmosphäre in Frances Deans Haus ein wenig durcheinander gewirbelt wurde. »Weil die meisten Menschen in solchen Zeiten Hilfe brauchen, um ihre Gefühle zu ordnen.«

»Aber ich brauche vielleicht gar keine Hilfe.«

»Ja, vielleicht«, meinte Grace.

»Aber *ich* brauche möglicherweise Beistand«, sagte Frances plötzlich. Sie hatte Tränen in den Augen. »Du hast wohl vergessen, dass ich meine Schwester verloren habe, Cathy. Deine Mutter war meine beste Freundin. Ich habe sie sehr gern gehabt – und Arnold auch.«

»Und was ist mit mir?«, fragte Cathy. »Magst du mich nicht mehr?«

»Aber sicher!« Frances trat einen Schritt auf ihre Nichte zu, doch Cathy wich in Richtung Tür zurück. »Cathy, natürlich liebe ich dich. Du bist alles, was ich noch habe.«

»Warum sollte ich dann schwören, dass ich nicht die Mörderin bin?«

»Oh, Cathy.« Frances ließ sich aufs Sofa sinken. »Ich hätte dich nicht darum bitten sollen. Es tut mir leid. Es war ein Fehler.«

»Warum hast du mich dann darum gebeten?« Offenbar konnte das Mädchen sich nicht von dem Gedanken lösen.

»Ich sagte doch, ich habe einen Fehler gemacht.« Frances blickte sie flehentlich an. »Hast du noch nie einen Fehler gemacht, Cathy?«

»Es war kein Fehler, Tante Frances«, sagte sie leise.

»Doch, natürlich.«

»Nein. Du hast es wirklich so gemeint.«

»Ich war verwirrt …«

»Warst du nicht.« Cathy stand immer noch an der Tür. »Du hast den Polizisten gesagt, du wärst die ganze Nacht wach gewesen und wüsstest deshalb, dass ich nicht das Haus verlassen hätte. Aber mir hast du erzählt, das wäre eine Lüge gewesen, du hättest eine Schlaftablette genommen.«

»Das stimmt«, erwiderte Frances resignierend. »Ich hatte eine Schlaftablette genommen. Sie machen mich benommen. Darum konnte ich nicht klar denken.«

»Das klingt für mich plausibel«, sagte Grace zu Cathy.

»Für mich nicht.« Cathy blieb hart.

»Wie sollen wir weiterkommen, wenn du mir nicht einen einzigen Fehler verzeihen kannst?«, fragte Frances sie flehend.

»Das weiß ich auch nicht«, erwiderte Cathy und stürmte aus dem Zimmer.

Nachdem Cathy ihre Tante an jenem Nachmittag demonstrativ hatte stehen lassen, war Grace bald aufgebrochen. Sie hatte gespürt, dass Frances sich elend und gedemütigt fühlte und nur noch allein sein wollte.

Jetzt aber wünschte Grace, sie wäre geblieben.

Als sie am nächsten Tag gegen vierzehn Uhr in Sams Büro anrief, um zu erfahren, wie es um David Becket stand, meldete sich eine ihr unbekannte Kriminalbeamtin namens Beth Riley.

»Der Zustand ist unverändert. Tut mir Leid, Dr. Lucca.« Detective Riley war freundlich. »Aber ich weiß, dass Detective Becket Sie anrufen wollte, um Sie über die jüngsten Entwicklungen im Fall Robbins zu unterrichten. Leider musste er fort.«

Grace lief ein eiskalter Schauder über den Rücken.

»Gibt es denn etwas Neues?« Sie merkte selbst, wie ängstlich ihre Frage klang.

»Ja, Ma'am.«

Detective Riley berichtete, Cathy Robbins habe an diesem Morgen um kurz nach sieben den Notdienst angerufen. Als die Sanitäter und die Polizeistreife im Haus am Granada Boulevard eintrafen, hätten sie Frances Dean tot im Bett aufgefunden.

»Mein Gott! Wie ist das passiert?« Insgeheim betete Grace, Frances möge eines natürlichen Todes gestorben sein.

»Ich weiß nicht«, antwortete Beth Riley. »Für diesen Fall ist das Polizeirevier von Coral Gables zuständig. Aber ich weiß, dass Detective Becket jetzt vor Ort ist. Wir können also davon ausgehen, dass wir bald mehr erfahren.«

Grace zitterte, als sie den Hörer auflegte. Am liebsten

wäre sie gleich in ihren Mazda gesprungen, um zu Cathy zu fahren; andererseits sehnte sie sich danach, ins Bett zu kriechen, die Decke über den Kopf zu ziehen und das Telefon zu ignorieren.

Sie tat weder das eine noch das andere, denn ihr Patient, der für halb drei bestellt war, kam fünfzehn Minuten zu früh. Und obwohl sie unter Schock stand, war Grace während der nächsten Stunde damit beschäftigt, herauszufinden, warum ein sonst freundlicher sechsjähriger chinesischer Junge plötzlich anfing, sich mit anderen Kindern in der Schule zu prügeln.

Um drei Minuten nach vier, kurz nachdem Teddy Lopez Harry zurückgebracht hatte, rief Sam an. Der Terrier beschnüffelte vor dem Haus noch sein Revier, so wie immer, wenn er eine Zeit lang fort gewesen war.

»Wahrscheinlich hat Beth Riley dir schon von der Sache mit Frances Dean erzählt«, sagte Sam.

»Was ist passiert, Sam?« Wieder verspürte sie diese eisige Kälte.

»Willst du das wirklich wissen?«

»Nein. Aber ich *muss* es erfahren.«

»Jemand hat Frances Dean etwa um zwei Uhr in der Nacht ein scharfes Messer in die Schläfe gestoßen. Cathy ist kaum ansprechbar. Die Polizei von Coral Gables hat versucht, mit ihr zu reden, aber sie lässt keinen an sich heran.«

»Soll ich kommen?« Grace wurde für einen Moment schwindelig.

»Das wäre gut.«

In diesem Moment tapste Harry ins Wohnzimmer.

»Kann ich Harry mitbringen?«, fragte Grace. »Cathy mag ihn.« Dann aber wurde ihr schmerzlich bewusst, was vorgefallen war. Sie würde den Schauplatz eines Verbrechens aufsuchen – mit all seinen Gräueln. »Wird man mir erlauben, eine Zeit lang allein mit Cathy zu sprechen?«

»Wenn du dich beeilst«, erwiderte Sam. »Im Augenblick sind die Kollegen mit ihr fertig. Man hat sie verhört.« Er sprach sehr ruhig. »Es gibt keinen Hinweis darauf, dass sie etwas mit dem Verbrechen zu tun hat.«

»Aber man *sucht* nach solchen Hinweisen, habe ich Recht?«

»Zweifellos. Wenn du ein bisschen Zeit brauchst, um darüber nachzudenken – ich würde es verstehen, Grace.«

»Ich wüsste nicht, worüber ich nachdenken sollte.«

»Zum Beispiel darüber, wie weit du dich auf diese Sache einlassen willst«, erklärte er ihr.

Grace wusste nur zu gut, was Sam meinte. Sie hatte eine zu enge persönliche Beziehung zu Cathy Robbins entwickelt und verbrachte im Vergleich zu ihren anderen Patienten unverhältnismäßig viel Zeit damit, über Cathy nachzudenken. Doch jetzt, wo Frances Dean tot war, gab es niemanden mehr, der Cathy beschützte, sodass das Mädchen sie noch mehr brauchte als zuvor. Grace war Psychologin, Therapeutin, jedoch keine Verwandte, nicht einmal eine Freundin.

»Grace?«

Sams Stimme riss sie aus ihren Gedanken.

»Ich bin schon unterwegs«, sagte sie.

»Bist du dir wirklich sicher?«

»Wir treffen uns dort.«

Um fünf Uhr war sie wieder in Coral Gables. Vor dem Haus von Frances Dean herrschte eine Betriebsamkeit, wie Grace es nicht anders erwartet hatte: Streifenwagen und Zivilfahrzeuge standen an der Straße, Lichter blinkten, Bänder sperrten den Tatort ab, und, was das Schlimmste war, es wimmelte von Zeitungs-, Fernseh- und Radioreportern. Grace stellte ihren Mazda einen Straßenzug entfernt ab und marschierte mit Harry auf den Armen, der seinen tröstlich warmen Körper an sie schmiegte, durch die Menge der Schaulustigen. Die meisten Leute beachteten Grace nicht, als sie auf das Haus zuging. Doch in letzter Minute, als sie einem uniformierten Polizeibeamten an der Absperrung ihren Namen nannte und der Mann in der Nähe der Maulbeerbäume das Band hochhob, sodass Grace darunter hindurchschlüpfen konnte, bemerkte sie die Blicke und sogar Kameras, die auf sie gerichtet waren.

Im Haus dagegen herrschte mehr Ruhe, als sie erwartet hatte. Ein Polizist begleitete sie ins Wohnzimmer, und kurz darauf erschien Sam mit Cathy. Als Grace das Mädchen in die Arme nahm, spürte sie, wie Cathy sich entspannte und dann erschauderte. Doch rasch entzog sie sich wieder Grace' Umarmung, und nichts ließ mehr darauf schließen, dass in ihrem Inneren zweifellos schreckliche Kämpfe tobten.

»Macht es euch etwas aus, wenn ich noch hier bleibe?«, fragte Sam.

Grace gefiel diese Vorstellung nicht besonders. »Das überlasse ich Cathy.«

»Was meinst du, Cathy?«, sagte Sam.

»Mir ist es recht«, erwiderte sie.

»Wirklich?«, hakte Grace nach. Womöglich war das Mädchen viel zu abwesend, um die Situation richtig einschätzen zu können. »Wenn es dir lieber ist, unterhalten wir uns allein.«

Cathy warf einen Blick zur Tür und zu den Fremden, die davor standen. »Es macht mir nichts aus, wenn Detective Becket hier bleibt. Ich habe nichts zu verbergen.«

Cathy trug einen blauen Trainingsanzug, und ihr zurückgekämmtes Haar war feucht. Bestimmt hatte sie geduscht, nachdem die Spurensicherung sich mit ihr befasst hatte. Ihre geröteten Augen zeigten, dass sie geweint hatte, aber inzwischen war sie anscheinend über die Tränen hinweg. Grace wagte kaum daran zu denken, was das Mädchen durchgemacht hatte – und erst recht nicht an die Schlussfolgerungen, die zweifellos aus dieser neuen Entwicklung gezogen wurden.

»Ich habe Harry mitgebracht«, sagte Grace. »Ich hoffe, du hast nichts dagegen.«

Cathy schüttelte den Kopf und setzte sich auf das weiße Sofa ihrer Tante. Grace nickte Harry zu, der schon wusste, was jetzt kam, und dem es durchaus gefiel. Er sprang hinauf zu Cathy und sank tief in das weiche Kissen. Grace schoss der Gedanke durch den Kopf, dass Frances bestimmt Einspruch erhoben hätte.

»Er ist so süß«, sagte Cathy und streichelte den Hund. Ihre Bewegungen wirkten mechanisch, aber Harry war nicht wählerisch.

Aus dem Augenwinkel bemerkte Grace zwei in weiße Overalls gekleidete Männer, die sich leise im Flur unterhielten. »Wie wäre es mit einem Spaziergang?«, fragte sie.

Cathy antwortete nicht.

»Vielleicht wär's nicht schlecht, mal hier rauszukommen«, sagte Grace leise.

Cathy schaute auf und blickte sie an. »Kann ich nach Hause gehen?«

»Du meinst, in euer Haus?«

»Wäre das möglich?«

Grace wandte sich Sam zu, der sich in einem tiefen Sessel hinter ihr niedergelassen hatte. »Was sagst du dazu?«, fragte sie.

»Da muss ich mich erst bei dem verantwortlichen Kollegen erkundigen.«

Er ging hinaus, kam aber schon kurz darauf wieder zurück. »Es ist in Ordnung. Aber nur, wenn ich mitkomme.«

»Ich weiß nicht recht«, meinte Grace.

»Ich oder einer der Polizisten vom Revier.«

»Cathy?« Grace blickte das Mädchen an.

»Ist gut«, sagte sie.

Die Fahrt nach Miami Beach war schrecklich für Grace, obwohl Harry, der auf Cathys Schoß saß, ein wenig zur Entspannung der Situation beitrug. Grace hegte keinen Zweifel, dass Sam aus anderen Gründen mitkam, als Cathy glaubte. Es war nicht nur eine freundliche, helfende Geste, um ihr diese schwierigen Stunden leichter zu machen. Auch wenn der Mordfall von Coral Gables nicht in Sams Zuständigkeitsbereich fiel, so leitete er immer noch die Ermittlungen in den ersten beiden Mordfällen – ein Polizeidetektiv, der ständig misstrauisch sein musste. Ohne dass man es ihr hätte sagen müssen, war Grace klar, dass Cathy nach dem Mord an Frances Dean nicht mehr bloß zur Reihe der Verdächtigen gehörte, sondern ganz oben auf der Liste stand. Sie konnte sich kaum vorstellen, dass die äußere Ruhe des Mädchens bei Polizei und Justiz positiv für sie ins Gewicht fiel. Sam mochte vielleicht in der Lage sein, hinter dieser Maske das verwundbare, erschreckte Kind zu sehen, doch seine Mitarbeiter oder die Amtskollegen aus Coral Gables fragten sich vermutlich, warum Cathy inzwischen nicht völlig zusammengebrochen war. Grace musste sich eingestehen, dass sie es selbst nicht ganz verstand. Andererseits hatte sie eine solche Reaktion in ihren unterschiedlichsten Spielarten schon oft erlebt. Schließlich hatten sie und Sam sich erst neulich, bei einem ihrer ersten Gespräche, darüber unterhalten, als alle noch der Meinung gewesen waren, der Mord an Cathys Eltern sei das Schlimmste, das dem Mädchen passieren könnte.

Schwerer Schock. Blockierung.

»Wie geht es dir?«, fragte Sam Cathy, während Grace fuhr. Aus Rücksicht auf das Mädchen hatte er Grace erlaubt, ihren eigenen Wagen zu nehmen. Eine Fahrt in einem Polizeiwagen wäre wahrscheinlich der reinste Horror für sie gewesen.

»Gut«, antwortete sie vom Rücksitz aus.

Plötzlich überlegte Grace, ob sie nicht anhalten und die beiden überreden sollte, wieder zu Frances' Haus zu fahren oder zu sich nach Hause. Vielleicht sollte sie lieber herausfinden, welcher Anwalt an jenem Tag Cathys Verhör im Polizeirevier beigewohnt hatte, als das Mädchen zusammengebrochen war. Sie hatte kein gutes Gefühl bei der Vorstellung, wieder zum Pine Tree Drive zu fahren, auch wenn sie es nicht genau definieren konnte. Es war eben nur ein Gefühl.

Und so fuhr sie weiter.

Cathy wollte nicht ins Haus. Genau wie Frances gestern gesagt hatte – Cathy wollte nur in den Garten.

Alles sah so aus wie beim letzten Mal, auch die Stimmung war dieselbe, außer dass sie diesmal von Sam und Harry begleitet wurden.

»Könnte ich allein mit Ihnen sprechen, Grace?«, fragte Cathy, sobald sie angekommen waren.

Grace warf Sam einen fragenden Blick zu.

»Sicher«, meinte er. Grace war ihm insgeheim dankbar.

Während Harry hinter ihnen hertrottete, schlenderten sie langsam in den hinteren Teil des Gartens, am Schwimmbecken vorbei zu dem Umkleidehäuschen, das zum Pool gehörte. Aus der Nähe betrachtet, waren die ersten Zeichen der Vernachlässigung erkennbar. Die Fenster starrten vor Schmutz, und vom Rasenrand wucherte Unkraut an den Mauern empor. Neben einem weißen Tisch standen zwei Regiestühle aus Segeltuch. Grace und Cathy setzten sich mit dem Rücken zum Pool und zum Haupthaus. Harry beschnüffelte das Häuschen, trottete dann zu einer Palme hinüber und hob das Bein.

»Ich verstehe es nicht«, begann Cathy. Sie sprach sehr leise. »Ich verstehe nicht, wie das passieren konnte.« Sie schaute Grace an. »Ist es wirklich wahr?«

»Leider, ja«, erwiderte Grace.

»Mir kommt es so unwirklich vor.« Cathy schüttelte hilflos den Kopf. »Ich kann nicht mal richtig weinen.« Sie wandte den Blick ab. »Ich bin schrecklich gemein zu Tante Frances gewesen. So mies. Und jetzt ist sie tot, und ich kann ihr nicht einmal mehr sagen, dass es mir Leid tut.«

»Sie hat dich verstanden, Cathy.«

»Das glaube ich nicht. Ich glaube, ich habe sie nur noch unglücklicher gemacht.«

Irgendetwas erregte Harrys Aufmerksamkeit, und er lief zu Sam, der in der Hollywood-Schaukel saß und wartete. Grace kümmerte sich nicht darum. Harry war zu alt und zu klug, als dass er in den Swimming-Pool gesprungen wäre, und selbst wenn er es tat – schließlich hatte er schon in Flüssen und im Meer geschwommen. Was Wasser anging, war er ein richtiger Profi.

»Was geschieht nun mit mir, wo Tante Frances tot ist?«, fragte Cathy. »Muss ich in ein Heim?«

»Ich weiß nicht. Hatte deine Mutter noch andere Verwandte?«

»Nur ein paar Vettern und Cousinen irgendwo in Kalifornien. Keine engen Verwandten. Ich kenne sie nicht mal, hab' nie mit ihnen gesprochen. Vielleicht spielt das ja auch keine Rolle. Vielleicht stecken sie mich ja ins Gefängnis.«

Grace beugte sich auf dem wackeligen Stuhl vor und strich Cathy über den Arm. »Natürlich nicht! Niemand steckt dich ins Gefängnis.«

»Doch, wenn die Polizei zu dem Ergebnis kommt, dass ich alle ermordet habe.«

»Die Polizei wird herausfinden, wer es *wirklich* getan hat«, sagte Grace bestimmt. Vom vorderen Teil des Gartens hörte sie, wie ein Ball geworfen wurde. Sam drängte Harry mit leiser Stimme, ihn zu holen. Aber der Hund war nicht besonders gut im Apportieren, es sei denn, es handelte sich um etwas Essbares.

Cathy richtete den Blick wieder auf Grace. »Sie glauben wirklich nicht, dass ich es war?«

»Nein, das hab' ich dir doch schon gesagt.«

»Und Sie denken immer noch so? Auch jetzt noch?«

»Ja, natürlich.«

Wieder war Sams Stimme zu hören. Er rief Harry, aber diesmal klang es, als wollte er ihn von irgendetwas weglocken.

»Was ist denn mit Harry?«, fragte Grace und drehte sich um, schaute nach dem Hund.

»Ich weiß es nicht.«

»He, Harry!« Sams Stimme war jetzt lauter geworden.

»Sam!«, rief Grace. »Was ist mit ihm?«

»Ich weiß nicht genau«, rief er zurück. »Ich glaube, er gräbt nach irgendwas.«

Grace blickte Cathy an. »Sollen wir mal nachsehen?«

»Ja.« Cathy stand auf und ging mit Grace zum Haus zurück. Auf der linken Seite des Gartens, hinter der Palmenreihe bei dem Jacaranda-Baum, wühlte der Hund nach Terriermanier in einem Erdloch.

»Harry, was machst du da?«, rief Grace.

»Tut er das öfter?«, fragte Sam.

Sie schüttelte den Kopf. »In all den Jahren, seit er bei

mir ist, hat er noch nie gegraben, nicht mal nach einem Knochen.«

Harry scharrte jetzt wie verrückt und gab dabei kurze, hechelnde Laute von sich.

»Tja, jetzt glaubt er anscheinend, einmal etwas wirklich Interessantes gefunden zu haben«, meinte Sam.

Grace sah, dass Cathy neugierig geworden war. Dann blickte sie zu Sam. Auch er beobachtete Cathy.

Wieder hatte Grace dieses ungute Gefühl.

»Da ist es«, sagte Cathy, die plötzlich zum Leben zu erwachen schien. »Na, Harry, was hast du denn da?« Sie kniete sich neben den Hund und freute sich wie ein kleines Kind, dass er irgendeinen Fund zutage gefördert hatte.

Grace wurde übel. Als sie den Blick hob, schaute Sam sie an, und sie wusste sofort, dass er sich – Cop oder nicht – genauso elend fühlte wie sie. Er machte den Eindruck, als hätte er sich am liebsten auf der Stelle aus dem Staub gemacht.

Aber das ging nicht.

Harry kläffte.

»Was …?« Die Frage erstarb Cathy auf den Lippen. In der nächsten Sekunde zeigte ihr Gesicht statt Verwunderung nur noch blankes Entsetzen. Ihre Lippen wurden weiß, und sie wankte. Rasch stürzte Grace zu ihr, um sie aufzufangen.

»Harry, weg da«, sagte Sam.

»Harry, komm her!«, befahl Grace.

Irgendetwas im Tonfall seines Frauchens warnte Harry, dass dies kein Spiel mehr war, und er ließ von dem Loch ab, das er gegraben hatte. Sam zog bereits Handschuhe aus seiner Tasche. Flink und geübt streifte er sie über; dann kramte er einen Plastikumschlag für Beweismittel hervor. Es gefiel Grace gar nicht zu sehen, wie gut Sam offenbar auf eine Situation wie diese vorbereitet war – als hätte er gewusst, dass er fündig werden könnte, wenn er sie und Cathy begleitete. Sam hockte sich auf den Boden, zog Harrys Fund hervor, schüttelte vorsichtig den Dreck ab und steckte den Gegenstand in den Beutel.

Es gab keinen Zweifel, was Harry da entdeckt hatte.

Die Beerdigung war schrecklich.

Bis zu Beginn stand nicht fest, ob Cathy daran teilnehmen durfte. Doch am Ende hatten die maßgeblichen Verantwortlichen eingewilligt, dass sie auf dem Weg vom Jugendfürsorgeheim, wo sie den Tag und die Nacht zuvor verbracht hatte und eingehende Befragungen über sich ergehen lassen musste, zur Jugendhaftanstalt in der NW Neunundzwanzigsten in Miami den Friedhof Unserer Lieben Frau besuchte. In der Jugendhaftanstalt sollte sie mindestens so lange bleiben, bis ihr Fall vor die Anklage-Jury kam.

Cathy, die von Polizisten flankiert wurde und Handschellen trug, wirkte verhärmt, als habe sie über Nacht mehrere Pfunde abgenommen und sei um ebenso viele Jahre gealtert: Das glatte, fettige Haar war nach hinten gekämmt, der schwarze Rock und die schwarze Bluse mindestens um zwei Nummern zu groß, und die Augen verrieten Verwirrung und Angst. Neben ihr stand ein Mann in dunklem Anzug, der ihr gelegentlich einen aufmunternden Blick zuwarf. Grace vermutete, dass er der Anwalt war, den Frances Dean für Cathy engagiert hatte, als das Mädchen nach dem Mord an Beatrice Flager verhört worden war. Jedenfalls sah er wie ein Anwalt aus, schlank, energisch und stattlich; Grace schätzte ihn auf ungefähr fünfundvierzig. Das dunkle, lockige Haar umrahmte seinen massigen Kopf, die kleine Nase war gekrümmt, und die blauen Augen blickten durchdringend. Grace hoffte inständig, dass er der beste Anwalt für einen solchen Fall war, den man auftreiben konnte.

»Hallo, Grace«, sagte Cathy leise, als sie auf das Mädchen zukam.

»Hallo, Cathy.« Grace vermied es tunlichst, die gefesselten Hände oder die beiden Polizisten neben dem Mädchen anzuschauen, und hielt den Blick fest auf Cathys starres Gesicht gerichtet. »Geht es noch?«

»Ich glaub' schon.« Cathy schluckte. »Ich freue mich, dass Sie gekommen sind.«

»Das ist doch selbstverständlich.« Grace strich ihr über den Arm. »Ich bin so lange für dich da, bis sich alles aufgeklärt hat.«

Cathy antwortete nicht, als würde sie kein Wort mehr über die Lippen bringen. Sie warf einem dunkelhaarigen Mädchen hinter ihr einen raschen, ängstlichen Blick zu – ihre Freundin Jill, vermutete Grace, die sie auf dem Foto in Cathys Zimmer gesehen hatte. Jill rang sich ein kurzes, gefrorenes Lächeln ab, wandte sich aber sofort wieder von ihrer Freundin ab und starrte zu Boden. Wahrscheinlich hatte sie von der Frau neben ihr einen Rippenstoß versetzt bekommen.

Aus dem Augenwinkel erhaschte Grace einen Blick auf Sam, der bei einem Mann stand, vermutlich ein anderer Kriminalbeamter oder einer seiner Vorgesetzten. Als Sam sie bemerkte, nickte er und lächelte kurz, kam aber nicht zu ihr. Nicht zum ersten Mal dachte Grace, dass sie beide auf den gegenüberliegenden Seiten eines tiefen Grabens standen – ganz gleich, wie Sam als Privatmann empfand und nicht als Polizeibeamter.

Die Trauerfeier hatte begonnen. Es war ein heißer, schwülfeuchter Nachmittag, und während Grace die Worte des Geistlichen an sich vorüberziehen ließ, überlegte sie, was wohl das Schlimmste an alledem war. Die beiden schlichten, schimmernden Särge, die in das Grab gesenkt wurden. Die nächste Angehörige in Handschellen. Deren schreckliche Einsamkeit – falls überhaupt Verwandte oder Freunde anwesend waren, hielten sie sich von Cathy fern. Ein Typhuskranker, dachte Grace, hätte wohl mehr körperliche Wärme von den anderen Trauernden erfahren als Cathy. Und das, obwohl sie schon bald einer weiteren Beerdigung würde beiwohnen müssen, vermutlich unter den gleichen Umständen.

Doch nach der Beisetzung kam es noch schlimmer. Die Medienvertreter, bis dahin noch zurückgehalten durch ein gewisses Maß an Taktgefühl, stürzten sich wie eine außer Kontrolle geratene Viehherde auf die Beteiligten. Und plötzlich war Cathy trotz ernsthafter Bemühungen des Mannes im dunklen Anzug und der Polizisten von sensationslüsternen Zeitungs- und Fernsehreportern und Kameraleuten umringt. Grace trat zurück, ergriff instinktiv die Flucht, erhaschte aber noch einen Blick auf Cathys Gesicht, die soeben zu dem schwarzen Wagen gedrängt wurde, in dem sie gekommen war. Ihre blauen Augen verrieten blankes Entsetzen angesichts der unzähligen Mikrofone, die ihr vors Gesicht gehalten wurden – es war ein Blick, der schon am frühen Abend auf sämtlichen Fernsehern Floridas, vielleicht sogar weit darüber hinaus zu sehen sein und am nächsten Morgen auf allen Titelseiten erscheinen würde.

Bei dem Gedanken wurde Grace übel.

Zwei Tage vergingen, bis Grace Cathy wieder sehen durfte, diesmal in einem kleinen, verschlossenen Raum in der Jugendhaftanstalt. Bisher wurde Cathy des Mordes an Marie und Arnold Robbins sowie Frances Dean beschuldigt. Doch kaum jemand bezweifelte, dass weitere Anklagen folgen würden. Eine Kaution, so hatte Grace erfahren, kam nicht infrage.

Der Verdacht, dass es sich bei dem von Harry ausgegrabenen Skalpell um jenes aus der Silbersammlung handelte, die Cathys leiblicher Vater seiner Tochter hinterlassen hatte, wurde bestätigt. Zwar fanden sich keine deutlichen Fingerabdrücke darauf, wohl aber Frances Deans Blut sowie Spuren ihrer Hirnmasse. Wie Sam nach der Beerdigung in einem Telefongespräch mit Grace voller Bitterkeit sagte, war das Skalpell ein Fund, wie jeder Polizist und Staatsanwalt ihn sich in einer solchen Situation wünschte: gleichsam ein noch rauchender Colt.

Grace hatte sich lange über den Waffenfund mit Sam gestritten. »Cathy wollte doch selbst zu dem Haus«, hatte sie ihm in Erinnerung gerufen. »Es war ihr eigener Wunsch, mit uns in den Garten zu gehen.«

»Aber wir wissen auch, dass Cathy mehrere Male zu dem Haus gegangen ist, nachdem du mit ihr dort warst. Auch ihre Tante hat es gewusst. Vielleicht verspürt sie eine Art Zwang, dorthin zurückzukehren.«

»Aber bestimmt nicht in deiner Begleitung«, hielt Grace dagegen. »Und bestimmt nicht am selben Tag, an dem sie die Mordwaffe dort vergraben hat, wie deine Leute behaupten.«

»Als Cathy darum gebeten hat, zu dem Haus gehen zu dürfen, wusste sie ja nicht, dass ich mitkomme. Außerdem *wollte* sie vielleicht, dass man sie als Täterin identifiziert.« Sam hielt kurz inne. »Oder dass man sie von weiteren Verbrechen abhält.«

Die Ermittlungsbeamten fanden an jenem Dienstag noch mehr als das Skalpell. Eine halbe Stunde nachdem Sam das neue Beweisstück verpackt, fotografiert und dokumentiert, die Büros der Pathologen des County und des Staatsanwalts sowie die Polizeibehörden von Coral Gables und Miami unterrichtet hatte, setzten echte Profis die Arbeit fort, die Harry begonnen hatte. Nach knapp zwei Stunden förderten sie kaum drei Meter vom ersten Loch entfernt ein Paar Gummihandschuhe zutage. Dieselbe Marke wie diejenigen, die Frances Dean benutzt hatte. Beide Handschuhe waren voller Blut, Schmutz und verwischter Fingerabdrücke – darunter die von Frances und Cathy. Derjenige, der die Handschuhe hier vergraben hatte, so vermutete man, hatte sich wahrscheinlich die Hände im Swimming-Pool der Robbins' gewaschen. Man hatte auch das Wasser abgelassen und sorgsam sämtliche Filter untersucht, bis jetzt aber nichts Aufschlussreiches entdeckt.

Beim Verhör sagte Cathy, dass sie in der Küche ihrer Tante sehr oft Gummihandschuhe angehabt hätte, etwa beim Spülen. Wenn die Handschuhe aus Frances' Haus stammten, trügen sie also selbstverständlich ihre Fingerabdrücke, sowohl innen wie außen. Aber das bedeute nicht, dass sie, Cathy, die Handschuhe mitten in der Nacht von Coral Gables nach Miami Beach gebracht hätte, um damit eine Mordwaffe zu vergraben. Und außerdem, so Cathy – wie solle sie denn vom Haus ihrer Tante zu dem ihrer Eltern gekommen sein, wo sie doch nicht einmal Auto fahren könne und nachts kein Bus ginge?

Grace erfuhr das alles von Sam, als sie dieselben Einwände vorbrachte.

»Sie hat die Notrufnummer kurz nach sieben Uhr morgens gewählt«, gab Sam zu bedenken, »und der Notdienst hat festgestellt, dass der Tod von Frances Dean gegen zwei Uhr nachts eingetreten ist, was bedeutet, dass Cathy zum Pine Tree Drive fahren und rechtzeitig wieder zurück sein konnte, um anzurufen und so zu tun, als wäre sie gerade erst aufgewacht.«

»Und wann genau soll sie diesen Ausflug gemacht haben?«, fragte Grace. Ihr Magen krampfte sich zusammen. »Wenn sie ein Taxi gerufen hätte, wüsstet ihr das längst schon. Oder meinst du, sie würde heimlich selbst fahren?«

»Ich meine gar nichts«, erwiderte Sam. »Es gibt keinerlei Hinweis auf einen Taxiruf oder ähnliches. Aber es ist durchaus möglich, dass Cathy das Autofahren gelernt hat, wie viele andere Teenager auch. Hätte sie allerdings nachts den Wagen ihrer Tante genommen, hätte die Polizeistreife im Ort es sicher bemerkt.«

Nach einer Weile fuhr Sam fort: »Wir ziehen auch die Möglichkeit in Betracht, dass sie vielleicht ein Fahrrad genommen und sich heimlich davongeschlichen hat. Sie sagt, sie habe ihr Fahrrad vor zwei Wochen ins Hause ihrer Tante gebracht.«

»Ein Fahrrad?« Wäre Grace nicht so wütend gewesen, hätte sie laut losgelacht. »Mitten in der Nacht über den MacArthur-Damm?«

»Das ist durchaus möglich«, erwiderte Sam ruhig, obwohl er selbst skeptisch war. »Cathy hätte die Strecke in einer Stunde schaffen können, vielleicht ein bisschen mehr. Also könnte sie gegen halb drei vom Granada Boulevard losgefahren und um Viertel vor vier beim Haus ihrer Eltern angekommen sein. Und nachdem sie die Waffe und die Handschuhe vergraben hatte, könnte sie gegen Viertel nach vier vom Pine Tree Drive aufgebrochen und um halb sechs wieder am Haus ihrer Tante gewesen sein.«

Ob sich denn jemand gemeldet habe, fragte Grace, der an dem besagten Morgen eine blonde Vierzehnjährige diese Strecke habe fahren sehen? Das wohl nicht, erwiderte Sam, aber das hieße nur, dass um diese Zeit niemand unterwegs gewesen sei. Grace fragte, ob es körperliche Hinweise darauf gebe, dass Cathy an jenem Morgen eine solch lange und anstrengende Fahrradfahrt gemacht habe.

»Cathy ist sehr sportlich«, rief Sam ihr ins Gedächtnis. »Wir haben doch beide die Leichtathletik-Pokale in ihrem Zimmer gesehen. Und außerdem, wenn sie um halb sechs zurück war, hat sie bis zum Anruf genügend Zeit gehabt, zu duschen und sich zu erholen.«

Schon zuvor hatte Cathy einen verwirrten und ängstlichen Eindruck auf Grace gemacht; nun aber wirkte sie völlig verloren. Bei ihrer Ankunft warf das Mädchen sich weinend in Grace' Arme. Zwar bemerkte Grace keinerlei Anzeichen für Hysterie, aber inzwischen war ihr klar geworden, dass Cathy Broderick Robbins schlicht und einfach nicht der Typ war, der hysterisch wurde. Wenn Grace ehrlich zu sich selbst war, musste sie sich eingestehen, dass sie nicht einmal annähernd wusste, was eigentlich in dem Mädchen vorging, ganz zu schweigen, wie Cathy das alles durchstand. Meist hielt man sie von den anderen Insassen getrennt, und nachts wurde sie in eine Einzelzelle gesperrt.

»Bringen Sie mich nach Hause«, sagte Cathy in dem kleinen Sicherheitsraum, den man ihnen für Grace' Besuch zugewiesen hatte. Dann aber fiel ihr ein, dass sie kein Zuhause mehr hatte, und sie sprach nicht mehr davon. Es kam Grace so vor, als hätte ihre Patientin einen Hieb auf den Solarplexus bekommen. Sobald Cathy klar wurde, dass Grace im Moment nichts anderes für sie tun konnte, als sie zu trösten und ihr zu versprechen, alles Erdenkliche zu unternehmen, zog das Mädchen sich zurück – körperlich wie emotional.

»Es ist genauso wie mit den Goldfischen«, sagte sie leise, aber verbittert. »Damals hat mir auch niemand geglaubt.«

Darüber hinaus war Cathy kein einziges Wort mehr zu entlocken.

Anschließend fuhr Grace zum Miami General Hospital, um sich nach Davids Zustand zu erkundigen. Er lag nicht mehr auf der Intensivstation und war wieder bei Bewusstsein, hatte jedoch hohes Fieber und redete wirr. In seinem Zimmer traf sie weder Sam noch den jungen Saul an, nur Judy Becket saß am Bett ihres Mannes.

Kaum hatte Grace das Zimmer betreten, sprang Judy auf.

»Dr. Lucca.« Judys kleiner, schön geschwungener Mund zeigte nicht das leiseste Lächeln. Sie hatte dunkle Ringe unter den Augen, und die schlecht sitzende Bluse verriet, dass sie einen plötzlichen, ungesunden Gewichtsverlust erlitten hatte, wie er häufig bei einem Schock und anhaltender Angst auftritt.

»Wie geht es ihm?«, fragte Grace.

»Was wollen Sie?« Judy Becket stellte sich vor das Krankenbett, sodass Grace zur Seite hätte treten müssen, um das Gesicht David Beckets sehen zu können. Aber sie hörte, dass er schwer atmete.

»Ich möchte Dr. Becket besuchen«, sagte sie. »Ich dachte, dass ich mich vielleicht eine Weile zu ihm setzen könnte, wenn Sie nichts dagegen haben.«

»Ich habe was dagegen.«

»Ich weiß, dass er Ruhe braucht.« Judys Feindseligkeit brachte Grace beinahe aus der Fassung. »Ich verspreche Ihnen, dass ich einfach nur dasitze, sonst nichts.«

Judy Becket schwieg. Stumm deutete sie mit dem Arm zur Tür, sodass Grace keine andere Wahl blieb, als das Zimmer zu verlassen. Judy ging mit ihr und schloss leise die Tür hinter sich.

»Natürlich sind Sie sehr daran interessiert, dass mein Mann sich wieder erholt,« sagte sie, »das ist mir vollkommen klar. Er soll dieses schreckliche Kind entlasten, das Ihnen so am Herzen liegt.« Judys Augen blitzten vor Zorn. »Aber vielleicht hoffen Sie ja auch, dass mein Mann nicht mehr gesund wird, weil er der Polizei bestätigen könnte, dass dieses Mädchen ihn niedergestochen hat.«

»Sie irren sich.« Der Angriff überraschte Grace. »Und bestimmt wissen Sie auch, dass nichts mir ferner liegt.« Es widerstrebte ihr, heftig zu werden, denn sie konnte den Zorn der Frau weiß Gott verstehen.

»Nein, das weiß ich nicht, Dr. Lucca.« Judys Stimme bebte

ein wenig, und sie musste die Lippen zusammenpressen, bevor sie weitersprechen konnte. »Ehrlich gesagt, weiß ich nicht mehr, was ich glauben soll. Nur eins weiß ich. Ich möchte, dass Sie auf der Stelle verschwinden.«

»Dann gehe ich selbstverständlich«, erwiderte Grace. »Aber ich hoffe, Sie glauben mir, wenn ich Ihnen sage, dass mein Kommen nichts mit Cathy Robbins zu tun hat, rein gar nichts. Ich kenne Ihren Mann schon sehr lange, Mrs. Becket. Ich bewundere ihn sehr und habe großen Respekt vor ihm.«

»Wenn Sie auch nur ein bisschen Respekt für *mich* haben«, entgegnete Judy, »dann gehen Sie jetzt bitte.«

Grace machte sich eilig davon. Ihre Wangen und Augen brannten, und sie fühlte sich wie geprügelt. Als sie am anderen Ende des Flurs eine große, dunkle Gestalt um die Ecke biegen sah, dachte sie im ersten Augenblick, es sei Sam. Beinahe hoffte sie es, weil sie sich nichts so sehr wünschte, wie mit ihm zu sprechen und sich zu vergewissern, dass er nicht so dachte wie seine Mutter. Aber dann war Grace doch erleichtert, als sich herausstellte, dass sie sich getäuscht hatte. Wer weiß, vielleicht war Sam inzwischen ebenfalls wütend auf sie, weil sie auch jetzt noch jenem Mädchen half, das im Verdacht stand, Sams Vater niedergestochen zu haben.

Jerry Wagner, der Mann im dunklen Anzug, der bei dem Begräbnis von Arthur und Marie Robbins neben Cathy gestanden hatte, war tatsächlich der Verteidiger, den Frances Dean vor ihrem Tod bestellt hatte. Die Frage, ob er diese Rolle auch weiterhin übernehmen würde, gestaltete sich in vielerlei Hinsicht als schwierig. Erstens war Wagner theoretisch Frances Deans Anwalt, also der Anwalt eines der angeblichen Opfer Cathys. Er selbst sah darin allerdings keinen Interessenkonflikt, denn als Anwalt in einer Strafsache hatte er nie direkt mit der verstorbenen Mrs. Dean persönlich zu tun gehabt, er war lediglich von Michael Doughty empfohlen worden, Frances Deans persönlichem Anwalt und seinem Partner in der Kanzlei. Zweitens, und das fiel für Jerry Wagner viel stärker ins Gewicht, ging es um sein Honorar. Von Cathys

Tante hatte er einen Vorschuss bekommen, doch wenn dieser aufgebraucht war – was bei einem solch großen Fall rasch eintreten würde –, stand möglicherweise kein weiteres Geld mehr zur Verfügung, Wagner zu bezahlen. Es war noch nicht geklärt, ob Frances ein Testament zugunsten ihrer Nichte gemacht hatte, und selbst wenn, würde es dem Mädchen kaum etwas nützen. Genauso wenig wie die Tatsache, dass Cathy das Vermögen ihrer Mutter erbte. Denn falls das Mädchen schuldig gesprochen wurde, ihre Mutter und ihre Tante umgebracht zu haben, würde das Gericht schwerlich zulassen, dass sie von deren vorzeitigem Tod profitierte.

Natürlich hatte Jerry Wagner wie jeder Anwalt Sinn für Geld, doch gute Publicity wusste er ebenso zu schätzen, und der Fall Cathy Robbins würde zweifellos immenses öffentliches Aufsehen erregen. An den Tagen nach der Inhaftierung des Mädchens hatte es bereits mehr als genug Schlagzeilen gegeben: ALBTRAUM IM MILLIONÄRSVIERTEL ... RESTAURANT-ERBIN SCHLITZT MUTTER, VATER UND TANTE AUF ... JUGENDLICHES MONSTER IN MIAMI BEACH. Bei einer solchen Aufmerksamkeit der Medien konnte eine Anwaltskanzlei nur gewinnen. Der Fall war Jerry Wagner in den Schoß gefallen, und er hatte nicht die Absicht, ihn jemand anderem zu überlassen.

Fünf Tage nach Cathys Vernehmung zur Anklage hatte Grace Lucca einen Termin in Wagners Kanzlei, einer dunklen, holzvertäfelten Machtzentrale in einem schlanken Wolkenkratzer in der Brickell Avenue. Der Anwalt saß hinter einem riesigen, blank polierten und makellos aufgeräumten Schreibtisch. Überhaupt war der ganze Raum eine Festung des guten Geschmacks. Doch schon bei ihrem Eintreten, als man sie aufforderte, in einem bequemen Ledersessel Platz zu nehmen, und ihr eine Tasse hervorragenden Kaffee anbot, verspürte Grace den seltsamen Wunsch, dies wäre eine schäbige, chaotische, vielleicht sogar hektische Kanzlei, wo man etwas von der Leidenschaft und dem glühenden Eifer spürte, den Cathy brauchen würde.

»Nun, Dr. Lucca, ich nehme an, dass Sie uns helfen wollen.« Wagner war freundlich, aber distanziert.

»Wo immer es mir möglich ist«, erwiderte Grace.

»Sie sind sich natürlich darüber im Klaren, dass man wahrscheinlich einen Psychologen als Prozessvertreter benennen wird«, sagte Wagner. »Da Cathys Tante tot ist, untersteht das Mädchen nun der Obhut des Staates, sodass dieser sich in nächster Zeit um Cathys Wohlergehen kümmern wird.«

»Das ist mir klar. Ich hoffe aber, dass ich auch weiterhin mit ihr arbeiten darf, da Cathy und ich mittlerweile eine recht gute Beziehung aufgebaut haben. Ich glaube, Cathy vertraut mir, Mr. Wagner, und das beruht auf Gegenseitigkeit.« Nach kurzer Pause fuhr sie fort: »Deshalb hoffe ich, dass Sie an mich denken, wenn Sie einen psychologischen Experten suchen, der zugunsten Cathys aussagt.«

»Ich weiß Ihr Angebot zu schätzen, Dr. Lucca«, meinte Wagner, »und zu gegebener Zeit werden wir sicher gern Ihre Hilfe in Anspruch nehmen, aber so weit ist es längst noch nicht. Der Fall ist noch nicht vor der Anklage-Jury gewesen. Wenn tatsächlich Anklage erhoben wird und wir uns auf ein Verfahren vorbereiten müssen, werden beide Seiten mindestens zwei Gerichtspsychologen bestellen, die Cathy beurteilen.«

»Ich habe bereits als Gerichtspsychologin gearbeitet«, erklärte Grace, »sowohl für die Verteidigung als auch für die Staatsanwaltschaft.«

»Aber soviel ich weiß, noch nicht in einem Mordfall.« Wagner blickte sie prüfend an.

»Das stimmt«, gab sie zu.

Wagner beugte sich ein wenig vor, als spräche er im Vertrauen zu ihr. »Nur interessehalber – welche Aussage glauben Sie zugunsten von Miss Robbins machen zu können?«

Es fiel Grace nicht schwer, die Frage zu beantworten. »Ich würde dem Gericht erklären, dass ich Cathy weder für eine Mörderin noch für psychisch unausgeglichen, geschweige denn für eine Psychotikerin halte.«

Wagner schob nachdenklich seine schön manikürten Fingerspitzen unters Kinn. »Und worauf genau würden Sie Ihre Meinung stützen?«

»Auf meine Treffen mit Cathy, bevor sie inhaftiert wurde«, antwortete Grace bestimmt. »Und auf die Sitzungen, die hoffentlich noch bevorstehen.«

Der Anwalt lehnte sich wieder zurück. »So wie die Dinge im Augenblick liegen, muss ich Ihnen leider sagen, dass das nicht annähernd reicht, um Cathy von diesen Vorwürfen zu entlasten, Dr. Lucca. Ich müsste lügen, würde ich Sie nicht darüber aufklären, dass es für Cathy ziemlich schlecht aussieht.«

Grace wurde ungeduldig. »Cathy bekennt sich nicht schuldig, stimmt's?«

»Das stimmt.«

»Und glauben Sie auch, dass sie unschuldig ist, Mr. Wagner?«

»Meine Mandantin hat mir erklärt, sie habe die Verbrechen nicht begangen.«

Grace ließ nicht locker. »Glauben Sie ihr?«

»Ich bin Cathys Verteidiger, Dr. Lucca.« Wagner blieb gelassen. »Ich habe die eidliche Pflicht, das Mädchen zu verteidigen, und ich versichere Ihnen, dass ich alles Erdenkliche unternehmen und alle mir zur Verfügung stehenden Mittel einsetzen werde, um genau das zu tun.«

»Dann werden Sie meine Aussage nicht zurückweisen?«

»Ich werde gar nichts zurückweisen, Dr. Lucca. Aber zum jetzigen Zeitpunkt bleibt uns nichts anderes übrig, als erst einmal unsere Möglichkeiten auszuloten. Wie ich schon sagte, der Fall ist noch nicht vor der Anklage-Jury gewesen.«

»Aber nehmen wir einmal das Schlimmste an.« Grace wollte sich nicht geschlagen geben, zumal sie nicht wusste, wann sie – wenn überhaupt – den Anwalt wieder sehen würde. »Wenn Cathy angeklagt wird …«

»Wenn das Schlimmste eintritt«, Wagner nahm Grace' Gedanken auf, »und wir keine stichhaltigen Beweise für die Unschuld meiner Mandantin finden, ist es durchaus vorstellbar, dass wir uns gezwungen sehen, auf Unzurechnungsfähigkeit zu plädieren.«

Grace war entsetzt. »Aber Cathy ist nicht geisteskrank.«

»Was möglicherweise gar nicht so gut ist, wie Sie meinen, Dr. Lucca«, erwiderte Wagner. »Denn falls wir keine Möglichkeit finden, Cathys Unschuld zu beweisen – und Sie dürfen mir glauben, jeder in meinem Team wird sein Bestes geben, dieses Ziel zu erreichen –, wenn wir Cathys Unschuld also nicht beweisen können, ist ein Antrag auf Unzurechnungsfähigkeit die vermutlich einzige Möglichkeit, sie vor dem Gefängnis zu bewahren.«

Grace bereitete gerade ein Omelette für das Abendessen zu, als Hayman anrief.

»Ich habe es schon gehört«, sagte er. »Wie kommen Sie damit zurecht?«

»Ich bin ja nicht diejenige, die im Knast sitzt.«

»Ich brauche wohl nicht zu fragen, wie es Cathy geht.«

»Wie nicht anders zu erwarten.« Grace hielt kurz inne, ehe sie weitersprach. »Ich hoffe, von den Behörden die Erlaubnis zu bekommen, dass ich mich auch weiterhin mit Cathy treffen darf.«

»Beruflich, meinen Sie?«

»Am liebsten, ja, obwohl ich mich auch mit ganz normalen Besuchen zufrieden gebe, wenn es sein muss.«

»Sie hören sich nicht gerade hoffnungsvoll an«, bemerkte Hayman.

»Das bin ich auch nicht.« Grace schob den Hörer des schnurlosen Telefons zwischen Kinn und rechte Schulter, um das Omelette wenden zu können. »Peter, anscheinend habe ich dem Mädchen bisher noch kein bisschen geholfen, und jetzt steckt sie in den Fängen der Bürokratie. Ich weiß wirklich nicht mehr, wie ich weitermachen soll.«

»Begegnet uns so etwas in unserem Beruf nicht ständig?«, erwiderte Hayman. »Haben wir nicht oft über lange Strecken das Gefühl, nichts zu erreichen? Würden wir nicht öfter gern etwas Positiveres sehen, als tatsächlich der Fall ist?«

»Aber normalerweise sitzen meine Patienten auch nicht in einem Jugendgefängnis und werden dreier Morde beschuldigt.« Grace beugte sich nach unten, um einen vorgewärmten Teller aus dem Herd zu nehmen, und ließ das Omelette daraufgleiten. Wie durch Zauberhand tauchte Harry, der Futtermagnet, neben ihr auf. Das war genau das Omelette, das er liebte, eins mit Prosciutto-Scheiben.

»Denken Sie immer noch darüber nach, ob der Vater vielleicht eine Rolle spielen könnte?«, fragte Hayman.

»Diese Möglichkeit habe ich nie ad acta gelegt«, erwiderte Grace. »Aber ich habe nicht mehr Gründe dafür als bei unserem letzten Gespräch.«

»Arme Grace«, meinte Hayman.

»Arme Cathy.«

Bevor sie auflegte, bot Hayman ihr seine Hilfe an, auch wenn diese vielleicht nicht sehr groß sei. Wann immer sie eine neue Theorie habe, deren Schlüssigkeit sie im Gespräch mit ihm prüfen wolle – oder auch, wenn sie einfach etwas loswerden müsse –, werde er versuchen, Zeit für sie zu finden. Und, so fügte er noch hinzu, wenn Grace ein paar Tage Urlaub nehmen könne, solle sie nicht vergessen, dass sein Segelboot bereitliege und vor Key Largo auf sie warte.

»Bestimmt wissen Sie, dass man sich nirgendwo besser entspannen kann als draußen auf dem Meer.«

Es war das beste Angebot, das Grace seit langem bekommen hatte.

Am späten Dienstagnachmittag um zehn nach sechs tauchte Sam auf. Bis zu dem Augenblick, als Grace die Eingangstür öffnete und die große, kräftige Gestalt und das scharf geschnittene, mokkafarbene Gesicht mit den warmen, müden Augen wieder sah, hatte sie nicht begriffen – oder nicht begreifen wollen –, wie sehr dieser Mann sie überwältigte.

»Hallo«, sagte Sam, als er groß und wuchtig in der Tür stand.

»Hallo.«

»Darf ich reinkommen?«

»Ja, sicher.«

Grace trat zurück und ließ Sam ein. Er trug Jeans, ein weißes T-Shirt, eine Sportjacke und Turnschuhe, und sein After-Shave besaß einen leichten, angenehmen Geruch nach Wald. Grace schloss gerade die Tür, als Harry schwanzwedelnd vom oberen Stock in den Flur heruntergeflitzt kam. Sam beugte sich zu ihm hinunter.

»Wir freuen uns beide, dich zu sehen, Sam«, sagte Grace. »Wie geht es deinem Vater?«

Sam fuhr Harry mit den Fingern durch das krause weiße Fell, genau so, wie der Hund es liebte. »Die Ärzte hoffen, das Fieber in den Griff zu kriegen, aber bevor Dad nicht richtig zu sich kommt, spricht und gehen kann, will niemand eine Prognose abgeben.«

»Ich habe ihn besucht.« Grace war nicht sicher, ob sie das hätte sagen sollen.

»Ich weiß.« Sam richtete sich wieder auf. »Es tut mir Leid, was Ma zu dir gesagt hat.«

»Ich kann sie verstehen.«

»Ich weniger.«

»Sie glaubt, dass Cathy schuldig ist und ich trotzdem zu ihr halte. Ich kann es ihr nicht zum Vorwurf machen, dass sie deshalb verbittert ist.«

»Ich habe die Blumen gesehen, die du geschickt hast«, sagte Sam. »Sie sind sehr schön.«

Grace schaute ihn an. »Kannst du zum Abendessen bleiben?«

»Bist du denn sicher, dass du das willst?«

»Ganz sicher.«

Sie blieben eine Zeit lang in der Küche stehen, während Grace Harry fütterte. Dann wärmte sie eine Packung Fertigkartoffeln in der Mikrowelle auf, machte einen Salat an, briet zwei Steaks und toastete Weißbrot. Hungrig verspeisten sie die Mahlzeit – Sam hatte offenbar immer Hunger – und plauderten ein wenig über Belanglosigkeiten. Grace war dankbar für den Aufschub, bevor sie zu dem Thema kamen, das sie beide beschäftigte.

Grace machte den Anfang. Schließlich war es höchste Zeit, Sam zu erzählen, was sein Vater ihr zwei Tage vor dem Mordanschlag in seiner Praxis berichtet hatte. Sam lauschte aufmerksam und unterbrach sie nicht, bis sie sämtliche Untaten John Brodericks aufgezählt hatte.

»Du wolltest mir das alles schon am Samstagmorgen sagen, nicht wahr?«

»Ja. Aber du warst nicht in der Stimmung, mir zuzuhören.«

»Nein, wohl nicht.« Sam hielt inne. »Am Sonntag war der Todestag meines Sohnes. Das soll keine Entschuldigung sein, aber ich bin immer ein bisschen daneben, wenn dieser Tag näher kommt.«

»O Gott, das wusste ich nicht«, erwiderte Grace leise. »Tut mir Leid, Sam.«

Er zuckte die Achseln. »Es ist vorbei.«

»Und jetzt musst du dir um deinen Vater Sorgen machen.«

»Ja. Aber ich hätte dir trotzdem zuhören sollen.«

»Begreifst du jetzt, warum ich wissen wollte, ob du Erkundigungen über Brodericks Tod eingeholt hast? Warum es mich beunruhigt, dass man nie seine Leiche gefunden hat?«

»Wir wissen nicht, ob die Leiche nie gefunden wurde«, beharrte Sam. »Vielleicht wurde sie irgendwo an Land gespült und unter einem anderen Namen begraben. Vielleicht sogar in einem anderen Staat.«

»Aber vergleicht man heutzutage die Leichenfunde nicht per Computer mit den vermissten Personen?«

»Da kommen immer wieder Fehler vor. Manchmal landet eben jemand im falschen Grab.« Sam blickte sie durchdringend an. »Es gibt natürlich auch vorgetäuschte Selbstmorde, Grace, da hast du ganz Recht. Aber meistens haben sie einen handfesten Grund – in der Regel finanzieller Art. Ich habe mich ziemlich eingehend mit Brodericks Tod befasst. Er hat einen Abschiedsbrief hinterlassen. Deshalb stand für Marie oder sonst jemanden auch gar nicht zur Debatte, die Lebensversicherung in Anspruch zu nehmen. Außerdem hatte er fast alles seiner Mutter in Fort Lauderdale hinterlassen …«

»Lebt sie noch?«

»Sie ist vor drei Jahren gestorben.«

»Kommt es dir nicht seltsam vor, dass er alles seiner Mutter vererbt, seiner fünfjährigen Tochter aber das Chirurgenbesteck hinterlassen hat?«

»Nicht gerade ein reizendes Andenken«, pflichtete Sam ihr bei.

Grace' Gedanken arbeiteten weiter. »Vorgetäuschte Selbstmorde haben nicht immer mit Geld zu tun, oder? Es wurde eine Untersuchung gegen Broderick eingeleitet. Er hätte eine Menge Schwierigkeiten gekriegt, hätte seine Stelle verloren, wäre vielleicht sogar in den Knast gekommen.«

»Dann denkst du also an Flucht«, meinte Sam.

»Warum nicht? Wenn er es nicht darauf ankommen lassen wollte.«

»Für mich hört sich das eher nach dem Motiv für einen Selbstmord an.«

»Vielleicht. Vielleicht aber auch nicht.«

Sam wartete, bis Grace den Kaffee einschenkte, bevor er selbst seine Bombe zum Platzen brachte. Er wolle lieber in der Küche bleiben, als hinaus auf den Steg zu gehen, meinte er. Er habe nämlich etwas, das Grace sich ansehen sollte.

»Wir haben Cathys Tagebuch gefunden. Es war im Computer gespeichert.«

Grace verspürte ein kurzes Ziehen im Magen.

»Sie hat ein Notebook, das sie zu ihrer Tante mitgenommen hatte. Ihr Tagebuch hat ein Passwort, aber unsere Jungs haben es geknackt.«

Grace hatte gerade die Kaffeetasse in die Hand genommen, setzte sie nun aber wieder ab.

»Das Passwort lautet H-A-S-S«, sagte Sam.

»Oh, Scheiße.«

»Ja«, pflichtete Sam ihr bei.

»Und?« Grace blickte ihn an. »Gehe ich recht in der Annahme, dass dieses Tagebuch ein weiteres Geschenk für den Staatsanwalt ist?« Sie klang verbittert.

»Volltreffer.«

»Weiter.«

»Willst du es wirklich wissen?«

Plötzlich kam Grace ein Gedanke. »Sag mal, darfst du mir das alles überhaupt erzählen?«

»Wahrscheinlich nicht«, meinte Sam. »Und wenn du nicht willst, erzähle ich es auch nicht.«

»Doch.«

Sam holte ein paar zusammengefaltete Ausdrucke aus der Innentasche seiner Jacke, die über dem Stuhl hing, und glättete sie auf Grace' Küchentisch. Es gab drei Eintragungen in Cathys Tagebuch, die von Bedeutung waren.

Die erste, eingegeben am letzten Tag des März, also zwei Tage vor dem Mord an Marie und Arnold Robbins, lautete:

WENN ICH IHRE GESICHTER SEHE, WIE SIE LÄCHELN,
UND AN IHREN VERRAT DENKE, ÜBERKOMMT MICH
UNAUSSPRECHLICHER HASS.
ICH GLAUBE, ICH KANN NICHT LÄNGER WARTEN.

Die zweite Eintragung stammte vom 9. April, ein Tag nachdem Beatrice Flager erstochen worden war:

> Das hätte sie mir nicht antun dürfen.
> Sie hätte sich besser um ihre eigenen Angelegenheiten gekümmert.
> Aber sie war eben ein Miststück.

»Es gibt noch einen Eintrag«, sagte Sam. »Den letzten in ihrem Tagebuch.« Grace schwirrte der Kopf. Sie traute ihrer Stimme nicht mehr. Sam legte ein drittes Blatt auf die anderen.

> Ich glaube, ich platze. Niemand glaubt mir.
> Nie glaubt mir jemand.
> Jetzt weiss ich, dass ich ganz allein bin.
> Aber vielleicht war ich das immer schon.

»Das ist vom 18. April.« Damit bestätigte Sam Grace' schlimmste Befürchtungen.

»Und danach kommt nichts mehr?« Sie sprach sehr leise, und ihre Stimme zitterte ein wenig.

»*Nada*.«

»Wahrscheinlich hatte sie keine Gelegenheit mehr.«

»Das glaube ich auch.«

Grace brauchte eine Weile. Sie fühlte sich elend. Dann kam ihr ein neuer Gedanke. »Kein Eintrag, der sich auf Ihren Vater bezieht?«

Sam schüttelte den Kopf.

»Ist das nicht merkwürdig?«

»Vielleicht. Aber das Ganze ist sowieso ziemlich abwegig.«

»Weshalb?«

»Es ist ganz schön direkt, oder?«

»Cathy ist vierzehn Jahre alt, Sam. Da kannst du nicht erwarten, dass sie ihre Gedanken verschlüsselt.«

»Ich weiß nicht.« Er wirkte irritiert. »Aber wenn Cathy des Mordes an Beatrice Flager angeklagt wird, was jeden Augenblick geschehen kann, werden Polizei und Staatsanwalt vor der Anklage-Jury argumentieren, dass Cathy immerhin klug genug war – oder gerissen genug –, mitten in der Nacht aufzustehen, ohne dass ihre Tante etwas gemerkt hat, nach Coconut Grove zu fahren, der schlafenden Beatrice Flager den Hals zu durchstechen und vielleicht in der Praxis meines Vaters mehr oder weniger dasselbe zu tun …« Er schüttelte den Kopf.

»Worauf willst du hinaus, Sam?«

»Worauf ich hinaus will …« Er rieb sich den Kopf. »Wenn sie das alles konnte, weshalb war sie dann so dumm, alle möglichen Bekenntnisse in ein Tagebuch zu schreiben, das jeder lesen kann?«

»Die Eintragungen waren mit einem Passwort geschützt«, warf Grace ein.

»Sie dürfte gewusst haben, dass das nichts zu bedeuten hat, wenn ein Experte ihren Computer in die Finger kriegt. Das weiß heute jedes Kind.«

»Hast du Cathy nach dem Tagebuch gefragt?« Grace fiel ein, dass das Mädchen ihr von sich aus vom Computertagebuch erzählt und ihr auch gesagt hatte, dass sie ein Notebook mit zu ihrer Tante genommen habe.

»Sie gibt zu, ein Tagebuch zu führen, leugnet aber, diese Eintragungen geschrieben zu haben. Sie streitet auch ab, dass sie dieses Passwort verwendet hat.« Sam zuckte die Achseln. »Im Kommissariat sind fast alle der Meinung, dass das von keinerlei Bedeutung ist.« (*»Pferdescheiße«* hatte Al Martinez dazu gesagt, und sowohl Sergeant Kovac als auch Hernandez hatten ihm zugestimmt.)

»Gehe ich recht in der Annahme, dass wenigstens du anderer Meinung bist?«, fragte Grace in einem plötzlichen Anflug von Hoffnung. »Ich meine, welche Möglichkeiten gibt es? Könnte es sein, dass Cathy diese Eintragungen nicht selbst geschrieben hat?«

»Wenn sie nicht von Cathy stammen, muss sie wohl jemand anderes geschrieben haben.«

»Aber versieht der Computer nicht automatisch alle Einträge mit Datum?«

»Ja, das stimmt«, erwiderte Sam. »Wir haben Cathys Notebook in ihrem Schlafzimmer im Haus der Tante gefunden.« Er ahnte ihre Frage. »Das bedeutet, dass dieser Jemand mit ziemlicher Sicherheit zu der Zeit im Haus war, als der letzte Eintrag geschrieben wurde.«

»Kann es nicht auch per Modem übertragen worden sein?«, fragte Grace.

»Ich bin kein Fachmann, aber unsere Jungs haben es verneint, als ich die Möglichkeit erwähnte.«

Grace war sich nicht ganz klar, was ihre Gefühle betraf, und wusste nicht, ob Sams Zweifel Anlass zu Optimismus waren. »Noch eine Tasse Kaffee?«, fragte sie.

»Ja, gern.«

Sie stand auf und ging zur Anrichte, um ihnen beiden nachzuschenken. Dabei ließ sie sich Zeit, bewegte sich langsam und versuchte, Sams Gedanken zu folgen.

»Was willst du mit alledem eigentlich sagen, Sam?«

»Ich weiß es nicht.«

»Doch.« Sie kam mit den Kaffeetassen zurück, bückte sich, um Harry kurz am Hals zu kraulen, und setzte sich wieder. »Wahrscheinlich willst du sagen, du glaubst nach wie vor an Cathys Unschuld.«

Sam blickte immer noch zutiefst verstört. Er seufzte. »Vergiss nicht, dass dies meine persönliche Meinung ist, nicht die meiner Kollegen und erst recht nicht die des Staatsanwalts.«

»Ich vergesse es nicht.«

»Das bleibt strikt unter uns, ja?«

»Natürlich.«

»Also gut, ich habe immer noch meine Zweifel.« Grace' Augen strahlten. »Aber das ist noch kein Grund, sich große Hoffnungen zu machen. Du hattest Recht, die Tagebucheintragungen als weiteres Geschenk für den Staatsanwalt zu bezeichnen. Genau das sind sie.«

Grace nickte und gab ein wenig fettarme Milch in ihren Kaffee. Es fiel ihr zwar schwer, die Fassung zu wahren, doch es gelang ihr. »Gibt es sonst noch was Neues?«

»Vertraulich?«

»Vorerst auf jeden Fall.«

»Was meinst du damit, Grace?«

Sie hielt seinem Blick stand. »Dass ich nichts von dem weitersage, was du mir erzählst, ohne es vorher mit dir abzusprechen.«

»Gut.« Sam rührte Zucker in seinen schwarzen Kaffee. »Ich hätte es nicht für wert gehalten, darüber zu sprechen, wenn du mir nicht erzählt hättest, was mein Dad im Lafayette Hospital herausbekommen hat.«

Grace spürte ein Prickeln im Rücken.

»Den Berichten über die toxikologischen Untersuchungen zufolge«, begann Sam, »hatten außer meinem Vater sämtliche Opfer Beruhigungsmittel oder Sedativa im Körper. Wir vermuten, dass deshalb bei keinem der Opfer Anzeichen eines Kampfes festzustellen waren. Offenbar hat keines der Opfer sich gewehrt. Der Staatsanwalt hält das allerdings nicht für relevant, da die Medikamente verschrieben waren und in Florida ein hoher Prozentsatz der Erwachsenen täglich solche Präparate nimmt. Dass man bei den Opfern die Medikamente nachgewiesen hat, sei deshalb reiner Zufall und spiele für den Fall Cathy Robbins keine Rolle.«

»Und du?«, fragte Grace. »Was denkst du?«

»Auf den ersten Blick könnte er Recht haben.«

»Aber jetzt, wo du weißt, dass John Broderick seiner Frau und seiner kleinen Tochter ohne ihr Wissen Medikamente verabreicht hat«, Grace konnte sich nicht mehr beherrschen, »kommen dir Zweifel.«

»Freu dich nicht zu früh, Grace.« Sam schenkte ihr ein kurzes, aber strahlendes Lächeln. »Ich bin mir selbst nicht sicher, was diesen Fall betrifft. Vor etwa einer Woche hat Al Martinez angedeutet, ich ließe mich durch Cathys scheinbare Verletzlichkeit beeinflussen. Vielleicht hat er Recht.«

»Ich weiß, wie du dich fühlst«, sagte Grace ruhig. »Ich stelle mir diese Frage auch oft.«

»Und Broderick ins Spiel zu bringen ist vollkommen verrückt, das weißt du hoffentlich auch, oder?« Sam schüttelte den Kopf. »Ich habe keinen Hinweis darauf gefunden, dass er *nicht* vor neun Jahren ertrunken ist.«

»Aber du hast es überprüft.« Das Wissen darum wärmte Grace das Herz. »Und dabei hast du damals noch gar nichts von den Medikamenten gewusst ... oder dass im Lafayette eine Untersuchung eingeleitet worden ist. Trotzdem hast du an Brodericks Tod gezweifelt.«

»Ich mag keine ungelösten Fragen«, erwiderte Sam schlicht. »Mir gefiel einfach nicht, dass es keine Leiche gab.« Er schwieg für einen Moment. »Und jetzt gefällt es mir noch weniger.«

Während beide auf den Steg hinausgingen, überschüttete Grace ihn mit den wildesten Spekulationen. Zuerst sprach sie die Sache mit dem Haschisch und den Goldfischen an, die zwar über ein Jahr zurücklag, Cathy angesichts der unendlich schwerer wiegenden Vorwürfe aber jetzt noch zu schaffen machte. Würde Broderick noch leben, so Grace' Gedankengang, lag es durchaus im Bereich des Möglichen, dass er mit seinen Kenntnissen Mittel und Wege gefunden hatte, seiner Tochter Rauschgift zuzuführen, die Fische zu köpfen und dann Arnolds und Maries Entsetzen zu genießen.

»Arzt begeht Hausfriedensbruch«, meinte Sam skeptisch.

»Er hatte ja bereits Menschen manipuliert«, rief Grace ihm ins Gedächtnis. »Und er war schlau. Ich glaube nicht, dass er eingebrochen ist. Ich könnte mir vorstellen, dass er sich einen Schlüssel vom Haus besorgt hat und in der Nacht durch die Eingangstür eingedrungen ist.« Sie war auf Hochtouren. »Und wenn er die Schlüssel besaß, konnte er auch am zweiten April ins Haus.«

»Und Marie und Arnold betäuben und umbringen?«

»Ihn kann ich mir jedenfalls eher als Mörder vorstellen als Cathy.« Grace erhob sich und ging in der Küche auf und ab. Harry, der friedlich dagelegen hatte, hob den Kopf und folgte ihr mit Blicken. »Er könnte das Fenster von innen aufgebrochen und eine Eintragung in Cathys Tagebuch gemacht haben.«

»Warum?«

Grace blieb stehen und schaute ihn an. »Warum was?«

»Warum hätte er die Robbins' umbringen sollen?«

»Wer weiß. Rache, zumindest an Marie, weil sie ihn verraten hat, nachdem er sie verlassen hatte. Und vielleicht auch an Arnold, weil der seinen Platz eingenommen hat. Wir wissen, dass Broderick krankhaft eifersüchtig war. Frances hat gesagt, er sei sogar schon vor Cathys Geburt eifersüchtig auf das Kind gewesen.«

»Eifersucht ist eine Sache«, meinte Sam. »Diese irrwitzige Grausamkeit jedoch ist etwas anderes.« Er blickte Grace an, suchte eine Antwort. »Warum sollte ein Mann seine eigene Tochter auf so brutale Weise bestrafen wollen?«

»Ich weiß es nicht, Sam«, erwiderte Grace. »Aber vielleicht hatte er noch das Gefühl, sein Leben sei in Ordnung, bevor Marie schwanger wurde. Und dann ist ihm alles aus der Hand geglitten.«

»Und warum neun Jahre warten, um auf diese Weise Rache zu nehmen?«

»Gut Ding will Weile haben, heißt es doch, oder?«, meinte Grace. »Vielleicht hat ihm aber auch das Planen am meisten Spaß gemacht.«

»Da müsste einer aber wirklich ernsthaft krank sein, Grace«, warf Sam ein. »Vor allem müsste er noch *leben.*«

Sie ließ nicht locker. »Wenn Broderick es war, kann ich mir keinen Kränkeren vorstellen.« Grace setzte sich wieder neben Sam. »Ich bin zwar keine Spielerin, aber ich würde meine Stiefel darauf verwetten, dass er quietschlebendig ist.«

Sie schwiegen beide.

»Und was ist mit Beatrice Flager?«, fragte Sam nach einer Weile.

»Ich weiß nicht. Vielleicht dachte er, dass sie und ihre Aufzeichnungen eine Bedrohung darstellen, wenn Cathy oder gar Arnold ihr etwas von ihm und der Vergangenheit erzählt haben.«

»Du glaubst also, Broderick hat über all die Jahre jeden ihrer Schritte verfolgt?«, meinte Sam. »Cathy ist schließlich nur ein einziges Mal bei Beatrice Flager gewesen.«

»Aber gerade die Tatsache, dass Cathy diese Frau nicht mehr sehen wollte, passt doch gut ins Bild. Brodericks oberstes Ziel war – oder ist es –, dem Mädchen die Morde anzuhängen. Wenn sie mit ihrer Therapeutin nicht zurechtkam, sie sogar hasste, kommt man auch leicht auf die Idee, Cathy könnte sie ermordet haben.«

»Wenn Broderick sie seit neun Jahren beobachtet, wieso hat ihn dann niemand erkannt?«

»Ich nehme an, dass er sehr vorsichtig war, wenn er bei den Robbins' herumschlich«, erwiderte Grace. »Und du darfst nicht vergessen, dass er vor seinem Selbstmord in Tallahassee lebte. Er hatte also gute Chancen, nicht erkannt zu werden. Vielleicht hat er sein Aussehen verändert.«

»Du schaust dir zu viele Filme an, Grace.«

»Vielleicht«, gab sie zu. »Bei Frances Dean ist es allerdings komplizierter«, fuhr sie nachdenklich fort. »Sie hasste Broderick. Wahrscheinlich hat sie ihre Schwester sogar gegen ihn aufgehetzt. Und Cathy war wütend, weil ihre Tante ihr nicht vertraut hatte. Allerdings ist es unwahrscheinlich, dass Broderick das wusste.«

»Heißt das etwa, du kannst nicht erklären, wie er das Haus überwachte?«

Grace lächelte, wurde aber sofort wieder ernst. »Wenn wir davon ausgehen, dass es ein äußerst durchdachter Racheakt an Cathy war, dann war der Mord an Frances Dean die letzte Tat, die er ihr anhängen konnte.«

»Und wie passt mein Vater in dieses Bild?«

»Er hat versucht, Cathy zu helfen«, sagte Grace leise. »Möglicherweise hat das als Motiv schon ausgereicht.« Irgendetwas war plötzlich anders in Sams Gesichtsausdruck. »Was ist?«

»Hast du Cathy erzählt, was mein Vater über Broderick herausgefunden hat?«, fragte er.

»Nein, natürlich nicht.« Grace zögerte. »Aber Frances Dean.«

»War Cathy in der Nähe? Könnte sie es gehört haben?«

»Zum Teil hat sie es mitbekommen. Aber wie viel, weiß ich nicht.« *Wieder ein Punkt für den Staatsanwalt*, dachte Grace und verspürte einen Stich. Sie forschte in Sams Gesicht nach Zeichen der Wut oder zumindest neuer Skepsis, was ihre Spekulationen betraf. Aber nichts dergleichen. Er wirkte nur abwesend und noch erbitterter als zuvor.

»Woran denkst du, Sam?«, fragte sie.

»An nichts.«

»Das stimmt nicht.«

»Gut.« Er zögerte. »Ich habe darüber nachgedacht, was du gerade gesagt hast. Dass mein Vater überfallen wurde, weil er Cathy helfen wollte.«

»Das klingt doch plausibel, oder nicht?«

»So plausibel wie alles andere, wenn man bedenkt, dass wir von einem Toten reden.« Er hielt inne. »Aber mein Vater ist nicht der Einzige, der Cathy helfen will.«

Grace ahnte, worauf er hinauswollte. »Du meinst mich.«

»Das ist doch naheliegend.«

»Broderick wird mir nichts tun«, meinte sie zuversichtlich.

»Weil Cathy angeklagt ist?«

»Genau. Er hat erreicht, was er wollte. Wenn er jetzt mich oder sonst jemanden anrührt, ist die Anklage gegen Cathy nicht mehr stichhaltig.«

»Sofern er ...« Sam sprach nicht weiter.

»Was?«

»Es gibt Mörder, die süchtig sind«, sagte er ruhig. »Sie nehmen es sich nicht vor, sondern es geschieht einfach.«

»Aber Broderick hat alles fest im Griff«, meinte Grace voller Vertrauen. Sie hatte ein wenig über die Persönlichkeitsprofile gelesen, die man bei der Verfolgung von Serienmördern verwendete. Jedenfalls wusste Grace, dass man sie in »kontrollierte« und »unkontrollierte« Charaktere einteilte. »Wenn Broderick so lange daran gearbeitet hat, dass Cathy angeklagt wird, lehnt er sich bestimmt erst mal eine ganze Weile zufrieden zurück, wartet auf die Anklageschrift und hofft dann auf mehr.« Sie zögerte. »Glaubst du nicht auch?«

Sam blickte sie durchdringend an.

»Na?«, bohrte sie weiter.

»Soll ich ehrlich sein?«

»Natürlich.«

»Bis vor einer Minute habe ich mir – als Privatperson, nicht als Polizist – nichts mehr gewünscht, als dass du mit deiner Theorie über Broderick Recht hättest und Cathy unschuldig ist. Aber jetzt hoffe ich beinahe, dass du im Unrecht bist und dass John Broderick tatsächlich vor neun Jahren bei Pensacola ertrunken ist.«

Plötzlich fühlte Grace sich von widersprüchlichen Empfindungen hin und her gerissen. Einerseits wollte sie wütend werden, weil Sam vor ihren Theorien zurückschreckte. Am liebsten hätte sie laut herausgeschrien, dass es wohl nichts Wichtigeres gäbe, als die Unschuld einer Vierzehnjährigen zu beweisen. Andererseits hatte sie den Ausdruck in Sams Augen gesehen, als er die Möglichkeit in Betracht zog, dass sie, Grace, in Gefahr war. In gewisser Weise hatte es ihr Angst eingejagt, weil es sie zwang, über Risiken nachzudenken, die völlig neu für sie waren.

Aber vor allem, musste sie sich insgeheim eingestehen, ließ es sie schaudern.

Am Dienstagabend war Grace in Hochstimmung gewesen. Auch der Mittwoch begann noch vielversprechend, dann aber ging es rapide bergab.

Kurz nach neun Uhr rief Sam aus dem Miami General Hospital an. »Mein Vater hat seit gestern Abend kein Fieber mehr«, berichtete er. »Wie es aussieht, wird er sich wieder völlig erholen.«

»Das sind ja wundervolle Neuigkeiten, Sam.« Am liebsten hätte Grace gleich die Frage gestellt, die ihr auf dem Herzen lag. Doch sie beherrschte sich. Judy Beckets feindselige Haltung und ihr Misstrauen machten ihr immer noch schwer zu schaffen, und sie wollte Sam nicht den Eindruck vermitteln, sie interessiere sich nur wegen Cathy für Davids Befinden.

Aber Sam half ihr über die Verlegenheit hinweg.

»Grace, ich habe Dad gefragt, ob er noch weiß, was geschehen ist.«

»Und, kann er sich erinnern?« Ihr Mund war trocken.

»Leider nur an sehr wenige Dinge«, antwortete Sam. »Zum Glück kann er nicht sagen, ob Cathy ihn überfallen hat. Aber leider kann er auch nicht sagen, dass sie es *nicht* war. Es war dunkel, und er hat bis zu dem Augenblick, als das Skalpell ihn traf, geschlafen. Dad weiß noch, dass er zuvor aufgewacht ist und einen Luftzug gespürt hat. Er meint, es sei wahrscheinlich der Arm mit der Waffe gewesen, der auf ihn herabsauste. Aber das ist alles. Er hat nicht mal einen Schatten gesehen.«

»Dann kann er auch nicht sagen, ob es ein Mann oder eine Frau war?«

»Nein. Aber zu deiner Beruhigung, Grace, er ist beinahe

ausgerastet, als ich ihm erzählt habe, dass man Cathy die Morde zur Last legt. Dad …«

»Darf ich Cathy das sagen, wenn ich sie sehe?«

»Ich wüsste nicht, was dagegen spricht«, meinte Sam. »Obwohl du ihr damit sicher die Hoffnung nimmst, Dad könnte sie entlasten.«

»Aber was bleibt uns anderes übrig? Ich sehe nicht viel Sinn darin, falsche Hoffnungen zu nähren. Außerdem besteht jederzeit die Möglichkeit, dass Cathy es von jemand anderem erfährt, und dann hält sie mich für eine Lügnerin.« Grace tat ihr Bestes, nicht mutlos zu klingen. »Ich bin sehr froh, dass dein Vater durchkommt, Sam.«

»Das weiß ich.«

Grace hatte gerade eine Sitzung gehabt und machte sich ein paar Notizen, bevor sie zum Jugendgefängnis aufbrechen wollte. Dora Rabinovich war in ihr Revolverblättchen vertieft. Grace nannte sie bisweilen ihren barmherzigen Engel, weil Dora immer zur Stelle war, wenn Grace in Arbeit zu ersticken drohte. Sie widmete sich der unerledigten Korrespondenz und machte die Psychologin darauf aufmerksam, wenn sie eine wichtige Überweisung vergessen hatte, zum Beispiel für ihre Stromrechnung.

»Ist das Mädchen nicht gefährlich?«, fragte Dora. Die rundliche, freundliche, tüchtige und im Großen und Ganzen gutherzige Frau hatte wie viele Menschen in Miami die Presseberichte über Cathy in allen Einzelheiten mitverfolgt. Dass jemand wie Grace mehr Zeit mit ihr verbrachte als unbedingt nötig, überstieg Doras Vorstellungsvermögen.

»Meiner Meinung nach überhaupt nicht«, erklärte ihr Grace.

»Aber man lässt Sie doch wohl nicht mit ihr allein?«, wollte Dora wissen. »Man gibt Ihnen doch jemand zur Bewachung mit?«

»Ich hoffe nicht«, erwiderte Grace.

Grace dankte dem Herrn, dass es keinen Aufseher gab, zumindest nicht in dem kleinen, abgeschlossenen Besuchsraum, den man ihnen wie immer zur Verfügung gestellt hatte. Sie war allein mit dem jungen Mädchen, das sichtlich in sich zusammengefallen war, seit sie sich das letzte Mal getroffen hatten.

»Ich habe es nicht getan«, sagte Cathy, kaum dass sie sich gegenübersaßen.

»Das weiß ich. Und das habe ich dir auch schon gesagt.«

»Als ich die Goldfische zum letzten Mal gesehen habe, da lebten sie noch und schwammen herum. Mir hat nie gefallen, dass sie in diesem Becken eingesperrt waren wie in einem Gefängnis.« Erst nach einer Weile fuhr Cathy fort: »Ich glaube, jetzt weiß ich, wie sie sich gefühlt haben.«

Immer noch diese verflixten Fische. Offenbar war Mord etwas zu Schreckliches, um auch nur daran denken zu können. Grace sank der Mut, als ihr klar wurde, wie sehr Cathys Zustand sich verschlechtert hatte. Vieles sprach dafür, dass sie sich selbst verleugnete.

»Gibt es irgendetwas Bestimmtes, über das du mit mir sprechen möchtest?«, fragte Grace. Sie wollte den Augenblick, da sie Cathy von David Becket erzählte, so lange wie möglich hinauszögern. »Oder sollen wir einfach nur zusammensitzen?«

Doch Cathy kam gleich auf den Punkt. »Mr. Wagner will anscheinend, dass ich sage, ich wäre verrückt. Aber ich bin nicht verrückt. Oder, Grace?«

»Nein, das bist du nicht.«

»Warum glaubt Mr. Wagner es dann?« Cathys Blick war feindselig. »Sie sind die Psychologin. Ich weiß, dass er mit Ihnen gesprochen hat. Sie müssen etwas gesagt haben, das ihn auf diesen Gedanken gebracht hat.«

»Nein, im Gegenteil«, erwiderte Grace bestimmt. »Ich habe ihm gesagt, ich sei mir ganz sicher, dass du vollkommen gesund bist – und unschuldig.«

»Warum hat er Ihnen dann nicht geglaubt?« Ihre Stimme klang immer noch vorwurfsvoll.

»Das weiß ich nicht. Ich weiß nur, was ich zu ihm gesagt habe. Und es war das, was ich wirklich denke. Das werde ich jedem sagen, der mich fragt.«

Grace wollte Cathys Hand nehmen, aber das Mädchen wich so heftig zurück, dass der Tisch wackelte.

»Nimm's nicht so schwer, Cathy.«

Sie wurde rot. »Tut mir Leid. Ich glaube, ich bin ziemlich schreckhaft.«

»Kannst du schlafen?« Cathy hatte dunkle Ringe unter den Augen.

»Nicht besonders.«

»Ist dein Bett unbequem?«

»Es ist scheußlich«, bekannte Cathy. »Und es riecht schlecht.« Sie wurde leiser. »Alles hier stinkt, Grace.« Tränen traten ihr in die Augen. »Ich will nicht hier bleiben. Können Sie nicht dafür sorgen, dass ich hier rauskomme?«

»Das würde ich gern.«

»Ich könnte bei Ihnen wohnen«, flehte Cathy. »Sie wissen, dass ich nichts getan habe. Sie könnten es denen noch einmal sagen. Vielleicht hört man auf Sie.«

»Ich kann es versuchen.« Grace fühlte sich so hilflos, dass ihr beinahe schlecht wurde. Aber sie kämpfte dagegen an. Wenn sie Schwäche zeigte, würde alles nur noch schlimmer werden. »Ich will es versuchen, Cathy«, sagte sie leise. »Aber ich möchte ehrlich zu dir sein. Es ist noch zu früh, als dass ich jetzt etwas erreichen könnte. Niemand wird auf mich hören, noch nicht.«

»Warum haben Sie sich dann überhaupt die Mühe gemacht, zu kommen?«

Cathy stand so hastig auf, dass ihr Stuhl umkippte und mit einem lauten Knall zu Boden fiel. Die Aufseherin, die draußen stand, warf einen prüfenden Blick durch das Fenster in der Tür. Grace nickte ihr zu und hob die flache Hand, um ihr zu verstehen zu geben, dass alles in Ordnung sei. Die Aufseherin blieb zwar draußen, beobachtete sie aber weiter.

»Ich bin gekommen, weil ich dich sehen wollte«, erwiderte Grace.

»Besser, Sie wären fort geblieben.«

Grace blieb sitzen und hoffte, dass Cathy sich beruhigte. »Warum hebst du nicht den Stuhl auf und setzt dich wieder?«

»Wozu?«, fragte sie. Es klang aggressiv. »Wozu überhaupt noch irgendetwas?«

Grace hatte Cathy schon früher hasserfüllt und wütend erlebt, aber noch nie so schroff und feindselig. Wenn schon eine einzige Woche im Jugendgefängnis solchen Schaden anrichtete, wie würde es erst bei alledem werden, das Cathy wahrscheinlich noch bevorstand? Grace hatte Angst um das Mädchen. Wenn sie nur mehr Zeit, mehr Freiheit gehabt hätte, mit Cathy zu sprechen, wäre es ihr vielleicht möglich gewesen, an sie heranzukommen. Dann hätte sie wenigstens versuchen können, das arme Kind zumindest halbwegs wieder ins Gleichgewicht zu bringen.

Doch Grace hatte zu wenig Zeit, um irgendetwas zu erreichen, das die Mühe lohnte.

Jedenfalls war dies ganz bestimmt nicht der richtige Augenblick, Cathy von David Becket zu berichten und damit ihre Hoffnungen noch mehr zunichte zu machen.

»He, Becket! Los, Mann!«

»He, Sam, du bist dran!«

»Detective! Aufwachen!«

»Los, Conte di Luna, heb deinen schwarzen Arsch auf die Bühne und sing endlich!«

Sam riss sich aus seinen Träumen und machte sich bereit.

Die South Beach Opera hatte Sam, dem unzuverlässigen und, wie es ihm mittlerweile schien, verliebten schwarzen Cop den Part eines spanischen Grafen gegeben. *Il Trovatore* war eine miserable Oper – eine unglaubwürdige, diskriminierende Geschichte von Zigeunern und Hexen – und der Conte di Luna war ein rachsüchtiger Hurensohn. Doch die Rolle war traumhaft und die Musik fantastisch, eine Herausforderung, genau das, was Sam jetzt brauchte, um sich der bösen Welt da draußen zu entziehen, die jeden Tag ihren erbärmlichen Gestank vor seiner Tür absonderte.

Aber er dachte nicht an die Boshaftigkeit der Welt, als er sich bereit machte, Azucena auf den Scheiterhaufen zu bringen. Er dachte weder an blutüberströmte Leichen noch an eine möglicherweise psychotische Jugendliche. Er dachte nicht einmal an seinen Vater, der jetzt wirklich auf dem Weg der Besserung war und die Ärzte und Krankenschwestern schikanierte, weil er nach Hause wollte.

Nein, seine Gedanken kreisten um Grace Lucca.

Er sah eine kluge, warmherzige, fürsorgliche, zuverlässige, schöne Frau vor sich. O ja, das war sie zweifellos. Geschmeidig, stark, langbeinig, mit goldblonden Haaren. Und er hatte gesehen, wie ihre blauen Augen funkelten, wie sie klein wurden vor Müdigkeit oder vor Humor und Wärme strahlten. Wäre seine Mutter wegen Cathy Robbins nicht so schrecklich gegen Grace aufgebracht, würden die beiden Frauen sich bestimmt gut verstehen. *Und sie kann sogar kochen*, hörte er Judy sagen.

Mit jedem Tag schweiften Sams Gedanken häufiger zu Grace. Es war das erste Mal nach der Scheidung von Althea, dass er die Möglichkeit in Betracht zog, sich auf ein Verhältnis mit einer Frau einzulassen – richtig einzulassen. Gewiss hatte er seit der Scheidung ein paar hübsche Frauen kennen gelernt – nein, *fantastische* Frauen sogar –, aber nie war eine durch seinen harten Panzer zu ihm vorgedrungen.

Während Sam sein Libretto in die Hand nahm und auf leisen Sohlen durch das Halbdunkel der Oper zur Bühne schlich, fragte er sich plötzlich, ob Rasse und Religion sich zum ersten Mal in seinem Erwachsenendasein gegen ihn verschwören würden.

Ein Schwarzer und eine Weiße, das an sich war schon schwierig genug.

Eine Beziehung zwischen einem halb episkopalischen, halb jüdischen Schwarzen und einer Katholikin italienischer Abstammung jedoch bedeutete zweifellos, dass sich ihnen viele Steine in den Weg legen würden, wohin dieser Weg auch führen mochte.

»He, Conte di Becket, bist du bereit, mich zu verbrennen?«

Sam nahm mit zwei Schritten die Stufen an der Seite der Bühne und grinste die Mezzosopranistin Linda Morrison an, deren Qualen er jetzt gleich in den schillerndsten Farben rühmen würde.

»Darauf kannst du Gift nehmen«, sagte er.

Wieder kam Grace ihm in den Sinn. Gebräunte Beine und bloße Füße, die sie ins Wasser hielt. Und ihr Blick am Abend zuvor, als sie merkte, dass er um ihre Sicherheit besorgt war.

Ja, wenn sich herausstellte, dass John Broderick ein Untoter war, würde er sich tatsächlich Sorgen machen.

Und auch das ging Sam nicht mehr aus dem Kopf, obwohl ihm das ganze Szenario nach wie vor unwahrscheinlich vorkam.

Aber noch etwas lag Sam in dieser Woche am Herzen – Sauls Bar Mizwa am Samstag. Solange David Fieber hatte und sein Zustand schwer einzuschätzen war, hatte Judy das Fest verschieben wollen. Doch Sam hatte sie davon abgebracht. Wie für die meisten Jugendlichen war die Vorbereitung auf das große Ereignis auch für Saul hart gewesen. Bei einer Verschiebung würde er entweder eine ganze Weile gereizt herumlaufen oder die Lust verlieren und das Gelernte vielleicht sogar wieder vergessen – schließlich konnten sie sich nicht einfach einen anderen Termin aussuchen.

»Du willst also sagen«, hatte Judy aufgebracht, aber leise erwidert, sodass Saul es nicht hören konnte, »dass Saul nie seine Bar Mizwa bekommt, wenn dein Vater es nicht schafft?«

»Nein, Ma, das will ich nicht sagen.«

Schließlich hatten sie sich darauf geeinigt, die Zeremonie in der Synagoge durchzuführen, dort zum Kiddusch mit den Gemeindemitgliedern ein Gläschen Wein zu trinken und anschließend zu dritt in aller Ruhe zu Mittag zu essen.

»Kein Fest, solange Dad nicht wieder zu Hause ist«, hatte Sam gesagt, »aber wir können alles auf Video aufnehmen, und wenn es ihm besser geht ...«

»Oder ich mache das Ganze für ihn noch mal«, fuhr Saul dazwischen.

Nun hatte die Stimmung sich natürlich grundlegend geändert. Alles sprach dafür, dass David seinen Ärzten so lange zusetzte, bis sie ihm die Erlaubnis erteilten, zur Synagoge zu fahren – selbst wenn er sich dazu in einen Rollstuhl setzen und anschließend wieder ins Krankenhaus zurückmüsste. So war Judy plötzlich wieder munter wie ein Wirbelwind und sorgte dafür, dass alles so lief, wie es ursprünglich geplant war.

Sam hatte Grace gegenüber die Bar Mizwa erwähnt, als er zum ersten Mal bei ihr war – an dem Abend, als sie zusammen ein *cacciucco* gegessen und sich über ihre Herkunft unterhalten hatten. In den vergangenen ein oder zwei Wochen hatte er sich oft vorgestellt, wie schön es wäre, wenn sie auch zu dem Fest käme. Aber angesichts der Situation schien das unmöglich.

Doch nun war heute Morgen ein Päckchen auf Sams Schreibtisch gelandet.

Neugierig öffnete er es und fand darin einen verschlossenen Umschlag für Saul sowie ein kurzes Schreiben an ihn.

Lieber Sam,
ich bin zufällig darauf gestoßen, und da sind mir Saul und sein großer Tag eingefallen. Ich hoffe, es ist das Richtige – und dass ich niemanden verletze, wenn
ich es schicke. Wenn du glaubst, dass es deine Mutter noch mehr verärgert, werde ich nicht beleidigt sein.
Ich freue mich sehr, dass dein Vater an dem Fest teilnehmen kann.

Grace.

Das Geschenk war in Seidenpapier verpackt. Sam wickelte es vorsichtig aus – ein ledergebundenes Buch über die Geschichte des Staates Israel. *Ich bin zufällig darauf gestoßen,* hatte Grace geschrieben. Sam schmunzelte über diese offensichtliche Untertreibung. Es war ein wunderbares Geschenk, sorgfältig ausgesucht und großzügig. Und was die Zeile über seine Mutter betraf …

Jerry Wagner war bereit, sich am Freitag kurz vor dem Mittagessen noch einmal mit Grace zu treffen. (Vor *seinem* Mittagessen, denn Grace schätzte sich schon glücklich, wenn sie vor dem Abend ein wenig Käse und Knäckebrot zu sich nehmen konnte.)

Eins machte Grace ganz besonders Sorgen. Der Staat Florida hatte auf Grund der Schwere des Verbrechens die gesetzliche Möglichkeit, Cathy als Erwachsene einzustufen, statt sie – wie man es bei einer Vierzehnjährigen erwarten würde – vor ein Jugendgericht zu stellen. Und es stand zu befürchten, dass er von dieser Möglichkeit auch Gebrauch machte. Wie Grace herausgefunden hatte, geschah das sogar ziemlich häufig, wenn ein Jugendlicher einen Mord begangen hatte. Schlimm daran erschien Grace vor allem, dass Cathy dann in der langen Zeit bis zum Prozess in einem Gefängnis für Erwachsene einsitzen müsste.

»Ich möchte wissen«, sagte sie zu Wagner, »ob ich irgendetwas tun kann, um die Entscheidung der Richter in dieser Hinsicht zu beeinflussen.«

»Leider nicht, glaube ich.« Er schüttelte den Kopf. »Bei uns in Florida steht in einem solchen Fall – also bei einem brutalen Mord – mehr oder weniger von vornherein fest, dass der oder die betreffende Jugendliche als Erwachsene vor Gericht gestellt werden.«

»Aber wir können doch versuchen, etwas dagegen zu unternehmen, nicht wahr?« Es fiel Grace schwer, bei dieser deprimierenden Antwort die Ruhe zu bewahren. »Vielleicht, wenn ich beim Verfahren aufgerufen werde und sage, was die Haft meiner Ansicht nach für Cathy bedeutet?«

»Ich fürchte, verglichen mit dem, was man ihr vorwirft,

fällt eine traumatisierende Wirkung wohl kaum ins Gewicht.« Wagner beugte sich vor. Sein kurzes, lockiges Haar, seine durchdringenden blauen Augen und die gebogene Nase verliehen ihm das Aussehen eines Römers, nur dass er statt der Toga einen dunklen Anzug trug. »Dr. Lucca, ich weiß, es ist schwer zu akzeptieren, aber …«

»Das heißt, schuldig bis zum Beweis der Unschuld«, warf Grace leidenschaftlich ein. »Es ist entsetzlich ungerecht!«

»So scheint es.«

»Es scheint nicht nur so, Mr. Wagner, es ist so. Ich versuche gerade erst, mir über die Logik klar zu werden, eine Jugendliche, die eines schrecklichen Verbrechens für schuldig befunden wird, wie eine Erwachsene zu behandeln. Und ich finde schon das kaum akzeptabel. Aber hier geht es doch darum, dass man alles daran setzt, ein unschuldiges Kind zu zerstören, bevor es überhaupt zu einem Prozess gekommen ist.«

Wagner lehnte sich wieder zurück. »Ich habe nicht gesagt, dass ich mit diesem Vorgehen einverstanden bin, Dr. Lucca«, meinte er freundlich. »Glauben Sie nicht, dass ich meiner Mandantin in jeder Hinsicht helfen will? Auch ich möchte, dass Cathy das Erwachsenengefängnis erspart bleibt. Nein, das stimmt nicht. Eigentlich möchte ich, dass sie gegen Kaution auf freien Fuß gesetzt wird und bis zum Prozess in ein ordentliches, staatlich geprüftes Heim kommt.«

»Das wäre wunderbar.« Grace sprang sofort auf seinen Vorschlag an.

»Ich habe nur gesagt, was ich *eigentlich* möchte«, betonte Wagner, »aber das steht leider überhaupt nicht zur Debatte.« Er hielt kurz inne. »Dieser Fall wird sich lange hinziehen, Dr. Lucca. Wir müssen uns alle auf unsere eigentlichen Ziele konzentrieren.«

»Mein Ziel ist, dass Cathy gesund bleibt«, erwiderte Grace.

»Und meins, dass sie am Ende frei ist«, erklärte Wagner. »Und ich habe keinen Zweifel, dass Sie eine ganze Menge dafür tun können, dass Cathy gesund bleibt, egal, wo sie die nächsten Monate verbringt.«

Grace nickte, biss sich auf die Lippen und atmete tief durch.

»Da ist noch etwas anderes, das Sie meiner Ansicht nach wissen sollten«, sagte sie.

Wagner schaute auf seine Cartier-Uhr. »In zwanzig Minuten bin ich zum Mittagessen verabredet.«

»Es ist sehr wichtig. Vielleicht sogar von entscheidender Bedeutung.«

Er schürzte den Mund und nickte. »Legen Sie los.«

Mit möglichst knappen Worten erzählte sie ihm von ihrer noch hypothetischen, abwegig erscheinenden Theorie über John Broderick.

»Das ist zweifellos eine faszinierende Vorstellung«, sagte Wagner, nachdem er sich ein paar Notizen auf seinem gelben Anwaltsblock gemacht hatte.

Grace sank der Mut.

»Wenn ich richtig verstanden habe, gibt es keinen stichhaltigen Beweis, dass Broderick damals nicht in dem Sturm ums Leben gekommen ist?«

»Stimmt. Nur dass seine Leiche nie gefunden wurde«, erwiderte Grace. »Ich hatte gehofft, Sie würden vielleicht einen Ihrer Mitarbeiter beauftragen, Nachforschungen darüber anzustellen, was Broderick in den letzten Wochen, vielleicht sogar Stunden seines Lebens getan hat.«

»Das wäre durchaus möglich. Ich werde es mit meinen Kollegen besprechen. Aber Sie müssen zugeben, dass die Vorstellung, Broderick habe fast zehn Jahre gewartet, um wieder aufzuerstehen, ein paar Leute umzubringen und die Morde seiner eigenen Tochter anzuhängen, ziemlich weit hergeholt ist.«

Grace biss die Zähne zusammen. »Auf den ersten Blick mag es weit hergeholt erscheinen, Mr. Wagner. Aber wir sprechen von einem Mann, der erwiesenermaßen besitzergreifend, besessen, eifersüchtig und grausam ist.«

»Leider kam es nie zu einer Voruntersuchung.«

»Doch, bis zu einem gewissen Punkt«, widersprach Grace. »Marie Broderick erwirkte eine gerichtliche Verfügung, dass er Cathy nicht mehr sehen durfte. Wir wissen, dass Broderick als Arzt gegen die ärztliche Standesethik verstoßen hat und ein unmoralischer Mensch war, der seinen Angehörigen insgeheim Medikamente verabreichte, um sie zu bestrafen, zu beherrschen und zu manipulieren. Und wenn man nun annimmt, dass er vor neun Jahren nicht gestorben ist, meinen Sie nicht auch, dass er da am ehesten als Verdächtiger infrage kommt?«

Wagner kritzelte weitere Notizen auf seinen Block. »Selbst wenn sich nichts finden lässt, was Ihre Theorie bestätigt, kann diese Information Cathy doch helfen«, meinte er nachdenklich. »Wenn auch vielleicht nicht so, wie Sie sich es vorstellen.«

Grace wurde noch mutloser, und ihr Magen krampfte sich zusammen.

»Zumindest«, fuhr Wagner fort, »steigt damit unsere Chance, den Antrag auf Unzurechnungsfähigkeit durchzukriegen. Wir können vorbringen, dass alles, was Cathy in ihrem jungen Leben durchmachen musste, sie aus dem Gleichgewicht gebracht hat.«

»Aber genau das will ich damit nicht sagen.«

Wagner blickte wieder auf seine Armbanduhr und legte die drei ordentlichen Papierstapel auf seinem Schreibtisch aufeinander. Deutlicher hätte er nicht zum Ausdruck bringen können, dass ihr Gespräch sich dem Ende näherte. »Ich bin Ihnen dankbar, dass Sie mir das mitgeteilt haben, Dr. Lucca. Sicher werden wir uns näher mit Brodericks Tod befassen. Wenn wir auch nur eine Spur finden, die uns nützlich sein könnte, werden wir uns mit allen Kräften darauf stürzen.«

»Vielen Dank«, erwiderte Grace verzweifelt.

»Würden Sie noch etwas für mich tun, Doktor? Für den Fall, dass wir keinen anderen Verdächtigen auftreiben?«

»Wenn ich kann.«

»Denken Sie einmal darüber nach, ob Sie Cathy nicht dazu überreden können, in einen Antrag auf Unzurechnungsfähigkeit einzuwilligen.« Wagner schwieg eine Weile.

Sein Blick war ernst. »Ich weiß, es klingt nicht schön, und ich sehe ein, dass es Ihnen gegen den Strich geht. Ich verspreche Ihnen auch, dass es nur als letzter Ausweg infrage kommt. Aber bedenken Sie, dass es am Ende vielleicht die einzige Möglichkeit ist, Cathy vor einer Gefängnisstrafe zu bewahren.«

Grace war zum Heulen zumute, als sie Wagners luxuriöses Büro verließ. Das Schlimmste war, ging es ihr durch den Kopf, als sie den Aufzug betrat, dass sie bei dem schlechten Zustand, in dem sich Cathy befand, und angesichts der drückenden Beweislast beinahe Jerry Wagners Standpunkt teilte.

Beinahe.

Sams Anruf am Morgen war der Höhepunkt ihres Tages gewesen. Grace hatte das Buch für Saul eine Woche zuvor bei Barnes & Noble in Coral Gables entdeckt und ein wenig gezögert, weil sie Judy Beckets Gefühle nicht verletzen wollte. Aber das Buch war besonders schön, und Grace gefiel der Gedanke, dem Jungen eine Art Andenken zu schenken. So hatte sie es Sam geschickt und ihm die Entscheidung überlassen.

»Es ist ein wunderbares Geschenk«, hatte Sam gesagt. »Viel zu viel eigentlich, aber sehr, sehr schön.«

»Es hat mir gefallen«, erwiderte Grace, »obwohl ich mir später gesagt habe, dass Saul vielleicht lieber etwas bekommen hätte, das besser zu einem Jungen seines Alters passt.«

»Überhaupt nicht«, widersprach Sam. »Er wird es mögen.«

»Findest du es nicht unpassend, dass ich ihm ein Geschenk schicke?«

»Hier ist nur eins unpassend – dass du überhaupt gezwungen bist, darüber nachzudenken.«

Und dann hatte er Grace erzählt, dass sie die Bar Mizwa in kleinem Kreis feiern wollten, und sie gefragt, ob sie am Samstagmorgen zur Beach-Synagoge von Golden Beach kommen und anschließend zum Kiddusch bleiben wolle.

»Ich weiß nicht, Sam«, erwiderte Grace unsicher.

»Was weißt du nicht? Ob du kommen kannst oder kommen willst? Oder bist du dir unsicher, weil meine Mutter letztes Mal, als du sie gesehen hat, so abweisend war?«

»In den ersten beiden Fällen unschuldig«, sagte sie grinsend.

»Meine Mutter ist bestimmt voll und ganz mit sich selbst beschäftigt. Sie hat nämlich Angst, Saul könne die Sache vermasseln. Und wenn nicht, wird sie vor lauter Stolz alles um sich herum vergessen. Außerdem ist sie glücklich, weil Dad dabei sein kann. Sie wird nicht einmal bemerken, wer außer der Familie noch da ist.«

»Ich möchte ihr nur nicht den Tag verderben, Sam.«

»Und was ist mit mir?«

»Dir möchte ich den Tag auch nicht verderben.«

»Dann kommst du also?«

Grace lächelte, als sie den Hörer auflegte.

Seit Claudia und Grace nach Florida gezogen waren, war sie schon einige Male in einer Synagoge gewesen: Zur Hochzeit von Freunden, zur Bat Mizwa einer Patientin, dem Pendant der Bar Mizwa – und außerdem hatte sie einen Seder-Teller bekommen, der zu ihren schönsten Erinnerungsstücken zählte. Aber heute war sie zum ersten Mal bei einer Bar Mizwa, und von dem Augenblick an, da Saul Becket nach vorn trat und zögernd und halb im Stimmbruch die alten, für Grace unverständlichen Worte sang, fühlte sie sich in eine andere Welt versetzt. Die Vorstellung, dass ein Junge bei diesem Ritus zum Mann wurde, hatte sie immer schon seltsam gefunden, vor allem, weil so etwas aus ihrer Sicht gar nicht möglich war. Zwar hatte sie schon Halbwüchsige kennen gelernt, die praktisch über Nacht erwachsen wurden, aber sie alle waren aufgrund eines schrecklichen Unglücks oder Traumas aus ihrer Kindheit herausgeschleudert worden. Ein Ritus an einem Ort des Glaubens hingegen, dem meist ein Fest folgte, war zum Glück etwas anderes.

Und doch – als sie David und Judy Beckets jüngeren Sohn dort oben zwischen dem Rabbi und dem Kantor stehen sah, den Gebetsschal über die schmalen Schultern gelegt, mit einem Ernst, den er sonst wahrscheinlich nie an den Tag legte –, konnte sie nur staunen über die Feierlichkeit des Augenblicks, und plötzlich begriff sie. Auch wenn dieser so genannte Mann sich in einer Stunde wieder in einen normalen Dreizehnjährigen verwandelte, dieses Erlebnis würde ihm bleiben; es würde das Kantige, Unreife, Jugendliche in dem Jungen abschleifen und ihm für den Rest seines Lebens einen starken spirituellen Halt geben.

Die Zeremonie fand in einer reformierten Synagoge statt:

Männer und Frauen saßen nebeneinander, was eine sehr lebendige, natürliche Atmosphäre schuf, wie Grace fand. Zu ihrer Linken lutschte eine alte Dame Pfefferminzbonbons und folgte jedem hebräischen Wort in ihrem Gebetbuch. Mit ihrem schmalen Zeigefinger fuhr sie die Zeilen nach, und ihr Mund bewegte sich stumm beim Lesen. Zu ihrer Rechten rutschte ein etwa achtjähriges Mädchen unruhig auf seinem Sitz herum und bemühte sich redlich, seine ein, zwei Jahre ältere Schwester zu irgendeinem Spiel zu bewegen, obwohl diese entschlossen schien, zumindest den Eindruck zu erwecken, bei der Sache zu sein. Grace konnte sich gut vorstellen, was in der Kleinen vorging. Sie erinnerte sich an die unendlichen Stunden, die sie als kleines Mädchen in einer Chicagoer Kirche verbracht hatte. Dabei hatte sie die alten lateinischen Gebete und Riten stets an sich vorbeirauschen lassen. Ihre Eltern beschimpften sie wegen ihrer Träumereien, denn damals ging Frank Lucca noch regelmäßig in die Kirche, und Grace nahm an, dass er auch Jahre danach noch viele Stunden im Beichtstuhl verbrachte, um Absolution zu bekommen für seine Verbrechen an ihrer Schwester. Aber natürlich konnte diese Absolution nur erteilt werden, wenn der Beichtende bereit war, von der Sünde abzulassen. Und wenn schon Grace nicht so dumm war, dies von ihrem Vater anzunehmen, war Gott es wohl erst recht nicht; deshalb war es nur eine Frage der Zeit, bis Frank Lucca in der Hölle schmoren würde.

Grace hatte sich einen Platz im hinteren Drittel der Stuhlreihen ausgesucht, ein ganzes Stück von der Familie des Jungen entfernt. Sie hätte nichts lieber getan, als direkt zu David nach vorn zu gehen, der eigensinnig darauf bestanden hatte, seinen Rollstuhl am Eingang stehen zu lassen. Gern hätte sie ihm gesagt, wie sehr sie sich freue, ihn wiederzusehen, aber sie wollte Judy Becket nicht verärgern. Doch kaum dass Sam aufgerufen worden war, aus der Thora vorzulesen, drehte Judy sich um, und ihre Blicke begegneten sich. Grace hatte das Gefühl, Sams Mutter könne hinter ihre, wie sie gehofft hatte, undurchdringliche Maske der Ruhe und Gelassenheit schauen. Vielleicht spürte Judy, welche Wirkung Sams bemerkenswerte Stimme, die so tief und voll war, und sein unangestrengtes melodisches Lesen auf sie hatten. Vielleicht erkannte Mrs. Becket in diesem kurzen Augenblick, dass Grace' Interesse für ihren Sohn weit über das Berufliche hinausging, und vielleicht machte sie das nervös.

»Masseltow, Saul«, sagte Grace nachher beim Kiddusch in dem Saal neben der Synagoge und schüttelte dem Jungen die Hand. »Du warst großartig, obwohl ich leider nicht viel verstanden habe.«

»Das macht nichts«, meinte er und grinste. »Ich hab' selbst kaum was verstanden.«

»Du hast ja gar nichts zu trinken, Grace.« Es war Sam, der plötzlich hinter ihnen stand. »Ich hole dir etwas.«

»Ich kann leider nicht bleiben«, erwiderte sie rasch.

»Aber du musst einen Schluck mit uns trinken, das bringt Glück.«

Er holte ihr ein Glas koscheren Wein, und sie stießen auf Saul an.

»Es hat mir gut gefallen«, sagte sie zu Sam. »Ich meine, es war wirklich schön.«

»Und wie war ich?«

»Sehr beeindruckend, fand ich.« Sie lächelte ihn an. »Obwohl ich mich eigentlich gar nicht auskenne.«

»Ich freue mich sehr, dass du gekommen bist, Grace.«

»Ich auch.«

In diesem Augenblick kam Judy Becket auf sie zu. David saß in seinem Rollstuhl am anderen Ende des Saals. Grace erstarrte vor Anspannung, denn sie wollte jede noch so kleine Missstimmung vermeiden.

»Jetzt muss ich aber wirklich gehen, Sam.«

Judy trat zu ihnen. Sie trug ein marineblaues Kleid und eine ebensolche Jacke mit weißen Paspeln. Auch der breitkrempige Hut war weiß abgesetzt.

»Dr. Lucca«, sagte sie. Trotz ihrer Eleganz wirkte sie locker und unbeschwert. »Wie freundlich von Ihnen, dass Sie gekommen sind.«

Grace reichte ihr die Hand und sagte, Saul habe seine Sache sehr gut gemacht. Als Judy ihren Händedruck fest und ruhig erwiderte und Grace mit unbeirrtem Blick dankte, empfand Grace Bewunderung für diese Frau. Sie bedauerte, dass ihre Beziehung einen so schlechten Anfang genommen hatte.

»Ich habe gerade zu Sam gesagt, dass ich gehen muss.«

»Schade«, erwiderte Judy ohne jede Rührung. »Aber ich will Sie nicht aufhalten.«

Dann wandte sie sich ab und mischte sich wieder unter die Gäste. Sam war offensichtlich wütend, und Grace drückte ihm kurz die Hand. »Ist schon gut«, sagte sie leise. »Reg dich nicht auf.«

»Sie zieht das jetzt schon zu lange durch«, meinte er. »Ich werde ihr sagen, was ich davon halte.«

Grace lächelte. »Lass ihr Zeit.«

»Aber du musst Dad noch begrüßen, bevor du gehst, Grace.«

Sie blickte zu Sams Vater hinüber, der von einem Schwarm freudestrahlender Gratulanten umringt war. Neben ihm stand Judy.

»Nicht heute, Sam. Richte ihm herzliche Grüße von mir aus. Ich besuche ihn bald.«

Grace gab ihm keine Gelegenheit für weitere Einwände, küsste ihn auf die Wange, sagte ihm noch einmal, wie sehr sie sich gefreut habe, dabei sein zu dürfen, und schlich sich heimlich aus dem Saal. Als sie in ihrem Mazda saß, brauchte sie eine Weile, um sich zu beruhigen. Sie schaltete die Klimaanlage und ihr Handy ein und versuchte, nicht zu lange bei den zunehmend verwirrenden Gefühlen zu verweilen, die Sam Becket in ihr auslöste.

Das Display ihres Handys zeigte an, dass sie eine Nachricht erhalten hatte, und Grace drückte die Taste zum Abhören. Wenige Sekunden später hörte sie Claudias Stimme.

»Grace, ich bin es. Tut mir Leid, es dir auf diesem Weg mitteilen zu müssen, aber ich weiß nicht, was ich sonst tun soll.« Pause. »Papa hat angerufen. Mama ist tot.«

Auf der Fahrt nach Islamorada war Grace, die zuvor noch Harry von zu Hause abgeholt hatte, nervös und aufgewühlt. Natürlich berührte sie die Nachricht vom Tod ihrer Mutter; hinzu kamen die Emotionen, die die Bar Mizwa und der Kiddusch in ihr erweckt hatten. Doch zwei- oder dreimal während der Fahrt beschlich sie das unangenehme Gefühl, wieder beobachtet zu werden – genauso wie zwei Wochen zuvor bei Saks, als sie einen Augenblick lang geglaubt hatte, Cathy sei ihr gefolgt. Aber genauso wie es damals falscher Alarm gewesen war, klebte ihr auch heute niemand an den Fersen. Hin und wieder schaute sie in den Rückspiegel. Bei dem Wagen, der lange hinter ihr herfuhr, handelte es sich um einen kleinen VW, hinter dessen Steuer ein alter Mann saß; dem VW folgte ein blauer Lkw, der von einer jungen Frau gelenkt wurde. Grace schüttelte die Gedanken ab und erklärte Harry, sie werde allmählich paranoid, aber er brauche sich keine Sorgen zu machen, denn das passiere im Laufe der Zeit vielen Psychologen.

Am Nachmittag trafen sie vor dem Haus der Brownleys ein. Daniel war gerade von einer Geschäftsreise nach Tampa zurückgekehrt, und die Jungen, Mike und Robbie, waren noch auf dem Heimweg.

Claudia zeigte sich tapfer, beschäftigte sich in der Küche und erklärte Daniel, sie brauche keine Hilfe. Er solle nach oben gehen, duschen und eine Weile entspannen, während sie einen Imbiss herrichte. Doch Grace wusste, dass in Claudias Innerem ein Kampf tobte.

»Papa hat dreimal angerufen«, erzählte Claudia, während sie Käse in Scheiben schnitt und Harry und der Dackel Sadie sie nicht aus den Augen ließen und darauf lauerten, dass etwas für sie abfiel. »Er möchte, dass wir zur Beerdigung nach Chicago kommen. Außerdem hat er immer wieder gesagt, wir müssten etwas zwischen uns klären.«

»Worte«, meinte Grace.

»Es klingt aber so, als würde er es ernst meinen, Grace.«

»Sicher. Das konnte er schon immer, wenn es ihm gelegen

kam.« Grace nahm ein Küchenmesser und machte sich über eine große rote Paprikaschote her. »Er weiß, welche Knöpfe er bei dir drücken muss, Claudia.«

»Möchtest du denn nicht zur Beerdigung fahren?«, fragte Claudia vorsichtig.

»Willst du?« Grace legte das Messer weg. »Natürlich will ich nicht. Ich will nicht nach Chicago, ich will Frank nicht sehen, und ganz bestimmt will ich nicht dabei sein, wenn man meine Mutter ins Grab legt. Ich möchte nicht mit all den Gefühlen konfrontiert werden.« Sie seufzte. »Aber ich glaube, ich fahre trotzdem hin, so wie du.«

»Gott sei Dank«, erwiderte Claudia und ließ sich auf einen Hocker fallen. »Ich hatte solche Angst, dass du nein sagen könntest und ich allein nach Hause fahren müsste.«

»Das würde ich nie zulassen.«

Ein zaghaftes Lächeln umspielte Claudias Lippen. »Ich glaube, das habe ich gewusst.«

Grace nahm Claudias Hand, zog ihre Schwester vom Hocker und ging mit ihr zum Küchentisch hinüber. Sie hielten einander die Hände und setzten sich.

»Arme Ellen«, seufzte Grace. Plötzlich fiel ihr ein, dass sie nicht einmal wusste, woran sie gestorben war. »Hat Frank erzählt, was passiert ist? Ich meine, war es der Krebs? Ich dachte, sie hätten gesagt, dass sie alles entfernt hätten.«

»Herzinfarkt«, erwiderte Claudia. »Er meinte, es sei sehr schnell gegangen. Ohne Vorwarnung. Von einer Minute auf die andere.«

»Umso besser für sie«, sagte Grace leise.

»Für Papa muss es ein schwerer Schock gewesen sein.«

Je schwerer, desto besser, dachte Grace.

»Ich wünschte, es hätte ihn erwischt«, sagte sie.

»Sag nicht so was, Grace.«

»Warum denn nicht? Du weißt doch, was ich denke.« Grace schwieg. »Wenigstens muss Mutter jetzt nicht mehr mit ihm zusammenleben. Das ist immerhin schon etwas.«

Claudias dunkle Augen füllten sich mit Tränen. »Ja, das glaube ich auch.«

»Oh, Liebes.« Grace stand auf und legte die Arme um Claudias Schultern. »Wein nur. Lass es raus.«

Einen Augenblick lang rückte Claudia von ihr weg und schaute ihr ins Gesicht. »Und du? Ist dir nicht auch zum Heulen?«

»Nein«, sagte Grace und zog sie wieder an sich. »Jedenfalls nicht jetzt.«

»Was empfindest du?«, fragte Claudia, an ihre Schulter gelehnt.

»Ich weiß es nicht, Claudia.«

Es stimmte. Grace wusste wirklich nicht, was sie fühlte. Anscheinend war sie nicht imstande, viel zu empfinden. Gewiss, die Gründe dafür waren ihr nur zu bekannt. Geistige Sperren, Verdrängung. All das Zeug, das sie jahrelang für und über ihre Patienten heruntergebetet hatte. Doch das half ihr jetzt kein bisschen.

Nicht zum ersten Mal stellte Grace fest, dass ihre Situation viel komplizierter war als die ihrer Schwester. Ihre Schwester war das Opfer – zumindest das offensichtlichere Opfer – ihrer Eltern. Das Opfer von Franks körperlichen Übergriffen, und das Opfer von Ellen, weil diese sich durch ihr Schweigen zu seiner Komplizin gemacht hatte. Claudia hatte das Recht, an ihrem Hass und ihrer Angst festzuhalten. Eigentlich hätte Claudia diejenige sein müssen, die nicht zur Beerdigung nach Hause fahren wollte – und ganz sicher brauchte *sie* nicht darüber nachzudenken, ob sie um Franks willen fahren sollte. Bei Grace lag die Sache vollkommen anders. Sie war nie wirklich missbraucht worden. Ihr Leiden rührte daher, dass sie mit ansehen musste, was Claudia durchgemacht hatte. Zwar hatte sie Schuldgefühle, weil sie verschont geblieben war, und sie quälte die Atmosphäre des Elends, der Wut und der Angst, die ihre Kindheit geprägt hatte. Doch Grace hatte lediglich die schlimmen Erinnerungen und Schuldgefühle überwinden müssen, als sie von Chicago weggezogen waren, während Claudia Jahre des Schreckens, der Scham und des Betrugs an ihrer Seele zu bewältigen hatte. Deshalb fühlte Grace sich jetzt, nach all der Zeit, zu der Entscheidung verpflichtet, wie sehr sie sich an den Vorbereitungen für Ellens Beerdigung beteiligen und sich um die Zukunft ihres Vaters kümmern sollten.

»In letzter Zeit ist sehr viel passiert, das ich nie erwartet hätte«, sagte Grace nach dem Abendessen, als die beiden Jungen Harry und Sadie zum Schlafen mit nach oben genommen hatten und die drei Erwachsenen sich endlich in Ruhe unterhalten konnten.

»Zum Beispiel?«, fragte Daniel. Sie saßen auf der Terrasse inmitten von flackernden Citronella-Kerzen, die sie aufgestellt hatten, um die Mücken fern zu halten. Daniel hatte eine gute Flasche Chianti geöffnet, und inzwischen hatten sie alle drei schon mehr getrunken, als sie gewohnt waren.

»Dass Frank, dieser Tyrann, uns gebeten hat, nach Hause zu kommen, als er uns damals mitteilte, Ellen sei krank.« Grace hielt inne. Wahrscheinlich löst nur der Wein meine Zunge, ging es ihr durch den Kopf. »Dass meine Gefühle sich überhaupt nicht verändert haben, besonders, was Frank betrifft – aber auch Ellen.«

Niemand sagte ein Wort.

»Ich habe nie daran gedacht, dass einer von ihnen sterben könnte. Oder daran, was ich dann empfinde.«

»Ich schon.« Claudias Stimme klang hart. »Als wir von Chicago weggezogen waren – bevor ich dich kennen lernte, Dan«, sie warf ihrem Mann ein kurzes, liebevolles Lächeln zu, »habe ich mir oft vorgestellt, dass Papa stirbt.« Sie wandte sich von den beiden ab, sodass sie ihr Gesicht nicht sehen konnten. »Ich habe mir einen qualvollen Tod für ihn vorgestellt. Und dass er uns dabei anflehte, ihm zu vergeben.« Nach einer Weile fuhr sie fort: »Und wenn ich mir vorgestellt habe, wie Mama starb, bettelte auch sie – sie flehte mich an, ihr zu verzeihen, dass sie mich nicht vor Papa beschützt hat.«

Als sie sich den beiden wieder zuwandte, wirkte ihr Gesicht gequält. Daniel legte die Hand auf ihren Arm. Grace wusste, dass Claudia nichts geschehen würde, solange sie Dan an ihrer Seite hatte.

Grace wachte früh auf, während die anderen noch tief schliefen – wahrscheinlich hatten Claudia und Daniel einen kleinen Rausch von dem Chianti. Grace hingegen hatte nur ein wenig Kopfschmerzen, und sie war nervös, weil sie einen Anruf tätigen musste, den sie am Abend zuvor aufgeschoben hatte.

Franks Stimme klang erschöpft. Grace hatte schon damit gerechnet, dass er nicht ganz auf der Höhe sein würde, und wahrscheinlich rief sie deshalb so früh an, weil er morgens schon immer lange gebraucht hatte, in die Gänge zu kommen, und sich in diesem Zustand nicht so gut würde wehren können.

»Ach, du bist es«, sagte er. »Hast dir ja ganz schön Zeit gelassen.«

»Ja«, erwiderte sie. »Ich bin sofort zu Claudia gefahren, als ich es erfahren habe. Es ist ziemlich spät geworden, und ich dachte, ich warte besser bis heute Morgen. Claudia hat mir gesagt, dass es ganz plötzlich passiert ist. Es tut mir Leid.«

»Wann kommst du?«

»Wann findet die Beerdigung statt?« Grace konnte nicht fassen, wie gleichgültig er ihr war. Bei vollkommen Fremden hatte sie mehr Emotionen gespürt, wenn es um die Beerdigung ihrer Angehörigen ging, als jetzt im Gespräch mit dem eigenen Vater.

»Ich weiß es nicht. Das muss ich mit euch beiden besprechen. Die Beerdigung, das Testament eurer Mutter und das alles.«

»Aber das geht nicht«, meinte Grace.

»Warum nicht?«

»Wir haben beide Verpflichtungen. Wenn du uns Bescheid sagst, sobald der Termin feststeht, werden wir unser Bestes tun, dass wir kommen können.« Ihre Stimme klang hart. »Und wenn es irgendetwas gibt, bei dem du unsere Hilfe brauchst – ich meine, wirklich brauchst –, dann ruf bitte mich an, nicht Claudia.«

»Willst du damit sagen, ich darf meine eigene Tochter nicht anrufen?«

Selbst wenn Grace sein niederträchtiges Verhalten jemals hätte vergessen können – die Gemeinheit, die in diesen Worten mitschwang, hätte alles wieder an die Oberfläche gespült.

»Ich bin auch deine Tochter«, sagte sie. »Ich meine es ernst, Frank. Ruf mich an. Lass Claudia in Ruhe, wenigstens einmal in deinem miesen Leben.«

Sie legte auf. Von ihrer Gleichgültigkeit war nichts mehr übrig, und ihre Hände zitterten. Aber wenigstens stand die Entscheidung fest.

Selbst in diesen emotional aufgeladenen Tagen nahm Cathy in Grace' Gedanken großen Raum ein. Vielleicht führte ihr gerade die Erinnerung an die eigene Vergangenheit und die ihrer Schwester Cathys Notlage in aller Schärfe vor Augen – auch sie war ja ein missbrauchtes, traumatisiertes Kind, das jetzt so viele Freunde wie möglich brauchte. Grace brach gleich nach dem Frühstück wieder auf und schaute, einer Eingebung des Augenblicks folgend, bei Peter Hayman in Key Largo vorbei. Vielleicht war er ja zu Hause und bereit, mit ihr zu sprechen.

Sie hatte Glück. Hayman schien sogar erfreut, als er Grace und Harry vor der Tür stehen sah. Wenige Minuten später saßen sie auf der verglasten Veranda mit Blick auf Haymans Palmen- und Orchideengarten. Die Luft war schwer vom Duft der Pflanzen; hätte Grace Peter Hayman besser gekannt, hätte sie darum gebeten, zur Meerseite zu wechseln. Doch als ungeladener Gast schwieg sie lieber, während Harry, der sich ebenfalls nicht besonders wohlzufühlen schien, wie festgenagelt neben ihren Füßen liegen blieb.

Grace trank etwas von dem Kaffee, den Hayman brachte, und berichtete dem Arzt von ihren neuesten Theorien über Broderick. Allerdings achtete sie peinlichst genau darauf, nichts von dem zu erzählen, was Sam ihr im Vertrauen mitgeteilt hatte.

Hayman hörte ihr schweigend zu, bis sie fertig war.

»Haben Sie auch in Betracht gezogen, dass Sie sich vollkommen irren könnten?«, fragte er schließlich vorsichtig. »Dass Cathy am Ende vielleicht doch schuldig ist?«

»Natürlich. Aber ich glaube es einfach nicht.« Sie hörte Harry japsen und streichelte einen Augenblick seine Ohren. Schon um seinetwillen würde Grace nicht länger als nötig bleiben.

Hayman stand auf, ging hinüber zu der Glaswand und blickte in den fast tropisch anmutenden Garten. »Ich befinde mich in einer unangenehmen Lage, Grace«, sagte er, ohne sie anzublicken. »Vielleicht war es falsch, den Vergleich mit einem meiner früheren Fälle anzustellen.« Er wandte sich um. »Vielleicht habe ich Sie damit schrecklich in die Irre geführt.«

»Vielleicht«, räumte sie ein, blieb jedoch ruhig. »Aber hier steht das Leben einer Vierzehnjährigen auf dem Spiel, und im Augenblick gehe ich noch davon aus, dass Sie sich nicht geirrt haben.« Sie hielt kurz inne. »Außerdem habe ich schon ein wenig Abstand von der Münchhausen-Theorie genommen. Sie brauchen sich deswegen also keine Sorgen zu machen.«

»Gut.« Offenbar dauerte es eine Weile, bis Hayman Grace' Standpunkt akzeptieren konnte. »Noch eine einfache Frage. Wissen Sie, wie John Broderick ausgesehen hat? Haben Sie ein Foto von ihm?«

»Nein.« Grace erzählte ihm von den Familienfotos in Cathys Schlafzimmer in ihrem Elternhaus und dass der Mann, den Cathy als ihren ersten Vater bezeichnete, nicht darauf zu sehen war.

»Wäre es nicht sinnvoll«, schlug Hayman vor, »sich ein Foto zu besorgen? Falls Sie bei Ihrer Theorie bleiben, dass Broderick vielleicht noch lebt?« Er lächelte. »Ich meine, wenn er Ihnen zufällig über den Weg läuft, würden Sie ihn gar nicht erkennen.«

»Das stimmt.« Grace überlegte, wie sie am besten an eine solche Aufnahme herankam. Eigentlich müsste sich in den Akten des Lafayette Hospital ein Foto Brodericks befinden, aber man würde es ihr wahrscheinlich nicht aushändigen. Also würde sie Sam bitten müssen, sich darum zu kümmern.

Sie sah keinen Grund, warum er sich weigern sollte – soviel sie wusste, besaß er sogar schon ein Foto. »Das müsste ich auftreiben können«, sagte Grace. »Ich weiss gar nicht, warum ich nicht selbst daran gedacht habe.«

»Vielleicht weil Sie wissen, dass Broderick tot ist«, sagte Hayman leise. »Sie sind nur noch nicht bereit, es sich einzugestehen.«

Als Grace etwa eine halbe Stunde später aufbrach, erklärte Hayman, sie sähe ziemlich müde aus. Sie erwiderte, dass sie Ärger habe, äußerte sich aber nicht näher dazu. Hayman drückte sein Bedauern aus und fragte nicht nach Einzelheiten, was Grace mit Dankbarkeit registrierte. Aber er wiederholte seine Einladung, sich ein oder zwei Tage auf seinem Boot zu erholen.

»Denken Sie darüber nach, Grace, ja?«

»Ja, das tue ich.«

»Sie dürfen nicht krank werden. Damit ist keinem geholfen.«

»Ja, ich weiß.«

Als er beim Abschied ihre Hand ein wenig länger fest hielt als nötig, fragte Grace sich einen kurzen Augenblick, ob sie mit ihrem unangekündigten Besuch irreführende Signale ausgesendet habe. Doch es geschah nichts weiter; Hayman blickte sie mit seinen braunen Augen nicht einmal besonders intensiv an, und sicher war sein Händedruck nur ein Zeichen der Sorge und des Mitgefühls.

»Siehst du?«, sagte Grace zu Harry, als sie über den Overseas Highway zum Festland zurückfuhren. »Das ist auch eins von den Dingen, die einer Psychologin passieren können.« Sie kraulte dem Hund den Kopf. »Man fängt an, alles Mögliche in ein schlichtes Händeschütteln hineinzuinterpretieren.«

Der Terrier knurrte leise und rollte sich zufrieden auf dem Beifahrersitz zusammen. Und Grace dachte, dass er sich bestimmt ebenso wie sie darauf freute, wieder nach Hause zu kommen.

Grace und Claudia flogen am Mittwochmorgen vom internationalen Flughafen in Miami ab, landeten am frühen Nachmittag auf dem O'Hare Airport in Chicago und nahmen ein Taxi zu ihrem Hotel. Daniel hatte sie begleiten wollen, doch Claudia war es lieber gewesen, dass er zu Hause bei den beiden Jungen blieb. Sie hatte die Vorkehrungen für die Reise Grace überlassen, die dabei ganz ihren Gefühlen folgte. Die Luccas hatten ihr Leben lang in Melrose Park gewohnt. Als Frank mit seinem Laden endlich mehr als nur ein bescheidenes Auskommen hatte, waren sie in ein hübsches Reihenhaus gezogen. Dann aber hatte er immer mehr auf seinen Profit statt auf Qualität geachtet, sich zunehmend mit Ellens besten Kunden zerstritten und sie nach und nach verloren. Nachdem sie LUCCA'S hatten schließen müssen, war es ihnen zwar gelungen, im Haus wohnen zu bleiben, doch Ellen hatte schwer arbeiten müssen, um alles zusammenzuhalten. Grace wünschte sich von Herzen, sie hätte Ellen dafür bewundern und lieben können, aber selbst die härteste Schufterei konnte nicht aus der Welt schaffen, dass Ellen tatenlos zugesehen hatte, wie ihr Mann Claudia missbrauchte.

Grace vermutete, dass dies der Grund dafür war, dass sie nicht in der Nähe des Hauses in Melrose Park wohnen wollte, wenn sie und Claudia Ellen Lucca die letzte Ehre erwiesen. Sie würden in einem schönen Hotel absteigen, dem Mayfair Regent, ein vornehmes, aber gemütliches Haus mit Blick auf den Michigan-See, dessen Zimmer luxuriös eingerichtet waren und wo es im Barraum einen Kamin gab. Claudia hatte sich zunächst gesträubt und ein schlechtes Gewissen bekommen, doch Grace war hartnäckig geblieben.

»Ich habe nicht vor zu analysieren, wie ich mich jetzt verhalte«, hatte sie ihrer Schwester erklärt. »Das hier tue ich schließlich nicht als Psychologin, sondern als Frau, die sich eine anständige Unterkunft leisten kann. Und ich will, dass wir nach der Trauerfeier und der Begegnung mit Frank das bequemste Zimmer und das schönste Bad haben und einen ordentlichen Scotch bekommen.«

Die letzten zwei Tage vor ihrer Abreise waren für Grace schwer gewesen, denn sie hatte erfahren, dass die Beerdigung auf den Tag fiel, an dem der Staatsanwalt der Anklage-Jury den Fall Cathy Robbins darlegen würde. Jerry Wagner behauptete, Grace könne in diesem Stadium nichts, aber auch gar nichts ausrichten, um ihrer Patientin zu helfen, und Sam Becket meinte, seiner Erfahrung nach habe Wagner Recht. Dennoch wäre Grace gern an Cathys Seite gewesen. Nun konnte sie nicht mehr tun, als mit ihr telefonieren. Es war ein unbefriedigendes, ja deprimierendes und weitgehend einseitiges Gespräch gewesen. Cathy wusste inzwischen, dass David Becket zwar wieder einigermaßen auf den Beinen war, dies aber nichts an ihrer Situation änderte. Sie verstand, dass Grace zur Beerdigung ihrer Mutter fahren musste, und drückte ihr Beileid aus. Aber es klang so teilnahmslos, so niedergeschlagen, dass Grace noch mehr Angst um das Mädchen bekam.

»Ich rufe an«, versprach sie Cathy, »um zu erfahren, wie die Dinge stehen.«

»Wir wissen doch, wie die Dinge stehen«, erwiderte Cathy.

»Vielleicht«, meinte Grace und bemühte sich, optimistisch zu klingen, »aber was diese Woche auch geschieht, Cathy, vergiss nicht, dass es erst der Anfang ist. Es ist noch zu früh. Mr. Wagner und seine Mitarbeiter, wir alle können noch nicht richtig für dich kämpfen.«

»Klar«, hatte Cathy geantwortet. »Ich weiß.«

Und dann hatte sie aufgelegt.

Zusammen mit Frank Lucca und einer Hand voll Freunden nahmen Grace und Claudia am Donnerstagmorgen Abschied von Ellen. Grace wusste nicht genau, was ihrer Schwester durch den Kopf ging, aber bei ihr selbst spielte sich zweifellos zu viel und gleichzeitig zu wenig ab. Zu viele, noch immer lebendige schlechte Erinnerungen und unausgesprochene Vorwürfe. Zu wenig Liebe und kein echtes Verzeihen. Vermutlich war es einfach zu spät, Frieden mit ihrer Mutter zu schließen, und sicher wusste Claudia das genauso gut wie sie.

Frank hatte sich verändert, er war stark gealtert. Als junger Mann hatte er, wie Grace zugeben musste, ziemlich gut ausgesehen, energisch und kräftig, aber jetzt besaß er fast keine Haare mehr, sein Schädel hatte eine unschöne Form, seine Nase wirkte größer als zuvor, und es war, als kämen sein Zynismus und seine Gemeinheit nun in den dunklen Augen und dem dünnen Mund zum Ausdruck.

Er weinte, als der Sarg seiner Frau ins Grab hinabgelassen wurde. *Krokodilstränen*, dachte Grace ohne jeden Anflug von Mitgefühl. Aber später, als sie ihn nicht mehr vor sich hatte, überlegte sie, ob die Tränen nicht vielleicht doch echt waren. Schließlich war Ellen ihm eine gute Frau gewesen und hatte zu ihm gehalten, selbst gegen ihre eigene Tochter.

»Sind Sie die Psychologin oder die andere Tochter?«, fragte eine Nachbarin Franks sie nach der Beerdigung, als sie sich in dem Haus in Melrose Park versammelten. Die magere Frau trug ein schwarzes Satinkleid und roch nach Salami.

»Ich bin die Psychologin«, erwiderte Grace. »Grace Lucca.«

»Ihr Vater war sehr traurig, dass Sie und Ihre Schwester Ihre Mutter nicht besucht haben, als sie noch bei uns war – Gott schenke ihrer Seele Frieden.«

Grace widerstand dem erstaunlich heftigen Verlangen, der Frau ins Gesicht zu spucken. »Es ist uns leider nicht möglich gewesen, zu kommen.«

»Ihre Mutter war ein wunderbarer Mensch.«

»Freut mich, dass Sie dieser Meinung sind«, erwiderte Grace und wandte sich ab.

»Ich habe mich heute schlecht benommen«, sagte sie zu Claudia, als sie in ihrem Hotelzimmer saßen. »Obwohl ich es gar nicht wollte. Ich hatte mir vorgenommen, alles mitzumachen, egal was, aber ich konnte es einfach nicht ertragen.«

»Aber du hast doch gar nichts Schlimmes getan«, meinte Claudia.

»Nicht?«, fragte Grace unsicher. »Dann hatte ich es wohl nur vor.«

Sie hatten beide heiß geduscht, sich in die Hotelbadetücher gewickelt und beim Zimmerservice ein Abendessen bestellt – Filetsteaks, die sie hungrig verschlungen hatten, dazu eine Flasche Bordeaux, von der sie jetzt noch tranken. Nun saßen sie gemütlich vor dem Fernseher, erschöpft, aber unendlich erleichtert, dass alles vorüber war. Über dem ganzen schrecklichen Tag lag eine Art Nebel, und Grace fühlte sich wieder so unberührt und gleichgültig wie zuvor. Es hatte keinerlei Überraschungen gegeben. Kein Akt der Reue vonseiten ihres Vaters. Im Gegenteil, er hatte jedem, der ihm sein Ohr lieh – und das waren nicht viele –, mehr als deutlich zu verstehen gegeben, dass Claudia und Grace ihn und Ellen im Stich gelassen hätten.

»Ob es wohl eine große Sünde ist«, fragte Claudia nun aus der Tiefe ihres Lehnsessels, »dass ich diesen Abend so richtig genieße?«

»Meinst du das im Ernst?«, erwiderte Grace, die auf dem Sofa saß.

»Leider ja.«

»Du kennst meine Antwort. Du bist ein ehrlicher Mensch, Claudia, keine Heuchlerin. Du bist nicht in der Lage, Trauer vorzutäuschen, und ich denke, dass wir beide keine Trauer empfinden, stimmt's?«

»Ich kann nicht um Mama trauern«, gab Claudia zu. »Trotzdem bin ich sehr traurig.«

»Ich auch«, sagte Grace. »Aber ich glaube, dass es da mehr um die Vergangenheit geht. Vielleicht trauern wir um das, was hätte sein können.«

»Ich glaube, wir haben Mutter schon vor Jahren verloren«, sagte Claudia leise.

»Ellen hat uns verloren«, erwiderte Grace. »Sie hat uns von sich gestoßen.«

Sie blieben noch lange sitzen und unterhielten sich, so wie sie es immer taten, wenn sie allein waren. Doch am nächsten Morgen, als sie ins Flugzeug nach Miami stiegen, hatte Grace das Gefühl, dass sich zwischen ihnen etwas verändert hatte. »Einen Schlussstrich ziehen« lautete ein gängiges Motto. Männer und Frauen bemühten sich darum, wenn eine Liebesaffäre endete oder eine Ehe gescheitert war. Opfern von Verbrechen sagte man, sie würden sich besser fühlen, wenn es ihnen gelänge.

Einen Schlussstrich ziehen.

Grace war diejenige gewesen, die von ihrem Mangel an Gefühlen beim Tod der Mutter gesprochen hatte. Claudia hingegen hatte stets als diejenige gegolten, die leichter erregbar und bedürftiger war. Doch als sie sich am Freitagnachmittag in Miami voneinander trennten, stellte Grace fest, dass Claudia einen Schlussstrich gezogen hatte und in den letzten vierundzwanzig Stunden irgendwie erwachsen geworden war. Von nun an und für immer würde sie alles, was sie an Familie brauchte, in Florida finden. Grace selbst aber, angeblich die Stärkere, die Anführerin, fühlte sich leer. In ihrem Inneren tat sich ein Loch auf, kalt und dunkel, das zuvor mit der heißen Glut aufgestauten Zorns gefüllt gewesen war. Ellen war für immer fort, und Frank besaß nicht mehr die Macht, ihr Schaden zuzufügen.

Aber es wäre gelogen zu sagen, dass dieser Gedanke Grace beruhigte.

Wie erwartet wurde die Klage gegen Cathy zugelassen, und der Staatsanwalt beantragte, dass sie vor ein Strafgericht für Erwachsene gestellt wurde. Außerdem legte man ihr inzwischen auch den Mord an Beatrice Flager und den Überfall auf David Becket zur Last. Wie Grace von Wagners Assistentin Verena Blaustein erfuhr, befand sich das Mädchen im Untersuchungsgefängnis für Frauen in Miami, ein paar Straßenzüge von der Flagler-Hunderennbahn entfernt.

Als Grace am Montag nach Ellens Beerdigung dort anrief, um einen Besuchstermin zu vereinbaren, teilte man ihr mit, Cathy fühle sich nicht wohl und wolle niemanden sehen. Wahrscheinlich, so überlegte Grace, hoffte man, sie würde dies als Niederlage auffassen und aufgeben. Aber sie blieb hartnäckig, bis man sie schließlich mit einem der Gefängnisärzte sprechen ließ, einem Dr. Parés. Grace war erleichtert zu hören, dass er sich ernstlich Sorgen um Cathys Zustand machte.

»Sie ist äußerst deprimiert, Dr. Lucca«, berichtete Parés, der eine weiche Stimme und einen Akzent besaß. »Und sie hat sehr viel geweint. Ich fürchte, sie fühlt sich verlassen und verraten.«

»Was gedenken Sie zu tun?« Die Vorstellung, dass die Gefängnisleitung schwierige Häftlinge mit Medikamenten voll pumpte, um sie ruhig zu stellen, erfüllte Grace mit Angst und Schrecken, besonders wenn sie daran dachte, was Cathys leiblicher Vater ihr als Kind angetan hatte.

»Viel kann ich nicht tun«, erwiderte Dr. Parés. »Es ist noch zu früh. Ich habe mein Bestes versucht, sie zu beruhigen. Keine leichte Aufgabe, wie Sie sich sicher denken können.«

»Haben Sie ihr Medikamente verschrieben?« Grace konnte der Versuchung nicht widerstehen, diese Frage zu stellen.

»Sie bekommt zwei Milligramm Valium, damit sie besser schlafen kann«, antwortete der Arzt ein wenig pikiert.

»Könnten Sie Cathy vielleicht dazu überreden, sich mit mir zu treffen, Dr. Parés?«

Sein kurzes Zögern ließ keinen Zweifel offen. »Das dürfte schwierig sein. Schließlich gehören Sie zu den Menschen, von denen Cathy sich am meisten verraten fühlt.«

Grace war bestürzt, obwohl es sie nicht überraschte. Seit Harry die Tatwaffe ausgegraben hatte, empfand sie – auch wenn es vollkommen irrational war – Schuldgefühle, die sich im Laufe der letzten Woche verstärkt hatten.

»Ich will ihr doch nur helfen. Ich glaube, dass Cathy unschuldig ist, und möchte ihr als Freundin zur Seite stehen. Wenn Sie versuchen würden, ihr das zu erklären, wäre ich Ihnen sehr dankbar.«

»Ich werde tun, was in meiner Macht steht«, versicherte Parés, nun ein wenig freundlicher. »Auch ich kann mir nur schwer vorstellen, dass sie schuldig ist. Obwohl manchmal der Schein ja bekanntlich trügt.«

Natürlich hatte er damit Recht. Grace wusste sehr gut, dass sie immer tiefer in die Falle geriet, die sie schon bei ihrer ersten Begegnung mit Cathy vor nunmehr knapp fünf Wochen geahnt hatte. Das Mädchen war ihre Patientin und Opfer eines Verbrechens, zugleich aber wurde sie des mehrfachen Mordes verdächtigt. Bei keinem anderen ihrer zahlreichen Patienten musste Grace, was ihre eigenen Gefühle betraf, so Acht geben wie bei Cathy. Ihre Gedanken über das Mädchen mussten so klar und deutlich sein wie die Beschriftung auf ihrem lederfarbenen Ordner in ihrem Büro – ROBBINS, C. Und nur vor, während und nach einer Sitzung durfte sie über Cathy nachdenken. In Wirklichkeit jedoch schwirrte Cathy ihr Tag und Nacht im Kopf herum und schlich sich sogar schon in ihre Träume. Völlig unverzeihlich aber war, dass dieser Fall von Zeit zu Zeit sogar Grace' Sitzungen mit anderen Patienten beeinflusste.

Mittlerweile wurde ihr klar, dass sie sich mit einem Kollegen in Miami beraten und Cathys Fall vielleicht sogar einem unbeteiligteren Dritten übergeben müsste.

Zwar würde Cathy sich verraten fühlen, aber das war ja ohnehin schon der Fall, wenn man Dr. Parés glauben durfte. Und sosehr Grace diesen Gedanken auch verabscheute – was war, wenn Cathy die Morde doch begangen hatte? Würde sie dann nicht viel besser mit einem Psychologen fahren, der bereit war, dies zu akzeptieren? Mit jemandem, der sich sofort daran machte, sie auf dieser Grundlage zu behandeln? Als potenzielle Psychotikerin. Als Serienmörderin. Als Muttermörderin.

»Vielleicht ist es Zeit«, sagte Grace kurz vor der Mittagspause zu Harry, ihrem treuen Verbündeten, »diese Möglichkeiten wirklich in Erwägung zu ziehen.«

Der Hund rührte sich nicht, blickte sie jedoch mit funkelnden, dunklen Augen an.

Er hatte nichts dazu zu sagen. Als wüsste er, dass Grace nur nach einer Ausrede suchte. Dass sie sich selbst etwas vormachte. Grace war sich durchaus im Klaren darüber.

Sie konnte Cathy unmöglich jemand anderem überlassen.

Am Dienstagmorgen rief David Becket bei Grace an. Sam hatte ihr bereits erzählt, dass sein Vater nun wieder ganz zu Hause war, jedoch ständig Streit suchte. Für Grace aber klang seine vertraute Stimme warm und herzlich wie immer.

»Als wir das letzte Mal Gelegenheit hatten, uns zu unterhalten«, sagte David, »haben wir über diesen Mistkerl gesprochen, den so genannten leiblichen Vater von Cathy Robbins.«

»Ich glaube, ja.«

»Und dann erinnere ich mich nur noch ... nun ja, Sie wissen ja, was dann passiert ist.« David wechselte das Thema. »Sam hat mir von Ihrer Mutter erzählt, Grace. Es tut mir Leid.«

Sie hatte Sam seit der Bar Mizwa nicht mehr gesehen, wohl aber mit ihm telefoniert und ihm dabei von ihrem Besuch in Chicago erzählt. Er hatte sie gefragt, ob sie etwas brauche oder lieber ihre Ruhe hätte, aber weder das eine noch das andere war der Fall. Irgendwann würde sie Sam vielleicht die ganze elende Geschichte ihrer Kindheit erzählen, sofern sie jemals Zeit und Ruhe dafür fanden.

»Danke, David«, sagte sie. »Und Sie, wie geht es Ihnen?«

»Jeden Tag besser. Judy wird langsam verrückt, weil ich mehr unternehmen will, als sie für richtig hält.« Er hielt kurz inne. »Wie ich hörte, war sie ein bisschen abweisend zu Ihnen, weil Sie zu Cathy halten.«

»Ich kann es verstehen.«

»Ich nicht, und das habe ich ihr auch gesagt.«

»Das wäre nicht nötig gewesen, David.«

Schließlich kam er zur Sache. »Wir müssen mehr für das Mädchen tun. Was ich erfahren habe, gefällt mir nicht. Für mich hört sich das alles so an, als hätte man sie aufgegeben.«

»Wie meinen Sie das?«, fragte Grace, obwohl sie die Antwort schon zu wissen glaubte.

»Dieser Blödsinn mit der Unzurechnungsfähigkeit.«

»Dann haben Sie also mit Wagner gesprochen?«

»Gestern. Ich wollte mich kundig machen, was er für Cathy tut, und sehen, wie ich helfen kann. Aber ich bin nicht gerade weit gekommen. Ich habe zu ihm gesagt, wenn ich schon eines ihrer so genannten Opfer sein soll, dann könnte ich doch als Leumundszeuge ganz nützlich sein.«

»Und was hat er dazu gemeint?«

»Dass er abwarten und erst sehen will, wie der Fall insgesamt sich entwickelt. Er sagte, mit einem Leumundszeugen wäre es nicht getan. Da ich nicht beschwören könne, dass Cathy nicht diejenige war, die auf mich eingestochen hat, wäre meine Aussage nicht beweiskräftig genug. Als ich daraufhin meinte, bestimmt wäre jede Kleinigkeit hilfreich, hat er mir zwar nicht widersprochen, aber er hat auch nicht richtig Feuer gefangen.«

»Dann halten Sie also nicht viel von Wagner«, meinte Grace ruhig.

»Ich weiß nicht. Ich hoffe, dass er kein Arschloch ist.« David schwieg eine Weile. »Er hat mir gesagt, Sie hätten ihm von Broderick erzählt. Er lässt die Sache von seinen Leuten überprüfen, aber bis jetzt ist noch nicht viel dabei herausgekommen. Hoffentlich strengen sie sich an.«

»Ich glaube, das ist eine ziemlich schwierige Aufgabe.«

»Den *advocatus diaboli* zu spielen, passt nicht zu Ihnen, Grace«, gab David zurück. »Sie wissen so gut wie ich, dass Cathy jemanden braucht, der Himmel und Erde in Bewegung setzt, um ihr zu helfen. Herrgott noch mal, dieser Kerl muss doch wissen, dass die Medien sich überschlagen, wenn er einen toten, mordgierigen Vater ausgräbt.«

»Das weiß er, da bin ich mir sicher. Er glaubt wohl nur nicht daran, dass der Vater noch lebt.« Grace holte Luft. »Hat Sam mit Ihnen über Broderick gesprochen?«

»Sam sagt mir fast alles, was ich wissen will.« David kehrte ein wenig den Überlegenen heraus. »Er hält sich für absolut verschwiegen, für einen richtig harten Cop, aber ich kriege immer aus ihm raus, was ich will.«

»Halten Sie es für möglich, dass Broderick hinter alledem steckt, oder glauben Sie, ich mache nur viel Lärm um nichts?«

»Ich weiß, dass jemand dahinter steckt und dass es nicht Cathy ist.«

»Was macht Sie so sicher, David? Immer noch Intuition?«

»So könnte man es nennen. Ich habe das Mädchen in den Armen gehalten, nachdem es zwischen seinen ermordeten Eltern lag. Wenn ich mich in ihr getäuscht habe, können die Bullen *mich* einsperren und den Schlüssel wegwerfen.«

»Wagner sucht ja angeblich nach der besten Möglichkeit, Cathy vor dem Gefängnis zu bewahren.«

»Und sie stattdessen in eine Anstalt zu stecken«, erwiderte David verächtlich. »Soll das besser sein? Ist das Gerechtigkeit?«

»Mich brauchen Sie nicht zu überzeugen«, sagte Grace.

Am Nachmittag und noch einmal am Morgen darauf versuchte Grace, die Erlaubnis für einen Besuch bei Cathy zu erhalten, doch beide Male erhielt sie dieselbe Antwort: Cathy wolle sie nicht sehen. Zunehmend besorgt rief Grace schließlich den Gefängnisarzt an.

Dr. Parés klang müde, bemühte sich aber, ihr aufmerksam zuzuhören. Er habe, so sagte er, Cathy am Morgen besucht und freue sich, berichten zu können, dass ihr psychischer Zustand sich offenbar nicht verschlechtert habe.

»Aber auch nicht verbessert?«, fragte Grace.

»In Anbetracht der Umstände«, erwiderte der Arzt, »ist Cathy ziemlich gefasst.«

Grace wusste, dass diese Worte sie beruhigen sollten; stattdessen stieg Angst in ihr auf. »Gefasst« – das klang nach Resignation, und Grace fürchtete, Cathy könne sich aufgegeben haben.

Mit ihrem nächsten Anruf wartete sie bis zum Nachmittag. Sie brauchte Trost, und plötzlich glaubte sie, die Person, die ihr am ehesten diesen Trost geben oder sie zumindest beruhigen könne, sei Sam. Als sie ihn im Revier zu erreichen versuchte, wurde sie mit seiner Mailbox verbunden, und so wählte sie die Handy-Nummer, die er ihr gegeben hatte. Er meldete sich fast sofort, klang jedoch kurz angebunden.

»Sam, ich bin's, Grace. Wenn du zu viel zu tun hast, häng einfach ein.«

»Ich bin zwar sehr beschäftigt, aber ein paar Sekunden habe ich übrig.«

»Können wir uns treffen?« Sie war schrecklich nervös.

»Wann? Jetzt?« Der knappe Tonfall war verschwunden.

»Ich weiß nicht. Heute Abend? Wenn du Zeit hast.«

»Kochst du noch mal für mich? Ich mag es, wie du kochst.«

»Ich mag es, wie du isst.«

»Um sieben? Acht?«

»Acht.«

»Abgemacht.«

Als Grace auflegte, brannten ihre Wangen.

»Uff«, sagte sie.

Das hast du gut gemacht, Grace.

»Wie heißt das auf Italienisch?«, fragte Sam.

Gleich nach dem kurzen Telefonat mit ihm war Grace zum Fleischmarkt gegangen und hatte eine Ente gekauft. Zu Hause hatte sie noch ein Glas Pflaumen in einer Marinade aus Wein, Zimt und Koriander gefunden, das sie letzten Herbst beiseite gestellt hatte. Als sie jetzt die letzten Happen von dem gebratenen Fleisch mit wildem Reis und einem frischen, leichten Salat verzehrten, erfüllte der aromatische Duft noch immer die Küche.

»Soweit ich weiß, gibt es das im Italienischen nicht«, erwiderte sie, während sie mit einem Stück Brot die Sauce auftunkte. »Das Einzige, was auf diesem Tisch wirklich italienisch ist, das ist die *ciabatta*.« Sie sah, wie Harry sich alle

Mühe gab, ihrem Gast ein paar Brocken abzubetteln. »Gib ihm nichts von dem Fleisch, es ist zu fett. Er wird dick.«

»Ich weiß nicht, wie es bei dem Hund ist. Aber ein Mann könnte bei dir ziemlich zunehmen.« Sam musterte sie. »Warum bist du eigentlich nicht dick, Grace?«

»Die Anspannung vielleicht.«

»Cathy?«

Sie blickte ihn an. Er wirkte so ruhig, wie er da an ihrem Tisch saß. Grace musste daran denken, wie viel Schreckliches Sam in seinem Berufsleben schon gesehen haben musste. Zu David Becket hatte sie einmal gesagt, sie sei es gewohnt, hässliche Dinge zu hören, aber das war sicher nicht zu vergleichen mit den Albträumen, die für Sam zum täglichen Geschäft gehörten.

»Erzähl mir ein bisschen, Grace.«

»Was?«

»Was dir durch den Kopf geht.«

Sie stand auf. »Zuerst das Dessert.«

»Da sage ich natürlich nicht nein.«

Sie brauchte eine Weile, um frische Pfirsiche mit Honig und Zimt zu grillen. Währenddessen stellte Sam die Teller in die Spülmaschine und tollte dann mit Harry auf dem Boden herum. Schließlich servierte Grace die Pfirsiche mit Vanilleeis.

»Mein Gott«, entfuhr es Sam. Er setzte sich wieder.

»Eine Art Therapie«, meinte Grace.

»Das Essen oder das Kochen?«

»Beides. Bei mir funktioniert das fast immer.«

Beim Dessert sprachen sie wieder über ihre Vergangenheit. Grace erzählte aus ihrer Kindheit in Chicago – damals in der schlechten, alten Zeit – und Sam vom Urgroßvater seines Urgroßvaters, einem Sklaven, der in den dreißiger Jahren des neunzehnten Jahrhunderts aus Georgia geflohen und über Key Biscayne auf die Bahamas gelangt war.

»Ich habe das alles von meinem Vater und aus seinen Tagebüchern«, erklärte Sam. »In der Familie meiner Mutter wollte niemand etwas von der Vergangenheit wissen. Aber ich bin auch mit den Vorfahren meines Vaters schon ausreichend beschäftigt.«

»Was geschah auf den Bahamas?«, fragte Grace.

»Mein Vorfahre hat als Landarbeiter auf Eleuthera gearbeitet, seine Frau war Dienstmädchen. Die Familie saß fast fünfzig Jahre dort fest, bis mein Ururgroßvater sie nach Florida Keys brachte. Wie mein Vater mir erzählt hat, versuchte er sich als Fischer, war aber ständig seekrank, sodass er schließlich auf einer Ananasfarm auf Key Largo arbeitete. Als der Boden ausgelaugt war, zogen sie aufs Festland und ließen sich in Black Grove nieder.«

»Und dort lebte deine Familie bis 1971«, ergänzte Grace leise.

»Außer dass mein Großvater, als mein Daddy noch ein Säugling war, mit seiner Familie nach Liberty City zog. Sie besaßen dort ein Restaurant, und meine Großmutter nähte Kleidung für andere Leute. Mein Dad besuchte die Dorsey High-School und ging nach Overtown, wann immer er Zeit hatte, und trieb sich dort in den Jazzclubs herum. Und dann wurde die Schnellstraße gebaut, was für den Ort und damit auch für Liberty City weitgehend das Aus bedeutete. Deshalb zog die Familie wieder nach Black Grove, und mein Vater wurde Polizist. Dann kam meine Wenigkeit zur Welt. Den Rest kennst du mehr oder weniger schon.«

Grace schwieg eine Weile. Schließlich meinte sie: »Dann bist du also wegen deinem Vater Polizist geworden.«

»Zum Teil«, erwiderte Sam. »Ich wollte mit ihm verbunden bleiben.«

»Und hatte es auch etwas damit zu tun, wie deine Eltern und deine Schwester ums Leben gekommen sind?« Grace dachte an die Schüsse des weißen Polizisten, die die Rassenunruhen in Opa-Locka ausgelöst hatten, und fragte sich, was sie für einen Siebenjährigen wohl bedeutet haben mochten.

»Ja, ich glaube, damit auch«, sagte Sam. »Mit der Treue zu meinem Vater und seinen Hoffnungen.«

»Und wie haben David und Judy es aufgenommen?«

»Sie waren irritiert. Schließlich hatten sie mich auf eine Privatschule und dann aufs Spellman College geschickt.« Sam lächelte freundlich, aber ein wenig zurückhaltend. »Sie haben mich nie gedrängt, in Davids Fußstapfen zu treten oder so was, aber ich vermute, Judy hätte auch ganz gut ohne die Angst auskommen können.«

»David ist bestimmt sehr stolz auf dich«, meinte Grace.

»Und Ma auch.« Sam grinste. »Wenigstens spricht Saul davon, die medizinische Laufbahn einzuschlagen, sodass immer noch Hoffnung für die nächste Generation besteht.«

Nach dem Essen gingen sie wieder hinaus zu jener Stelle auf dem Bootssteg, wo sie am Ende immer mit ihrer Kaffeetasse in der Hand landeten.

»Wenn du nicht über Cathy sprechen willst«, meinte Sam, »finde ich das in Ordnung. Aber meinetwegen brauchst du dich nicht zurückzuhalten.«

»Es gibt eigentlich nichts Neues.« Grace seufzte. »Außer dass ich mit jedem Tag mehr Angst um sie habe.«

»Das ist auch berechtigt.«

Sie lächelte gequält. »Da fühle ich mich gleich besser.«

Sam zögerte. »Ich habe von einem Kollegen in der FBI-Außenstelle in Miami Beach Nord eine Art nachträgliches Profil erstellen lassen, wozu Broderick in der Lage sein könnte, würde er noch leben.« Er hielt inne. »Es bestätigt deine Einschätzung.«

Grace hatte plötzlich eine Idee. »Hat jemand auch ein Profil von dem Skalpellmörder angefertigt?«

»Nicht offiziell, nein«, antwortete Sam leise.

»Warum nicht?« Doch Grace kannte die Antwort bereits und gab sie auch gleich selbst: »Weil fast alle glaubten, sie hätten schon ihre Verdächtige, nämlich Cathy.« Sam erwiderte nichts, und Grace machte es ihm nicht zum Vorwurf. »Was meinst du mit ›nicht offiziell‹?«

»Inoffiziell hat derselbe Kollege ein Profil angefertigt.«

Grace schüttelte den Kopf. »Warum habe ich den Eindruck, dass bei diesen Ermittlungen jede vernünftige Idee geheim bleiben muss? Hat das Profil denn auf Cathy gepasst?«

»Eigentlich nicht. Es war nur nicht aussagekräftig genug, um jeden Verdacht gegen sie auszuräumen.« Sam trank einen Schluck und blickte auf das Wasser. »Aber mein Kollege meint, wenn Broderick noch lebt, könntest du mit deiner Theorie Recht haben.«

»Wie kann dasselbe Profil auf einen erwachsenen Mann und ein junges Mädchen zutreffen?«

»Natürlich geht das nicht. Aber es gab zum Beispiel keinerlei Hinweis auf das Geschlecht des Mörders. Und wie du weißt, haben alle Opfer geschlafen, weshalb für die Tat keine besondere Körperkraft erforderlich war.«

»Und wie steht es mit der Tiefe der Einstiche?« Grace dachte mittlerweile über Dinge nach, die ihr zuvor nie in den Sinn gekommen waren. »Kann man heutzutage nicht feststellen, wie schnell und mit welcher Kraft das Skalpell in den Körper eingedrungen ist?«

»So etwas untersucht der Pathologe«, erwiderte Sam. »In allen Fällen hat der Mörder wuchtig und mit äußerster Präzision zugestochen, aber theoretisch gab es nichts, was ein vierzehnjähriges Mädchen in guter körperlicher Verfassung nicht auch hätte schaffen können.«

Beide schwiegen eine Zeit lang. Harry stand von seinem Platz zwischen ihnen auf und schlich ins Haus zurück, wahrscheinlich in Richtung Küche, um dort nach ein paar Resten Ente Ausschau zu halten, die versehentlich heruntergefallen sein könnten.

Plötzlich fiel Grace wieder der Vorschlag ein, den Peter Hayman bei ihrem letzten Besuch gemacht hatte. Kaum zu glauben, dass sie das bis jetzt vergessen hatte. Möglicherweise hatten ihr der Tod der Mutter und die Beerdigung doch mehr zugesetzt, als sie sich eingestand.

»Könntest du mir ein Foto von Broderick besorgen, Sam?«

»Ich habe schon eins.«

»Und warum hast du es mir nicht gezeigt?«

»Das letzte Mal, als ich dich besucht habe, warst du noch Psychologin, keine Polizistin.«

»Aber das hat dich doch auch nicht davon abgehalten, mir Dinge zu erzählen, die du mir eigentlich nicht erzählen durftest. Ich muss das Foto sehen, Sam. Vielleicht erkenne ich ihn wieder.«

Sam lächelte in die Dunkelheit.

»Was ist?«, fragte Grace.

»Das Foto ist erst gestern eingetroffen. Ich habe es vor etwa einer Woche beim Lafayette Hospital angefordert, aber das Fax, das sie geschickt haben, war saumäßig schlecht. Sie haben es dann per E-mail geschickt, nur hat es ganz schön gedauert.«

»Dann hast du es also bei dir?«, fragte Grace ungeduldig.

»Ich würde es doch nicht wagen, deine Ente und deine Pfirsiche zu essen und dir dann das Foto vorzuenthalten.«

Sie gingen ins Haus zurück, wo Sam die Aufnahme aus der Innentasche seiner Jacke holte und auf den Tisch legte. Grace setzte sich und betrachtete das Bild.

Zum ersten Mal sah sie John Broderick.

Er war hellhäutig wie seine Tochter. Das Haar nicht ganz so goldblond. Blaue Augen. Große Nase, schmale Lippen, aber das Gesicht war rundlich und sonnengebräunt. Keine besonderen Merkmale. Keine Narben, auch nicht von Pickeln.

Die Aufnahme war auf einen weißen Bogen aufgeklebt, darunter standen ein paar handgeschriebene Daten in schwarzer Tinte. 9/8/85. (Das Datum der Aufnahme – also etwa vier Jahre vor seinem Verschwinden). Größe: 1,83 m. Gewicht: 94,5 kg.

»Ziemlich schwer«, kommentierte Sam. »Übergewichtig.«

Grace nickte.

»Vielleicht hat er zu viel getrunken. Möglicherweise hat er auch Hormone genommen.«

Grace schwieg noch immer.

»Was ist?«, fragte Sam.

Sie schüttelte den Kopf. »Nichts – eigentlich nichts.«

»Meinst du, dass du diesen Mann schon mal gesehen hast?«

»Nein. Das glaube ich nicht.« Sie zögerte. »Es ist nur – er kommt mir so vertraut vor.«

»Er ist Cathys Vater.«

»Nein, das ist es nicht.« Grace starrte weiter auf das Foto. »Vielleicht ist es nur … ich bin mir nicht sicher.«

»Lass dir Zeit«, sagte Sam sanft. »Vergiss nicht, dass das Foto vor über zwölf Jahren entstanden ist. Wenn er noch lebt, ist er also viel älter und könnte sein Aussehen verändert haben.«

»Wenn er der Mörder ist«, meinte Grace, »hat er sein Aussehen bestimmt verändert. Ich an seiner Stelle hätte es jedenfalls getan.«

»Er könnte auch seine gesamte Identität verändert haben«, mutmaßte Sam, »durch eine Operation beispielsweise. Zumindest könnte er sich die Haare gefärbt oder kahl geschoren haben, oder er hat sich eine Perücke zugelegt. Vielleicht hat er sich einen Bart wachsen lassen, hat ein bisschen abgenommen oder zugenommen, oder er trägt gefärbte Kontaktlinsen.«

»Mit anderen Worten«, Grace nahm den Blick von dem Foto und schaute Sam an, »besteht praktisch keine Chance, diesen John Broderick ausfindig zu machen.«

»Es gibt immer eine Möglichkeit«, erwiderte Sam. »Kommt er dir immer noch vertraut vor?«

Grace blickte wieder auf das Foto. »Ich weiß nicht. Vielleicht, weil ich Cathy darin sehe. Vielleicht war aber auch nur der Wunsch Vater des Gedankens.« Sie zögerte. »Darf ich es behalten?«

Sam nickte. »Es ist eine Kopie. Behalt sie, wenn du möchtest. Aber sie ist nur für dich bestimmt, Grace. Du darfst sie nicht herumzeigen und Detektiv spielen.«

»Ich verstehe.«

Sam setzte sich. »Willst du meinen Rat hören?«

»Klar.«

»Denk nicht zu viel darüber nach. Soweit ich es sehe, ist es das alte Foto eines Toten.«

»Ich weiß«, erwiderte Grace, »aber ...«

Sam legte vorsichtig und doch fest seine Hand auf die ihre. Sie verstummte, wie er es beabsichtigt hatte. »Kein Aber, Grace. Lass nicht zu, dass Broderick von dir Besitz ergreift.« Er warf einen Blick auf das Bild. »Ehrlich gesagt, wenn du ihn schon einmal gesehen hättest, hättest du ihn auf den ersten Blick wieder erkannt.«

»Funktioniert das immer so?« Sie unternahm keinerlei Versuch, ihre Hand wegzuziehen. Es gefiel ihr, seine Haut auf ihrer zu spüren. Ihr gefiel der sanfte Druck.

»Meistens, ja.«

»Ich nehme an, dass einem sonst die eigene Fantasie einen Streich spielt.«

»Das kommt vor.«

»Dann lege ich es einfach weg.« Grace rührte sich nicht von der Stelle. Und Sam auch nicht.

»Und wenn – was höchst unwahrscheinlich ist – wenn du irgendwann jemanden siehst, der deiner Meinung nach dieser Kerl sein könnte, zwölf Jahre später, ruf mich sofort an.« Sams Blick war ernst, genauso wie seine Stimme. »Hast du gehört, Grace? Auch wenn du dir nicht hundertprozentig sicher bist, ruf mich an. Und halt dich von ihm fern.«

»Das klingt ja so, als würdest du glauben, dieser Fall könnte wirklich eintreten.«

»Wenn wir nicht beide verrückt sind, wenn auch nur irgendetwas dran ist an dem Verdacht, dann glaube ich tatsächlich, dass es möglich ist.« Seine Stimme war hart. »Und wenn es passiert – denk daran, dass er ein sehr gefährlicher Mann ist.«

Es war, wie Grace fand, nicht gerade ein romantisches Gespräch. Sie zog die Hand weg. »Noch eine Tasse Kaffee?«

»Warum nicht?«

Sie erhob sich und setzte erneut Wasser auf.

»Weißt du noch, wie wir uns über die Oper unterhalten haben?«, fragte Sam.

»Ja. Ich habe gesagt, dass ich Opern mag. Du hast gemeint, so etwas gibt es nicht, wenn es um Opern geht, sondern dass man sie entweder hasst oder versessen darauf ist. Und ich habe geantwortet, dass ich vielleicht jemanden brauche, der mir beibringt, Opern zu hören.«

»Du merkst dir fast alles, wie?«, bemerkte er.

»In meinem Beruf muss man gut zuhören und darf nichts vergessen.«

»In meinem auch.« Sam hielt einen Augenblick inne. »Morgen Abend bin ich für eine Probe eingeteilt.«

»Probe?«

»Hast du schon mal was von der South Beach Opera gehört?«

»Nein, noch nie.« Grace hatte das Gefühl, sich entschuldigen zu müssen. »Aber bestimmt sollte ich sie kennen.«

»Nur wenn du versessen auf Opern bist, was ja nicht der Fall ist, wie wir wissen. Nur wer so verrückt darauf ist, dass er sich auch mit einer drittklassigen Aufführung und einer Truppe begnügt, die aus engen Freunden oder Verwandten besteht, kommt zu unseren Vorstellungen.« Er grinste. »Ich biete dir nicht mal eine richtige Aufführung an, sondern nur eine Probe.«

»Hört sich so an, als könnte es lustig werden.«

»Du hast noch nicht gefragt, welche Oper wir proben.«

»Spielt das bei einem Banausen wir mir eine Rolle?«

»Wahrscheinlich nicht.«

33.

Am nächsten Morgen, als Grace sich gerade ein Muffin toastete, klingelte das Telefon.

»Grace?«

Es war Cathy, die von einem Münztelefon aus anrief. Zunächst war Grace erleichtert, von ihr zu hören, dann aber merkte sie, dass das Mädchen weinte.

»Cathy, was ist los?«

»Sie müssen mir helfen, Grace!«

»Was ist passiert?« In Grace' Kopf schrillten sämtliche Alarmglocken los. Vor ihrem inneren Auge sah sie, wie Cathy verprügelt, vergewaltigt, misshandelt wurde. Sie gab sich Mühe, ihre Stimme unter Kontrolle zu halten, zumal das Mädchen bestimmt nicht lange mit ihr sprechen durfte. »Cathy, bitte beruhige dich, und sag mir, was du brauchst.«

»Warum sind Sie nicht gekommen?« Die Frage klang vorwurfsvoll.

»Wohin?« Grace' Gedanken überschlugen sich.

»Warum haben Sie nicht vor den Geschworenen und dem Richter ausgesagt?«

»Du weißt, warum.« Grace war bestürzt. »Ich habe es dir doch erklärt, Cathy. Ich musste nach Chicago. Und selbst wenn ich gekommen wäre, hätte ich nichts für dich tun können. Das hat uns Mr. Wagner doch auch gesagt.«

»Aber Sie hätten etwas schreiben können. Dafür sorgen, dass ich im Jugendgefängnis bleiben kann.« Zum ersten Mal schwang ein Anflug von Hysterie in Cathys Stimme mit. »Ich komme auf den elektrischen Stuhl, Grace. Sie schnallen mich darauf fest und töten mich!«

»Aber nein, Cathy. Das wird nicht geschehen.« Obwohl ihr das Blut in den Adern stockte, sprach Grace mit allem Nachdruck. »Wer hat dir denn diesen Unsinn in den Kopf gesetzt? Sag mir, wer das war, und ich sorge dafür, dass der Betreffende mit diesem Unfug aufhört.«

»Das können Sie doch gar nicht!« Plötzlich klang Cathys Stimme hart. »Sie haben doch selbst gesagt, Sie können nichts für mich tun ...«

»Das stimmt nicht. Ich kann nichts an dem ändern, was bereits geschehen ist«, fiel Grace dem Mädchen hastig ins Wort. »Cathy, bitte glaub mir, wir hier draußen tun alles für dich. Ich habe dir doch geschrieben, dass wir nicht aufgeben.«

»Wer ist wir?«

»Hast du meine Briefe nicht bekommen?«

»Wer ist wir?«, wiederholte Cathy.

»Dr. Becket und ...«, antwortete Grace.

»Ach, der kann mir doch auch nicht helfen«, meinte Cathy. »Mr. Wagner sagt, weil er nicht gesehen hat, wer mit dem Messer auf ihn losgegangen ist, kann er auch nicht für mich aussagen.«

»Aber Dr. Becket ist von deiner Unschuld überzeugt, obwohl man dir vorwirft, ihn angegriffen zu haben. Und wenn Dr. Becket dir glaubt, ist es nur eine Frage der Zeit, bis wir die anderen, auf die es ankommt, auch davon überzeugen.«

»Und wenn Sie das nicht können?«

»Wir schaffen das schon, Cathy!«

»Und wenn nicht, werde ich zum Tode verurteilt, nicht wahr?«

»Dazu wird es nicht kommen, Cathy.«

»Aber möglich ist es – jetzt, wo ich als Erwachsene gelte.« Ihre Stimme klang schrill vor Angst. »Ich ende auf dem elektrischen Stuhl, und wenn nicht, muss ich in diesem grässlichen Gefängnis bleiben. Hier sind alle gegen mich. Sie hassen mich ...« Plötzlich verstummte sie.

»Cathy?« Am anderen Ende der Leitung hörte Grace Stimmen und andere Geräusche, konnte aber nicht verstehen, was vor sich ging. Krampfhaft umklammerte sie den Telefonhörer. »Cathy, was ist los? Ist alles in Ordnung?«

Dann meldete sie sich wieder. »Ich muss Schluss machen.« Sie schluchzte.

»Cathy, wer war das? Was tun sie dir an?«

»Grace, ich muss jetzt Schluss machen?«

»Wirst du schlecht behandelt?«

Doch die Verbindung war schon unterbrochen.

Grace kam sich hilflos vor. Ihr Tag war bis zum Abend ausgefüllt mit Sitzungen; keinen ihrer Patienten konnte sie guten Gewissens auf einen späteren Termin vertrösten. Doch selbst wenn sie alles liegen und stehen ließ und zum Untersuchungsgefängnis fuhr, würde man sie ohne vorherige Anmeldung wohl kaum zu Cathy vorlassen. Außerdem fürchtete Grace, dass der Vorwurf, man würde Cathy schikanieren, ohne einen stichhaltigen Beweis alles nur noch schlimmer für das Mädchen machen würde. Soweit Grace es einschätzen konnte, war Cathys plötzlicher Anfall von Hysterie eine verspätete Reaktion auf die Entscheidung, sie als Erwachsene vor Gericht zu stellen. Schlimmer noch, Cathy konnte durchaus Recht haben. Nach dieser Entscheidung stand jetzt viel mehr für sie auf dem Spiel, und das Gerichtsverfahren endete womöglich schrecklicher, als man es sich in seinen schlimmsten Vorstellungen ausmalen mochte.

Um elf Uhr vormittags versuchte Grace, bei Dr. Parés anzurufen, doch er war nicht zu erreichen. Um fünf vor eins – bis dahin hatte sie keine freie Minute – klingelte sie bei Jerry Wagner an, aber der war beim Mittagessen, wie Grace bereits vermutet hatte. Um fünfzehn Uhr hinterließ sie bei Dr. Parés eine zweite Nachricht. Eine Stunde später wählte sie Sams Nummer.

»Ich störe dich nur ungern bei der Arbeit …«

»Gibt es ein Problem mit heute Abend?«

»Nein, darum geht es nicht.«

Grace berichtete Sam von Cathys Anruf. Sie merkte ihm an, dass er über die Reaktion des Mädchens nicht weniger entsetzt war als sie selbst, aber das hieß noch lange nicht, dass er etwas für Cathy tun konnte.

»Ich habe ihr gesagt, dass es Unsinn ist«, sagte Grace. »Aber das ist es nicht, oder?«

»Nicht unbedingt«, meinte Sam.

»Außerdem habe ich ihr erklärt, dass dein Vater an ihre Unschuld glaubt. Offenbar hat sie das getröstet, zumindest für den Augenblick.« Grace hielt kurz inne. »Wie geht es ihm übrigens?«

»Du meinst, ob es ihm so gut geht, dass er Cathy besuchen kann?«

»Ja, war so eine Idee von mir. Tut mir Leid, wahrscheinlich ist das zu viel verlangt.«

»Ich glaube nicht, dass Dad etwas dagegen einzuwenden hätte. Jemand anderes hingegen schon.«

»Deine Mutter, ich weiß. Denkt sie immer noch, dass Cathy ihn erstechen wollte?«

»Ich weiß nicht.« Sam überlegte. »Wahrscheinlich konnte Dad sie inzwischen vom Gegenteil überzeugen.«

»Könntest du ihm nicht den Vorschlag machen? Cathy würde es wahrscheinlich sehr viel bedeuten.«

»Wird gemacht.«

Grace stürzte sich wieder in die Arbeit und konzentrierte sich auf ihre anderen Patienten. Als sie eine kurze Pause einlegte, stellte sie fest, dass Dora Rabinovich nicht nur etliche Schreibarbeiten für sie erledigt, sondern auch zwei Nachrichten hinterlassen hatte. Mr. Wagner habe ihren Anruf beantwortet und Dr. Parés ließe ausrichten, er werde Cathy Robbins noch am gleichen Tag besuchen.

Als Sam sie kurz nach neunzehn Uhr abholte, hatte Grace den festen Vorsatz, zumindest bis zum Schlafengehen nicht mehr an Cathy zu denken und erst recht nicht von ihr zu sprechen. Wie sich herausstellte, wäre es ihr auch gar nicht möglich gewesen. Die Wirklichkeit versank um Grace herum, so sehr war sie von der Oper gefesselt.

Das Haus der South Beach Opera war klein und intim, in warmem Rot und tiefem Schwarz gehalten, ohne scharfe Ecken und Kanten und voller geschwungener Linien. Offenbar war es mit viel Mühe, Geduld und Liebe ausgestattet worden, und man hatte das Gefühl, in England, Italien, Spanien oder sonst einem europäischen Land zu sein, jedenfalls nicht in den Vereinigten Staaten oder gar in Florida. Aber das war, bevor der Vorhang sich hob und die Vorstellung begann ...

Grace hatte das Theater schon immer geliebt. In den Jahren auf dem College hatte sie sich an Amateuraufführungen beteiligt, wann immer es ihre Zeit erlaubte und die Spielleiter sie riefen. Es hatte sie fasziniert, dass erschöpfte, oft überlastete Studenten neue Energien entwickelten, sobald sie die Bühne oder den Probenraum betraten. Etwas in dieser Art – nur ein wenig lauter –, hatte sie sich von der Vorstellung der South Beach Opera erwartet, ja erhofft, und sich sogar darauf eingestellt, dass der Gesang der Laiendarsteller ihren Nerven einiges abverlangen würde. Doch wie hatte sie sich getäuscht!

Nie hätte sie sich träumen lassen, dass ihre Stadt so viele Talente barg, Männer und Frauen, die sich tagsüber in den turbulenten, lauten Straßen und Gebäuden verbargen, die in Restaurants bedienten, auf Computerschirme starrten, Kranke versorgten, Zeitungen verkauften oder in Hotelhallen Koffer schleppten. Oder in grässlichen Mordfällen ermittelten.

»Wenn alles gut läuft«, erklärte Sam ihr später auf seiner Dachterrasse, auf die sie sich mit Pizza und Bier zurückgezogen hatten, »gehe ich vollkommen darin auf. Es ist, als würde ich einen weiten, warmen, magischen Umhang tragen, und die wirkliche Welt hört auf zu existieren. Ich bin ein anderer Mensch, an einem anderen Ort und nur noch voller Musik. Es ist das herrlichste Gefühl, das ich kenne.« Er warf ihr von der Seite einen Blick zu. »Kannst du dir vorstellen, was ich meine?«

»Sehr gut sogar«, sagte Grace weich.

»Es hat dir wirklich gefallen, nicht wahr?«

»O nein«, widersprach sie. »Dieses Wort gibt es nicht, wenn es um die Oper geht. Weißt du noch?«

»Ja, richtig.«

Auch ohne Sam anzuschauen wusste sie, dass er lächelte. Sie saßen nahe des Simses, aßen ihre Pizza mit extra viel Pepperoni, betrachteten die Sterne und lauschten schweigend auf das spätabendliche Summen in den Straßen von South Beach.

»Ich kann gut verstehen, warum es dir hier oben so gefällt«, sagte Grace schließlich.

»Das freut mich.«

»Es ist ein bisschen wie die Musik, nicht wahr?«

»Ja, stimmt.«

Inzwischen war es nur noch eine Frage der Zeit. Und sie wussten es beide. Grace war sich schon eine ganze Weile sicher gewesen, was sie fühlte, was sie wollte, hatte jedoch Zweifel gehabt, ob es Sam ähnlich erging. Jetzt wusste sie es. Nicht weil er darüber gesprochen hatte oder sie sich körperlich näher gekommen waren. Sie hatten sich im Geiste berührt, und das war für sie beide das Ausschlaggebende, wie Grace jetzt bewusst wurde.

Zuvor hatte Sam sich für seine Luftmatratze entschuldigt, sein provisorisches Bett, in dem er, wie er erklärte, oft lieber schlief als im richtigen Bett im Schlafzimmer. Und Grace hatte ihn beruhigt, es mache ihr überhaupt nichts aus.

Jetzt aber störte dieses Provisorium sie ganz gewaltig.

Sie sprachen über die Oper und das Theater. Sam erzählte Grace, das Althea, seine Exfrau, ihn nicht sonderlich zum Singen ermutigt habe – nicht weil sie ihn für einen schlechten Sänger hielt, sondern weil sie von allem immer nur das Beste wollte. Selbstverständlich liebte Althea die Oper, aber nur, wenn die Aufführung im Dade County Auditorium, im Sarasota Opera House oder am besten in der Metropolitan Opera in New York stattfand. Im Grunde ihres Herzens war sie ein Snob und hätte eigentlich nie einen Polizisten heiraten dürfen.

»Das hätte allen Betroffenen eine Menge Schmerz erspart«, sagte Sam.

»Aber dann hättest du nie deinen Sampson bekommen«, gab Grace zu bedenken.

Er wandte sich ihr zu. Zuerst berührten sich ihre Schultern unter dem Baumwollstoff, dann die Arme mit der nackten Haut. Ein wunderbares Gefühl. Dazu der Kontrast, Braun an Weiß. Wie konnte jemand meinen, das wäre falsch?

»Grace«, sagte Sam leise.

Sie drehte ihm den Kopf zu, schaute ihm in die Augen und schwieg.

»Oh, Mann«, sagte er.

Dann küsste er sie.

Oh, Mann.

Die Luftmatratze war zu schmal für sie beide, doch es kümmerte sie nicht. Immer wieder rollten sie auf den Betonboden, schürften sich Rücken, Knie und Fersen auf. Aber sie bemerkten es kaum. Sie waren ausgehungert, sie waren begierig aufeinander, sie waren zusammen. Und es war gut so. Sie umschlangen sich, zwei Körper und zwei Seelen, und Grace merkte, nichts in der Welt könnte sie aufhalten, selbst wenn ein Orkan über South Beach hinwegfegte. Gefühle stürmten auf sie ein, rissen sie mit sich fort, und es war, als würden in sämtlichen Opernhäusern der Welt die Klänge aufbranden und sie in kollektiver Umarmung emporheben. Für Grace war es das schönste Erlebnis mit einem Mann, der wundervollste Körper, der überwältigendste Sex ...

Bis sich Sams Piepser meldete.

»Nein!«, sagte er.

Grace war nicht imstande, auch nur ein Wort hervorzubringen. Sie konnte kaum atmen.

»Sei still, du dämliches Ding«, sagte Sam.

»Das wird nichts nützen«, brachte Grace keuchend hervor.

Sam rollte sich herum, sodass sie sich gegenüberlagen. »Tut mir Leid, Grace.«

»Ist schon gut.«

»Nein, es tut mir wirklich Leid.«

»Ich weiß.« Sie lächelte ihn an.
»Vielleicht solltest du dich melden!«
»Ja.« Er küsste sie auf den Mund.
»Sam?«
»Dein Piepser!«

Es war letztendlich nicht der Piepser, der Grace zu schaffen machte – schließlich war es fast schon komisch, mitten im Liebesakt von einem Piepser auseinander gerissen zu werden, zumal es auch durchaus ihr Handy sein konnte, das ihnen einen Strich durch die Rechnung machte. Nein, das Traurige an Sams Beruf war, dass ein nächtlicher Anruf – eher noch bei ihm als bei Grace selbst – aller Wahrscheinlichkeit nach Gewalt und Leiden bedeutete. Der Gedanke ließ sie nicht mehr los, als zu ihrem Haus am Wasser zurückfuhr, brachte sie um den Schlaf, als sie schließlich – wie immer Harry zu ihren Füßen – in ihrem Bett lag. Sie wollte an Sam denken, an seine großzügige Art, seine Zärtlichkeit, seine Leidenschaft, seinen Humor. Stattdessen drängten sich ihr immer wieder Bilder von Menschen auf, die in Angst und Schrecken versetzt oder verwundet waren, von Leichen auf der Straße, auf dem Fussboden, in einem Bett, erwürgt oder voller Blut, vielleicht erstochen oder …

»Schluss jetzt, Grace«, befahl sie sich laut.

Harry grummelte und wechselte seine Lage.

Grace fragte sich, ob man Sam wegen eines Mannes, einer Frau oder eines Kindes alarmiert hatte und ob die Person tot, verletzt oder einfach nur im Schockzustand war. Einfach nur. Sie dachte an die Zärtlichkeit dieses Mannes, an den trauernden Vater, den enttäuschten Ehemann, den liebevollen, dankbaren Sohn. Sie dachte an seine Begabung, an seine herrliche volltönende Stimme und daran, dass er gesagt hatte, beim Singen würde er sich in einen magischen Umhang hüllen. Es fiel ihr schwer, diese Dinge mit dem Mann in Einklang zu bringen, der sich vielleicht gerade über einen Ermordeten beugte, nach Spuren suchte, vielleicht jemanden festnahm … oder sich gar in Gefahr befand …

»Hör endlich auf damit, Grace!«, schalt sie sich.

Und wenn sie sich wirklich darauf konzentrierte, konnte sie sehr diszipliniert sein.

Also hörte sie auf damit und schlief ein.

Es war an der Wand, als Cathy nach dem Abendessen in ihre Zelle zurückkehrte. Unmöglich herauszufinden, wer es getan hatte und wann. Vielleicht, als sie beim Küchendienst war und Gemüse putzte, den Boden schrubbte, sich dabei Finger und Knie abschürfte oder auch während des Essens.

Jetzt war es dunkel. Vor ein paar Stunden hatte man das Licht ausgeschaltet, und obwohl sich die beängstigende Blindheit vom Anfang längst gelegt hatte, konnte sie kaum mehr als vage Umrisse und graue Schatten erkennen.

Doch Cathy brauchte kein Licht, um zu wissen, was an der Wand ihrer Zelle stand.

Die in den Beton gemeißelten Worte hatten sich in ihr Hirn eingebrannt.

Cathy Robbins, gar nicht dumm,
Mit dem Messer bracht' sie die Mama um
Und als sie sah, was sie getan,
Kam gleich darauf der Papa dran.
Und weil der Spass dann gar so gross,
ging sie auch auf die Therapeutin los.
Und dann auf die Tante und den Arzt ...

Cathy hatte geschrien, als sie zum ersten Mal davorstand. Eine Wärterin war herbeigelaufen, doch als sie die Schrift las, hatte sie lediglich die Achseln gezuckt und Cathy böse angegrinst.

Jetzt kriegst du, was du verdienst, hatte das Grinsen der Frau besagt.

Danach hatte die Wärterin die Zellentür verriegelt, und kurz darauf war das Licht erloschen.

Nun hockte Cathy zusammengekauert auf ihrer Pritsche. Ihr war kalt, und sie kämpfte gegen das Gefühl an, die Wände würden sich um sie legen und ihr die Luft abschnüren. Vor allem aber versuchte sie, die Worte zu vergessen, die ihr wieder und wieder im Kopf herumgingen.

Nur nicht schreien!

35.

Es sei eine Vergewaltigung gewesen, zu der er in der vergangenen Nacht gerufen worden war, erklärte Sam, als er kurz vor zehn am nächsten Morgen bei Grace anrief.

»Wie geht es der Frau?«, fragte sie.

»Sie ist völlig durcheinander. Geschockt. Wie nicht anders zu erwarten.«

»Weißt du schon, wer es war?«

»Könnte sein. Aber Genaueres kann man jetzt noch nicht sagen.« Sam hielt kurz inne. »Ich werde tagsüber wohl ziemlich beschäftigt sein. Und abends auch. Tut mir Leid, Grace.«

»Was tut dir Leid?«

»Ich hätte dich für mein Leben gern gesehen.«

»Ich dich auch«, sagte Grace. »Aber mach dir um mich keine Sorgen. Tu, was du tun musst.«

»Das werde ich«, erwiderte er. »Aber wenigstens ein Mal werde ich doch wohl an dich denken dürfen!«

Kurz nach halb drei am Nachmittag meldete sich Dr. Parés bei Grace.

»Waren Sie gestern bei Cathy?«, fragte Grace ihn ohne Vorrede.

»Ja, aber deshalb rufe ich Sie nicht an.«

Parés' Tonfall ließ Grace aufhorchen. »Ist Cathy etwas zugestoßen?«

»In gewissem Sinne ja, leider.« Rasch, aber vorsichtig, fuhr der Arzt fort: »Es gab einen neuen Vorfall. Man hat heute Morgen eine junge Frau mit Einstichwunden an Rücken und Schultern in ihrer Zelle gefunden. Ihrer Aussage zufolge wurde sie gestern Abend vor Einschluss angegriffen.« Parés schwieg für einen Moment. »Die Frau sagt, sie wisse nicht, wer es war, aber als man Cathys Zelle durchsuchte, hat man bei ihr eine Waffe gefunden.«

Grace krampfte sich der Magen zusammen. »Was für eine Waffe?«

»Einen Kartoffelschäler. Cathy hatte gestern offenbar Küchendienst.«

»Nein! Das kann ich nicht glauben!«

»Ich verstehe Sie ja, Dr. Lucca«, sagte Parés mitfühlend. »Aber soweit ich weiß, befanden sich Blutspuren an dem Gerät.«

Graces' Gedanken überschlugen sich. »Ich muss Cathy sehen.«

»Das wird nicht möglich sein«, erklärte Parés. »Sie ist jetzt in Einzelhaft. Nur ihr Anwalt und ich dürfen zu ihr.«

»Aber ich als ihre Psychologin …«

»Natürlich können Sie jederzeit einen Besuch beantragen, Dr. Lucca«, meinte Parés. »Und ich denke, das sollten Sie auch tun. Aber ich kann mir vorstellen, dass es ein paar Tage dauern wird, bis Sie die Erlaubnis bekommen.« Er hielt kurz inne. »Tut mir Leid, dass ich so schlechte Nachrichten für Sie habe.«

Sobald Parés aufgelegt hatte, rief Grace in Jerry Wagners Büro an. Dort erfuhr sie von seiner Assistentin Verena Blaustein, dass der Anwalt bereits geschäftlich unterwegs gewesen war, als der Anruf aus dem Untersuchungsgefängnis kam, dass er sich jedoch noch vor Büroschluss bei ihr melden wolle.

»Könnten Sie ihn bitten, dass er mich anruft, sobald er wieder da ist?«, fragte Grace.

»Gewiss, das kann ich«, antwortete Miss Blaustein, »aber möglicherweise kehrt er vor Montag nicht mehr ins Büro zurück.«

»Aber Sie werden doch sicherlich mit ihm sprechen«, beharrte Grace.

»Das hängt von seinen Plänen ab, Dr. Lucca.«

Grace erwog kurz, Sam anzurufen; dann aber fiel ihr die Frau ein, die vergewaltigt worden war. Außerdem lag das

Untersuchungsgefängnis für Frauen nicht mehr im Zuständigkeitsbereich der Polizei von Miami Beach, sodass Sam ohnehin nicht viel erreichen würde. Im Gegenteil, wenn er sich jetzt einmischte, könnte der Staatsanwalt es falsch auslegen und gegen Cathy verwenden.

»Ich weiß nicht mehr, was ich tun soll«, sagte Grace zu Dora, als sie bei einer Tasse Tee zusammensaßen.

»Sie können jetzt auch nichts mehr tun.« Wie gewöhnlich brachte Dora die Sache auf den Punkt. «Manchmal gibt es Fälle, in denen auch Sie nichts mehr ausrichten können, Dr. Lucca.« Dora hatte keine Scheu, Grace frei heraus ihre Meinung zu sagen, doch bei der Anrede mit dem Vornamen hörte ihre Freundschaft auf – es habe damit zu tun, wie Dora einmal erklärt hatte, dass ihr die Arbeit bei einer Frau Spaß machte. »Außerdem kommt in zehn Minuten eine Patientin«, fuhr Dora fort, »für die Sie wirklich etwas tun können. Also trinken Sie Ihren Tee, und entspannen Sie sich.«

Wie immer gelang es Grace, sich auf ihre Patientin zu konzentrieren, doch entspannen konnte sie sich nicht. Jerry Wagner meldete sich nicht. Sam hingegen rief an, als sein fast vierundzwanzigstündiger Arbeitstag zu Ende ging. Er war viel zu müde, um Grace zu beruhigen, doch er versprach ihr, die Ohren offen zu halten und ihr Bescheid zu geben, sobald er etwas Neues über Cathy in Erfahrung gebracht habe.

»Falls ich etwas höre«, fügte er hinzu. »Schließlich liegt das Gefängnis nicht in unserem ...«

»... Zuständigkeitsbereich«, fiel Grace ihm ins Wort. »Ich weiß, Sam. Aber ich musste es irgendwie loswerden. Ich fühle mich so ohnmächtig. Noch nie hat mich ein Patient so sehr gebraucht wie Cathy jetzt. Trotzdem soll ich bis Montag warten und einen Besuchsantrag ausfüllen!«

»Das ist hart«, sagte Sam. »Und es tut mir Leid.«

Als sie hörte, wie erschöpft er klang, bekam sie ein schlechtes Gewissen. »Nein, mir tut es Leid. Du hast mehr als genug um die Ohren, und du brauchst jetzt Ruhe und Schlaf.«

»Schlaf klingt sehr verlockend, das muss ich zugeben.«

»Wenn du artig bist, kriegst du dann morgen oder am Sonntag frei?«

»Das hängt davon ab, wie schnell wir diesen Kerl erwischen.«

»Bald, hoffe ich. In unser aller Interesse.«

Am nächsten Morgen rief Sam zweimal bei Grace an, doch beide Male befand sie sich in einer Sitzung mit einem Patienten, und als sie ihn zurückrief, war er nicht erreichbar.

Um fünf nach elf meldete sich Peter Hayman bei ihr.

»Falls Sie es noch nicht gemerkt haben, offiziell ist jetzt Wochenende«, begann er. »Das ist die Zeit, wo manche Leute die Arbeit zur Seite legen und sich ausruhen. Ich habe vor, heute Nachmittag und morgen mit ein paar Freunden segeln zu gehen. Wie wäre es, wenn Sie mitkommen?«

»Ich kann nicht, Peter«, sagte Grace.

»Sitzungen mit Patienten vom Morgen bis zum Abend?«

»Einmal das«, erwiderte sie. »und ein paar andere Verpflichtungen.«

»Schade.« Hayman schien es nicht schwer zu nehmen. »Es hätte sicher Spaß gemacht, und für Sie wäre es eine Abwechslung gewesen.« Er überlegte. »Es macht Ihnen doch nichts aus, dass ich Sie eingeladen habe, Grace, oder? Es ist ein wundervoller Morgen, und als meine Freunde sich gemeldet haben, habe ich gleich an Sie gedacht.«

»Nein, nein. Ich finde es nett, dass Sie angerufen haben«, sagte sie.

Grace rief im Untersuchungsgefängnis an, durfte jedoch weder mit Cathy sprechen, noch konnte sie irgendetwas Brauchbares in Erfahrung bringen. Man sagte ihr lediglich, sie solle am Montagmorgen wieder anrufen, wenn sie eine Besuchserlaubnis beantragen wolle.

Zwei Stunden später, als sie sich gerade ein Sandwich machte, kam Sam endlich zu ihr durch. Er war jedoch kurz angebunden und in Eile, denn in South Beach hatte es schon wieder eine Vergewaltigung gegeben. Für seine Kollegen und

Sam hieß das, sie würden das ganze Wochenende im Einsatz sein.

»Tut mir Leid, Grace,« sagte er, »nicht nur wegen des neuen Falls, sondern auch wegen des Piepsers. Dümmer hätte es nicht kommen können.«

»Finde ich auch«, sagte sie.

»Und ich weiß nicht mal, wann ich dich wieder anrufen kann«, fuhr er fort. »In Fällen wie diesem schlagen die Wogen bei uns hoch.«

»Das kann ich mir vorstellen.«

»Ja, das denke ich mir.«

Grace hörte Stimmen im Hintergrund.

»Mach dir um mich keine Sorgen, Sam«, sagte sie zärtlich.

Die Stimmen wurden lauter.

»Ich muss los«, sagte er.

Grace legte auf. Gegen ihren Willen wanderten ihre Gedanken zur letzten Nacht auf Sams Dachterrasse. Noch immer taten ihr die Abschürfungen von ihren ungeschickten Begegnungen mit dem Betonboden weh. Sams zärtliche Stimme jedoch rief in Grace die Erinnerungen an die anderen Momente wach. Scharf, würzig und schlichtweg überwältigend.

Und es war nicht die Pizza, die Grace damit meinte.

Sie aß ihr Sandwich, spülte das Geschirr und machte mit Harry einen Bummel über die Insel. Nach ihrer Rückkehr las sie ihre Aufzeichnungen über den Patienten durch, der um halb drei kommen sollte. Als das Telefon klingelte, ertappte sie sich bei dem Wunsch, es möge Sam sein, doch es war nur die Mutter der Patientin, die für vier Uhr angemeldet war. Ihre Tochter weigere sich mit Händen und Füßen, zur Sitzung zu kommen, erklärte sie. Wenn Grace nichts dagegen einzuwenden habe, würde sie den Termin gern verschieben. Grace erklärte sich einverstanden, denn es sei wichtig, sagte sie der Frau, dass das Mädchen nicht allzu ungern zu ihr in die Praxis komme. Sie könnten ja in ein paar Tagen einen neuen Termin vereinbaren.

Daraufhin schaute sie in ihren Terminkalender. Wegen der Absage war ihr nächster Patient der Letzte an diesem Tag, und dass sie am Sonntag keine Sitzungen hatte, wusste Grace ohnehin, denn sie hatte sich vorgenommen, überfällige Berichte und andere Schreibarbeiten zu erledigen.

Plötzlich fühlte Grace sich schrecklich ruhelos. Und ohne Ziel.

Wenn sie das ganze Wochenende zu Hause herumsaß, bestand die Gefahr, dass sie in kindliche Verhaltensmuster zurückfiel und bei jedem Telefonklingeln hoffte, es sei Sam, der ihr mitteilte, sie hätten den Vergewaltiger geschnappt und er habe Zeit, sich mit ihr zu treffen. Dabei hatte Grace im Laufe der letzten Wochen so viel über die Polizeiarbeit erfahren, dass sie wusste, wie unwahrscheinlich die rasche Klärung eines solchen Falles war. Um Grace' Wünsche wahr werden zu lassen, hätte der Vergewaltiger sich schon selbst stellen müssen.

Aber wenn sie anderthalb Tage nur über Cathy Robbins, blutige Kartoffelschäler und Angriffe auf Mitgefangene nachdachte, würde sie am Montag selbst reif für eine Therapie sein.

Fünf Minuten bevor ihr Patient eintreffen sollte, hatte sie ihren Entschluss gefasst. Sie rief Peter Hayman an.

»Gilt Ihre Einladung noch?«

»Selbstverständlich«, antwortete er.

»Um kurz nach vier könnte ich losfahren«, erklärte sie. »Für diesen Tag ist es dann wohl ein bisschen zu spät zum Segeln. Aber ich kann mich im Hotel einchecken und bin dann morgen in aller Frühe startklar, falls Ihre Freunde und Sie das so geplant haben.«

»Großartig«, meinte Hayman. »Aber wollen Sie wirklich ein Hotelzimmer nehmen? Ich meine, wenn Sie nicht bei Ihrer Schwester übernachten können, biete ich Ihnen gern mein Gästezimmer an.«

»Meine Schwester ist in Fort Lauderdale«, erklärte Grace. »Und ehrlich gesagt, ist ein Hotel genau das, was ich im Augenblick brauche. Vielleicht das Pelican Lodge, das wollte ich schon immer mal ausprobieren. Trotzdem, vielen Dank für die Einladung«, fügte sie noch hinzu.

Es klingelte an ihrer Tür.

»Ich habe es gehört«, sagte Hayman. »Ein Patient?«

»Ja.«

»Soll ich dann nicht das Hotelzimmer für Sie bestellen?«

Es klingelte ein zweites Mal.

»Das wäre nett. Aber ich will Sie nicht …«

»Kümmern Sie sich um Ihren Patienten, Grace. Ich rufe Sie in einer Stunde wieder an und sage Bescheid, ob es mit der Reservierung geklappt hat.«

Auf dem Weg zur Haustür überkamen sie noch einmal Zweifel, aber dann war sie viel zu sehr mit ihrem Patienten beschäftigt, um noch an etwas anderes zu denken. Später, nachdem Hayman sie zurückgerufen und ihr mitgeteilt hatte, mit dem Hotel sei alles geregelt, hatte Grace alle Hände voll zu tun, ihre Sachen zu packen, Teddy Bescheid zu sagen, er möge sich um Harry kümmern, und die Nummer des Hotels auf ihren Anrufbeantworter zu sprechen, falls jemand sie brauchte.

Manchmal, hatte sie Claudia früher immer wieder erklärt, muss man sich einfach treiben lassen, das tun, wonach einem ist, und den Augenblick nutzen.

Und Grace nutzte ihn.

36. Sonntag, 16. Mai 1998

Um zehn nach drei verließ Sam das Polizeipräsidium des County Dade. Er hatte dort die Vorstrafenregister von Verdächtigen des Vergewaltigungsfalles überprüft, bei dem Al Martinez auf Anweisung von Sergeant Kovac die Ermittlungen leitete. Als ihm bereits zum dritten Mal der gleiche Gedanke in den Sinn kam, der nichts mit seiner augenblicklichen Arbeit zu tun hatte, griff Sam nach dem Handy, als er in seinen Wagen stieg.

Seine alte Freundin Angie Carlino war eine üppige, sinnliche, großherzige Italienerin, die in der Washington Street in der Verwaltung gearbeitet hatte, bevor sie sich in einen Polizisten aus Tampa verliebte. Sie war an die Westküste gezogen und arbeitete jetzt im County Pinella im Büro des dortigen Sheriffs. Sam war zu ihrer Hochzeit eingeladen gewesen und hatte ihr zur Geburt der Kinder Geschenke geschickt. Angie wiederum schrieb ihm stets ein paar mitfühlende Zeilen, wenn sich Sampsons Todestag näherte. Wenn Angie oder Sam auf Informationen von der gegenüberliegenden Küste der Staaten angewiesen waren, schalteten sie sich gelegentlich kurz, um den langen Dienstweg zu umgehen. Angies private Telefonnummer gehörte zu den zwanzig, die Sam auf seinem Handy gespeichert hatte.

»Angela, *bellissima, come sta?*«

»Hi, Süßer, was gibt's?« Angie erkannte Sams Stimme stets auf Anhieb. Sein Italienisch jedoch, klagte sie, sei lausig, außer wenn er in dieser Sprache sang.

»Das Übliche. Wie geht's den Kindern?«

»Entwickeln sich prächtig, Gott sei Dank.« Angie hielt kurz inne. »Also, was ist los, Sam? Was brauchst du von mir?«

»Alles, was du über einen doppelten Mordversuch in

St. Petersburg in Erfahrung bringen kannst, bei dem vor ein paar Jahren zwei Menschen verletzt wurden.«

»Und wie viele Jahre sind ein paar?«

»Das kann ich dir nicht genau sagen. Alles zwischen drei und sechs.«

»Na wunderbar! Und hast du Namen?«

»Nein.«

»Hast du überhaupt irgendwas, das uns weiterhelfen könnte?«

»Wir wissen lediglich, dass Eltern von ihrem halbwüchsigen Sohn angeschossen wurden. Beide haben überlebt. Der Vater hat dann offenbar ein paar Fäden gezogen und erreicht, dass die Sache fallen gelassen wurde. Aber irgendwas muss sich in den Berichten doch finden lassen.«

»Das hängt davon ab, wie viele Fäden er gezogen hat«, entgegnete Angie trocken. »Wann brauchst du das Material, Sam? Ich meine, es ist Samstagnachmittag, und ich wollte gerade los und mir ein neues Negligé kaufen.«

»Gibt's einen besonderen Anlass?«

»Brauche ich einen besonderen Anlass, um meinen Mann scharf zu machen?«

»Ich glaube eher, Tony ist *ständig* scharf auf dich, Angie.«

»Da hast du verdammt Recht. Also, kann das bis Montag warten, oder ist es dringend?«

Sam verzog das Gesicht. »Ehrlich, Angie, ich weiß nicht, was ich sagen soll. Offiziell ist es nicht dringend – es ist nicht mal offiziell –, aber irgendetwas beunruhigt mich an der Sache. Es ist nur so ein Gefühl. Ich hätte mich schon viel früher darum kümmern sollen.«

»Gut, mein Junge, ich sehe zu, was ich tun kann.« Er hörte, dass sie lächelte. »Sobald ich dem Wäscheladen einen Besuch abgestattet habe.«

»Dann hast du was gut bei mir«, sagte Sam.

Zwei Stunden später meldete Angie sich wieder auf Sams Handy.

»Ich hab' nichts finden können«, sagte sie.

»Überhaupt nichts?«

»*Niente. Nada*. Nichts, was auch nur annähernd auf deine Beschreibung zutrifft.« Sie hielt kurz inne. »Ich könnte die Sache am Montag mal bei den Jungs hier ansprechen. Vielleicht läuten bei jemandem die Glocken, und er weiß was.«

»Das wäre prima«, sagte Sam.

»Dann kann ich jetzt also nach Hause gehen?«, fragte Angie. »Ich bin im Büro geblieben, falls es noch was gibt, das ich für dich raussuchen soll.«

»Hast du dein Negligé bekommen?«

»Aber sicher doch! Mein Tony wird heute Abend Augen machen.«

»Der Glückliche.«

»Sonst also nichts mehr?«, fragte Angie nach.

Sam überlegte kurz. Er hätte gern gewusst, was ihn so beunruhigte. »Doch, vielleicht noch eine Kleinigkeit.«

»Leg los.«

»Guck doch mal, ob du irgendwas über einen Psychiater namens Hayman findest. Dr. Peter Hayman. Inzwischen wohnt er in Key Largo, aber damals hat er in deiner Gegend gearbeitet, vielleicht sogar in St. Petersburg selbst.«

»Und wie dringend ist das?«

Sam dachte rasch nach. »Eilt nicht so sehr.«

»Ich werfe trotzdem mal einen kurzen Blick in den Computer«, meinte Angie. »Und wenn ich nichts finde, nehme ich ihn mir Montag noch mal vor. In Ordnung?«

»Jetzt stehe ich doppelt in deiner Schuld«, sagte Sam.

37.

Grace traf kurz nach achtzehn Uhr im Pelican Lodge ein, erfuhr aber, dass keine Reservierung auf ihren Namen vorlag. Das Hotel wirkte wie aus dem Bilderbuch, besonders nach der eintönigen Fahrt über die Autobahn nach Key Largo. Die beiden Angestellten an der Rezeption bedauerten Grace' missliche Lage zwar aufrichtig, beharrten aber darauf, dass niemand ein Zimmer auf ihren Namen gebucht hatte.

»Wissen Sie, mit wem Ihr Bekannter gesprochen hat, Dr. Lucca?« Die Empfangsdame mit dem kurzen grauen Haar, dem unbestechlichen Blick und einem Namensschild, das sie als Jane auswies, sah nicht so aus, als würde sie jemals einen Fehler machen. Und wenn doch, würde sie es bestimmt zugeben.

»Leider nicht«, sagte Grace. »Ich weiß lediglich, dass Dr. Hayman zwischen halb drei und Viertel vor drei bei Ihnen angerufen hat.«

»Wenn das so war«, sagte Jane, »hat er leider nicht mit mir gesprochen.«

»Mit mir auch nicht«, meldete ihr Kollege namens Carl sich bedauernd zu Wort.

Grace war kurz davor, wütend zu werden, beherrschte sich aber. Sie überlegte, ob sie Hayman anrufen sollte, verwarf den Gedanken jedoch gleich wieder. Bestimmt würde er die Hotelangestellten heruntermachen und dann die Einladung wiederholen, in seinem Gästezimmer zu übernachten – eine Aussicht, die Grace nicht sonderlich lockte. So blieb sie am Empfangsschalter stehen und überließ es Jane und Carl, die Sache in Ordnung zu bringen. Offenbar war dies eine der Situationen, in denen man einfach nur lange genug ausharren musste, bis sich irgendeine Lösung fand. Hatten die

Hotels nicht immer ein, zwei Zimmer für den Notfall in Reserve?

»Sie haben doch sicher noch irgendwo ein Zimmer«, sagte Grace nach einem Augenblick. »Ich bin auch nicht besonders wählerisch. So lange es sauber ist und ...«

»Kein einziges«, unterbrach Carl. »Ich weiß, wie unangenehm das alles für Sie ist, und ich wünschte, wir könnten ein Zimmer herbeizaubern, aber wir können Ihnen nicht mal mehr eine Besenkammer anbieten.«

»Ich habe nicht die leiseste Ahnung, mit wem Dr. Hayman gesprochen hat«, klagte Jane.

»Oder gesprochen zu haben meinte«, fügte Carl etwas unklar hinzu. »Vielleicht hat er die falsche Nummer gewählt, und jemand hat sich einen Scherz mit ihm erlaubt. Ein Jugendlicher mit einem merkwürdigen Sinn für Humor beispielsweise.«

»Das kann ich mir nicht vorstellen«, entgegnete Grace.

»Leider sind wir dieses Wochenende schon seit langem ausgebucht, Dr. Lucca«, erklärte Jane. »Hier findet ein Anglerwettbewerb statt, wissen Sie, und die Leute reservieren meist schon ein Jahr im Voraus.«

Grace wurde unruhig. »Können Sie es für mich in einem anderen Hotel versuchen?«

»Natürlich«, meinte Carl. »Wir tun unser Bestes. Aber wenn nicht jemand in letzter Minute storniert hat, werden wir wahrscheinlich überall die gleiche Situation vorfinden.«

Er hatte Recht. Grace wurde gebeten, auf einer hübschen Veranda mit Korbstühlen und Palmen Platz zu nehmen, und mit Eistee versorgt. Währenddessen telefonierten Jane und Carl die anderen Hotels durch – ohne Erfolg. Dann boten sie Grace für einen späteren Zeitpunkt ein kostenloses Wochenende in ihrer besten Suite an, wenn sie, wie Carl überschwänglich meinte, ihnen je vergeben könne. Jetzt aber sei nichts zu machen; in ganz Key Largo, Tavernier und Islamorada gab es kein einziges freies Zimmer mehr.

Somit hatte Grace drei Möglichkeiten zur Auswahl. Erstens konnte sie zu Claudias Haus fahren und sich mit der komplizierten Alarmanlage auseinander setzen, die Daniel vor seiner Rückkehr nach Fort Lauderdale eingeschaltet hatte. Zweitens konnte sie nach Hause zurückkehren. Drittens konnte sie Haymans Einladung annehmen. Und da sie ja schon in aller Herrgottsfrühe mit ihm zum Segeln verabredet war, schieden die beiden ersten Möglichkeiten aus. Dennoch war Grace nicht gerade glücklich über diese neue Wendung, als sie in ihrer Reisetasche nach dem Adressbuch kramte. Ihr fielen die Tagung vor zwei Wochen und Haymans ein wenig zu langer Händedruck ein. Damals hatte Grace sich gefragt, ob sie unbewusst vielleicht die falschen Signale ausgesendet hatte. Jetzt fragte sie sich, ob ihr Aufenthalt bei Hayman nicht zu peinlichen Situationen führen könnte.

Mittlerweile hatte sie seine Rufnummer gefunden.

Und was, wenn er gar kein Zimmer reserviert hatte?

Bis zu diesem Augenblick war Grace überzeugt gewesen, dass ein anderer Hotelangestellter – vielleicht jemand, der nicht so tüchtig war wie Carl und Jane – einen Fehler begangen hatte. Aber konnte nicht auch ein bewusster männlicher Schachzug dahinter stecken?

»Nimm dich selbst nicht so wichtig, Lucca«, murmelte sie und zog ihr Handy aus der Tasche. Dr. Peter Hayman war ein angesehener Psychiater, Forscher und Schriftsteller. Abgesehen davon war Grace schon zweimal bei ihm zu Hause gewesen, und beide Male hatte er sich als vollkommener Gentleman erwiesen.

Du neigst zu abstrusen Verdächtigungen, Lucca.

Und so rief sie ihn an.

Erst nachdem sie das Gespräch mit Hayman beendet und ihn überzeugt hatte, dass er nicht zum Pelican Lodge zu kommen und den Leuten die Meinung zu sagen brauche, wurde Grace klar, was ihr wirklich Sorgen machte. Was würde Sam davon halten, wenn sie das Wochenende mit einem anderen Mann verbrachte, nur weil er keine Zeit für sie hatte?

Natürlich war auch das völliger Blödsinn. Sam wusste, dass Grace' Beziehung zu Hayman rein beruflicher Natur war. Schließlich war es Cathy Robbins gewesen, die sie unbeabsichtigt zusammengeführt hatte.

Aber ohne Cathy, rief Grace sich ins Gedächtnis, hätte sie auch Sam nicht kennen gelernt.

Und wenn man ehrlich war, konnte man einen Segelausflug am Wochenende nicht unbedingt als berufliches Treffen bezeichnen.

38.

Sam trat aus dem Zimmer, in dem Al Martinez und er eine Stunde lang ihren Hauptverdächtigen verhört hatten. Wenn es der Richtige war, brauchten sie nur noch auf die Ergebnisse des Blut- und DNA-Tests zu warten, denn der Vergewaltiger hatte ihnen den Gefallen getan, eine ganze Reihe von Spuren – Samen, Speichel, sogar Blut – unter den Fingernägeln des Opfers zu hinterlassen, die höchstwahrscheinlich zu den Kratzspuren auf seinem Rücken passten. Und da der Gerichtsmediziner an diesem Tag außergewöhnlich wenig zu tun hatte und sich gleich über ihre Proben hermachte, konnten Sam und Martinez ihren Verdächtigen womöglich hinter Schloss und Riegel bringen, bevor ihr ganzes Wochenende verdorben war.

»Sam, da war ein Anruf für dich von Angie Carlino aus Tampa.« Mary Cutter, eine Kollegin aus dem Dezernat für Gewaltverbrechen, kam ihm auf dem Flur entgegen.

»Wann?« Sam warf einen Blick auf die Uhr. Es war kurz nach sieben am Abend, also zwei Stunden nachdem er das letzte Mal mit Angie gesprochen hatte.

»Vor ein paar Minuten. Du kannst sie zu Hause anrufen, sagt sie.«

Die Tür des Verhörzimmers ging auf, und Martinez kam heraus, während Mary Cutter sich umwandte und wieder ihren Schreibtisch ansteuerte. Martinez blickte ihr nach, und Sam merkte, dass sich ein roter Hauch auf sein Gesicht legte. Al Martinez galt unter seinen Kollegen als eingefleischter Junggeselle, der sich nur selten verabredete oder auf Partys ging. Doch Sam war überzeugt, dass Als Schutzpanzer gewaltige Risse bekommen hatte, seit die dunkelhaarige, zierliche und trotzdem weiblich gerundete Mary Cutter bei ihnen in South Beach arbeitete.

»Nicht mehr lange, und wir haben den Knaben geknackt, Sam«, sagte Martinez, nachdem Mary um die Ecke gebogen war.

Eigentlich hätte Sam sich am liebsten eine Auszeit genommen und Angie angerufen.

»Also los, Sam.« Martinez hielt ihm die Tür auf.

Und so gingen sie wieder ins Verhörzimmer.

Als der Bursche erst einmal mit seinem Geständnis angefangen hatte, ließ er sich gar nicht mehr bremsen. Dennoch wurde es halb neun, bis Sam die Möglichkeit fand, in Tampa anzurufen. Tony, Angies Mann, schien keineswegs verärgert, als Sam nach Angie fragte. Deshalb nahm Sam an, dass ihm die Einweihung des neuen Negligés noch bevorstand.

»Was hast du für mich, Süße?«

»Mehr oder weniger das Gleiche wie vorhin«, sagte Angie.

»Aber damit hättest du dir nicht den Abend verderben sollen. Ich habe dir doch gesagt, es ist nicht dringend.«

»Sam, du kennst mich! Ich bin wie du. Wenn mir etwas eigenartig vorkommt, lasse ich nicht mehr locker. Ich habe die üblichen Listen nach diesem Hayman durchforstet und keinerlei Vorstrafen oder Anzeigen gefunden. Aber dann habe ich mir gedacht, ich sehe mir mal das Zulassungsregister an, du weißt schon.« Angie schwieg. »Und ich fand heraus, dass er seit 1992 in Key Largo eingetragen ist, wie du gesagt hast. Aber für die Zeit davor in St. Petersburg habe ich nichts gefunden. Und an einem anderen Ort auch nicht, da konnte ich suchen, wo ich wollte.«

Sam runzelte die Stirn. »Gar nichts?«

»Bis jetzt nicht. Da wir Wochenende haben, konnte ich allerdings auch nicht bei den Verbänden der Klapsmühlenärzte anrufen. Aus St. Petersburg und Clearwater besitzen wir jedoch eine Aufstellung, die mehr als zehn Jahre zurückreicht.«

Sam überlegte, was Grace ihm über den Mann berichtet hatte, den sie bei der Tagung auf den Keys kennen gelernt hatte. »Vielleicht war es auch gar nicht St. Petersburg. Ich hab' mich wohl getäuscht.«

»Dann kann ich mich jetzt also wieder meinem Gatten widmen?«, fragte Angie.

Sam grinste. »Hast du ihm deine Neuerwerbung schon vorgeführt?«

»Noch nicht. Vorher gibt es noch die zwei Steaks.«

»Ich wünsche dir jedenfalls einen schönen Abend, Angie. Und danke.«

»Und du gehst jetzt nach Hause, mein Junge?«, fragte sie.

»Später. Al und ich müssen noch einen Fall zum Abschluss bringen. Und dann wartet jede Menge Papierkram auf mich.« Sam nahm sich vor, Grace das nächste Mal nach weiteren Einzelheiten über Hayman zu fragen.

»Wir sprechen uns am Montag, Sam.«

»Ich wünsch' dir einen heißen Auftritt, Baby!«

39.

Wie Grace bei einem Blick in Peter Haymans Gästesuite rasch feststellte, brauchte sie keineswegs zu bedauern, dass im Pelican Lodge kein Zimmer mehr frei gewesen war. Sein Haus hatte ihr schon bei ihrem ersten Besuch gefallen, und wenn er bei der Einrichtung der Gästezimmer selbst Hand angelegt hatte, so hatte er sich selbst übertroffen. Die Räume befanden sich in einem Seitenflügel, verfügten über eine eigene Veranda und wirkten so frisch und sauber, als wäre ein arbeitswütiges Hausmädchen alter Schule soeben mit einem Staubtuch, Möbelpolitur und frischen Blumen hindurchgegangen.

»Ich hoffe, es macht Ihnen nichts aus«, sagte Hayman, als er Grace' Tasche ins Zimmer stellte, »aber ich bin jetzt gleich in meinem Segelclub mit ein paar Leuten zu einem Drink verabredet. Sie entschuldigen.«

»Selbstverständlich.«

»Sie können sich uns natürlich gern anschließen«, fügte Hayman hinzu. »Doch nach all dem Ärger im Pelican Lodge wollen Sie sicher erst einmal ein wenig ausruhen.«

Zuvor hatte er Grace herumgeführt und sie gebeten, sich ganz wie zu Hause zu fühlen. Sie könne telefonieren, wann immer sie wolle, und sich in der Küche oder aus der massiven alten Holztruhe bedienen, die Grace an die Kiste erinnerte, in der die beiden alten Damen in *Arsen und Spitzenhäubchen* ihre Leichen verstauten. Hier jedoch enthielt die Kiste eine üppig mit Maltwhisky bestückte Bar.

»Vielleicht haben Sie ja später Lust dazu«, sagte er beim Fortgehen, »ich habe mir nämlich erlaubt, uns einen Fenstertisch im Atlantic's Edge im Cheeca Lodge zu reservieren.«

Grace hatte im Laufe der Jahre einige Male mit Claudia und Daniel dort gegessen; daher wusste sie, dass es sich um eines der elegantesten Restaurants auf den Keys handelte.

»Eine gute Idee«, erwiderte sie.

Als Hayman gegangen war, zog Grace ihr Handy hervor. Zuerst rief sie ihre Schwester an, um ihr mitzuteilen, wo sie sich aufhielt, falls Claudia sie aus irgendeinem Grund brauchte. Dann hörte sie die Nachrichten auf ihrem Anrufbeantworter ab. Zwar redete sie sich ein, sie wolle nur sichergehen, dass keiner ihrer Patienten sie wegen eines Notfalls verständigt hatte, doch insgeheim wollte sie nur wissen, ob Sam sich wieder gemeldet hatte. Natürlich war das nicht der Fall; schließlich war er ja mit den Ermittlungen in den beiden Vergewaltigungsfällen in Miami Beach beschäftigt. Trotzdem war Grace für einen Augenblick so enttäuscht wie seit Jahren nicht.

Auf den dritten Anruf bereitete sie sich vor, indem sie genüsslich duschte, sich einen Becher Kaffee aufbrühte und sich damit auf ihre private Veranda setzte. Die Abendluft duftete süß und schwer, die Vögel sangen, ihr Telefon lag in ihrem Schoß. Grace wartete einen Moment; dann wählte sie Sams Nummer.

Sein Anrufbeantworter meldete sich, und seine Stimme forderte sie auf, Name, Rufnummer und Nachricht zu hinterlassen. Grace hatte noch nie Probleme gehabt, auf Band zu sprechen, doch diese Stimme gehörte dem Mann, mit dem sie sich noch vor achtundvierzig Stunden geliebt hatte. Wahrscheinlich ließ dieser Gedanke sie plötzlich stumm werden.

Und so legte sie das Handy zurück in den Schoß, ohne ein Wort gesagt zu haben.

»Mein Gott, Lucca«, sagte sie, »du bist wirklich kindisch.«

Der Abend im Cheeca Lodge gestaltete sich mehr als angenehm: mit Krebstörtchen und Baby-Hummer, in gediegener Atmosphäre, dazu ein intelligentes Gespräch mit einem anziehenden Mann. Einem Mann, der sich geschickt aufs Ausweichen verstand, wie Grace bald klar wurde. Bevor sie sich an den Tisch setzten, hatten sie sich darauf geeinigt, weder über Cathy noch über Gewaltverbrechen zu sprechen – es sei denn, hatte Hayman hinzugefügt, Grace könne sich erst richtig entspannen, wenn sie bestimmte Dinge losgeworden sei. So entwickelte sich ihr Gespräch in eine völlig andere Richtung als bei ihren früheren Begegnungen. Vielleicht lag es an ihrer beider Beruf, vielleicht war Hayman ebenso wie Grace eher daran gewöhnt zuzuhören, als zu sprechen, jedenfalls hatte Grace gegen Ende der Mahlzeit das Gefühl, nicht mehr über den Mann zu wissen als zu Beginn. Er hatte ein wenig von seiner Einstellung als Psychiater erzählt, von seinen zukünftigen Buchprojekten – und dass er mit seinem Wohnsitz auf den Keys zufriedener war als mit seinen sämtlichen vorherigen Wohnorten, hatte er ihr zuvor schon erklärt. Doch abgesehen von vagen Bemerkungen über seine Jahre am Golf von Mexiko sprach Hayman kaum über die Vergangenheit. Wenn Grace ihm eine konkrete Frage stellte, beantwortete er sie zwar eindeutig und ohne Ausflüchte, ging jedoch nie ausführlicher auf das Thema ein. So wusste Grace nun zwar, dass Hayman nie geheiratet hatte, aber nicht, ob er es bedauerte; sie wusste, dass sich sein tägliches Leben endlich so gestaltete, dass er alles im Griff hatte, aber nicht, warum er je den Eindruck gehabt hatte, dies sei nicht der Fall.

Allerdings, hielt Grace sich vor Augen, ging sie das auch gar nichts an. Sie war weder Peter Haymans Psychologin noch seine Geliebte; genau genommen war sie nicht einmal mit ihm befreundet. Sie war weiter nichts als eine Kollegin, die er netterweise eingeladen hatte, und es gab keinen Grund, warum sie sich hätten näher kommen sollen. Vielmehr wurde Grace mit jeder Stunde deutlicher, dass es nur einen Menschen gab, dem sie näher kommen wollte: Sam Becket. Viel zu oft dachte sie während der Mahlzeit an Miami und an Sam. Sie fragte sich, wie er wohl mit seinen Ermittlungen vorankam und ob er sich bei seiner Arbeit auch vorsah. Bei dem Gedanken, er könnte in Gefahr sein, fröstelte sie. Und zwischen Dessert und Kaffee wäre Grace am liebsten hinausgelaufen, um noch einmal zu versuchen, ihn unter seiner Nummer zu erreichen. Sie wollte sich vergewissern, dass es ihm gut ging, wollte ihm sagen, dass sie zwar mit Peter Hayman unterwegs war, aber nur an ihn dachte.

Sie wollte seine Stimme hören.

»Und wer ist der Glückliche?«

Peter Hayman riss sie aus ihren Gedanken, als sie im Taxi zu seinem Haus zurückfuhren.

»Wie bitte?« Als Grace ihm einen Blick zuwarf, sah sie, dass er vergnügt schmunzelte.

»Ist es der Polizist?«, fragte er.

Sie war verdutzt. »Welcher Polzist?«, entgegnete sie abwehrend.

»Detective Becket«, sagte Hayman. »Der Mann, den Sie mehrfach erwähnt haben.«

»Habe ich das?«, erwiderte Grace verwundert. Eigentlich hatte sie darauf geachtet, nicht zu viel von Sam zu sprechen, zumal er ihr nur im Vertrauen Informationen über die drei Mordfälle gegeben hatte.

»O ja, das haben Sie«, sagte Hayman. »Und ich liege wohl nicht ganz falsch, wenn ich behaupte, dass Sie den ganzen Abend an ihn gedacht haben.«

Es war Grace schrecklich peinlich. »Tut mir Leid, Peter, wenn Sie diesen Eindruck gehabt haben. Glauben Sie mir, es war ein wunderschöner Abend. Und wenn meine Gedanken hin und wieder abschweifen, liegt es wahrscheinlich daran, dass ich nicht richtig abschalten kann.«

»Ah!«, sagte Hayman und hob den Zeigefinger. »Kein Gespräch über die Arbeit – so war es abgemacht.«

»Ja. Aber ich habe das Thema auch nicht angeschnitten.«

»Genau genommen gehört Samuel Becket ja wohl auch nicht zum Thema Arbeit, oder?« Seine braunen Augen funkelten amüsiert. »Kommen Sie, Grace, zieren Sie sich nicht so.«

Grace wurde ärgerlich. »Können wir über etwas anderes sprechen, Peter?«

»Natürlich.« Er blickte nach vorn. »Wir sind fast schon zu Hause.«

Von diesem Augenblick an fühlte Grace sich unwohl. Hayman bezahlte das Taxi, und sie gingen ins Haus. Obwohl die Sprache nicht mehr auf Sam Becket kam und es ihren Gastgeber nicht weiter zu stören schien, dass Grace nicht über ihr Privatleben sprechen mochte, war die unbeschwerte Stimmung des Abends verflogen.

»Wie wäre es mit einem Schlummertrunk?«, fragte Hayman.

Grace zögerte. »Ich glaube, ich hatte genug.«

»Ich habe eine Flasche sehr guten Cognac, die ich nur ungern für mich allein öffnen möchte. Wenn Sie ihn mit mir gemeinsam probieren, tun Sie mir einen Gefallen.«

Grace wollte ihn nicht vor den Kopf stoßen. »Aber nur einen kleinen.«

Sie gingen mit ihren Gläsern auf die dem Meer zugewandte Veranda und setzten sich in die Rattansessel – wie damals, als Hayman ein improvisiertes Abendessen auf dem Grill zubereitet hatte.

»Schmeckt Ihnen der Cognac?«, fragte er nach einer Weile.

»Ja, er ist sehr weich.«

Erneut schwiegen sie.

»Ich wollte Sie nicht brüskieren, Grace«, sagte er schließlich.

Auch ohne nachzufragen wusste sie, dass er wieder von Sam sprach.

»Das haben Sie nicht.« Es fiel ihr schwer, überzeugend zu klingen. »Tut mir Leid, wenn ich unhöflich war.«

»Sie hatten ganz Recht, mich in die Schranken zu weisen.«

Sie widersprach ihm nicht.

»Er ist ein Glückspilz«, meinte Hayman leise.

Grace gab sich alle Mühe, einen Seufzer zu unterdrücken.

Offenbar hatte Peter Hayman nicht die Absicht, das Thema auf sich beruhen zu lassen.

»Ich muss sagen«, fuhr er fort, »wenn ich an seiner Stelle wäre, würde ich Sie nicht mehr aus den Augen lassen. Und ganz sicher wäre ich nicht damit einverstanden, dass Sie das Wochenende mit einem anderen Mann verbringen.«

Grace biss die Zähne zusammen. »Ich glaube nicht, dass Sam eifersüchtig ist«, entgegnete sie so gelassen, wie sie konnte. »Besonders wenn es keinen Grund zur Eifersucht gibt.«

»Das glauben Sie doch selbst nicht«, widersprach er. »Jeder Mann ist eifersüchtig, wenn ihm etwas an der Frau liegt und er genügend Stolz besitzt.«

Grace wünschte sich mittlerweile aus ganzem Herzen, sie wäre zu Hause geblieben und hätte das Wochenende mit Harry verbracht.

Kurze Zeit später fragte sie Hayman, ob sie sich über Nacht ein Buch ausleihen dürfe. Sie könne sich nehmen, was sie wolle, erwiderte er freundlich.

»Schauen Sie sich ruhig in meinem Arbeitszimmer um. In den Regalen am Fenster stehen die Romane und auch ein paar sehr gute Biografien, wenn Ihnen das lieber ist.«

Grace holte sich zuerst in der Küche ein Glas Wasser, dann machte sie sich auf die Suche nach dem Arbeitszimmer. Sie glaubte sich zu erinnern, dass Hayman bei dem Rundgang auf die Tür neben der Treppe gedeutet hatte. Doch als Grace sie öffnen wollte, war sie zugesperrt.

»Kann ich helfen?«

Grace fuhr herum, als sie die Stimme hinter sich hörte. »Ich dachte, dies ist das Arbeitszimmer.«

»Nein«, sagte Hayman, »es ist gleich daneben.«

Grace entschuldigte sich, betrat den Nachbarraum, zog sich ohne langes Suchen ein Buch heraus und kehrte in den schmalen Korridor zurück.

Hayman stand noch immer vor der verschlossenen Tür. Er lächelte sie an. »Haben Sie etwas gefunden?«

Grace nickte und hielt ein Exemplar von *Tom Sawyer* in die Höhe. »Wahrscheinlich fallen mir die Augen zu, ehe ich auf Seite zwei bin.« Sie ging an ihm vorbei zur Treppe.

»Gute Nacht, Grace«, sagte er. »Schlafen Sie gut.«

»Danke, Peter.« Sie stieg die ersten Stufen hoch. »Bis morgen Früh.«

»Ich freue mich schon«, sagte er.

Als sie vom Treppenabsatz zu ihm hinunterschaute, stand er noch immer da und blickte ihr nach.

Der Vergewaltiger von South Beach trieb sich nicht mehr auf den Straßen herum. Nachdem er voller Stolz mit seinen Untaten geprotzt hatte, saß er nun hinter Schloss und Riegel, wo er – wie Martinez und Sam hofften – so lange bleiben würde, wie es das Gesetz zuließ.

Aber das bedeutete auch, dass Sam für den Rest der Nacht nach Hause gehen konnte, zumal sie sich den ausstehenden Schreibkram aufgeteilt hatten. Es war halb drei, als er seine Wohnung betrat, also viel zu spät, um eine schwer arbeitende Psychologin aus dem Bett zu klingeln, die wahrscheinlich tief und fest schlief.

Er schaltete seinen Anrufbeantworter ein, um zu hören, ob Grace sich gemeldet hatte. Natürlich bestand für sie kein Anlass dazu, schließlich hatte er ihr erst am Mittag gesagt, dass er das ganze Wochenende beschäftigt sei.

So war es auch. Die einzige Nachricht stammte von Judy, die wissen wollte, wann er vorbeikam und seinen Vater besuchte. Das war ihr neuester Trick – ihr ging es jetzt nicht mehr um sich selbst, sondern sie wollte Sam daran erinnern, dass er nach seinem Vater sah, wo der Gute so viel durchgemacht hatte und sie sich freuen konnten, dass er noch lebte.

Sam fiel ein, was er Grace versprochen hatte: Er hatte seinen Vater fragen wollen, ob er zu Cathy ins Untersuchungsgefängnis fahren könne. Nun hatte er ein schlechtes Gewissen, weil er nicht dazu gekommen war. Und es gefiel ihm gar nicht, Grace zu enttäuschen.

»*Mach dir keine Sorgen um mich*«, hatte sie gesagt, als er ihr erklärt hatte, er werde wahrscheinlich keine freie Minute haben, um sie anzurufen. Ihre Stimme hatte dabei so warm geklungen, dass er am liebsten alles hätte stehen und liegen lassen und zu ihr gefahren wäre. Jetzt ging es ihm genau so. Doch selbst wenn er die Möglichkeit gehabt hätte, wäre er zu nichts anderem fähig gewesen, als sich aufs Ohr zu legen.

Dennoch – die Vorstellung, neben Grace einzuschlafen, hatte etwas durchaus Reizvolles.

Die Vorstellung, neben ihr aufzuwachen, war allerdings noch viel schöner.

41.

Um halb drei lag Grace noch immer schlaflos in ihrem Bett in Peter Haymans Gästezimmer und las *Tom Sawyer*. Plötzlich hörte sie Schritte vor der Tür. Ohne nachzudenken, knipste sie die Lampe auf dem Nachttisch aus und drehte sich auf die Seite.

Leise, behutsam wurde die Tür geöffnet. Grace schloss die Augen und zwang sich, ruhig und gleichmässig zu atmen.

Was, zum Teufel, dachte dieser Kerl sich dabei, mitten in der Nacht in ihr Zimmer zu kommen? Hatte er durch den Türspalt das Licht gesehen? Wusste er, dass sie nicht schlafen konnte?

Gut, du bist kein kleines Mädchen mehr, Lucca, hielt sie sich vor. *Wenn er sich als gottverdammter Spanner erweist, weißt du, was du zu tun hast.*

»Grace?«, flüsterte Hayman leise. Offenbar war er sich nicht sicher, ob sie schlief oder nicht. Und zum Glück klang es so, als wollte er sie nicht wecken. Sie überlegte, ob sie sich umdrehen und ihm antworten sollte, entschied sich aber dagegen. Wenn es einen Grund gab, sie mitten in der Nacht aus dem Schlaf zu reißen, würde Hayman nicht durchs Zimmer schleichen wie ein verfluchter Einbrecher.

Und so stellte sie sich weiter schlafend.

»Gut, Grace«, sagte er genauso leise wie zuvor.

Sie spürte einen Lufthauch, als er in die Nähe des Bettes kam. Es fiel ihr unsagbar schwer, nicht den Atem anzuhalten, die Augenlider zusammenzukneifen oder zu blinzeln, um zu sehen, was er tat.

Eine Bodendiele unter dem Teppich knarrte. Dann schlich Hayman davon, zurück zur Tür. Er befand sich nun also irgendwo hinter ihr und konnte ihr Gesicht wohl nicht mehr sehen. Grace versuchte sich zu erinnern, wo die beiden Spiegel waren, der auf dem Frisiertisch und der freistehende Drehspiegel – für den Fall, dass der Kerl sie darin beobachtete.

Da hörte sie, wie die Tür sich schloss.

Sie wartete. War Hayman fort oder immer noch bei ihr im Zimmer?

Nichts.

Trotzdem rührte sie sich nicht.

Immer noch nichts.

Erst als sie hörte, wie irgendwo weiter weg im Haus eine Tür geschlossen wurde, wusste Grace, dass er tatsächlich gegangen war.

Gott sei Dank!

Vorsichtig schlug sie die Augen auf und stieß einen erleichterten Seufzer aus.

Eigentlich wollte sie jetzt nur noch eins: das Licht anschalten, ihre Sachen zusammenraffen und wegfahren. Aber das wäre wahrscheinlich nicht sonderlich klug gewesen.

»Gut, Grace.« Was hatte er damit sagen wollen? *»Gut, Grace, wenn du so fest schläfst, will ich dich nicht stören?«* Oder: *»Gut, Grace, wenn du mit mir ein Spielchen spielen willst – bitte sehr, das kannst du haben«*. Wenn die erste Variante zutraf, konnte sie wohl bleiben, zumindest bis zum Morgen. Doch bei dem Gedanken, dass er vielleicht Letzteres gemeint hatte, wäre Grace am liebsten auf der Stelle aus Peter Haymans Haus geflohen.

Langsam gewöhnten ihre Augen sich an die Dunkelheit. Sie stieg leise aus dem Bett, ging zum Fenster und öffnete die Vorhänge einen Spaltbreit. Der Mond schien hell genug, dass sie überprüfen konnte, ob sie den Riegel zur Verandatür geschlossen hatte. Aber warum sollte Hayman sich auf diese Weise Zutritt verschaffen, wenn er auch die normale Tür benutzen konnte?

Grace konnte sich nicht erinnern, ob sich in der Tür zum Korridor ein Schloss befand. Auf Zehenspitzen huschte sie dorthin. Es gab ein Schloss, aber keinen Schlüssel. Grace blickte sich um. Sie könnte einen Stuhl unter die Klinke klemmen. Zwar würde das niemanden hindern, ins Zimmer einzudringen, aber zumindest machte es Lärm. Doch das kam Grace dann doch ein wenig zu plump vor. Außerdem glaubte sie nicht, dass Hayman es in dieser Nacht noch einmal versuchen würde.

Am Ende entschied sie sich für eine etwas subtilere Lösung, die es ihr ermöglichte, zu schlafen und doch eine schlüssige Erklärung vorzulegen, falls ihr Gastgeber ihr am nächsten Morgen eine Tasse Kaffee ans Bett bringen wollte. Ihre alte Reisetasche, die sie versehentlich direkt vor der Tür hatte stehen lassen – eine bloße Unachtsamkeit. Und Hayman konnte wohl kaum einwenden, die Tasche sei noch nicht da gewesen, als er nachts bei ihr im Zimmer war.

Grace ging ins Bad, wusch sich die Hände, spritzte sich Wasser ins Gesicht und legte sich wieder ins Bett. Aber sie konnte immer noch nicht einschlafen. Als sie schon befürchtete, in dieser Nacht überhaupt keine Ruhe mehr zu finden, wurde sie plötzlich müde und sank in einen leichten Schlaf.

42.

Am Sonntagmorgen kurz nach halb fünf war Sam immer noch wach. Er wollte schlafen, er brauchte Schlaf, doch irgendetwas beschäftigte sein ohnehin schon überreiztes Hirn. Doch er bekam es nicht richtig zu fassen. Es war, als hielte man auf einer wilden Karussellfahrt nach einer bestimmten Person Ausschau – und kaum hatte man sie entdeckt, war sie auch schon wieder verschwunden.

Schließlich gab er es auf. Offenbar konnte er weder schlafen noch herausfinden, was ihn beunruhigte. Doch gerade als er aufgestanden war, sich ein Glas Orangensaft geholt und den Kabelkanal mit alten Filmen eingeschaltet hatte, wurde Sam klar, was ihm Sorge bereitete.

Es war ihm entfallen, weil ihn das Geständnis des Vergewaltigers mit einer gewissen Befriedigung, aber auch mit Verzweiflung erfüllt hatte. Und in seinem Eifer, die überfälligen Papiere aufzuarbeiten, hatte er es dann vollkommen vergessen.

Dr. Peter Hayman. Warum hatte Angie Carlino erst Eintragungen ab 1992 – den Zeitpunkt seines Umzugs nach Key Largo – über diesen Mann gefunden?

Natürlich konnte es alle möglichen Erklärungen dafür geben. Wenn Angie oder er sich am kommenden Montag mit dem Verband Amerikanischer Psychiater in Verbindung setzten, würden sie wahrscheinlich eine lückenlose Aufstellung über Haymans Werdegang erhalten, von seiner Zeit am College bis zu seinem Umzug nach Key Largo. Sam blieb keine andere Wahl, als so lange zu warten.

Doch ob er wollte oder nicht, die irritierenden Zusammenhänge gingen ihm nicht aus dem Kopf.

John Broderick war im Herbst des Jahres 1989 in Pensacola

als vermisst gemeldet worden. Weniger als drei Jahre später erschien Peter Hayman auf der Bildfläche, praktisch aus dem Nichts. Die Zeit reichte aus, um die Narben umfassender plastischer Operationen gründlich ausheilen zu lassen und sich mit einer falschen Identität ein neues, sicheres Leben aufzubauen.

Broderick war Arzt gewesen. Dr. Hayman war Psychiater mit zweifelhaften Referenzen, zumindest nach dem derzeitigen Erkenntnisstand. Broderick hatte seine Angehörigen seelisch und körperlich manipuliert und misshandelt. Peter Hayman hatte als sein Spezialgebiet eine besondere Variante der seelischen Erkrankung gewählt, die vielfach als schwere Art von Manipulation und Misshandlung eingestuft wurde.

Und dann war da dieser doppelte Mordversuch mit Schusswaffen, den Hayman im Gespräch mit Grace als Grund für sein Interesse am Fall Robbins genannt hatte. Nur dass Angie Carlino darüber keine Berichte hatte finden können.

Sam setzte sich in den Sessel vor dem Fernseher. Den Ton hatte er abgeschaltet, die Schwarzweißbilder verschwammen vor seinen müden Augen.

»Du spinnst, Mann«, sagte er zu sich selbst.

Natürlich war es verrückt, solch eine Verbindung herzustellen. Ohne Zusammenhang schossen Sam ein paar Textfetzen von John Lennons »Jealous Guy« durch den Kopf. War es nur das? Eifersucht? Störte es ihn, dass Grace eine gewisse Zeit mit Hayman verbracht und kollegiale Gespräche über den Fall Robbins mit ihm geführt hatte? Sam runzelte die Stirn. Er zog den Gedanken vor, dass er viel zu viel Respekt vor Grace Luccas Professionalismus und ihren Entscheidungen hatte, um eifersüchtig zu sein. Denn er war hoffentlich besser als der Mann in dem Lennon-Song.

Als Grace sich das Foto von John Broderick angeschaut hatte, hatte sie erklärt, irgendetwas an dem Mann käme ihr vertraut vor. Als Grund dafür hatten sie vermutet, dass Broderick Cathys Vater war. Aber wenn es nun doch nicht die Familienähnlichkeit war, die sie bemerkt hatte?

»Verdammt«, sagte Sam.

Er stand auf, ging zum Fenster, rieb sich den Nacken und rollte die Schultern, um die Spannungen zu lösen. Er hatte nicht die leiseste Ahnung, wie Hayman aussah. Doch wenn er Broderick ähnelte, wäre es Grace beim Betrachten des Fotos bestimmt aufgefallen.

»Lass es gut sein, Becket!«

Sam wandte sich wieder vom Fenster ab. Grace war eine routinierte Beobachterin, darin geübt, die Oberfläche zu durchdringen und bei einem Menschen das zu sehen, was wirklich zählte. Wenn Hayman Broderick war – und selbst wenn es für Grace keinen Anlass für eine dahingehende Vermutung gab –, hätte schon ihr Gefühl ihr gesagt, dass sie dem Mann misstrauen musste.

Wirklich?

Sam hätte gern mit ihr gesprochen, doch es war fünf Uhr morgens. Außerdem hätte er nicht gewusst, wie er seine Zweifel in Worte fassen sollte. Und so blieb ihm nur eins: sich zu beherrschen und mehr über Hayman in Erfahrung zu bringen. Grace hatte gesagt, dass der Psychiater kaum noch praktizierte und fast nur noch schrieb. Wenn der Typ etwas veröffentlicht hatte, konnte Sam sich an den Verlag wenden. Außerdem würden sie am Montag vielleicht mehr über die fehlenden Jahre erfahren.

Aber leider fehlten nicht nur Jahre.

Was fehlte, war fast ein ganzes Leben.

43.

»Wir haben Glück«, sagte Hayman, als er einen Teller mit Pfannkuchen auf den weiß gestrichenen Rattantisch stellte. »Das beste Segelwetter seit Wochen.«

»Ja, es sieht wirklich verlockend aus«, gab Grace zu.

Und das stimmte. Im Licht der strahlenden Morgensonne und vor dem reich gedeckten Frühstückstisch erschienen ihr die nächtlichen Ängste unbegründet – vor allem, da Hayman sie gleich nach ihrem Erscheinen in der Küche vor einer halben Stunde gefragt hatte, ob sie in der Nacht gestört worden sei.

»Ich dachte, ich hätte in Ihrem Zimmer Geräusche gehört«, sagte er.

»Was für Geräusche?«, fragte Grace.

»Es hörte sich an, als hätten Sie geschrien«, antwortete er, »deshalb habe ich nachgesehen. Aber da Sie geschlafen haben, wollte ich Sie nicht wecken.« Er zuckte die Achseln. »Vielleicht war es ein Vogel, oder ich habe es mir eingebildet. Vielleicht haben Sie auch geträumt.«

»An einen Albtraum kann ich mich nicht erinnern«, erwiderte Grace. »Aber das hat nichts zu sagen.«

»Ein fremdes Haus, ein fremdes Bett«, erklärte Hayman leichthin, offenbar um das Thema zu beenden. Auch Grace war froh, nicht weiter darauf eingehen zu müssen.

Als sie jetzt auf der Veranda saß, Pfannkuchen mit echtem Ahornsirup aß, Haymans ausgezeichneten Kaffee trank und das Meer betrachtete, das durch die Palmen und Mangrovenbüsche schimmerte, dachte Grace, es sei schlichtweg dumm, wenn sie nach Miami zurückfuhr, ohne nicht wenigstens ein paar Stunden mit Hayman und seinen Freunden segeln zu gehen.

Sie waren fast mit dem Abräumen des Tisches fertig, als es an der Türglocke – einer alten Schiffsglocke – klingelte. Vor dem Eingang standen zwei von Haymans Freunden.

»Betty und Miles Flanagan!« Hayman führte sie in die Küche und stellte sie vor. »Dr. Grace Lucca.«

»Nett, Sie kennen zu lernen«, meinte Miles. »Dürfen wir Sie Grace nennen?«

Während Hayman frischen Kaffee aufbrühte, setzten sie sich an den Küchentisch. Die Flanagans waren beide schlank und zierlich, durchtrainiert und lebhaft, mit rosigen Wangen. Sie sahen nicht wie ein Ehepaar aus, sondern fast wie Bruder und Schwester.

»Peter hat uns erzählt, dass Ihre Schwester hier in der Gegend wohnt«, sagte Betty.

»Ja, auf Islamorada«, antwortete Grace. »Sie fühlt sich sehr wohl dort.«

»Und was ist mit Ihnen?«, erkundigte sich Miles. »Würden Sie nicht auch gern der Stadt den Rücken kehren?«

»Eigentlich nicht. Ich habe mich dort sehr gut eingelebt.«

Es stellte sich heraus, dass die Flanagans ein eigenes Boot besaßen und so schnell wie möglich hinaussegeln wollten. Da Peter Hayman jedoch noch ein paar Dinge im Haus zusammensuchen wollte, ehe sie aufbrachen, verabredeten sie sich um die Mittagszeit zu einem Picknick auf El Radabob Key. Dann verabschiedeten sich die Flanagans.

»Ich dachte, wir fahren alle mit einem Boot«, sagte Grace, als sie fort waren.

»Nein.« Hayman schüttelte den Kopf. »Miles liebt sein eigenes Boot über alles, und er kann es nicht ertragen, wenn jemand ihm sagt, was er tun soll. Glauben Sie mir, mit ihm hätten Sie keinen großen Spaß. Vielleicht treffen wir auf Jack und Tina Weintraub. Ihr Boot liegt im selben Hafen wie meins. Mit den beiden kommt man besser zurecht als mit den Flanagans.«

»Warum haben Sie Ihr Boot eigentlich nicht hier an Ihrem Grundstück liegen?«

»Es ist ziemlich groß und soll demnächst überholt werden.« Hayman lächelte. »Die *Snowbird* ist mein Augapfel. Ich hoffe, sie gefällt Ihnen.«

»Davon gehe ich aus.«

Er ging mit seiner Kaffeetasse zur Spüle und wusch sie ab. Grace schaute sich nach einem Küchentuch um, mit dem sie abtrocknen konnte.

»Nein, nein«, sagte Hayman, der Grace' Blick bemerkt hatte. »Sie haben heute frei. Wahrscheinlich wollen Sie am Abend ohnehin früh aufbrechen, damit Sie sich morgen gleich wieder in die Arbeit stürzen können. Oder irre ich mich?«

»Leider nicht«, gab Grace zu.

»Dann bleiben Sie sitzen und lassen mich das erledigen.«

Er nahm ein Schwammtuch und wischte die Arbeitsfläche ab. »Haben Sie etwas dagegen, wenn ich Ihnen eine berufliche Frage stelle, Grace?«

»Nein. Es hat ja ohnehin keinen Sinn, wenn ich so tue, als könnte ich die Arbeit beiseite lassen oder gar vergessen.«

»Glauben Sie nach wie vor, dass Cathys Vater noch am Leben und der Mörder ist?«

»Mehr denn je«, antwortete sie.

»Wir haben nicht mehr miteinander gesprochen, seit das Mädchen ins Untersuchungsgefängnis für Erwachsene gebracht wurde«, meinte Hayman. »Wie kommt sie damit zurecht?«

»Es geht ihr mies. Und deshalb werde ich auch keine Ruhe geben, ehe ich nicht beweisen kann, dass Broderick seinen Tod vorgetäuscht hat. Je mehr ich darüber nachdenke, je genauer ich mir die Ereignisse vor Augen führe, desto deutlicher wird mir, dass es die einzige Erklärung ist.«

»Es sei denn, Cathy Robbins ist sehr, sehr krank«, wandte Hayman ein, während er den Wasserhahn abdrehte und sich die Hände an einem Papiertuch abtrocknete.

»Nein, Peter«, widersprach Grace. »Auch das ist mir in den letzten Wochen klar geworden. Cathy ist nicht psychisch krank. Natürlich ist sie nach all den Ereignissen durcheinander und verwirrt, aber das ist eine normale, völlig gesunde

Reaktion.« Sie dachte kurz nach. »Natürlich habe ich sie einige Male wütend erlebt, aber es war eine berechtigte Wut.«

Hayman setzte sich wieder zu ihr an den Tisch.

»Und keine echten Gewaltausbrüche, wenn es das ist, was Sie meinen«, fuhr Grace fort. »Cathy ist enttäuscht und hat Angst. Außerdem traut sie keinem Erwachsenen mehr über den Weg, wozu sie auch allen Grund hat. Das heißt aber nicht, dass sie paranoid ist.« Grace hielt erneut inne. »Ich habe sie genau beobachtet, als sie von dem Vorfall mit den Goldfischen ihrer Mutter sprach.«

»Sie hat es stets abgestritten, haben Sie gesagt.«

»Sie streitet es nicht nur ab, sie spricht auch mit echtem Abscheu darüber. Außerdem ist sie noch genauso verzweifelt wie zu Anfang, dass man ihr etwas Derartiges zutraut.« Grace schaute Hayman an, um zu sehen, was er dachte. »Allerdings ist sie nicht so verzweifelt, dass sie deswegen morden würde.«

»Und Sie glauben auch nicht, dass Cathy die Fische getötet hat?«, fragte Hayman.

»Richtig, das glaube ich nicht«, antwortete Grace. »Es mag sein, dass man damals Haschischspuren in ihrem Blut gefunden hat, aber es würde mich sehr überraschen, hätte Broderick nicht eine Möglichkeit gefunden, dem Mädchen die Droge auf irgendeine Weise zuzuführen. So wie er Marie an Stelle des Vitamin B12 das Progesteron verabreicht hat.«

»Ich möchte Sie nicht entmutigen, Grace, aber ich habe Ihnen schon bei unserem letzten Treffen gesagt, dass ich da meine Bedenken habe.«

»Ich weiß«, erwiderte Grace. »Und anschließend haben Sie vorgeschlagen, ich soll mir ein Foto von Broderick besorgen.«

»Und? Haben Sie eins bekommen?«

»Ja.«

Er wartete. »Haben Sie ihn erkannt?«

»Nein«, sagte sie.

Hayman schüttelte den Kopf und stand auf. »Grace, das alles klingt mir zu sehr danach, als suchten Sie nach einem

Sündenbock. Weil Broderick seine Frau und seine Tochter gequält hat, kann man ihm auch gleich alles andere anlasten. Also, ich weiß nicht ... Vielleicht hat der Mann dieses Unwetter ja wirklich überlebt. Vielleicht haben Sie Recht, und er hat Cathys Vitaminkapseln mit Haschisch versetzt, und vielleicht hat er das Mädchen damit so voll gepumpt, dass sie die Fische getötet hat. Oder vielleicht hat er es selbst getan, wie Sie meinen ...«

»Wenn er überlebt hat«, fiel Grace ihm ins Wort, »hat er all das getan – und noch mehr. Dessen bin ich mir inzwischen fast sicher.«

»Und ich wiederum meine, wir dürfen nicht ausschließen, dass Cathy durch die traumatischen Erfahrungen in ihrer Kindheit zu dem geworden ist, was der Staatsanwalt annimmt.«

»Zu einer Serienmörderin?«

»Vielleicht.« Hayman setzte sich wieder. »Und womöglich auch zu einer perfekten Lügnerin.«

Grace war so enttäuscht, dass sie kaum noch Worte fand.

»Tut mir Leid, Grace«, sagte Hayman mitfühlend. »Aber ich spiele ja bis zu einem gewissen Punkt nur den *advocatus diaboli.*«

»Aber nur bis zu einem gewissen Punkt«, wandte sie ein.

»Leider haben Sie Recht«, bestätigte er. »Ich finde, Sie sollten wieder auf den Boden der Tatsachen zurückkehren, was diesen Fall betrifft.«

»Haben Sie mich deshalb eingeladen?«

»Nur zum Teil«, sagte er. »Vor allem deshalb, weil ich glaube, dass Sie ein bisschen Erholung brauchen.« Er stand wieder auf. »Soll ich uns noch ein paar Orangen auspressen, ehe wir an Bord gehen?«

Grace nickte. »Das wäre schön.«

Haymann stellte Grace' Tasse in die Spüle, ging zum Kühlschrank und nahm ein halbes Dutzend Orangen heraus.

»Kann ich helfen?«, fragte Grace.

»Das mach' ich schon. Bleiben Sie nur sitzen und schalten Sie ab.«

»Gut«, sagte sie.

Tatsächlich war es ihr ganz recht so, denn ihr war etwas aufgefallen. Hayman hatte von der Möglichkeit gesprochen, dass Broderick Cathy das Haschisch in ihren Vitaminkapseln verabreicht hatte. Ein so klares, deutliches Bild! Dabei wusste Grace nicht einmal, ob Cathy damals überhaupt Vitamintabletten genommen hatte.

Wenn ja, gab es nur einen Menschen, der darüber informiert war.

»So, fertig!« Hayman goss den Saft in zwei Gläser und kam damit zum Tisch. »Alles in Ordnung, Grace?«

»Natürlich!«

»Ich habe Sie verärgert, nicht wahr?«

Sie schüttelte den Kopf. »Nur ein wenig.«

»Das wollte ich nicht.« Er lächelte sie an. »Hier, trinken Sie den Saft.«

Grace griff nach dem Glas, doch irgendwie war es glitschig. Es rutschte ihr aus der Hand, fiel auf den Steinboden und zerbrach in tausend Stücke. »Verflixt!«, schimpfte sie. »Es tut mir Leid, Peter.«

»Das macht doch nichts.«

Aber sie war schon aufgestanden, kniete sich auf den Boden und sammelte die Scherben ein.

»Lassen Sie nur, Grace.« Hayman hockte sich neben sie. »Das ist doch nicht nötig. Ich hole einen Besen und ...«

Er legte seine Hand auf ihre. Aber sie hatte gerade eine zackige Scherbe aufgehoben. Als Hayman ihre Hand nahm und sie wegziehen wollte, schnitt ihr das Glas den Ballen auf.

»Verflixt!«, entfuhr es Grace ein zweites Mal.

Hayman ließ ihre Hand los, und die Scherbe fiel zu Boden.

»Du meine Güte, Grace. Es tut mir Leid! Lassen Sie mal sehen.« Vorsichtig nahm er ihre Finger und untersuchte die Wunde. »Das sieht gar nicht gut aus. Der Schnitt sitzt ziemlich tief.«

»Ist nicht so schlimm«, entgegnete sie rasch. »Das heilt von allein.«

»Oder auch nicht«, wandte er ein. »Auf jeden Fall muss die Wunde gereinigt und verbunden werden.«

Grace entzog ihm ihre Hand, richtete sich auf und ließ sich auf ihren Stuhl sinken. »Nur einen kleinen Moment«, sagte sie. »Dann kümmere ich mich selbst darum.«

»Ich bitte Sie«, sagte Hayman. »Es ist alles meine Schuld. Also lassen Sie mich die Sache wieder in Ordnung bringen.«

»Aber ich habe das Glas fallen lassen«, entgegnete Grace.

»Man kann ein zerbrochenes Glas doch nicht mit einem Schnitt in der Hand vergleichen!« Er verließ die Küche und kehrte kurze Zeit später mit einem Erste-Hilfe-Kasten zurück. »Darf ich?«

»Natürlich.« Grace streckte ihm den Arm hin. »Vielen Dank.«

Er ging sanft, sorgfältig und routiniert zu Werke, reinigte die Wunde, bedeckte Grace' Handballen mit einem Stück Gaze, das in einem antiseptischen Mittel getränkt war, und befestigte die Gaze mit Heftpflaster. Als er fertig war, schämte Grace sich schrecklich. Vielleicht hatte Hayman Recht, vielleicht war wirklich die Fantasie mit ihr durchgegangen – und zwar so sehr, dass sie mittlerweile an jeder Straßenecke Tote sah. Seine Bemerkung über die Vitaminkapseln war ja wohl nur eine Vermutung gewesen, eine plausible Erklärung, auf welche Weise Broderick Cathy das Haschisch ohne ihr Wissen verabreicht haben könnte, zumal sie beide wussten, dass Broderick früher schon B12 als Vorwand benutzt hatte. Außerdem ähnelte Hayman nicht im Geringsten dem Foto von John Broderick.

»Gut so?«, fragte er.

»Ja«, sagte sie.

»Stimmt das auch? Sitzt es nicht zu eng?«

»Nein, es ist prima.« Sie drehte die Hand, um es ihm zu zeigen.

»Halten Sie die Hand lieber eine Weile still«, empfahl er ihr. »Sonst fängt es wieder an zu bluten.« Er schaute auf den Boden. »Und achten Sie auf Ihre Füße, während ich hier sauber mache.«

»Das kann ich doch tun.«

»Sie bleiben sitzen«, ordnete er an. »Und machen Sie bitte kein Aufhebens um ein billiges Glas.«

Sie lächelte ihn an. »Gut, versprochen.«

Hayman fegte die Scherben zusammen, wickelte sie sorgfältig in eine alte Zeitung und warf sie in den Müll, bevor er den Boden aufwischte. Nach wenigen Minuten war er fertig.

»Fühlen Sie sich denn überhaupt noch in der Lage, segeln zu gehen, Grace?«

»Oh, ich glaube schon.«

»Sind Sie ganz sicher?« Er musterte sie prüfend. »Sie sehen ein bisschen blass aus.«

»Es ist nur ein kleiner Schnitt, Peter.« Ihr war tatsächlich ein wenig schummrig. Doch nachdem er sich so um sie bemüht hatte, wollte sie das nicht zugeben.

»Setzen Sie sich doch für eine Weile auf die Veranda! Ehe wir aufbrechen, muss ich noch ein paar Dinge erledigen. Ich bringe Ihnen etwas zu trinken, und Sie lassen es sich gut gehen.«

»Es ist mir unangenehm, dass ich Sie aufhalte.« Grace meinte es ehrlich, besonders nachdem Hayman so nett gewesen war. Und je länger sie darüber nachdachte, umso größer wurde ihre Überzeugung, dass weder sein nächtlicher Besuch in ihrem Zimmer noch seine rätselhafte Bemerkung den geringsten Anlass zur Sorge gaben. Sie war müde, erschöpft und entmutigt wegen Cathy und deshalb einfach nur überreizt.

»Sie halten mich nicht auf«, sagte er.

Grace hatte keine Einwände mehr.

44.

Sam war wenige Minuten zuvor eingenickt, als gegen halb sieben in der Frühe das Telefon klingelte und Martinez sich meldete. Manchmal fragte sich Sam, ob sein Kollege je schlief – wenn ja, wohl nicht mehr als eine Stunde am Tag. Diesmal rief Martinez an, weil er von einem neuen Verbrechen im Zuständigkeitsbereich der Polizei von Miami gehört hatte. Eine Putzfrau namens Anna Valdez sei in der Praxis eines Arztes in der Innenstadt erstochen worden.

»Sieht so aus, als habe man eines der Instrumente des Arztes benutzt«, erklärte Martinez, als Sam keine Reaktion zeigte.

»Ein Skalpell?« Sam fühlte sich, als hätte man ihm eine kalte Dusche verpasst.

»Genau!«

Hastig überlegte er, wie der Täter bei seinem Vater vorgegangen war. »Fehlen Medikamente?«

»Nur die Rezeptblocks.« Martinez hatte die Frage schon erwartet.

»Hat die Frau geschlafen?«, fuhr Sam fort.

»Offenbar hat sie sich nach getaner Arbeit ausgeruht, denn sie saß im Sessel des Arztes, als man sie fand. Die Frau war mit der Arbeit fertig. Normalerweise hätte sie eine gute halbe Stunde bevor sie getötet wurde, die Praxis verlassen haben müssen.«

Diesmal beschäftigte sich Gerichtsmedizinerin Marina Garmisch mit der Obduktion. Garmisch war eine beeindruckende Frau mit Haupt und Statur einer wagnerschen Walküre. Ihr eilte der Ruf voraus, schon mehr als einen gestandenen Cop das Fürchten gelehrt zu haben, doch sobald es um Tote ging, war sie zärtlich, behutsam und sanft wie eine Geliebte. Wie die anderen Pathologen des County war auch sie über die Skalpellmorde informiert.

»Könnte der gleiche Mistkerl gewesen sein wie bei Ihrem Vater«, erklärte sie Sam am Telefon, nachdem der Leichensack mit Anna Valdez zur weiteren Untersuchung in die Pathologie gebracht worden war. »Obwohl sich das ohne Tatwaffe und Fingerabdrücke wohl nur schwer beweisen lassen wird.«

»Wissen Sie schon, ob die Frau geschlafen hat, als sie erstochen wurde?«, fragte Sam.

»Möglicherweise hat sie gedöst. Aber beim Auftreffen der Klinge muss sie aufgewacht sein, denn sie hat sich gewehrt. Soweit ich informiert bin, hat Dr. Becket nicht gemerkt, dass er angegriffen wurde.«

»Stimmt. Das erklärt wahrscheinlich den Winkel, in dem die Klinge in seinen Körper eingedrungen ist«, sagte Sam. »Ich meine, er hat auf der Couch in seinem Sprechzimmer geschlafen. Der Täter konnte sein Opfer also deutlich sehen.« Er überlegte. »Wissen Sie, dass alle anderen Opfer des Skalpellmörders Beruhigungsmittel im Blut hatten? Mein Vater war die einzige Ausnahme.«

»Ich lasse Ihnen meine Ergebnisse zukommen, sobald sie vorliegen«, versprach Marina Garmisch. »Allerdings halte ich es für unwahrscheinlich, dass Anna Valdez ein Sedativum oder etwas der Art genommen hatte oder dass es ihr verabreicht wurde. Wie ich schon sagte, sie hat sich tapfer gewehrt. Ich behaupte sogar, dass sie in den letzten Minuten ihres Lebens hellwach war.«

»Selbst wenn es das gleiche Arschloch war wie bei deinem Dad«, sagte Martinez über einem Becher viertklassigen Kaffees, »reicht das nicht aus, um die kleine Robbins wieder auf freien Fuß zu setzen.«

Das war Sam nur zu klar. Seit irgendein Volltrottel an die Presse hatte durchsickern lassen, dass es sich bei der Tatwaffe um ein Skalpell handelte, waren sie auf Trittbrettfahrer eingestellt.

Martinez dachte laut nach. »Es sei denn, es war doch derselbe Kerl, der auch ihre Eltern und die Therapeutin kaltgemacht hat. Wir aber sollen denken, der hier war jemand anderes, weil er will, dass das Mädchen im Knast bleibt. Nur dass er inzwischen Geschmack am Töten gefunden hat.«

»Ich dachte, für dich steht fest, dass Cathy Robbins die Schuldige ist«, sagte Sam.

Martinez zuckte die Achseln. »Die Sache stinkt. Und du weißt, das gefällt mir nicht. Ich mag es schön sauber und ordentlich.«

Sam schwieg.

Er dachte wieder an John Broderick.

Und an Peter Hayman.

Fünf Minuten später rief er bei Grace an und hörte die Ansage auf ihrem Anrufbeantworter, in der sie die Telefonnummer ihres Hotels nannte. Sie hatte nicht erwähnt, dass sie übers Wochenende wegfahren würde, allerdings hatte Sam ihr bei ihrem letzten Gespräch auch kaum Gelegenheit gegeben, viel zu sagen.

Den Namen des Hotels hatte sie nicht genannt. Aus der 305er-Vorwahl konnte Sam jedoch schließen, dass es im Südosten Floridas lag, irgendwo zwischen Miami und Key West. Sam fragte sich, warum Grace in einem Hotel übernachtete, wo ihre Schwester doch auf Islamorada wohnte.

Aber in Key Largo lebte Peter Hayman.

Sam wollte gerade den Hörer abheben, als der Apparat klingelte. Es war Maria Mitchell, die rechte Hand des Captain, die ihm mitteilte, dass der Chef ihn auf der Stelle sprechen wolle.

»Richten Sie dem Captain doch bitte aus, Maria, dass ich …«

»Er sagte, auf der Stelle, Detective.«

Maria redete Sam nur dann mit Detective an, wenn der Chef sich bei ihr im Zimmer befand. Außerdem war ihr scharfer Tonfall eine deutliche Warnung, dass der Captain sich auf dem Kriegspfad befand. Und wenn Captain Hector

Hernandez sich irgendetwas in den Kopf gesetzt hatte, ließ man ihn besser nicht warten – vor allem nicht an einem Sonntag.

Die Suche nach Grace und ihrem Hotel musste also aufgeschoben werden.

»Detective Becket?« Maria ließ nicht locker.

»Schon unterwegs«, sagte Sam.

45.

Grace ging es gar nicht gut. Draußen auf Haymans Veranda hatte es angefangen. Es war ein unbestimmbares Gefühl, eine Mischung aus dumpfem Kopfschmerz und Schwindel, und jetzt schien eine überwältigende Müdigkeit von Grace Besitz ergriffen zu haben. Am liebsten hätte sie sich an Ort und Stelle hingelegt.

Zuvor hatte sie mit ihrem Handy die Nachrichten auf ihrem Anrufbeantworter abgehört. Nur eine musste dringend beantwortet werden, die von Cathy. Da aber inzwischen der Akku des Handys leer war, machte Grace sich auf die Suche nach Hayman. Sie fand ihn in seinem Arbeitszimmer neben dem Raum mit der verschlossenen Tür, wo er über Papiere gebeugt am Schreibtisch saß.

»Peter?«

Er wandte sich um. »Kommen Sie herein«, sagte er, als er Grace in der Tür stehen sah.

»Ich muss dringend in Miami anrufen, aber leider ist der Akku meines Handys leer. Ich kann ihn nur beim Autofahren aufladen.«

»Sie brauchen nicht zu fragen, wenn Sie telefonieren wollen. Ich habe Ihnen doch schon gestern Abend gesagt, Sie können sich nehmen, was Sie brauchen.« Er musterte sie eingehend. »Sie sehen ziemlich angeschlagen aus.«

»Ich fühle mich auch so«, gab Grace zu.

Hayman stand auf. »Was ist los?«

»Ich weiß nicht.« Grace lehnte sich an den Türrahmen. »Es hat vor kurzem angefangen.«

»Glauben Sie, es hängt mit der Wunde zusammen?«

»Keine Ahnung.« Sie zwang sich zu einem Lächeln. »Eigentlich bin ich sonst nicht so empfindlich.«

»Den Eindruck habe ich auch nicht.«

»Egal«, sagte sie. »Wo kann ich telefonieren? Ich möchte Sie nicht stören.«

»Wo Sie wollen«, meinte Hayman. »Sie stören mich nicht.«

Grace kehrte in die Küche zurück und benutzte das Telefon, das dort an der Wand hing. Zum Glück war die Schnur so lang, dass sie sich dabei hinsetzen konnte. Cathy hatte die Nummer des Gefängnisses nicht angegeben, aber Grace hatte sie sich in ihrem Adressbuch notiert. Das Problem war nur, dass das Adressbuch in ihrer Reisetasche steckte und die Reisetasche in ihrem Zimmer stand. Und da sie sich nicht aufraffen konnte, das Buch zu holen, wählte sie die Auskunft.

Vielleicht, dachte sie, als sie auf die Verbindung wartete, ist es ein gutes Zeichen, dass Cathy angerufen hat. Wenn Sie telefonieren durfte, war die Einzelhaft womöglich aufgehoben worden.

Grace hatte gerade die Nummer des Gefängnisses auf Peter Haymans Einkaufsliste geschrieben, als ihr einfiel, was noch in ihrem Adressbuch steckte: das Foto von John Broderick. Es war kaum eine Stunde her, da Hayman sie gefragt hatte, ob sie ein Foto von Cathys Vater aufgetrieben habe. Doch Grace war nicht auf die Idee gekommen, es ihm zu zeigen.

Der Kopf tat ihr weh. Sie schloss die Augen und massierte sich die rechte Schläfe mit dem Handrücken. Immer mit der Ruhe, sagte sie sich. Eins nach dem anderen.

Nachdem Grace zum Frauengefängnis durchgestellt worden war, kam Cathy erstaunlich schnell an den Apparat. Sie klang zwar ziemlich elend, aber zumindest weinte sie diesmal nicht.

»Haben Sie gehört, was passiert ist?«

»Ich habe gehört, dass du jemanden angegriffen hast«, sagte Grace.

»Ich war es nicht, Grace!«

»Dr. Parés sagt, man habe in deiner Zelle einen Kartoffelschäler aus der Küche gefunden.«

»Ich habe keinen mitgenommen. Den hat mir jemand reingelegt.« Cathy schwieg für einen Moment. »Glauben Sie mir, Grace?«

»Ja, natürlich.«

»Warum haben Sie mich dann nicht besucht?«

»Weil ich nicht durfte«, erklärte Grace. »Man hat mir gesagt, morgen könne ich anrufen und eine Besuchserlaubnis beantragen.«

»Nein, Sie sind nicht gekommen, weil ich mich neulich am Telefon so aufgeführt habe, nicht wahr?«

Offenbar fehlte nicht viel, dass sie einen hysterischen Anfall bekam, und Grace überlegte sich sorgfältig jedes Wort. »Cathy, wir haben erst am Donnerstag miteinander gesprochen. Der einzige Grund, weshalb ich damals nicht direkt ins Auto gestiegen und zu dir gefahren bin, waren Termine, die ich nicht aufschieben konnte. Am Freitag hat mir Dr. Parés dann von dem Vorfall berichtet, und danach durfte ich dich nicht mehr sehen.«

»Tut mir Leid«, sagte Cathy.

»Das braucht dir nicht Leid zu tun, Cathy. Du sollst nur begreifen, warum es so gekommen ist.«

»Ja, ich hab' verstanden.« Es klang stumpf und schwer, wie ein Stein.

»Hör zu, Cathy«, sagte Grace. »Heute bin ich nicht in der Stadt. Aber wenn ich zurückkomme, werde ich alle Hebel in Bewegung setzen, damit ich dich am Montag oder Dienstag besuchen kann.«

»Können Sie nicht noch heute Abend kommen?« Es klang jämmerlich, flehend.

Grace' Herz krampfte sich zusammen. Doch selbst wenn es eine Möglichkeit gegeben hätte, ohne vorherige Genehmigung an einem Sonntag Zutritt zum Gefängnis zu bekommen, fühlte sie sich zurzeit viel zu schwach, um die Rückfahrt nach Miami anzutreten.

»Heute geht es auf keinen Fall, Cathy«, antwortete sie freundlich und sanft. »Aber ich verspreche dir, alles zu unternehmen, dass wir uns spätestens am Dienstag sehen.«

»Wo sind Sie gerade, Grace?«, fragte Cathy unvermittelt.

»Auf Key Largo.« Aber dann biss sie sich auf die Zunge.

»Ach!«

Mehr sagte Cathy nicht, trotzdem schwang ein Vorwurf darin mit. Grace wusste, dass für Cathy die Einsamkeit nach dieser Bemerkung nur noch schwerer wiegen würde. Da saß sie unschuldig zusammen mit echten Straftäterinnen hinter Schloss und Riegel, während sich Grace – die Psychologin, die ihr ständig versicherte, sie wolle ihr helfen – auf Key Largo vergnügte und zu beschäftigt war, um zu ihr zu kommen.

»Aber ich denke an dich, Cathy!«

»Ist schon gut«, sagte sie.

»Du musst leider noch ein bisschen Geduld haben.«

»Mir bleibt ja wohl nichts anderes übrig, oder?«

46.

Sam saß beim Captain fest, der die überfälligen Monatsstatistiken mit ihm durchging. Am liebsten wäre Sam aus dem Zimmer gestürmt und hätte Grace angerufen. Außerdem wollte er sich mit diesem Hayman befassen – abgesehen davon, dass er gern erfahren hätte, wie die Polizei von Miami mit den Ermittlungen im Fall Valdez vorankam und ob der gleiche Hundesohn dafür verantwortlich war, der seinen Vater mit dem Skalpell hatte aufschlitzen wollen. Doch Hernandez hatte gleich am frühen Morgen vom Chief eine eindeutige Anweisung erhalten. Außerdem plagte ihn mal wieder sein Magengeschwür. Sam hätte ihm gern gesagt, er solle sich sonst jemanden zum Händchen halten suchen. Doch ihm wurde klar, dass er sich eigentlich aus einem ganz anderen Grund aufregte, der nichts mit Captain Hernandez zu tun hatte. Soweit es Anna Valdez und seinen Vater betraf, leistete Sergeant Rodriguez mit seinem Team gute Arbeit. Außerdem hatte Al Martinez bestimmt seine Lauscher aufgestellt.

Um halb eins saß Sam schließlich wieder an seinem eigenen Schreibtisch. Er nahm den Hörer ab und wählte die Nummer von Grace' Hotel.

»Guten Tag, hier ist das Pelican Lodge. Womit können wir Ihnen dienen?«

»Ich möchte mit Dr. Grace Lucca sprechen.«

»Einen Moment, bitte.«

Tatsächlich ließen sie ihn aber mehrere Momente warten. Sam, der die Füße auf den Tisch gelegt hatte, trommelte nervös auf der Sohle seines Turnschuhs.

»Hallo?«

»Ja?«

»Wie war noch der Name der Dame, den Sie uns genannt haben?«

Sam wiederholte ihn. Die Frau am anderen Ende der Leitung erklärte, dass kein Gast dieses Namens bei ihnen wohne. Als Sam ihr sagte, Grace habe ihn erst am Tag zuvor benachrichtigt, sie würde in diesem Hotel absteigen, entschuldigte sich die Frau und erkundigte sich bei einer Kollegin. Dann teilte sie Sam mit, eine Dr. Grace Lucca sei gestern tatsächlich bei ihnen gewesen, jedoch schon nach kurzer Zeit wieder aufgebrochen. Und sie wisse nicht, wohin Dr. Lucca gefahren sei.

Sam versuchte es noch einmal bei Grace zu Hause. Noch immer der gleiche Spruch auf dem Band. Hatte sie eigentlich die Möglichkeit, ihre Ansage von einem fremden Telefon aus zu ändern?

Wo mochte sie bloß stecken?

»Vielleicht bei ihrer Schwester«, murmelte er. Er hatte schon den Hörer aufgenommen, um die Auskunft anzurufen, als ihm einfiel, dass er Claudias Nachnamen gar nicht kannte. Wütend knallte er den Hörer auf die Gabel zurück.

Entweder er hatte ihn vergessen oder ihn nie gehört.

Sam schloss die Augen, lehnte sich zurück und überlegte, was Grace ihm von ihrer Schwester erzählt hatte. Sie hieß Claudia, da war er sicher. Und Grace' Schwager, der Architekt. Daniel. Und weiter? Claudia und Daniel ... und dann? Verdammt, er wusste es nicht, hatte es nie gewusst.

Sam schlug die Augen auf und wählte die Nummer seiner Eltern. Hoffentlich ging sein Vater ans Telefon und nicht seine Mutter.

»Dad?«

»Hallo, Sam! Alles in Ordnung?« David wusste, dass sein Sohn im Dienst war.

»Mir geht's gut.« Sam verschwendete keine Zeit. »Hör mal, Dad, vielleicht kannst du mir helfen. Weißt du zufällig, wie Grace Luccas Schwester mit Nachnamen heißt?«

»Ist Grace etwas zugestoßen?«, fragte David besorgt.

»Nein, nichts. Kennst du den Namen ihrer Schwester?«

»Nein, mein Junge«, antwortete David. »Ich glaube, den hat sie nie erwähnt.«

»Gut, Dad. Tut mir Leid, dass ich …«

»Warum fragst du Grace nicht selbst?«

»Sie ist nicht in der Stadt. Wahrscheinlich ist sie zu ihrer Schwester gefahren.«

»Oh!« David schwieg. »Du könntest den Vater in Chicago anrufen.«

»Ja, das könnte ich.«

»Und Grace hat sicher Leute, die bei ihr arbeiten – eine Sekretärin vielleicht.« David lachte leise. »Aber das weißt du ja selbst. Schließlich bist du der Polizist in der Familie!« Er machte eine Kunstpause. »Oder bist du im Augenblick einfach nur ein verliebter Polizist?«

Sam zögerte nicht lange. Sein Vater und er hatten kaum Geheimnisse voreinander. »Ich glaube, damit hast du den Nagel auf den Kopf getroffen, Dad.«

»Eine Bessere hättest du nicht finden können«, sagte David Becket.

Sam lächelte. »Ich weiß.«

47.

»Vielleicht würden Ihnen ein oder zwei Stunden auf dem Wasser gut tun«, sagte Hayman gegen ein Uhr mittags. »Da vergessen Sie all Ihre Probleme.«

Grace warf ihm einen skeptischen Blick zu. In den letzten anderthalb Stunden hatte sie Hayman mehrfach gedrängt, ohne sie zu segeln und ihr die Möglichkeit zu geben, sich auszuruhen. Doch er hatte nichts davon hören wollen. Auf keinen Fall würde er sie allein lassen, solange es ihr nicht gut gehe. Schließlich könne er jeden Tag segeln.

Sicher hatte Hayman Recht, wenn er meinte, Grace müsse ihre Probleme eine Zeit lang vergessen. Nach dem Gespräch mit Cathy war sie noch beunruhigter als zuvor. Sie hatte auch bereits bei Dr. Parés und dem stellvertretenden Gefängnisleiter eine Nachricht hinterlassen und die Männer gebeten, ihren jungen Schützling im Auge zu behalten.

»Fieber haben Sie nicht«, stellte Hayman fest, »und Sie sagen, die Schwindelgefühle sind auch so gut wie weg?«

»Ja. Aber ich habe immer noch Kopfschmerzen«, erinnerte Grace ihn.

»Nichts hilft so gut gegen Kopfschmerzen wie die frische Luft und die Ruhe auf dem Meer ...« Er schob seine grau getönte Brille ein Stück nach unten und schaute Grace über den Rand hinweg an.

»Das klingt gut.« Allmählich glaubte Grace daran.

»Das ist auch gut.«

»Wenn ich hier bleibe, versinke ich wahrscheinlich doch nur in Grübeleien.«

»Das glaube ich auch.«

Grace holte tief Luft, nickte und stand auf. »Vielleicht sollte ich noch ein paar Aspirin nehmen, ehe wir losfahren.«

Hayman schüttelte den Kopf. »Ihre Kopfschmerzen kuriert das Meer. Außerdem habe ich die wichtigsten Medikamente in meiner Bordapotheke. Es ist also alles da, wenn Sie etwas brauchen sollten.«

»Prima«, sagte sie, während sie versuchte, die Mattigkeit abzuschütteln, die sich wie eine Wolke vor ihr Gesichtsfeld gelegt hatte. »Gehen wir segeln.«

Sam stand in Grace' Flur. Er hatte Glück gehabt und war gerade in dem Moment vorgefahren, als Teddy Lopez aus der Haustür trat, um die Pflanzen im Vorgarten zu gießen. Nachdem er äußerst misstrauisch Sams Dienstmarke überprüft hatte, hatte er Sam ins Haus gelassen und ihm Claudia Brownleys Telefonnummer in Fort Lauderdale gegeben.

Sam machte den Anruf von der Küche aus, wo Teddy ihn im Auge behalten konnte. Der Hörer wurde abgenommen, und eine Kinderstimme meldete sich.

»Hier ist Robbie. Wer spricht dort, bitte?«

»Hallo, Robbie, ich heiße Samuel Becket. Ich möchte Mrs. Brownley sprechen. Ist sie da?«

»Ja, einen Augenblick.«

Es schepperte, als würde der Hörer auf eine harte Oberfläche aufschlagen. Dann hörte Sam im Hintergrund, wie Robbie seine Mutter rief. Dazu kläffte schrill ein Hund.

»Detective Becket?« Claudia klang alarmiert.

»Es tut mir Leid, Sie zu belästigen, Mrs. Brownley.«

»Ist etwas passiert?«

»Nein, nein, gar nichts.« Sam bedauerte es, dass die Leute immer gleich etwas Schlimmes befürchteten, sobald jemand von der Polizei bei ihnen anrief. »Ich wollte mich nur erkundigen, ob Sie wissen, wo Ihre Schwester sich aufhält.«

»Ach so. Das kann ich Ihnen sagen.« Es klang erleichtert. »Sie ist unten auf Key Largo.«

»Sie hat mir die Nummer eines Hotels hinterlassen. Es heißt Pelican Lodge.«

»O nein, da wohnt sie nicht«, entgegnete Claudia rasch. »Es gab da irgendein Problem mit der Reservierung. Grace konnte dort kein Zimmer bekommen und ist dann zu einem Kollegen gefahren.«

Sie schwieg. Sams Herzschlag beschleunigte sich.

»Kennen Sie Dr. Hayman?«, fragte Claudia.

»Nein, nicht persönlich«, antwortete Sam. »Aber Grace hat oft von ihm gesprochen.« Er bemühte sich, seine Stimme unter Kontrolle zu halten, um Claudia nicht mit seiner Angst anzustecken. »Hat sie Ihnen zufällig die Adresse oder die Telefonnummer gegeben?«

»Ja. Grace hinterlässt mir fast immer Nummer oder Anschrift, wo ich sie erreichen kann, wenn sie länger als einen Tag wegfährt.«

Sam notierte sich die Informationen, beendete das Gespräch hastig, fast ein wenig unhöflich, und wählte die Nummer in Key Largo. Dass Teddy Lopez ihn keine Minute aus den Augen ließ, störte ihn nicht, im Gegenteil, er war froh, dass so verantwortungsbewusste Menschen für Grace arbeiteten.

Nach dem dritten Klingeln meldete sich ein Mann.

»Dr. Peter Hayman.« Die Stimme klang angenehm.

»Dr. Hayman, hier spricht Sam Becket.«

Ein kurzes Zögern. »Grace' Freund?«

»Ja. Ist sie da?«

»Doch, ja, ist sie. Aber sie kann im Augenblick nicht ans Telefon kommen.«

»Warum nicht?«

»Sie nimmt gerade eine Dusche.« Hayman überlegte. »Sie war ein wenig unpässlich. Aber inzwischen geht es ihr wieder gut. Wir wollen jetzt gleich aufbrechen. Ein paar Stunden segeln.«

In Sam breitete sich Panik aus wie ein Buschfeuer. »Was fehlt ihr denn?«

»Nichts Schlimmes«, versicherte Hayman. »Sie hatte einen kleinen Unfall. Aber machen Sie sich keine Sorgen.«

»Was für einen Unfall?«

»Sie hat sich an einer Glasscherbe geschnitten. Ich habe die Wunde versorgt.«

»Und warum fühlt sie sich dann unwohl?«

»Ich glaube nicht, dass es da einen Zusammenhang gibt«, entgegnete Hayman geduldig. »Wie ich schon sagte, es geht ihr wieder gut. Sie macht sich gerade fertig, damit wir losfahren können.«

»Ich möchte mit ihr sprechen«, beharrte Sam.

»Ich habe doch schon gesagt, sie nimmt gerade eine Dusche. Aber ich werde ihr sagen, dass Sie angerufen haben.«

»Wieso kann ich nicht warten, bis sie fertig ist?«

»Weil ich mein Telefon brauche.« Allmählich war eine gewisse Gereiztheit hinter Haymans höflichem Tonfall spürbar. »Ich versichere Ihnen, Detective Becket, ich werde Grace ausrichten, dass Sie mit ihr sprechen wollten.«

»Bitte sagen Sie ihr, dass ich bei ihr zu Hause bin.«

»Ach, wirklich?« Hayman klang überrascht. »Gibt es da ein Problem? Ist irgendwas passiert?«

»Nein, nichts«, antwortete Sam.

»Wirklich nicht?«

»Nein, es ist alles in Ordnung«, wiederholte Sam.

»Ich sage Grace, dass Sie angerufen haben. Auf Wiedersehen, Detective.«

Sam legte den Hörer auf, blickte Teddy Lopez an und grinste. »Macht es Ihnen etwas aus, wenn ich noch auf Doktor Luccas Rückruf warte?«

Teddy warf ihm einen skeptischen Blick zu. »Ich muss sehen, dass ich mit meiner Arbeit fertig werde.«

»Dann lassen Sie sich nicht stören«, meinte Sam. »Ich verspreche auch, dass ich nichts stehle.«

»Wir können ohnehin nicht mehr lange bleiben«, gab Teddy zu bedenken. »Ich muss zurück zu Harry. Kennen Sie Harry?«

»Staubsauger-Harry?« Sam lachte. »Natürlich kenne ich ihn.«

»Er ist nicht gern allein, wenn Dr. Lucca fort ist.«

»Es kann nicht lange dauern«, versicherte Sam.

»Möchten Sie eine Tasse Kaffee?«, fragte Teddy widerstrebend.

Sam schüttelte den Kopf. »Nein, danke.«

Er starrte aufs Telefon, dann schaute er auf die Armbanduhr. Ein Uhr siebzehn. Wie lange mochte Grace wohl brauchen, um eine Dusche zu nehmen? Und auf welche Weise hatte sie sich die Schnittwunde zugezogen? Wie tief mochte die Wunde sein? Dass Grace »sich unpässlich fühlte«, wie Hayman sich ausgedrückt hatte, gefiel Sam ganz und gar nicht. Doch am wenigsten gefiel ihm, dass er nicht mit ihr hatte sprechen können.

Erneut schaute er auf die Uhr.

Ein Uhr achtzehn.

Teddy Lopez machte sich daran, den blitzsauberen Küchenherd zu polieren.

Sam wartete.

48.

Am Sonntagnachmittag um ein Uhr achtunddreißig saß Cathy gemeinsam mit Dr. Parés und einer Schwester auf der Krankenstation. Der Arzt, ein hoch gewachsener, schlanker Mann mit dunklen Augen, Stirnglatze und sorgfältig gestutztem Bart, trug Jeans und ein weißes Baumwollhemd, war also nicht so formell gekleidet wie die letzten Male, als Cathy ihn gesehen hatte. Trotz des Deckenventilators war es stickig heiß im Zimmer, doch Parés wirkte genauso ruhig und kühl wie immer. Er hockte auf der Kante seines Schreibtisches, während Cathy, in sich zusammengesunken, nur wenige Schritte vor ihm auf einem Stuhl mit harter Lehne saß.

»Vor kurzem hat mich deine Freundin, Dr. Lucca, angerufen«, sagte Parés freundlich. Er hatte einen leicht spanischen Akzent. »Sie macht sich schon wieder Sorgen um dich. Eigentlich tut sie das ständig. Du solltest dankbar sein, dass du eine Freundin hast, die sich so um dich kümmert.«

»Sie ist nicht meine Freundin«, widersprach Cathy. »Sie ist meine Psychologin.«

»Glaub mir«, entgegnete Parés, »augenblicklich ist Grace Lucca wahrscheinlich die beste Freundin, die du hast.«

»Und warum hat Grace Sie angerufen?«

»Weil du dich so aufgeregt hast, als sie mit dir gesprochen hat. Weil du voller Angst warst.« Der Arzt öffnete eine Tüte, die auf dem Schreibtisch stand. »Und deshalb möchte ich dir etwas geben, damit du dich wieder beruhigst.«

»Ich will keine Pillen.«

»Nur ein kleines Beruhigungsmittel, das Gleiche wie früher schon. Mach dir deshalb keine Sorgen.«

»Ich habe doch gesagt, ich will keine Pillen!« Cathy war den Tränen nahe. »Ich will hier raus«, schrie sie. »Ich will, dass das alles ein Ende hat! Ich will, dass meine Mom und Arnie wiederkommen! Und Tante Frances!« Sie vergrub das Gesicht in den Händen.

»Und deshalb solltest du die Tabletten nehmen, die ich hier für dich habe.« Parés gab der Krankenschwester mit einem Kopfschütteln zu verstehen, dass sie nicht einzugreifen brauchte. »Und dann bringe ich dir noch ein paar Entspannungsübungen bei.«

»Das ist reine Zeitverschwendung!« Cathy hielt noch immer die Hände vors Gesicht.

»Ich glaube nicht!« Der Arzt entkorkte das Fläschchen und schüttelte eine Pille heraus. »Wenn du die Methode erst einmal gelernt hast, brauchst du keine Tabletten mehr.«

»Ich habe Ihnen doch schon gesagt, ich will Ihre blöden Pillen nicht!« Cathy nahm die Hände vom Gesicht. Ihre Wangen waren gerötet, die Augen nass.

»Jetzt stellen Sie sich nicht so an, Robbins«, fuhr die Krankenschwester dazwischen, die am Medizinschrank stand.

»Ich will aber nicht!«

Parés ging zum Waschbecken und füllte ein Glas zur Hälfte mit Wasser. »Du wärst wirklich besser beraten, Cathy, wenn du nicht immer gegen die Leute ankämpfst, die dir helfen wollen.«

»Und welche Leute sind das? Sie?«

»Ja, ich.« Parés hielt Cathy das Glas hin. »Nimm die Tablette, damit du dich beruhigst. Und dann schauen wir mal, ob du nicht auch ohne Medikamente die Ruhe bewahren kannst.«

Cathy nahm ihm Tablette und Glas ab. »Wie soll ich mich hier beruhigen?« Trotzdem schluckte sie die Pille.

»Dr. Lucca würde dir auch gern mehr helfen – viel mehr –, wenn du es nur zulassen würdest. Sie weiß, dass du hier eine schwere Zeit durchmachst, und sie glaubt an dich.«

»Sagt sie jedenfalls«, wandte Cathy trotzig ein.

»Traust du ihr denn nicht?«, fragte Parés leise.

»Ich traue keinem mehr.«

»Das kann man dir wohl nicht verübeln«, meinte der Arzt.

»Aber wir leben in einer brutalen Welt. Und da ist es gut, wenn man Freund und Feind unterscheiden kann.«

»Und Sie? Sind Sie mein Freund oder mein Feind?«

»Benehmen Sie sich, Robbins!«, rief die Schwester schrill.

»Ist schon gut«, beschwichtigte Parés sie. Er hielt den Blick auf das Mädchen gerichtet. »Freund oder Feind. Was glaubst du, was ich bin, Cathy?«

»Ich weiß es nicht.«

»O doch, das weißt du«, erklärte er lächelnd.

49.

Entgegen ihren Erwartungen lagen im Hafen keine funkelnden Luxusyachten, das beliebte Spielzeug der Millionäre. Dooley's Marina gab nichts anderes zu sein vor, als es war: ein eher schäbiger, nüchterner Liegeplatz für Boote, die für viele Besitzer lediglich das gängigste Transportmittel und für einige auch die berufliche Lebensgrundlage darstellten. Es roch nach Diesel, Möwenkot und, in der Nähe des Kiosks am Ende der Hafenmauer, nach Hot-Dogs, eine Mischung, bei der es Grace gleich wieder übel wurde. Trotzdem empfand sie die *Snowbird*, Haymans weißen Zweimaster mit dem hübschen, schlanken Rumpf, der hinter den Transport- und Fischerbooten vertäut lag und offenbar bereit zum Auslaufen war, als äußerst reizvollen Anblick.

»Wie finden Sie die Yacht?«, fragte Hayman erwartungsvoll.

»Fantastisch.«

»Kennen Sie sich mit Segelbooten aus?«

»Ich fahre gern mit, und zu Hause am Michigan-See und hier in Florida habe ich Skippern zugehört, wenn sie ihre Dönekes erzählten. Den Unterschied zwischen Luv und Lee kenne ich allerdings immer noch nicht. Irgendwie geht bei mir so was zum einen Ohr rein und zum anderen wieder raus.«

»Kein Problem«, sagte Hayman. »Das Wichtigste wissen Sie ja – den Anker lichten, die Segel hissen und sich vom Wind treiben lassen.« Er lächelte sie an. »Und da die *Snowbird* außerdem einen Motor hat, brauchen wir nicht mal auf den Wind zu warten, um den Hafen zu verlassen.« Er musterte sie. »Fühlen Sie sich gut genug, dass Sie es wagen können?«

»Ich bin bereit«, erklärte sie. »Falls mir wieder übel wird

und ich mich als Last erweise, können Sie mich ja über Bord werfen.«

»Ich bezweifle, dass es so weit kommt.«

Auf der gegenüberliegenden Seite des Hafens schrubbte ein kahlköpfiger Mann mittleren Alters das Deck seines Bootes. Als er sie sah, richtete er sich auf und winkte ihnen zu. Haymann setzte die Tasche mit ihrem Proviant ab und hob grüßend den Arm. Dann blickte er sich um.

»Ich glaube, die Weintraubs haben nicht gewartet.«

»Das ist meine Schuld«, meinte Grace bekümmert. »Tut mir Leid, dass ich Sie alle aufgehalten habe.«

»Bitte, lassen Sie die Entschuldigungen«, sagte Hayman. »Es kann jedem mal passieren, dass er sich schlecht fühlt. Und wenn es wieder schlimmer wird, legen Sie sich unten in die Koje.«

»Das wird nicht nötig sein.«

Davon war Grace überzeugt. Nachdem sie den Gestank des Hafens hinter sich gelassen hatten, spürte sie die Kraft des Meeres, die sie immer als sehr wohltuend empfand. In der Nähe des Wassers zu leben und zu arbeiten, war eben doch nicht das Gleiche, wie mit dem Schiff die See zu erobern. Schon in Chicago hatte Grace jede Gelegenheit genutzt und keine Einladung ausgeschlagen, auf den Michigan-See zu fahren, und war das Boot auch noch so klein. Das Meer jedoch erschien ihr wie ein wildes Tier, das ihr Respekt einflößte. Zwar hatte sie hin und wieder mit dem Gedanken gespielt, sich ein eigenes Boot zu kaufen, doch mehr als eine kleine Jolle, gerade mal groß genug für eine Frau und ihren Hund, käme wohl nicht infrage. Neben der *Snowbird* würde es sich ausmachen wie eine Forelle neben einem Haifisch.

»Sie sehen besser aus«, stellte Hayman fest.

»Ich fühle mich auch besser.« Grace zuckte die Achseln. »Wahrscheinlich bin ich nur deshalb zusammengeklappt, weil ich überlastet war und zu lange keine Pause mehr gemacht habe.«

»Mich wundert es nicht, dass Sie erschöpft sind.« Hayman strich ihr sanft über den Arm.

Grace wich ihm nicht aus. Seine Bemerkung machte ihr bewusst, wie müde sie immer noch war. Außerdem stellte sie mit Erleichterung fest, dass sie sich in seiner Gegenwart nicht mehr so unbehaglich fühlte.

»Gehen wir an Bord?« Hayman bückte sich, um die Provianttasche aufzunehmen.

»Gern!«

Mittlerweile rechnete Sam nicht mehr damit, dass Grace ihn zurückrief. Kurz vor zwei hatte er es noch einmal unter Haymans Nummer versucht, doch niemand hatte geantwortet. Teddy Lopez war inzwischen von Sams Angst angesteckt worden.

»Ist Dr. Lucca in Schwierigkeiten?«, fragte er Sam, der in der Küche ungeduldig auf und ab ging.

»Das glaube ich nicht.«

»Warum sind Sie dann so unruhig?« Teddy ließ nicht locker.

»Ich bin nicht unruhig. Ich muss nur unbedingt mit ihr sprechen.«

»Sie ist ein guter Mensch.«

»Das weiß ich.«

»Ich arbeite gern für sie.«

»Ich bin froh, dass Dr. Lucca jemanden wie Sie hat, auf den sie sich verlassen kann.«

Knapp fünf Minuten später brach Sam auf. Er lenkte den Wagen auf die Straße nach Miami Beach und folgte ihr nach Süden bis zum Mac Arthur Causeway. Dann ließ er Miami hinter sich und fuhr auf der US1 weiter Richtung Keys. Ihm war durchaus bewusst, was er tat. Er befand sich im Dienst, und Hernandez würde ihm die Hölle heiß machen, wenn es herauskam. Aber es gab jetzt nichts Wichtigeres, als so schnell wie möglich nach Key Largo zu kommen.

Grace mochte noch so gute Gründe haben, seinen Anruf nicht zu erwidern. Aber dass sie – womöglich allein – dort unten bei diesem Kerl war, trieb Sam den Schweiß auf die

Stirn. Soweit er es beurteilen konnte, hatte Hayman sich mit einer Fallgeschichte absichtlich in Grace' Leben eingeschlichen – eine Geschichte, die womöglich erfunden war. Zumindest aber wusste man für Sams Geschmack viel zu wenig über diesen Burschen.

Sam rekonstruierte noch einmal das Gespräch mit Hayman. Er hatte gesagt, Grace habe sich an einer Glasscherbe geschnitten und fühle sich nicht wohl. Er habe sie verarztet; sie stehe gerade unter der Dusche und könne deshalb nicht ans Telefon kommen. Er wolle Grace jedoch ausrichten, dass Sam angerufen habe und um ihren Rückruf bitte.

Nur dass es keinen Rückruf gegeben hatte.

Sam zweifelte keine Minute, dass Grace sich bei ihm gemeldet hätte, wenn sie seine Nachricht erhalten hätte. Wenn. Wenn sie in der Lage gewesen war, zu telefonieren.

Sam hatte vier Möglichkeiten. Erstens konnte er seinen Dienst tun, zu Hernandez mit seinen verdammten Tabellen zurückkehren und Grace aus seinen Gedanken verbannen, aber das war ihm unmöglich. Zweitens konnte er Hernandez erklären, was hier vor sich ging, doch soweit Sam seinen Chef kannte, würde der es als Zeit- und Energieverschwendung bezeichnen. Drittens konnte er seine Kollegen auf den Keys um einen Gefallen bitten. Aber auch das war keine gute Idee, denn wenn sich abzeichnete, dass es sich bei Hayman und Broderick um ein und dieselbe Person handelte, würden sie mit einem großen, roten Stoppschild winken.

Viertens konnte er das tun, was er jetzt vorhatte.

Alles stehen und liegen lassen und Grace suchen.

50.

Grace schaute zu, wie Hayman die Leinen löste, die Ankerkette hochzog, vom Bug bis zum Heck ein verwirrendes Knäuel von Kabeln, Seilen und Tauen überprüfte und in aller Ruhe auf der Bank – die »achtern« stand, wie selbst Grace als blutiger Laie wusste – die Kissen aufschüttelte, ehe er den Motor anwarf. Sie fühlte sich einigermaßen entspannt, als sie aus dem Hafen tuckerten, und war froh, endlich an Bord zu sein. Hayman wirkte ruhig und routiniert bei der Arbeit, schien sein Boot gut im Griff zu haben, bewegte sich in seinen Segelschuhen geschmeidig über das blanke Teakholz-Deck und fing jede Bewegung des Bootes mit dem Körper auf.

»Soll ich nicht irgendwie helfen?«, rief Grace ihm nach einer Weile zu.

»Kommt gar nicht in Frage«, rief er zurück.

»Aber ich habe ein schlechtes Gewissen.«

»Entspannen Sie sich. Wie geht es Ihnen sonst?«

»Bestens!«

Das entsprach nicht ganz der Wahrheit, war aber auch nicht unbedingt gelogen. Die Luft tat ihr gut, doch diese seltsame Mattigkeit – für Grace völlig ungewohnt – schien sie immer fester zu umhüllen, so wie die überfürsorgliche Umarmung einer fetten Tante.

Sie ließ sich in die Kissen zurücksinken, wandte den Kopf und betrachtete Key Largo, das immer kleiner wurde, während sie aufs Meer hinaussteuerten. Einen Monat früher hätten sich noch zahllose Boote der verschiedensten Art auf dem Wasser getummelt, doch abgesehen von den Fischerbooten war für die anderen die Saison vorüber. Und obwohl sie sicher nicht die Einzigen waren, die sich von der warmen, süßen Brise auf dem Meer treiben ließen, hatte Grace fast das Gefühl, dass sie allein waren, sobald sie die Augen schloss.

»Ich werde jetzt den Motor drosseln und die Segel setzen«, erklärte Hayman.

»Schön«, antwortete sie träge. »Soll ich immer noch nicht helfen?«

»Das ist nicht nötig. Ich bin es gewohnt, das allein zu erledigen.«

»Sagen Sie Bescheid, wenn Sie Ihre Meinung ändern.«

Hayman zog sich die Segelhandschuhe an, die seine Fingerspitzen frei ließen, Handfläche und Fingerwurzeln jedoch vor Schürf- und Brandwunden durch die reißenden Taue schützten. Er hatte Grace zwar gezeigt, wo die Rettungswesten verstaut waren, doch bisher hatten sie beide darauf verzichtet – Grace, weil sie das Gefühl hatte, die Kopfschmerzen lasteten ohnehin schon schwer genug auf ihr, und weil sie kein zusätzliches Gewicht tragen wollte, Hayman, weil er meinte, er würde nur dann eine Rettungsweste überstreifen, wenn es unvermeidlich wäre. Außerdem trug er ein Sweatshirt mit langen Ärmeln und ein blaues Halstuch, während Grace in abgeschnittenen Jeans und T-Shirt gekommen war. Bestimmt, dachte sie, würde er vor Hitze kochen, wenn er außerdem noch die Rettungsweste anzieht.

»Wir müssen darauf achten, dass der Bug in den Wind zeigt«, rief Hayman Grace zu, »damit die Segel sich nicht blähen, während wir sie aufziehen.«

»Ja, sonst schießt das Boot gleich los. Soll ich Ihnen nicht doch zur Hand gehen?«

Hayman schüttelte den Kopf. »Wie ich schon sagte, ich bin es gewohnt, allein zu segeln. Außerdem kann ein wenig körperliche Betätigung mir nur gut tun.«

»Sie wirken doch ziemlich fit.«

»Das Kompliment kann ich zurückgeben.«

Grace verspürte bereits die ersten Symptome dessen, was Claudia und sie ihre Urlaubskrankheit nannten – ein Gefühl der Sorglosigkeit, des Schwebens, der grenzenlosen Freiheit, das Grace manchmal herrlich, manchmal aber auch irritierend fand. Heute jedoch bahnten diese Empfindungen sich ihren Weg durch Grace' Mattigkeit und legten ihr zusätzliche Watteschichten ums Hirn.

»Jetzt kann ich mich leider einen Moment lang nicht um Sie kümmern«, rief Hayman.

»Ich bin auch so ganz zufrieden«, versicherte Grace ihm.

»Sobald wir auf Kurs sind, mixe ich uns beiden einen Drink.«

»Lassen Sie sich Zeit«, sagte sie. »Ich laufe Ihnen nicht davon.«

Sam war noch auf dem South Dixie Highway, als er beschloss, Martinez anzurufen. Aber für alle Fälle nur von Handy zu Handy.

Schon nach dem ersten Klingeln meldete er sich.

»Wo, zum Teufel, steckst du?«

»Al, bist du zu Hause oder im Büro? Wenn du im Büro bist, pass bitte auf. Niemand darf merken, dass ich es bin.«

»Keine Sorge. Ich bin zu Hause und außerdem allein. Was ist denn los? Der Captain und Maria haben mich schon zweimal angerufen. Warum reagierst du nicht auf den Piepser?«

Ohne den Blick von der Straße zu wenden, klemmte Sam sich das Handy unters Kinn.

»Du musst etwas für mich tun, Al.«

»Was ist denn los?«, fragte Martinez. »Was soll die Geheimnistuerei? Steckst du in Schwierigkeiten, Sam?«

»Noch nicht. Tust du mir einen Gefallen? Es ist keine große Sache. Du müsstest nur ein paar Leute aufscheuchen, die den Sonntag noch immer für einen Ruhetag halten, und sie dazu bringen, dass sie dir ihre Computerdateien zeigen.«

»Inoffiziell, nehme ich an.«

»Im Augenblick, ja.« Ohne weitere Umschweife kam Sam dann zur Sache. »Ich brauche jemanden – ganz gleich wen –, der die Vergangenheit eines Psychiaters überprüft. Versuch es beim Verband Amerikanischer Psychiater in Washington, vielleicht auch beim Miami General Hospital oder in den Privatkliniken …«

»Um welchen Seelenklempner geht es?« Martinez' Stimme klang verblüfft. »Doch nicht etwa um diese Dr. Lucca?«

»Nein. Er heißt Peter Hayman und wohnt in Key Largo«, erklärte Sam. »Hat früher in St. Petersburg oder Umgebung gearbeitet.« Er überlegte. »Und ruf Angie Carlino zu Hause in Tampa an, ja? Sag ihr bitte, es kann nun doch nicht bis Montag warten, um was ich sie gebeten habe. Es ist wirklich dringend.«

»Angie weiß, worum es geht?«

»Ja. Sag ihr, besonders die Sache mit dem Mordversuch ist wichtig, über den sie nichts gefunden hat.«

»Welcher Mordversuch?«

»Sag es ihr einfach, Al.« Der alte Knacker, der mit etwa dreißig Stundenkilometern vor ihm herzockelte, trieb Sam in den Wahnsinn. Wütend drückte er auf die Hupe.

»Welches Auto fährst du eigentlich?«, fragte Martinez. »Und wo willst du hin?«

»Es ist besser, wenn du es nicht weißt.«

»Ich werde Hernandez schon nichts sagen«, versprach Martinez.

»Ich will dich nicht in Schwierigkeiten bringen, Al«, erklärte Sam. »Tu dein Bestes, und gib mir in etwa einer Stunde Bescheid, was ihr herausgefunden habt. Auch wenn ihr nichts findet. Besonders wenn ihr nichts findet.«

Die Klimaanlage des weißen Chevrolet Lumina, eines Zivilfahrzeugs, das Sam zu inoffiziellen Zwecken gar nicht benutzen durfte, lief auf Hochtouren. Sams Herz raste, als er Goulds durchquerte und die Abzweigung nach Monkey Jungle hinter sich ließ. Im Radio schmetterte Pavarotti *La donna è mobile*, und wie immer versuchte Sam, eine Oktave tiefer als Pavarottis Tenor mitzusingen. Doch an diesem Nachmittag machte es ihm keinen Spaß.

Nach dem Gespräch mit Martinez stellte er das Funkgerät und den Piepser ab – ein unverzeihlicher Schritt, wie er wusste. Sam ließ sich jetzt nur noch von seiner Intuition leiten. Bestimmt würde er das eines Tages bereuen, aber im

Augenblick konnte er einfach nicht anders. Sein Handy hatte in den letzten zehn Minuten zweimal geklingelt, und er hatte sofort nachgesehen, ob es Grace oder Martinez waren. Aber einmal war es die Nummer des Präsidiums gewesen – vielleicht Hernandez, der ihn aufspüren wollte – und das nächste Mal seine Mutter. Und so hatte er die Antwort der Stimme auf der Mailbox überlassen.

Um die Konsequenzen würde er sich kümmern, wenn alles vorbei war. Wenn er sich keine Sorgen mehr um Grace' Sicherheit machen musste.

Wenn er genau darüber nachdachte, war dies ein großes Zugeständnis. Bisher hatte er stets gewusst, wo seine Prioritäten lagen: Wenn man das Wohlergehen von David, Judy und Saul beiseite ließ – früher natürlich auch das von Althea und Sampson –, hatte für ihn stets die Arbeit an erster Stelle gestanden.

Grace Lucca gehörte nicht zur Familie. Sie hatten sich vom ersten Augenblick an gemocht und geschätzt, und die gemeinsame Sorge um Cathy Robbins hatte sie einander näher gebracht. Sie fühlten sich wohl, wenn sie zusammen waren – heiter und unbeschwert. Und dann hatten sie dieses überwältigende Erlebnis gehabt, als sie sich auf der Dachterrasse liebten, bis der Piepser sie störte. Oberflächlich betrachtet war ihre Beziehung bisher kaum von der Art, dass sich ein Risiko lohnte, wie Sam es heute einging; schließlich setzte er seine Karriere aufs Spiel. Denn sollten Hernandez oder der Chief herausfinden, was er vorhatte, würde wahrscheinlich sein Kopf rollen und seine Dienstmarke eingezogen werden, noch ehe man ihm Fragen stellte.

Fragen.

Es gab eine Menge Fragen, die Sam sich selbst stellen musste. Zum Beispiel, wie die Zutaten für die Riesensauerei aussahen, die er da gerade in seinem Hirn zusammenbraute. Auf welcher Grundlage er Vorschriften missachtete und sich unüberlegt in eine Situation stürzte, die sich nicht abschätzen ließ.

Gut – die Unterlagen über Peter Hayman waren Angie Carlino nicht sofort in den Schoß gefallen, als sie am Samstagnachmittag danach suchte. Aber hieß das auch, dass der Mann aus dem Nichts gekommen war, als er vor ein paar Jahren in Key Largo auftauchte – selbst wenn man bedachte, dass der zeitliche Abstand zu John Brodericks Tod gerade ausreichte, um alles Nötige zu tun, sich eine neue Existenz aufzubauen?

Überdies hatten sich keine Berichte über die Schüsse in St. Petersburg auftreiben lassen. Aber hieß das auch, dass es sie nie gegeben hatte? Und wenn nicht, hatte Hayman sie dann nur erfunden, um mit Grace ins Gespräch zu kommen?

Anna Valdez war in einer Arztpraxis mit einem Skalpell erstochen worden. Und das könnte ein ganz neues Licht auf diesen Fall werfen, aber auch völlig belanglos sein.

Grace hatte in dem Hotel in Key Largo feststellen müssen, dass kein Zimmer für sie reserviert war, und sich daraufhin offenbar entschlossen, bei Hayman zu übernachten. Nach Aussage ihres Gastgebers hatte sie sich unwohl gefühlt, da sie sich angeblich verletzt hatte. Sams Bitte, sich zu melden, die Hayman ihr hatte ausrichten sollen, war ohne Antwort geblieben. Und wenn Sam die Tatsache richtig deutete, dass in Key Largo niemand ans Telefon ging, hatten die beiden mittlerweile das Haus verlassen.

Viel hatte er also nicht in der Hand, hielt Sam sich vor Augen, als er den Overseas Highway erreichte und so schnell es ging durch einen Schwarm wunderschöner weißer Schmetterlinge fuhr, ohne ihn auseinanderzureißen oder ohne von der Polizei wegen überhöhter Geschwindigkeit angehalten zu werden. Zum einen hatte Grace ihm bisher nicht geschildert, wie Hayman aussah – er könnte also auch Chinese oder zwei Meter vierzig groß sein. Wenn er tatsächlich eine gewisse Ähnlichkeit mit John Broderick besaß, wäre es Grace sicher aufgefallen.

Doch vielleicht hatte sie es jetzt erst bemerkt.

Vielleicht war das der Grund, weshalb sie ihn nicht zurückrief.

Aber womöglich war sie gar nicht mehr in der Lage dazu.

51.

Die Benommenheit war zurückgekehrt und leider auch die Kopfschmerzen. Inzwischen hatten sie das offene Meer erreicht, der Wind war aufgefrischt, und am Horizont ballten sich ein paar bedrohlich aussehende Wolken zusammen. Eigentlich sah es gar nicht mehr nach einem idealen Tag zum Segeln aus, überlegte Grace, besonders wenn sie bedachte, wie sie sich fühlte.

Sie teilte Hayman ihre Bedenken mit.

»Das Wetter scheint mir ganz in Ordnung«, meinte er.

»Aber die See wird unruhig.«

»Vielleicht ein bisschen bewegter als zu Anfang, doch das ist noch kein Grund zur Sorge.«

Im Gegensatz zu Grace wirkte Hayman wie ein Ausbund an Gesundheit und Wohlbefinden: die Wangen von Sonne, Wind und den Anstrengungen gerötet, gelassen und locker, die Bewegungen geschmeidig. Wenn Grace ihn beobachtete, wurde sie neidisch. Und schlimmeres.

»Tut mir Leid«, sagte sie. »Sie hätten mich wohl besser an Land gelassen.«

»Sie wissen selbst, dass ich das niemals getan hätte.« Hayman blickte Grace ins Gesicht, musterte sie von oben bis unten. »Warten Sie einfach noch ein bisschen, Grace. Es geht Ihnen bestimmt bald besser.«

»Und wenn nicht?« Mit der Euphorie, die sie beim Lossegeln verspürt hatte, war auch ihr Optimismus verflogen.

»Ich garantiere es Ihnen.«

In seinen Worten klang auf einmal herrische Autorität mit, eine durch Freundlichkeit kaschierte dikatorische Haltung, sodass Grace sich plötzlich fragte, ob sie einen Machtmenschen vor sich habe. Ihr Widerspruchsgeist regte sich, doch sie unterdrückte eine scharfe Antwort. Sie wollte sich nicht mit Hayman streiten, zumal er der einzige war, der sie vom zunehmend aufgewühlten Atlantik wieder an Land bringen konnte.

»Dann warte ich noch eine halbe Stunde«, willigte sie ein. »Wenn ich mich dann immer noch so unwohl fühle oder wenn das Wetter schlechter wird, möchte ich zurückfahren.«

»Natürlich.«

Haymans Lächeln erschien ihr nun fast ein wenig herablassend.

»Peter, ich meine es ernst.«

»Aber ich doch auch, Grace.«

Noch immer lächelte er.

Sam fand Haymans Haus ohne Probleme. Nachdem er mehrmals an der Schiffsglocke geläutet hatte, umrundete er auf der Veranda das Haus, wobei er mehrere Male über Gitter steigen musste.

»Was tun Sie da, Mister?«

Langsam wandte Sam sich um. Ein zerfurchter, aber dennoch gut aussehender Mann von etwa sechzig Jahren in kurzärmeligem Polohemd und Sporthosen blickte ihn von der Straße her vorwurfsvoll an.

»Ich suche Dr. Hayman«, erklärte Sam.

»Der ist nicht da.« Der Fremde hatte stahlgraues Haar, zu dem seine stechenden Augen irgendwie passten.

»Wissen Sie, wo er hingefahren ist?«

»Das hängt davon ab, wer fragt«, sagte der Mann.

Sam fühlte sich plötzlich wie in den tiefsten Südstaaten. Er rechnete beinahe damit, dass sein Gegenüber ein Gewehr hervorzog und ihn, diesen Nigger, mit der Waffe im Anschlag von Haymans Grundstück vertrieb. Natürlich hätte Sam seine Polizeimarke zeigen können, doch die wollte er nur benutzen, wenn es sich nicht vermeiden ließ.

»Ich heiße Sam Becket. Eigentlich suche ich Dr. Lucca, die zurzeit bei Dr. Hayman zu Besuch ist.«

Der Mann nickte. »Hübsche Person.«

»Wissen Sie zufällig, wo die beiden hingefahren sind?«
»Zum Segeln.«
Sam dachte an Broderick.
»Und wo?«
»Keine Ahnung.«
»Woher wissen Sie dann, dass sie segeln?«
»Weil Dr. Hayman fast jedes Wochenende segelt.« Der Mann kniff die kalten Augen zusammen. »Sie stellen aber viele Fragen!«
Sam stieg die paar Stufen hinunter zurück zu dem Weg. »Hat Hayman ein eigenes Boot?«
»Ja.«
»Wissen Sie, wo es liegt?«
»Kann schon sein.«
Jetzt zögerte Sam nicht länger. Er zeigte dem Mann seine Polizeimarke. »Wissen Sie, wo Dr. Hayman sein Boot liegen hat, Sir?«
»In Dooley's Marina, einem kleinen Hafen hier.« Trotz Sams Marke rückte der Mann mit seinen Informationen noch immer nicht allzu bereitwillig heraus.
»Und wo finde ich diesen Hafen?«
Mit gepreßter Stimme erklärte der Mann ihm den Weg.
»Kennen Sie den Namen des Bootes, Sir?«
»Nein.«
»Wissen Sie vielleicht, wer von Ihren Nachbarn ihn kennen könnte?«, fragte Sam.
»Wir kümmern uns hier um unsere eigenen Angelegenheiten«, erwiderte der Kerl.

Als Sam den Hafen vor sich sah, klingelte sein Handy. Auf dem Display sah er, dass Martinez ihn von zu Hause aus anrief. Beruhigt meldete er sich.
»Was hast du für mich, Al?«
»Null, jedenfalls bis jetzt«, sagte sein Kollege. »Aber du wolltest ja auch informiert werden, wenn sich nichts über Hayman finden lässt. Bis jetzt habe ich nur das, was du ohnehin schon weißt, nämlich dass dieser Hayman in Key

Largo als Psychiater gemeldet ist, mit ein paar schicken Titeln hinter seinem Namen.«

»Hast du Angie erreicht?«, fragte Sam.

»Ja, und sie hat mich vor ein paar Minuten zurückgerufen. Sie braucht allerdings mehr Zeit, kann vor morgen nicht viel ausrichten, meint sie. Aber sie hat nirgendwo etwas über diesen Mordversuch gefunden.«

»Gut, Al«, sagte Sam. »Ich danke dir.«

»Und was jetzt?«, fragte Martinez. »Kommst du nun zurück?«

»Ich weiß nicht.«

»Wo steckst du eigentlich, Mann? Was läuft da bei dir?«

Martinez machte sich Sorgen, das hörte Sam aus seiner Stimme. Am liebsten hätte er ihn ins Vertrauen gezogen, doch er tat seinem Partner eine größeren Gefallen, wenn er schwieg.

»Es ist besser, du weißt es nicht, Al«, meinte er deshalb. »Wie schon gesagt, ich will dich nicht in Schwulitäten bringen.«

Und ehe sein Kollege antworten konnte, hatte Sam die Verbindung unterbrochen.

52.

»Nein, Peter. Es geht mir nicht besser, sondern schlechter. Und der Wellengang macht es für mich auch nicht gerade leichter.«

Während Peter Hayman am Ruder stand und das Boot offenbar voller Vergnügen durch die Wogen steuerte, hing Grace am Dollbord an der Reling und predigte sich nur eins: Nein, jetzt bloß nicht erbrechen! Unter keinen Umständen!

»Peter, ich möchte, dass wir umkehren.«

»Das hätte jetzt wenig Sinn.« Er blickte unbeirrt nach vorn.

»Es ist das einzig Vernünftige«, stieß sie hervor und wappnete sich für eine Auseinandersetzung, obwohl sie gar nicht sicher war, ob sie überhaupt die Kraft dafür hatte.

»Das hätte jetzt keinen Sinn, Grace, weil wir uns nicht weit von Long Key befinden«, erklärte ihr Hayman. »Wir können dort kurz anlegen, wenn Sie möchten. Warten, bis das Unwetter sich verzogen hat. Oder ich gebe Ihnen etwas gegen die Seekrankheit. Das Mittel, das ich dabei habe, wirkt rasch.«

»Ich bin nicht seekrank«, protestierte Grace. »Ich bin noch nie seekrank gewesen. Mir war schon an Land übel.«

»Ob seekrank oder nicht, mein Mittel wirkt bei jeder Art von Unwohlsein«, sagte Hayman.

Grace schwieg. Sie versuchte sich zu erinnern, wann genau die Benommenheit und die Kopfschmerzen eingesetzt hatten. Kurz nachdem sie sich an der Glasscherbe geschnitten hatte – der Scherbe jenes Glases, das sich seltsam ölig angefühlt hatte, als sie es in die Hand nahm. Deshalb war es ihr entglitten und zersprungen. Kurz nachdem Hayman, als er sie vom Aufsammeln der Splitter zurückhalten wollte, versehentlich ihre Finger um die Scherbe geschlossen hatte.

Wirklich versehentlich?

Dann hatte er die Wunde versorgt.

Und sie mit Gaze verbunden, die mit einem Antiseptikum getränkt war.

Zumindest hatte Hayman das behauptet.

Eine Welle hob das Boot. Grace schloss die Augen und klammerte sich an die Reling. Es fiel ihr immer schwerer, einen Gedankengang logisch und vernünftig weiterzuverfolgen.

Und wo führten ihre Gedanken sie überhaupt hin? Worüber dachte sie da eigentlich nach?

Über ihr plötzliches Misstrauen, als Hayman am Morgen davon gesprochen hatte, Broderick habe Haschisch in Cathys Vitaminkapseln gegeben. Grace hatte sich vorgehalten, alles sei nur Einbildung und sie würde übertreiben, aber jetzt sah sie es anders. Sie musste wieder daran denken, dass Hayman mitten in der Nacht in ihr Schlafzimmer gekommen war, vor ihrem Bett gestanden hatte und ihr am Morgen die Lüge aufgetischt hatte, er habe sie schreien hören. Denn dass es tatsächlich eine Lüge war, bezweifelte sie jetzt nicht mehr.

»Grace, ich gehe mal kurz nach unten.«

Sie öffnete die Augen.

»Ich habe das Steuerruder gesichert.« Hayman machte einen besorgten Eindruck. »Ich hole nur rasch das Medikament, damit es Ihnen wieder besser geht. In Ordnung?«

Grace antwortete nicht. Nachzudenken war ihr wichtiger.

Das Foto!

Ihr war die Fotografie eingefallen, die sie in ihr Adressbuch gelegt hatte, das wiederum in ihrer Reisetasche steckte. Wie gern hätte sie jetzt einen Blick auf das Bild geworfen. Sie musste es sehen, um mit absoluter Sicherheit ausschließen zu können, dass es auch nur die geringste Ähnlichkeit zwischen John Broderick und Peter Hayman gab.

»Grace?« Beim Klang seiner Stimme fuhr sie auf.

»Entschuldigung«, sagte sie.

»Ist schon gut«, antwortete er sanft. »Ich wollte nur feststellen, ob Sie mich auch gehört haben. Ich gehe nach unten und hole das Medikament, von dem ich gesprochen habe. Ich werde Sie schon verarzten.«

»Gut«, sagte sie. Es klang undeutlich. »Danke.«

Das Sprechen fiel ihr schwer. Aber Hayman vermutete bestimmt nur, es läge an ihrem Unwohlsein – und auch Grace hoffte, dass es damit zusammenhing. Vielleicht kamen ihr auch nur deshalb diese wirren, krausen Gedanken: weil sie sich so elend fühlte.

Es sei denn, ihr war gar nicht schlecht im üblichen Sinne. Es sei denn, es war kein Antiseptikum auf der Gaze gewesen.

Und schon kam ihr der nächste Verdacht. Hatte Hayman vielleicht das Foto in ihrer Reisetasche gefunden? Glaubte er womöglich, sie habe ihn erkannt oder sei zumindest misstrauisch geworden?

Andererseits war es Hayman gewesen, der sie als Erster gefragt hatte, ob sie schon einmal ein Foto von Broderick gesehen habe, und der ihr geraten hatte, sich eins zu besorgen.

Aber das könnte auch nur ein Versuchsballon gewesen sein. Denn schließlich hatte Hayman auf diese Weise erfahren, dass Grace keinen Zusammenhang zwischen ihm und Broderick sah.

Ich werde Sie schon verarzten.

Grace sah ihm nach, wie er die Luke öffnete, die nach unten führte, und die Stiegen hinabkletterte.

Er kennt sich mit Booten aus, als wäre er auf den Schiffsplanken zu Hause.

Broderick hatte ein Boot besessen. Und war damit untergegangen.

Oder auch nicht.

Grace riss sich das Pflaster von der Hand, nahm die Gaze von der Wunde, hielt sie sich unter die Nase und schnüffelte daran. Aber sie konnte den Geruch nicht einordnen. Es konnte ein Antiseptikum sein, aber genauso gut etwas anderes, etwas Betäubendes, Berauschendes oder gar Giftiges, das in ihre Blutbahn geraten war und dazu geführt hatte, dass sie sich so miserabel fühlte …

War das nicht eine Vorgehensweise, die zu Broderick passte?

»O Gott!«, stieß Grace hervor.

So schnell ihre matten Glieder es erlaubten, glitt sie zur anderen Bootsseite hinüber, doch es ging nicht annähernd so schnell, wie sie es sich wünschte. Sie kam sich vor wie in einem schlechten Traum – einem Albtraum, wie ihre jungen Patienten ihn oft schilderten und in dem man vor irgendetwas fliehen will, aber nicht von der Stelle kommt, weil die Beine so schwer sind wie Blei.

Doch Grace schaffte es. Wenn Hayman zurückkehrte, würde er annehmen, sie müsse sich übergeben, was aber gar nicht der Fall war. Sie stopfte die Gaze in die rechte Jeanstasche und wartete auf das nächste Wellental, sodass sie sich nur leicht hinüberbeugen müsste, um das Wasser zu erreichen ...

Da ...

Das Boot neigte sich, sodass sie die verletzte Hand ins Wasser stecken konnte.

Es brannte höllisch.

Aber lieber dieser Schmerz, als vergiftet zu werden.

Jetzt hatte Grace nur noch einen Gedanken. Wieder und wieder. Er war kurz und prägnant.

Warum war sie bloß mit Hayman auf dieses Boot gegangen?

Wie hatte sie, eine vermeintlich vernünftige und intelligente Frau, nur so dämlich sein können?

53.

Noch immer missachtete Sam die inzwischen gar nicht mehr so leise warnende innere Stimme, dass er sich nicht mehr in seinem Zuständigkeitsbereich befand und die Angelegenheit lieber den Mitarbeitern des Sheriffs im County Monroe übergeben sollte. Doch erstens wusste er gar nicht genau, was er ihnen eigentlich übergeben sollte, und zweitens würden sich vernünftige Menschen, wie seine Kollegen in Monroe es zweifellos waren, bestimmt nicht die Beine ausreißen, nur weil Sam einen offenbar verrückten Verdacht hegte.

In Dooley's Marina stieß er auf einen kahlköpfigen Mann mittleren Alters, der sein Boot reinigte und behauptete, Peter Hayman und dessen *Snowbird* zu kennen.

»Er ist vor einer Weile in See gestochen.« Mit nacktem Oberkörper schrubbte der Mann weiter das Deck, wobei er die gut ausgebildeten Muskeln zur Schau stellte.

»War er in Begleitung?«

»Ja, eine Frau war bei ihm.«

»Wie sah sie aus?«

»Da hab' ich nicht drauf geachtet. Blond war sie.«

Das reichte.

»Ist das Ihr Boot?« Sam hatte das Motorboot namens *Delia*, eine Nussschale mit Yamaha-Außenbordmotor und zwei einander gegenüberliegenden Sitzbänken, bereits näher in Augenschein genommen.

Zum ersten Mal sah der Mann zu ihm auf. »Warum?«

»Weil Sie mich damit hinausfahren müssen.«

»Ich fahre niemanden raus. Und mein Boot ist nicht zu chartern.«

»Ich will es auch gar nicht chartern«, entgegnete Sam.

»Suchen Sie sich jemand anders.« Der Mann wandte sich wieder seiner Arbeit zu.

Nun verstieß Sam auch gegen die letzten Regeln. Er trat näher an die *Delia* heran und zückte zum zweiten Mal seine Polizeimarke.

»Polizeiliche Anweisung«, erklärte er. »Ich brauche Ihre Hilfe, und zwar dringend.«

Der Mann ließ den Schrubber fallen und musterte Sam von oben bis unten. »Ich dachte, ihr Jungs habt eure eigenen Boote.«

»Dafür reicht die Zeit nicht«, erwiderte Sam. »Das ist ein Notfall.« Der Mann betrachtete ihn nachdenklich mit seinen blassen Augen. »Und was ist mit meinen Unkosten?«

»Die kriegen Sie erstattet.«

»Aber Sie sind aus Miami. Sind Sie sicher, dass unsere Cops hier mich bezahlen?«

»Es handelt sich ja schließlich um den gleichen Bundesstaat.« Und das war nicht einmal gelogen. »Sie werden Ihr Geld schon bekommen.«

»Wollen Sie die *Snowbird* verfolgen?«

»Genau.«

»Aber das Meer ist groß!«

»Sie wissen doch, welche Richtung Hayman eingeschlagen hat, oder nicht?«

»Solange man aus dem Hafen ausläuft, gibt es nicht viele Möglichkeiten. Danach hatte er freie Auswahl.« Skeptisch schaute der Bootsbesitzer zum Himmel. »Aber wir kriegen ein Unwetter. Vielleicht hält er sich deshalb in Küstennähe.«

Sam, der keine Minute mehr verlieren wollte, zog das leichte Motorboot zu sich heran und stieg ein. Der Kahlköpfige wollte protestieren, doch dann fiel ihm offenbar wieder die Polizeimarke ein. Vielleicht dachte er auch an den Profit, den er aus dieser Situation schlagen könnte.

»Kann nicht schaden, wenn man dem Arm des Gesetzes hilft, oder?«

»Der Arm des Gesetzes wird sich dankbar zeigen.«

Der Mann verstaute Schrubber und Eimer. Dann reichte er Sam die Hand. »Ich heiße Kuntz. Phil Kuntz.«

Sam umschloss die dargereichte Hand mit einem kräftigen Druck. »Und ich bin Sam Becket.«

»Detective, oder?« Kuntz trat ans Armaturenbrett.

»Wir müssen los, Skipper!« Sam konnte zwar nicht segeln, löste aber eigenhändig die Leinen, mit denen das Boot an der Hafenmauer vertäut war.

»Oh, ja, nur zu. Fühlen Sie sich ganz wie zu Hause«, bemerkte Phil Kuntz spitz.

»Ich will Ihnen nur helfen!«

»Na gut. Was heißt es eigentlich konkret, wenn Sie sagen, Sie werden sich dankbar zeigen?«

»Je schneller wir draußen sind, desto dankbarer bin ich.«

Kuntz schaute erneut zum Himmel. »Diese Wolken da gefallen mir ganz und gar nicht.«

»Ein Grund mehr, sich zu beeilen«, erwiderte Sam.

Die blassen Augen hefteten sich wieder auf ihn. »Sie reiten uns doch hoffentlich nicht ins Unglück, Detective?«

»Ganz bestimmt nicht«, versicherte ihm Sam. »Ich will weiter nichts, als die *Snowbird* finden und mit der Frau sprechen, die bei Hayman ist. Okay, Skipper?«

»Ich denke schon.«

Mittlerweile waren sie auf dem offenen Meer und schaukelten über die immer raueren Wellen. Sam war froh, dass zu den gelegentlichen Anfällen von Unwohlsein, über die sich seine Kollegen oft lustig machten, nicht auch noch die Seekrankheit gehörte.

»Das wird schlimmer als erwartet«, meinte Kuntz. »Ich kehre um und fahre zurück in den Hafen.«

»Nein, das tun wir erst, wenn's nicht mehr anders geht.«

»Sehen Sie hier draußen irgendwo ein anderes Boot, das so klein ist wie meins, Detective?«

Sam blickte sich um. »Nein.«

»Die anderen sind nämlich alle vernünftiger und bleiben im Hafen, wenn ein Sturm aufzieht.«

Sam fiel ein, was John Broderick vor neun Jahren getan hatte.

»Wir können den Funk benutzen«, schlug Kuntz vor, »um die *Snowbird* aufzuspüren. Ich habe ein tragbares Langwellengerät dabei, mit einer Reichweite von knapp fünf Meilen. Sollen wir die anderen Boote bitten, nach ihr Ausschau zu halten?«

»Lieber nicht«, meinte Sam.

»Warum nicht?«

»Weil Hayman uns hören könnte.«

Der Mann wurde misstrauisch. »Sie haben mir versprochen, dass die Sache hier nicht übel ausgeht.«

»Wird's auch nicht«, erwiderte Sam rasch. »Nur glaube ich, dass Hayman nicht von mir gefunden werden möchte, das ist alles.«

»Wer ist die Frau?«

»Meine Freundin.«

Wieder ein argwöhnischer Blick, nicht verurteilend, aber ohne Zweifel missbilligend. Wenn Grace und ich weiterhin zusammenbleiben, ging es Sam durch den Kopf, muss ich mich wohl an solche Reaktionen gewöhnen.

»Könnten Sie einen Moment das Ruder übernehmen?«, fragte Kuntz.

»Wenn Sie mir das zutrauen«, erwiderte Sam.

»Sie brauchen es nur fest zu halten.« Kuntz stand auf, wühlte in einem Fach und kramte ein T-Shirt und eine weiße Baseball-Mütze hervor. Dann übernahm er wieder das Ruder. »Es wird langsam kalt.«

»Ja, ein bisschen«, gab Sam zu.

»Ist Hayman Ihnen in die Quere gekommen?«, fragte Kuntz.

»Nein, das nicht«, meinte Sam.

»Da drüben, im Osten«, sagte der Mann plötzlich.

Sam wandte den Kopf und entdeckte am Horizont weiße Segel. »Glauben Sie, das ist die *Snowbird?*« Sein Herz schlug schneller.

»Vielleicht. Ist noch zu weit weg, um es genau sagen zu

können.« Als Kuntz das Boot wendete, wurde es von einer hohen Welle erfasst. »Halten Sie sich fest, Mann.«

Die Worte hätte er sich sparen können, denn Sam klammerte sich bereits an die Seitenwand, hielt den Blick jedoch fest auf das Segelboot gerichtet. »Haben Sie ein Fernglas?«

»Achtern in der Truhe.«

Sam stand auf und hangelte sich vorsichtig zum Heck des Schiffes. Nachdem er Truhe und Fernglas gefunden hatte, kehrte er wieder an seinen Platz zurück.

»Können Sie was sehen?«, fragte Kuntz.

»Noch nicht.« Sam hatte das Boot mittlerweile zwar deutlich im Blick und erkannte die blaue Takelage und eine Gestalt, die mit den Segeln kämpfte, doch weder fand er den Namen des Bootes, noch jemanden, der Grace ähnelte. Außerdem wusste er nicht, wie Hayman aussah.

Plötzlich veränderte sich der Klang des Motors.

»Warum stoppen Sie die Maschine?«

»Das ist nicht die *Snowbird*.«

»Sind Sie sicher?« Sam starrte unbeirrt durch das Fernglas.

»Ganz sicher.« Die *Delia* hatte mittlerweile ihre Fahrt verlangsamt. »Hören Sie, es gefällt mir nicht, dass wir bei diesem Wetter draußen sind. Und noch viel weniger gefällt mir, dass ich nicht den Funk benutzen darf.«

»Das habe ich nicht gesagt«, wandte Sam ein. »Ich möchte nur nicht, dass Hayman darauf aufmerksam wird, dass wir ihn suchen.«

»Das gefällt mir auch nicht besser.«

»Wollen Sie mir nun helfen oder nicht?«

»Jetzt eigentlich nicht mehr.«

Sam konnte mittlerweile den Namen des benachbarten Bootes lesen; es hieß *Lady Blue*. Er schluckte seine Enttäuschung hinunter und wandte den Kopf, um nach anderen Schiffen Ausschau zu halten.

»Ich schalte jetzt den Wetterdienst ein«, sagte Kuntz. »Ist das in Ordnung?«

»Natürlich.«

»Ich glaube, wenn wir den Sprechfunk benutzen, haben wir die besten Aussichten, die *Snowbird* zu finden.«

Sam dachte nach. »Wenn wir sie in den nächsten zehn, fünfzehn Minuten nicht entdeckt haben, versuchen wir es auf Ihre Art.«

»Wir haben vielleicht keine fünfzehn Minuten mehr, wenn der Seenotdienst uns anweist, die *Delia* in den Hafen zu bringen«, erklärte Kuntz.

»Fahren Sie einfach nur geradeaus, Skipper«, meinte Sam.

»Aber vergessen Sie nicht, dass Sie dafür zahlen müssen, Mann.«

»Keine Sorge«, erwiderte Sam. »Besonders nicht, wenn wir die *Snowbird* finden.«

54.

Grace hatte keine Ahnung, was Hayman unter Deck tat. Doch als er zurückkehrte, hatte sie die Wunde im Meerwasser gebadet, abgetrocknet und mehr schlecht als recht wieder mit dem Pflaster zugeklebt.

»Wie geht es Ihnen?«, erkundigte sich Hayman.

»Schon ein wenig besser.« Und das entsprach fast der Wahrheit, denn das beißende Salzwasser hatte einen Teil ihrer Benommenheit vertrieben.

»Ja, Sie haben wieder ein bisschen Farbe bekommen.« Hayman trat auf sie zu und legte ihr die Hand auf die Stirn. Grace wandte sich ab. »Ist schon gut«, meinte er. »Ich wollte nur feststellen, ob Sie Fieber haben.«

»Es kommt mir fast so vor.« Grace trat aus seiner Reichweite, hoffte aber zugleich, er würde nicht merken, dass sie auf Abstand ging. »Ich möchte wirklich so schnell wie möglich an Land. Warum nicht nach Long Key? Mir ist jeder Ort recht, an dem ich mich ausruhen und vielleicht einen Arzt aufsuchen kann.«

»Einen Arzt zu finden wird nicht einfach sein«, gab Hayman zu bedenken. »Aber das ist nicht weiter tragisch. Schließlich haben Sie ja einen hier an Bord.«

Eine große Welle hob das Boot, und Grace klammerte sich an die Reling. Hayman hingegen schien fest auf seinen Füßen zu stehen.

»Vergessen Sie den Arzt«, erklärte sie ihm mit zitternder Stimme. »Wenn Sie mich nicht bald wieder an Land bringen, werde ich noch richtig krank.«

»Gleich geht es Ihnen wieder gut, Grace.«

Er öffnete die Hand, und sie sah, dass er eine Spritze darin hielt. Ihr Herz begann zu rasen. »Wenn Sie damit meine

Übelkeit behandeln wollen«, sagte sie, »nehme ich lieber gar nichts.« Es kostete Grace alle Kraft, ihre Panik nicht durchklingen zu lassen.

»Erzählen Sie mir bloß nicht, Sie haben Angst vor einer Spritze.«

»Nein, aber ich bin auch nicht gerade wild darauf. Besonders, wenn ich nicht weiß, was die Spritze enthält.« Grace wollte zurückweichen, doch das Boot schwankte so stark, dass sie die Reling nicht loslassen konnte. »Haben Sie immer eine Spritze parat, Peter?«

»Vergessen Sie nicht, ich bin Psychiater.« Er klang nach wie vor freundlich und ließ sich nicht aus der Ruhe bringen. »Von daher darf ich auch Medikamente verabreichen. Und es ist keineswegs das erste Mal, dass einer meiner Gäste an Bord seekrank wird.«

»Ich habe doch schon gesagt, ich bin nicht seekrank.«

Das Boot wurde so heftig in die Höhe gerissen, dass selbst Hayman nach hinten stolperte. Der Wind peitschte ihnen mittlerweile so stark entgegen, dass Grace unter anderen Umständen Angst bekommen hätte, und der Himmel nahm eine bedrohlich schwarze Farbe an. Im Augenblick aber war Grace froh darüber. Es würde Hayman ablenken.

»Denken Sie nicht mehr an meine Übelkeit, Peter! Kümmern Sie sich lieber um die Segel.« Grace musste schreien, um den Sturm zu übertönen. »Und ich finde wirklich, wir sollten an die Küste zurück!«

Doch mit der nächsten Woge hatte Haymann sich wieder aufgerichtet und kam auf Grace zu. Er beugte sich über sie, wechselte die Spritze von der linken in die rechte Hand und hielt sie in die Höhe.

»Peter, was haben Sie vor?«

»Ich gebe Ihnen nur rasch Ihr Medikament, ehe ich uns durch den Wind steuere.« Er drückte ein klein wenig von der Flüssigkeit aus der Kanüle.

»Peter, hören Sie mir denn nicht zu? Ich will keine Spritze!«

»Seien Sie nicht kindisch, Grace.«

Er griff nach ihrem Arm, doch Grace riss ihn fort. An die Reling geklammert, rutschte sie vorsichtig nach hinten. Sie durfte nicht stürzen. Die Benommenheit war wiedergekehrt, und sie hatte ihren Körper und ihre Gedanken kaum noch in der Gewalt. Doch als sie Hayman auf sich zukommen sah, wusste sie nur noch eins: Auf alle Fälle musste sie ihn davon abhalten, ihr die Spritze zu geben.

»Haben Sie es bei Marie auch so gemacht?«

Die Worte waren Grace herausgerutscht, ehe sie darüber nachgedacht hatte. Beide erstarrten. Wie konntest du das nur sagen?, fragte sich Grace. Wenn er tatsächlich Broderick ist, hättest du keine größere Dummheit begehen können.

Hayman verzog keine Miene.

»Was haben Sie da gesagt?«

In Grace' Kopf drehte sich alles. Doch offenbar gab es kein Zurück mehr.

»Ich habe Sie gefragt, ob Sie Marie die Spritzen auch auf diese Art gegeben haben.«

51.

»Wir haben Glück!«, rief Phil Kuntz Sam über das Tosen des Sturms zu. Vor knapp fünf Minuten hatte Sam sich einverstanden erklärt, dass der Mann die Suchmeldung über Funk durchgab. »Die *Snowbird* wurde etwa zwei Meilen südlich von Long Key gesichtet.«

»Und wie weit ist das?«, fragte Sam.

»Ungefähr sechs, sieben Meilen von hier. Aber Sie müssen sich einen anderen suchen, der mit Ihnen dorthin fährt.«

»Was soll das heißen?«

»Dass es zu weit ist und ich jetzt deshalb den Hafen ansteuere.«

»Sechs Meilen sind doch ein Katzensprung!«

»Auf sechs Meilen sind schon viele gekentert und ersoffen.« Kuntz kämpfte mit dem Ruder, um das Boot gegen die immer stärkere Dünung auf Kurs zu halten. »Tut mir Leid, Mann, aber ich möchte mein Boot nicht verlieren. Und vor allem will ich nicht über Bord gehen.«

»Sie werden Ihr Boot nicht verlieren.«

»Können Sie mir das garantieren?«

»Nein, aber ich gebe Ihnen fünfhundert Dollar und verspreche Ihnen, das Boot zu ersetzen, falls irgendwas passiert.«

Kuntz starrte ihn an. »Und als wer sprechen Sie jetzt? Als Detective aus Miami Beach, als Vertreter der Küstenwache oder als Privatmann?«

»Als Sam Becket.«

»Aber haben Sie auch so viel Geld?«

»Ich kann es auftreiben, wenn es sein muss.«

Plötzlich funkelten die blassen Augen vergnügt. »Diese Blondine muss ja ganz was Besonderes sein, Mann.«

»Ja, das ist sie auch«, rief Sam. »Würden Sie jetzt bitte dieses verdammte Boot wieder in Bewegung setzen, damit wir sie suchen können?«

Die *Delia* durch den tobenden Atlantik zu manövrieren glich immer mehr dem Versuch, mit einem stumpfen Messer einen riesigen, harten Kürbis durchzuschneiden, zumal die beiden Männer dabei kräftig durchgeschüttelt und bis auf die Haut duchnässt wurden. Doch ob es die Aussicht auf fünfhundert Dollar und ein neues Boot war, falls die *Delia* auf Grund lief oder ob Phil Kuntz sich einfach nur herausgefordert fühlte – er schien nun ebenso entschlossen, die *Snowbird* einzuholen, wie Sam.

»Da ist sie!«, brüllte er, wenige Minuten nachdem er sich eine Rettungsweste angelegt und Sam eine zweite zugeworfen hatte.

»Wo?« Sam blickte in die Richtung, in die Kuntz deutete, und sah einen weißen Schemen. »Das ist die *Snowbird?*«

»Das muss sie sein«, meinte Kuntz. »Oder sehen Sie noch einen anderen Lebensmüden, der hier mit einem Segelboot unterwegs ist?«

Sam hielt das Fernglas, das er um den Hals hängen hatte, vor die Augen und versuchte verzweifelt, es auf das Boot zu richten. Schlank wie ein Schwan, von reinem Weiß, tanzte die *Snowbird* munter auf den Wellen, wurde jedoch alle paar Sekunden durch die sich hoch auftürmenden Wellen Sams Blick entzogen. Sam korrigierte ein wenig die Brennweite des Fernglases, bis er die Einzelheiten besser erkennen konnte. Es kostete ihn gewaltige Anstrengung, sein Ziel nicht aus den Augen zu verlieren, und zum ersten Mal, seit er den Fuß auf Kuntz' Boot gesetzt hatte, wurde ihm übel.

Dann entdeckte er den Namenszug.

»Sie haben Recht!«, rief er. »Es ist die *Snowbird!*«

»Hab' ich doch gleich gesagt.« Kuntz warf ihm einen fragenden Blick zu. »Und was jetzt?«

»Können wir näher ran, dass ich sehen kann, was da vor sich geht?«

»Wie meinen Sie das? Was sollte denn da sein?«

Sam war zu abgelenkt, um zu antworten. Er entdeckte eine Gestalt, einen Mann. Das musste Hayman sein … Durch den Feldstecher suchte er das Schiff nach Grace ab … Ja, da war sie. Aus der großen Entfernung wirkte sie winzig und zerbrechlich.

»Verdammt!«, brüllte er plötzlich.

»Was ist los?« Kuntz starrte ihn verdutzt an. »Jetzt reden Sie schon!«

»Sie fällt gleich über Bord, verflucht noch mal!«, rief Sam.

»Vielleicht sieht's aus diesem Winkel nur so aus. Wahrscheinlich klammert sie sich an die Reling.«

Sam hielt das Fernglas so fest an das Gesicht gepresst, dass Augen und Nase schmerzten. »Ich weiß nicht … Ich kann es nicht erkennen …«

»Wollen Sie näher ran?«

»Ich will an Bord, verdammt!« Jetzt hatte Sam wieder Hayman im Visier. Konnte dieser Mann Broderick sein? Doch das ließ sich aus dieser Entfernung nicht sagen. Die Größe mochte stimmen, aber der Kerl an Bord war viel schlanker, fast hager. Aber darauf kam es jetzt nicht an. Wichtiger war, dass der Kerl sich in diesem Augenblick tief über Grace beugte.

Sams Herz schlug so heftig gegen seine Rippen, als wolle es mit den Wellen, die an den Bug der *Delia* klatschten, in Wettstreit treten. »Haben Sie eine Waffe, Kuntz?«

»Was?«

»Eine Waffe.«

Kuntz stoppte auf der Stelle den Motor. »Nein, ich habe keine.«

»Und was ist mit einer Harpune?«, hakte Sam nach. »Irgendwas, das man als Waffe benutzen kann.«

»Mein Gott!«, schimpfte Kuntz. »Sie haben mir versprochen, mich nicht in Schwierigkeiten zu bringen! Und jetzt fragen Sie nach 'ner Knarre oder 'ner Harpune. Ich hab' keine Waffe an Bord, und selbst wenn ich eine hätte, würde ich sie Ihnen nicht geben …«

»Ich bin Polizeibeamter.« Der Sturm riss Sam fast die Worte von den Lippen. »Wenn Sie eine Waffe an Bord haben, geben Sie sie mir! Auf der Stelle!«

»Wir können auch abdrehen und die *Snowbird* ihrem Schicksal überlassen.«

»Und ich könnte dafür sorgen, dass Sie dieses Boot das letzte Mal gesehen haben«, bluffte Sam.

»Sie haben versprochen, mir das Boot zu ersetzen, wenn es bei diesem Wahnsinn hier beschädigt wird.«

»Haben Sie Zeugen dafür?«

»Sie sind ein verlogener Hurensohn, Becket!«, brüllte Kuntz, der allmählich die Nerven verlor.

»Die Frau dort an Bord steckt in Schwierigkeiten! Sehen Sie das denn nicht?«

»Ach, verflixt und zugenäht!« Der Skipper zog sich die Mütze von der schweißbedeckten Stirn und schleuderte sie in den Wind, der sie auf der Stelle mit sich fortriss. »In dem Schrank im Heck liegt eine verdammte Leuchtpistole. Aber ich weiß nicht, ob sie noch funktioniert.«

»Und wo ist der Schlüssel zu dem Schrank?«, rief Sam, der sich bereits auf den Weg gemacht hatte.

»Der Schrank ist offen, Mann!«

56.

»Ich weiß gar nicht, wovon Sie reden, Grace«, rief Hayman, während er wieder auf sie zukam. »Aber allmählich mache ich mir wirklich Sorgen um Sie.«

»Das brauchen Sie nicht, Peter.« Obwohl ihr alles vor den Augen verschwamm, konnte sie erkennen, dass er die verdammte Spritze immer noch in der Hand hielt. Auf keinen Fall würde Grace zulassen, dass Hayman ihr irgendein Mittel verabreichte, und wenn sie sich mit Zähnen und Klauen wehren musste. »Machen Sie sich keine Sorgen. Steuern Sie lieber das Boot, damit ich endlich wieder an Land komme.«

»Um das Boot kümmere ich mich erst dann«, sagte er, »wenn Sie sich beruhigt haben.«

»Aber ich bin ruhig!«, rief Grace. Der Wind zerrte an ihrem Haar, brannte auf den Wangen.

»Ich will wissen, was Sie da über Marie gesagt haben.«

Grace schwieg.

Haymans Brille war nass, und er wischte sie mit der Hand ab. »Welche Marie meinen Sie überhaupt?«

»Das ist doch egal.«

Plötzlich machte Hayman einen Satz auf Grace zu und packte sie am Arm.

»Nein!«, schrie sie, während sie sich aus seiner Umklammerung zu befreien suchte.

»Ruhig, Grace, ruhig!« Aus der Nähe wirkte sein Gesicht besorgt und verwirrt, dennoch ließ er ihren Arm nicht los. »Ich muss das tun, damit Sie sich beruhigen. Sie stellen ein Risiko dar …«

»Für wen?« Mit einem Ruck hatte sie ihm ihren Arm entrissen. »Für Sie?«

»Für uns beide. Für das Boot«, erwiderte Hayman. »Ich bin verpflichtet, meine Passagiere unter Kontrolle zu halten.«

»Ja, Kontrolle! Darin kannte Broderick sich aus!«

»Broderick? Was hat Broderick damit zu tun?«

»Alles, glaube ich.«

Grace rutschte wieder nach hinten; gleichzeitig schaute sie sich nervös und hektisch um. Das Boot tanzte auf den Wellen, sie fühlte sich immer noch benommen, und ihr war übel. Trotzdem hielt der Selbsterhaltungstrieb ihren Kampfeswillen aufrecht.

»Grace, was reden Sie da?«

Als ihr Blick auf die Luke fiel, überlegte sie, sich nach unten zu flüchten und sich dort zu verschanzen. Doch dann wäre sie erst richtig gefangen. Da war es besser, im Meer Zuflucht zu suchen, wenn es hart auf hart kam. Schließlich hatte Broderick dabei auch überlebt.

»Was ist bloß los mit Ihnen, Grace?«

»Nichts. Mit mir war alles in Ordnung, bis ich mich an der Hand geschnitten habe.«

»Was soll das heißen?«

Mittlerweile war Grace klar, dass sie nicht auf halber Strecke stehen bleiben konnte. »Es war alles in Ordnung, bis Sie mir dieses Mittel auf die Wunde gegeben haben.« Sie hatte sich inzwischen aufgerichtet und lehnte sich mit dem Rücken an die Reling.

Hayman wirkte noch immer verwirrt. »Was soll das heißen, Grace? Sie glauben doch nicht etwa, ich hätte Ihnen etwas angetan?«

»Haben Sie das wirklich nicht?«, schleuderte sie ihm entgegen. Inzwischen war ihr nicht mehr ganz so schlecht. Vielleicht dämpfte die Wut ihre Übelkeit.

»Ich habe Ihre Wunde desinfiziert und verbunden.« Hayman schüttelte den Kopf. »Jetzt pocht sie, nicht wahr? Nicht wahr? Vielleicht haben Sie Fieber bekommen, Grace. Lassen Sie mich die Hand mal anschauen.«

»Bleiben Sie weg!«, rief Grace in so scharfem Tonfall, dass Hayman mitten in der Bewegung erstarrte.

Im nächsten Augenblick mussten beide sich wieder fest halten, weil das Boot sich nach Backbord senkte. Besorgt betrachtete Hayman den Himmel.

»Offenbar kommt ein Gewitter auf. Ich muss das Hauptsegel einholen.«

»Dann lassen Sie sich nicht aufhalten. Hauptsache, sie lassen mich endlich in Ruhe.«

Grace wusste natürlich, das es wirr klang, was sie redete, vielleicht sogar verrückt, und dass sie nicht logisch dachte, vor allem nicht wie eine ausgebildete und erfahrene Psychologin. Vielleicht hatte Hayman ja sogar recht, und sie hatte sich mit irgendeinem Virus infiziert. Vielleicht war sie wirklich krank und hatte Fieber. Aber konnte sie jetzt ein Risiko eingehen? Der Mann wollte ihr eine Spritze verabreichen, und wenn er Broderick war, hieß das mit ziemlicher Sicherheit, dass er sie umbringen würde …

»Gut, ich lasse Sie in Ruhe«, sagte Hayman, ohne den Blick von Hauptsegel und Klüver zu wenden. »Aber gehen Sie lieber nach unten, Grace.«

Nun schlug er plötzlich einen Ton an wie die Pfleger in der Psychiatrie, wenn sie einen gefährlichen, unberechenbaren, psychotischen Patienten vor sich hatten. »Dort unten ist eine Koje. Legen Sie sich hin, und ruhen Sie sich aus, bis wir an der Küste sind.«

»Nein, danke.«

»Dann setzen Sie sich wenigstens dorthin.« Er wies auf die Polsterbank.

»Ich bleibe lieber hier«, erklärte sie. »Hier komme ich schneller von Bord.«

»Grace, das ist Wahnsinn!«, protestierte er. »Selbst wenn wir nicht in einem Unwetter stecken würden, wäre hier nicht der richtige Ort und die beste Zeit zum Schwimmen.«

»Ich will auch nicht schwimmen. Ich nehme nur keine Befehle mehr entgegen.«

»Ich muss die Segel einholen und die Maschine starten.«

»Dann will ich mich Ihnen nicht in den Weg stellen. Aber

nur, wenn Sie endlich die verdammte Spritze verschwinden lassen.«

»Liegt alles nur an der Spritze?«, fragte er. »Wenn es das ist, was Sie so aufregt, werfe ich sie über Bord.« Er streckte den Arm mit der Spritze aus, hielt sie in Hüfthöhe, die Nadel auf den Deckboden gerichtet.

»Das würde Ihnen so passen!«, rief Grace. »Schließlich ist sie ein Beweisstück, nicht wahr?«

»Du meine Güte!« Endlich dämmerte es Hayman. »Sie glauben wirklich, ich bin Broderick, der von den Toten auferstanden ist, was?«

»Nur dass Broderick nie starb.«

Mit äußerster Vorsicht ließ Hayman die Spritze in die Hosentasche gleiten.

»Ich weiß nicht, wer Ihnen diesen Unsinn eingeredet hat, Grace«, meinte er, »aber als Kollege muss ich Sie warnen. Allmählich reden Sie wirr. Paranoid. Ich sollte wirklich nach Ihnen sehen.«

»Das ist doch Brodericks Spezialität, oder?«, wandte sie ein. »Es so hinzustellen, dass die Leute verrückt wirken.« Sie sog tief die frische Luft ein. »Woher haben Sie gewusst, dass Cathy das Haschisch in den Vitaminkapseln verabreicht wurde?«

»Ich habe es nicht gewusst«, sagte Hayman. »Ich habe es geraten.«

»Das glaube ich Ihnen nicht.«

»Warum nicht? Sie haben gesagt, Cathy habe das Haschisch oral eingenommen und Marie habe von ihrem Mann Progesteron bekommen …« Er starrte sie an. »Ach, das haben Sie vorhin gemeint! Sie glauben, ich bin Broderick.«

»Sagen Sie mir einen Grund, warum ich Sie nicht für diesen Verrückten halten sollte.«

»Ich könnte Ihnen tausend gute Gründe nennen. Aber nicht jetzt.«

»Dann geben Sie mir wenigstens einen Beweis«, sagte sie.

In diesem Augenblick schlug eine Welle über den Bootsrand und brachte das Schiff in Schieflage.

»Ich muss jetzt wirklich die Segel einholen, wenn wir nicht kentern wollen, Grace.«

»Ich habe doch schon gesagt«, entgegnete sie kühl, »lassen Sie sich nicht aufhalten.«

Hayman trat zur Seite. Als das Boot sich wieder aufrichtete, blieb er stehen. Er nahm die Brille ab und wischte sich über die Augen, die halb belustigt, halb wütend funkelten. »Grace, das alles ergibt doch überhaupt keinen Sinn …«

»Dann beweisen Sie mir, dass Sie nicht Broderick sind!«

»Im Augenblick ist das nicht ganz einfach, stimmt's?« Er setzte die Brille wieder auf. »Das Foto. Sie besitzen doch ein Foto von Broderick. Haben Sie es dabei?«

»Wissen Sie das nicht selbst?«, fragte Grace. »Haben Sie nicht danach gesucht, als Sie letzte Nacht in meinem Zimmer herumgeschlichen sind?«

»Ich habe Ihnen doch erklärt, was letzte Nacht geschehen ist.«

»Es war eine Lüge, dass Sie mich schreien gehört haben. Ich habe nicht geträumt, und ich habe keinen Laut von mir gegeben.«

»Gut«, sagte Hayman, »dann habe ich mir das wohl nur eingebildet. Ich wollte lediglich nachsehen, ob es Ihnen gut geht.«

»Es ging mir bestens, bis Sie in mein Zimmer kamen.«

»Herr im Himmel!«, stieß Hayman hervor. »Also das ist der Grund! Weil ich gestern zu Ihnen kam, als Sie schliefen, habe ich Ihr Misstrauen geweckt …«

»Sagen wir mal, es hat mein Vertrauen nicht gerade bestärkt.«

»Und vorher waren Sie nicht misstrauisch?« Hayman blickte sie zweifelnd an.

»Nicht unbedingt.«

»Nicht unbedingt«, wiederholte er. »Und was heißt das?«

»Dass ich mich nicht so wohl gefühlt habe, wie es hätte sein können.«

»Nicht so wohl gefühlt?« Jetzt war Hayman wütend. »Also haben Sie, Dr. Grace Lucca, eine so genannte Psychologin, im

Laufe einer einzigen Nacht eine vollkommen andere Einschätzung gewonnen. Zuerst bin ich ein Mann, zu dem man Vertrauen haben kann, dann bin ich ein Bursche, bei dem man sich nicht richtig wohlfühlt, und schließlich bin ich ein verrückter Killer, der von den Toten auferstanden ist.« Er schlug sich mit der Hand an die Stirn. »Sie glauben, ich hätte die Eltern von Cathy Robbins, ihre Psychologin und ihre Tante ermordet.« Sein Gesicht war jetzt wutverzerrt. »Und den Vater Ihres Freundes, diesen alten Arzt, auf den habe ich auch eingestochen, nicht wahr? Du meine Güte!«

Der Sturm, der sich vorübergehend gelegt hatte, traf sie jetzt wieder mit voller Wucht und schleuderte die *Snowbird* umher, sodass sie ächzte und wankte.

»Kümmern Sie sich doch endlich um die Segel!« Grace wurde immer mulmiger. Sie wusste nicht mehr, was sie mehr fürchten sollte, Hayman oder den tobenden Ozean.

»Ich kümmere mich um gar nichts, ehe Sie nicht vom Bootsrand fortgehen.« Er schien seine Wut jetzt kaum mehr zügeln zu können. »Ich lasse nicht zu, dass Ihnen etwas zustößt.« Er hielt kurz inne. »Ich beweise Ihnen, dass ich nicht Broderick bin, das verspreche ich Ihnen. Und jetzt gehen Sie *endlich* von der Reling weg, damit kein Unglück geschieht!«

Grace starrte ihm ins Gesicht. Sie versuchte, die Augen hinter den Brillengläsern zu erkennen, versuchte, sich an Brodericks Züge auf dem Foto zu erinnern und sie mit Haymans zu vergleichen.

»Warum haben Sie sich die Mühe gemacht, mich auf der Tagung ausfindig zu machen?«, fragte sie unvermittelt.

»Das habe ich Ihnen doch schon gesagt.«

»Weil Sie dachten, mein Fall habe mit dem Münchhausen-Syndrom zu tun?«

»Genau«, bestätigte Hayman.

»Aber ein paar Wochen später, als mir klar wurde, dass Broderick der Einzige ist, der wirklich als Täter in Frage kommt, da haben Sie gesagt, Sie hätten Ihre Meinung geändert. Nicht die Eltern wären für all das verantwortlich, sondern Cathy selbst sei die Schuldige.«

»Weil ich den Eindruck hatte, Sie hätten sich in diese Theorie verrannt, um Cathys Unschuld zu beweisen. Ich hatte Angst, Sie würden nach unserem Gespräch eine falsche Fährte verfolgen. Mein Gott, Grace, wenn Sie wüssten, wie sehr Sie mit all dem danebenliegen …«

»Oder haben Sie nur ein Spiel mit mir gespielt?« Grace atmete schwer.

»Gehen Sie von der Reling fort!«, befahl er unvermittelt.

»Lassen Sie sich nicht auf eine Machtprobe mit mir ein! Wie ich Ihnen schon sagte, ich bleibe hier.«

»Das ist verrückt, Grace. Ich will, dass Sie die Reling loslassen.« Sein Gesicht war dunkelrot vor Wut. Wieder griff er nach ihrem Arm.

»Rühren Sie mich nicht an …«

Plötzlich gab es einen lauten Knall, und das Licht einer Signalrakete erhellte den Himmel. Verdutzt blickten Grace und Hayman nach oben. Wie ein roter Komet zog die Leuchtrakete in einer sanften Kurve über den Himmel.

»Was, zum Teufel, ist das?« Hayman ließ Grace los.

Im gleichen Augenblick entdeckten sie das Motorboot, das auf die *Snowbird* zusteuerte. Noch ehe sie ihn sah, wusste Grace, dass Sam an Bord war.

Schon wurde auf der *Delia* eine zweite Leuchtrakete abgefeuert, die in einem flacheren Bogen über sie hinwegflog.

»Scheiße«, brüllte Hayman. »Wer ist dieser Idiot?«

»Das ist Sam!«, rief Grace ihm triumphierend zu.

Hayman trat einen Schritt zurück. Seine Hand tastete nach seiner Jeans-Tasche. Grace wusste sofort, dass er die Spritze wieder hervorziehen wollte, entweder um ihr doch noch seine Injektion zu verabreichen, oder um das Ding über Bord zu werfen.

»Halt!«, schrie sie und packte seinen Arm.

»Lassen Sie los!« Er entwand sich ihrem Griff und schlang den Arm fest um ihre Taille. Grace hörte einen Außenborder tuckern. Aus den Augenwinkeln sah sie, dass das Motorboot die *Snowbird* fast schon erreicht hatte.

»Grace!« Sams Stimme.

»Um Gottes willen, Becket!«, rief ein anderer Mann. »Haben Sie den Verstand verloren?«

Die beiden Männer in dem kleinen Boot brüllten so laut, dass sie den Sturm übertönten, doch da Hayman Grace in eisernem Griff hielt, konnte sie sich nicht umdrehen, um zu sehen, was die beiden taten. Die nächste Welle riss die *Snowbird* in die Höhe. Hayman und Grace verloren den Halt unter den Füßen und stürzten aufs Deck. Der wuchtige Aufprall raubte Grace für einen Moment den Atem. Während Hayman sich bereits wieder aufrappelte, war sie keiner Bewegung fähig. Plötzlich ertönte ein lautes Knirschen und Krachen, und als auch Grace mühsam auf die Beine kam, sah sie den Bug der *Delia*, der sich seitlich in den Rumpf der *Snowbird* bohrte. Sam kletterte bereits über die Reling und stürmte auf Grace zu.

»Halt dich fest!«, rief er.

Zuerst ertönte ein Krachen, dann zerriss das Segel in zwei Hälften. Der Mast barst und sank mit einem schrecklichen Ächzen in sich zusammen. Hilflos den Naturgewalten ausgeliefert, wirkte die *Snowbird* plötzlich wie eine große, verwundete Kreatur.

»Mein Gott!«, rief Hayman entsetzt. »Sie kentert!«

Holzstücke und Metallteile wirbelten durch die Luft. Grace stürzte ins Meer, tauchte unter. Ihr wurde schwarz vor Augen, und sie schluckte Wasser, als sie vergeblich versuchte, sich an die Oberfläche zu kämpfen. Sie dachte an Sam, an Claudia, an Harry, in dieser Reihenfolge …

Und dann an gar nichts mehr.

57.

»O nein, das tun Sie nicht!«

Beim Klang der fremden Stimme kam Grace wieder zu sich. Jemand drückte ihr die Hände auf den Rücken, um ihr das Meerwasser aus den Lungen zu pumpen. Im nächsten Augenblick konnte sie nur noch würgen und keuchen.

»Jetzt geht's wieder«, sagte die fremde Stimme schließlich.

Hände drehten Grace auf den Rücken, und sie blickte in die blassen, erschreckten Augen eines kahlköpfigen Mannes. Plötzlich fiel ihr alles wieder ein.

»Sam!«

»Ist schon gut!« Der Mann drückte sie auf die Deckplanken, sodass Grace sich nicht aufrichten konnte. »Ich heiße Phil Kuntz. Es ist Ihnen nichts passiert.«

»Lassen Sie mich los!«, krächzte sie, so laut ihre halb erstickte Stimme es zuließ.

Sofort zog der Mann die Hände weg, und Grace setzte sich auf. Sie war an Bord eines kleinen Boots, jenes Motorboots, das die *Snowbird* gerammt hatte. »Wo ist Sam?«

»Im Wasser«, rief der Mann namens Kuntz ihr zu.

»Was?« Da Grace sich allein nicht aufrichten konnte, half er ihr auf die Beine.

»Er sucht nach Hayman«, erklärte Kuntz.

Grace entzog sich ihm und mühte sich zur Reling. Sam schwamm zu ihrer Linken im Meer, kämpfte mit den Wellen und schnappte nach Luft.

»Sam!«

Als die *Delia* sich über eine Welle hob, sah Grace, dass die *Snowbird* ein Stück von ihnen entfernt gekentert auf der Seite lag.

»Sam!«, rief sie verängstigt. »Komm an Bord!«

Er aber hob den Arm, holte noch einmal tief Luft und tauchte unter.

»Mein Gott, was macht er da?« Grace wirbelte herum und starrte Kuntz an. Der trug eine Rettungsweste, eine zweite lag auf der Bank hinter ihm. »Unternehmen Sie doch was! Helfen Sie ihm! Warum trägt Sam keine Rettungsweste?«

»Weil der verrückte Kerl sie ausgezogen hat, damit er nach Hayman tauchen kann.« Kuntz schüttelte den Kopf. »Ich helfe Ihrem Freund am besten, indem ich hier bei Ihnen auf der *Delia* bleibe. Wenn er den Burschen findet, können wir ihm immer noch die Weste zuwerfen.« Er wandte den Blick nicht vom Wasser. »Außerdem habe ich SOS gefunkt. Jeden Augenblick muss die Küstenwache eintreffen.«

Verzweifelt suchte Grace die Wasserfläche ab. Sam war noch nicht wieder aufgetaucht.

»Geben Sie mir die Weste!« Sie streckte den Arm danach aus. »Geben Sie mir das Ding! Wenn Sie ihm nicht helfen wollen, muss ich es eben tun.«

»Auf gar keinen Fall!« Kuntz nahm die Rettungsweste in die eine Hand, mit der anderen umschlang er Grace' Taille. »Nicht, nachdem Ihr Freund so viel Mühe auf sich genommen hat, um Sie zu retten.«

Prustend tauchte Sam auf.

»Sam, um Gottes willen!«, schrie Grace ihm durch den peitschenden Wind zu. »Gib es auf!«

»Sie hat Recht, Mann!«, brüllte Kuntz neben ihr. »Kommen Sie an Bord.«

Sam schüttelte den Kopf. Er holte erneut tief Luft und tauchte geschmeidig wie ein kräftiger, schwarzer Seehund wieder in die Fluten.

»Er ist wahnsinnig«, meinte Kuntz. »Er kann diesen Typen sowieso nicht finden.«

»Aber Sie müssen doch was tun!« Grace rannen die Tränen übers Gesicht.

»Wie ich schon sagte, Lady. Hilfe ist unterwegs.«

Kuntz hielt Grace noch immer an der Taille fest, während sie verzweifelt den Blick über das tosende Meer gleiten ließ.

Dann, ganz plötzlich, tauchte Sam wieder auf. Er japste heftig, und die Sehnen an seinem Hals zeichneten sich deutlich ab. Offenbar verließen ihn allmählich die Kräfte.

»Sam, bitte, gib es auf«, flehte Grace mit brüchiger Stimme.

»Ich kann nicht.« Auch seine Stimme war heiser und rau, sodass sie ihn kaum verstand. »Ich kann diesen Burschen nicht ertrinken lassen, auch wenn er ein Dreckskerl ist!«

Und schon holte er wieder tief Luft, um sich auf den nächsten Tauchgang vorzubereiten ...

Plötzlich ertönte eine Sirene, und das Brummen eines kräftigen Motors war zu vernehmen. Kuntz und Grace wandten sich um. Vor ihnen tauchte das Boot der Küstenwache auf, begleitet von etlichen kleineren Schiffen. Offenbar kamen sie alle von einer der Keys.

»Sam!«, rief Grace. »Da kommt Hilfe!«

»Sie können jetzt aufhören, Mann«, bestätigte ihm Kuntz.

»Erst wenn ich ihn gefunden habe!« Im nächsten Augenblick war er wieder verschwunden.

»Sam!«

»Hierher, Jungs!« Kuntz winkte den Beamten der Küstenwache zu.

»Sie müssen ihm helfen!«, rief Grace. »Er ist dort unten!«

»Zwei Mann über Bord«, erklärte Kuntz. »Ein Schwarzer und ein Weißer.«

Als die Beamten der Küstenwache ihre Tauchanzüge anlegten, fragte sich Grace, warum sie das nicht schon früher getan hatten.

»Der Schwarze ist ein Cop«, rief Kuntz. »Holt den zuerst.«

Verdutzt starrte Grace ihn an. Er war bestimmt nicht sonderlich attraktiv, aber jetzt hätte sie ihn am liebsten geküßt. Dann aber richtete sie ihre Aufmerksamkeit wieder auf die Beamten. Die Taucher hockten bereits auf dem Bootsrand, den Rücken zum Wasser; dann ließen sie sich mit einer routinierten Bewegung nach hinten fallen.

Ob sie die Luft angehalten oder einfach zu atmen aufgehört hatte, konnte Grace später nicht mehr sagen. Sie wusste nur eins: Wenn es auch nur eine Minute länger gedauert hätte, wäre sie mangels Sauerstoff ohnmächtig geworden.

Der erste Taucher kam wieder nach oben.

»O Gott!«, stieß Grace hervor. Sie griff nach Kuntz' Arm und grub die Fingernägel in sein Fleisch. »Wo ist Sam? Wo ist er?«

»Da!«, rief Kuntz.

»Wo?«

»Da, rechts.«

Grace riss so hastig den Kopf herum, dass sie beinahe das Gleichgewicht verloren hätte. Aber da war er wirklich, völlig erschöpft, doch es war eindeutig Sam. Und er war am Leben. Ein Taucher hielt ihn um die Brust gepackt und schleppte ihn zu der großen Barkasse.

»Ist alles in Ordnung mit ihm?«, rief Grace den Rettern zu.

Keine Antwort.

»Geht es ihm gut?«, schrie sie verzweifelt.

Da hob Sam den Arm und winkte matt. Grace wusste, dass es ihr galt, und brach in Tränen aus.

»Ich will Ihnen ja nicht die Freude verderben, Lady«, meinte Kuntz zu ihrer Linken, unüberhörbar gerührt. »Aber könnten Sie vielleicht Ihre Krallen aus meinem Arm ziehen, solange ich noch ein bisschen Haut dran habe?«

Im Krankenhaus erfuhr Grace, dass die Suche nach Hayman noch mehrere Stunden lang fortgesetzt worden sei, nachdem Kuntz, Sam und sie schon längst wieder an Land waren, versorgt wurden und die ersten Fragen beantworteten. Doch man hatte ihn nicht finden können.

Als Sam Grace in ihrem Zimmer im Mariners Hospital auf Plantation Key besuchte, war sie zu überwältigt, als dass sie viel hätte sagen können. Und das Wenige, das sie von sich gab, war vermutlich lauter dummes Zeug. Sie sah Sam an, dass er das Gleiche empfand wie sie – Freude darüber, dass sie beide noch am Leben und unversehrt waren. Doch beide waren nicht in der Stimmung, das zu feiern.

Denn höchstwahrscheinlich war bei dem Vorfall ein Mensch ums Leben gekommen. Und selbst wenn es tatsächlich Broderick war, der Überlebenskünstler – diesmal hatte er ihnen nicht entkommen können. Dazu waren zu viele Zeugen dabei gewesen, und man hatte zu gründlich nach ihm gesucht.

Also war er vermutlich tot.

Und schuld waren Grace und Sam.

Dennoch: Wenn John Broderick und Peter Hayman ein und dieselbe Person gewesen waren, würde man seinen zweiten, seinen richtigen Tod in ferner Zukunft vielleicht nicht mehr bedauern.

Die Alternative aber war so schrecklich, dass Grace und Sam am liebsten gar nicht daran denken mochten.

Grace stellte die Frage als Erste. Sie glaubte, dass Sam das Thema ohnehin nicht ansprechen würde, nicht an diesem Abend, weil er nicht sicher war, wie Grace darauf reagierte.

Aber sie musste die Frage einfach stellen.

»Und was ist, wenn er nicht John Broderick war?«

Sam antwortete nicht. Er umschloss nur mit gequältem Blick ihre Hand.

Wenn es überhaupt eine Antwort auf diese Frage gab, dann hatten sie beide Angst davor.

In den Tagen nach dem Untergang der *Snowbird* ereignete sich nur wenig Erfreuliches. Schön war für Grace nur, dass Claudia gekommen war und sich von morgens bis abends um sie kümmerte. Haymans Leiche jedoch hatte man immer noch nicht gefunden, und Sam schmerzte der Rücken wegen einer Zerrung, die er sich bei seiner Rettungsaktion zugezogen hatte. Aber nicht nur das. Hinzu kam, dass er etliche Probleme mit dem Polizeipräsidium von Miami Beach hatte. Grace wiederum hatte sich unter der Aufsicht von David Becket von oben bis unten untersuchen lassen, um herauszufinden, weshalb sie sich am Sonntagmorgen so elend gefühlt hatte. Doch man hatte nichts feststellen können.

»Vielleicht ein Virus«, mutmaßten sie im Mariners Hospital.

»Irgendetwas in der Art«, hatten sie im Miami General Hospital nach Abschluss der Untersuchungen gemeint. Sonst ging Grace derartigen Tests am liebsten aus dem Weg. Doch diesmal wollte sie sich selbst beweisen, dass ihr Gefühl sie nicht getrogen hatte, und war deshalb bereit, nahezu alles auf sich zu nehmen.

»Vielleicht ein kurzer Grippeanfall«, musste selbst David Becket bei einem seiner Besuche zugeben, »möglicherweise verstärkt durch die Anspannung.«

»Sie meinen also, ich habe mir das alles nur eingebildet?«, fragte sie enttäuscht.

»Eine Grippe ist nicht eingebildet.«

»Aber dass man mir ein Gift verabreicht hat, das war eingebildet.«

»Ich wünschte wirklich, ich könnte etwas anderes sagen, Grace«, erwiderte er.

Kein Arzt der Welt könnte es wohl aufrichtiger meinen als David Becket. Schließlich wusste er, was sein Sohn gerade durchmachte.

Am ersten Tag hatten sich Captain Hernandez, der Polizeidirektor und – was noch viel schlimmer war – die Personalabteilung der Sache angenommen. Am dritten Tag wurde Sam für die Zeit der Ermittlungen vom Dienst suspendiert. Allerdings meinte er selbst, angesichts seiner schweren Verstöße gegen die Vorschriften habe er kaum etwas anderes erwartet.

Erstens: Grobe Pflichtverletzung und unerlaubtes Entfernen aus dem Dienst.

Zweitens: Gebrauch der Dienstmarke außerhalb seines Zuständigkeitsbereichs und Verwicklung des Zivilisten Phil Kuntz in eine gefährliche Situation.

Drittens: Das Versäumnis, die Sache dem Sheriff des County Monroe zu melden.

Viertens: Verschärfung einer bereits lebensgefährlichen Situation auf der *Snowbird*. Ergebnis: Kentern des Schiffes und vermutlich Tod durch Ertrinken von Dr. Peter Hayman, Psychiater, wohnhaft in Key Largo.

»Und die Liste könnte noch länger werden«, erklärte Sam Grace am vierten Tag, dem Donnerstag nach dem Vorfall, als sie zusammen zu Abend aßen. »Es hängt davon ab, was Phil Kuntz mir noch alles vorwirft.«

»Aber für Phil Kuntz bist du ein Held«, wandte Grace ein. »Er fand es sehr mutig, dass du mich gerettet hast. Nur, als du zum vierten Mal nach Hayman getaucht bist, kamen ihm Zweifel an deinem Verstand.«

»Vielleicht ändert er seine Meinung noch.« Sam blieb realistisch. »Schließlich habe ich ihn gezwungen, trotz des Unwetters auf dem Meer zu bleiben. Ich habe ihm eine Belohnung versprochen und ihn bedroht, als er seine Leuchtpistole nicht rausrücken wollte.«

»Du hattest Angst um mich«, meinte Grace kläglich. »das Ganze war meine Schuld, Sam. Ich hätte mich nie in diese Situation bringen dürfen, vor allem, wo ich von Anfang an meine Zweifel hatte. Ich bin ausgebildete Psychologin. Von einem Menschen wie mir darf man einen gewissen Verstand erwarten, vor allem ein nüchternes Einschätzungsvermögen. Aber bevor Hayman und ich auf die *Snowbird* gingen, habe ich alle Hinweise missachtet, und später an Bord war meine Reaktion übertrieben.«

»Kein Wunder, schließlich ist der Kerl mit einer Spritze auf dich losgegangen, Grace.«

»Ich weiß.« Sie schüttelte den Kopf. »Ich weiß. Und du hast gedacht, ich wäre in Gefahr …«

»Versteh mich bitte nicht falsch«, fuhr Sam fort. »Würde ich noch einmal in eine solche Situation geraten, würde ich wahrscheinlich genau das Gleiche tun.« Er runzelte die Stirn. »Aber das macht die Sache in den Augen meiner Vorgesetzten nicht weniger schlimm.«

»In meinen schon«, erklärte sie.

»Aber das zählt nicht.«

Das Seltsame war nur, dass niemand tat, was Grace für das Naheliegendste hielt: Peter Haymans Haus durchsuchen. Sam ärgerte sich zwar gleichfalls darüber, doch im Gegensatz zu Grace wusste er, dass die Vorschriften dies nicht zuließen, solange man keine Leiche gefunden hatte. Außerdem hatte man bisher keine Angehörigen Haymans ausfindig gemacht. Wie sich herausstellte, hatte Hayman tatsächlich zwei Bücher über das erweiterte Münchhausen-Syndrom veröffentlicht, und seine Verleger aus Tampa hatten sich äußerst kooperativ gezeigt und dem Sheriff des County Monroe den Fragebogen zugänglich gemacht, den sie Hayman hatten ausfüllen lassen. In seinen knappen, mit schwarzer Tinte geschriebenen Antworten hatte der Psychiater angegeben, dass er unverheiratet sei, keine Kinder habe und seinen Abschluss an der University of Washington in Seattle gemacht habe. Der Sheriff setzte seine Suche nach Angehörigen über die üblichen Kanäle fort. Alles andere blieb vorerst in der Schwebe.

Dass Grace und Sam überhaupt informiert wurden, was den Stand der Ermittlungen betraf, verdankten sie Al Martinez (der es sogar auf sich genommen hatte, nicht ganz legal Haymans Unterlagen in Seattle zu überprüfen). Über Martinez hatten sie auch erfahren, dass Sam mit seiner Vermutung Recht gehabt hatte: Ehe Hayman nicht offiziell als vermisst oder tot erklärt wurde, sahen die Behörden keinen Anlass, in seinen Privatbereich vorzudringen.

»Mal abgesehen von meinen Vermutungen«, meinte Grace, als Sam bei ihr war. »Was ist mit *deinen*? Ich bin nur eine Psychiaterin mit verschrobenen Ideen. Du aber bist Polizeibeamter.«

»Suspendierter Polizeibeamter«, stellte er ungerührt richtig. »Ich habe gegen Vorschriften verstoßen, ohne auch nur einen einzigen Beweis zu haben, der mein Vorgehen gerechtfertigt hätte.«

Doch insgeheim war Sam ebenso verzweifelt wie Grace – und dabei hatte sie sich nicht einmal die Standpauke anhören müssen, die Al Martinez für Sam auf Lager gehabt hatte: Dass der verkorkste Schwachsinn, den sich eine neurotische Seelenklempnerin und ihr liebeskranker Bulle zusammenfantasieren, nicht mal ausreichen würde, um zu legitimieren, dass ein beschissener Papierkorb durchsucht wurde, geschweige denn das Haus eines angesehenen Bürgers.

Unzählige Male waren Grace und Sam die Ereignisse des letzten Sonntags durchgegangen, doch immer wieder kamen sie zum gleichen Ergebnis. Sam bedeutete seine Arbeit fast alles, und doch bereute er keine Sekunde, Grace aus dieser, wie er meinte, höchst gefährlichen Situation befreit zu haben. Als er gesehen hatte, dass sie an Bord der *Snowbird* mit einem Mann kämpfte, der möglicherweise ein Mörder war, hatte er nicht lange gefackelt.

Aber da lag der Hund begraben.

Sie wussten beide nicht, ob Hayman tatsächlich ein Mörder war.

Sie wussten nicht, ob er etwas anderes war als das, was er zu sein behauptet hatte. Ein Psychiater, dessen einziges nachweisliches Vergehen bisher darin bestand, dass er in den frühen Morgenstunden des Sonntags in Grace' Schlafzimmer herumgeschlichen war und ihr damit einen Riesenschrecken eingejagt hatte.

Die Übelkeit, die Grace so plötzlich befallen hatte, war ebenso schnell wieder vergangen. Mittlerweile ließ sich leider nicht mehr feststellen, mit welcher Substanz Hayman die Gaze getränkt hatte, mit der er Grace' Schnittwunde behandelte, denn durch das unfreiwillige Bad im Atlantik war die Gaze vollkommen vom Meerwasser ausgewaschen worden. Und was immer sich in der Spritze befunden hatte, war mit Hayman verschwunden.

Wieder und wieder hatte Grace – mit und ohne Sam – ihr Gedächtnis nach Hinweisen durchforstet. Sam hatte sie daran erinnert, dass Broderick, bevor er angeblich ertrunken war, zweimal Selbstmordversuche unternommen hatte, und Grace hatte verzweifelt überlegt, ob sie an Haymans Hals oder seinen Handgelenken Narben gesehen hatte. Bis ihr schließlich einfiel, dass Peter Hayman stets Kleidung mit langen Ärmeln und einen Schal getragen hatte. Zwar erhärtete das ihren Verdacht, doch als Beweis reichte es bei weitem nicht aus. Mit anderen Worten, wenn Haymans Leiche nicht bald irgendwo an Land gespült wurde, würden sie nie erfahren, ob er Narben hatte, die mit denen Jim Brodericks übereinstimmten.

Aber wie zuvor von Broderick gab es von Peter Hayman nicht die geringste Spur.

Das passierte eben manchmal, wenn ein Mann über Bord ging, hatte man Grace bereits erklärt, als sie die Frage aufwarf, ob Broderick nicht vielleicht doch noch lebte. Und jetzt hatte sie ihnen, so schien es ihr, den Beweis dafür auf einem silbernen Tablett geliefert.

Der Zustand der Verwirrung, in dem Grace sich unmittelbar nach dem Kentern der *Snowbird* befunden hatte, war inzwischen heftigen Schuldgefühlen gewichen. Wenn sie nicht so hysterisch reagiert und sich so unprofessionell verhalten hätte ... wenn Sam nicht gesehen hätte, dass sie mit Hayman kämpfte ...

All ihre Vermutungen – wirklich *alle*, so erschien es Grace jetzt, da sie in aller Ruhe darüber nachdenken konnte – waren lediglich spontane Einfälle gewesen. Nichts als Einbildung.

Doch das Schlimmste war, dass durch ihre Schuld wahrscheinlich ein Unschuldiger – ein anständiger Mann – den Tod gefunden hatte.

Man hatte Hayman immer noch nicht gefunden, weder tot noch lebendig. Und Sam war weiterhin vom Dienst suspendiert, sodass er zum ersten Mal, seit er an der South Beach Opera sang, der Rolle in *Il Trovatore* seine ganze Aufmerksamkeit schenken konnte.

Cathy war immer noch im Untersuchungsgefängnis für Frauen.

Grace hatte sie erst einmal dort besucht. Das Mädchen war teilnahmslos und deprimiert. Es schmerzte Grace, dass sie Cathy keinerlei Trost spenden konnte. Die einzige halbwegs erfreuliche Nachricht war, dass David Becket sich wieder erholt und zweimal zu Cathy gefahren war, nachdem Sam ihn darum gebeten hatte – und dass Judy Becket seit dem Mord an Anna Valdez keinen Einspruch mehr dagegen erhob.

Grace wünschte sich nichts sehnlicher, als dass endlich jemand eingestand, dass Cathy durch den Valdez-Mord besser dastand als zuvor. Im Fall Valdez war sie definitiv unschuldig; sie hatte im Gefängnis gesessen. Aber nichts dergleichen geschah.

Und jetzt wusste Grace nicht, ob sie die Kraft besaß, dem Mädchen wieder gegenüberzutreten.

Da Sam keinen Zugang zu den Akten hatte und es ihm widerstrebte, Al Martinez noch länger auszufragen, hatte er seinen Vater gebeten, seinen Bekannten im Lafayette Hospital nach einem weiteren Foto von John Broderick zu fragen. Als es drei Tage später eintraf, am letzten Mittwoch im Mai, brachte Sam die Aufnahme und das Autorenfoto auf der Umschlagklappe eines Buches von Peter Hayman zu Grace.

Grace schaute sich beide Aufnahmen lange an.

»Na?«, fragte Sam schließlich.

Ihre Augen brannten. »Ehrlich gesagt, nein.«

»Wir wissen, dass die Größe übereinstimmt.«

»Aber das ist auch schon alles«, erwiderte Grace.

Unterschiedlicher hätten die Männer kaum aussehen können. Broderick war blond, hatte blaue Augen, ein rundliches Gesicht – er war übergewichtig –, eine große Nase und schmale Lippen. Hayman war schlank, mit braunem Haar und braunen Augen, unauffälliger Nase und ebensolchem Mund. Natürlich konnte er, wie Grace und Sam bereits überlegt hatten, sein Haar gefärbt haben und getönte Kontaktlinsen tragen. Er konnte radikal abgenommen und die Form von Nase, Mund und Gesicht verändert haben. Aber ob Hayman sich einer Gesichtsoperation unterzogen hatte, ließe sich nur feststellen, wenn seine Leiche irgendwo an Land gespült wurde – und wenn das Meer in seiner Gier zu lange an ihm nagte, würde der Pathologe nur noch ermitteln können, ob an Haymans Gesichtsknochen Eingriffe vorgenommen worden waren.

»Als du Brodericks Foto das erste Mal gesehen hast, kam es dir irgendwie vertraut vor, nicht wahr?«, rief Sam Grace ins Gedächtnis.

»Ja, stimmt.«

»Aber du glaubst nicht, dass es dich damals an Hayman erinnert hat?«

»Ich weiß nicht.« Grace brach in Tränen aus, so verzweifelt war sie. »Ich weiß es einfach nicht …«

Sam strich ihr sanft über die Wange. »Nimm's nicht so schwer, Grace.«

Einen Augenblick lang versagte ihr die Stimme den Dienst.

»Ich habe überlegt«, setzte Sam vorsichtig an, »ob wir Haymans Foto Cathy zeigen sollen. Aber wahrscheinlich ist das zu hart für sie. Außerdem glaube ich nicht, dass es zurzeit viel bringen würde.«

»Cathy war noch sehr klein, als sie ihren Vater das letzte

Mal gesehen hat«, gab Grace zu bedenken, zog die Nase hoch und rieb sich die tränennassen Augen. »Wenn ich auch nur die geringste Hoffnung hätte, dass sie Hayman erkennt, würde ich das Risiko eingehen. Aber ehrlich gesagt, es wäre ein Wunder, wenn Cathy dieses Gesicht mit dem in Verbindung bringen könnte, das sie mit aller Gewalt aus ihrer Erinnerung verbannt hat.«

»Und selbst wenn«, erwiderte Sam. »Damit Cathys Aussage zur Identifizierung zugelassen würde, müsste sie im Beisein eines vom Staatsanwalt anerkannten Zeugen erfolgen. Außerdem könnte es sich als Schuss nach hinten erweisen. Wenn Cathy Hayman nicht erkennt, fängt für sie alles wieder von vorn an – und *wenn* sie ihn erkennt, wird die Anklage behaupten, sie habe sich nur selbst retten wollen.«

Sam und Grace hatten mit einigem Erfolg einen Handel abgeschlossen. Sam hatte Grace eine peinlich genaue Auflistung gebracht, wann und wo der Skalpellmörder jeweils zugeschlagen hatte. Und sie hatte ihr Bestes getan und sämtliche Details zusammengestellt, die Hayman als Verdächtigen auswiesen.

Aber natürlich reichte das bei weitem nicht.

Sie wussten, dass Marie und Arnold Robbins in den frühen Morgenstunden des 3. April, an einem Freitag, und Beatrice Flager gegen vier Uhr morgens am Mittwoch, dem 8. April, umgebracht worden waren. Alle drei Morde wurden also vor Grace' erster Begegnung mit Hayman bei der Tagung am Montag, dem 13. April, verübt. Sams Vater war in seiner Praxis in der Innenstadt von Miami am 20. April überfallen worden – ungefähr acht Stunden nachdem Grace mit Hayman in seinem Haus zu Abend gegessen hatte. Nach dem Mord an Anna Valdez gab es natürlich gewisse Zweifel, ob David Becket von derselben Person überfallen worden war wie die anderen Opfer. Andererseits war es durchaus möglich, dass Hayman nach Miami fahren und den Arzt hätte niederstechen können.

Frances Dean war am frühen Morgen des 21. April ermordet worden, einem Dienstag. Anna Valdez am Sonntag, dem 17. Mai, in der Frühe.

»Als du mit Hayman in seinem Haus warst«, meinte Sam.

»Aber ich war nicht die ganze Nacht mit ihm zusammen«, warf Grace ein. »Er ist kurz nach halb drei in mein Zimmer gekommen und ein paar Minuten geblieben. Danach habe ich gehört, wie irgendwo eine Tür zufiel ...«

»Aber nicht die Eingangstür.«

»Das weiß ich nicht. Eine Tür eben.«

»Hast du ein Auto gehört?«

»Nein, ich glaube nicht. Aber das bedeutet nicht, dass Peter den Rest der Nacht zu Hause geblieben ist. Als ich ihn danach wieder gesehen habe, war es ungefähr neun Uhr, und er machte gerade das Frühstück.«

Außerdem mussten Cathys Tagebucheintragungen berücksichtigt werden, die Sam von Anfang an für wenig überzeugend gehalten hatte. Die ersten beiden Eintragungen stammten vom 31. März und vom 9. April, waren also vor Grace' erster Begegnung mit Hayman in Cathys Computer eingegeben worden. Der letzte Eintrag war am Samstag, dem 18. April, erfolgt, einen Tag bevor Hayman Grace nach Key Largo eingeladen hatte. Es gab also nichts, das Hayman als Tatverdächtigen ausschloss, aber ebenso wenig Anhaltspunkte dafür, dass er eine Möglichkeit gefunden hatte, eine falsche Fährte in Cathys Computer zu legen.

Am Abend des gleichen Tages rief Martinez bei Sam an.

»Absolut nichts über einen Peter Hayman an der University of Washington.«

Sam spürte, wie neue Hoffnung in ihm aufstieg, gemahnte sich aber zur Zurückhaltung. Dazu war es noch zu früh. »Hast du die Geburtsregister durchgesehen?«

»Geburts- und Eheregister sowie die Unterlagen der Universität«, erwiderte Martinez.

»Und?«

»*Nada.*« Martinez hielt für einen Moment inne. »Auch

nichts in den Krankenhäusern von Seattle. Und Angie Carlino sagt, in St. Petersburg oder sonst einem Ort an der Westküste Floridas habe niemand dieses Namens oder mit dieser Beschreibung als Psychiater gearbeitet.«

»Gut«, sagte Sam.

»Was schließen wir daraus?«, fragte ihn Grace, als Sam ihr von dem Gespräch mit Martinez berichtete. »Ich meine, was können wir mit dieser Information anfangen?«

»Bis jetzt nicht viel«, erwiderte Sam. »Wir können lediglich davon ausgehen, dass Hayman nicht der war, der er zu sein behauptete. Wir haben also vielleicht nicht ganz so schief gelegen, wie wir befürchtet haben.«

»Das ist nicht gerade viel, oder?«

»Besser als gar nichts.«

Grace hatte wieder zu arbeiten begonnen. Zuvor hatte sie ein langes Telefonat mit Dr. Magda Shrike geführt, ihrer ehemaligen Tutorin an der University of Miami, die vor einigen Jahren nach San Francisco gezogen war. Grace hatte an ihren eigenen Fähigkeiten gezweifelt, und sie brauchte jetzt jemanden, dem sie vertraute, den sie respektierte und der ihr versicherte, dass sie trotz ihrer eigenen Probleme vernünftig und verantwortungsbewusst handelte, wenn sie wieder Patienten behandelte.

»Trauen Sie es sich denn zu?«, hatte Magda gefragt.

Natürlich hatte Grace schon vorher gewusst, wie das Gespräch verlaufen würde. Sie hatte Magda den Ball zugeworfen, und die warf ihn gleich wieder zurück. Das war auch zweifellos richtig so – schließlich war es Grace' Ball.

»Ich glaube schon«, hatte sie geantwortet. »Aber vielleicht hoffe ich es auch nur.«

»Tun wir das nicht alle?«, hatte Magda erwidert. »Wir sind keine Herzchirurgen, Grace – unsere Fehler fallen nicht so schnell auf uns zurück, und sie sind zum Glück auch nie tödlich. Wir können uns niemals sicher sein, ob wir mit unserer Arbeit auch wirklich etwas erreichen.«

Grace hatte lächeln müssen. »Wollen Sie mir damit sagen, dass es in Ordnung ist, wenn ich wieder arbeite, Magda?«

»Sie können es durchaus so verstehen.«

Dora Rabinovich hatte bereits wieder Termine vereinbart, und Grace hatte sich vorgenommen, erneut darüber nachzudenken –oder sogar professionellen Rat zu suchen –, wenn sie irgendwelche posttraumatischen Symptome bei sich feststellen sollte, die ihre Urteilsfähigkeit als Psychologin beeinträchtigten.

Dora war sehr hilfsbereit, und jeden Tag rief Claudia an, um sich zu erkundigen, wie es Grace ging. Grace und Sam trafen sich regelmäßig zu einem gemütlichen Abendessen, aber beide hatten das Gefühl, nicht ohne weiteres dort anknüpfen zu können, wo sie am Abend nach der Probe in der South Beach Opera aufgehört hatten, als sein Piepser sie auseinander riss.

Grace' treuester Begleiter war Harry.

Ihn schien es nicht zu stören, dass sie möglicherweise den Tod eines unschuldigen Menschen verursacht hatte.

Bevor die Dinge sich zum Besseren wendeten, kam es noch schlimmer. Am Montagnachmittag rief Al Martinez an und berichtete Sam, in einer chirurgischen Praxis in Dania hätte es wieder einen Mordversuch mit dem Skalpell gegeben; der schon bekannte Tathergang lege nahe, den Überfall auf Dr. Becket noch einmal einer genauen Prüfung zu unterziehen. Dennoch hätten die Ermittler weder in Dania noch bei dem Mord an Anna Valdez in Miami auch nur annähernd so viele Indizien gefunden, dass man die Anklage gegen Cathy in der Sache Becket fallen lassen könnte. Und selbst wenn es diese Indizien gäbe, so Martinez, würde das Cathy nicht helfen, weil zunehmend Einigkeit darüber bestehe, dass die Überfälle in den chirurgischen Praxen wahrscheinlich keinerlei Verbindung zu den anderen Skalpellmorden hätten.

Am Dienstagnachmittag wurde Frances Dean neben den frischen Gräbern ihrer Schwester und ihres Schwagers auf dem Friedhof Unserer Lieben Frau in Südwest-Miami bestattet. An jenem anderen, schwülen Nachmittag hatte Cathy als gerade erst angeklagte Jugendliche Handschellen getragen. Diesmal hatte man ihr Ketten angelegt. Zum Begräbnis ihrer Eltern war zumindest eine Freundin gekommen. Diesmal waren weder Jill noch sonst jemand aus ihrem Freundeskreis da.

Grace stand etwas abseits von Sam und Martinez, und es wärmte ihr ein wenig das Herz, in der kleinen Versammlung sowohl David als auch Judy Becket zu sehen. Gern hätte sie sich neben das trauernde, gehetzt aussehende Mädchen gestellt, aber man gestattete es ihr nicht. Der Einzige, der in Cathys Nähe kommen durfte, war Jerry Wagner. Wie Grace dankbar bemerkte, hatte er sich bei ihr untergehakt, und ab und zu murmelte er ihr etwas zu, wahrscheinlich beruhigende Worte, damit das Mädchen nicht zusammenbrach.

Nachher, bei ein paar Jack Daniel's, meinten Grace und Sam und sogar Martinez – der nicht im Dienst war –, es sei ihnen beim besten Willen nicht möglich gewesen, der Trauerfeier, der toten Frances Dean, ja selbst Cathys Gefühlen die angemessene Aufmerksamkeit zu schenken.

Das Einzige, das sie die ganze Zeit beschäftigt hatte, vom Anfang bis zum Ende, waren die Ketten an Cathys Fußgelenken.

Am Donnerstagnachmittag sagte Cathy in der Wäscherei zu einer Aufseherin, sie habe starke Menstruationsschmerzen und müsse sich hinlegen. Auf die Frage, ob man sie ins Krankenzimmer bringen solle, erwiderte sie, sie brauche nur fünfzehn oder zwanzig Minuten Pause. So ließ man sie gehen.

Fünfunddreißig Minuten später wurde Cathy als vermisst gemeldet. Wieder zehn Minuten später fanden zwei andere Aufseherinnen sie im Duschraum, wo sie versucht hatte, sich mit ihrer zusammengerollten und verknoteten Gefängnisjacke an einem Duschhahn zu erhängen. Sie lebte noch, war aber halb bewusstlos. Abgesehen von Quetschungen am Hals hatte sie offenbar keinen Schaden erlitten.

Am Donnerstagabend rief Eric Parés, der Gefängnisarzt, Grace an, um sie von dem Vorfall zu unterrichten.

»Cathy liegt im Miami General, Dr. Lucca. Körperlich fehlt ihr zwar nichts, aber man will sie für zweiundsiebzig Stunden dort behalten.«

»Darf ich sie sehen?« Grace klopfte das Herz bis zum Hals.

»Kennen Sie Dr. Rajiv Khan, den Psychiater?«, fragte Parés.

»Nur flüchtig.« Grace meinte sich an Khan zu erinnern, einen kleinen, schlanken Mann mit warmen, traurigen Augen und einem freundlichen Lächeln. »Kümmert er sich um Cathy?«

»Ich habe ihm von Ihrem persönlichen Verhältnis zu dem Mädchen erzählt. Dr. Khan meint, er würde sich freuen, mit

Ihnen zu sprechen, um für morgen einen Besuchstermin zu vereinbaren. Falls Sie Zeit haben.«

»Haben Sie Cathy schon gesehen?«, fragte Grace den Gefängnisarzt.

»Nur ganz kurz. Sie war so still und deprimiert, wie ich es nicht erwartet hatte. Ich hatte aber den Eindruck, dass sie es nicht bedauerte, gerettet worden zu sein.«

»Danke, Dr. Parés.«

»Keine Ursache.«

»Ich freue mich, dass sie mich angerufen haben.«

»Ich glaube, ich kann nachempfinden, wie es Ihnen jetzt geht, Dr. Lucca. Auch ich habe das Gefühl, Cathy schmählich im Stich gelassen zu haben.«

Grace traf sich mit Rajiv Khan am Freitagnachmittag vor der geschlossenen Abteilung. Er war genauso, wie sie ihn in Erinnerung hatte. Traurige Augen, wie damals.

»Man braucht kein Genie zu sein«, meinte er, »um sich vorzustellen, warum Cathy sterben wollte.«

»Glauben Sie, dass sie das wirklich vorhatte?« Grace war schon wieder übel, aber diesmal kam es von der fast lähmenden Angst vor dem Augenblick, in dem sie Cathy gegenüberstehen würde.

»Ich fürchte, ja«, erwiderte Dr. Khan. »Cathy hat mir erzählt, sie sei am Dienstagabend, nach der Beerdigung ihrer Tante, zu dem Schluss gekommen, sie könne keinen Schmerz mehr ertragen. Das Gericht würde ihr ja doch nie glauben, dass sie unschuldig sei.«

»Dr. Parés meinte, sie habe es nicht gerade bedauert, dass man sie gerettet hat.«

»Das ist durchaus richtig beobachtet, würde ich sagen«, erwiderte Khan. »Ich hatte den Eindruck, dass Cathy wusste, es könne vielleicht beim ersten Mal nicht funktionieren.«

Grace stellten sich die Haare auf. »Beim ersten Mal.«

»Ja, allerdings«, meinte Khan. »Ich muss sagen, dass Cathy, zumindest oberflächlich betrachtet, ziemlich klar und logisch denkt. Heute Morgen sagte sie, dass sie nicht gestorben sei, bedeute vielleicht, es würde sich lohnen, noch eine Zeit lang weiterzumachen.«

»Bis sie wieder zu dem Schluss kommt, dass sie es nicht mehr ertragen kann«, sagte Grace leise.

»Genau. Eric Parés scheint sehr um sie besorgt zu sein.«

»Gott sei Dank. – Glauben Sie Cathy?«

»Wenn sie sagt, dass sie vorerst keinen weiteren Selbstmordversuch unternehmen wird?«, fragte Khan.

»Ja.«

»Ich hatte den Eindruck, dass sie es ehrlich meinte.« Khan war klug genug, sich nicht festzulegen.

»Und wie schätzen Sie ihren psychischen Zustand insgesamt ein?«, fragte Grace.

Khan schenkte ihr das freundliche Lächeln, das sie in Erinnerung hatte. »Ich kenne Cathy erst knapp vierundzwanzig Stunden, Dr. Lucca. Aber sie scheint mir vollkommen gesund.« Er schüttelte den Kopf. »Am meisten beschäftigt mich, dass sie bis zu diesem Hilfeschrei so lange gewartet hat.«

»Cathy ist ein bemerkenswert starker Mensch«, erwiderte Grace.

»Niemand ist so stark, dass er dem gewachsen wäre, was sie durchgemacht hat.«

»Sie glauben auch, dass sie unschuldig ist, nicht wahr, Dr. Khan?«

Rajiv Khans Lächeln wurde so traurig wie seine Augen. »Ich bin kein Mitglied der Jury, Dr. Lucca«, erwiderte er.

Die Quetschwunden an Cathys Hals stachen so stark von ihrer weißen Haut ab, dass Grace erschrak. Das Haar des Mädchens war fettig und wurde von schlichten Haarklammern aus dem Gesicht gehalten. Aber noch etwas anderes schockierte Grace, als sie zu dem Bett ging und sich zu fassen versuchte, bevor sie dem Mädchen gegenübertrat: Sie fühlte sich nicht wie Cathys Psychologin. Sie fühlte sich überhaupt nicht so, wie sie sollte. Eine tiefe Sorge um das Mädchen hatte von ihr Besitz ergriffen. Eine viel zu tiefe Sorge. Wie eine enge Freundin oder Verwandte. Vielleicht sogar wie eine Mutter.

Das ist gar nicht gut, Lucca.

Grace widerstand dem Impuls, Cathy einen Kuss zu geben oder ihr auch nur über den Kopf zu streicheln.

»Hallo, Cathy.«

Die blauen Augen füllten sich mit Tränen.

»Es tut mir Leid, Grace.« Ihre Stimme war heiser.

»Mir auch.«

Als Grace sich auf den harten Plastikstuhl neben dem Bett setzte, presste Cathy die Lippen zusammen, um sich wieder unter Kontrolle zu bekommen. Grace hätte das Mädchen am liebsten ermuntert, ruhig die Tränen fließen zu lassen, doch sie schwieg.

»Ich habe Sie enttäuscht«, sagte Cathy schließlich.

»Ich dich auch.«

»Es tut mir wirklich Leid, Grace.«

In Cathys linken Arm floss eine Infusion. Es war Glukose, woraus Grace schloss, dass sie zu wenig aß. Vielleicht weil ihr Hals verletzt war – vielleicht wollte sie aber auch einfach nicht essen. Grace verspürte das Bedürfnis, Cathys Hand zu nehmen, zögerte jedoch, als würde sie vor einer Unschicklichkeit zurückschrecken. Dann aber dachte sie daran, dass sie in ihren Sitzungen schon unzähligen Kindern und Jugendlichen die Hand gehalten hatte.

Cathys Hand fühlte sich sehr kalt an.

»Ich bin einfach nur froh, dass du noch lebst«, sagte sie. Ihre Stimme bebte; sie konnte nichts dagegen tun.

»Warum sind Sie froh darüber?«, fragte Cathy.

»Wieso fragst du mich das?« *Das ist schon besser, Lucca – kehr zu deiner Rolle zurück, versteck dich hinter der Psychologenmaske.*

»Weil ich Ihnen nur Ärger gemacht habe.«

»Du hast mir keinen Ärger gemacht, Cathy.« Grace hielt immer noch die kalten Finger des Mädchens.

»Doch«, beharrte sie. Jetzt rannen ihr Tränen über die Wangen, und sie machte keinerlei Anstalten, sie wegzuwischen. »Ich bin schwierig gewesen, und ich habe Ihnen Dinge vorgeworfen, für die Sie gar nichts konnten.« Sie zog die Nase hoch. »Und jetzt habe ich noch nicht mal geschafft, mich umzubringen. Deshalb sind Sie hergekommen und besuchen mich. Wenn ich es geschafft hätte, hätten Sie vielleicht nur zu meiner Beerdigung zu kommen brauchen. Bloß eine weitere Beerdigung. Dann hätten Sie mich wenigstens nie wieder besuchen müssen.«

»Und du meinst, das wäre besser gewesen?«

Noch immer weinend, zuckte Cathy die Achseln. »Für mich wäre es besser gewesen.«

Grace sagte eine Weile gar nichts, hielt nur die Hand des Mädchens. Sie rang schwer mit sich, denn sie wusste, wie entscheidend es von nun an war, die richtigen Worte zu finden. Anderenfalls schwieg sie besser.

Von ihrer nächsten Frage hing alles ab.

»Warum hast du aufgegeben, Cathy?«

»Haben Sie denn nicht aufgegeben?«

»Nein«, erwiderte Grace. »Nicht im Geringsten.«

»Warum nicht?«

»Aus denselben Gründen wie zuvor. Ich glaube dir. Und ich bin nach wie vor nicht die Einzige. Es werden sogar immer mehr, langsam aber sicher.«

»Wie geht es Detective Becket?«, fragte Cathy plötzlich.

»Gut.« Grace wusste nicht, ob sich über die Gerüchteküche des Gefängnisses herumgesprochen hatte, was unten auf den Keys geschehen war. Wenn Cathy jedoch nichts von den Ereignissen wusste, sollte es auch so bleiben.

»Sein Dad hat mich besucht. Wissen Sie das?«

»Ja, das weiß ich.«

»Er hat mir gesagt, ich müsse jetzt stark sein. Und dass die Wahrheit siegen würde.«

»Da hat er Recht.«

Cathy zog die Hand weg. »Ich wollte, ich könnte ihm glauben.«

»Ich weiß, dass das schwer ist, Cathy.«

»Ich habe Dr. Becket nach der Frau gefragt, die vor zwei

Wochen in der Praxis des Doktors mit einem Skalpell niedergestochen wurde. Zuerst wollte er nichts sagen, aber ich habe ihn so lange genervt, bis er's mir erzählt hat.«

Cathys Stimme wurde immer heiserer, je länger sie sprach, doch Grace wollte sie nicht unterbrechen – das Bedürfnis des Mädchens zu reden war wichtiger als der wunde Hals.

»Dr. Becket meinte, das beweist, dass er Recht hatte und ich ihn nicht niedergestochen habe. Und wenn die Polizei und der Staatsanwalt das auch für wahr halten, können sie auch nicht mehr annehmen, dass ich jemanden ermordet habe.« Ihre Nase triefte, und sie musste sich zusammenreißen, um nicht erneut in Tränen auszubrechen. »Aber Mr. Wagner hat gesagt, das würde nicht unbedingt was an den anderen Vorwürfen ändern, weil die Skalpelle, mit denen Dr. Becket und Anna Valdez niedergestochen wurden, aus der Praxis der Ärzte gestohlen wurden und es deshalb ein anderer Tathergang sei.« Cathy schluckte schwer und schloss einen Moment die Augen. »Mr. Wagner war nett. Er ist in Ordnung, glaube ich. Ich kenne ihn jetzt besser. Er sagt nur, dass er mir keine falschen Hoffnungen machen will.«

Sie sprach nicht weiter. Grace schwieg und wartete.

»Wahrscheinlich habe ich deshalb nicht mehr daran geglaubt, was Dr. Becket gesagt hat – dass die Wahrheit siegt.«

»Ach, Cathy. Es tut mir so Leid, was du durchmachen musst.«

»Das weiß ich.« Erneut verstummte Cathy für einen Moment. »Ich mache Harry keinen Vorwurf, dass er dieses schreckliche Ding ausgegraben hat.«

»Ich werd's ihm sagen.« Grace lächelte. »Er ist bestimmt erleichtert, wenn er das hört.«

»Sagen Sie ihm, ich finde immer noch, dass er ein toller Hund ist.«

»Ich hoffe, du kannst ihm das bald selber sagen.«

»Hunde sind im Gefängnis nicht erlaubt, Grace.«

»Ich spreche nicht vom Gefängnis.«

»Ich weiß«, sagte Cathy leise, beinahe seufzend.

Grace rückte ein wenig näher und blickte sie fest an. »Muss ich von jetzt an Angst um dich haben, Cathy?«

Das Mädchen hielt Grace' Blick stand, auch wenn es ihr nicht ganz leicht fiel. »Sie wollen wissen, ob ich wieder versuche, mich umzubringen?«

»Ja.«

Cathy biss sich auf die Oberlippe und kaute eine Weile darauf herum, als wüsste sie noch nicht genau, was sie darauf erwidern sollte. Doch wie immer die Antwort lauten würde, Grace hoffte inständig, dass Cathy ehrlich war. Damit sie wusste, woran sie war.

»Ich tue es nicht wieder, Grace«, sagte sie schließlich. »Zumindest nicht bis nach dem Prozess.« Sie schaute zur Seite. »Was ich danach mache, kann ich Ihnen nicht sagen.«

Es war elf Uhr morgens. Sam machte gerade seine kleine Küche in dem günstig erworbenen Apartment des Art-déco-Hauses in South Beach sauber – zumindest erhielt das Zimmer ein bisschen längst fällige Aufmerksamkeit –, als Captain Hernandez anrief. Da Sam sich seit dem Desaster in den Keys schon viermal Rüffel von seinem Boss eingehandelt hatte – Hernandez hatte ihn einen dämlichen Idioten, eine Schande für die Abteilung und Schlimmeres genannt –, freute Sam sich nicht gerade, die Stimme seines Chefs zu hören.

»Ich dachte mir, es würde Sie interessieren, dass der Sheriff des County Monroe um die Erlaubnis gebeten hat, Haymans Haus zu durchsuchen.«

Sams Gehirn drehte sich einmal um sich selbst. *Hernandez meldete sich bei ihm.*

»Wie kommt's, Captain?«

»Wir haben ein paar Gespräche geführt. Da sich nichts getan hat, keine Leiche, keine Familie, war es das Einzige, das wir tun konnten.«

Jawohl, Boss.

»Ich nehme an, es gibt keine Möglichkeit ...«

»Nicht die geringste, Becket.«

Sam rief Grace an. Er erwischte sie zwischen zwei Sitzungen.

»Sag ihnen das mit dem abgesperrten Zimmer«, meinte sie.

»Welches abgesperrte Zimmer?«

»Habe ich dir nicht davon erzählt?«

»Kann mich nicht erinnern.«

»Wie konnte ich das nur vergessen.«

»Welches abgesperrte Zimmer, Grace?«
»Wahrscheinlich hat es gar nichts zu bedeuten.«
»Grace, erzähl's mir einfach.«

Sergeant Kovac rief am Dienstagnachmittag an, als Sam die Dachterrasse abspritzte.

»Sie sollen zu den Keys kommen.«

Wie bitte?

»Gibt's schon einen Durchsuchungsbefehl?«

»Ich weiß nichts Genaues, Becket.« Kovac hatte nie besondere Zuneigung zu Sam empfunden, und seit seiner Suspendierung hatte Martinez Sam gegenüber angedeutet, ihr Sergeant ordne ihn irgendwo unterhalb von Benedict Arnold ein.

»Hat es irgendwas mit dem abgesperrten Zimmer bei Hayman zu tun?«

»Wie ich bereits sagte«, erwiderte Kovac. »Ich weiß nichts Genaues. Ich weiß nur, dass Sie Ihren Arsch zu dem Haus bewegen sollen.«

Also doch das Zimmer.

Grace hatte mit ihrem Gefühl ins Schwarze getroffen. Wenn sie nur beim ersten Mal, als sie die verdammte verriegelte Tür entdeckt hatte, auf sich gehört und sofort Haymans Haus verlassen hätte, wäre es nie zu diesem Drama gekommen.

Der Sheriff des County Monroe hatte nicht mehr gesagt als Hector Hernandez, aber niemand wusste besser als Sam, dass Grace Lucca härter mit sich ins Gericht ging als sonst jemand von ihnen.

Abgesehen davon ...

Es war der Tempel eines Irren – ein Tempel für das Münchhausen-Syndrom. Mit sämtlichen Büchern, die über das Thema geschrieben worden waren, wie es den Anschein hatte. Und niemand glaubte, dass Hayman diese Bücher nur zur Recherche für seine eigene Arbeit benutzt hatte.

Vielleicht hätten sie es geglaubt, wären da nicht die Fotos gewesen.

Dutzende – an den Wänden, in den Schubladen. Von kindlichen Opfern. Mit handgeschriebenen Berichten über das Leid, das ihnen von ihren elterlichen Peinigern zugefügt worden war; Berichte, in denen mehr Methoden geschildert wurden, körperliche Symptome bei kleinen Jungen und Mädchen hervorzurufen, als auch nur einer der anwesenden Polizisten kannte.

So viel war sicher.

Und dann gab es noch die Wand mit Fotografien, die die örtliche Polizei und Hernandez veranlasst hatte, Sam Becket herzubestellen, obwohl es ihnen eigentlich gegen den Strich ging.

»Kein Foto von Beatrice Flager«, stellte er sofort fest.

»Und auch nicht von Ihrem Vater«, fügte Hernandez hinzu.

Die Erregung, die Sam verspürte, brachte ihn dermaßen auf Hochtouren, dass er sich nicht gewundert hätte, wäre Qualm aus seinen Ohren gedrungen.

»Es gibt noch mehr«, meinte der Captain mit ruhiger Stimme und deutete auf einen dunkelroten Ordner auf dem Schreibtisch, der an der Wand stand.

Beide Männer trugen dünne Gummihandschuhe. Als Sam sich hinunterbeugte und den Ordner öffnete, weiteten sich seine Augen.

»Ach du Scheiße«, fluchte er leise.

»Da muss ich Ihnen wohl Recht geben«, meinte Hernandez.

In dem Ordner befanden sich mindestens zwölf Blätter, die meisten Fotos. Und jedes von ihnen zu demselben Thema.

Das Leben und Werk von John Broderick.

Abgesehen von einem eiligen Telefonat, in dem er ihr mitteilte, er habe keine Zeit, sich mit ihr zu unterhalten, hörte Grace nichts von Sam, bis er am Mittwochmorgen kurz nach sieben Uhr bei ihr vor der Tür stand.

»Du siehst ja furchtbar aus«, meinte sie.

»Und du ganz wunderbar.« Sam musterte sie. Sie trug ein großes weites T-Shirt, hatte die Haare zurückgekämmt, war ungeschminkt und lief barfuß herum. »Du siehst aus wie sechzehn. Hi, Harry, was gibt's Neues?« Er bückte sich, um den Hund zu begrüßen, dessen Schwanz hin und her schlug wie ein wild gewordenes Metronom.

»Ich wollte mir gerade Frühstück machen.« Grace schloss die Eingangstür.

»Eine Tasse Kaffee könnte ich gut vertragen.« Sam richtete sich stöhnend auf.

»Immer noch einen schlimmen Rücken?«

»Bin zu viel gefahren.«

Sie gingen in die Küche.

»Ich würde dir ja gern ein heißes Bad, eine Rückenmassage und ein paar Stunden Schlaf anbieten«, meinte Grace. »Aber das würde bedeuten, dass ich warten muss, was du mir zu erzählen hast. Also backe ich dir lieber ein paar Pfannkuchen.«

Sams müde Augen wurden munter. »Hast du auch Sirup?«

»Na klar.« Grace öffnete den Kühlschrank und holte ein paar Eier heraus. »Schinken?«

»Das fragst du noch?«

»Warum setzt du dich nicht, bevor du aus den Latschen kippst, Sam?« Grace deutete mit einem Kopfnicken zu einem Schaukelstuhl in der Küchenecke. »Nimm den da, der ist schön bequem.«

»Wenn ich mich da reinsetze«, meinte Sam, »bin ich in drei Sekunden am Schnarchen.« Vorsichtig ließ er sich auf einen der Stühle am Tisch nieder. »Soll ich dir helfen?«

»Das Einzige, was mir hilft«, erklärte Grace, »sind deine Neuigkeiten.« Sie schaute ihn an. »Ich gehe doch recht in der Annahme, dass du was Neues weißt, oder?«

»Allerdings«, erwiderte Sam.

Sie hatte sich alle erdenkliche Mühe gegeben, das Frühstück herzurichten, während sie ihm zuhörte. Doch als es dann vor ihr auf dem Tisch stand, brachte sie keinen Bissen hinunter.

»Und was nun?«, fragte sie.

Sams Teller war – kaum überraschend – wie leer geschleckt. »Jetzt ist die große Frage, wer ist oder war Peter Hayman?«

Grace schwirrte immer noch der Kopf. »Da er einen Ordner über John Broderick angelegt hat, müssen wir wohl davon ausgehen, dass sie nicht ein und dieselbe Person sind.«

»Das Gute ist, dass man nun von gar nichts mehr ausgehen kann. Aber« – Sam trank einen Schluck Kaffee – »es wäre schon merkwürdig, wenn der Kerl eine Akte über sich selbst führen würde.«

»Immerhin sprechen wir von einem äußerst merkwürdigen Menschen.«

»Ja, das stimmt«, gab Sam ihr Recht, »und die Unterlagen befanden sich in einem verschlossenen Raum. Ich kann mir nur nicht vorstellen, dass ein Mensch, der seine Identität wechselt, das entsprechende Material in seinem Haus aufbewahrt.«

»Es sei denn, er war immer noch wütend, weil er sein Leben als John Broderick hinter sich lassen musste«, warf Grace ein. »Vielleicht war er stolz auf das, was er mit Cathy und Marie angestellt hatte.«

»Du meinst, so wie manche Psychopathen, die Zeitungsausschnitte über sich und ihre Verbrechen sammeln?« Sam schüttelte den Kopf. »Den Eindruck habe ich nicht, Grace. Es waren ja nur ein paar Einzelheiten zum Thema John Broderick. Ein Bericht über sein Leben und seine Taten – und seine Fehler.«

»Wer, zum Teufel, ist oder war dann Peter Hayman?«

»Und bedeuten die Fotos von dir, Cathy, dem Ehepaar Robbins und Frances Dean, die an den Wänden hingen, dass er vielleicht doch der Mörder ist?« Sams Augen wirkten zwar immer noch müde, aber in seinem Gesicht spiegelte sich lebhafte Neugier.

»Und bedeutet das nicht auch …?« Grace sprach nicht weiter.

»Was?«

Sie schüttelte den Kopf. »Ach, nur ein egoistischer Gedanke.«

»Soll ich raten?« Sam lächelte gequält. »Bedeutet das nicht auch, dass unser ungutes Gefühl bei Hayman gar nicht so abwegig war, wie wir befürchtet hatten?«

»Ja, genau.«

»Ich vermute, dass Hernandez es mir deshalb ermöglicht hat, das Material anzuschauen.«

Grace stand auf, um ihr Frühstück im Abfalleimer neben dem Spülbecken zu versenken. Dann nahm sie Sams leeren Teller. »Noch Kaffee?«

»Warum nicht? In mir dreht sich sowieso schon alles.«

Sie spülte den alten Bodensatz aus und goss eine frische Kanne Kaffee auf. »Gehe ich recht in der Annahme, dass wir immer noch nicht genügend Material haben, um Cathy aus dem Gefängnis zu holen?«

»Noch nicht«, meinte Sam vorsichtig. »Aber immerhin ist es ein Anfang.«

»Und du?« Grace drehte sich um und schaute ihn an. »Mit Hayman hattest du zumindest halbwegs Recht. Reicht das aus, um deine Suspendierung aufzuheben?«

»Es ändert nichts an dem, was ich getan habe«, sagte Sam. »Es bleibt dabei, dass ich gegen Vorschriften verstoßen habe.«

»Sagt Hernandez das?«

»Nicht genau. Als ich ihn gefragt habe, ob ich bei den Ermittlungen helfe könne, meinte er, alles was ich während meiner Suspendierung herausfinde, sei unzulässig und dürfe nicht als Belastungsmaterial verwendet werden.« Sam hielt kurz inne. »Aber Hernandez hat auch zugegeben, dass sie unsere Theorie, Broderick sei vielleicht gar nicht tot, plötzlich gar nicht mehr so unsinnig fanden, als Hayman ins Blickfeld geriet. Und jetzt müssen wir plötzlich zwei mögliche Täter unter die Lupe nehmen – Broderick *und/oder* Hayman oder wer immer er war, bevor er nach Key Largo zog.«

Grace stellte den frischen Kaffee auf den Tisch.

»Meinst du, Hernandez gibt vielleicht in der Frage deiner Suspendierung nach?«

»Das kann er nicht allein entscheiden. Im Wesentlichen bestimmen der Chief und die Personalabteilung darüber.« Sam lächelte. »Mach dir nicht so viele Sorgen um mich, Grace. Denk lieber darüber nach, was es möglicherweise für Cathy bedeuten könnte.«

»Ich glaube, dass ich es durchaus schaffe, mir um euch beide Gedanken zu machen.«

»Jetzt redest du wie meine Mutter.«

Mit Doras Hilfe hatte Grace ihre Termine so lange hin und her geschoben, dass sie am Freitagmorgen einen Ausflug in den Süden machen konnte. Erst auf dem Overseas Highway merkte sie, wie angespannt sie war. Als sie am Lake Surprise vorbeifuhr, hatte sie plötzlich jenen Sonntag im Mai so klar und deutlich vor Augen, dass sie daran zu ersticken glaubte. Sie umklammerte das Lenkrad fester und versuchte, die Erinnerungen zu verscheuchen.

Um zehn nach zehn war sie in Dooley's Marina. Ein paar Meter neben dem geschlossenen Hot-Dog-Stand wartete Philip Kuntz mit einem Becher Kaffee in der Hand auf sie. Der Anblick seiner sonnengebräunten Glatze rief erneut alles in ihr wach. Sie atmete tief durch.

»Mr. Kuntz, vielen Dank, dass Sie sich bereit erklärt haben, sich mit mir zu treffen.«

Er schüttelte ihr die Hand. »Keine Ursache.«

Grace sah sich um. »Gibt es irgendwo ein Plätzchen, wo wir uns eine Weile hinsetzen können?«

Er zuckte die Achseln. »Am anderen Ende des Hafens steht eine Bank. Es ist zwar nicht besonders schön dort, und ich vermute, dass es ein bisschen stinkt, aber wenn es Ihnen nichts ausmacht …«

»Überhaupt nichts.«

Grace erzählte ihm, warum sie gekommen war. Sie hatte keine Ahnung, wie viel Kuntz wusste, was Sam ihm berichtet hatte, bevor er ihn dazu überredete, ihn mit der *Delia* hinaus aufs Meer zu fahren. Oder wie viel die örtliche Polizei ihm nach den Ereignissen erzählt hatte, falls überhaupt.

Nicht viel, wie sich herausstellte.

»Es gibt alle möglichen Dinge, die ich Ihnen wohl auch nicht erzählen darf«, meinte Grace. »Über Dr. Hayman, meine ich.«

»Soviel ich weiß, hat man ihn noch nicht gefunden«, erwiderte Kuntz.

»Noch nicht, nein. Wie ich Ihnen bereits sagte – was an diesem Nachmittag passiert ist, war zum größten Teil meine Schuld, nicht Sams. Aber wie die Dinge jetzt stehen, ist er suspendiert worden. Er könnte sogar seinen Job verlieren.« Sie wartete einen Augenblick. »Er ist ein sehr guter Detective, Mr. Kuntz.«

»Tun Sie mir einen Gefallen«, sagte Kuntz. »Nennen Sie mich Phil. Ich denke, wir sind uns an dem Tag auf der *Delia* schon ein bisschen näher gekommen, meinen Sie nicht auch?«

Grace lächelte. »Gewiss.«

In diesem Moment fuhren zwei Männer in einem Kleinlaster vor, stiegen aus, nickten Kuntz zu und gingen zu einem kleinen Kajütenboot, das am anderen Ende des Kais lag.

»Dann meinen Sie also, es ist alles Ihre Schuld«, sagte Kuntz.

»Zum großen Teil jedenfalls. Erstens, weil ich so dumm war, auf die *Snowbird* zu gehen. Und zweitens, weil ich in Panik ausgebrochen bin und den Kopf verloren habe. Sie waren doch dabei, Phil. Sie wissen, dass Sam meinte, ich sei in Gefahr, als er sah, was sich da abspielte.«

»Das stimmt allerdings«, gab Kuntz ihr Recht.

»Am Nachmittag haben Sie zu mir gesagt, Sam sei verrückt – ich glaube, als er versucht hat, Hayman zu retten.«

Kuntz nickte. »Ich fand es idiotisch, dass er so lange tauchte.«

Grace wartete einen Augenblick. »Aber Sie haben auch gesagt, er sei ein Held.«

Kuntz nickte erneut. »Ich bin mir nicht ganz sicher, ob ich das so gesagt habe, aber auf alle Fälle hat er ziemlich viel Mut bewiesen.« Seine fahlen Augen verengten sich. »Verstehe ich Sie richtig? Sie wollen, dass ich Detective Beckets Boss sage, Ihr Freund sei ein Held?«

»Mein Wort zählt nicht«, erwiderte Grace ruhig. »Ich bin die Idiotin, die sich in diese heikle Situation gebracht hat. Sie dagegen sind eine der beiden Zivilpersonen, die Sam angeblich gefährdet hat. Auf Sie muss man hören, Phil.«

»Wie groß die Gefahr war, weiß ich gar nicht.« Kuntz grinste. »Wahrscheinlich hätte ich ertrinken können. Aber was Becket möglicherweise mit mir angestellt hätte, hätte ich mein Boot nicht zur Verfügung gestellt, erschien mir weitaus schlimmer.«

»Sie werfen ihm doch nicht vor, dass er mir helfen wollte, oder?«

Als er sie jetzt anschaute, war sein Blick ein wenig wärmer. »Ich hoffe, ich würde genauso handeln, wenn meine Freundin in der Klemme säße.«

Grace hielt den Atem an.

»Ich denke darüber nach«, versprach er ihr.

Die Ermittlungen wurden völlig neu aufgerollt. Wenngleich der schrecklich frustrierte Sam nach wie vor davon ausgeschlossen war, hielt Al Martinez ihn auf dem Laufenden, wann immer die Möglichkeit bestand.

Man hatte Haymans Fingerabdrücke in seinem Haus genommen und zum Vergleich mit Millionen anderen zur umfangreichen Datenbank des Staates Florida geschickt. Zwar hatte der Computer bis jetzt noch nichts Passendes ausgespuckt, aber das hieß nur, dass Hayman nie inhaftiert, nicht in der Armee gewesen und keine Stelle innegehabt hatte, bei der die Abnahme der Fingerabdrücke vorgeschrieben war.

Und was den Vergleich mit Brodericks Fingerabdrücken betraf, so blieb auch hier alles offen: John Broderick war trotz der Beschuldigungen gegen ihn nie verhaftet und auch nicht zum Vietnamkrieg eingezogen worden, sodass man nie seine Fingerabdrücke genommen hatte.

Die Polizeiinspektion, die dem Sheriff des County Monroe unterstand, hatte eigenständige Ermittlungen über den angeblichen Psychiater mit Wohnsitz in Key Largo aufgenommen und versucht, herauszubekommen, ob Hayman wasserdichte Alibis für die Tatzeiten vorweisen konnte. Freunde und Kollegen – darunter Betty und Miles Flanagan sowie die Weintraubs, also jene beiden Paare, die laut Hayman an dem besagten Sonntag mit zum Segeln hätten kommen sollen – waren befragt worden, ob sie Angaben zum Aufenthalt des Arztes in den Mordnächten machen könnten. Aber sie konnten keine Alibis für Hayman liefern, und als sie erzählen sollten, was sie über ihn wussten, hatte keiner von ihnen viel zu sagen. Miles Flanagan meinte, jetzt, da er darüber nachdenke, falle ihm ein, was er besonders an Hayman gemocht hatte: er habe nie geprahlt.

Und was seine Herkunft betraf, hatte Hayman seinen Freunden in Key Largo dasselbe erzählt wie seinen Verlegern: dass er aus Seattle stamme und die University of Washington besucht habe. Das FBI hatte inzwischen bestätigt, was Martinez bereits bei seinen inoffiziellen Nachforschungen in Erfahrung gebracht hatte: Einen Studenten, auf den Haymans Beschreibung passte, hatte es an dieser Universität nie gegeben.

Das größte Interesse bei den neuerlichen Ermittlungen aber fanden zwei weitere Fotos, die Beamte des County Monroe erst ganz zum Schluss in Haymans Haus entdeckt hatten.

Beide Aufnahmen klebten unter seinem Bett.

Die eine zeigte einen ungefähr fünfjährigen Jungen in Overall und rot-weiß gestreiftem T-Shirt, der freundlich lächelte. Er hatte braunes Haar und braune Augen und war, wie alle fanden, zu dünn für sein Alter.

Das zweite Foto zeigte ein frisches Grab. Kleiner als üblich. Es hatte noch keinen Grabstein, nur ein bescheidenes Schild. Auf Grund des Aufnahmewinkels war es – selbst nach mehreren Vergrößerungen – unmöglich, den Namen auf dem Schild zu lesen. Das nächste benachbarte Grab, das einen Stein mit lesbarer Inschrift hatte, gehörte einer Agnes Brown, und in der Reihe dahinter trugen drei Steine den Namen Tully. Doch es gab keine Anhaltspunkte auf den Ort, an dem der Friedhof sich befand, außer dass alle Inschriften in Englisch waren. Der Himmel war bewölkt, soweit man ihn sehen konnte, das Gras üppig und saftig. In einiger Entfernung ging ein Mann in einem dunklen, konventionellen Wintermantel einen Weg entlang – ein Indiz dafür, dass der Friedhof sich nahe einer Stadt befand, in der kalte Winter herrschten. Bei den wenigen Bäumen, die man sah, handelte es sich um Tannen. Keine Blumen oder Büsche, die weiteren Aufschluss hätten geben können. Da der Fotograf sich auf das Grab konzentriert hatte, fiel den Betrachtern die weiße, verschwommene Masse, die durch den Rand des Fotos abgeschnitten wurde, erst nach einer geraumen Weile auf. Und noch länger dauerte es, bis sie die Erhebung als Berg identifizierten.

Wäre der Gipfel zu sehen gewesen, hätten die Beamten den Ort wahrscheinlich in ein, zwei Tagen ermittelt. Doch so wussten sie lediglich, dass zum Zeitpunkt der Aufnahme selbst in den unteren Regionen des Berges Schnee lag.

Beide Aufnahmen waren keine Originalabzüge und somit ohne Zahlen und Daten auf der Rückseite, die ihnen Hinweise hätten geben können.

Doch zumindest hatten die Beamten jetzt neues Ausgangsmaterial.

Und wenigstens schienen nun, wie Sam zu Grace sagte, alle heiß darauf zu sein.

Landesweit wurde nach Hinweisen auf die Identität des Jungen gesucht, der auf dem Foto zu sehen war. Man formulierte ein paar völlig aus der Luft gegriffene Theorien – wie meistens, wenn die Ermittler hoch motiviert sind und ein leidenschaftliches Interesse daran haben, ein Rätsel aufzuklären. So vermutete man zum Beispiel, dass der Junge das Opfer einer Person mit erweitertem Münchhausen-Syndrom war oder, wahrscheinlicher, gewesen war. Andere meinten, dass vielleicht ein verwandtschaftliches Verhältnis des Jungen mit Hayman bestanden hatte. Am grausamsten aber erschien allen der Gedanke, dass er in dem Grab lag.

Sofort nahm man mit sämtlichen Vereinigungen, Organisationen oder Institutionen Kontakt auf, die Opfer des erweiterten Münchhausen-Syndroms behandelten oder berieten. Außerdem wurde das Bild des Jungen an die Pathologen sämtlicher Countys in den Vereinigten Staaten geschickt, in denen es Berge gab.

Darüber hinaus taten sie alles, um einen Friedhof in einem Landesteil ausfindig zu machen, wo man im Winter einen dicken Mantel trug, wo es einen Friedhof gab, auf dem mindestens eine Hand voll Tannen stand und wo Menschen mit den Namen Brown und Tully begraben lagen. Und von dem aus man selbst an einem bewölkten Tag am Horizont einen Berg sehen konnte.

Das grenzte die Suche ein klein wenig ein.

Aber es würde trotzdem eine ganze Weile dauern.

Grace war noch nie so froh gewesen, jede Minute des Tages verplant zu haben. Wären ihre Patienten nicht gewesen, wäre sie wahrscheinlich vor Ungeduld geplatzt. Neben ihrer Arbeit gab es nur drei Dinge, zu denen sie imstande war. Erstens unternahm sie – ergänzend zu Dr. Parés' Entspannungstherapie – alles Erdenkliche, damit Cathy nicht in Resignation verfiel. Zweitens tat sie dasselbe für Sam, da seine Vorgesetzten weiterhin seinen Dienstgrad als Pfand behielten. Und drittens sorgte sie dafür, dass Jerry Wagner – an dessen Engagement für Cathys Sache sie keinen Zweifel mehr hatte – so gründlich wie möglich über die laufenden Ermittlungen unterrichtet wurde.

»Anscheinend geht es ihr besser«, berichtete Wagner nach einem seiner Besuche im Untersuchungsgefängnis, als Grace zu einer kurzen Besprechung in sein Büro kam. »Aber Cathy zu ermutigen, ohne ihr falsche Hoffnungen zu machen, ist ein echter Balanceakt.«

»Immerhin besteht jetzt eine realistische Hoffnung«, erwiderte Grace.

»Erzählen Sie mir das Neueste«, drängte Wagner.

»Es gibt noch nichts, was den Friedhof betrifft.« Grace erzählte ihm, was sie zufällig aufgeschnappt hatte, als Sam sich mit Martinez unterhielt. »Besonders das Klima und der Berg scheinen wieder auf Seattle hinzuweisen – die Olympics oder vielleicht die Cascade-Range –, aber bis jetzt gibt es keine handfesten Ergebnisse.«

»Das kommt schon noch«, tröstete Wagner sie.

»Glauben Sie wirklich?«

»Ja. So oder so. Entweder wird Haymans Leiche irgendwo angespült, und dann hilft uns die Zahn- und Blutanalyse bei seiner Identifizierung, oder das Foto des Jungen löst bei irgendjemandem Erinnerungen aus.«

Grace bereitete sich innerlich darauf vor, die große Preisfrage noch einmal zu stellen.

»Jetzt arbeiten im ganzen Land sehr viele Leute an dem Fall. In Seattle, in Maine und sonst wo sind die Ermittlungsbehörden am Werk. Allmählich muss dem Staatsanwalt doch klar sein, dass es ein Irrtum war, Cathy wegen der Morde anzuklagen, besonders wo man jetzt weiß, dass Hayman die Fotos von Marie, Arnold und Frances aufbewahrte.«

»Es ergibt alles noch kein eindeutiges Bild, Grace.«

»Aber es reicht, um Zweifel anzumelden. Zumindest reicht es, um Cathy auf freien Fuß zu setzen, solange die Ermittlungen laufen. Vielleicht gegen Kaution.«

»Eine Kaution wurde gleich zu Anfang abgelehnt«, erinnerte Wagner sie, »und das wird auch jetzt nicht anders sein. Damit Cathy entlassen werden könnte, müsste der Richter die Anklage aufheben.« Er hielt kurz inne. »Meine Leute und ich arbeiten ununterbrochen an dieser Möglichkeit, Grace.«

»Dann glauben Sie also, dass es sich lohnt, diesen Weg weiterzugehen?«

»Ich glaube, wir haben zumindest eine Chance. Aber sagen Sie Cathy nichts davon.«

Grace lächelte ihn an. »Wer ist hier der Psychologe?«

»Er schien es wirklich ernst zu meinen«, erzählte sie Sam am Abend.

»Offenbar überrascht dich das.«

»Es hat mich ein wenig erstaunt, wie sehr er jetzt daran interessiert ist, Cathy freizubekommen.«

»Warum erstaunt dich das?«, wollte Sam wissen.

»Weil es keinen Prozess gibt, wenn die Anklage fallen gelassen wird, und der Werbeeffekt für Wagner enorm schwindet – ganz zu schweigen von seinem Honorar.«

»Er wird in jedem Fall einen großen Werbeeffekt für sich erzielen.«

»Ich dachte, er hat den Fall nur der Publicity wegen übernommen«, wandte Grace ein.

Sam zuckte die Achseln. »Glaub mir, wenn es Jerry Wagner gelingt, dass diese Anklagen mit seiner Hilfe fallen gelassen werden, findet er auch eine Möglichkeit, daraus Profit zu schlagen.«

Grace lächelte. »Ich wusste gar nicht, dass du so ein Zyniker bist.«

»Ich bin Polizist«, erwiderte Sam. »Wie sollte ich da nicht zynisch sein? Zumindest hoffe ich, dass ich noch Polizist bin.«

Wagner erreichte Grace am Donnerstagvormittag, kurz bevor eine ihrer Therapiestunden begann.

»Ich möchte ja keine falschen Hoffnungen wecken«, sagte er, »aber ich glaube, wenn wir diese Sache gründlich vorbereiten, besteht eine reelle Chance, dass der Richter positiv reagiert.«

»Sie meinen, dass Cathy freikommt?« Grace stockte fast der Atem.

»Ich spreche von einer Chance, Grace. Nicht von einer Garantie.«

Grace schaute auf ihre Armbanduhr. Ein Kind wartete auf sie.

»Sie sagten, wir müssten uns gut vorbereiten. Kann ich irgendwas tun?«

»Vielleicht.«

»Legen Sie los.«

»Der Richter macht sich Gedanken über Cathys Zustand. Er wird mehrere Gesichtspunkte in Betracht ziehen. Selbst wenn er die Anklagen fallen lässt, kann es passieren, dass Cathy wieder inhaftiert wird, solange kein anderer angeklagt ist.«

»Also weiterhin eine große Belastung.« Eine entsetzliche Aussicht. Aber selbst das war besser, als wenn Cathy im Gefängnis blieb. »Was noch?«

»Der Fall hat viel Aufmerksamkeit erregt. Meinen Sie, dass man Cathy in Ruhe lässt, wenn sie freikommt?«

Grace glaubte nun zu wissen, worauf er hinauswollte. »Wollen Sie damit sagen, der Richter möchte sich vergewissern, dass sie irgendwo unbehelligt wohnen kann? An einem geheimen Ort oder so?«

»Sagen wir, ich glaube, das könnte seine Entscheidung beeinflussen.«

Grace ließ einige Sekunden verstreichen, ehe sie antwortete.

»Glauben Sie, dass er mein Haus akzeptieren würde?«

»Ich weiß nicht«, antwortete Wagner, »aber es wäre einen Versuch wert.«

Tausend Gedanken schossen Grace durch den Kopf und reckten die Hälse, um beachtet zu werden, aber vergeblich. Nur einer, nur ein Wort drang durch, laut und deutlich.

Ja.

»Versuchen Sie es«, sagte sie. »Versuchen Sie es auf jeden Fall.«

»Sind Sie sich sicher, Grace?«

Sie sah Cathy im Krankenhaus vor sich, wie sie nach ihrem missglückten Selbstmordversuch ausgesehen hatte.

»Absolut«, erwiderte Grace.

Etwa eine halbe Stunde nachdem ihr kleiner Patient gegangen war, meldeten sich die ersten Zweifel. Grace wusste, dass sie damit nicht allein fertig werden würde. Sie musste mit jemandem darüber sprechen.

Sie versuchte es mit Harry, aber der war eher in der Stimmung zu fressen, einen Spaziergang zu machen oder sich den Bauch kraulen zu lassen, als zuzuhören. Grace hatte keine andere Wahl, als sich an einen intelligenten, zumindest einigermaßen objektiven Menschen zu wenden.

Sie begann mit jemandem, der ihr wohl am ehesten zustimmen würde.

Sie rief David Becket an.

»Niemand weiß besser als Sie«, meinte er, »dass wir es mit einem schwer traumatisierten jungen Mädchen zu tun haben. Haben Sie bedacht, welche Veränderungen Cathys Einzug mit sich bringen würde – in Ihrem Haus und in Ihrem Leben?«

Ja, das habe sie, erwiderte Grace. Abgesehen davon, meinte der Arzt daraufhin, hielte er es für die beste Idee, die er seit langem gehört habe.

Mit gestärktem Rücken rief Grace bei Sam an. Er reagierte, wie sie vermutet hatte. Die Aussicht, dass Cathy aus dem Untersuchungsgefängnis entlassen würde, freute ihn viel zu sehr, als dass praktische Erwägungen für ihn eine Rolle spielten.

»Einen geeigneteren Menschen, der sich um sie kümmert, kann sie wohl kaum finden.«

»Ich hoffe, du hast Recht.«

»Du weißt, dass es stimmt«, erwiderte er. »Komm schon, Grace, du hast dich dein Leben lang mit Kindern befasst, die Probleme haben, und du hast von Anfang an in jeder Hinsicht an Cathy geglaubt.«

»Ja, das habe ich.«

»Ich habe noch zwei Fragen«, sagte Sam.

»Raus damit.«

»Wie lange, rechnest du, wird sie bei dir bleiben? Oder meinst du, es ist für immer?«

»Ich weiß es nicht, Sam. Ich hatte noch keine Zeit, in Ruhe darüber nachzudenken.«

»Und was ist, wenn es danebengeht? Wenn sie nichts gegen Hayman finden und man das Mädchen wieder ins Gefängnis steckt? Das könnte viel Kummer für dich bedeuten, Grace.«

»Würde ich nicht genauso leiden, wenn Cathy irgendwo anders untergebracht wäre?«

»Ich kann mir vorstellen, dass es schlimmer ist, wenn ihr zusammengewohnt habt.«

Grace dachte nur kurz darüber nach.

»Ist das nicht eine Gelegenheit, die ich ergreifen muss, Sam?«

»Das bleibt dir überlassen. Aber wie immer du dich entscheidest, du kannst auf meine Hilfe zählen. Falls du Wert darauf legst.«

»Sehr viel sogar.«

Nach dem Gespräch mit Sam rief sie Magda Shrike an. Wie immer stellte ihre frühere Tutorin gleich die richtigen Fragen. So wollte sie wissen, welche anderen Möglichkeiten es für Cathy gab und wie es sich auf das Mädchen auswirken würde, wenn es das Gefängnis gegen ein Heim austauschte. Und dann die wichtigste Frage: Ob Grace ihr genügend vertraute.

»Ja, auf jeden Fall«, antwortete Grace, ohne zu zögern.

»Dann kann ich Ihnen nur sagen, was Sie ohnehin schon wissen«, meinte Magda. »Wenn Sie es ablehnen, werden Sie sich die schwersten Vorwürfe machen. Aber vielleicht ist das kein ausreichender Grund, zuzustimmen. Und vor allem heißt das nicht, dass sie Sie sich mit Ihrer Entscheidung nicht so viel Zeit wie möglich lassen sollten.«

»Ich weiß nicht einmal, ob der Richter das Angebot überhaupt annimmt«, sagte Grace.

»Ganz zu schweigen von Cathy selbst«, fügte Magda trocken hinzu.

Die Einzige, die sich entschieden dagegen aussprach, war Claudia.

»Das meinst du doch wohl nicht im Ernst, Grace.«

»Doch, natürlich.«

»Das darfst du nicht tun. Es ist eine schreckliche Idee.«

»Warum?« Grace war verblüfft über die heftige Reaktion ihrer Schwester.

»Weil das Mädchen des Mordes verdächtigt wird.«

»Sie ist unschuldig, Claudia. Und wenn sie aus dem Gefängnis entlassen wird, dann nur deshalb, weil auch ein Richter dieser Meinung ist.«

»Vielleicht ist sie unschuldig, vielleicht auch nicht. Aber du darfst das Risiko nicht eingehen.«

»Doch, das darf ich«, erwiderte Grace.

»Das darfst du nicht«, wiederholte Claudia.

Grace hatte es noch nie leiden können, wenn jemand ihr vorschrieb, was sie zu tun und zu lassen hatte. Aber sie wollte jetzt nicht wütend werden, denn sie wusste, dass ihre Schwester sie nur zu schützen versuchte.

»Es ist schon abgemacht«, sagte sie, »oder so gut wie.«

»Aber du hast doch gesagt, du würdest noch darüber nachdenken. Und dass der Richter vielleicht nicht einverstanden ist.«

»Das stimmt«, gab Grace zu. »Aber ich denke nicht mehr darüber nach. Ich habe mich bereits dazu entschlossen.«

»Grace, das darfst du nicht tun!«

»Ich darf nicht nur, Claudia, ich tu's auch.«

In dieser Nacht träumte Grace von einem starken, hellhaarigen Mann, der auf ein kleines Mädchen mit langem, blondem Haar einschlug. Er brüllte es an, obwohl seine Stimme im Traum so gedämpft war, dass Grace seine Worte nicht verstehen konnte. Die gellenden, quälenden Schreie des Mädchens aber waren deutlich zu vernehmen.

Dann wechselte, wie bei einem schlecht geschnittenen Film, der Traum zu einem anderen Mann – Frank Lucca –, der sich über die etwa siebenjährige Claudia beugte. Sie weinte nicht, und er schrie sie nicht an. Alles war still. Grace hörte nur ihren eigenen Atem und ihren Herzschlag. Sie versteckte sich und beobachtete, wie sich ihr Vater auf ihre Schwester legte.

Als Grace aufwachte, waren ihre Wimpern und Wangen feucht. Sie wusste nicht, wann sie das letzte Mal im Schlaf geweint hatte.

Sie schaltete die Nachttischlampe ein. Es war fast drei Uhr in der Frühe. Harry lag am Ende des Bettes und schaute Grace mit seinen wachen, warmen Augen an.

»Hallo, Harry«, sagte Grace sanft. Der Hund erhob sich und tapste über das Federbett zu ihrer rechten Schulter. Dort legte er sich wieder hin und gab einen Grunzlaut von sich.

Normalerweise reichte Grace Harrys Gesellschaft.

Heute Nacht nicht.

Sie rief Sam an.

»Becket.« Er klang ein bisschen zu wach für diese Nachtzeit.

»Warum schläfst du nicht?«, fragte Grace.

»Frag meinen Körper.«

»Das würde ich gern.« Sie hätte schwören können, dass er jetzt lächelte. »Wenigstens hat deine Suspendierung einen Vorteil«, meinte sie. »Es ist mitten in der Nacht, und du bist zu Hause, wenn ich dich brauche.«

»Tust du das?«

»Was?«

»Brauchst du mich?«

Grace dachte nicht lange nach.

»Ja.«

»Gib mir eine Viertelstunde bis zwanzig Minuten«, sagte Sam und legte auf.

Sie saßen in der Küche, und Grace erzählte ihm bei einer Tasse heißer Schokolade von ihren Träumen.

»Zumindest brauchst du sie nicht zu analysieren«, meinte Sam.

»Ich weiß nicht, warum sie eine so starke Wirkung auf mich haben.«

»Es waren schreckliche Träume«, sagte er schlicht. »Hässlich und gruselig.«

»Das finde ich auch.«

»Möchtest du noch weiter darüber sprechen? Oder möchtest du sie vergessen? Was ist besser für dich?«

Grace lächelte ihn an. »Ich möchte wieder ins Bett.«

»Gut.«

»Aber ich möchte nicht allein gehen.«

Sam lächelte ebenfalls. »Gut«, meinte er sanft.

Es war das erste Mal seit jenem Abend vor sechs Wochen auf Sams Dachterrasse, dass sie miteinander schliefen. Sie waren übereingekommen, wegen der schlimmen Dinge, die passiert waren, noch zu warten, zum Teil auch wegen Sams Rückenschmerzen, gegen die er inzwischen ein entzündungshemmendes Medikament einnahm. Aber plötzlich war ihnen klar geworden, dass ihr Intimleben erst recht würde zurückstehen müssen, wenn Wagner Erfolg hatte und Cathy zu Grace ziehen durfte.

Sie hatten lange genug gewartet.

»Wunderbar«, flüsterte Sam ihr hinterher ins Ohr.

Aus der Nähe klang seine Stimme fast wie das Schnurren einer großen Katze.

»Ich glaube«, sagte Grace, »ich habe mich in meinem ganzen Leben noch nicht so wohlgefühlt.«

»Ich auch nicht.«

Sie rückte ein wenig von ihm weg, sodass sie sein Profil sehen konnte. »Außerdem fühle ich mich geborgen, Sam.«

Seine Wangenmuskeln spannten sich.

»Ich hoffe, dass es auch so bleibt«, sagte er leise.

»Gibt es irgendeinen Grund, warum sich das ändern sollte?« Grace' Angst war stärker, als sie geahnt hatte.

»Viele.«

Sie rückte noch ein Stückchen weiter weg. »Bin ich zu sehr über dich hergefallen?«

»Überhaupt nicht.« Er drehte sich zu ihr, umarmte und hielt sie fest. »Das darfst du nicht denken, egal was du tust.«

Sie entspannte sich wieder und gab sich seiner Umarmung hin.

»Wir haben noch nicht über die Probleme gesprochen, die auf uns zukommen, Grace«, sagte Sam.

Sie wusste auf Anhieb, wovon er sprach.

»Du meinst, weil ich weiß bin und du schwarz.«

»Du hast doch bestimmt auch schon darüber nachgedacht.«

»Eigentlich nicht. Jedenfalls nicht so.« Grace schwieg für einen Moment. »Natürlich ist mir klar, dass ich mich irgendwann damit beschäftigen muss, aber ich neige eben dazu, Kopfschmerzen so lange zu ignorieren, bis es nicht mehr geht.« Sie spürte, dass Sam sie betrachtete. »Was ist?«

»Du erinnerst mich an meinen Vater.«

»David? Ich fühle mich geschmeichelt.«

»Dazu hast du auch allen Grund. Er hat mich nie anders gesehen als sich selbst oder Judy. Auch nicht als Saul.« Sam zuckte die Achseln. »Bei Dad ist das alles ganz natürlich. Manchmal denke ich, er ist wie ein Blinder, kann unter die

Oberfläche sehen. Und nicht nur, was die Hautfarbe betrifft. Er ist bei jedem so.«

»Ich glaube, da hast du Recht«, erwiderte Grace sanft. Sie dachte darüber nach. »Aber auf mich trifft das bestimmt nicht zu. Ich kann nicht sagen, dass ich deine dunkle Haut nicht sehe« – sie küsste seine Brust – »oder nicht spüre, dass dein Haar anders ist.« Sie rieb die Wange an seiner dunklen Krause. »Das alles bist du, Sam. Ich mag es, wie du aussiehst, und wenn ich irgendetwas davon nicht sehen könnte, wäre das schrecklich, so schrecklich, dass ich es gar nicht beschreiben kann.« Sie lächelte. »Außerdem wissen wir beide, dass ich nicht annähernd so ein großartiger Mensch bin wie David.«

»Jetzt hör aber auf. Willst du sagen, dass du keine Heilige bist?«

Grace kicherte und rutschte weiter nach unten. »Würde eine Heilige so etwas tun?«

Geraume Zeit fiel kein Wort mehr zwischen ihnen. Später schliefen sie etwa eine Stunde, und erst als der Tag schon dämmerte, waren sie bereit, sich aufs Neue dem Thema zuzuwenden, dem sie sich immer wieder würden stellen müssen.

»Ich will ja nicht deine Intelligenz beleidigen«, sagte Grace, nachdem sie ihre zwei Tassen Kaffee zum Bett getragen hatten, »und behaupten, mir wäre nicht klar, dass wir auf etliche Vorurteile stoßen, wenn wir zusammen bleiben, wie lange auch immer.« Sie zuckte die Achseln. »Ich glaube, bis jetzt habe ich da Glück gehabt.«

Sie erzählte ihm von ihren wenigen Erfahrungen. Natürlich hatte sie in den Straßen Miamis und Chicagos Unangenehmes erlebt – hatte die höhnischen, ignoranten Bemerkungen gehört –, war aber persönlich nie mit rassistischen Äußerungen konfrontiert gewesen. Grace war mit einem italienischen Namen in einer weitgehend italienischen Gemeinschaft aufgewachsen. Auf der Universität war sie mit einem afroamerikanischen Jurastudenten ausgegangen und hatte sich kurz nach ihrem Abschluss drei Monate lang häufiger mit einem Arzt aus Hongkong getroffen. Nie hatte jemand Grace oder den Mann offen angegriffen. Sie gab jedoch zu, dass sie wahrscheinlich einfach Glück gehabt hatte.

»Wir sind hier in Florida«, meinte Sam nur, als sie fertig war. »Egal, wie wir es verpacken oder wie viele Gesetze erlassen werden, es bleibt einer der Südstaaten. Du brauchst nur lange genug mit mir zusammen sein, Grace, dann wirst du schon sehen.«

»Es betrifft uns beide«, warf sie ein.

»Aber ich bin größer und hässlicher und stärker als du«, erwiderte Sam, »und ich habe weiß Gott mehr Zeit gehabt, mich daran zu gewöhnen.«

»Ich habe schon immer schnell gelernt.«

»Es könnte ein schwieriges Kapitel werden, das kannst du mir glauben.«

Grace wechselte das Thema. »Was denkt Judy jetzt über mich?«

»Ma möchte, dass du am Freitagabend zum Essen kommst. Sie will sogar Fisch für meine nette katholische Freundin kochen.«

»Ich bin eine Ketzerin, Sam«, erinnerte Grace ihn.

»Was du nicht sagst.«

»Ich kann es noch gar nicht richtig glauben«, sagte Cathy bei Grace' Besuch am Montagnachmittag. »Ich kann nicht glauben, dass ich vielleicht wirklich hier rauskomme.«

Grace bemühte sich, ihre Bestürzung zu verbergen. »Wer hat dir das erzählt?«

»Mr. Wagner«, erwiderte Cathy.

»Das hätte er nicht tun sollen.«

»Warum nicht?« In Cathys Augen blitzte Angst auf. »Stimmt das denn nicht?«

Da Grace heute als Cathys Freundin und nicht als ihre Psychologin gekommen war, hatte man sie in den großen Besuchssaal geführt, wo sie sich, von anderen umringt, auf zwei harten Plastikstühlen an einem billigen Laminattisch einander gegenübersaßen. Grace hasste diesen Ort. All die Frauen, die durch diese verdammten Tische und die Aufseherinnen von ihren Lieben getrennt waren – keine echte Ungestörtheit, nicht die geringste Hoffnung auf ein wenig oft verzweifelt ersehnte Intimität.

»Grace«, Cathys Stimme rüttelte sie wach, »stimmt es nicht, was Mr. Wagner gesagt hat?«

Grace brauchte eine Weile, ehe sie antworten konnte, denn sie war sich schmerzlich bewusst, dass sie äußerst vorsichtig sein musste. »Es stimmt, dass eine gewisse Chance besteht, Cathy, aber es könnte auch noch einiges schief laufen.«

»Aber gibt es wirklich eine Chance?«

»Ja«, gab Grace zu. »Ich möchte nur nicht, dass du dir zu große Hoffnungen machst – für den Fall, dass es nicht klappt.«

»Oh, Grace, Sie können einem aber auch allen Mut nehmen.« Die Angst war wieder verschwunden. »Das ist das erste Mal seit Monaten, dass etwas halbwegs gut für mich läuft. Ich weiß, dass es schief gehen kann, aber im Augenblick möchte ich einfach nicht daran denken. Können Sie das denn nicht verstehen?«

»Doch, natürlich verstehe ich das.« Cathy strahlte so, dass Grace ihren Optimismus auf keinen Fall bremsen wollte. »Und ich muss zugeben, dass du auch schon viel besser aussiehst.«

»Ich glaube, das liegt am Doc«, meinte Cathy. »Er gibt mir keine Beruhigungsmittel mehr, weil wir beide festgestellt haben, dass sie mich fertig machen. Er gibt mir jetzt stattdessen Vitamine, weil er weiß, dass ich das Essen hier drin nicht ausstehen kann.«

»Ich bin froh, dass du keine Beruhigungsmittel mehr nimmst.« Nicht zum ersten Mal empfand Grace Dankbarkeit und Wertschätzung für Eric Pares.

»Außerdem tun mir die Entspannungsübungen gut, die er mir beigebracht hat«, fuhr Cathy fort. »Der Doc meint, alles ist halb so schlimm, wenn man richtig bei sich ist, sich von dem ganzen Zeug entfernt, das einem Angst macht.«

»Klingt ja so, als hätte er dir das Meditieren beigebracht.« Grace war beeindruckt.

»›*Meditation statt Medikamente*‹, sagt der Doc. Ich finde das toll, weil ich es nicht mag, dieses Zeug zu schlucken, nicht einmal die Vitamine.« Cathys blaue Augen, die so stumpf ausgesehen hatten, seit man sie hierher gebracht hatte, strahlten beinahe. »Lucille meint, es geht mir besser, weil ich weiß, dass ich vielleicht hier rauskomme.« Lucille Calder war eine Gefängnisinsassin, eine ältere Frau, die Cathy vor kurzem unter ihre Fittiche genommen hatte. »Ich fühle mich viel stärker.« Sie hielt kaum inne, um Atem zu holen. »Ich konnte in diesem Dreckloch nie richtig schlafen, Grace. Deshalb war ich auch immer so müde. Aber plötzlich habe ich wieder Kraft und Hoffnung ...«

»Kannst du jetzt besser schlafen?« Um überhaupt zu Wort zu kommen, musste Grace das Mädchen unterbrechen. Schließlich verstrich die Zeit sehr rasch.

»Eigentlich nicht, aber es scheint mir nicht mehr so viel auszumachen, wenn ich wenig Schlaf bekomme. Das ist es nämlich, Grace. So schnell wie noch vor einiger Zeit kann mich nichts mehr fertig machen.«

»Dass sie so auf Wolken schwebte, finde ich gar nicht so gut«, sagte Grace am späten Abend zu Sam. »Andererseits war ihr Zustand weitaus besser als vorher. Und die Sache mit der Entspannungstherapie, die Dr. Parés mit ihr macht, gefällt mir wirklich.«

Sie hatten miteinander geschlafen und lagen nun nackt nebeneinander im Bett. Sam streichelte ihr mit den Fingerspitzen zärtlich die Innenseite des linken Arms und ließ sie reden, denn inzwischen wusste er, dass ihr diese Besuche im Gefängnis immer sehr nahe gingen.

»Zum Glück hat Wagner ihr nicht gesagt, dass sie vielleicht bei mir wohnen wird«, fuhr Grace fort. »Ich habe solche Angst, Cathy zu enttäuschen.«

»Hast du es dir anders überlegt?«, fragte Sam.

»Nein, natürlich nicht. Aber der Richter kommt vielleicht zu dem Schluss, dass ich nicht die geeignete Person für diese Aufgabe bin.«

»Warum sollte jemand zu diesem Schluss kommen?«

»Wer weiß?«

Sam hörte auf, ihren Arm zu streicheln.

»Was ist?«, fragte sie.

Er zögerte. »Machst du dir Gedanken wegen uns?«

»In welcher Hinsicht?«

»Darüber, wie der Richter die Sache mit uns beurteilen könnte?«

»Nein.« Grace hielt inne. »Daran habe ich noch nicht einmal gedacht.«

»Vielleicht solltest du das aber.«

Grace setzte sich und knipste die Nachttischlampe an. Sam hatte den Kopf zum Fenster gewandt. »Bitte, sieh mich an.«

Er drehte sich langsam um. Sein Gesicht war ausdruckslos.

»Gut«, sagte sie. »Müssen wir darüber reden?«

»Nur unter dem Gesichtspunkt, dass ich Cathy die Sache nicht verderben will. Jetzt, wo sie so weit gekommen ist.«

»Worüber machst du dir Gedanken? Dass der Richter ein Rassist sein könnte?«

»Der Richter muss kein Rassist sein. Er muss nicht mal Weißer sein. Auch andere haben was dagegen, dass junge Leute in gemischtrassigen Verhältnissen leben.« Sam zuckte die Achseln. »Eine ganze Anzahl schwarzer Richter denkt ebenso.«

»Aber wir sind da anderer Meinung, oder?«, meinte Grace.

»Ja.« Sam verzichtete auf das Aber.

»Und ich dachte, wir hätten die moralische Seite dieser Angelegenheit bereits abgehakt.« Ein paar Haarsträhnen waren Grace in die Stirn gefallen, und sie strich sie ungeduldig nach hinten. »Wir sind uns einig, dass wir vorsichtiger sein müssen, was den Sex betrifft, wenn Cathy bei mir wohnt. Wenn ein Richter sich darüber Gedanken macht, kann ich das verstehen.« Sie stockte erneut und sah ihn an. »Ich weiß nicht, wie es dir geht, Sam, aber was alles andere betrifft, würde ich kämpfen wie eine Löwin.«

Wenigstens lächelte er.

»Das würde ich gern sehen.«

»Grace war gestern hier«, erzählte Cathy Dr. Parés, als er sich nach ihrer Schicht in der Wäscherei kurz mit ihr traf.

»Und wie geht es der Dame?«, fragte er.

»Klasse. So wie immer.« Cathy lächelte. »Jedenfalls fast. Sie grübelt zu viel. Diesmal hat sie sich sehr aufgeregt, weil sie befürchtet, ich mache mir zu viele Hoffnungen, und dann geht vielleicht doch alles schief.«

»Da hat sie wohl Recht«, meinte der Arzt. »Es ist klüger, keine unrealistischen Erwartungen zu haben, Cathy.«

»Ich weiß«, erwiderte Cathy, immer noch lächelnd. »Es ist besser, die Ruhe zu bewahren.«

Sie befanden sich allein in einem abgeschlossenen Raum neben der Apotheke mit einem Tisch, zwei Stühlen und einer alten, abgenutzten Vinylcouch. Diese Abgeschiedenheit war ein Zugeständnis des Gefängnisleiters an Parés, der ihn davon überzeugt hatte, dass seine Entspannungstherapien dem Personal letztlich die Arbeit erleichterten. Lucille hatte diese Technik zuerst als Hokuspokus abgetan, sie aber dann doch mehr oder weniger gutgeheißen, weil sie froh war, dass Cathy ein gewisses Maß an innerem Frieden fand, ohne von Medikamenten abhängig zu sein.

»Viel besser.« Parés setzte sich auf den Stuhl neben Cathy, nahm seine Tasche und stellte sie sich auf die Knie. »Ich habe dir neue Vitamine mitgebracht.«

»Nehme ich denn noch nicht genug? Ich möchte nicht so viele Tabletten schlucken.«

»Nur eine mehr.« Der Arzt öffnete seine Tasche und zog einen kleinen weißen Umschlag heraus. »Eigentlich«, erklärte er in seinem weichen Englisch mit dem wohlklingenden Akzent, »sind das Mineralien, aber sie sind genauso wichtig für dich, solange du zu wenig gesundes Essen, frische Luft und Sonnenlicht bekommst.«

»Ich kann doch sicher damit aufhören, wenn ich hier raus bin.«

»Nicht sofort. Dein Körper wird ein paar Wochen brauchen, um sich an die Veränderungen zu gewöhnen.« Er machte eine Pause. »Und du darfst nicht erwarten, dass alles von sofort an glatt geht, nur weil du dieses Haus verlässt.«

»Sie meinen, weil man mich auch wieder einsperren könnte?«

»Genau. Du hast es nicht leicht gehabt, Cathy. Inzwischen weißt du, wie hart das Leben sein kann. Und das gilt auch draußen, trotz der Freiheit.«

»Ich weiß, was Freiheit bedeutet«, sagte sie leise.

»Dann erzähl es mir.«

»Laufen, so weit und so schnell ich will.« Sehnsüchtig schweifte ihr Blick in die Ferne. »Es bedeutet, irgendwo reingehen und ein Dr. Pepper oder einen Schokoriegel kaufen zu können, wenn mir danach ist.«

»Das ist schön«, meinte der Arzt, »und es stimmt, was du sagst.« Seine dunklen Augen wurden ernst, und nachdenklich strich er sich über den kleinen, gepflegten Bart. »Aber ich habe dir hoffentlich auch beigebracht, darauf zu achten, wer deine Feinde sind.«

»Ich möchte aber nicht an Feinde denken«, warf Cathy ein. »Ich stelle mir lieber vor, dass ich gar keine Feinde habe.«

»Aber du weißt selbst, dass das nicht stimmt. Der dich ins Gefängnis gebracht hat, ist doch wohl dein Feind, oder?«

»Sie meinen den Kerl, der meine Eltern und die anderen umgebracht hat.« Die Heiterkeit war aus ihrem Gesicht gewichen.

»Glaubst du, dass es ein Mann war? Es könnte auch eine Frau gewesen sein.«

»Anscheinend meinen alle, es war dieser Hayman.« Cathy blickte den Arzt an. »Glauben Sie auch, dass er es war?«

»Darüber weiß ich nichts. Ich möchte nur, dass du dir über eins im Klaren bist: Du musst auf der Hut sein, selbst wenn alles gut geht und du hier rauskommst.« Parés öffnete den Umschlag und nahm eine rosafarbene Pille heraus. »Nimm das hier, bevor du zu Bett gehst, ja, Cathy?«

Sie nickte. »Klar, Doc.«

Der Arzt blickte zur Couch.

»Machen wir jetzt Entspannungsübungen?«, fragte Cathy.

»Ich habe mir gedacht, du hast inzwischen schon so viel Erfahrung in Tiefenentspannung, dass ich anfangen kann, dir ein wenig Selbsthypnose beizubringen.« Cathy runzelte die Stirn. »Es ist wirklich ganz einfach und vollkommen gefahrlos, und es wird dir helfen, wenn du draußen bist.« Nach einer Weile fuhr er fort: »Alles ist viel leichter, wenn du gelernt hast, deinen Körper und deinen Geist zu beherrschen.«

»Gut«, meinte Cathy.

»Bist du sicher?«, fragte Parés. »Du weißt, ich möchte nicht, dass du irgendetwas tust, was dir nicht gefällt.«

»Ich weiß. Es ist prima. Ich vertraue Ihnen.«

»Das hoffe ich«, meinte Parés.

Die erste Vorstellung von *Il Trovatore* in der South Beach Opera fand am Mittwochabend statt. Grace hatte Sam noch am Dienstag nach der Kostümprobe gesehen – das erste Mal, dass der Mann von etwas besessen war, bei dem es nicht um Leben und Tod ging. Doch als dann der große Abend da war und Grace eine einzelne rote Rose in die Künstlergarderobe brachte, die Sam sich mit Manrico, dem Tenor, und Ferrando, dem Bass, teilte, wirkte er erstaunlich ruhig.

»Das geht mir immer so, kurz bevor wir zum ersten Mal vor Publikum auftreten«, erklärte er ihr vor der Garderobe. Er sprach leise, weil seine beiden Kollegen am Rande des Nervenzusammenbruchs waren. »Ich weiß auch nicht, warum das so ist. Viele Sänger übergeben sich, aber ich bin fast euphorisch.«

»Vielleicht, weil es dir so viel Spaß macht«, meinte Grace. Sie war begeistert von dem Anblick, den er in seinem Hauptmannskostüm und mit dem übertriebenen Makeup um die Augen bot.

»Den anderen macht es auch Spaß«, erwiderte Sam. »Wahrscheinlich würde es mir ganz anders gehen, wenn das mein Beruf wäre. Natürlich habe ich auch Angst, sie zu enttäuschen. Aber in der South Beach Opera zu singen ist für mich wie Weihnachten und Ostern an einem Tag.«

Grace hatte praktisch keine Ahnung von Opern und erst recht nicht von Baritonpartien. Sie hatte zuvor noch nie eine Aufführung des *Trovatore* gesehen, und seit sie die Handlung mehr oder weniger auswendig kannte, fand sie, dass Sam Recht gehabt hatte und die Geschichte vollkommen bescheuert war.

Andererseits hatte sie ihn noch nie so gut singen hören wie an diesem Abend, wo es wirklich um etwas ging, und hatte auch noch nie im Theater solche Erregung und Leidenschaft verspürt. Wahrscheinlich waren sie alle ziemlich gut – aber von Grace' Standpunkt als seiner Freundin war Sam einfach besser als die anderen.

Nach der Vorstellung, als sie mit den anderen feierten, sagte sie es ihm.

Und sie sagte es ihm noch einmal, als sie allein auf seiner Dachterrasse feierten.

Offenbar gefiel ihm das.

Als Hector Hernandez am nächsten Morgen anrief, schliefen Sam und Grace noch. Sam bekam seine fünf Sinne immerhin so schnell zusammen, dass er sich mit seinem Kollegen unterhalten konnte. Grace hingegen war noch immer benommen, als er den Hörer auflegte.

Sam beugte sich über sie und küsste sie auf den Mund.

»Es war der Captain.«

»Was wollte er?«

»Ein inoffzielles Gespräch mit mir führen.«

Jetzt wurde auch Grace wach. »Worüber?«

»Anscheinend hat Phil Kuntz … weißt du noch, wer Phil Kuntz ist, Grace?« Sams Blick war unergründlich. »Natürlich weißt du's noch. Der Typ, der damals im Mai geholfen hat, dich aus dem Meer zu fischen. Der Bursche, dem die *Delia* gehört.«

»Natürlich erinnere ich mich an ihn.«

»Jedenfalls hat Kuntz offenbar letzte Woche den Chief angerufen und ihm gesagt, er solle meine Suspendierung aufheben, weil das Kentern der *Snowbird* nichts mit mir zu tun hätte. Ich hätte nur dein Leben gerettet und meins aufs Spiel gesetzt – ich zitiere nur, ja? – mein Leben aufs Spiel gesetzt, um Hayman zu retten.«

Grace setzte sich auf und zog sich das Laken über die Brust. »Das klingt doch gut, oder? Und es stimmt.«

»Also«, fuhr Sam fort, »hat der Chief Hernandez angerufen, und dann hat der Captain Kuntz angerufen und ihn gefragt, wieso er Sam Becket – das bin ich – plötzlich als Helden bezeichnet. Und jetzt rate mal, was Kuntz dem Captain geantwortet hat.«

»Keine Ahnung«, erwiderte Grace leise.

»Kuntz hat gesagt, die süße blonde Psychologin – klingelt's bei dir? – wäre zu den Keys runtergefahren und hätte sich mit ihm getroffen, um ihm zu sagen, was mit mir passiert ist, und ihn daran zu erinnern, was für ein Held ich doch bin.«

Er hielt inne. Grace schwieg.

»Also?« Sam wartete. »Grace?«

Sie schaute ihm in die Augen. »Hast du vor, eine Affäre daraus zu machen, Sam? Willst du mir sagen, ich hätte was Falsches getan?« Sie ließ das Laken runterrutschen.

»Schmutziges Spiel, Grace.«

»Ist alles erlaubt.«

Sam schaute sie lange an.

»O je.«

»Wieder alles in Ordnung?«, fragte Grace, immer noch leise.

»Ich glaube, ja.«

»Also, wie stehen die Dinge jetzt? Was hat Hernandez noch gesagt?«

»Dass ich für ihn zwar immer noch ein größerer Einfaltspinsel wäre, als er je gedacht hätte, aber ich sei auch ein halbwegs anständiger Detective, und er würde in Zukunft nur ungern auf mich verzichten. Deshalb würde er sein Bestes tun.«

»Das ist doch wunderbar!« Wogen der Freude durchströmten Grace.

Sam hob die flache Hand. »Freu dich nicht zu früh. Er hat auch gesagt, wenn ich mein Rangabzeichen zurückbekäme, müsste ich wahrscheinlich eine Zeit lang Innendienst schieben.«

»Und das heißt?«

»Das, wonach es sich anhört. Ich darf nicht raus auf die Straße, sondern muss im Büro hocken, das Telefon bedienen und für alle die Drecksarbeit machen.«

»Aber nicht für immer?«

»Ich hoffe nicht.«

»Natürlich nicht für immer – schließlich hat Hernandez gesagt, er will nicht auf einen guten Detective verzichten.«

»Er sagte, ein halbwegs vernünftiger Detective.«

»Ach, Sam!« Grace schlang die Arme um ihn und drückte ihn an sich. »Es wird alles gut. Ich freue mich so für dich.«

Sam erwiderte die Umarmung und küsste sie auf den Mund. »Er sagte, ich bekäme eine Abmahnung.«

»Ist das schlimm?«, fragte Grace, den Mund immer noch nahe dem seinen.

»Es ist nicht gerade gut, aber nicht so schlimm wie eine Suspendierung für immer.«

»Und wie lange wird das alles dauern?«

»Das hat er nicht gesagt.« Sam zuckte die Achseln. »Ich vermute, dass sie mich schwitzen lassen, bis etwas schief geht und sie jeden Mann an Bord brauchen.«

Grace legte ihm den Zeigefinger auf den Mund.

»Keine Seglersprache bitte.«

An der Hayman/Broderick-Front gab es nicht viel Neues. Martinez erzählte Sam, dass die Polizei des County Monroe im Arbeitszimmer des Hauses in Key Largo ein geheimes Lager verschreibungspflichtiger Medikamente gefunden habe. Allerdings waren es die üblichen Mittel, wie ein Psychiater sie bei gewissen Fällen benutzt. Nur dass Peter Hayman Grace erzählt hatte, er empfange kaum noch Patienten. Und da alles darauf hindeutete, dass er nie die staatliche Prüfung abgelegt hatte, war er letztlich gar nicht berechtigt, Patienten zu behandeln.

Sich als Arzt auszugeben möge illegal sein, meinte Martinez, aber mehrfacher Mord sei wohl doch etwas anderes.

»Dann beantworte mir eine Frage«, sagte Sam. »Hat es, abgesehen von dem Vorfall in Dania, noch weitere Angriffe mit einem Skalpell in Arztpraxen oder sonst wo gegeben, seit Hayman über Bord ging?«

»Nicht dass ich wüsste«, antwortete Martinez.

»Dann brauchen wir nur noch ein bisschen Glück.«
»Und eine Menge Beweise«, meinte Martinez.

Es dauerte noch zwei Wochen, ehe Wagner auf Grund der Ermittlungen und der Gutachten zweier unabhängiger Jugendpsychologen, des Direktors des Untersuchungsgefängnisses für Frauen sowie von Dr. Parés und Dr. Khan die Verantwortlichen dazu bewegen konnte, sich seinen Vorschlag anzuhören. Selbst in diesem frühen Stadium der Ermittlungen über den so genannten Dr. Peter Hayman, erklärte der Anwalt, gäbe es mehr als genug Gründe für die Annahme, dass man die falsche Person der Morde an Marie Robbins, Arnold Robbins, Frances Dean und Beatrice Flager sowie des versuchten Mordes an David Becket beschuldige.

Das letztgenannte Opfer machte eine Aussage in Form eines ausgesprochen überzeugenden Briefes. Er gab die Sicht des Arztes wieder, der Cathy behandelt hatte, und zwar einmal unmittelbar nach dem Mord an ihren Eltern und dann noch einmal nach ihrem Zusammenbruch während der Vernehmung im Anschluss an den Tod von Beatrice Flager. Da Grace zusicherte, sie werde Cathy vorläufig betreuen, wurde ihr Bericht, den sie als Gefängnispsychologin erstellt hatte, nicht zugelassen. Grace' Brief, in dem sie noch einmal darlegte, dass sie fest von Cathys Unschuld überzeugt sei, nahm man allerdings durchaus zur Kenntnis.

Jerry Wagners Antrag wurde vom Richter angenommen.

Cathy wurde am Freitag, dem siebzehnten Juli, nachmittags um kurz vor fünf Uhr Grace' Obhut übergeben.

Als Cathy aus dem Gerichtssaal ging und sich Grace in die Arme warf, weinten beide. Und nachdem sie das Spießrutenlaufen durch die Meute der Reporter und Fotografen hinter sich hatten, ging es geradewegs zum Haus auf Bay Harbor

Islands, wo Cathy das Abendessen bekam, das sie sich gewünscht hatte: eine dünne, knusprige Pizza mit Huhn und Zwiebeln von Liberty Pizza in South Beach und zum Nachtisch eine Riesenportion Eiskrem aus Grace' Kühlschrank. Harry, wie immer der perfekte Gentleman, begrüßte Cathy wie eine lange vermisste Geliebte. Er tat sogar so, als würde er um ihrer Gesellschaft willen um ihre Füße herumstreichen und nicht wegen der kleinen Stückchen Huhn, die Cathy von der Pizza nahm und auf den Fußboden fallen ließ.

Sam blieb an diesem ersten Abend in seiner Wohnung. Er telefonierte ein paar Minuten mit Cathy. Sie gab sich betont freundlich, weil er Grace' Freund war und sie immer gesagt hatte, er sei in Ordnung, aber auch weil das Mädchen inzwischen erfahren hatte, dass Sam derzeit vom Dienst suspendiert war. Letztlich jedoch war Sam Becket für sie immer noch der Polizist, der sie ins Gefängnis gebracht hatte, nachdem Harry die Mordwaffe im Garten des elterlichen Hauses ausgegraben hatte.

»Hat Grace dir erzählt«, fragte sie Harry unmittelbar nach dem Telefonat, »dass ich dir nicht böse bin, weil du dieses schreckliche Messer ausgegraben hast?«

Als Harry mit seinem kurzen Schwanz wedelte und ihr die Hand leckte, schaute Cathy zu Grace auf und strahlte.

»Er weiß auch, dass ich unschuldig bin, stimmt's?«

»Sicher«, erwiderte Grace.

Grace merkte rasch, dass David Becket Recht gehabt hatte. Ihr Alltagsleben geriet völlig durcheinander. Obwohl ein Richter angeordnet hatte, dass die Medien sich von Cathy fern zu halten hätten, erwies es sich doch als schwierig, das Mädchen bei sich zu haben. Vielleicht war es ein Teil des Problems – ihnen beiden war bewusst, dass Cathy nur vorübergehend bei Grace zu Gast war und nicht richtig bei ihr wohnte. Wenn Peter Haymans Schuld tatsächlich bewiesen worden wäre und für Cathy nun ein neues Leben begonnen hätte – sie hätte sich vielleicht besser einrichten und neue Wurzeln schlagen können. Doch weder Cathy noch Grace konnten mehr als ein paar Wochen in die Zukunft blicken, und Grace musste sich eingestehen, dass diese Ungewissheit ihnen beiden auf unterschiedliche Weise schwer zu schaffen machte.

Sam begriff es schnell.

»Das ist eine ganz schön beschissene Situation für euch«, sagte er eines Abends, als sie im Restaurant Hy-Vong in Little Havana auf einen freien Tisch warteten und ihnen beim Duft der vietnamesischen Gerichte das Wasser im Mund zusammenlief. »Ihr habt beide Angst vor dem, was kommen könnte. *Du* hast Angst«, meinte er zu Cathy, »weil für dich alles wieder von vorn anfangen kann. Und Grace hat Angst, weil sie sich wünscht, dass diese ganze schreckliche Geschichte bald für dich vorbei ist. Ihr beide verdrängt die ganze Zeit, dass ihr Angst habt, weil ihr euch gegenseitig nicht mit euren Gefühlen belasten wollt.«

Die Schlange der Wartenden bewegte sich ein paar Schritte nach vorn.

»Er hat Recht«, sagte Cathy zu Grace. Inzwischen hatte sie Sam verziehen, dass er an ihrer Inhaftierung und der Anklage gegen sie beteiligt gewesen war; ganz vergessen und vergeben hatte sie es allerdings noch nicht.

»Ich weiß«, erwiderte Grace.

»Was ist los?«, fragte Sam.

»Nichts.«

»Ich sehe doch, dass etwas nicht stimmt«, beharrte er. »Was habe ich Falsches gesagt?«

»Nicht das Geringste.« Grace war betroffen. »Das ist es ja gerade. Ich bin die Psychologin, aber du hast vollkommen Recht, Sam. Ich habe weder Cathy noch mir die Möglichkeit gegeben, uns mit unseren Gefühlen auseinander zu setzen.«

»Das liegt daran, dass man den eigenen Kopf nicht ausschalten kann«, meinte Cathy.

»Stimmt«, sagte Sam zu Grace gewandt.

»Ich weiß.«

Inzwischen befanden sie sich fast an der Spitze der Schlange.

»Möchtest du lieber einen anderen Psychologen, Cathy?«, fragte Grace plötzlich. »Vielleicht Dr. Khan? Du mochtest ihn doch gut leiden, nicht wahr?«

»Er war in Ordnung«, meinte Cathy. Aber sie wirkte enttäuscht.

»Es muss ja nicht Dr. Khan sein«, verbesserte Grace sich rasch. »Vielleicht irgendein anderer Kollege …«

»Ich möchte aber keinen anderen.« Cathys Stimme war mit einem Mal überlaut, und ihre Wangen brannten. »Ich möchte nur Sie, Grace.«

»Aber ich weiß nicht, ob ich dir im Moment als Therapeutin noch von Nutzen sein kann.«

»Ich möchte Sie nicht als Therapeutin – ich möchte Sie als meine Freundin.« Tränen traten dem Mädchen in die Augen. »Ich weiß, dass im Augenblick nichts normal ist, aber ich möchte trotzdem, dass wir normal miteinander umgehen. Auch wenn es nur für eine Weile ist.«

Sam strich Grace sanft, aber fest über den Arm. Sie begriff, was er ihr damit sagen wollte. Am liebsten hätte sie Cathy jetzt umarmt, sie fest gehalten. Wie gern wäre sie ihr die Freundin, die sie sich wünschte, vielleicht sogar mehr. Aber sie hatte Angst, eine Grenze hinter sich zu lassen, die zu überschreiten ihr nicht erlaubt war – die Grenze zu jenem Reich, das Marie Robbins gehört hatte.

»Gut«, sagte Grace in der Hoffnung, diese schlichte Antwort werde ausreichen.

»Wirklich?« Cathy suchte ihren Blick. »Haben Sie mich ehrlich verstanden, Grace?«

»Ja, sicher.« Grace kam ihr entgegen, nahm ihre Hand und hielt sie. »Auch ich wünsche mir, dass alles normal ist.« Sie schaute Sam an. Er wusste um ihre missliche Lage, das verriet ihr sein Blick; er wusste, dass sie versagt hatte oder zumindest auswich.

»Ich jedenfalls weiß, was *ich* will, Mädels«, sagte er und half auf diese Weise wieder einmal, die Situation zu entspannen. »Ich möchte Frühlingsrollen und Fisch mit Nuoc-man-Sauce.«

»Was ist das?«, fragte Cathy.

»Limone und Knoblauch.«

»Am besten Sie nehmen das auch, Grace«, meinte das Mädchen und grinste dabei.

»Warum?«

»Sie wissen schon.«

»Ach, wirklich?« Grace war die reinste Unschuld.

Cathy kicherte. Es war schön, sie so zu sehen. Grace war sich im Klaren darüber, dass sie wieder ihr Spiel spielten und den Problemen auswichen. Aber plötzlich spürte sie – als Frau, nicht als Psychologin –, dass dieser Weg vielleicht gar nicht so schlecht war. Ausgerechnet jetzt Gefühle zu analysieren, war sicher nicht das Beste für sie beide. Natürlich, sie hatten beide Angst, aber das war ihnen ohnehin bewusst. Sam hatte den Nagel auf den Kopf getroffen, sie mussten es sich nur ab und zu eingestehen. Selbst im schlimmsten Fall, selbst wenn ihr Zusammensein nur eine kurze Episode war, könnte es für Cathy – wenn man so unverkrampft wie möglich damit umging – ein vergleichsweise angenehmes Zwischenspiel werden, eine gute Zeit, von der sie später noch würde zehren können.

Und so bot Grace dem Mädchen das Du an.

Cathy faszinierte Grace mehr und mehr. Manchmal wirkte sie erstaunlich erwachsen und durch den Verlust der Eltern und die schwere Zeit im Gefängnis verbittert, kalt und schroff. Dann wieder erschien sie ihr jünger, als sie tatsächlich war. Und doch sah Grace hinter alledem auch das nette, hochintelligente, vollkommen normale junge Mädchen, das sie bei ihrer ersten Begegnung beeindruckt und zugleich berührt hatte.

Grace erinnerte sich noch an Cathys Gefasstheit damals, an ihren etwas gleichgültigen Gesichtsausdruck, der – wie sie bald gemerkt hatte – nur ein Zeichen dafür war, dass sie ihre Gefühle verdrängte. Zwar kam das auch jetzt noch gelegentlich vor, wurde jedoch immer seltener. Wenigstens das war während der letzten turbulenten Monate deutlich geworden: Cathy vertraute ihr.

Aber das Auf und Ab ihrer Stimmung irritierte Grace. Ständig schwankte das Mädchen zwischen extremen Gefühlen – Wutausbrüche, gespielte Härte und Phasen lang anhaltender Depression wichen Zeiten, da sie zufrieden und optimistisch wirkte. Sam war sehr lieb zu ihr, was dem Mädchen sichtlich wohltat. Obwohl Cathy ihre Beziehung zu befürworten schien, schränkten Grace und Sam ihre Intimitäten ein. Zum wiederholten Male dachte Grace daran, was für ein wundervoller Vater Sam gewesen sein musste und noch heute wäre, wäre Sampson nicht ums Leben gekommen.

Und vielleicht, so Gott wollte, würde Sam eines Tages wieder Vater sein.

Auch David und Judy gaben sich alle Mühe. David besuchte Grace und Cathy ein paarmal allein, was immer sehr schön war, und sogar Judy lud sie schließlich an einem Freitag zum Essen ein. Leider verlief der Abend nicht besonders erfolgreich.

»Mrs. Becket mag mich nicht«, meinte Cathy, als sie und Grace wieder zu Hause waren. »Jedenfalls weiß sie nicht, was sie von mir halten soll, stimmt's?«

»Wie kommst du darauf?«

»Es war doch klar. Hast du's denn nicht gemerkt?«

»Nein.« Grace hatte sogar den Eindruck gehabt, dass Judy sich besonders angestrengt hatte, den Abend für Cathy so angenehm wie möglich zu gestalten.

»Aber ich habe es gespürt«, erklärte Cathy. »Zeitweise war es ja in Ordnung – ich meine, sie war freundlich zu mir, und ich glaube, sie wollte sich nichts anmerken lassen, aber immer wenn ich mich mit Saul unterhalten habe, war sie sofort da, sodass ich sie gar nicht übersehen konnte. Ich glaube, am liebsten hätte sie sich zwischen uns gestellt.« Sie hielt inne. »Als ob sie meinte, ich würde ihm etwas antun.«

»Ich glaube wirklich nicht, dass Mrs. Becket so etwas gedacht hat«, sagte Grace. Sie war entsetzt.

»Ich aber«, erwiderte Cathy ungerührt.

Am vorletzten Tag des Monats erkannte Susan Pitlow, eine Oberschwester in einer Privatklinik in Spokane im Staate Washington, das Foto auf einem Flugblatt, das im Verwaltungstrakt am Informationsbrett hing. Da Susan Pitlow diesen Teil des Krankenhauses nur selten aufsuchte, hatte sie das Bild nicht schon früher gesehen.

Sie kannte das Kind auf dem Foto.

Seit dem Aufenthalt des kleinen Jungen vor fünfzehn Jahren hatte Mrs. Pitlow zahllose Kinder betreut. Inzwischen hatte sie geheiratet, selbst zwei Söhne zur Welt gebracht und war umgezogen. Doch dieser Junge hatte bei einem Fall im Mittelpunkt gestanden, der ihr in all den Jahren nicht mehr aus dem Kopf gegangen war.

Er hieß Thomas Harding. Susan Pitlow war ihm auf der Intensivstation eines Krankenhauses in Portland, Oregon begegnet. Sein Vater hatte ihn wegen Unterleibsschmerzen und Erbrechen zu ihnen gebracht, und der Junge war nach etlichen Stunden an einem Herzinfarkt gestorben. Thomas sei ein süßes Kind und selbst im Todeskampf sehr tapfer gewesen, erzählte sie jetzt den FBI-Beamten, die sie in Spokane vernahmen. Den Vater, Paul Harding, habe der Tod des Jungen natürlich schwer getroffen. Als Mrs. Pitlow sich wenige Tage später nach der Ursache seiner Erkrankung erkundigte, hatte sie erfahren, dass der kleine Thomas offensichtlich giftige Beeren gegessen hatte. Für ein wenig Unruhe hatte die Tatsache gesorgt, dass Paul Harding – ein junger Witwer, der drei Jahre zuvor mit seinem Sohn nach Portland gezogen war – so lange gewartet hatte, bis er Thomas ins Krankenhaus brachte. Weitere Nachforschungen hatten ergeben, dass das Kind schon einmal auf der Intensivstation dieses

Krankenhauses und zwei weitere Male auf der einer anderen Klinik der Stadt gelegen hatte.

Susan Pitlow war nicht die Einzige in Portland, die sich an den kleinen Thomas Harding erinnern konnte. Der Pathologe, der seine Leiche untersucht hatte, erwähnte die Möglichkeit, dass das Leiden des Kindes – und indirekt auch sein Herzinfarkt und sein Tod – auf das erweiterte Münchhausen-Syndrom zurückzuführen sein könnten. Paul Harding war damals eingehend von der Polizei von Portland verhört worden, und man hatte die Krankenhausberichte eingehend studiert, doch es gab keine schlüssigen Beweise. Harding behauptete, Thomas sei ein neugieriges Kind gewesen und habe sich ständig alles Mögliche in den Mund gesteckt. Er gab zu, dass er seinen Sohn schon zweimal zum Erbrechen gebracht habe, aus Angst, er habe Tabletten geschluckt, weil er sie für Bonbons hielt. Zuerst schien Harding eifrig darauf bedacht, Hilfestellung zu leisten, und hatte schlüssige Antworten gegeben. Doch mit dem Fortschreiten der Ermittlungen war er zunehmend aufsässig, ja wütend geworden. Schließlich war es niemandem mehr gelungen, Hardings Widerstand zu brechen. Zwei Monate nach dem Tod seines Sohnes hatte er sein Haus verkauft und war weggezogen, nachdem Thomas auf einem Friedhof vor der Stadt neben einer Fremden namens Agnes Brown bestattet worden war – eine Reihe vor den Grabstätten der Familie Tully, die ebenfalls nichts mit dem Fünfjährigen zu tun hatte.

Und einer der drei Berge, die man von Portland im Staate Oregon aus sehen konnte – derjenige auf dem Foto, das Peter Hayman, den man nun als Paul Harding identifizierte, unter sein Bett in Key Largo geklebt hatte –, war der Vulkan Mount St. Helens.

Man fand noch mehr über Paul Harding heraus. Von seinem Bruder David erfuhr die Polizei, dass Paul und er ihre Kindheit in Seattle mit einer Mutter verlebt hatten, die am erweiterten Münchhausen-Syndrom erkrankt gewesen war. Alice Harding hatte schließlich einen Nervenzusammenbruch erlitten, als die beiden Jungen drei und fünf Jahre alt waren, und in der Folgezeit waren die beiden Jungen wieder vollkommen gesundet. Niemand hatte der perversen Folter, die Alice ihren Söhnen auferlegte, einen Namen gegeben. Und bis David vom Tod seines Neffen im Jahre 1983 erfuhr, hatte er geglaubt, Paul habe die Vergangenheit vergessen, genauso wie er selbst. Hätte die Polizei David unmittelbar nach Thomas' rätselhaftem Tod verhört, hätte sie Paul Harding vermutlich nicht laufen lassen. Aber niemand hatte mit David gesprochen – und wenn beim Tod des Jungen Zweifel in ihm geweckt worden waren, hatte er sie beiseite geschoben.

Nun aber, da David die ganze Geschichte kannte, pflichtete er dem FBI bei, dass der frühe Tod von Pauls Frau ebenfalls verdächtig war. Es bestand einhellig die Meinung, dass dies alles vieles erklärte – hauptsächlich, warum Paul Harding eine neue Identität angenommen hatte und in das Tausende von Kilometern entfernte Florida gezogen war. Ohne Zweifel war endlich eine Erklärung dafür gefunden worden, warum Peter Hayman so sehr von der Psychiatrie fasziniert war und sich so leidenschaftlich mit dem Münchhausen-Syndrom auseinander setzte. Außerdem war jetzt ausgeschlossen, dass Hayman und John Broderick ein und dieselbe Person waren.

Die Frage aber, warum Hayman die Fotos von drei der Mordopfer sowie die von Cathy Robbins und Grace Lucca in einem verschlossenen Zimmer seines Hauses aufbewahrte, war noch keineswegs geklärt. Außerdem gab es keine eindeutige und rationale Erklärung, weshalb er sich möglicherweise in einen blutrünstigen Serienmörder verwandelt hatte.

Grace suchte Captain Hernandez auf und schilderte ihm, was Hayman bei ihrer ersten Begegnung geäußert hatte.

»Er wollte mir einreden, der Mord an Arnold und Marie Robbins habe etwas mit dem erweiterten Münchhausen-Syndrom zu tun. Er dachte sich einen anderen Fall aus – die Mordversuche des Jungen in St. Petersburg –, um zu verdeutlichen, was er meinte. Bei manchen Eltern ginge die geistige Erkrankung sehr weit. Sie redeten anderen Leuten ein, ihr

Kind sei psychisch derart gestört, dass es zu einem Mord fähig wäre.«

»Um ihrem Kind etwas anzuhängen«, ergänzte Hernandez.

»Genau.«

»Aber Hayman – oder Harding – war doch nicht Cathys Vater«, wandte der Captain ein.

»Ich weiß.«

»Wie hängt das alles dann Ihrer Meinung nach zusammen, Dr. Lucca?«

»Das weiß ich noch nicht«, erwiderte Grace. »Zurzeit kann ich nur Vermutungen anstellen. Vielleicht hat sich Harding nach seiner Verwandlung in den Psychiater Hayman absonderliche Formen des erweiterten Münchhausen-Syndroms ausgedacht. Vielleicht hat er auch noch andere Menschen auf dem Gewissen. Vielleicht hat Harding sich irgendwann an Cathy und ihre Familie gehängt und ist mit ihnen noch einen Schritt weiter gegangen.«

»Einen großen Schritt«, meinte Hernandez.

Seine Stimme und sein Blick verrieten Grace, dass er skeptisch war. »Ich weiß«, sagte sie.

»Besteht nicht auch die Möglichkeit, Dr. Lucca ...«, Hernandez zögerte, »ist es nicht möglich, dass Harding nach Ihrer Begegnung auf der Tagung von Ihnen und Ihrer Beziehung zu Cathy Robbins besessen war? Ist es nicht möglich, dass Harding gar nichts mit den Morden zu tun hatte?«

Grace schloss einen Augenblick die Augen.

Gehe zurück zu Start, Cathy.

Sie hatte das Verlangen zu schreien, beherrschte sich aber.

Sie schaute Hernandez an.

»Natürlich ist das möglich«, gab sie mit fester Stimme zu.

Sie rechneten jeden Augenblick damit, dass alles wie ein Kartenhaus in sich zusammenfiel.

Grace und Cathy hatten das Abkommen getroffen, ehrlich über ihre Ängste zu sprechen, die die Anklage betrafen. Nach Grace' Gespräch mit Hernandez rechneten sie täglich damit, dass Cathy wieder inhaftiert wurde. Obwohl nichts dergleichen geschah, wurden sie immer nervöser, und Sam machte sich Sorgen um sie.

Von Anfang an war nicht alles eitel Sonnenschein gewesen, und daran änderte sich auch in den nächsten Tagen nichts.

In der ersten Augustwoche geschahen drei Dinge, mit denen Grace nicht gerechnet hatte.

Am Mittwochmorgen saß sie mit einem Patienten unten auf dem Bootssteg, während Cathy ein Buch las, das sie sich aus Grace' Bestand an Romanen geliehen hatte. Es handelte sich um Ayn Rands *The Fountainhead*, eine nicht gerade leichte und der Zerstreuung dienende Kost, in Grace' Augen jedoch ein wunderbares Buch. Cathy schien darin versunken zu sein, als Grace sie zuletzt in ihrem Zimmer gesehen hatte.

Grace sprach mit dem siebenjährigen Gregory Lee, der an nächtlichen Ängsten litt, und hatte gerade das Gefühl, mit dem Jungen ein Stückchen weiterzukommen, als Gregory aus irgendeinem Grund plötzlich zum Haus hochschaute. Er grinste. Grace folgte seinem Blick und begriff sofort.

Harry stand auf dem Balkon vor dem Schlafzimmer. Auf der schmalen Brüstung.

Für einen Augenblick starrte Grace fassungslos auf das Bild, dann stand sie langsam auf.

»Gregory, bitte warte hier. Ich bin gleich zurück.«

Sie wollte nicht rennen, kämpfte gegen ihre Panik an, denn wenn sie den Jungen ängstigte, könnte er vielleicht losschreien und Harry erschrecken, sodass er in die Tiefe fiel. Doch kaum war Grace im Haus, stürmte sie die Treppe hinauf in ihr Zimmer.

Cathy saß auf dem Rand ihres Bettes und blickte hinaus zu Harry auf dem Balkon.

»Was tust du da?«, zischte Grace ihr verzweifelt zu.

Cathy wandte sich zu ihr um. Sie schien überrascht, Grace zu sehen.

Ohne ein weiteres Wort ging Grace an Cathy vorbei und schlich hinaus auf den Balkon.

»Harry ... Harry«, sagte sie mit sanfter, ruhiger Stimme. Sie hoffte aus ganzem Herzen, dass der Hund entweder blieb, wo er war, und sie ihn herunterheben konnte, oder dass er von der Brüstung auf den Balkon heruntersprang und zu ihr kam. »Hi, Harry. Was machst du da?«

Harry wedelte mit dem Schwanz, blieb aber sitzen.

Im Bruchteil einer Sekunde war Grace bei ihm, packte ihn und drückte ihn an sich. Sein Herz raste. Dankbar drückte Grace ihr Gesicht in sein Fell.

»Was hast du da draußen gemacht, Harry?«, fragte sie, während sie um Fassung rang. Dann wandte sie sich wieder Cathy zu.

Das Mädchen war aufgestanden, aber neben dem Bett stehen geblieben.

»Ist mit Harry alles in Ordnung?« Ihre Stimme klang gepresst.

»Es geht ihm gut. Was ist passiert, Cathy?«

»Ich weiß nicht.«

»Wie ist er da draußen hingekommen?« *Was tust du hier in meinem Zimmer?* Die Frage lag Grace auf der Zunge, doch sie sprach sie nicht aus. Sie hatte keine Regeln aufgestellt, hatte keinen Teil des Hauses zur Tabuzone erklärt, ausgenommen ihren Computer, in dem vertrauliche Angaben über ihre Patienten gespeichert waren, wie sie Cathy klar gemacht hatte.

»Ich weiß nicht«, sagte Cathy noch einmal. »Ich war in meinem Zimmer und habe gelesen, und plötzlich hatte ich so ein komisches Gefühl …« Sie sprach nicht weiter.

»Und? Weiter.«

»Ich weiß nicht, warum ich hier reingegangen bin.«

»Hast du vielleicht Harry gehört?«

Sie schüttelte den Kopf. »Ich glaube nicht. Ich bin einfach reingegangen, und da habe ich ihn gesehen.«

In diesem Moment fiel Grace ihr kleiner Patient wieder ein. Sie ließ Kinder nie länger als eine halbe Minute allein auf dem Steg. Harry immer noch in den Armen, ging sie mit raschen Schritten zum Fenster und schaute hinunter. Gregory Lee saß noch genau dort, wo Grace ihn zurückgelassen hatte. Er wirkte einsam.

»Ich muss wieder nach unten«, sagte sie zu Cathy.

»Soll ich Harry nehmen?«

»Gregory hat schon nach ihm gefragt«, erwiderte Grace so ungezwungen sie konnte. »Bisher ist Harry bei unseren Sitzungen immer dabei gewesen.«

»Es tut den Kindern gut, wenn er dabei ist, nicht wahr?«, fragte Cathy ebenso ungezwungen.

»Lass uns hier rausgehen und die Tür schließen«, sagte Grace.

Als sie durch den engen Flur zur Treppe gingen, drehte Grace sich noch einmal um. »Warum hast du nur dagesessen und Harry angestarrt?«

»Ich wusste nicht, was ich sonst tun sollte«, erwiderte Cathy. »Ich hatte Angst, er würde sich erschrecken und runterfallen, wenn ich auf den Balkon ginge.«

»Da hattest du wahrscheinlich Recht«, meinte Grace, die Harry immer noch in den Armen hielt.

»Ich habe mit ihm gesprochen und gesagt, er solle hereinkommen.«

»Ich muss jetzt wieder nach unten«, wiederholte Grace und stieg die Treppe hinunter, nicht zu langsam und nicht zu schnell. »Bis gleich.«

»Gut.«

Grace hörte, wie Cathys Zimmertür geöffnet und wieder geschlossen wurde.

Als sie Harry auf den Boden setzte, tapste er wie gewöhnlich zum Steg, als wäre nichts geschehen. Grace blieb eine Weile im Flur stehen und versuchte, sich wieder zu fassen. Womöglich war sie Gregory für den Rest der Sitzung nicht mehr von großem Nutzen. Sie war immer noch aufgewühlt; außerdem würde der Junge sich nach der Unterbrechung wahrscheinlich mehr auf Harry konzentrieren. Und der hatte bestimmt nichts dagegen.

Eins aber stand Grace klar und deutlich vor Augen. Als sie ihr Zimmer betreten und Cathy auf dem Bett hatte sitzen sehen, hatte das Mädchen nicht mit Harry gesprochen, nicht einmal ganz leise. Das allein störte Grace jedoch nicht besonders. Vielleicht hatte Cathy nicht gewusst, was sie tun sollte.

Viel mehr beschäftigte Grace die Frage, wie, zum Teufel, Harry überhaupt auf die Brüstung gelangt war. Er hatte kurze Beine und konnte nicht sonderlich gut springen, selbst wenn er bestens in Form war.

Maries Goldfische.

Grace versuchte, nicht daran zu denken. Schließlich waren sie und Sam gerade erst zu dem Schluss gekommen, dass John Broderick in das Haus seiner ehemaligen Frau eingedrungen war und die Fische selbst getötet hatte.

Mach dich wieder an die Arbeit, Lucca.

Grace gab sich einen Ruck und kehrte zu ihrem kleinen Patienten zurück.

Als Nächstes kam die Sache mit dem Computer, die Dora Rabinovich entdeckte, als sie am Freitagnachmittag zur Arbeit kam, während Grace mit Cathy zum Einkaufen in die Aventura Mall gegangen war.

Später erzählte sie Grace, sie habe sofort gemerkt, dass jemand den Computer benutzt hatte, als sie ihn einschaltete. Sie sei erstaunt gewesen, weil Grace ihr erklärt hatte, sie habe seit über einer Woche nicht mehr an dem Gerät gesessen.

»Man sieht sofort, welches Dokument als Letztes geöffnet war«, meinte Dora.

So viel wusste Grace auch. Sie nickte, sagte aber nichts.

»Ihr Gast hat den Computer benutzt.«

Es war Grace nicht verborgen geblieben, dass Dora immer noch genauso über Cathy dachte wie Claudia.

»Und? Macht das was?«, fragte sie leichthin.

»Ich dachte, Sie hätten ihr gesagt, dass sie den Computer nicht benutzen darf.«

Grace wurde wütend. »Ich sagte, es wäre mir *lieber*, wenn sie's nicht tun würde. Wir sind hier nicht im Gefängnis, Dora. Schließlich möchte ich, dass Cathy sich wie zu Hause fühlt. Heutzutage sind Computer für Kinder etwas ganz Normales.«

»Das mag ja sein, aber in diesem Fall spielt das wohl keine Rolle.« Dora gab nicht nach. »Sie hat es heimlich getan.«

»Was hat sie eigentlich gemacht?«, fragte Grace, obwohl sie sich gar nicht sicher war, ob sie es wirklich wissen wollte.

»Das ist es ja – ich kann es Ihnen nicht sagen.«

Grace war verwirrt. »Da komme ich nicht mehr mit, Dora.«

Wie immer, wenn sie mit Grace über Computertechnik sprach, setzte Dora ihre nachsichtige Miene auf.

»Ich kann Ihnen nicht sagen, was sie getan hat, weil sie ein Passwort verwendet hat.« Da Grace schwieg, vermutete Dora offenbar, ihre Chefin habe sie nicht verstanden. »Sie kennen doch Passwörter«, sagte sie ermutigend. »Wir benutzen sie immer, wenn wir vertrauliche Akten anlegen.«

Grace wusste durchaus, was ein Passwort war. Sie hatte Dora überredet, ein kleines Notizbuch mit den Passwörtern jener Dateien anzulegen, die sie in Abwesenheit ihrer Schreibkraft vielleicht würde öffnen müssen. Sie hatten eine Weile darüber gestritten. Es habe keinen Sinn, hatte Dora erklärt, Passwörter zu verwenden, wenn man sie dann herumliegen lasse, sodass jeder Zugang dazu hätte. Worauf Grace erwiderte, sie habe nicht vor, sie herumliegen zu lassen. Dann hatte Dora ihr geraten, das Notizbuch in einem Safe zu verschließen, aber Grace besaß keinen Safe. Sie musste Dora sogar in Erinnerung rufen, dass eine vertrauliche Behandlung der Krankenakten zwar wichtig sei, jedoch nichts mit nationaler Sicherheit zu tun habe. Schließlich hatte Dora ihr dann doch das fragliche Notizbuch ausgehändigt.

Grace wusste also, was es mit Passwörtern auf sich hatte.

Ihr fiel wieder ein, wie Sam ihr von Cathys Tagebucheintragungen erzählt hatte, die mit einem Passwort geschützt waren. Die Tagebucheintragungen, die, wie sie sich eingeredet hatten, womöglich von John Broderick stammten.

»Hat sie der Datei einen Namen gegeben?«, fragte Grace leise.

»Jede Datei muss einen Namen haben«, erwiderte Dora.

Grace hatte keine Lust, sich belehren zu lassen.

»Wie heißt diese Datei?«, fragte sie eine Spur zu scharf.

Noch bevor Dora den Mund aufmachte, wusste Grace, wie die Antwort lauten würde.

»*Mein Tagebuch*«, sagte Dora.

Kaum eine Stunde später rief Sam an und fragte, ob Grace und Cathy Lust hätten, am Abend zur Show zu kommen. So nannte er die Aufführungen immer, denn er meinte, eine Operntruppe, in der er eine Hauptrolle singen dürfe, zeige eine Show und keine Aufführung.

Grace erklärte ihm, sie habe leider zu viel Arbeit, was Sam ihr nicht übel nahm, denn seit der Probe hatte sie schon zwei Shows gesehen.

»Ich nehme an, dass Cathy allein nicht kommen will, oder?«, sagte er.

»Sicher nicht, Sam«, erwiderte Grace entschuldigend.

»Können wir uns nach der Show treffen?«

»Ich weiß nicht. Ich habe Kopfschmerzen, und bis ich meine Schreibarbeiten erledigt habe …« Grace ließ den Satz unvollendet.

»Geht es dir gut?« Sam klang besorgt.

»Ja, alles in Ordnung. Ruf mich an, wenn du den letzten Vorhang hattest. Vielleicht fühle ich mich bis dahin besser.«

»Es macht nichts, wenn du nicht kannst. Ich rufe auf jeden Fall an.«

Grace war sich selbst nicht im Klaren darüber, warum sie Sam nichts von der Sache mit dem Computer erzählt hatte. Wahrscheinlich aus demselben Grund, warum sie ihm nichts von dem Vorfall mit Harry erzählt hatte.

Sie wollte nicht darüber nachdenken.

Am liebsten hätte sie den Kopf in den Sand gesteckt, bis sich herausstellte, dass alles ganz harmlos war.

Wahrscheinlich hatte die Tagebucheintragung gar keine Bedeutung. Schließlich hatte Cathy lange Zeit unter dieser einfachen, schnörkellosen Überschrift Tagebuch geführt – ganz offen und ehrlich. Sie hatte nur geleugnet, die *belastenden* Eintragungen gemacht zu haben.

Und das Passwort.

Ein Passwort, das Grace in keinem Notizbuch nachzuschlagen brauchte.

Sie wartete, bis Dora sich verabschiedet und Cathy das Haus verlassen hatte, um zu joggen. Dann ging sie in ihr Arbeitszimmer und schloss die Tür, während Harry draußen Wache halten musste. Sie setzte sich an den Schreibtisch und schaltete den Computer ein.

Dora hatte das Gerät so eingestellt, dass all die für Grace unverständlichen Vorab-Checks ohne Hilfe des Benutzers vollzogen wurden. Sie konnte also gleich nach dem Einschalten des Computers mit der Arbeit beginnen.

Jetzt war es so weit.

Grace drückte die Funktionstaste, mit der sie, wie Dora ihr erklärt hatte, am schnellsten eine Datei finden konnte. Allerdings hatte Dora ihr nicht gesagt, in welchem Ordner die Datei abgelegt war, und Grace hatte auch nicht danach gefragt. VERSCHIEDENES erschien ihr passend, und sie klickte den Ordner an.

Tatsächlich, da war es: *MEIN TAGEBUCH*.

Als Grace die Datei öffnen wollte, erschien die Aufforderung, das Passwort einzugeben, wie sie nicht anders erwartet hatte.

Grace atmete tief durch. Sie fröstelte.

Dann gab sie das Wort ein.
H-A-S-S.
Drückte die Returntaste.
Sie wollte, sie hätte es nicht getan.

CATHYS TAGEBUCH
DIENSTAG, 4. AUGUST 1998

DU MUSST WISSEN, WER DEINE FEINDE SIND. DAS HAT DR. PARÉS GESAGT. ES IST GENAUSO WICHTIG, WIE ZU WISSEN, WEM MAN VERTRAUEN KANN.

ABER ES IST TROTZDEM SCHWIERIG. ICH MÖCHTE IHR JA VERTRAUEN. MANCHMAL GLAUBE ICH, DASS ICH SOGAR IHM TRAUEN KANN, ABER DANN FÄLLT MIR WIEDER EIN, WAS ER MIR ANGETAN HAT.

DU MUSST WISSEN, WER DEINE FEINDE SIND.

Grace schaltete den Computer aus und verließ das Zimmer, vor dem Harry ausharrte. Sie ging in die Küche und schenkte sich ein Glas Wein ein, obwohl es eigentlich noch zu früh dafür war.

Aber das brauchte sie jetzt.

Sie nahm das Glas mit auf den Steg, streifte ihre Turnschuhe ab, setzte sich, tauchte die Füße ins Wasser und trank einen Schluck. Harry hatte sich neben sie gehockt.

Cathy war verstört. Daran bestand kein Zweifel.

Wenn Grace einmal alle anderen Überlegungen außer Acht ließ – zumindest für eine Weile –, fand sie Cathys Bemerkungen über Dr. Parés äußerst irritierend. Grace hatte zwar bemerkt, dass der Arzt in den letzten Wochen von Cathys Gefängnisaufenthalt beträchtlichen Einfluss auf das Mädchen gewonnen hatte, aber da sich das insgesamt positiv auf ihren Schützling auszuwirken schien, hatte Grace keine Veranlassung gesehen, auf irgendeine Weise einzuschreiten.

Ganz abgesehen davon, dass wohl niemand auf sie gehört hätte, wenn sie einen entsprechenden Versuch unternommen hätte.

Grace trank noch einen Schluck und überlegte, ob sie Kontakt zu Parés aufnehmen sollte. Aber dann wurde ihr klar, dass sie im Grunde gar nicht wusste, was sie ihm sagen sollte. Zum einen wollte sie sich nicht einen Mann zum Feind machen, der zu diesem entscheidenden Zeitpunkt den Staatsanwalt, einen Richter oder – wenn es doch wieder schlimmer kommen sollte – eine Jury beeinflussen konnte. Schließlich hatte Parés auch eins der Gutachten verfasst, die dazu beigetragen hatten, dass Cathy aus dem Gefängnis und in Grace' Obhut gekommen war.

Weil Cathy jederzeit wieder erscheinen konnte, versuchte Grace, hastig zu analysieren, was sie in ihr Tagebuch geschrieben hatte. War es wirklich so beunruhigend?

Du musst wissen, wer deine Feinde sind.

Offensichtlich ein Rat von Parés. Und unter anderen Umständen vielleicht gar nicht so schlecht. Ein junger Mensch, der schrecklicher Verbrechen bezichtigt wurde und den man mit erwachsenen Kriminellen zusammengesperrt hatte, war gewiss gut beraten, wenn man ihm empfahl, er müsse zwischen Freund und Feind zu unterscheiden lernen.

Also bestimmt kein ausreichender Grund, zum Telefon zu greifen und Eric Parés die Hölle heiß zu machen.

Und so konzentrierte Grace sich auf das, was sie am meisten verwirrte und schockierte.

Dass Cathy immer noch nicht wusste, ob sie ihr, Grace, vertrauen konnte.

Dass sie trotz ihres zunehmend lockeren Auftretens unsicher war, was sie von Sam halten sollte, überraschte Grace hingegen nicht allzu sehr. Sam war zwar vom Dienst suspendiert, aber nicht, weil er an Cathys Schuld gezweifelt, sondern weil er sich Sorgen um Grace gemacht hatte. Sam blieb für das Mädchen jener Mann, der sie ins Gefängnis gebracht hatte. Traurig, aber wahr.

Doch dass Cathy noch immer an ihr zweifelte, machte Grace geradezu fassungslos.

Das Schlimmste aber war, dass Cathy ihr und Sam offenbar nur etwas vorgespielt hatte. Dass sie so getan hatte, als würde sie ihnen vertrauen.

Also war das Mädchen doch zu einer Täuschung fähig.

Gedankenversunken kraulte Grace Harry am Kopf, und er schmiegte sich an sie.

»Bleibt also immer noch die große Frage, stimmt's, Harry?«, sagte Grace mit sanfter Stimme.

Hatten die Ereignisse der vergangenen Monate Cathy verändert? Oder war sie schon vor Marie und Arnolds Tod so gewesen?

Die große Frage.

Etwa zehn Minuten später kehrte Cathy mit rotem Gesicht und strahlenden Augen heim, begrüßte Grace und Harry mit atemloser Begeisterung, trank drei Glas Wasser und ging dann nach oben, um zu duschen und sich umzuziehen.

Grace kochte für den Abend ihr Lieblingsessen. Pasta mit selbst gemachter Muschelsauce. Wenn Sam da gewesen wäre, hätte sie eine Flasche Wein geöffnet, und sie war weiß Gott versucht, noch ein oder zwei Gläser zu trinken, um ihren Schreck zu betäuben. Aber sie beherrschte sich und trank Cola, so wie Cathy.

»Geht es dir gut?«, fragte Cathy sie plötzlich, nachdem sie sich an den Tisch gesetzt hatten.

»Ja. Ich bin nur ein bisschen müde.«

»Hast du viel gearbeitet?«

»Sehr viel.«

»Wie war's mit Dora?«

»Wie immer.«

»War sie froh, dass ich nicht da war?« Cathy verzog das Gesicht. Sie hatte Grace bereits gesagt, dass Dora ihr nicht traute. Und natürlich hatte sie Recht damit.

Du musst wissen, wer deine Feinde sind.

Kurz nach halb elf rief Sam an. Seine Stimme klang ausgelassen.

»Nur noch zwei Shows«, meinte er.

»Du wirst es vermissen.«

»Da kannst du Gift drauf nehmen.« Er hielt inne. »Du bist erschöpft.«

»Ich fürchte, da hast du Recht«, erwiderte Grace.

»Geht es Cathy gut?«

»Ja. Sie hat lange gejoggt. Anscheinend hat es ihr gefallen. Wir haben Pasta gegessen und uns einen Film angesehen, und jetzt liegen wir beide schon im Bett.«

»Was für einen Film?«

Grace runzelte die Stirn. »Ich weiß es nicht mehr.« Es stimmte. »Mit Tom Cruise, aber ich glaube, ich bin schon nach fünf Minuten eingeschlafen.«

»Offenbar bist du wirklich erschöpft.« Es klang mitfühlend.

»Und du hättest Lust, auszugehen, nicht wahr?« Grace hatte ein schrecklich schlechtes Gewissen. »Ach, Sam, es tut mir so Leid.«

»Was denn?«

»Dass ich so langweilig bin.«

»So würde ich es nicht unbedingt nennen, Grace.«

Sie konnte ihm nicht genau sagen, warum sie ein schlechtes Gewissen hatte. Irgendwann würde sie es ihm sicher erklären, aber heute Abend war sie einfach nicht mehr in der Lage dazu.

»Soll ich auch bestimmt nicht kommen?«, fragte er. »Dir übers Haar streichen, während du schläfst?«

Grace geriet in arge Versuchung.

»Mir setzt immer noch mein Kopfweh zu. Ich glaube, ich sollte jetzt lieber schlafen.«

»Gut«, sagte Sam. »Dann träume süß.«

»Du auch, wenn du dich wieder beruhigt hast.«

»Ach, das hab' ich schon. Früher war die Oper das Einzige, das mich in Stimmung gebracht hat.« Sam schwieg einen Moment. »Jetzt bist du es, Gracie.«

Es hatte Grace gefallen, als Teddys Freund Ramon sie so nannte. Aber wenn es von Sam kam, gefiel es ihr noch viel besser.

Grace sagte Harry gute Nacht, als der Hund sich wie immer an ihre Füße kuschelte. Dann knipste sie das Licht aus. Ohne sich zu rühren, lag sie da und dachte nach. Ging alles noch einmal durch. Die Sache mit Harry auf dem Balkon und die Geschichte mit dem Tagebuch.

Erst allmählich war sie in der Lage, sich dem schlimmsten Aspekt zu widmen.

Der Tatsache, dass Cathy für ihr Tagebuch immer noch dasselbe Passwort benutzte.

Jenes hässliche Wort, von dem sie gemeint hatten, dass es Brodericks Fantasie entstammte.

Grace hatte das Gefühl, nie mehr einschlafen zu können.

Doch dann fielen ihr die Augen schließlich doch zu.

Sie träumte, sie befände sich in Haymans Gästezimmer. Er selbst war auch wieder da, stand in der Dunkelheit und betrachtete sie.

Grace wachte auf.

Sie hatte nicht geträumt.

Nur dass es nicht Hayman war.

Es war Cathy, die auf sie hinunterstarrte.

Grace setzte sich auf. »Cathy, was ist los?«

Das Mädchen antwortete nicht. Grace tastete nach dem Lichtschalter. Cathy zwinkerte mit den Augen, schwieg aber. Harry lag wie zuvor am Ende des Bettes, war jedoch wachsam und hatte die Ohren gespitzt. Seine Blicke huschten zwischen Grace und Cathy hin und her.

»Cathy, warum bist du hier? Was ist los?«

Langsam, ganz langsam schüttelte Cathy den Kopf. Dann drehte sie sich wortlos um und ging zur offenen Tür. Grace sah, wie sie sich nach rechts zu ihrem Zimmer wandte. Mit klopfendem Herzen, aber leise stand sie auf und folgte dem Mädchen.

Cathy lag schon wieder im Bett. Ihre Augen waren geschlossen; die Lider flatterten ein wenig. Rapid Eye Movement – die Tiefschlafphase. Gleichmäßiges Atmen.

Was darauf hindeutete, dass Cathy schlafwandelte.

Grace war klug genug, das Mädchen jetzt nicht zu wecken. So leise wie möglich schlich sie zur Tür hinaus, machte sie hinter sich zu und ging wieder ins Bett.

»Cathy ist Schlafwandlerin, Harry«, sagte sie zu ihrem klugen, alten Hund.

Er brummte.

Grace ließ sich in die Kissen zurücksinken.

Ihr fiel wieder ein, dass Frances Dean ihr ein paar Tage nach dem Tod ihrer Schwester und ihres Schwagers erzählt hatte, sie sei eines Nachts aufgewacht und Cathy habe sie angestarrt. Zwei Wochen später war auch sie tot.

Grace wusste nicht, ob das etwas zu bedeuten hatte.

Sie hatte jedoch von Mördern gelesen, die behaupteten, sie seien Schlafwandler.

»Es ist zum Heulen, Lucca«, murmelte sie schroff.

Die Macht der Fantasie.

Aber wenn hier nur ihre Fantasie am Werk war, warum hatte sie dann dieses ungute Gefühl?

Diese Angst.

Am Morgen um kurz nach sechs rief Grace Sam an und verabredete sich mit ihm zum Frühstück um halb neun. Es war der Tag, an dem Teddy bei ihr putzte, und so hatte Grace keine Bedenken, Cathy allein zu lassen.

Jedenfalls nicht allzu viele Bedenken.

Sam hatte als Treffpunkt das Garden Café im Sheraton in Bal Harbour vorgeschlagen. Grace hatte zunächst gemeint, der Ort sei zu schön für das Gespräch, das sie im Kopf hatte. Dann aber fiel ihr ein, dass sie Sam am Abend zuvor einen Korb gegeben und ihm vor allem nicht die Wahrheit gesagt hatte. Und da es ohnehin ein trauriges Frühstück werden würde, konnten ein Wasserfall und ein tropischer Garten nicht schaden. Also willigte sie ein.

Sam hatte wie immer einen Mordshunger und gab eine riesige Bestellung auf. Als Grace jedoch nur um einen Kaffee und eine Scheibe Toast bat und Sam ihre Augen sah, wusste er, dass irgendetwas nicht stimmte.

Sie erzählte ihm von allen drei Vorfällen.

Sam hörte ihr aufmerksam zu. Als das Frühstück kam, rührte er es nicht an.

»Gut«, meinte er. »Mal der Reihe nach. Hast du wirkliche Zweifel an Cathys Unschuld?«

»Natürlich nicht«, erwiderte Grace heftig, sank dann aber in sich zusammen. »Jedenfalls ... ich glaube es nicht. Ich *hoffe* nicht.«

»Und wie erklärst du dir dann das alles?«

Grace zuckte hilflos die Achseln. »Ich habe keine Ahnung.«

Sam dachte einen Augenblick nach. »Glaubst du, dass die Erfahrungen der letzten Zeit in Cathy neue psychische Probleme hervorgerufen haben?«

»Das halte ich für eine Möglichkeit.«

»Abgesehen davon, dass sie schon als Kind Schlimmes durchgemacht hat.«

»Ja.« Grace blickte Sam unsicher an. Sie befürchtete, der nette, väterliche Mann, den sie zu kennen geglaubt und in den sie sich verliebt hatte, würde sich plötzlich als harter, martialischer Cop entpuppen. Aber was sie sah, war nichts als Traurigkeit und Angst.

»Würdest du dich wohler fühlen, wenn wir Cathy in einem Pflegeheim oder einem Waisenhaus unterbringen?«

»Auf gar keinen Fall.« Zumindest was das betraf, war Grace sich zu hundert Prozent sicher. »Wenn ich Cathy jetzt im Stich lasse, wird sie sich womöglich nie wieder fangen.«

»Gut«, meinte Sam. »Dann bleibt uns nur noch eins.«

Wieder stieg Angst in ihr auf. »Und das wäre?«

»Ich schlafe bei dir, und zum Teufel mit der ganzen Vorsicht.«

Wenn Sam erwartet hatte, dass Grace sich dagegen zur Wehr setzte, hatte er sich getäuscht.

Murphys Gesetz tat seine Wirkung.

Sams inoffizieller Einzug bei Grace fiel mit dem lang erwarteten Anruf von Captain Hernandez zusammen. Eine plötzliche Grippewelle hatte die Hälfte seiner bereits stark angeschlagenen Polizeitruppe lahm gelegt, sodass der Chief Sams Wiedereinsetzung zugestimmt hatte. Sofort. Noch an diesem Sonntag und trotz des Umzugs.

»Macht es dir was aus, Grace?«, fragte Sam, nachdem er ihr von dem Anruf erzählt hatte.

»Natürlich nicht. Das ist wunderbar, Sam.«

»Mein Umzug muss dann aber wohl auf den Abend verschoben werden.«

»Mach dir deswegen keine Gedanken. Vielleicht musst du heute noch bis spät abends arbeiten.«

»Ich sitze am Schreibtisch, Grace. Ich bin nicht irgendwo draußen im Einsatz.«

»Umso besser. Denk an deinen Rücken.«

»Dem geht's gar nicht so schlecht.«

»Gehst du deshalb zweimal die Woche zur Physiotherapie und nimmst jeden Abend Medikamente, damit du einschlafen kannst?«

Sam lächelte über ihre trockene Antwort. »Ich glaube nicht, dass die Pillen diese Wirkung haben, wenn ich meine Zeit in Zukunft mit dir verbringe.«

»Mach dir um mich keine Sorgen«, meinte Grace.

»Das kannst du nicht verhindern.«

»Du wirst ja trotzdem hierher zum Schlafen kommen«, sagte sie sanft. »Selbst wenn es um ein Uhr in der Nacht ist. Und nur darauf kommt es mir an.«

Grace meinte es ernst. Die vergangenen vierundzwanzig

Stunden schienen ihren Ängsten um Cathy die Schärfe genommen zu haben. Wenn sie nur genau und lange genug suchte, würde sie bestimmt eine rationale Erklärung für die Geschehnisse der letzten Tage finden – selbst wenn am Ende dabei herauskam, dass Cathys Trauma so schlimm war, dass sie schlafwandelte und dabei Dinge tat, die gar nicht zu ihr passten. Es war eine wenig überzeugende Hypothese, mit der Grace von Berufs wegen normalerweise Probleme gehabt hätte, aber vorerst – solange sie eher Betreuerin und Freundin als analytische Psychologin war – musste sie sich damit begnügen.

Neben der Arbeit in der Inspektion fand Sam am Sonntagnachmittag noch anderthalb Stunden Zeit, um mit Hilfe von Martinez seine wichtigsten Sachen zu Grace zu bringen: Jeans, T-Shirts, Shorts, Rasierzeug, Medikamente und seine Lieblingsopern.

»Wie kommt's, dass Sam bei uns einzieht?«, hatte Cathy eine Stunde vorher gefragt.

Ihre Stimme klang ausdrucksloser als sonst, und ihr Blick erschien Grace argwöhnisch. Ihr war klar, dass die Veränderung Cathy Unbehagen bereitete und sie sogar misstrauisch machte. *Du musst wissen, wer deine Feinde sind.* Offensichtlich war es eine Sache, Sam als Freund zu betrachten, wenn er zum Abendessen kam oder sie zusammen ausgingen. Doch es war etwas völlig anderes, ihn als einen Teil ihrer kleinen und nicht gewachsenen Familie zu akzeptieren. Grace konnte dem Mädchen keinen Vorwurf machen. Wären die Ereignisse der vergangenen Wochen nicht gewesen, hätte sie diesen Schritt bestimmt nicht unternommen. Noch mehr Einbrüche in Cathys schrumpfender, schwankender, haltloser Welt.

Plötzlich überkam Grace der Wunsch, Cathy in die Arme zu schließen und ihr zu sagen, dass sie Sam bitten würde, wieder auszuziehen, wenn sie unglücklich sei.

Doch Grace beließ es bei dem Wunsch.

Um sechs Uhr nachmittags rief Sam an und sagte, er käme sehr spät. Unmengen Papierkram, brummte er ins Telefon, den Sergeant Kovac ihm aufs Auge gedrückt habe: Berichte, Statistiken und wieder Berichte. Allesamt Bestandteile der umfangreichen Palette von Disziplinierungsmaßnahmen, die sein Chief so sehr liebte, meinte Sam. Vermutlich die Polizeiversion von einem Dutzend Vaterunser nach der Beichte. Doch wer, zum Teufel, konnte schon sagen, ob Sam Becket jemals die Absolution erteilt wurde?

»Ist bei dir alles in Ordnung, Grace?«

»Mir geht's prima. Was macht dein Rücken?«

»Tut weh von der vielen Schreibtischarbeit.«

»Du kannst es bloß nicht erwarten, dass du endlich wieder in Aktion treten darfst.«

»Was ich nicht erwarten kann, ist was ganz anderes«, meinte Sam. »Ich muss jetzt Schluss machen. Kovac sucht ständig nach einem Vorwand, dass der Captain mich noch länger schinden kann. Wenn ich nicht aufpasse, brummen sie mir noch die zweite Nachtschicht auf.«

»Mach dir um uns keine Sorgen«, versicherte ihm Grace. »Cathy und mir geht's gut. Sie hat ihre Jogging-Runde gedreht, und gleich essen wir zu Abend und machen es uns gemütlich.«

»Ich komme so bald wie möglich nach Hause. Aber warte nicht auf mich.«

»Nur wenn du versprichst, mich zu wecken, wenn du da bist.«

Kaum eine halbe Stunde später läutete erneut das Telefon. Es war die Notaufnahme des Miami General Hospital. Einer von Grace' Patienten, Joey Miller, den sie und seine Eltern für einen angehenden Pyromanen hielten, war mit Verbrennungen dritten Grades eingeliefert worden und wollte, dass Grace zu ihm kam.

Grace erzählte Cathy, was passiert war.

»Ich gehe nicht, wenn du möchtest, dass ich zu Hause bleibe«, erklärte sie ihr.

»Aber du musst ihn besuchen«, erwiderte Cathy.

»Wenn du dich allein nicht wohlfühlst, bleibe ich lieber hier«, beharrte Grace. »Es gibt noch andere Leute, die sich um Joey kümmern können. Ich kann meinen Besuch auch auf morgen verschieben.«

»Aber er hat dich darum gebeten, nicht wahr?«

»Ja, stimmt.«

»Dann musst du gehen. Außerdem bin ich nicht allein. Harry leistet mir Gesellschaft.«

»Bestimmt, Cathy?«

»Ich weiß, wie das ist«, meinte sie leise. »Ich habe nicht vergessen, wie froh ich war, dich zu sehen, als ich im Krankenhaus lag.«

Als Grace Cathys Hand drückte, wehrte das Mädchen sich zwar nicht dagegen, erwiderte den Händedruck aber auch nicht.

»Ich schreib' meine Handy-Nummer auf den Block neben dem Telefon im Arbeitszimmer«, sagte Grace. »Falls du mich unter dieser Nummer nicht erreichst, wenn irgendwas sein sollte, steht die Nummer vom Krankenhaus im Telefonbuch. Ruf mich an, wenn du mich sprechen willst.« Und dann fügte sie noch hinzu: »Du kannst auch jederzeit Sam anrufen.«

»Er hat doch so viel zu tun.«

»Sam ist immer für dich da, wenn du ihn brauchst, Cathy.«

Cathy antwortete nicht.

75.

Cathy wärmte gerade eine Schüssel selbst gemachter Minestrone in Grace' Mikrowellenherd auf, als es an der Tür läutete. Gleich darauf hörte sie Harry bellen.

»Wer kann das denn sein?«, murmelte sie vor sich hin.

Sie ging zur Eingangstür, spähte durch den Spion, erkannte ihren Besucher und öffnete. »Das ist wirklich verrückt. Gerade habe ich an Sie gedacht.«

Eric Parés stand auf der Schwelle, trotz des warmen Abends mit Baumwollhose und einem marineblauen Blazer elegant, aber lässig gekleidet. »Hallo, Cathy. Darf ich hereinkommen?«

»Aber sicher.« Cathy trat einen Schritt zurück, um den hoch gewachsenen Mann einzulassen, und schloss die Tür. Harry kam herangetappt und schnüffelte an der Hose und den Schuhen des Besuchers.

»Komme ich ungelegen?«, fragte Parés. »Kocht Dr. Lucca gerade für euch? Es riecht nach Essen.«

»Ich war dabei, mir eine Suppe aufzuwärmen«, erklärte Cathy. »Dr. Lucca musste zu einem Notfall. Ich bin allein hier.«

»Du bist ganz allein?«

»Ja, aber das macht nichts.«

»Du solltest abends aber nicht allein sein«, meinte der Arzt.

»Ist auch das erste Mal«, beruhigte Cathy ihn. »Grace war ganz toll zu mir, wie immer. Als das Krankenhaus anrief, wollte sie zuerst gar nicht hinfahren, aber ich hab' gesagt, sie muss es tun.« Das Mädchen hielt kurz inne. »Wir hatten doch keinen Termin, oder? Ich meine, habe ich vielleicht vergessen, dass Sie kommen wollten oder so was?«

»Nein, keine Sorge. Ich war gerade in der Gegend, und ich wollte dir ein paar neue Vitamintabletten bringen.«

»Wirklich?« Cathy war überrascht. »Aber ich habe doch noch so viele.«

»Aber nicht die hier.« Der Arzt zog einen Umschlag aus der Tasche seines Blazers. »Es sind ganz neue. Viel besser und reichhaltiger als die anderen, die ich dir bisher gegeben habe.« Er hielt inne und schaute ihr ins Gesicht. »Du siehst erschöpft aus, Cathy.«

»Mir geht's gut.«

»Wirklich?« Parés blickte sie besorgt an. »Es würde mich sehr ärgern, wenn du einen Rückfall erleidest.« Er hielt den Umschlag in die Höhe. »Ein Grund mehr, dass du sofort mit der Einnahme dieser neuen Tabletten anfängst.«

»Sie meinen, jetzt, vor dem Abendessen? Die anderen habe ich doch vor dem Schlafen und morgens genommen.«

»Die hier kannst du jetzt gleich nehmen, vor dem Essen«, erklärte ihr der Arzt. »Und wenn du Zeit hast, können wir vielleicht noch ein wenig Tiefenentspannung machen, und du zeigst mir, wie gut du die Selbsthypnose schon beherrschst.«

»Oh«, meinte Cathy. »Ja, in Ordnung.« Dann fiel ihr die Suppe wieder ein. »Möchten Sie Minestrone? Grace hat sie selbst gemacht. Sie schmeckt wirklich gut.«

Parés schüttelte den Kopf. »Nein, danke, Cathy. Iss du nur. Aber nimm vorher zwei von diesen Tabletten.«

»Ich ess' etwas, wenn Sie wieder fort sind.« Der Gedanke, die Suppe zu essen, während der Arzt wartete, behagte Cathy nicht. Sie hatte sich darauf gefreut, das Haus einmal ganz für sich allein zu haben, und vorgehabt, sich mit Harry vor den Fernseher zu setzen und dort zu essen. Der Hund war für sie die beste Gesellschaft, er erwartete nichts von ihr ... Aber wenn sie die Hypnose hinter sich hatte, würde Dr. Parés vielleicht bald wieder gehen, und dann hätte sie noch ein bisschen Zeit für sich, ehe Grace oder Sam nach Hause kamen.

»Wo könnten wir es denn am besten machen?«, fragte der Arzt.

»Vielleicht im Wohnzimmer oder auf der Veranda«, schlug Cathy vor.

»Ich denke, wir sollten doch lieber in dein Zimmer gehen. Dann kannst du dich auf dein Bett legen«, meinte Parés. »Und wenn wir fertig sind, kannst du gleich schlafen.« Er schaute ihr erneut ins Gesicht. »Mir kommt es so vor, als ob du auch zu spät ins Bett gehst, Cathy.«

Sie zuckte die Achseln. Ihr war es vollkommen egal, wo sie die Übungen machte. Doch wenn Parés meinte, sie würde wie ein kleines Kind gleich einschlafen, sobald er fort war, hatte er sich getäuscht. Sie hatte bis an ihr Lebensende genug von Befehlen und war es satt bis obenhin, eingesperrt zu sein und das Licht ausschalten zu müssen.

Trotzdem, die Hypnose war meistens eine prima Sache; der Doc hatte Recht, wenn er sagte, Cathy würde sich danach richtig ruhig fühlen und sich voll im Griff haben. So war es bis jetzt immer gewesen.

Sie ging mit ihm nach oben.

76.

Als Grace um kurz nach halb elf nach Hause kam, lag Cathy in ihrem Bett und schlief tief und fest.

Harry freute sich anscheinend noch mehr als sonst, sein Frauchen zu sehen. Er sprang auf und ab, folgte ihr die Treppe hinauf und gab die kleinen, schrillen Freudenlaute von sich, die er sich in der Regel für den Fall aufhob, dass Grace von einer Reise zurückkehrte.

»Was ist denn los mit dir?« Grace hob den Hund hoch, doch er wand sich in ihren Armen, und so setzte sie ihn wieder ab. »Hast du gedacht, ich hätte dich verlassen?«

Sie ging in ihr Schlafzimmer – ab jetzt oder zumindest fürs Erste auch Sams Schlafzimmer –, um sich auszuziehen und die Dusche anzustellen, sodass das Wasser schon heiß wäre, wenn sie hineinging. Manche Leute schworen auf eine kalte Dusche, besonders im schwülen Klima Floridas, aber für Grace war heißes Wasser immer noch das Beste.

Sie trocknete sich gerade ab, als sie hörte, dass die Haustür geschlossen wurde. Im ersten Augenblick bekam sie einen Schrecken; dann aber hörte sie Sams Stimme, und ihr fiel wieder ein, dass sie ihm einen Schlüssel gegeben hatte.

»Gracie, ich bin wieder da-a!«, sang er in seinem besten Ricky-Ricardo-Stil, während er die Treppe heraufkam.

Grace trat aus dem Duschbecken, in ein Handtuch gehüllt.

»Steht dir gut.« Sam breitete wie ein Bär die Arme aus und zog sie an sich.

»Du kommst früher, als ich gedacht habe«, sagte sie.

»Ist das ein Vorwurf?«

»Soll das ein Scherz sein?« Sie küssten sich lange und leidenschaftlich. »Ich bin selbst gerade erst heimgekommen.«

In der Küche erzählte sie ihm bei einem Glas Rotwein und einem Omelette vom Anruf des Miami General Hospital und von Joey Miller, der sich in ziemlich schlechter Verfassung befand, als sie dort eingetroffen war. Es war schrecklich gewesen, einen kleinen Jungen so leiden zu sehen, doch Grace hatte sich überlegt, dass Joeys Verbrennungen – die unendlich viel schlimmer hätten sein können, wie sich herausgestellt hatte – zu diesem Zeitpunkt womöglich die Wirkung hatten, dass er sich wieder besann. Vielleicht war Joeys Karriere als Brandstifter beendet, noch ehe sie richtig begonnen hatte.

»Du hast Rückenschmerzen, nicht wahr?« Grace beobachtete, wie Sam auf dem Stuhl hin und her rutschte und versuchte, eine einigermaßen bequeme Stellung zu finden. »Was für einen Bürostuhl hast du eigentlich?«

»Vergiss es«, meinte Sam. »Wenn du glaubst, Hernandez würde Geld rausrücken, um Spezialmöbel für mich zu kaufen, bist du noch verrückter, als ich dachte.«

»Ich wusste gar nicht, dass du mich für verrückt hältst.«

»Warst du nicht einverstanden, dass ich bei dir einziehe?«

»Ja, das war ich. Und ich bin's immer noch.«

»Also bist du verrückt«, diagnostizierte Sam.

»Vorübergehend«, schränkte sie ein.

»Und dann? Glaubst du etwa, du könntest mich so ohne weiteres wieder loswerden?« Er schüttelte den Kopf. »Total verrückt.«

Sie führten Harry spazieren und machten sich anschließend zum Schlafengehen fertig.

»Vergiss deine Medikamente nicht«, mahnte Grace, als Sam zu ihr ins Bett steigen wollte.

»Ich brauche keine Medikamente – ich hab' ja dich. Du kannst mir den Rücken massieren.«

»Wenn du willst, kriegst du beides. Und das brauchst du auch.«

»Du hörst dich an wie eine Ehefrau«, stellte Sam fest, als er ins Badezimmer ging.

»Und du benimmst dich wie ein großes Kind.«

Zwei Sekunden später war er wieder da. »Jetzt musst du mir aber den Rücken durchkneten.«

»Nur wenn ich auch eine Massage bekomme.«

»Jederzeit«, erwiderte er, als er sich zu ihr legte.

»Wo ist Harry?«, fragte Grace plötzlich.

»Wahrscheinlich boykottiert er mich.«

»Soll ich ihn suchen gehen?«

»Erst wenn du meinen Rücken behandelt hast.«

Sie hatten beide erwartet und gehofft, sich in dieser Nacht zu lieben. Doch beim Massieren merkte Grace, dass Sam fast schon eingeschlafen war, und sie selbst war auch todmüde.

»Träum süß, Sam«, sagte sie leise.

»Du auch, Gracie.«

77.

Er hatte beobachtet, gelauscht und gewartet.

Es hatte eine halbe Ewigkeit gedauert, bis sie mit dem Essen fertig waren, das Geschirr gespült und den verdammten Köter ausgeführt hatten. Und dann hatte es wieder eine halbe Ewigkeit gedauert, ehe sie ins Bett gingen.

Schwarz und Weiß.

Schwarzer jüdischer Cop, weiße Itaker-Psychologin. Leute, die junge Mädchen in ihre Obhut nehmen durften. An Stelle ihres eigenen Vaters.

Widerlich.

Er verstand sich inzwischen sehr gut aufs Warten. Im Laufe der Jahre hatte er eine Menge gelernt, sich viele nützliche Fähigkeiten angeeignet, aber geduldiges, geradezu stoisches Warten war seine größte Gabe. Wenn er wollte, konnte er sogar warten, bis eine Schildkröte eine Marathonstrecke hinter sich gebracht hatte.

Wenn es sich lohnte, schaffte er es auch, eine ganze Ewigkeit zu warten.

Außerdem hatte er dabei auch noch seinen Spaß gehabt. Eine Menge Spaß. Er hatte ihnen einen Strich durch die Rechnung gemacht – dieser Hure und ihrer Tochter. *Hurenmieze und Babymieze*. Die eine war inzwischen tot, und die andere durchlebte die Hölle.

Und für die Kleine würde es noch schlimmer werden.

Aber sie hatte es verdient.

Schließlich hatte sie ihm alles vermasselt. Von ihrer Zeugung bis hin zu dem Tag, an dem sie ihn abgelehnt hatte. Es war ihre Schuld – und die ihrer Mutter.

Die Schwester der Hurenmieze hatte ihn ›machtbesessen‹ genannt. Weil er die Kontrolle über seine Frau und sein Kind behalten wollte. Doch als die Zeit reif war, hatte er ihr gezeigt, wer die Fäden in der Hand hielt.

Und wie er es ihr gezeigt hatte.

Er hatte ausreichend Muße gehabt, über die Macht nachzudenken. Macht wollten alle. Nicht nur die Starken, Reichen oder Bösen. Macht gab es immer und überall, in allen Formen, mal mehr und mal weniger. Das Kind, das seine Mutter beherrschte. Der jugendliche Tyrann. Der wild gewordene Teenager. Der, der Sex hatte. Die arbeitswütige Chefin, die ihr Personal zum Nervenzusammenbruch trieb. Der Busfahrer, der die Tür vor den Augen eines zu spät Gekommenen zukrachen ließ. Der Richter, der Recht sprach. So genanntes Recht. Die jammernde Ehefrau. Der kranke Patient.

Der Wille, Macht zu haben, war ein menschliches Bedürfnis. Niemand war zu jung oder zu alt dafür. Alle gierten danach, alle übten Macht aus, wenn sie die Gelegenheit dazu hatten. Nur dass einige es besser konnten als andere.

Kontrolle. Macht.

Er liebte sie.

Er hatte sie noch länger beobachtet, hatte weiter gelauscht und gewartet.

Jetzt aber waren alle eingeschlafen.

Sogar der Köter. Dafür hatte er gesorgt.

Vorsichtig trat er aus seinem Versteck. Trotz der Dunkelheit fand er sich gut zurecht. Schließlich war er inzwischen öfter hier gewesen, und er hatte schon immer ein messerscharfes Gedächtnis für Einzelheiten gehabt. So wusste er auch, wo der Küchentisch und die Stühle standen, wo sich die Türknöpfe und -klinken befanden, welche Dielenbretter auf der Treppe knarrten.

Sein Herz pochte. Er schwitzte ein bisschen.

Es war fantastisch.

Lautlos stieg er auf seinen Gummisohlen über den schlafenden Hund hinweg und betrat das Zimmer des Mädchens.

Sie träumte: Lider, Arme und Hände zuckten.

Schlechte Träume, ohne Zweifel. Schlimme Albträume. Die wirren, kranken, gewalttätigen Träume, die jemanden überfielen, der eine entsprechend hohe Dosis Methylphenidat genommen hatte, gemischt mit Valium.

Genauso, wie er es sich vorgestellt hatte.

Bald, sehr bald würde sie aufwachen, und wenn er ihr die richtige Dosis gegeben hatte – wie immer –, befand sie sich dann in einem Zustand zwischen Trance und einer ausgewachsenen paranoiden Psychose.

Er beugte sich über sie und flüsterte ihr ins Ohr.

Eine Kleinigkeit, die er sich vorher ausgedacht hatte. Ein Geschenk des guten alten Aesop.

Feinde geben Versprechen, um sie zu brechen.

Sie bewegte sich. Ihre Augenlider zitterten.

»Grace und Sam glauben nicht mehr, dass du unschuldig bist«, sagte er. »Es ist nur noch eine Frage der Zeit, bis sie dich wieder ins Gefängnis stecken.«

Sie stöhnte und bewegte sich.

»Wenn du sie nicht daran hinderst«, flüsterte er ihr ins Ohr. »Du musst sie daran hindern, Cathy. Sonst vernichten sie dich.«

Er zog ein Skalpell aus seiner Blazertasche, schob es ihr in die Hand und schloss ihre Finger um den Griff.

Dann trat er zurück in die Dunkelheit.

Fröstelnd, schwitzend, mit starkem Herzklopfen wachte Cathy auf.

Sie fuhr hoch und stellte die Füße auf den Boden.

Stand auf.

Das Skalpell fiel ihr aus der Hand. Sie starrte es an.

»Heb es auf, Cathy!«

Die Stimme kam aus dem Dunkeln, aus der Nacht.

»Heb es auf, Cathy!«

Sie bückte sich nach dem Skalpell. Es lag kalt in der Hand. Glatt.

»Jetzt geh und tu, was du tun musst, Cathy.«

Sie wusste nicht, ob die Stimme aus ihrem Kopf kam oder aus den Wänden. Ihr Herz klopfte so heftig, dass es schmerzte. In ihrem Schädel, ihrem Hirn spürte sie einen starken Druck.

»Es tut weh«, wimmerte sie.

»Sie sind deine Feinde, Cathy«, sagte die Stimme.

Sie legte die Hand mit dem Skalpell an die Schläfe, glaubte, ihr Kopf würde zerspringen. »Aber es tut so weh ...«

»Geh und mach sie fertig, Cathy, dann hört der Schmerz auf.«

»Aber ich ...«

»Jetzt gleich, Cathy. Mach sie fertig, bevor sie dich fertig machen.« Pause. »Es ist deine letzte Chance, Cathy. Deine einzige.«

Sie nahm die Hand vom Kopf und wandte sich zur Tür.

Sie ging langsam. Er sah, dass sie zitterte.

Beobachten.

Warten.

78.

Grace wusste nicht, was sie geweckt hatte.

Vielleicht war es das Öffnen der Tür oder die Schritte, die sich ihrem Bett näherten.

Vielleicht war es auch der leise Windhauch, der ihr Gesicht streifte, als sich das Skalpell in einem Bogen auf ihren nackten Hals herabsenkte.

Das Gehirn arbeitet auf seltsame Weise.

Sie spürte den Luftzug, sah in dem Licht, das durchs Fenster fiel, die blitzende Klinge und warf den Kopf nach rechts. Die Klinge verfehlte ihren Hals und drang stattdessen in ihre Schulter.

Sie schrie.

Sam brummte, rührte sich aber nicht.

Grace schrie erneut.

Es gelang ihr, den Lichtschalter zu finden.

Cathy stand bewegungslos neben ihrem Bett, in der rechten Hand ein Skalpell, das mit Grace' Blut beschmiert war.

»*Cathy?*«

Die riesigen Pupillen und die Verwirrung in den blauen Augen des Mädchens verrieten Grace, dass sie unter Drogen stand. Das war kein Schlafwandeln, war es nie gewesen.

»Sam!« Grace stieß ihm den Ellenbogen in den Rücken, ließ Cathys Gesicht aber keine Sekunde aus den Augen. »*Sam!*«

»Gib nicht auf, Cathy.«

Ein Mann betrat das Zimmer. Ein Fremder.

Groß, schlank, mit dunklen Augen und schwarzem Haar, das sich vorn bereits lichtete, und sorgfältig gestutztem Bart.

»Du musst weitermachen, Cathy«, sagte er. »Du musst es jetzt zu Ende bringen. Sonst hast du nie mehr die Gelegenheit dazu, glaub mir.«

Cathy sah ihn nicht an, doch ihre Augen reagierten, bewegten sich rasch. Die Iris huschte hin und her.

»Sie sind deine Feinde, Cathy«, sagte der Mann mit leiser, rauer, drängender Stimme.

Grace kannte ihn.

Der Akzent war verschwunden, trotzdem wusste sie, dies war Eric Parés, der Verfechter von Vitamin- und Entspannungstherapien. Deshalb wachte Sam nicht auf. Parés war im Haus gewesen und hatte etwas in Sams Tabletten gespritzt. Und Harry musste er auch etwas verabreicht haben, sonst würde der Terrier sich inzwischen die Lunge aus dem Leibe bellen.

»Sie sind Broderick«, sagte Grace. Sie hatte keine Ahnung, was sie tun sollte. Ihr Blick schweifte unablässig zwischen ihm und Cathy hin und her. »Sie sind Parés, und Sie sind Broderick. Sie haben die Morde verübt. Sie haben Ihrer Tochter all diese schrecklichen Dinge angetan.«

»Mach weiter, Cathy.«

Er nahm keine Notiz von Grace – als wäre sie unsichtbar und stumm.

Du musst die Blutung stillen.

So unauffällig wie möglich knüllte Grace ein Ende des Lakens zusammen und presste es an die Wunde in ihrer Schulter. Sie musste Zeit gewinnen, wenn sie sonst schon nichts tun konnte.

Sie trat Sam in die Seite. Doch auch jetzt stöhnte er nur dumpf. Grace trat noch einmal zu, fester diesmal.

Parés nahm den Blick nicht von Cathy.

»Du machst es sehr gut«, raunte er ihr zu, »sehr gut.« Seine Stimme war honigsüß. »Nur noch ein bisschen weiter, und du hast es geschafft. Du weißt, was mit dir passiert, was sie mit dir machen, wenn du jetzt aufhörst, Cathy. Sie werden dich wieder ins Gefängnis schicken. Grace und Sam werden dafür sorgen, dass du nie mehr rauskommst.«

Spiel sein Spiel, Lucca. Du musst dasselbe Spiel spielen.

Grace warf einen raschen Blick auf ihre Schulter. Das Blut sickerte durch das weiße Laken, zum Glück jedoch nur langsam. Und obwohl sie am ganzen Körper heftig zitterte, hatte sie nicht den Eindruck, jeden Moment das Zeitliche zu segnen. Sie musterte Cathy, sah den abwesenden, wirren und entsetzten Blick. Es war klar, dass ein innerer Feuersturm sie gefangen hielt, den sie selbst nicht begriff.

»Cathy.« Grace versuchte, möglichst genauso sanft und eindringlich zu sprechen wie Broderick. Inständig hoffte sie, dass das Mädchen auf sie reagierte. »Ich weiß, wie schwer es für dich ist. Ich weiß, dass du mich und Sam nicht töten willst. Du möchtest niemandem etwas tun, Cathy, und du hast niemanden umgebracht. Ich weiß es – Sam und ich, wir wissen es beide. Und wenn du das Ding in deiner Hand weglegst, es einfach auf den Boden fallen lässt, dann wissen es auch alle anderen. Dann hat die ganze Qual ein Ende.«

Während sie Cathy nicht aus den Augen ließ, hörte Grace, dass Parés näher kam, hörte, dass sein Atem ein wenig schneller ging, sich dann aber wieder beruhigte. Sie wusste, dass alles sich dem Höhepunkt des entsetzlichen Spiels näherte, das Parés die ganze Zeit gespielt hatte.

»Wirf das Messer hin, Cathy.« Grace' Stimme bebte. Sie konnte nicht länger so tun, als wäre sie ruhig und gelassen; ihr Stimme klang verzweifelt. »Um Himmels willen, Cathy, hör auf mich, bevor es zu spät ist.«

»Es ist bald zu spät, Cathy«, sagte Parés, diesmal in herrischem Tonfall. »Wenn du nicht tust, was ich dir sage, ist es zu spät. Dann bist du erledigt – vollkommen erledigt. Es sei denn, du kommst ihnen zuvor. Heb einfach den Arm … heb ihn einfach … ja, so ist es gut …«

Entsetzt beobachtete Grace, wie Cathy seinem Befehl Folge leistete.

»Es wird leichter, nicht wahr? Viel leichter. Und das Eisen in deiner Hand ist ein Pfeil mit einer goldenen Spitze. Es ist der Schlüssel, der dich hier herausführt, Cathy …«

Cathys Finger schlossen sich fester um das Skalpell. Neben Grace schlief Sam wie bewusstlos weiter. Noch immer strömte das Blut aus Grace' Schulter, und sie spürte, dass sie allmählich schwächer wurde …

»Lass das Skalpell fallen, Cathy«, sagte sie plötzlich laut und fest und mit aller Bestimmtheit, die sie noch aufbringen konnte. »Lass das verdammte *Skalpell* fallen, Cathy, sonst bist du doch eine *Mörderin*. Dann bist du das, was er möchte – eine *Mörderin*.«

Cathy ließ das Instrument zu Boden fallen. Grace schnellte hinunter, um es aufzuheben, doch Parés kam ihr zuvor. Er schnappte sich das Skalpell, packte Cathy um die Taille. Der Kopf des Mädchens fiel schlaff herab, und keuchend rang sie nach Atem, als Parés ihr die Luft abschnürte.

»Lassen Sie sie los!«, flehte Grace ihn an. »Hat sie nicht schon genug durchgemacht?«

»Nein. Noch nicht. Und bilden Sie sich bloß nicht ein, dass es eine Rolle spielt, ob das kleine Miststück Sie umbringt oder ich selbst, denn ich werde längst weg sein, wenn man Sie findet. Und sie wird als Letzte sterben.«

Sam stöhnte. Vorsichtig schob Grace unter den Laken die Hand zu ihm hinüber, bohrte die Fingernägel in seine Seite. Er jaulte im Schlaf leise auf.

»Und später, viel später«, fuhr Parés fort, »bei der Obduktion, wird man einen hübschen Cocktail in ihrem Körper finden – alle möglichen tückischen, stimulierenden und betäubenden Mittel. Und dann wird man feststellen, dass Cathy wahrscheinlich danach süchtig war, wie so viele andere.«

»Sie dreckiges Arschloch!«, rief Grace so laut sie konnte und grub die Fingernägel wieder in Sams Seite. »Sie waren Arzt, um Himmels willen. *Arzt!*« Sie krallte die Finger in Sams Bauch, und diesmal meinte sie zu spüren, dass er ein wenig von ihr wegrückte. Gott, wie sie hoffte, es möge ihm so wehtun, dass er aufwachte, bevor es zu spät war ...

»O ja, ich war Arzt«, erwiderte Parés. »Ein verdammt guter Arzt, bis meine Frau, diese Hure, und ihre verklemmte Schwester meine Karriere ruiniert haben. Bis sie und dieses kleine Mädchen« – er drückte Cathy die Rippen zusammen, und Grace rechnete beinahe damit, die Knochen bersten zu hören – »denen da oben gesagt haben, sie wollten nichts mehr mit mir zu tun haben.«

»Cathy war noch ein kleines Mädchen, als Marie die richterliche Verfügung erwirkt hat«, schrie Grace ihn an. »Sie war ein unschuldiges kleines Kind!« Cathys Kopf bewegte sich, ihre Augen rollten, und ihre Lippen wurden bereits blau. »Sam, du musst aufwachen!«

Aber sie hatte sich einen Augenblick zu lange von Parés abgewandt.

»Grace, pass auf!«

Als Grace sich umdrehte, hatte Cathy sich aus Parés' Griff befreit. Der Arzt kam auf sie zu, trat näher ans Bett. Wieder senkte sich das Skalpell herab, diesmal auf Sam …

Grace schrie auf. Mit letzter Kraft wollte sie Parés wegstoßen, war aber nicht schnell genug, und die Klinge bohrte sich in Sams Seite. Mit einem Schmerzensschrei kam er zu sich, fuhr zusammen, trat instinktiv um sich. Er traf Parés in den Bauch, sodass dieser das Gleichgewicht verlor. Grace rappelte sich aus dem Bett hoch. Schon hatte sie Cathy fast erreicht, als sie sah, dass das Mädchen das Skalpell wieder in der Hand hielt. Sofort war ihr klar, was Cathy vorhatte.

»Nicht, Cathy!« Grace durfte es nicht zulassen, durfte nicht erlauben, dass Cathy ihr Leben zerstörte. Sie packte den erstbesten Gegenstand, den sie erwischte – ein Buch von ihrem Nachttisch. »Cathy, weg da!«, schrie sie. »Geh weg!«

So fest sie konnte, warf Grace das Buch Parés an den Kopf. Mit ungeheurer Befriedigung registrierte sie den dumpfen, scheußlichen Laut, als der schwere Band gegen seinen Schädel prallte. Parés schrie auf, fasste sich an die Schläfe, taumelte. Dann sah Grace, dass Cathy das Skalpell wieder hatte fallen lassen. Sie griff danach, und plötzlich, zum ersten Mal, beherrschte *sie* die Situation.

»Nein, Grace!«

Nur mit halbem Ohr hörte sie Sams Stimme, aber sie beachtete ihn nicht. Die Waffe in ihrer Hand fühlte sich gut an, gab ihr ein Gefühl der Macht und der Stärke – und Parés stolperte immer noch durchs Zimmer und hielt sich den Kopf. Für einen langen Augenblick hatte Grace nicht mehr Parés oder Broderick vor sich, sondern Frank Lucca, ihren eigenen

Vater, dieses Ungeheuer, und der Mensch, den er beinahe umgebracht hätte, war nicht Cathy, sondern Claudia. Grace wusste nicht mehr, welchen Vater sie umbringen würde, und es war ihr auch egal, wenn sie ihn nur tötete, dem Albtraum ein Ende machte ...

Hinter ihr krachte ein Schuss. Er bohrte sich durch Parés' Hand und prallte von der Wand neben dem Bett ab. Grace entglitt das Skalpell. Cathy schrie vor Entsetzen laut auf und wich zur Seite, während ihr Peiniger wie ein verwundetes Tier brüllte.

Als Grace sich umdrehte, sah sie, dass Sam aus dem Bett gestiegen war und seine 38er in den zitternden Händen hielt. Sie hatte bisher nicht bemerkt, dass er diese grässliche, schreckliche, wunderbare Pistole mit ins Haus gebracht hatte.

»Auf den Boden, Grace!«, befahl Sam. »Runter mit dir!«

Sofort warf sich Grace zu Boden. Sams Hände zitterten heftig, und er riss die Augen weit auf, als könne er nicht richtig sehen. Offenbar wirkten die Medikamente noch nach und beeinträchtigten sein Sehvermögen.

»Er hat es wieder!«, hörte sie Cathy schreien.

Die zweite Kugel streifte Parés' linke Wange.

Er hob die Hand, wischte das Blut weg und lachte, ein kaltes, hartes Lachen. Und dann trat er auf Grace zu.

Die dritte Kugel traf ihn in die Brust.

Eric Parés, ehemals John Broderick, fiel mit dem Rücken auf Grace' Schlafzimmerteppich, das Skalpell immer noch in der rechten Hand. Lautlos, wie Grace meinte, aber vielleicht klangen die Schüsse noch in ihren Ohren nach.

Sie starrte Sam an. Er sagte irgendetwas zu ihr, doch Grace verstand ihn nicht. Sie drehte sich wieder um, suchte Cathy. Das Mädchen hockte neben der Tür, den Kopf gesenkt, die Arme um die Knie geschlungen.

Langsam, ganz langsam und unter großen Schmerzen kroch Grace zu ihr, während Sam sich hinunterbeugte, ihrem Vater die Waffe aus der Hand nahm und dann das Telefon auf den Boden stellte, um Hilfe zu rufen.

Ungeheuer haben sieben Leben.

John Broderick hatte die Operation im Jackson Memorial Hospital überstanden und lag auf der Intensivstation. Seinen Ärzten zufolge bestand kein Zweifel, dass er überleben würde und vor Gericht gestellt werden konnte. Grace und Sam waren nur leicht verletzt. Cathy, so meinten David Becket und seine Kollegen im Miami General Hospital, musste mindestens ein paar Tage unter sorgfältiger Beobachtung bleiben. Dabei sollte eine Reihe von Untersuchungen – organische, neurologische und psychologische – vorgenommen werden, um Schäden durch den langen Medikamentenmissbrauch und die Hypnose auszuschließen.

Die größte Sorge des jungen Mädchens galt in den ersten Stunden Harry. Nichts konnte sie davon überzeugen, dass er sich von der Tortur durch die Medikamente wieder vollständig erholen würde, bis David Becket der Krankenhausverwaltung die Erlaubnis abrang, dass Teddy Lopez den Hund am zweiten Tag für einen kurzen Besuch zu ihr bringen durfte.

»Geht's dir jetzt besser?«, fragte Grace, nachdem Teddy und Harry wieder gegangen waren, letzterer mit leuchtenden Augen, fröhlich springend und ohne jedes Anzeichen bleibender Schäden nach dem überlangen Nickerchen.

»Dir nicht?«, erwiderte Cathy und lehnte sich zurück an die Kissen.

Grace lächelte. »Natürlich.«

»Was ist mit deiner Schulter?«, erkundigte sich Cathy.

»Sieht nicht schlecht aus.« Auf Anweisung der Ärzte saß Grace in einem Rollstuhl.

»Und Sam?«

»Dem geht's auch schon viel besser. Er klagt mehr über

die Kratzer, mit denen ich ihn aufwecken wollte, als über die Stichwunde.«

Grace wartete, dass Cathy nach Parés fragte, war aber nicht überrascht, als nichts dergleichen geschah. Wahrscheinlich ist es am besten, sagte sie sich, wenn du mitspielst und wie Cathy so tust, als existiere der Mann gar nicht. Eins jedoch, dachte sie, muss das Mädchen so bald wie möglich erfahren.

»Parés wird durchkommen«, sagte sie. »Aber er liegt im Hochsicherheitstrakt im Jackson Memorial Hospital.« Grace hielt inne und musterte Cathy. »Er hat nicht die geringste Chance zu fliehen.«

»Wie damals, meinst du«, sagte Cathy ruhig.

Weder Sam noch Grace war richtig klar, wie viel das Mädchen von den Ereignissen am Sonntagabend mitbekommen hatte. Grace war sich nicht einmal sicher, ob Cathy realisiert hatte, dass Parés ihr Vater war. Jetzt gab es keinen Zweifel mehr.

»Dann weißt du also, wer er in Wirklichkeit ist?«, fragte Grace vorsichtig.

Cathy schaute sie nicht an. Ihr Blick ruhte auf einer Falte in ihrem Bettlaken. »Ich habe alles gehört«, sagte sie. »Es klang gedämpft und merkwürdig, als hätte ich eine Decke oder so etwas über dem Kopf, aber ich habe jedes Wort verstanden, das du und er gesagt haben.« Sie schwieg eine Weile, hielt die Augen gesenkt. »Frag mich nicht, wie es mir dabei geht, Grace, ich weiß es nämlich nicht.«

»Ich frage nicht. Noch nicht.«

Schließlich wandte Cathy sich wieder Grace zu. Ihre blauen Augen verrieten tiefste Verwirrung. »Stimmt es?«, fragte Cathy. »Ist Dr. Parés wirklich mein Vater?«

»Es scheint so«, antwortete Grace. »Wir haben noch keine hundertprozentige Bestätigung, aber es gibt kaum noch Zweifel daran.«

Cathy schwieg erneut.

»Dann hat er meine Mom und Arnie umgebracht«, sagte sie nach einer Weile. »Und Tante Frances.«

»Ja.«

»Und Beatrice Flager.«

»So sieht es aus, ja.«

»Und uns hätte er auch umgebracht, wenn ...«

»Ich glaube, ja.« Grace hatte noch nie viel von Lügen gehalten.

Cathy schaute zur Seite. »Es tut mir Leid«, sagte sie leise.

»Was?«

»Dass er mein Vater ist.«

In Grace stieg leiser Zorn auf. Sie beugte sich vor. »Du bist nicht für das verantwortlich, was er getan hat, Cathy. Es ist umgekehrt.« Sie schluckte schwer, um ihren Zorn zu zügeln. »Vergiss das nie, nicht eine einzige Sekunde.«

»Er hat gesagt, es sei alles meine Schuld«, warf Cathy ein. Aber ihre Stimme klang wieder ausdruckslos. »Ich habe es gehört. Er hat gesagt, ich hätte geschrien, sobald er mich berührt hat. Und dass ich ihn hasse.«

»Er denkt und handelt nicht logisch, Cathy.« Grace' Hand umklammerte die Armlehne des Rollstuhls. Sie hätte heulen können. »Ich weiß nicht genau, warum, aber ich glaube, das hat er noch nie getan.«

Cathy hatte plötzlich Tränen in den Augen. »Ich habe ihn nämlich gar nicht gehasst. Mom schon – und Tante Frances.« Sie schüttelte den Kopf. »Aber ich nicht.«

Grace erwiderte nichts.

»Aber jetzt hasse ich ihn«, erklärte Cathy.

Gott sei Dank, wenigstens das, dachte Grace, sprach es aber nicht aus.

Doch sie glaubte dem Mädchen. Sie war schon seit langem der Meinung, dass auch der Hass seine Berechtigung hatte. Nicht unbedingt ein christlicher Gedanke, und wenn sie nicht dem Katholizismus abgeschworen hätte, hätte sie sich wahrscheinlich gezwungen gefühlt, es zu beichten.

Aber Grace glaubte an den Hass, genauso wie sie an das Böse glaubte. Beides existierte.

Und wenn sie es nicht schon vorher gewusst hätte, wäre es ihr jetzt klar geworden.

Es dauerte eine Weile, bis das Ganze sich zu einem Bild zusammenfügte.

Sobald der Mann, der sich Eric Parés nannte, nicht mehr auf der Intensivstation lag und es zumutbar schien, fertigte man Abdrücke von seinen Zähnen an, röntgte ihn und ließ sich von Brodericks Zahnarzt in Tallahassee bestätigen, dass Parés und Broderick ein und dieselbe Person waren. Sie hatten bereits festgestellt, dass er braune Kontaktlinsen trug und sich das Haar gefärbt hatte. Außerdem hatten sie um die Ohren feine Narben entdeckt, die darauf hindeuteten, dass ein plastischer Chirurg sein Gesicht verändert hatte, sodass es weniger rund erschien. Weitere Röntgenaufnahmen zeigten, dass Parés seine große Nase hatte verkleinern lassen. An den Narben auf der Innenseite beider Handgelenke und am Hals hingegen war nichts verändert worden. Wahrscheinlich, so die einhellige Meinung, hatte Broderick gefürchtet, zu viel Aufmerksamkeit auf sich zu ziehen, wenn er einen Chirurgen gebeten hätte, diese Narben zu entfernen.

Einen Tag nach seiner Einlieferung in das Jackson Memorial Hospital brachen Polizeibeamte des Präsidiums von Miami die Wohnung auf, die Parés als seine Adresse angegeben hatte, als er sich unter falschem Namen um die Teilzeitstelle als Arzt im Untersuchungsgefängnis für Frauen bewarb.

Die Wohnung war ein Ein-Zimmer-Apartment im Latin Quarter in unmittelbarer Nähe des Tamiami Trail: klein, sauber, ordentlich und nichtssagend, alles an seinem Platz. Man durchsuchte die Wohnung mit peinlichster Genauigkeit. Die Beamten sahen sich jedes Stück Papier in dem Schrank mit den zwei Schubladen an, fanden jedoch nichts, das auf John

Broderick oder die Familie Robbins hinwies. Es war eindeutig die Bleibe von Eric Parés, Doktor der Medizin. Das einzig Merkwürdige war nur, dass die ältesten Papiere vom Mai desselben Jahres stammten.

»Broderick schweigt«, sagte Sam zu Grace. »Ihm ist längst klar, daß wir wissen, wer er ist und was er getan hat, aber er spielt nicht mit. Ach ja, er hat gesagt – ich zitiere –, wenn dieser jüdische Niggercop in seine Nähe käme, werde er erst recht schweigen wie ein Grab.«

»Wie nett«, sagte Grace.

Seit ein paar Tagen waren sie wieder zu Hause. Cathy lag noch im Krankenhaus. Sie kam zwar langsam wieder zu Kräften, aber man hielt sie noch unter Beobachtung, um zu sehen, ob sich irgendwelche Nachwirkungen einstellten. Der Abend war hereingebrochen, und Sam und Grace saßen mit Harry auf dem Steg.

»Dabei darf ich ihn sowieso nicht verhören«, erklärte Sam, »denn bis jetzt wirft man ihm nur vor, Cathy Medikamente gegeben und uns beide verwundet zu haben.«

»Aber sie werden ihm doch wohl so lange zusetzen, bis er gesteht, oder?«

»Ich wette nicht gern«, meinte Sam, »aber ich würde sagen, ja, mit der Zeit. Wir wissen bereits einiges über Broderick. Wenn er durchdreht, spuckt er alles aus. Und er prahlt ja gern damit, wie intelligent er ist.«

»Aber Macht ist ihm noch wichtiger«, warf Grace ein. »Und solange er nicht redet, hat er das Ruder in der Hand.«

»In gewisser Weise.«

»Was passiert, wenn er nicht gesteht und wir nicht beweisen können, was er getan hat?«

»Wir werden es beweisen.« Sam war felsenfest davon überzeugt.

»Aber wenn wir es nicht beweisen *können*? Besteht nicht immer noch die Möglichkeit, dass Cathy beschuldigt wird – vielleicht, die Morde unter Hypnose begangen zu haben oder beim Schlafwandeln?«

»Kein Staatsanwalt wird das vor eine Jury bringen, Grace.«

»Vielleicht nicht. Aber dieser Fall muss gelöst werden. Es muss ein Ende haben. *Cathy* braucht das, wenn sie das alles hinter sich lassen und weiterkommen soll.«

Broderick war aus dem Krankenhaus entlassen worden und saß im Gefängnis.

Wenige Tage nachdem er sich in der Hochsicherheitszelle eingerichtet hatte, gab er seinem Anwalt zu verstehen, dass er bereit sei zu reden, jedoch nur unter einer Bedingung.

Sam überlegte, ob er zu Grace fahren und ihr die Nachricht persönlich überbringen sollte, aber er war im Dienst, und es war zu wichtig, als dass er bis zum Abend hätte warten können. Außerdem gab es sowieso keine Möglichkeit, Brodericks Forderung abzumildern.

»Er möchte Cathy sehen«, sagte er am Telefon zu Grace.

Sam wusste mehr oder weniger schon, wie sie reagieren würde. Cathy war erst seit ein paar Tagen wieder zu Hause, körperlich zwar in guter Verfassung, aber psychisch noch ein wenig labil. Wie hätte es auch anders sein können?

»Nur über meine Leiche.«

»Der Chief sagt, wir müssen sie fragen.«

»Den Teufel werden wir tun.«

Sam ließ ihr einen Augenblick Zeit. »Du könntest sie begleiten.«

»Ich will ihr das nicht zumuten, Sam.«

»Ich weiß. Ich auch nicht.« Er hielt kurz inne. »Und das, was ich jetzt sagen muss, möchte ich auch nicht sagen.«

»Hoffentlich hat es nichts damit zu tun, dass Broderick ihr Vater ist.« Graces' Stimme klang angespannt.

»Aber das ist er«, erwiderte Sam ruhig. »Es ist mir genauso zuwider wie dir.«

»Dann sorg bitte dafür, dass es nicht dazu kommt.«

»Das steht wohl nicht in meiner Macht.«

»O doch. Sag deinem Chef einfach, dass wir Cathy nicht fragen.«

»Wenn wir es nicht tun, tut es jemand anderes.«

Grace schwieg.

»Vielleicht nützt es ja etwas«, meinte Sam.

»Wie kann es etwas nützen, dieses Ungeheuer zu sehen?«

»Was hast du noch gesagt, als du von der Beerdigung deiner Mutter zurückkamst?« Sam überlegte. »Einen Schlussstrich ziehen.«

»Ich glaube, ich habe gesagt«, erwiderte Grace eisig, »dass ich wohl keinen Schlussstrich ziehen konnte.«

»Aber du hast gesagt, deine Schwester hätte es getan.«

Grace wollte kontern, schwieg aber. Er hatte verdammt noch mal Recht.

»Ach, Sam.«

»Ich weiß.«

Sie brauchte einen Augenblick, um sich wieder zu fassen.

»Ich werde Cathy nur fragen. Wenn sie nein sagt, belassen wir es dabei. In Ordnung?«

»Natürlich«, erwiderte Sam.

»Er ist doch wirklich ein Ungeheuer, oder?«

»Es sieht ganz so aus.«

Cathy zuckte ein wenig zusammen, als sie es hörte. Doch als Grace ihr sagen wollte, dass niemand sie zwingen könne, ins Gefängnis zu gehen, unterbrach sie Grace und erklärte, sie werde sich mit Broderick treffen.

»Vielleicht muss ich es tun«, meinte sie.

»Liebling, du musst nichts tun, was du nicht willst. Du hast genug durchgemacht. Niemand kann dich zwingen, zu ihm zu gehen.«

Cathy schwieg eine Weile.

»Aber wenn ich nicht gehe, werde ich immer dieses letzte Bild von ihm im Kopf haben.« Ihr Blick war verschleiert, wie immer, wenn eine schwere Last auf ihr lag. »Er hat versucht, dich umzubringen, Grace. Und er hat dabei *gelacht*.«

»Ja, ich weiß«, sagte Grace leise.

»Ich glaube …« Cathy hielt inne.
»Was, Cathy?«
»Vielleicht muss ich ihn sehen, damit ich mir sicher bin.«
»Sicher?«
»Dass ich nicht wie er bin.«
»Oh, Cathy.« Grace konnte nicht verbergen, wie bestürzt sie war. »Du bist kein bisschen wie Broderick. Das darfst du niemals denken.« Sie wusste, dass sie das nicht hätte sagen sollen. Als Psychologin hätte ihr so etwas Dummes niemals über die Lippen kommen dürfen. Natürlich dachte Cathy, dass sie wie ihr Vater war. Es war gar nicht anders möglich.
Cathy drückte es ganz einfach aus.
»Er ist mein Vater, Grace. Ich bin seine Tochter.«
Grace fasste sich wieder.
»Du bist auch die Tochter von Marie«, sagte sie. »Und von Arnie.«
»Das weiß ich«, sagte Cathy. Ihre Lippen bebten. »Aber ich glaube trotzdem, dass ich ihn besuchen muss.«

Auf der Fahrt zum Gefängnis war Cathy nervös und blass. Grace hatte sie zweimal gefragt, ob sie ihre Meinung ändern wolle. Beim ersten Mal hatte Cathy nein gesagt, doch ihr Blick verriet Grace, dass sie lieber mit ja geantwortet hätte. Beim zweiten Mal war sie aufgebraust, und da sie mittlerweile fest entschlossen schien, hatte Grace nicht wieder gefragt.

Im Gefängnis ging es ihr noch schlechter, und sie zuckte jedes Mal zusammen, wenn eine Tür zuschlug. Grace nahm hin und wieder ihre Hand, und Cathys Fingernägel gruben sich tief in ihr Fleisch. Doch Grace hielt sie tapfer fest und schwieg. Ihr war klar, dass sie sich nicht annähernd vorstellen konnte, was in Cathy vorging. Allein schon nach den letzten Monaten ein Gefängnis zu betreten, war höchstwahrscheinlich ein Albtraum. Aber dort auch noch Broderick zu besuchen, musste die Hölle auf Erden sein.

Ihr Besuch war sorgfältig vorbereitet worden, und es gab keine Verzögerungen, die die Spannung noch unangenehm gesteigert hätten. Als der Augenblick kam, da sie beide durchsucht wurden, rechnete Grace damit, dass Cathy zusammenbrach, aber wie es schien – zumindest oberflächlich –, hatte sie sich offenbar wieder beruhigt.

»Geht es?«, fragte Grace.

Cathy nickte. »Und du?«

»Bei mir geht's auch.«

Man führte sie in den langen, schmalen Anwaltsraum. Vier Stühle waren zwei bis zweieinhalb Meter voneinander entfernt am Boden befestigt. Zwischen ihnen befand sich jeweils eine Trennwand, davor ein schmaler Streifen Tisch. Ab Höhe der Tische erstreckte sich eine Glaswand quer durch den Raum, die sie von der gleich eingerichteten anderen Hälfte trennte. In die dicke Plexiglasscheibe waren Kreise mit kleinen Schlitzen geschnitten, durch die man sprechen konnte. Neben einen der angeschraubten Stühle hatte man einen Klappstuhl gestellt.

»Du nimmst den da.« Grace deutete auf den am Boden befestigten Stuhl.

Cathy setzte sich, ohne ein Wort zu sagen.

Sie warteten.

Selbst wenn man seinen roten Overall und die Handschellen außer Acht ließ, sah Broderick erstaunlich verändert aus. Grace hatte ihn nur das eine Mal an jenem Abend in Gestalt von Parés gesehen, doch sie hätte schwören können, dass dieser Anblick ein neuerlicher Schock für Cathy war.

Keine Haarfarbe im Gefängnis, dachte Grace.

Zum Teil lag es daran. Vorn sah man den etwa einen Zentimeter nachgewachsenen Haaransatz, der eher grau war als blond wie früher.

Keine Kontaktlinsen.

Das war das Härteste. Parés hatte braune Augen gehabt, Brodericks Augen aber waren blau. Grace hätte sich nichts sehnlicher gewünscht, als dass es ein anderes Blau wäre, aber es war fast dieselbe Farbe wie bei Cathy.

Nur die Farbe, sonst nichts.

Broderick sprach als Erster.

»Ich habe meinem Anwalt gesagt, dass ich dich allein sprechen wollte.« Er hatte sich zu Cathy gewandt und ignorierte Grace. »Aber jetzt sind diese Herren da«, er wies mit dem Kopf zur Seite, in Richtung der beiden Aufseher, die an der Tür hinter ihm standen, »und die da.«

»Ich wollte, dass Grace mitkommt.« Cathys Stimme zitterte nur ein wenig.

Lass nicht zu, dass er die Kontrolle übernimmt, Lucca.

»Wir haben Ihrem Anwalt gesagt, dass meine Anwesenheit unabdingbar ist«, sagte Grace.

»Ich weiß.« Broderick sah sie immer noch nicht an.

»Warum wollten Sie mich sehen?«, fragte Cathy ihn.

»Was meinst du wohl?«

»Sagen Sie es mir.«

In diesem Augenblick war Grace' Angst fast ganz verflogen. Schon seit langem war ihr klar, dass Cathy eine bemerkenswerte Person war. Doch jetzt, in diesem Moment, begriff sie, wie viel Mut das Mädchen besaß.

Broderick schien Grace' Gedanken zu lesen. Zum ersten Mal schaute er sie an.

»Wohnt Cathy noch bei Ihnen, Dr. Lucca?«

»Das geht Sie wirklich nichts an«, erwiderte Grace.

»Doch, es geht mich sehr wohl etwas an.« Ein erneuter Angstschub. »Sie ist schließlich meine Tochter.«

Grace sagte nichts.

»Vielleicht glauben Sie, Sie wären ihre neue Mutter.«

Er versucht schon wieder, die Kontrolle zu übernehmen. Lass es nicht zu.

»Grace ist meine Freundin«, wandte Cathy ein.

Broderick hielt noch immer den Blick auf Grace gerichtet. »Wenn Sie vorhaben, Cathys Mami zu spielen, was ist dann Ihr Freund? Ihr Daddy?«

Grace holte tief Luft. »Mr. Broderick, warum wollten Sie Cathy sehen? Unsere Zeit ist begrenzt.«

»Ich heiße *Dr.* Broderick.«

»Wie auch immer«, meinte Grace.

Broderick wandte seine Aufmerksamkeit wieder Cathy zu. »Wie geht es dir mit den Entspannungsübungen, Cathy, mein Liebes?« Er hatte sich wieder beruhigt.

Grace merkte, dass Cathy zusammenfuhr, und verspürte ein nahezu überwältigendes Verlangen, sie bei der Hand zu nehmen und aus dem Raum zu ziehen.

»Wie konnten Sie nur all das tun?«, fragte Cathy.

Ihre Ruhe, ihre *Stärke* überwältigten Grace.

»Wovon sprichst du, Liebes?«, fragte Broderick.

»Das wissen Sie genau.« Cathy versagte beinahe die Stimme.

»Ich weiß es nicht«, beharrte er, »wenn du es mir nicht erklärst.«

»Cathy.« Grace berührte sanft ihren Arm. »Lass dich nicht mehr darauf ein, als nötig ist.«

»Verpiss dich, *Mami*«, sagte er.

»Passen Sie auf, was Sie sagen, Broderick«, warnte ihn einer der Aufseher an der Tür.

Cathy machte Anstalten, aufzustehen, setzte sich dann aber wieder. »Da ist eine Sache, die ich ihm unbedingt sagen möchte«, meinte sie zu Grace, »dann können wir gehen, ja?«

Grace nickte. »Wie du willst.«

Cathy drehte sich wieder zu ihm um.

»Ich habe Sie nie gehasst. Früher, meine ich.«

»Na so was«, sagte Broderick.

»Ich wusste damals gar nicht, was Hass ist.«

»Aber du hast es gelernt, nicht wahr, meine Tochter?«

Sie nickte langsam. »Ja.«

»War's das?« Broderick beugte sich vor, bis seine Stirn fast die Scheibe berührte und sein Atem das Fenster beschlug.

»Ja«, sagte Cathy. »Das war's.«

»Dann muss ich dir etwas erklären, mein Mädchen.«

Grace spürte, dass Cathy erstarrte.

Broderick lehnte sich wieder ein wenig zurück, dann sprach er direkt in den Kreis mit dem Schlitz, damit sie ihn auch wirklich verstand.

»Ich verzeihe dir nichts, Cathy«, sagte er laut und deutlich. »Und ich hasse dich. Ich habe dich von dem Augenblick an gehasst, in dem du gezeugt wurdest.«

Grace stand auf. »Komm, Cathy.«

»Du hast meine Ehe kaputtgemacht, und dann haben du und deine Mutter meine Karriere zerstört. Ihr wolltet mein ganzes Leben vernichten.« Es war weniger Hass in Brodericks Blick oder Stimme zu spüren, eher die Lust, die er bei diesen Worten empfand. »Ich möchte, dass du das weißt. Und du sollst begreifen, dass du die Schuld trägst am Tod deiner Mutter und all der anderen.« Er lächelte sie durch die Scheibe an. »Sie haben dich aus dem Gefängnis entlassen, Cathy, aber ich kenne die Wahrheit. Und du sollst sie auch erfahren.«

Jetzt stand Cathy auf. Sie zitterte sichtlich.

»Ja«, sagte er, »lauft nur weg, ihr beiden.«

Mit Tränen in den Augen sah Cathy Grace an.

»Mehr wollte ich nicht sagen.« Broderick blieb sitzen. »Dass du schuld bist und ich dich hasse. Ich werde dich immer hassen.«

Grace nahm Cathy bei der Hand und führte sie zur Tür.

Keine von beiden drehte sich noch einmal um.

Sie hatten schon fast das äußere Gefängnistor erreicht, als Grace hörte, wie eine Männerstimme rief, sie möge bitte warten. Es war einer der beiden Aufseher, die auf der Seite gestanden hatten, wo Broderick saß, derjenige, der ihn zurechtgewiesen hatte.

»Darf ich etwas sagen, Ma'am?«, fragte er Grace.

»Ja, bitte?«

»Unter uns, wenn es Ihnen nichts ausmacht.« Der Aufseher zögerte. »Es dauert nur eine Sekunde.«

Grace blickte Cathy fragend an. Die nickte.

Der Aufseher ging ein paar Schritte zurück, und Grace folgte ihm. Der Mann war groß und ein wenig übergewichtig, hatte kurz geschnittene braune Haare und schmale graue Augen.

»Worum geht es?«, fragte sie. »Ich möchte wirklich, dass wir hier rauskommen.«

»Ich verstehe, Ma'am. Es tut mir Leid, dass ich Sie aufhalte.«

»Schon gut.«

Der Mann sah sie durchdringend an.

»Wir möchten nur, dass Sie der jungen Dame sagen ... wenn Sie es für richtig halten, meine ich ... dass Sie ihr sagen, wir bedauern es zutiefst, dass sie so leiden muss.«

Grace blickte ihn erstaunt an. »Danke. Das ist nett von Ihnen.« Sie machte Anstalten, sich umzudrehen.

»Es gibt hier drinnen Leute«, die Stimme des Aufsehers

hielt sie zurück, »denen gefällt es überhaupt nicht, was er ihr angetan hat und was er ihr immer noch anzutun versucht.« Er hielt für einen Moment inne. »Aber das sollte unter uns bleiben, Frau Doktor. Vielleicht ist es besser, wenn das Mädchen es nicht erfährt.« Er schwieg erneut. »Sagen Sie ihr nur, sie soll sich nicht allzu sehr ärgern, ja, Ma'am?«

Als Grace den vielsagenden Blick des Mannes sah, kroch ihr ein kalter Schauder den Rücken hoch.

»Gut«, erwiderte sie.

83.

Grace erfuhr von den neuen Erkenntnissen am späten Abend.

Als sie vom Gefängnis zurückkehrten, wartete Sam vor dem Haus auf sie. Er wirkte beunruhigt.

Nachdem sie hineingegangen waren, sah Cathy ihn einen Augenblick an. Dann warf sie sich in seine Arme.

Grace betrachtete sein Gesicht und war unendlich dankbar.

Er wartete, bis Cathy im Bett lag und schlief.

»Heute wurde Brodericks richtige Wohnung gefunden. Ein Schiff namens *Healer.*«

Grace hörte ihm aufmerksam zu.

»Anscheinend lag es in Key Biscayne vor Anker und wartete nur darauf, entdeckt zu werden. Gestern ankerte daneben ein anderes Boot – eine Familie, die auf Urlaub war. Du weißt schon, auf Deck essen, schwimmen, faulenzen.«

»Und?«, drängte Grace ihn.

Sie saßen in der Küche. Sam wartete eine Weile, schwieg und lauschte. Er wollte sich vergewissern, dass Cathy auch wirklich schlief und nicht plötzlich herunterkam.

»Die Leute haben einen üblen Geruch bemerkt und es der Küstenwache gemeldet, weil sie meinten, irgendetwas stimme mit dem Wasser nicht. Zuvor hatten sie darauf gewartet, dass er sich mit der Strömung wieder verlor, aber der Geruch blieb. Schließlich war ihnen klar, dass es etwas mit dem anderen Schiff zu tun haben musste.«

»Mit der *Healer*«, sagte Grace.

Zum zweiten Mal an diesem Tag lief ihr ein Schauder über den Rücken.

Mit Hilfe der Küstenwache konnten sie nun vieles von dem aufklären, was an Fragen über John Broderick offen geblieben war – und mehr.

Regale und Nischen waren voll gestopft mit Drogen und Medikamenten, legalen und illegalen: Sedativa, Hypnotika, Amphetamine und Halluzinogene; eine Reihe von Mitteln zur psychischen Kontrolle, angefangen von AMF und DOB über Quaaludes, Ritalin, Haschisch und LSD bis hin zu Chloralhydrat, Morphium und einem ganzen Sortiment von Benzodiazepinen. Die ideale Spielwiese für einen besessenen Liebhaber von Psychopharmaka. Mehr als genug Stoff für Brodericks Psychospiele, die er mit weiß der Himmel wie vielen anderen Menschen – und vielleicht auch sich selbst – noch hatte spielen wollen. Und ganz gewiss genügend Material, um seine Opfer auf verschiedenste Art und Weise ruhig zu stellen und es durchaus plausibel erscheinen zu lassen, dass jemand Harmloses – wie Cathy – eine ganze Anzahl Menschen erstochen haben könnte.

Aber man hatte auch die Ursache des Gestanks gefunden.

An Bord der *Healer* befand sich eine Leiche.

Die Leiche von Peter Hayman alias Paul Harding.

»Aufgehängt«, sagte Sam ruhig. »Gefesselt und geknebelt und vermutlich voll gepumpt mit Drogen. Das ergab jedenfalls der erste Obduktionsbefund.« Sam machte eine kurze Pause. »Der Pathologe meint, Hayman oder Harding habe ziemlich sicher noch gelebt, als Broderick ihn dort zurückließ.«

»Warum hätte er ihn auch sonst aufhängen sollen?«, murmelte Grace. Ihr war schlecht.

»Oder Broderick hat gemerkt, dass er starb und ihn einfach nicht heruntergeholt«, meinte Sam. »Wie auch immer …« Er sprach nicht weiter.

Grace schloss für einen Moment die Augen.

»Was sollen wir davon halten?«, fragte sie dann.

»Du bist die Fachfrau.«

»Nein, im Augenblick gerade nicht.«

»Ich verstehe.«

Sie holten sich einen starken Drink.

»Ich weiß nicht, ob wir uns jetzt besser fühlen sollen, was Hayman betrifft«, meinte Grace nach ein paar Schlucken Whiskey. »Nicht ganz so schuldig.«

»Wir sind weniger schuldig«, erwiderte Sam.

»Weil er nicht ertrunken ist?«, fragte sie ironisch. »Weil Broderick vollendet hat, was wir begonnen haben?«

»Zum Teil, ja«, meinte Sam. »Vor allem aber, weil wir wissen, was Harding seinem Sohn und vielleicht noch ein paar anderen Menschen angetan hat.«

»Ich bin kein Scharfrichter, Sam. Ich bin nur eine Psychologin.« Grace trank noch einen Schluck. »Meine Aufgabe ist es, Menschen wie Paul Harding zu *helfen*.«

»Du hast gedacht, er wollte dich umbringen«, rief Sam ihr ins Gedächtnis. »Und ich auch.«

»Ja.«

»Bis jetzt haben die Ermittlungen nichts ergeben, was dagegen spricht.«

Sie tranken beide noch einen Whiskey und schwiegen eine Weile.

»Was hat das zu bedeuten?«, fragte Grace schließlich. »Ich meine, welche Verbindung besteht zwischen den beiden? Wie kam es, dass Hayman auf Brodericks Boot war?«

»Das wissen wir noch nicht«, antwortete Sam. »Aber anscheinend hat Broderick, aus welchem Grund auch immer, die *Snowbird* beobachtet. Wir wissen zwar, dass er am frühen Nachmittag noch im Untersuchungsgefängnis war, aber es blieb ihm trotzdem genügend Zeit, nach Key Largo zu fahren. Erinnerst du dich noch, als die Küstenwache uns von Kuntz' Boot holte, waren da noch andere Schiffe. Broderick muss Hayman – Harding – nach dem Kentern aus dem Meer gefischt, ihn auf der *Healer* versteckt und sich dann aus dem Staub gemacht haben.«

Grace nickte langsam. »Beobachten. Warten. Das hat er all die Jahre auch schon getan, nicht?«

»Möchtest du wissen, was Martinez zu der Verbindung Broderick-Harding gesagt hat?«

Grace nickte erneut.

Auf Sams Gesicht zeigte sich ein sarkastisches, finsteres Grinsen.

»Ein krankes Arschloch zieht das andere an«, sagte er.

Als Besitzer der *Healer*, so erfuhren sie, war in den letzten zehn Jahren ein gewisser James Brody registriert, angeblich wohnhaft in West Palm Beach. Broderick, so schloss die Polizei, hatte alles sorgfältig geplant, war nach dem selbst inszenierten Kentern seines Bootes vor Pensacola einfach mit der *Healer* weggefahren und an Land gegangen, wann immer es ihm passte.

Vor etwa zehn Tagen hatte Sam vorausgesagt, dass Broderick früher oder später reden und mit seinen Taten prahlen würde.

Jetzt war es so weit.

Als man ihn nach Peter Hayman fragte, sagte er, er hätte diesen Vorfall zwar gern selbst inszeniert, müsse aber leider zugeben, die Situation, die sich ihm bot, nur ausgenutzt zu haben. Er habe Grace Lucca beobachtet, seit sie zum ersten Mal zu Frances Dean in Coral Gables gefahren war, um Cathy zu besuchen. Er war, wie man bereits angenommen hatte, ein leidenschaftlicher Beobachter – man könne ihn, meinte er, wohl einen Opportunisten nennen. Menschen zu observieren, die nichts davon ahnten, hatte ihn in all den Jahren des Wartens aufrechterhalten. Broderick hatte auch gemerkt, dass Grace offenbar zweimal das Gefühl hatte, beobachtet zu werden – einmal im Saks im glitzernden Bal Harbour und dann nach der Bar Mizwa vom Bruder des schwarzen jüdischen Polizisten, auf der Fahrt zu den Keys, als sie ihre Schwester besuchte. Denn sie habe sich in dem Kaufhaus mehrmals umgesehen und später, in ihrem Mazda, immer wieder in den Rückspiegel geschaut. Er hatte die Macht genossen, die er offensichtlich über sie besaß.

Broderick hatte von der Existenz Peter Haymans, des Psychiaters und Autors von Büchern über das Münchhausen-Syndrom, erst erfahren, als dieser Grace an jenem Tag im Westin Beach Resort in Key Largo ansprach. Danach hatte er sich vorgenommen, so viel wie möglich über diesen Mann in Erfahrung zu bringen. Und er hatte voller Freude zur Kenntnis genommen, wie viel Wissenswertes es über ihn gab. Zu diesem Zeitpunkt beschloss er, sich in Dr. Eric Parés zu verwandeln, erzählte Broderick den Männern, die ihn verhörten – darunter Detective Martinez für das Polizeipräsidium von Miami Beach, Sergeant Rodriguez für das von Miami und der Staatsanwalt. Natürlich war es danach nur noch eine Frage der Zeit gewesen, bis Parés sich für eine Stelle in dem Gefängnis bewerben konnte, in dem das Mädchen inhaftiert war. Schließlich wusste jeder, dass sie in diesen elenden Haftanstalten händeringend qualifizierte Ärzte suchten. Ärzte, die bereit waren, sich mit Angehörigen der Unterschicht abzugeben, und sich mit miesen Arbeitsbedingungen und schlechter Bezahlung zufrieden gaben. Ihm jedoch war es in vielerlei Hinsicht gelegen gekommen. Abgesehen von seiner Tochter hatte er es faszinierend gefunden, die Frauen dort zu beobachten, zu behandeln und, wenn keine Gefahr bestand, seine Spielchen mit ihnen zu treiben.

»Wir sollten raten, warum er diesen Namen angenommen hat«, sagte Martinez später zu Sam, als er zum Präsidium zurückkehrte. »Und da er wusste, dass wir das nicht konnten, hat er uns schmierig angegrinst.«

»Es ist ein Anagramm«, sagte Sam.

»Woher weißt du das?« Martinez blickte ihn erstaunt an.

»Grace hat es herausgefunden. Gestern Abend. Sie hat ein bisschen über das erweiterte Münchhausen-Syndrom nachgelesen, und plötzlich fiel ihr der Typ ein, der die eigentlichen Lügengeschichten des Barons Münchhausen aufgeschrieben und in Buchform veröffentlicht hat.«

»Rudolph Erich Raspe«, ergänzte Martinez.

»Genau.«

Martinez schüttelte den Kopf. »Arrogantes widerliches Arschloch«, sagte er.

Als Broderick seine Geheimnisse ausspuckte wie ein Magier, der ein entzücktes Publikum unterhält, wurde vieles klarer. Anderes blieb rätselhaft, und Sam und Grace fürchteten, dass sich vieles nie würde aufklären lassen. Zum Beispiel, wie es gekommen war, dass Cathy in der Woche vor Brodericks letztem Schlag jene Dinge getan hatte, die Grace so sehr entsetzt hatten, dass Sam als ihr Liebhaber und Leibwächter bei ihr einzog.

Hatte Cathy es wirklich getan? Hatte sie, durch die Medikamente und die Hypnose Parés willenlos ausgeliefert, den letzten Tagebucheintrag mit dem Passwort H-A-S-S auf Grace' Computer selbst geschrieben, oder hatte sich Broderick ohne ihr Wissen ins Haus geschlichen? An jenem Nachmittag hatte Grace mit ihrem kleinen Patienten Gregory Lee unten auf dem Steg gesessen. War Cathy vielleicht beim Lesen eingenickt und dann – aufgrund eines Befehls, den sie unter Hypnose bekommen hatte – in Trance durchs Haus gegangen? Hatte sie dabei Harry auf die Balkonbrüstung gesetzt? Oder war Cathy immer schon Schlafwandlerin gewesen, schon als kleines Kind? Von den glaubwürdigen Menschen, die man hätte fragen können, lebte keiner mehr.

Nach einer Weile hörte Broderick zu reden auf und verlegte sich auf das Verhandeln. Ein neuerliches Geständnis als Gegenleistung für einen Computer in seiner Zelle. Ein weiteres für Bücher seiner Wahl. Etwas wirklich »Großes« im Austausch gegen regelmäßige Besuche in der Bibliothek. Aber niemand ließ sich davon beeindrucken. Selbst der FBI-Beamte, der das pychologische Profil erstellte, vertraute darauf, dass er sein Schweigen nicht lange würde durchhalten können.

Aber das meiste von dem, was sie wirklich brauchten, hatten sie ohnehin schon.

Er hatte gestanden – sich *gerühmt* –, Marie und Arnold Robbins sowie Beatrice Flager unter Drogen gesetzt und ermordet zu haben.

Er hatte gestanden, in den letzten zwei Jahren im Haus der Robbins' nach Gutdünken ein und aus gegangen zu sein. Er hatte erzählt, er habe Cathy Haschisch eingeflößt und den Goldfischen von Marie die Köpfe abgeschnitten – und in der Nacht der ersten Morde eines von Cathys Nachthemden in der Verbrennungsanlage vor dem Haus verbrannt, damit die Polizei es fände. Er hatte auch den Angriff auf die andere Gefängnisinsassin zugegeben und eingeräumt, er habe den Kartoffelschäler in die Zelle seiner Tochter gelegt.

Er hatte offen den Mord an Paul Harding gestanden.

Die Überfälle in den Arztpraxen hingegen stritt er rundheraus ab – auch den auf David Becket. Außerdem leugnete er, die Eintragungen in Cathys Computer vorgenommen, den Mord an Frances Dean begangen und das silberne Skalpell und die Gummihandschuhe im Garten am Pine Tree Drive vergraben zu haben.

»Er macht es einfach aus Spaß an der Freude«, erklärte Sam Grace. »Sodass das Spiel noch nicht zu Ende ist. Vielleicht will er erreichen, dass Cathy doch noch der Prozess gemacht wird.«

»Und sie weiter leiden muss«, fügte Grace hinzu.

Niemand war so naiv zu denken, dass Brodericks Geständnisse und seine Inhaftierung Cathys Leidenszeit ein Ende setzten.

Es ging immer weiter.

Cathy selbst stimmte zu, sich eine Zeit lang einer Therapie zu unterziehen, um das alles durchzustehen. Am liebsten hätte sie Grace als Therapeutin gehabt, doch sie sah ein, dass dies unmöglich war. Nicht nur, weil Grace ihr inzwischen zu nahe stand, sondern weil das Jugendamt in Erwägung zog, Grace langfristig zur Adoptivmutter für Cathy zu bestimmen.

Im Augenblick aber waren weitere Kämpfe mit John Broderick angesagt. Immer noch hatte er seinen Spaß daran, Leute wie Mäuse in einem Labyrinth herumzujagen, in dessen Zentrum sich ein Stück Käse befand. Um Grace zu beeinflussen, brauchte er keine Drogen – er hatte andere Methoden gefunden, sie zu manipulieren. Brodericks Krankheit mochte mit Eifersucht, Hass und Rachegelüsten begonnen haben, doch inzwischen, so glaubte Grace, gewann er seine Befriedigung aus den Psychospielchen, die er so meisterhaft beherrschte und bei denen er die Menschen gegeneinander aufhetzte.

Ein schöner Sport für einen Toten.

Und auch in der Todeszelle würde er dazu noch des Öfteren Gelegenheit haben, wenn sie ihn schließlich dorthin schickten.

Zwei Tage nach Labor Day rief Jerry Wagner bei Grace an.

»Sie werden es nicht glauben«, legte er gleich los, »und gefallen wird es Ihnen noch weniger.«

»Was ist denn passiert?« Sofort verspürte sie ein flaues Gefühl im Magen. Angst.

»Broderick hat seinen Anwalt beauftragt, alles zu tun, dass Sie die Vormundschaft für Cathy nicht übernehmen dürfen.«

»Aber das kann er doch gar nicht!«

»Er wird damit wahrscheinlich keinen Erfolg haben«, verbesserte Wagner sie, »aber natürlich kann er Ihnen Schwierigkeiten machen. Ob es Ihnen gefällt oder nicht, er ist immer noch Cathys Vater ...«

»Der gestanden hat, ihre Mutter ermordet zu haben.« Grace' Stimme war vor Wut so laut, dass Harry, der in der Ecke ihres Büros saß, die Ohren spitzte. »Der vor Zeugen gesagt hat, wie sehr er seine Tochter hasst.«

»Das alles steht außer Frage, Grace«, pflichtete Wagner ihr bei.

»Na also.«

»Aber Sie müssen sich trotzdem darauf gefasst machen«, sagte der Rechtsanwalt.

»Worauf?« Grace' Wut wich schlichtem Unbehagen.

»Broderick hat zu seinem Anwalt gesagt, er werde nicht zulassen, dass seine Tochter weiterhin in ›unmoralischen und unschicklichen Verhältnissen‹ lebt. Offenbar seine eigenen Worte, Grace.« Wagner klang verlegen.

»Offenbar.«

»Es tut mir Leid, dass ich Sie damit belästige, jetzt, wo sich die Situation für Cathy gerade zu beruhigen scheint.«

»Das ist nicht Ihre Schuld, Jerry.« Grace wartete. »Er kommt doch nicht damit durch, oder?«

»Das halte ich für äußerst unwahrscheinlich.«

»Aber nicht für unmöglich?«

»Für sehr, sehr unwahrscheinlich.«

»Unmöglich ist es also nicht?«

»Nichts ist unmöglich«, meinte der Rechtsanwalt.

Grace schloss die Augen.

»Am liebsten würde ich ihn umbringen, Jerry.«

»Unter uns, Grace«, erwiderte Wagner, »da sind Sie nicht die Einzige.«

Sam wurde ein Umschlag überreicht, als er kurz nach dem Mittagessen mit Martinez das große weiße Gebäude des Polizeipräsidiums betrat. Er war seit zwei Wochen wieder voll im Dienst, und die beiden Detectives fühlten sich erleichtert und entspannt, nachdem sie den Überfällen um den Indian Creek Drive ein Ende gesetzt hatten.

»Weißt du, wer das für mich abgegeben hat?«, fragte Sam einen der uniformierten Kollegen beim Empfang, während er den Umschlag öffnete.

»Keine Ahnung«, sagte der. »Er lag schon da, als ich meinen Dienst angetreten habe.«

Martinez sah, wie sich Sams Gesichtsausdruck beim Lesen veränderte. »Was ist los?«

Sam faltete das kleine Blatt Papier wieder zusammen. »Besser, du erfährst es nicht.«

Martinez legte seine Hand auf Sams Arm und schob ihn durch die Empfangshalle. »Mir scheint, ich sollte es doch wissen.« Er hielt kurz inne. »Erzähl schon, Mann.«

»Es ist ziemlich hart.«

»Stammt der Zettel von Broderick?«

Sam schüttelte den Kopf. »Nicht direkt.«

»Erzähl«, sagte Martinez noch einmal.

Sam gab ihm den Zettel und den Umschlag.

Martinez las mit unbewegtem Gesicht.

Der Vater wird umgebracht, wenn ihn nicht bald jemand aus unserem Knast schafft.
Ansonsten nehmen wir die Sache selbst in die Hand. Die Bruderschaft der Gefangenen.

Ohne ein Wort zu sagen, faltete Sam das Blatt wieder zusammen und steckte es in den Umschlag.

»Was meinst du?«, fragte er.

Martinez brauchte eine Weile. »Wozu?«

»Was soll ich mit der Nachricht machen, Al?«

Martinez blickte grimmig. »Nachricht? Ich weiß von keiner Nachricht.«

Die beiden Männer blickten sich für einen Moment an.

»Wie wär's, wenn ich dich zu einer Tasse Kaffee einlade?«, fragte Sam.

»Wir haben doch gerade erst gegessen.«

»Ich möchte aber noch eine Tasse Kaffee.«

Martinez nickte und gab Sam den Umschlag zurück. »Gehen wir.«

Sie traten wieder in den warmen Sonnenschein, stiegen gemächlich die breite Steintreppe hinunter, bogen nach links in die Washington und gingen bis zur Neunten Straße.

»Hast du Feuer?«, fragte Sam.

Martinez zog ein Streichholzheftchen aus der Tasche.

»Wenn das auf uns zurückfällt, nehme ich es auf meine Kappe, klar?«

»Das wird es nicht.«

»Nur für den Fall, dass doch.«

»Zünde das Streichholz an, Becket.«

»Ich meine es ernst, Al«, sagte Sam in scharfem Tonfall. »Das hier hast du nicht gesehen.«

»Nun mach schon«, erwiderte Martinez.

Sam entzündete das Streichholz, hielt die Flamme an den Umschlag und ließ das Feuer daran hochzüngeln, bis es fast seine Fingerspitzen erreicht hatte. Dann segelte das brennende Papier lautlos auf den gepflasterten Gehweg hinunter und verwandelte sich dort in Asche.

»Gott möge mir verzeihen«, sagte Sam, »aber ich hoffe, diese Burschen meinen es ernst.«

»Gott verzeiht dir, Kumpel.« Seine dunklen Augen blickten durchdringender als sonst. »Wenn ich nicht ganz danebenliege, applaudiert er dir sogar.«

Es geschah am Sonntagnachmittag.

Von Drogen trennte sich im Knast niemand gern.

Für Broderick aber hatten ein paar Häftlinge eine Ausnahme gemacht.

Ein paar Kondome, voll gestopft mit einer tödlichen Mischung aus Heroin, Koks und Betäubungsmitteln, mit Gewalt in den Rachen gesteckt.

Dann, als es so weit war, ein paar kräftige Schläge in den Unterleib.

Er musste geschrien haben, als er starb.

Aber niemand hörte es.

Niemand kam.

Sicher war Brodericks Tod viel qualvoller gewesen als die schlimmsten Augenblicke auf dem elektrischen Stuhl, meinten die Aufseher später einhellig.

Und insgeheim dachten sie alle, dass ein Dreckskerl wie John Broderick kein besseres Ende verdient hatte.

Datei-Info
Dateiname: Mein Tagebuch
Speicherplatz: c:\WPWin\Verschiedenes
Größe: 19411 Bytes
23. Oktober 1998 23:10:37

Passwort geschützt
Datei: c:\WPWin\Verschiedenes\Tgb
Passwort: L-I-E-B-E & H-A-S-S
OK Abbrechen

Cathys Tagebuch
Samstag, 28. November 1998

Du musst wissen, wer deine Feinde sind. Das hat er mir beigebracht. Am Ende war es eine gute Lehre.

Mir fällt ein, dass er dasselbe auch einmal über Freunde gesagt hat.

Thanksgiving war dieses Jahr sehr schwer für mich. Ich habe meine Mom und Arnie und Tante Frances vermisst. Aber Grace und Sam sind unheimlich nett. Grace meint, dass es noch zu früh ist, um zu sagen, ob sie und Sam für immer zusammenbleiben. Ich glaube, sie müssen noch über vieles nachdenken.

Wahrscheinlich werde ich nie begreifen, warum er das getan hat. Grace sagt, dass es Dinge gibt, die wir nie verstehen. Es sei in Ordnung, wenn ich ihn hasse, solange es mich nicht in meiner Entwicklung behindert. Sie sagt, jeder kommt mal in die Lage, dass er nur einen Schritt nach dem andern tun kann.

Hin und wieder habe ich immer noch Angst, und es gibt Dinge, an die ich mich wohl nie gewöhne. Zum Beispiel, wenn Leute mich beobachten. Oder im Dunkeln zu sein. Manchmal habe ich Angst vor dem Schlafengehen. Ich habe es niemandem gesagt – ich möchte nicht, dass Grace es erfährt. Ausserdem mache ich mir oft Sorgen. So frage ich mich, wie ich das Harry damals antun konnte.

Grace und meine neue Psychologin sagen, das sei nicht wirklich ich gewesen. Ich wünschte, ich könnte es glauben.

Ich versuche, nicht zu viel zu grübeln und lieber daran zu denken, wie gut ich es habe. Ich weiss, dass es ein Glück ist, dass ich bei Grace und Sam sein kann. Aber nachts im Dunkeln quäle ich mich dann doch wieder mit all den Dingen herum, die geschehen sind. Offenbar kann ich es nicht abstellen.

Mehr als alles andere hoffe ich, dass Grace in einem Recht hat. Ich hoffe, ich bin nicht wie er.

Drei Frauen kämpfen gegen eine internationale Organisation, die Menschenrechte missachtet und Geschäfte mit Folter und Tod macht. Als die Tochter einer der Frauen in die Fänge der vermeintlich Heil bringenden Sekte gerät, müssen sie ihren ganzen Mut zusammennehmen, um das Mädchen zu retten. Doch der Anführer der Sekte scheint der Teufel persönlich zu sein ...

ISBN 3-404-14747-2

BASTEI
LÜBBE

In mehreren Städten der Vereinigten Staaten sterben Menschen, denen erst vor kurzem ein Herzschrittmacher implantiert wurde. Joe Duval, ein Kriminalbeamter aus Chicago, wird mit der schwierigen Aufgabe betraut, den offenbar wahnsinnigen Täter zu stellen. Als professioneller Polizeibeamter hat er es sich zur Pflicht gemacht, Dienst und Privatleben auseinanderzuhalten. Doch in diesem Fall muß er von seinen Prinzipien abweichen. Denn Lally Duval, Joes Schwester, verbirgt vor ihrem Bruder ein Geheimnis: Auch der jungen Ballett-Lehrerin aus Neuengland wurde ein Herzschrittmacher implantiert, der sich jederzeit in eine tödliche Waffe verwandeln kann. Die Suche nach dem Wahnsinnigen wird für Joe Duval zu einem Spiel um Leben und Tod, denn niemand weiß, wann und wie der Täter wieder zuschlagen wird ...

ISBN 3-404-14447-3

BASTEI LÜBBE

Nick und Holly waren Nachbarskinder, die zusammen aufwuchsen. Nick war Hollys erste große Liebe. Und Nick war immer derjenige, der die Schuld auf sich nahm, wenn Holly ihn in unmögliche Situationen brachte. Doch das ist lange her. Nick ist inzwischen ein erfolgreicher Kinderbuch-Illustrator, verheiratet, und seine Frau Nina erwartet ein Kind. Dann geschehen seltsame Dinge: Es hat den Anschein, als ob irgendjemand versucht, Nicks Ehe, seine Karriere und sein Leben zu zerstören. Wer könnte einen Grund dafür haben? Holly? Aber Holly ist Tausende von Meilen entfernt. Oder etwa nicht …?

ISBN 3–404–14668–9

BASTEI LÜBBE